Marco Buticchi
Das Salomon-Siegel

PIPER

Zu diesem Buch

Ein unbekannter Attentäter scheint sich den Islam und die muslimische Welt als Ziel seiner verheerenden Bomben ausgesucht zu haben. Bevor er zuschlägt, schickt er Warnungen ans FBI, verborgen in Versen aus dem Koran. Stets ziert ein Siegel das Schreiben. Oswald Breil, ehemaliger israelischer Ministerpräsident, verbringt gerade ein paar Tage bei seinen Adoptiveltern in Colorado, als Cassandra Ziegler vom FBI ihn um Hilfe bittet. Er erkennt das Siegel sofort: stammt es doch vom Siegelring Salomons, der sich einst in Breils Besitz befunden hatte und bei einem Attentatsversuch verloren ging. Dann bekommt Breil die Tagebuch-Aufzeichnungen seines Vaters in die Hände, der Ende der sechziger Jahre bei einem mysteriösen Autounfall ums Leben gekommen war. Die römische Archäologin Sara Terracini übernimmt es, die Aufzeichnungen für Oswald zu entschlüsseln, während er Jagd auf den Attentäter macht, der sich »der Gerechte« nennt …

Marco Buticchi, geboren 1957 in La Spezia, studierte Wirtschaft in Bologna. Er ist einer der raren italienischen Thrillerautoren, deren Bücher neben denen von Dan Brown und Ken Follett auf der Bestsellerliste zu finden sind. Dies gelingt ihm, indem er »in seinen Handlungen geschickt antike Manuskripte mit Hochleistungstechnologien, Historie und Legenden vermischt« (L'Arena). Marco Buticchi lebt mit seiner Frau und seinen zwei Kindern an der ligurischen Küste.

Marco Buticchi

Das Salomon-Siegel

Thriller

Aus dem Italienischen von
Karin Diemerling

Piper München Zürich

Mehr über unsere Autoren und Bücher:
www.piper.de

Von Marco Buticchi liegen bei Piper vor:
Die dritte Prophezeiung
Der Fluch der goldenen Maske
Das Salomon-Siegel

FSC Mix
Produktgruppe aus vorbildlich bewirtschafteten Wäldern und anderen kontrollierten Herkünften
www.fsc.org Zert.-Nr. GFA-COC-001223
© 1996 Forest Stewardship Council

Deutsche Erstausgabe
Februar 2011

Titel der italienischen Originalausgabe:
»L'anello dei re«

Umschlagkonzept: semper smile, München
Umschlaggestaltung und -motiv:
Hauptmann & Kompanie Werbeagentur, Zürich
Satz: Kösel, Krugzell
Papier: Munken Print von Arctic Paper Munkedals AB, Schweden
Druck und Bindung: CPI – Clausen & Bosse, Leck
Printed in Germany ISBN 978-3-492-25810-4

Für Albino

PROLOG

»Willkommen in meinem Hause! Treten Sie frei und freiwillig herein.«
Er machte keine Anstalten, auf mich zuzugehen, sondern stand unbeweglich da wie eine Statue …

Bram Stoker, Dracula

New York, März 2002

Die Metropole hatte auf den Anschlag reagiert wie auf jede ernste kritische Situation, nämlich mit Entschiedenheit und Willensstärke, als wäre sie ein eigenständiges Lebewesen.

Auch als er diesmal in niedriger Höhe über New York City hinwegflog, erschien ihm die Stadt wie ein riesiges Tier, das jeden Morgen träge erwacht, dann vor hektischer Vitalität überschäumt und schließlich wieder einschlummert, während hier und dort auf seinem Leib, ähnlich schmerzhaften Wunden, angstdurchtränkte Flecken auftauchen.

Dabei war sie nichts anderes als eine unüberschaubare Zusammenballung von Häusern und Menschen, geplagt von den immer drängenderen Problemen der Überbevölkerung und des Terrorismus.

Von oben betrachtet schien sie in viele einzelne, klar voneinander getrennte Bereiche unterteilt zu sein. Spielte sich an einer Kreuzung ein Drama ab, herrschte nur ein paar Blocks weiter vollkommene Ruhe, und das Leben ging zwischen den erleuchteten Schaufenstern und den hastigen Blicken der Passanten seinen gewohnten Gang.

Diese und andere Gedanken schossen Colonel Baedeker durch den Kopf, während er mit seinem Jagdflieger erneut abdrehte, eine weite Schleife zog und das linke Ufer des East River ansteuerte.

Der Offizier warf einen schnellen Blick nach unten, der ihm genügte, um festzustellen, dass die von seiner F15 abgeschossenen Luft-Luft-Raketen ihr Ziel getroffen und die Bedrohung am Himmel vernichtet hatten. Er begann schon einmal, seinen schier unglaublichen Dienstbericht in sachlichen Sätzen vorab zu formulieren: Ein Helikopter ohne jegliches Kennzeichen drang in eine für den Flugverkehr gesperrte Zone ein und schoss eine Luft-Boden-Rakete auf den Eingang des UN-Gebäudes ab.

Nachdem die feindliche Absicht des Helikopters offenkundig feststand, blieb dem Unterzeichneten, Colonel Baedeker vom 12. Jagdgeschwader der US Air Force, keine Wahl, als das unbekannte Flugzeug abzuschießen. Mit Sicherheit verursachte der Angriff sowohl Personen- als auch Sachschäden.

Die Klappen, die er ausfuhr, um für mehr Auftrieb zu sorgen und zu verhindern, dass es zu einem Strömungsabriss kam, bewirkten ein leichtes, aber merkliches Rütteln. Baedeker vergewisserte sich, dass Polizei und Rettungskräfte dort unten die Kontrolle übernommen hatten. Zwei Polizeihubschrauber überflogen inzwischen das Gebiet, und die Blaulichter der Krankenwagen blinkten rings um den Glaspalast herum. Der Colonel beschleunigte und entfernte sich vom Ort des Anschlags.

Panik hatte sich ausgebreitet, als ein tief fliegender Touristenhubschrauber eine Rakete auf den Haupteingang des Gebäudes der Vereinten Nationen abgefeuert hatte.

Einige der Dienstwagen, die vor der Überdachung auf die Gesandten gewartet hatten, waren getroffen worden. Es gab viele Verletzte, einige auch schwer, die reglos auf dem Boden lagen, ihre Kleider in Fetzen, versengt und blutbefleckt. Zu ihnen zählten vor allem die Fahrer.

Die Delegierten und Gäste, die an der UN-Vollversammlung teilgenommen hatten, waren von dem Einschlag weitgehend verschont worden, und auch der größte Teil derjenigen, die das Gebäude im Moment des Anschlags verlassen hatten. Ein paar allerdings wurden von Helfern zu den sofort herbeigeeilten Ambulanzen geführt.

Alles deutete auf einen vereinzelten Terrorakt ohne eindeutiges Ziel hin. Der hinterhältige Angriff hätte vermutlich wesentlich mehr Opfer gefordert, hätte nicht einer der Fliegeroffiziere, die seit den Anschlägen auf die Türme des World Trade Centers am Himmel von New York patrouillierten, sofort und beherzt eingegriffen. Baedeker war auf dem besten Weg, zum Helden zu werden.

Niemand ahnte zu diesem Zeitpunkt, dass in wenigen Minuten eine weitere Explosion das Gebäude erschüttern würde.

Unter den Verletzten, die in die Notarztwagen stiegen, befand sich ein äußerst ungewöhnlicher Mann. Ein Mann von kleiner Statur, aber eiserner Konstitution, der bereits in früheren Katastrophensituationen entscheidend zum Überleben der gesamten Menschheit beigetragen hatte.

Der angreifende Hubschrauber war wenige Minuten nach Auslösung des Alarms abgeschossen worden, wodurch ein zweiter Raketenbeschuss und noch weitaus größere Schäden verhindert worden waren.

Auch diesmal hatte Oswald Breils Reaktionsschnelligkeit dafür gesorgt, nicht nur sein eigenes Leben, sondern auch das vieler anderer Menschen zu retten.

Einem aufmerksamen Beobachter wäre der seltsam unnatürliche Gang der Person aufgefallen, die sich aus der 43. Straße näherte. Allerdings achtete bei dem Chaos, das in diesen Momenten vor dem UN-Hauptquartier herrschte, niemand auf Nebensächlichkeiten wie etwa die Art, wie einer der vielen Schaulustigen ging. Die Menschen, die zuerst in Panik geflüchtet waren, kehrten nun grüppchenweise zum Ort des Anschlags zurück, ähnlich einer Schar Raben, die sich gleich nach Verhallen eines Gewehrschusses wieder auf einem Baum niederlässt.

Der Mann ging schnell und mischte sich unter die zahlreichen Politiker, Angestellten und Taschenträger, die stets um Gebäude dieser Art herum zu finden sind. Wie alle anderen versuchte er, einen Platz in der ersten Reihe vor dem gelben Absperrband zu ergattern, das ein eifriger Polizist gerade spannte, um den Rasen vor dem Glaspalast abzusperren.

Der Hubschrauber oder vielmehr das, was von ihm übrig war, brannte in der Mitte der Wiese aus, nicht weit entfernt von der Peace Bell und den Fahnenstangen mit den zerfetzten Flaggen.

Einer der Mercedes-Reisebusse für die Delegierten und Gäste war ebenfalls beschädigt worden und ließ ein dampfendes Schnauben und unheimliches Zischen hören, als ihn die ersten Strahlen aus den Löschfahrzeugen der Feuerwehr trafen.

Ganz in der Nähe standen die Ambulanzen mit weit offenen Hecktüren, um die Verletzten aufzunehmen.

Der Mann mit dem seltsamen Gang beugte sich über das gelbe Absperrband. Etwas blitzte dort golden auf dem grünen Rasen, wahrscheinlich ein Schmuckstück, das jemand in dem Durcheinander verloren hatte. Der Mann streckte die Hand aus, als wolle er über das weiche Gras streichen. Er hatte lange, schlanke, nervöse Finger, die nun nach dem kleinen, von der Zeit und vom Gebrauch glatt polierten Gegenstand griffen. Sie betasteten ihn, folgten seinen Rundungen, Einkerbungen und Erhebungen. Dann glitt der antike Goldring in die Jackentasche des Mannes.

Kurz darauf schlossen sich dieselben Finger um einen kantigen, ihnen vertrauteren Gegenstand, strichen über eine Taste und berührten die Antenne der Fernsteuerung.

Unterdessen drängten sich immer mehr Neugierige heran und diskutierten erregt über den Angriff.

Der erste Übertragungswagen eines Fernsehsenders war soeben eingetroffen, und schon ließen die Reporter ihre Kameras schweifen, um so viele Bilder wie möglich »Live vom Anschlag« einzufangen.

Der Mann mit den schlanken Fingern zuckte die Achseln. Die wollen Sensationen? Die können sie bekommen, dachte er und betätigte die Fernsteuerung in seiner Jackentasche.

Die einzelnen synchronisierten Mikroexplosionen waren für das menschliche Ohr nicht zu unterscheiden, sondern vereinten sich zu einer einzigen donnernden Detonation. Die Scherben der Fensterscheiben eines Büros im zwölften Stock des Glaspalastes spritzten nach unten wie Regentropfen und auf die gerade von der Polizei abgeriegelte Rasenfläche.

Zum zweiten Mal spielte die Panik drehbuchgemäß die Hauptrolle, Hunderte von Personen bewegten sich wie die Komparsen eines Actionfilms auf die gleiche Weise wie vor wenigen Minuten. Eine kopflose Menschenmenge lief in wilder Flucht auseinander, während die Polizei vergeblich versuchte, die Ordnung aufrechtzuerhalten.

Der Mann, der gerade auf den Auslöser der Fernsteuerung

gedrückt hatte, tauchte in der Menge unter und ging zurück zur 43. Straße. Am Ford Foundation Building blieb er kurz stehen, um einem Zug von Rettungsfahrzeugen nachzusehen, der durch den Stadtverkehr brauste, begleitet von gellendem Sirenengeheul. Er schien allerdings in Richtung Upper East Side zu fahren und nicht zum UN-Gebäude, wie es naheliegend gewesen wäre.

Das Gesicht des Attentäters entspannte sich unter seinem gestutzten Bart und nahm einen zufriedenen Ausdruck an. Diese Kranken- und Feuerwehrwagen, die in einen anderen Stadtteil rasten, waren der Beweis für das Gelingen seines Plans: Auch im Sitz der diplomatischen Vertretung des Iran an der 79. Straße war es zu einer Explosion gekommen, im selben Augenblick, als der zwölfte Stock des Glaspalastes zerstört worden war.

Dolomitenfront, Juni 1915

Der italienische Offizier verzog keine Miene, als der dunkle Matsch seine Uniform beschmutzte. Auch seine Bergstiefel waren von dem Dreck überkrustet, den die rollende Lafette aufwarf.

Rund dreißig Infanteristen mühten sich mit einer mächtigen 75-Millimeter-Gebirgskanone, die über zwei Tonnen wog, den Maultierpfad hinauf. Der tiefe Schlamm nach den jüngsten Regenfällen machte den Aufstieg noch beschwerlicher.

»Von wegen, das wird nicht lange dauern«, murmelte der Offizier vor sich hin und unterdrückte einen Fluch, als er erneut fast bis zur Wade einsank. »Die da oben behaupten tatsächlich, dass dieser Tanz in null Komma nichts vorbei sein wird. Aber das glaube ich nicht, der Krieg kennt keine Null, er kennt nur ein *Zuviel*. Genau wie der Tod.«

»Kann ich Ihnen helfen, Herr Hauptmann?«, fragte ein junger Oberleutnant besorgt, als sein Vorgesetzter ausrutschte und dabei den Rädern der Lafette, die mit hölzernen Laufrollen, ähnlich wie Raupenketten, umgürtet waren, gefährlich nahe kam.

»Schon gut, Oberleutnant. Machen Sie weiter. Unser Zug muss die Schützengräben vor Einbruch der Nacht erreichen. Sollte uns schlechtes Wetter überraschen, wäre das fatal. Das Gebirge kennt keine Jahreszeiten, und die Sommerstürme hier sind nicht weniger gefährlich als ein Schneetreiben.«

Unter ihnen erstreckte sich die weite Talebene, wo die spitzen Dachfirste von Häusern, die sich um einen weißen Kirchturm gruppierten, den klaren Himmel des Sommertags herauszufordern schienen.

Cortina d'Ampezzo war von den italienischen Truppen in den letzten Maitagen eingenommen worden, ohne dass ein einziger Schuss gefallen wäre. Die Österreicher waren abgezogen, als hielten sie diesen Posten für unwichtig, woraufhin acht Infanteristen der Brigade »Marche« am Achtundzwanzigsten in den fast verlassenen Ort einmarschiert waren und eine einsame italienische Flagge vor dem Bürgermeisteramt gehisst hatten.

Die verbliebenen Einwohner von Cortina – die Habsburger hatten alle Männer zwischen sechzehn und fünfzig Jahren zwangsrekrutiert – hatten nicht den geringsten Widerstand gegen den ganze acht Mann starken Brückenkopf geleistet. Man hätte meinen können, dass dieser Landstrich, der doch als bedeutend für jeden Versuch eines Vormarsches gelten müsste, keinerlei strategisches Interesse weckte.

Möglicherweise war das einer der Gründe, weshalb sich unter den Offizieren an der Dolomitenfront die Überzeugung breitmachte, dass dies kein richtiger Krieg war, sondern nur ein höfliches Scharmützel zwischen Truppen benachbarter Staaten, weil die Mächtigen mal wieder die Grenzen neu ziehen wollten.

General Cantore, der direkte Vorgesetzte von Hauptmann Alberto Sciarra della Volta, hatte ihm anvertraut, was der königliche Ministerpräsident, Antonio Salandra, derzeit zu seinen engsten Mitarbeitern gesagt hatte: »Der Krieg wird nicht über den Winter hinaus dauern. Deshalb halte ich es für so gut wie überflüssig, die Truppen, die die Alpenpässe bewachen, mit noch weiterem Proviant zu beliefern.«

Ja, ja, die da oben, dachte della Volta kopfschüttelnd. Ihre Spielchen und ihre Irrtümer …

Der eiskalte Abendwind kündigte eine ebenso eisige Nacht an. Die Dolomiten erglühten im sommerlichen Abendrot, und weiter oben reflektierte der ewige Schnee die letzten Sonnenstrahlen. Die wenigen Wolken schienen von innen zu leuchten, so intensiv gleißte ihr flockiges Weiß. Das Naturschauspiel war derart schön, dass man die Angst fast vergessen konnte.

Doch die Realität zeigte sich weniger poetisch. Der Krieg, auf den sich die kältestarren und schlecht ausgerüsteten Alpenjäger vorbereiteten, zog düster und ohne absehbares Ende herauf, ungeachtet der optimistischen Vorhersagen der Minister und Generäle.

Tabarqa, 1347

Leid, Krankheit und Tod verhöhnten die Bewohner, die aus Furcht vor Ansteckung ihre Familien und Freunde im Stich gelassen hatten, in der vergeblichen Hoffnung, von der Seuche verschont zu werden.

Doch die Pest kannte keine Gnade, sie schlug blindlings zu und ließ nichts als Pein und Trostlosigkeit zurück.

Beinahe an jeder Kreuzung der Stadt brannten Scheiterhaufen voller Leichen. Das Feuer erhielt ständig neue Nahrung, denn es war die einzige Waffe, die das Übel besiegen konnte. Falls es überhaupt zu besiegen war.

Draußen vor den Stadtmauern lagerte der Feind und wartete in aller Ruhe ab. Die Christen hatten ihre Angriffe auf die Sarazenenstadt auf ein Minimum reduziert. Die Seuche würde die heroisch kämpfenden Bewohner von Tabarqa mit der Zeit in die Knie zwingen, wirkungsvoller als hundert schwer bewaffnete Heere.

Aus diesem Grund hatte das Gros der christlichen Truppen das Feldlager inzwischen geräumt. Es war unsinnig, Tausende von unbeschäftigten Soldaten dort zu halten, während die Stadt von der Pest verschlungen wurde.

Der Muqatil blickte von der Stadtmauer herab. Wo zuvor die feindlichen Kriegsmaschinen aufragten, sah man nur noch große Flächen vergilbten Grases, Abfallhaufen und die dunklen Ringe der Lagerfeuer. Nicht weit davon ragten die Zelte auf, aber es waren weniger als die Hälfte von denen, die ursprünglich den Belagerern Unterschlupf geboten hatten.

Der Sarazenenkrieger schüttelte den Kopf. Unzählige Male schon hatte er sein Leben in Schlachten zu See und zu Land riskiert, es aber nie für möglich gehalten, eines Tages an der Pest zu krepieren.

Tabarqa war nur noch ein einziger Scheiterhaufen. Die Geier, die ihn umkreisten, brauchten lediglich darauf zu achten, dass niemand aus der Stadt floh; die Epidemie würde den Rest für sie erledigen.

Der Muqatil richtete den Blick auf die Männer, die auf den Mauern Wache hielten. Bei jedem Sonnenaufgang fehlten erneut einige seiner verdienten Soldaten beim Appell. Die unerbittliche Krankheit achtete weder Tapferkeit noch Heldenmut, sondern traf jeden, ohne Unterschied.

Er beugte sich zu Celeste hinab, seiner geliebten Tochter, und schaute ihr in die tiefblauen Augen, die sie von ihm geerbt hatte. Dann rannte die Kleine wieder den Laufgraben entlang, gefolgt von einer erschöpften Amme, die zermürbt war von den Entbehrungen durch die Belagerung und der Angst vor der Seuche.

Alles hatte damit begonnen, dass die Venezianer das abgetrennte Haupt eines Pesttoten über die Mauer geschleudert hatten. Neben dem Katapult hatte der Muqatil seinen Erzfeind erblickt und wie dieser den Kopf geschüttelt hatte. Hito Humarawa unterwarf sich dem Ehrenkodex seiner Kriegerkaste; nie hätte ein Samurai zu einem derart niederträchtigen Mittel gegriffen, um eine Stadt einzunehmen. Der Muqatil kämpfte bereits einen Großteil seines Lebens gegen den Japaner, der ein würdiger Gegner war, mit dem ein jeder Krieger im Zweikampf die Waffen kreuzen wollte.

New York, Mai 2002

Ein Wind, der schon die Düfte des bevorstehenden Sommers mit sich brachte, fuhr in die Straßenschluchten, gewann dort neue Kraft und wirbelte um die Wolkenkratzer.

Ground Zero lag da wie Ödland, auf dem der Hass seine tödliche Saat gestreut und den Lauf der Geschichte verändert hatte. Dort, wo einst einer der Türme in den Himmel ragte, war eine Tribüne aufgebaut worden, mit Drapierungen und großen weiß-rot-blauen Kokarden geschmückt. Welcher Ort konnte passender sein für eine Gedenkfeier zu Ehren der Opfer des Terrorismus?

General Grenshover saß in der Mitte, neben ihm der Bürgermeister von New York, der eine angemessen feierlich-betrübte Miene aufgesetzt hatte, und hinter den beiden hatte ein Aufgebot ziviler und militärischer Führungspersonen Platz genommen.

Der General sprach langsam und getragen einen Namen ins Mikrophon: »Deidra Curring Blasey. Ich bitte Colonel Deidra Blasey vom U.S. Marine Corps vorzutreten.«

Deidra Curring Blasey erhob sich von ihrem Stuhl. Sie war um die fünfzig, wirkte aber trotz der kleinen Pölsterchen um die Hüften immer noch fit und drahtig. Der strenge Drill, dem sie sich in all ihren Dienstjahren unterworfen hatte, vertrug mehr als ein paar Kilo zu viel, bevor seine Wirkung nachließ.

Die Frau ging mit militärischem Schritt auf die Tribüne zu, stets in gerader Linie, die Kehren mit lautem Hackenschlag betonend.

Vor dem General angekommen, stand sie stramm, legte die rechte Hand ans Barett, wartete, bis ihr Vorgesetzter den Gruß erwidert hatte. »Colonel Deidra Blasey meldet sich zur Stelle, General!«

Ernst und gebieterisch hallte die Stimme des Generals über den Platz: »Colonel Blasey ist eine Heldin des Golfkriegs. Dank ihrer herausragenden Fähigkeiten als Sprengstoffexpertin sind viele unserer Soldaten nicht durch feindliche Landminen ums Leben gekommen. Aber Deidra Blasey ist auch eine Frau, eine Mutter, die ihren einzigen Sohn bei einem Terroranschlag verloren hat …«

General Grenshover sah überraschend gerührt aus, als er Colonel Blasey eine Tapferkeitsmedaille an die Brust heftete und ein paar herzliche Worte sprach, die über die üblichen Floskeln hinausgingen.

Deidra Blasey grüßte erneut, machte zackig kehrt und entfernte sich, während der General schon einen weiteren zu dekorierenden Helden aufrief.

Als sie von dem Podest heruntergestiegen war, berührte sie mit der Hand die goldschimmernde Medaille. Ihre Augen glänzten, doch ihr Blick hinter dem Tränenschleier war voller Groll.

Ihr Sohn, Martell Curring, war als Lieutenant der Marines bei der amerikanischen Botschaft in Kairo stationiert gewesen, als ihn eine Bombe zerrissen hatte. Ein islamistischer Terrorist hatte in einem von amerikanischen Soldaten häufig besuchten Lokal einen in einer Tasche versteckten Sprengsatz deponiert.

Das war mittlerweile drei Jahre her, und seitdem wurde sie jedes Jahr mit einer neuen Auszeichnung bedacht. Keine davon konnte ihr Martell wiedergeben. Er war mit einem Lächeln und seinen hoffnungsvollen vierundzwanzig Jahren von zu Hause aufgebrochen, und sie hatte nichts als seine von der Druckwelle verbogene Erkennungsmarke zurückbekommen.

Dolomitenfront, Juni 1915

Am Sonntag, dem 23. Mai 1915, hatte Gualtiero Giuseppe, Herzog von Avarna, italienischer Botschafter in Wien, dem österreichischen Außenminister, Baron Rajecz Stephan von Burian, eine Erklärung übergeben, der zufolge sich »*Italien als im Kriegszustand mit Österreich-Ungarn befindlich betrachtet, und zwar von null Uhr des folgenden Tages an*«.

Daran dachte Hauptmann Alberto Sciarra della Volta, als er sorgfältig eine dicke Kladde mit schwarzem Einband und rotgeränderten Seiten aufschlug.

Auf der ersten Seite stand in Druckbuchstaben »Frontberichtsbuch«, darüber befand sich, in blauer Tinte, der Stempel des Alpenregiments, dem der Hauptmann angehörte. Am Fuß der Seite erging eine Aufforderung an »*das Hauptkommando des Heeres, die Kommandos der Hauptabteilungen und Brigaden der Infanterie und Kavallerie sowie die Kommandeure der zur Front abkommandierten Regimenter und Unterabteilungen, täglich Folgendes handschriftlich festzuhalten, zu überprüfen und gegenzuzeichnen: die Dislokation der Abteilungen am Morgen, die erhaltenen oder erteilten Befehle, die ausgeführten militärischen Operationen, die wichtigsten Vorkommnisse, die mit diesen einhergingen beziehungsweise darauf folgten, die daran teilnehmenden Truppen sowie die Witterungsverhältnisse des Tages samt deren Veränderungen*«.

Das Berichtsbuch solle, so schlossen die Anweisungen, am Tag der Mobilmachung begonnen und erst nach Kriegsende abgeschlossen werden, wenn auch der letzte Rekrutenjahrgang verabschiedet worden war.

Nach Kriegsende, dachte Hauptmann Sciarra skeptisch, falls dieser Krieg je endete. Aber er würde jedes Ereignis beschreiben, wie das Vaterland es verlangte, jedes Geräusch von jagenden oder flüchtenden Tieren in diesen Sommernächten, jedes Frösteln aufgrund der fünfundzwanzig Grad Temperaturunterschied zwischen Tag und Nacht, jeden Stern am Himmel und jede Aktion in diesem merkwürdigen Krieg, der bisher vor allem aus zermürbender Stille und gelegentlichen Beleidigungen bestand, die man dem Feind aus dem Schützengraben zubrüllte. Er hoffte nur, dass es so blieb.

Das Knallen zusammenschlagender Hacken, nur leicht gedämpft von der Schlammschicht auf den Stiefeln, unterbrach sein Sinnieren.

»Bitte, Meldung erstatten zu dürfen, Herr Hauptmann!« Oberleutnant Cassali stand plump und unbeholfen im Eingang des Feldzeltes. Das schwache Lampenlicht in der Unterkunft des Kommandeurs unterstrich die pummelige Statur des Untergebenen, wie eine Laterna magica die komische Silhouette eines dickbäuchigen Clowns hervorhebt. »Ich bitte um Verzeihung, Signor Marchese, aber … der General hat gerade telegrafiert. Man fürchtet, dass vom Col di Lana … die Österreicher …«

»Stehen Sie bequem, Oberleutnant. Noch besser, setzen Sie sich und legen Sie mir alles in Ruhe dar.« Alberto Sciarra hob den Blick von der ersten, noch ungeschnittenen Seite des Feldtagebuchs. »Und denken Sie daran, dass wir an der Front sind. Vergessen Sie die Adelstitel und beachten Sie nur die Dienstgrade am grünen Kragenspiegel der Alpini.«

»Zu Befehl, Signor Marchese … äh, Hauptmann«, sagte der Oberleutnant, nun vollends durcheinander. Er betrat das Zelt und wärmte sich die Hände am Ofen, aber mehr aus Verlegenheit, als dass er fror.

Alberto Sciarra stand von seinem Schreibpult auf. Er öffnete ein Schränkchen rechts von seinem Feldbett und holte eine Flasche Grappa heraus. Er musste lächeln, wenn er daran dachte, dass es ihn, einen aus Sizilien stammenden Adeligen, zu einem Alpenjägerregiment an der Dolomitenfront verschlagen hatte. Seine nachtschwarzen Augen blickten freundlich, geradezu väterlich, während er sich wieder dem Oberleutnant zuwandte, der nur wenige Jahre jünger war als er.

Er schenkte zwei Gläser Grappa ein und hörte seinem Untergebenen aufmerksam zu.

Vereinigte Staaten von Amerika, Juni 2002

In der Wohnung herrschte peinliche Ordnung, jeder Gegenstand war mit Bedacht platziert, nichts dem Zufall überlassen worden.

Die Hände mit den schlanken Fingern steckten in sterilen Einweghandschuhen. Auf dem Computerbildschirm standen einige Zeilen eines noch nicht fertigen Textes.

Das Bekennerschreiben zu den beiden Anschlägen, der eine auf das Büro der iranischen Delegation im Hauptquartier der UNO, der andere auf den Sitz der diplomatischen Vertretung des Iran, enthielt detaillierte Angaben, von denen nur der Attentäter Kenntnis haben konnte, und war in einer Sprache abgefasst, die zwischen Exaltiertheit und kühlen, nüchternen Formulierungen schwankte.

Der Terrorist teilte darin mit, dass er allein gehandelt habe und keiner Organisation angehöre, und äußerte sich über den Tod von elf diplomatischen Angestellten mit völliger Teilnahmslosigkeit und im Fachjargon eines medizinischen Berichts.

Er war dabei, seine erste Botschaft fertigzustellen. Es fehlten nur noch die Worte, mit denen die Ermittler auf die neue Bedrohung aufmerksam gemacht werden sollten. Er würde die Jagd eröffnen und ihren Ablauf bestimmen, eine Jagd, bei der die Beute eine perverse Lust empfand, wenn sie das Kläffen der Hundemeute auf ihren Spuren hörte.

Das Buch der Ungläubigen selbst soll den Hinweis darauf geben, wo die Faust der Gerechtigkeit das nächste Mal niedergehen wird:

»Er ist es, der euch auf dem Festland und auf dem Meer reisen lässt. Wenn ihr dann auf den Schiffen seid und diese mit ihnen und mit einem guten Wind dahinfahren und sie sich darüber freuen, kommt ein stürmischer Wind auf, und die Wellen kommen über sie von überall her, und sie meinen, dass es um sie geschehen wäre, da beten sie zu Allah, indem sie sich in ihrem Glauben ganz auf ihn einstellen: Wenn du uns aus diesem

Ungemach errettest, werden wir bestimmt dankbar sein und dir allein die Ehre geben …

Wegen ihrer Sünden wurden sie ersäuft und ins Feuer geführt, und sie fanden keine Helfer wider Allah.«

Der Mann klickte den Druckbefehl an. Er würde das Bekennerschreiben in einen Umschlag stecken und ihn an die Hauptstelle des Federal Bureau of Investigation schicken und außerdem Kopien an einige der meistgelesenen Zeitungen, damit die ganze Welt den Urheber dieser Tat und derer, die noch folgen würden, erkannte.

Auf einmal hielt er inne, ihm war etwas eingefallen.

Der Ring der Könige schimmerte auf dem penibel aufgeräumten Schreibtisch. Die schlanken Finger schlossen sich um das antike Artefakt, fuhren den Reif aus massivem Gold nach und verharrten auf dem Siegel des Königs der Könige.

Es fehlte nur noch die Unterschrift unter dem Schreiben, und der Ring der Könige würde sie einzigartig und unverwechselbar machen.

Erneut flogen die Finger über die Tastatur: »Der Gerechte im Namen Gottes, das sei der Name, unter dem ihr mich kennen sollt und unter den ich mein unverwechselbares Siegel setze.«

Das Siegel Salomons, des Königs der Juden, den die Heilige Schrift als den Weisen unter den Weisen und den Gerechten unter den Gerechten beschreibt, würde von diesem Moment an zum Zeichen des Terrors werden.

Auf dem Militärstützpunkt Camp Lejeune in der Nähe von Jacksonville, North Carolina, waren rund hundertfünfzigtausend Menschen beschäftigt, zivile Angestellte und Soldaten im aktiven Dienst zusammengerechnet. Die landschaftliche Umgebung war ausnehmend schön: Kilometer um Kilometer saubere Sandstrände am atlantischen Ozean, die zu einem Meeresschutzgebiet gehörten.

Junge Leute drängten sich grüppchenweise auf den halbmondförmigen hellen Sandstreifen, lagen ausgestreckt unter der warmen Sonne oder hockten rittlings auf einem Surfbrett, bereit, es mit den hohen Wellen aufzunehmen. Viele von ihnen waren kahl geschoren, und fast alle trugen fantasievolle Tätowierungen auf ihren durchtrainierten Körpern zur Schau. Es war nicht schwer, in ihnen Marines von der nahen Militärbasis zu erkennen, die dieselben Strände auch für ihren täglichen Drill aufsuchten.

Colonel Deidra Curring Blasey warf einen gleichgültigen Blick auf die Rekruten, die sich seit mehreren Stunden beim Lauftraining abmühten, und ging dann zum Schuppen 24, dem der Munitionstechniker. Ein untersetzter, korpulenter Sergeant Major mit ausgeprägten Gesichtszügen, die höchsten Respekt ausdrückten, trat vor sie hin.

»Colonel«, grüßte er mit Stentorstimme.

»Rühren, Sergeant!«

»Wenn ich meine Meinung äußern dürfte, Colonel ...«

Der Colonel forderte den Feldwebel mit einem Nicken dazu auf.

»Es ist bald so weit, denke ich, dass wir unsere Rucksäcke packen müssen. Ein Marschbefehl liegt in der Luft ...« Der Sergeant strahlte wie ein Kind, dem man erlaubt hatte, sein Lieblingsspiel zu spielen. Und das Lieblingsspiel von Sergeant Kingston war der Krieg.

Deidra Blasey lächelte, während der Sergeant ihr in das Büro folgte, das in einer Ecke des Schuppens abgeteilt war.

In Camp Lejeune gab es einige Tausend Soldaten, die als »Koffersoldaten« bezeichnet wurden. Es handelte sich um ein ausgewähltes Kontingent, bestehend aus Marines und SEALS, das sich stets bereithielt, innerhalb von zwei Stunden auszurücken, und das bis zu drei Monate vollkommen unabhängig am Einsatzort ausharren konnte.

Das Protokoll sah bis ins Kleinste vor, was im Fall eines plötzlichen Aufbruchs zu geschehen hatte. Die Interessen der Soldatinnen und Soldaten wurden während dieser Zeit von einem Notar wahrgenommen, der sich um verschiedene Angelegenheiten des täglichen Lebens kümmerte, die sie aufgrund ihres Einsatzes nicht erledigen konnten. Darüber hinaus veranstaltete die Frau des Stützpunktkommandanten regelmäßige Treffen, in deren Rahmen die Angehörigen der Soldaten bei Tee und frisch gebackenen Keksen auf dem Laufenden gehalten wurden.

Deidra Blasey kannte das Protokoll in- und auswendig. Sie hatte aufgehört zu zählen, wie oft sie schon mitten in der Nacht geweckt worden und gemeinsam mit der EOD-Abteilung (Explosive Ordinance Disposal), den Kampfmittelräumern der Marines, die sie befehligte, in ein Militärfahrzeug verladen und zu einem unbekannten Ziel gebracht worden war, wo bereits Kriegszustand herrschte oder gerade beendet wurde oder vielleicht gerade ausbrach.

Dolomitenfront, Oktober 1915

Der Hauptmann schüttelte den Kopf. Mehrere Monate waren seit dem 24. Mai vergangen, und all die optimistischen Prognosen hinsichtlich Dauer und Ausmaß des Konflikts waren dahingeschmolzen wie Schnee in der Sonne. Apropos Schnee – nur noch wenige Tage, dann würden die vereinzelten herbstlichen Schneefälle zu einem dauerhaften Gestöber werden und den Tausenden in den Schützengräben zusammengedrängten Männern das Leben noch schwerer machen.

Der Piccolo Lagazuoi glich mehr oder weniger den anderen Dolomitengipfeln, die sich in ihrem intensiven Rosaschimmer vor dem klaren Alpenhimmel abzeichneten. Das Massiv des Piccolo – umgeben von den Spitzen des Sasso di Stria, des Falzarego, des Col dei Bos, des Tofana di Rozes und des Grande Lagazuoi – erhob sich neben dem Falzarego-Pass und beherrschte das gesamte von der Passstraße Allemagna durchschnittene Tal, das etwa dreißig Kilometer von Cortina d'Ampezzo und siebzig von Belluno entfernt lag.

Die Österreicher hatten eine Reihe von Stellungen an den

Hängen des Piccolo Lagazuoi angelegt. Entlang des Grats, der von zweitausenddreihundert auf zweitausendsiebenhundert Höhenmeter anstieg, waren die österreich-ungarischen Soldaten in zahlreichen Stollen und Gräben postiert, von wo aus sie die italienischen Truppen leicht in Schach halten konnten.

»Rekapitulieren wir, Oberleutnant Cassali«, sagte Hauptmann Sciarra. »Sie werden das Lager mit dem von Ihnen geführten Zug am Abend des Siebzehnten verlassen. Zusammen mit Ihnen werden zwei weitere Abteilungen von Alpini, die von anderen Kompanien kommen, ausrücken. Ich übernehme das Kommando über die Operation. Unsere drei Trupps werden die Felsrinnen des Falzarego-Passes hinaufsteigen und die Ostwand des Lagazuoi erklimmen. Wir müssen die Österreicher aus ihren Stellungen verjagen und diese einnehmen.«

Oberleutnant Cassali nickte schweigend. Der Hauptmann musterte ihn anerkennend. Dieser Junge, der aus einer großbürgerlichen norditalienischen Familie stammte, verhielt sich schon ganz wie ein Mann, obwohl er erst zwanzig Jahre jung war.

Nur seinen blauen Augen schien nach Meinung seines Vorgesetzten noch der Mut zu fehlen, um aus dem Schützengraben zu springen und Mann gegen Mann gegen die Österreicher zu kämpfen.

Alberto Sciarra fühlte sich an einen Welpen erinnert, der gestreichelt werden wollte. Er lächelte, legte dem jungen Offizier eine Hand auf die Schulter und sagte: »Möge Gott mit uns sein.«

Der Angriff wurde mit heftigem Artilleriebeschuss eingeleitet.

Während die Granaten einschlugen, hatte es zuerst den Anschein, als wären die Österreicher von der vordersten Frontlinie verschwunden.

»Lasst euch nicht täuschen«, sagte Sciarra in einer Waffenpause zu seinen Männern. »Der Feind hat sich in seine Höhlen zurückgezogen und wird herausstürmen, sobald wir das Feuer einstellen.«

Er sollte sich nicht irren. Ein Großteil der feindlichen Truppen hielt sich wie immer im Schutz der Stollen auf, die tief in den Fels hineingegraben waren. Um ihren engen Unterschlupf gegen die Kälte zu isolieren, verkleideten die Soldaten die Felswände häufig mit Holz und dämmten die Zwischenräume mit in Teer getränktem Papier ab. Verglichen mit den Schützengräben waren diese Tunnelunterstände daher geradezu gemütlich.

Das Bohren von Tunneln sollte zu einer entscheidenden Kampfstrategie an der Gebirgsfront werden. Und die Stollen, die mühsam unter den feindlichen Stellungen ausgehoben und gesprengt wurden, sollten einen nie zuvor dagewesenen Minenkrieg einleiten.

Oberleutnant Cassali ging mit der Dienstpistole in der Hand voran. Die Stille der Gipfel lag fast greifbar, einem Leichentuch gleich, über dem Schauplatz.

Die Infanteristen verließen ihre Deckung mit angelegten Karabinern und aufgepflanzten Bajonetten. Ein leichter Nebel verlieh den Minuten vor dem Kampf am Morgen dieses 18. Oktober 1915 zusätzlich etwas Unwirkliches.

Ihr Schlachtruf ertönte, sobald die Befehlshaber der Abteilungen den Sturm befohlen hatten, und hallte von den Felswänden wider.

Hauptmann Alberto Sciarra stand inmitten seiner Kompanie, die Waffe schussbereit in Händen.

Die italienischen Soldaten waren kaum ein paar Schritte vorgeprescht, als ein Feuerinferno losbrach und eine unüberwindliche Wand zwischen den Alpenjägern und den österreichischen Truppen errichtete.

»Gestatten Sie, dass ich Ihnen meinen Glückwunsch ausspreche«, sagte Oberst Cantini beim Betreten des Feldlazaretts.

Der Hauptmann stand vom Krankenbett seines Oberleutnants auf und ließ dessen Hand für wenige Augenblicke los.

»Danke, Herr Oberst«, antwortete Sciarra della Volta. Dann zeigte er auf die Verwundeten ringsum und fügte hinzu: »Wir haben den Erfolg des Angriffs vor allem der Tapferkeit dieser Männer und ihrer Kameraden, die im Feindesfeuer gefallen sind, zu verdanken.«

»Ganz recht, die Ehre gebührt den Gefallenen und den mutigen Alpenjägern«, stimmte Cantini mit Nachdruck zu.

Der Oberst drehte eine schnelle Runde durch das Lazarett, das an einer Verbreiterung in einem Tunnel eingerichtet worden war. Bei den am schwersten Verwundeten blieb er kurz stehen und legte seine Hand auf die Stirn eines achtzehnjährigen Jungen, der nur noch blutgetränkte Verbände trug, wo einst seine oberen Gliedmaßen gewesen waren.

Alberto Sciarra dachte an die Zeile eines bekannten Dichters: »*Schön ist der Krieg …*«

Der Druck von Oberleutnant Cassalis Hand rüttelte ihn auf.

»Wir haben es geschafft, Herr Hauptmann, nicht wahr?«, fragte Cassali mit benebeltem, ins Leere gerichtetem Blick. »Sagen Sie bitte meinen Eltern, dass wir es geschafft haben.«

Dann schloss der junge Oberleutnant für immer die Augen.

Tabarqa, 1347

In seinem Zelt plagte sich der japanische Krieger, ehe er sich dem Schlaf überließ, mit Zweifeln und Reuegedanken.

Seiner Überzeugung nach hatte ein Krieg den Gesetzen der Ehre zu unterliegen, und es verstieß gegen die unveränderlichen Regeln des *Bushido,* des Verhaltenskodexes der Samurai, eine Seuche in einer belagerten Stadt zu verbreiten.

Wie viel Zeit war vergangen, seit er mit Schande bedeckt aus seinem Dorf geflohen war. Er hatte eine so schlimme Schmach auf sich geladen, dass niemand in seiner Heimat ihm je vergeben würde, auch wenn er nun schon viele Jahre im Dienst der Venezianer kämpfte.

Plötzlich, als die Müdigkeit ihn schon überwältigte und seine Gedanken immer konfuser wurden, brachte ihn ein Geräusch im Innern des Zelts ruckartig in die Gegenwart zurück. Ehe er richtig gewahr werden konnte, was vor sich ging, weckte ihn eine feste, klare Stimme vollständig.

»Ich bin es, Humarawa. Ich komme in Frieden«, sagte die Stimme im Dunkeln. »Bevor du dein Schwert zückst, höre, was ich dir zu sagen habe. Du stehst tief in meiner Schuld, und es ist eine Ehrenschuld.«

»Ich werde dich anhören, Muqatil«, antwortete Hito Humarawa, der die Stimme sogleich erkannt hatte. »Ich werde dich anhören, mein ehrenwerter Feind.«

Draußen gingen die ahnungslosen und durch die lange Tatenlosigkeit der Belagerung unaufmerksam gewordenen Wachen zwischen den Lagerfeuern umher, während sich im Zelt eines der Befehlshaber des venezianischen Heeres zwei Männer ihre Empfindungen und Schwächen anvertrauten. Das war umso ungewöhnlicher, als sich die beiden seit nunmehr dreizehn Jahren bekämpften und es für jeden stets das höchste Ziel gewesen war, den anderen zu besiegen.

»Ich weiß«, sagte der Sarazene, »dass der heimtückische Einfall, die Pest in die Stadt zu tragen, nicht von dir kam. Ich kenne deine Tapferkeit und bin sicher, dass du nie zu solch verabscheuungswürdigen Mitteln greifen würdest.«

Der Japaner saß auf seinem Lager und hatte die Flamme der Öllampe hochgedreht. Sein angedeutetes Nicken bestätigte dem Sarazenen, dass ihm solche Machenschaften fremd waren.

Die kobaltblauen Augen des Muqatil funkelten im Lampenlicht, als er fortfuhr: »Ich will offen sprechen. Eure restlichen Soldaten warten nur noch darauf, dass sich die Raben zu einem Festmahl auf die Stadt stürzen. Das wird das Zeichen sein, dass auch der letzte Bewohner der Pest erlegen ist. Mindestens siebzig von hundert meiner Krieger sind schon an der Seuche gestorben. Unter den Frauen und Kindern ist der Anteil noch viel höher. Diletta, die Frau, die ich liebe, wird den neuen Tag nicht mehr heraufziehen sehen. Aber ich versichere dir, Humarawa, dass ich nicht beabsichtige, von eitrigen Beulen und schwarzen Wundbrandflecken übersät diese Welt zu verlassen. Ich will als Krieger sterben und wende mich an dich, weil auch du ein Krieger bist und wir uns gegenseitig achten.«

»Sprich weiter, Muqatil«, sagte der Japaner, ohne den Blick von seinem Gegner abzuwenden.

»Ich glaube, du warst damals einer der ersten Menschen, die meine Tochter im Arm hielten, als du sie auf Befehl meines Schwiegervaters, des heimtückischen Campagnola, ihrer Mutter Diletta wegnahmst. Nun bitte ich dich, meine Celeste in Sicherheit zu bringen, weit weg von dem Schreckgespenst des Todes, das in Tabarqa regiert. Du kannst dir nicht vorstellen, Humarawa, wie die Seuche in dieser belagerten Stadt wütet.«

Das Lager lag im Licht der Morgensonne. Mit ritueller Bedachtsamkeit kleidete sich Humarawa an, unterstützt von Wu, seinem Knappen, der die Seidenschnüre der Samurairüstung um den muskulösen Körper des Japaners festzog.

Die Sonne stand schon hoch, als das Haupttor der Stadt weit geöffnet wurde.

Der Muqatil ritt ein schwarzes Vollblutpferd, und die bunten Federn auf seinem Helm wehten in dem warmen Wind aus der nahen Wüste.

Dem Sarazenenkrieger folgte eine Gruppe Waffen tragender Soldaten, allesamt bereit, im Kampf zu sterben. Sie waren fast die einzigen Überlebenden der Pest.

Humarawa ritt vor der Phalanx seiner Männer. Er hob sein Schwert, das *Katana,* senkrecht vor die goldene Kriegsmaske, die er trug, zum Gruß an seinen ehrenhaften Feind.

Der Muqatil, das Gesicht vom Leid gezeichnet, erwiderte die Geste und machte sich bereit für die Schlacht, die vermutlich seine letzte sein würde.

Luftstützpunkt Konya, 200 Kilometer südlich von Ankara, Juni 2002

Der Motorenlärm der dreistrahligen Boeing der U.S. Air Force dröhnte ihr noch in den Ohren und legte sich über das Flüstern des von Süden wehenden Windes.

Colonel Blasey hob ihr Marschgepäck vom Boden und ging resolut auf das Gebäude rechts von der Landebahn zu.

Sergeant Kingston erbot sich, den schweren Rucksack für sie zu tragen, doch sie lehnte ab, und er zuckte die Achseln. Deidra Blasey war ein Marines-Offizier von echtem Schrot und Korn, eine der erfahrensten im aktiven Dienst.

»Gehen wir, Jungs«, sagte sie zu den sechzig Männern – Munitionstechnikern, Mechanikern und Kampfmittelräumern –, die ihrem Befehl unterstanden. Keiner von ihnen störte sich auch nur im Geringsten daran, dass sie von einer Frau befehligt wurden. Schließlich hatte sich ihre Kommandantin ihren Rang im Feld verdient. »Die Kamelführer der Wüste brauchen unsere Kenntnisse, um neue, sichere Routen zu finden«, erklärte Blasey ihre Mission und wuchtete den Rucksack auf ihre Schultern. »Machen wir uns an die Arbeit, desto früher sind wir wieder zu Hause. Und passt immer auf, wohin ihr tretet, das Gebiet ist mit Antipersonenminen verseucht.«

Der Wind wirbelte lauter Erinnerungen heran. Vor fast zehn Jahren, sie war gerade aus dem Golfkrieg zurückgekehrt, hatte der verdammte Krebs ihren Mann dahingerafft, einen ehrlichen Versicherungskaufmann aus North Carolina. Kurz darauf war auch ihr Sohn umgekommen, bei diesem Terroranschlag in dem Kairoer Café.

ERSTER TEIL

Ah, Dieu! Que la guerre est jolie
avec ses chants et ses longs loisirs.

Ach Gott, wie schön ist der Krieg
mit seinen Liedern und seinem vielen Müßiggang.

Guillaume Apollinaire, Kalligramme

1. Kapitel

Straße von Hormuz, August 2002

Als die *Emerald Light,* ein VLCC, Very Large Crude Carrier, im Jahr 1973 vom Stapel lief, war sie ein wahres Juwel neuester Schiffbau-Technologie, ein Öltanker, der rund dreihunderttausend Tonnen Rohöl laden konnte und so die durch die erzwungene Umschiffung Afrikas gigantisch gestiegenen Transportkosten zu senken half, denn eine der ersten Folgen des Kriegs zwischen Ägypten und Israel war die Sperrung des Suezkanals gewesen.

Schon einige Jahre später, aufgrund der Veränderung der politischen Verhältnisse im Nahen Osten und vor allem der Wiedereröffnung des Kanals, standen Stahlkolosse dieses Typs kurz vor der Abtakelung und Verschrottung. Manche holten die Flagge ihrer Eigner ein, bei denen es sich zumeist um amerikanische Ölmultis handelte, und hissten die Fahne eines Erdöl produzierenden Landes. In diesen Staaten kam der Export einer größtmöglichen Menge Rohöl größtmöglichen Einkünften gleich.

Der Rumpf der *Emerald Light* war ursprünglich dunkelgrün gewesen, doch die Farbe war aufgrund der Oxidation auf weiten Flächen abgeblättert.

Das alte Logo der Chevron Oil Company war noch am Schornstein zu erkennen, nicht vollständig abgedeckt von der gelben Überlackierung. Unter dem Namen des Schiffs am Bug und am Heck prangte dessen Übersetzung in arabischen Schriftzeichen, obwohl es unter liberianischer Flagge fuhr.

Der Supertanker transportierte die beträchtlichen Mengen Rohöl, die die Regierung in Teheran durch die nicht sehr engen Maschen des von der OPEC auferlegten Quotennetzes hindurchbringen konnte. Das war nicht illegal, nur eine klare Verletzung des *Gentlemen's Agreement* zwischen den Erdöl produzierenden Ländern. Und zugleich auch ein Notbehelf, auf den die Mitglieder des Kartells häufig zurückgriffen, sobald ihre nationale Wirtschaft erste Anzeichen von Schwäche zeigte.

Die imposante *Emerald Light* mit ihren dreihundertachtundsechzig Metern Länge lag noch vor der Insel Abu Musa, während sie auf die Formierung des Konvois wartete, an dessen Spitze sie fahren sollte. Sobald sich ihr die anderen sechs Schiffe angeschlossen hatten, würde sie Anker lichten und auf die Meerenge zusteuern, die den Persischen Golf vom Golf von Oman trennt.

Der Funkkontakt zwischen dem Festland und der Kommandobrücke wurde intensiver, als das Verkehrskontrollzentrum den Männern auf der Brücke die nötigen Anweisungen für die Passage erteilte.

»*Emerald Light, Emerald Light*«, knarzte es aus dem Funkgerät. »Hier Kontrollzentrum. Sie haben freie Fahrt für die Durchquerung der Meerenge. Sie werden einen Schiffsverband aus drei weiteren Tankern, einem Frachtschiff mit Chemikalien und noch zwei anderen Frachtern anführen. Gute Fahrt!«

Der Tanker befand sich kurz darauf längs der Insel Jazire-ye Qeshm, um die Straße von Hormuz zu durchschiffen und anschließend auf das offene Meer zuzuhalten. Der *Emerald Light* folgte wie vorgesehen der Rest des Konvois.

An Bord der *Danae*, eines Tankers, der fünfzigtausend Tonnen raffinierte Erdölerzeugnisse transportieren konnte, deutete alles auf einen ruhigen Tag hin. Die *Danae* folgte der *Emerald Light* als Erste, und der Zweite Offizier rief seinen Kapitän auf die Brücke, nachdem er die Erlaubnis zum Ankerlichten erhalten hatte.

»Wir positionieren uns eine Viertelmeile achtern des VLCC und halten Sicherheitsabstand«, befahl der Kapitän, »Obwohl die paar hundert Meter wenig nützen, sollte der Koloss vor uns in irgendwelche Schwierigkeiten geraten.«

Der Zweite Offizier, ein rotgesichtiger, stämmiger Norweger, machte eine schnelle, abergläubische Geste, ehe er seinem Vorgesetzten antwortete. »Ganz zu schweigen davon, dass wir selbst eine tickende Zeitbombe sind – durch das Gas in den Tanks ist das leere Schiff weitaus gefährlicher als in beladenem Zustand.«

Die *Danae* fuhr zwischen den Ölraffinerien am Mittelmeer, wo sie Benzin lud, und den Küsten des Persischen Golfes hin und her. Es erschien paradox, doch in den Erdöl produzierenden Ländern bestand von jeher ein Mangel an Erdölraffinaten.

Auf der *Emerald Light* schwang sich einer der wachhabenden Matrosen gerade auf das Bordfahrrad, um die fast vierhundert Meter Decklänge zurückzulegen, als die erste Explosion das Heck in der Nähe des riesigen Steuerblatts erschütterte. Dann detonierten die zwanzig unter der Wasserlinie angebrachten Sprengsätze einer nach dem anderen.

Die *Emerald Light* stieß einen durchdringenden Klagelaut aus, als sich ihre Deckplatten krümmten und hohe Flammen aus ihrem Bauch schossen, die Tod und Zerstörung verbreiteten.

Auf der Brücke hatten die Offiziere und Lotsen gerade noch feststellen können, dass das Schiff nach der ersten Explosion unlenkbar geworden war – gewiss hatte die Sprengladung das Ruder beschädigt –, bevor die folgende Serie von Detonationen den gesamten Rumpf aufriss.

Ein Mitarbeiter der Küstenwache der Emirate fing als Erster den kurzen Mayday-Funkspruch eines Offiziers der *Emerald* auf. Bevor sich der Mann identifizieren konnte, brach der Funkkontakt ab.

Der beschädigte Stahlkoloss verlangsamte abrupt seine Fahrt, blieb jedoch auf Kurs.

Zur gleichen Zeit wurde auf der *Danae* das Bremsmanöver eingeleitet, aber einen Riesen von fünfzigtausend Bruttoregistertonnen zum Stillstand zu bringen, war weder einfach noch sofort zu bewerkstelligen.

Der Kapitän und der Zweite Offizier der *Danae* starrten ungläubig auf die Seitenwand der *Emerald Light*, die steuerbords an ihrem Schiff vorbeizog. Dann zeigten ihre Gesichter einen Ausdruck der Erleichterung, weil sie der Kollision, wenn auch nur knapp, entronnen waren.

In diesem Augenblick jedoch platzte die Seitenwand der *Emerald Light* auf wie eine Blechdose unter Druck und ergoss den Inhalt ihrer Laderäume ins Meer.

Das Rohöl entzündete sich sofort, und der Brand griff im Nu auf die *Danae* über. Niemand dort erlebte noch bewusst, was geschah, denn der Tanker, voll mit leicht entzündlichen Dämpfen, flog gleich darauf in die Luft.

Nur die letzten beiden Schiffe des Konvois konnten dem Flammenmeer entkommen, das sich entlang der Strecke ausbreitete. Die Meerenge hatte sich innerhalb von Sekunden in eine apokalyptische Szenerie verwandelt, in der Rauch und Flammen alles verschlangen.

Hunderttausende Tonnen von Erdöl brannten an der schmalsten Stelle der Straße, und vier der Konvoischiffe verschwanden in diesem Inferno, ohne jede Chance, ihm auszuweichen. Im Gegenteil, sie gaben ihm noch zusätzlich Nahrung.

Niemand an Bord der beiden Schiffe, die der Katastrophe entronnen waren, war sich über deren ganze Tragweite bewusst, während man sich schleunigst von dem in Flammen stehenden Gewässer entfernte.

Niemand dachte zu diesem Zeitpunkt daran, dass das Öl und die Chemikalien noch lange weiterbrennen und die Wracks der Schiffe auf unabsehbare Zeit die Befahrbarkeit einer der wichtigsten Erdölrouten unmöglich machen würden.

Niemand hatte Zeit und Gelegenheit, sofort die Folgen des ganzen Geschehens abzuschätzen, niemand außer dem Verursacher des Desasters.

2. Kapitel

Dolomitenfront, 31. Dezember 1915

Was kann sich ein Soldat im Krieg vom neuen Jahr erhoffen? Das fragte sich Alberto Sciarra della Volta, als er durch den Schützengraben an der vordersten Linie ging und versuchte, seinen Männern Trost und Mut zuzusprechen. Seine Beförderung zum Major war gleich nach dem ersten Angriff auf die feindlichen Stellungen erfolgt. Dabei war dieses Gefecht eine vereinzelte Aktion in einem Konflikt geblieben, der aus dem Verteidigen von Stellungen, endlos langem Warten und kurzen Maschinengewehrsalven bestand, die über das Kampfgebiet hinwegfegten. Ein zermürbender Krieg, bei dem man den Feind direkt vor der Nase hatte, sodass unmittelbar Antworten auf die Spötteleien und Beleidigungen gerufen wurden, die die Infanteristen gern aus ihren Schützengräben schleuderten.

Doch diese Art von Kameraderie zwischen den eigenen und den feindlichen Soldaten durfte von den Offizieren keinesfalls geduldet werden, und auch der Major hatte bereits einen jungen Alpenjäger rügen müssen, der sich erlaubt hatte, einem in der Nähe postierten österreichischen Infanteristen frohe Weihnachten zu wünschen.

»Was ist, wenn der, mit dem du gerade Sentimentalitäten ausgetauscht hast, sich dir morgen mit aufgepflanztem Bajonett in den Weg stellt?«, hatte er den Gefreiten gefragt. »Was sagst du dann zu ihm? Schlitz mir bitte nicht den Bauch auf, ich hab dir doch frohe Weihnachten gewünscht? Wir sind hier im Krieg, Leute!«, hatte er an alle gewandt hinzugefügt. »Keinem ist es gestattet, mit dem Feind zu fraternisieren, unter keinen Umständen!«

Es kam zum Glück nur selten vor, dass sich der Kommandant gezwungen sah, einen seiner Männer zu bestrafen. Die Truppe bestand überwiegend aus Bauern aus den umliegenden Bergtälern, halbe Analphabeten mit einem Gemüt, das zum Kühemelken und Kornschneiden taugte, nicht zum Abschlachten gleichaltriger Österreicher, auf die zu Hause ebenfalls trächtige Kühe und goldgelbes Getreide warteten.

Alberto Sciarra war seit Kriegsbeginn nicht mehr zu Hause gewesen, und wann er je dorthin zurückkehren würde, stand in den Sternen. Nachdem Oberleutnant Cassali vor zwei Monaten gefallen war, hatte sich niemand die Mühe gemacht, ihm seine »rechte Hand« zu ersetzen, trotz seiner wiederholten Bitten. Er hatte das Kommando über eine der drei Abteilungen seiner Kompanie einem Unteroffizier übertragen müssen, was unter rein militärischen Gesichtspunkten keinen Anlass zur Sorge gegeben hätte, denn ein Sergeant konnte durchaus mehr Erfahrung haben als irgendein milchbärtiger Offizier. Was ihn vielmehr beunruhigte, war der vertrauliche Ton, der zwischen den Unteroffizieren und der Truppe entstanden war, der schon allein daraus resultierte, dass diesem Dienstgrad eigentlich eine Vermittlerrolle zwischen den Offizieren und den Alpini zukam.

Es war Mitternacht gewesen, als die Männer in die Luft geschossen hatten, um das neue Jahr 1916 zu begrüßen, das unter wenig beruhigenden Vorzeichen begann. Die Österreicher hatten merkwürdigerweise nicht auf diese Neujahrssalve geantwortet, aber möglicherweise hatten auch die habsburgischen Kommandanten ihre Soldaten wegen des Austausches von Weihnachtswünschen gerügt.

Dann, ein paar Stunden später, gab es plötzlich ein lautes Getöse: Eine Sprengstoffladung, die die Östrreicher unbemerkt direkt über dem Felsband angebracht hatten, war explodiert. Die Berge schienen das gewaltige Donnern in ihrer Mitte zurückzuhalten, sodass es lange nachhallte, von Tal zu Tal, und vom eigenen Echo überlagert wurde. Danach stürzte eine Flut von Felsblöcken und Geröll die steilen Hänge herab.

Im ersten Morgenlicht dieses kalten Neujahrstages hoben die starren, hilflosen Alpini in ihren Schützengräben den Blick zum bleiernen Himmel und hofften inständig, dass der liebe Gott seine gnädige Hand zwischen ihren Unterschlupf und den von der Explosion ausgelösten Erdrutsch halten möge. Und Gott war ihnen gnädig: Die Felswand hatte auf die italienischen Schützengräben stürzen sollen, wurde aber von einigen riesigen Felsblöcken abgelenkt, und das einzige Ergebnis, das der Feind erreichte, war, dass einige kleinere Posten vorübergehend von der Truppe abgeschnitten sein würden.

Alberto Sciarra beobachtete gebannt, wie die Felslawine die Richtung änderte. Unbeweglich und stumm stand er da, als fürchtete er, die kleinste Bewegung könnte einen neuen Bergrutsch auslösen. Er ahnte bereits, dass diese Explosion der Beginn eines heimtückischen und im Wortsinne unterirdischen Krieges sein würde, des ausgedehntesten Minenkriegs aller Zeiten.

Oberst Cantini besuchte die vorderste Frontlinie am folgenden Tag, dem 2. Januar 1916. Als der Befehlshaber des Alpenbataillons und der Major in dem Tunnel, der der Kompanie als Unterkunft diente, allein waren, nahm der Oberst den Helm ab und ließ sich vor einer dampfenden Tasse Kaffee nieder.

»Was halten Sie von der Explosion von letzter Nacht, Major?«, fragte Cantini und genoss, noch mehr als das Aroma des Getränks, die Wärme, die von dem Aluminiumbecher ausging.

»Ich denke, das war erst der Anfang, Herr Oberst«, antwortete Sciarra. »Ich glaube nicht, dass die Österreicher eine große Menge Sprengstoff gezündet haben, höchstens drei- oder vierhundert Kilo. Aber was wäre passiert, wenn die Ladung größer gewesen wäre oder diese Felsbarriere den Erdrutsch nicht abgelenkt hätte? Ich fürchte, das gestern war nur die Generalprobe, und die eigentliche Aufführung wird noch stattfinden.«

»Das heißt?«

»Das heißt, dass wir in den kommenden Monaten eine neue Gefechtsform erleben werden. Ganz anders als der offene Kampf, für den wir ausgebildet sind, aber mindestens genauso gefährlich.«

»Ich stimme Ihnen zwar zu, Major, hoffe aber inständig, dass Sie sich irren. Ich kenne den Minenkrieg nur allzu gut, um ihn nicht zu fürchten.« Er nahm einen Schluck Kaffee. »In ein paar

Tagen müsste sich der Nachfolger des armen Oberleutnant Cassali bei Ihnen melden. Es handelt sich um einen jungen Ausländer, der sich für diese Aufgabe freiwillig gemeldet hat. Nach dem, was ich über ihn erfahren habe, ein fähiger Soldat.«

»Ein Ausländer, sagen Sie?«

»Ja, ein rumänischer Offizier, der für unsere Brigade angeworben wurde. Von adeliger Herkunft wie Sie.«

»Ich will nicht leugnen, dass ich einen Landsmann vorgezogen hätte, aber ich akzeptiere jeden, der seine Pflicht als Soldat erfüllt.«

»Nach allem, was ich gehört habe, kann ich mich für ihn verbürgen. Oberleutnant Petru hat bereits an der Flanke unserer Truppen gedient und sich stets vorbildlich verhalten. Man sagt, man könne ihn ungeachtet seiner Jugend schon als Veteranen betrachten.«

»Und Sie sagen, er habe sich für diese Aufgabe freiwillig gemeldet. Ist der verrückt, dass er sich aus freien Stücken in diese Hölle begibt?«

»Welche Front ist schon ein Zuckerschlecken für einen Soldaten?«

»Ich hoffe nur, dass er wirklich ein erfahrener Offizier ist und kein Jüngelchen, das zu Selbstmordaktionen neigt.« Sciarra deutete ein Lächeln an. »Und dass wir keinen Dolmetscher brauchen werden, damit die Männer seine Befehle verstehen.«

»Petru spricht ausgezeichnet Italienisch. Apropos Fremdsprachenkenntnisse, Major: Das Brigadekommando hat mich ersucht, mich nach Ihren entsprechenden Fähigkeiten zu erkundigen. Den Herren ist zu Ohren gekommen, dass Sie hervorragend Englisch, Französisch und Deutsch beherrschen und sogar Arabisch.«

»Das kann ich bestätigen, Herr Oberst. Meine Familie ist seit vielen Generationen im Überseehandel tätig, weshalb die männlichen Nachkommen von Kindesbeinen an traditionell in mehreren Sprachen unterrichtet werden. Ich glaube, ich habe mehr Jahre im Ausland zugebracht als in meiner Heimatstadt Genua. Daher spreche ich fließend Deutsch, Arabisch und Englisch und kann diese Sprachen auch fehlerfrei lesen und schreiben. Im Französischen bin ich nicht ganz so gut, weiß mich aber in einer Unterhaltung wacker zu schlagen.«

Der Seehandel war der Grund, aus dem die Familie der Marchesi Sciarra della Volta das heimatliche Palermo verlassen hatte und nach Genua umgesiedelt war, wo Albertos Urgroßvater eine Schiffsagentur gegründet hatte, die unter seinen Söhnen und Enkeln zu einer der renommiertesten und umtriebigsten der Branche wurde. Die Marchesi Sciarra della Volta waren mit der Zeit zu einer sehr prominenten Familie in Genua geworden, der Stadt, deren Hafen in den ersten Jahren des Jahrhunderts regelrecht wiederaufgeblüht war. Die alte Seerepublik, eingebettet zwischen Bergen und blauem Meer, schien wieder zu der Pracht vergangener Zeiten zu finden, sie wuchs und gedieh, blieb dabei würdevoll und vornehm und bot ihren Bewohnern einen zunehmend höheren Lebensstandard.

Bis zu jenem verfluchten Mai 1915.

Seitdem wurde dies alles von der Eiseskälte und der Todesgefahr zunichte gemacht, denen die Männer an der Front ausgesetzt waren.

3. Kapitel

Tabarqa, 1347

Hito Humarawa ließ den Blick seiner schmalen Augen über die felsigen Küsten von Ifriqiya schweifen und richtete einen letzten Gruß an das Land, das er als Sieger verließ. Eine dichte schwarze Rauchfahne stieg über dem zerstörten Tabarqa auf. Das Feuer hatte die Pest ausgemerzt, und bald würden die Venezianer sich dessen bemächtigen, was von der Stadt übrig geblieben war, und ihre Herrschaft dort errichten.

Die milden Herbstbrisen an den nordafrikanischen Gestaden waren inzwischen rauerem Wetter gewichen. Doch da die Männer nun schon sehr lange von ihrem heimatlichen Venedig fort waren, hatte Humarawa beschlossen, trotz des Heraufziehens der schlechten Jahreszeit in See zu stechen. Außerdem gab es für ihn und seine Soldaten vor den Mauern der eroberten Stadt nicht mehr viel zu tun.

Das Glück des Sieges konnte die Leere im Herzen des Samurais nicht füllen. Seltsam, aber er, ein Mann, der nicht in der Lage war zu lieben, empfand so viele tiefgreifende und widerstreitende Gefühle für seinen langjährigen Feind. Der Muqatil fehlte ihm so schmerzlich, als hätte man ihm den Lebenssinn genommen. Humarawa konnte sein Ziel als erreicht betrachten, der Muqatil war geschlagen, doch auf einmal erschien ihm seine weitere Existenz völlig zwecklos.

Wu, der riesenhafte Pirat chinesischer Herkunft, der seinem Herrn nicht von der Seite wich, bemerkte in seine Gedanken hinein: »Gegen wen sollen wir von heute an kämpfen, Herr? Wer könnte uns mit gleicher Kühnheit und Kampferfahrung die Stirn bieten? Es ist schon merkwürdig, bis gestern hätte ich alles dafür gegeben, den Muqatil und seine Männer über die Klinge springen zu lassen, und heute kommt es mir vor, als hätte mein Dasein keinen Sinn mehr.«

»Wie geht es dem Mädchen?«, fragte Humarawa, um das Thema zu wechseln.

»Es spricht immer noch nicht. Sitzt stumm in der Kajüte und klammert sich an seine Amme. Die wenigen Male, die es bisher an Deck war, hat es nur aufs Meer hinausgestarrt.«

Die Kleine hielt den Blick unverwandt auf das Festland gerichtet. Ihre Augen waren von der Farbe der Tiefsee und schienen alle Einzelheiten der Landschaft, die sich langsam entfernte, aufnehmen zu wollen, damit sie sich dem Gedächtnis einprägten. Schließlich versank die Küste Tabarqas hinter dem Horizont.

Der Samurai näherte sich ihr. Selten nur kam er in die Verlegenheit, sich in einem anderen Ton als dem unter Soldaten üblichen ausdrücken zu müssen, weshalb er geradezu verlegen wirkte, als er das Wort an das zehnjährige Mädchen richtete.

»Sprichst du ... sprichst du die Sprache der Christen, Celeste?«, fragte Humarawa zögernd.

Schweigen antwortete ihm.

»Ich beherrsche deine Sprache leider nicht ausreichend, meine Kleine«, versuchte es der Japaner mit seinem wenigen Arabisch.

Eine Träne rollte ihr über die hohen Wangenknochen und benetzte ihre Lippen, doch in den kobaltblauen Augen blitzten Stolz und Herausforderung. Dann floh Celeste vor ihm, rannte über das Deck der Galeere. Sie blieb erst stehen, als sie die Arme der Frau umfingen, die sich von Geburt an um sie gekümmert hatte.

Humarawa schwieg. Aber er gedachte, das letzte Versprechen zu halten, das er dem tapfersten Krieger, dem er je begegnet war, gegeben hatte. Koste es, was es wolle.

Celestes Blick war immer noch tränenblind, als sie plötzlich mit der stolzen Miene, die sie von ihrem Vater geerbt hatte, auf den Samurai zuging und sich in der Sprache der Venezianer an ihn wandte. »Meine Mutter ist an der Seuche gestorben, die ihr in Tabarqa verbreitet habt, und du hast meinen Vater getötet und unsere Stadt zerstört. Ich hasse dich!«

Humarawa nahm es dem Mädchen nicht übel, hatte es doch zum Großteil recht mit seiner Anschuldigung. Gleichzeitig gingen ihm neue, bis dahin nicht gekannte Gedanken durch den Kopf.

Wäre sie ein Knabe gewesen, er hätte gewusst, wie er sich seiner angenommen hätte. Er hätte ihn die Kunst des Kampfes gelehrt und in all seine Geheimnisse eingeweiht. Aber da sie ein Mädchen war, war er ratlos. Doch er hatte noch genügend Zeit, sich über dieses Problem den Kopf zu zerbrechen. Es war schließlich nur eine weitere von vielen Schlachten, die er schon geschlagen hatte, und gewiss nicht die härteste.

In seinem Herzen aber wusste Humarawa, dass er sich damit bloß die schwere Aufgabe, ein elternloses Mädchen aufzuziehen, leichtreden wollte.

4. Kapitel

August 2002

Die ganze Stadt schien in eine klebrige, unsichtbare Flüssigkeit getaucht zu sein, eine Art kochende Melasse, die jede Bewegung verlangsamte und erschwerte. Die Straßen waren so gut wie ausgestorben, und die wenigen Menschen, die es mit der Hitze aufnahmen, waren immer wieder gezwungen, irgendwo im Schatten Verschnaufpausen einzulegen.

Temperaturen über vierzig Grad Celsius und eine Luftfeuchtigkeit von annähernd hundert Prozent hatten New York City in die Knie gezwungen.

Nur an der Federal Plaza, im sechsunddreißigsten Stock des Gebäudes, in dem sich der Sitz des Federal Bureau of Investigation befand, war ein Dutzend Männer und Frauen offenbar immun gegen die Hitzewelle, die die Metropole in ihren unbarmherzigen Griff genommen hatte. Den einzigen Unterschied zu den anderen Meetings, die bei jedem Wetter und unter allen Umständen abgehalten wurden, stellte das Zugeständnis des Direktors an seine Mitarbeiter dar, die Jacketts ablegen und die Hemdärmel aufkrempeln zu dürfen.

Der Direktor des FBI war ein strenger, disziplinierter Mann, der es nicht umsonst auf den Chefposten der leistungsfähigsten Bundespolizei der Welt geschafft hatte. Conrad Deuville, so sein Name, saß am Kopfende des großen ovalen Tisches und leitete die Besprechung der Führungsspitze des FBI. Er hatte eine Reihe von festen Überzeugungen, und zu denen gehörte es, dass seine direkten Untergebenen ihm gegenüber die Form zu wahren hatten.

»Scheiße!«, schimpfte Deuville und zeigte seinen Mitarbeitern die Titelseite einer Zeitung. »Gott verfluche diese Bande von Hurensöhnen, die sich Journalisten nennen und sich für einen auserwählten Berufsstand halten! Die haben uns gerade noch gefehlt, als hätten wir nicht schon genug Ärger am Hals!«

Die Aufmacher aller großen Tageszeitungen der Welt galten

dem Anschlag am Persischen Golf und den schwerwiegenden Auswirkungen auf die internationalen Märkte, insbesondere auf den Ölpreis, der gleich in den ersten Minuten nach den Schiffsunglücken auf schwindelerregende Höhe gestiegen war; Stunden später hatte er die bis dato unvorstellbare Summe von zweiundsiebzig Dollar pro Barrel erreicht, und noch war kein Ende abzusehen. Einige Analysten rechneten damit, dass er noch auf fünfundsiebzig oder gar achtzig Dollar klettern könne, ein Preis, der für jede Volkswirtschaft untragbar war, wie man befand.

Der Anschlag in der Straße von Hormuz hatte sowohl die westliche Welt als auch die Erdöllieferanten bis ins Mark getroffen.

Der Hubschrauber startete um 5 Uhr 22 morgens. Deidra Blasey wusste ebenso wie die neunzehn ihr unterstellten Marines an Bord, dass es für die EOD keine Routineeinsätze gab. Die Entminung eines Feldes oder die Entschärfung einer Sprengstofffalle bargen stets ein enormes Risiko, ob im Krieg oder im Frieden. Und ein Kampfmittelräumer der Marines – Deidra konnte das nicht oft genug wiederholen – musste stets auf alle Eventualitäten gefasst sein. Egal, ob er aus einer tief fliegenden Hercules mit dem Fallschirm hinter feindliche Linien absprang oder im Meer einen Gürtel von Unterwasserminen zu entschärfen hatte, der die Einfahrt eines Hafens versperrte.

Die Soldaten unter Colonel Blasey oder »Mrs. Fuse«, wie sie gern von Insidern genannt wurde, galten als eines der zuverlässigsten Teams weltweit, wenn es darum ging, Explosivstoffe zu handhaben und Gebiete zu entminen. Ihnen war es zu verdanken, dass ganze Landstriche rund um den Erdball wieder betretbar waren. Ein Sprengkörper im Wert von wenigen Dollar konnte ein hohes zerstörerisches Potenzial bergen und eine Abteilung von Soldaten zu einem Haufen Krüppel machen. Ein einziger verwundeter Soldat wiegt schwerer als hundert tote – eine zynische Feststellung, die ein alter Stratege einmal von sich gegeben hatte.

Die Rotorblätter des Hubschraubers wirbelten Sandwolken auf, während er mit der Leichtigkeit eines Insekts auf der Lichtung niederging, nur wenige Schritte vom Tigris entfernt, der die Grenze zum Irak markierte. Die Marines verließen die Maschine schnell hintereinander.

Ehe er den Befehl zum Aufbruch gab, überprüfte Sergeant Kingston gewissenhaft die soeben abgeladene Ausrüstung. Dann erstattete der Unteroffizier seiner Kommandantin Meldung. Wäre das Knattern der Rotoren nicht gewesen, die Umgebung des Dorfes Faysh Khabur hätte von Kingstons Stentorstimme widergehallt.

Deidra Blasey nickte bestätigend, und die Abteilung der Minenräumer setzte sich in Marsch.

Der gesamte Grenzstreifen zwischen dem Irak und der Türkei war mit Minen jedes Typs übersät, ein amerikanischer Vormarsch schien unmittelbar bevorzustehen, und Aufgabe der Minenräumer war es, Breschen in die Minenfelder zu schneiden, damit Kommandogruppen oder westliche Brückenköpfe in irakisches Territorium eindringen konnten.

Im Sitzungsraum des FBI schmückte Deuville seine Rede wie üblich mit dem Wort »Scheiße!« und fuhr dann fort: »Dieser verdammte Jordan Cruner hat den Anschlag auf den Schiffskonvoi im Persischen Golf mit den Anschlägen vom vergangenen März hier in New York in Verbindung gebracht. Nicht nur das, dieser ungewöhnlich gut informierte Kerl vertritt auch noch die Ansicht, dass da ein Bombenleger islamische Interessen global torpediert und die mit dem Schutz der Bürger beauftragten Behörden an der Nase herumführt. Ich brauche nicht extra zu erklären, dass wir damit gemeint sind. Allerdings frage ich mich, wie der Typ zu den gleichen Schlussfolgerungen kommen kann wie wir. Wir müssen uns schon dauernd bei den Regierenden rechtfertigen, die uns im Nacken sitzen, während wir es mit einer noch nie da gewesenen Krise zu tun haben – mehrere Dutzend Tote und ein Wahnsinniger, der sich einen Spaß daraus macht, hier und da auf der Welt Bomben zu verstecken. So ein übereifriger Reporterheini hat uns gerade noch gefehlt! Scheiße!«

Die Fernsehkamera verweilte einige Augenblicke auf der Szene hinter Cruner. Der warme Wind des Persischen Golfs zerzauste die kastanienbraunen Haare des Journalisten. Der Schiffskonvoi brannte nun schon seit sechs Tagen, und es schien unmöglich, die Feuerfront einzudämmen.

Der Kameramann hob den Daumen, und Cruner begann zu sprechen: »Wie Sie im Hintergrund sehen können, brennen die fünf Schiffe, die von dem Anschlag betroffen sind, immer noch, hier an der schmalsten Stelle der Straße von Hormuz. Eine erste Inspektion aus der Luft durch eine arabisch-amerikanische Abordnung hat ergeben, dass es, sobald der Brand unter Kontrolle ist, mindestens noch vier Monate dauern wird, bis die Fahrrinne von den Wrackteilen freigeräumt ist. Wenn man bedenkt, dass der größte Teil der weltweiten Rohöltransporte durch diese Meerenge erfolgt, kann man sich eine Vorstellung von den Konsequenzen machen, die dieses Desaster mit sich bringen wird. Was den mysteriösen Urheber des Anschlags betrifft, haben zuverlässige Quellen verlautbaren lassen, dass es sich um dieselbe Person oder dieselben Personen handeln könnte, die für die beiden Bombenexplosionen in New York City vor einigen Monaten verantwortlich sind. Ziel dieser Anschläge waren das iranische Büro bei den Vereinten Nationen sowie die ständige Vertretung dieses Landes, wobei ein Dutzend diplomatischer Angestellter das Leben verlor. Einige Medien, darunter auch unser Sender K.C. News, sowie das FBI erhielten ein Bekennerschreiben von einem sogenannten ›Gerechten im Namen Gottes‹. Uns wurde bekannt, dass in den vergangenen Stunden ein weiteres derartiges Schreiben beim FBI eingegangen ist. Die Unterschrift soll mit einem alten Siegel versehen sein, das einen sechszackigen Stern darstellt: das Hexagramm des Königs Salomon. Jordan Cruner, K.C. News, Ras al-Khaimah, Vereinigte arabische Emirate.«

Oswald Breil massierte sich den rechten Arm, der immer noch von den Verletzungen schmerzte, die er beim Angriff auf das UN-Gebäude davongetragen hatte. Die Ermittlungen, bei denen die Identität des Urhebers des Raketenangriffs festgestellt worden war – ein japanischer Magnat mit engen Verbindungen zur Yakuza –, hatten ergeben, dass zwischen diesem Angriff mit dem Hubschrauber und den beiden darauf folgenden Bombenexplosionen kein Zusammenhang bestand. Es handelte sich offenbar um einen äußerst bizarren Zufall.

Ja, der Zufall ... Immer wieder diese Zufälle. Doch Breil wusste genau, dass es in seinem Metier keinen Raum für Zufälle gab.

Die Frage, die sowohl die Medien als auch die Behörden seltsamerweise vermieden hatten, war die nach dem Motiv. Was konnte ein Spitzenvertreter der japanischen Unterwelt für einen Grund haben, einen Hubschrauber ins Zentrum von Manhattan zu fliegen und dort Raketen abzufeuern? Der Grund hieß Oswald Breil.

Der ehemalige israelische Ministerpräsident sah sich die Bilder von dem Flammeninferno von Hormuz an. Anschließend zeigte der Sender eine Abbildung des Siegels, kommentiert aus dem Off von Jordan Cruner. Oswald wurde noch aufmerksamer.

Er kannte das Siegel sehr gut und hatte es zuletzt auf dem antiken Goldring gesehen, den er einer alten Freundin geschenkt hatte, und zwar kurz bevor der Helikopter sie attackiert hatte. Gleich darauf war der Ring der Könige verschwunden. Ein weiterer Zufall?

Seit dem Attentat hatte Breil all seine öffentlichen Ämter in Israel niedergelegt und sich zu dem alten Ehepaar zurückgezogen, das ihn als Kind adoptiert hatte, nachdem seine Eltern bei einem Autounfall ums Leben gekommen waren. Der kleine Mann beteuerte, eine Auszeit zum Nachdenken zu brauchen, trotz oder gerade wegen des Drucks, der auf ihn ausgeübt wurde, damit er erneut die Regierung Israels übernahm.

Inzwischen jedoch fürchtete Oswald, der nur selten in seinem Leben Angst gekannt hatte, dass die Ruhe, die er bei Ezer und Lilith Habar genoss, zur Gewohnheit werden könnte. Die Habars waren vor mehreren Jahren von Tel Aviv nach Denver, Colorado, gezogen, wo Ezer als Geschäftsführer des großen Kernkraftwerks Rocky Flats Plant tätig gewesen war. Oswald liebte die entspannte Atmosphäre, die schon immer im Haus der Habars geherrscht hatte, schon als er ein kleiner Junge war. Bei Lilith und ihrem Mann schien die Zeit langsamer zu vergehen und ab und zu ganz stehen zu bleiben, um Gelegenheit zum Sinnieren und Atemholen im hektischen Alltag zu geben.

»Halt!« Sergeants Kingstons Geste war genauso energisch wie sein Ton. Der junge Soldat verharrte reglos, das rechte Bein in der Luft – die perfekte Statue eines Uniformierten, der gerade einen Schritt machen will.

Kingston bückte sich vorsichtig und strich tastend über einen knapp handtellergroßen Stein. Er umfasste ihn mit Daumen und Zeigefinger und schleuderte ihn auf eine freie Fläche, als wollte er einen glatten Kiesel über eine Wasseroberfläche springen lassen.

Sobald der vorgebliche Stein auf dem Boden auftraf, explodierte er mit lautem Knall.

Als er verhallt war, erklärte der Sergeant: »Landmine Typ SB33 italienischer Bauart. Cirka neun Zentimeter Durchmesser, dreieinhalb Zentimeter dick. Gewicht hundertfünfzig Gramm, dafür vorgesehen, traumatische Amputationen zu verursachen. Denkt daran: Wer Minen dieses Typs legt, will seine Opfer nicht unter die Erde bringen. Er will seine Feinde als Krüppel sehen, die langwierig behandelt und mit Prothesen versorgt werden müssen. Merkt euch das, und achtet genauestens, worauf ihr tretet. Da wir nicht wissen, was uns unter die Füße kommt, müssen wir uns wie Schmetterlinge fortbewegen und dürfen keine noch so kleinste Einzelheit übersehen.«

5. Kapitel

Dolomitenfront, Juni 1916

Major Sciarra musterte den rumänischen Offizier, während der vor ihm strammstand. Der Holzofen neben ihnen verbreitete angenehme Wärme.

Die Tunnelerweiterung, in der das Kommando untergebracht war, bildete einen Raum von wenigen Quadratmetern. Unter der Schicht von Teerpappe an den Wänden war der rohe Dolomitenfels nur noch zu erahnen.

Minhea Petru hatte ein sympathisches Gesicht und lebhafte braune Augen, mit denen er sein Gegenüber genau taxierte.

Man sah ihm seine athletische Statur an, selbst unter dem schweren Feldmantel über der graugrünen Uniform, die das italienische Heer seit Kurzem ausgab, als Ersatz für die bis dahin verwendete dunkelblaue. Es war ein ehemaliger Alpino gewesen, ein gewisser Luigi Brioschi, der dem Oberkommando demonstriert hatte, dass diese Farbe feindliche Heckenschützen beim Zielen täuschte. Bei den extra abgehaltenen Schießübungen waren die graugrünen Ziele deutlich weniger häufig getroffen worden als alle anderen.

Ein Band mit den drei Farben der rumänischen Flagge über der linken Brusttasche bildete den einzigen Farbfleck auf der tristen Uniform und wies zugleich auf die Herkunft des Offiziers hin.

»Ihre Nation scheint kurz davor zu stehen, in den Krieg einzutreten«, sagte Sciarra. »Falls es dazu kommt, was wird dann aus Ihrer Versetzung zu meiner Kompanie?«

»Ich habe ausdrücklich darum gebeten, im Falle einer Beteiligung meines Heimatlandes am Krieg nicht abkommandiert zu werden, Herr Major. Ich bin bereits im Alter von wenigen Monaten nach Italien gekommen und fühle mich Ihrem Volk zugehörig. Außerdem – fassen Sie das bitte nicht als defätistische Aussage auf – glaube ich nicht, dass Rumänien einem Angriff der Österreicher länger als ein paar Monate Widerstand leisten könnte. Und zwar aus mehreren Gründen, angefangen von der geografischen Lage, denn es ist von feindlichen Staaten umringt, über die geringe Leistungsfähigkeit seines Heeres bis hin zum wenig aggressiven Wesen seiner Bewohner.«

Durch die ruhige Klarheit dieser Rede machte der Neue einen sehr positiven ersten Eindruck auf den Major. Womöglich würde der junge rumänische Oberleutnant eine wertvolle Unterstützung sein.

»Kennen Sie sich mit Minen aus, Oberleutnant?«, fragte er.

»Ich habe einige Erfahrung mit Sprengstoff, Herr Major. Über Tunnel und Bohrungen weiß ich nicht viel, um ehrlich zu sein, aber ich lerne gern dazu.«

»Gut, Oberleutnant Petru, dann werde ich Ihnen einen unserer Unteroffiziere zur Seite stellen, damit er Sie in die Geheimnisse des Minenkriegs einführt.«

Seit jener ersten Begegnung waren mehrere Monate vergangen. Minhea Petru hatte sich als tüchtiger, aufmerksamer Offizier und hervorragender Stratege erwiesen. Als Rumänien im August 1916 an der Seite der Entente-Mächte in den Krieg eingetreten war, hielt er Wort und bat nicht um seine Versetzung. Seine Einschätzung, die er gegenüber Major Sciarra geäußert hatte, erwies sich als nahezu prophetisch: Genau sechs Monate nach der Kriegserklärung an Österreich-Ungarn fiel das kaiserliche Heer in Rumänien ein.

Die Minentunnel ähnelten einem Labyrinth, das sich tief unter den Dolomiten verzweigte. Sie wurden tief in den Fels gebohrt, um möglichst direkt unter die feindlichen Stellungen zu gelangen. Waren die Mineure dort angekommen, allen Schwierigkeiten, die genaue Position zu bestimmen, zum Trotz, überließen sie den Munitionstechnikern das Feld. Diese füllten eine Brennkammer mit Hunderten, manchmal Tausenden Kilo Sprengstoff und jagten alles in die Luft, was sich über dem Tunnel befand, Waffen und Infanteristen mit eingeschlossen.

Diese Operationen mussten mit großer Vorsicht ausgeführt werden, denn falls der Feind von den Grabungen Wind bekam, ergriff er sofort Gegenmaßnahmen, die vom Sturm auf den

Tunnel bis zum gleichzeitigen Graben eines sogenannten »Konterminenstollens« reichten, mit dem Ziel, den Stollen des Gegners zuzusprengen.

In dieser Hinsicht glich der Minenkrieg einer diffizilen Schachpartie. Nur dass es dabei nicht darum ging, einen König aus Holz matt zu setzen, sondern um das Leben Tausender von einem schon viele Monate andauernden Krieg erschöpfter Soldaten.

Alberto Sciarra della Volta stellte sich an das Periskopfernrohr, um zu beobachten, was jenseits der Sandsäcke, die den Schützengraben sicherten, vor sich ging.

Ein Kommandant musste jedes verdächtige Geräusch und jede Besonderheit, die nicht zu der natürlichen Umgebung passte, registrieren. Ein Schutthaufen, der aussah wie ein Erdrutsch entlang eines Grats, konnte in Wirklichkeit der Abladeplatz für den beim Tunnelgraben entstehenden Abraum sein.

»Sehen Sie einmal da rauf, Petru«, sagte der Major und überließ seinem Untergebenen das Fernrohr. »Beachten Sie die kleine Steinlawine auf halber Höhe. Sie scheint aus dem Nichts aufgetaucht zu sein. Es gibt darüber keine instabilen oder gerade abgerutschten Felsen.«

»Sie haben recht«, erwiderte der rumänische Offizier. »Ich beobachte diese Stelle seit Tagen, und es scheint mir, dass der Gesteinsschutt auf unerklärliche Weise zugenommen hat.«

»Ich schätze, wir werden uns das mal näher ansehen müssen.«

Die beim Graben hervorgebrachte Masse an Erde und Gestein war der einzige Hinweis auf die schweißtreibenden Aktivitäten im Berginnern: Hunderte Männer, mit Spitzhacken und Steinhämmern bewaffnet, kämpften ohne Unterlass gegen den harten Dolomitenfels, und hinter ihnen schuftete eine fast geschlossene Reihe von »Fegefeuerseelen«; so wurden die Soldaten genannt, die den Schutt mit weitergereichten Eimern aus dem Tunnel schafften und auf einer der vielen improvisierten Deponien an den Berghängen abluden. Eine solch verräterische

Anhäufung von Erde und Gestein war es, die den italienischen Kommandanten veranlasste, einen Erkundungstrupp auszusenden.

Die Späher hatten den Berg umkreist wie Berglöwen auf der Jagd, mussten aber an mehreren Stellen zu Seilen und Felshaken greifen, um Steilwände zu überwinden.

Dann gelangten sie an ein relativ ungefährliches Wegstück, das quer durch eine enge, abschüssige Schlucht führte. Kein Sonnenstrahl fiel je zwischen die beiden hoch aufragenden Felswächter zu beiden Seiten. Da keine Schwierigkeiten zu befürchten standen, ließen sich die Männer des Trupps dazu verleitet, sich nicht anzuseilen.

Plötzlich verloren Petrus Bergstiefel die Haftung auf der dicken Eisschicht, die den Grund der Rinne bedeckte. Zuerst hatte es den Anschein, als vollführe der rumänische Offizier ein paar akrobatische Tanzschritte, doch dann verlor er das Gleichgewicht und stürzte.

Der Sturz an sich war harmlos, doch er rutsche sofort auf der glatten Eisoberfläche weiter. Nur wenige Meter trennten ihn von dem tiefen Abgrund am Ende der Schlucht, und mit jedem Zentimeter rutschte er schneller darauf zu.

Major Sciarra reagierte blitzschnell und ohne Zögern. Er war an der Spitze des Zugs gegangen und warf sich auf Petru zu, konnte ihn gerade noch mit einer Hand an der Uniform packen, während er mit der anderen seinen Eispickel in das Eis schlug. Es gab er einen hellen, silbrigen Ton, der ihn sofort erkennen ließ, dass die Spitze keinen Halt gefunden hatte, sodass nun beiden Männer auf den Abgrund zurutschten.

Der Rest des Zugs starrte wie versteinert auf die beiden Offiziere, die aneinandergeklammert unerbittlich weiterrutschten, während der Eispickel des Kommandanten mit einem hässlichen Kreischen durch das Eis schnitt, wie Kreide auf einer Tafel. Nur noch wenige Meter, und sie würden abstürzen.

Della Volta schlug noch einmal mit der Kraft der Verzweiflung zu. Der Eispickel schwang gen Himmel, fiel mit Wucht herab, und die Spitze durchdrang die Eisschicht und bohrte sich tief hinein. Als die Rutschpartie endete, hing Petru bereits halb über dem Abgrund.

Sie verharrten einige Augenblicke, weil sie fürchteten, dass jede kleinste Bewegung fatal sein könnte. Dann umklammerte der Major mit beiden Händen den Stiel des Eispickels, während Petru seine Beine umfasste, und zog sie beide vorsichtig hinauf, bis sie in Sicherheit waren.

In Petrus Augen stand keine Angst, er sah seinen Kommandanten vielmehr verwundert an. Dieser Mann hatte nicht gezögert, sein Leben zu riskieren, um ihn zu retten.

Sciarra bemerkte den Blick und las den wortlosen Dank darin. Die anderen hatten derweil keine Zeit verloren. Sie hatten sich angeseilt und waren zum Rand des Felshangs geklettert, wo einer der Alpini nach den Händen des Kommandanten griff.

Eine mondlose Nacht war jäh zwischen den Gipfeln hereingebrochen, und die tagsüber milden Temperaturen waren drastisch gefallen.

Der Kommandant hockte versteckt hinter einem großen Felsbrocken. Nicht weit von ihm befand sich Oberleutnant Petru mit einer Schar Soldaten.

Sciarra war so gut wie sicher, dass der Stollen der Österreicher nahe bei den italienischen Schützengräben verlief, wo sich auch das Bataillonskommando befand und das Gebirgslager mit drei Kompanien von Alpini. Das Leben von mehr als fünfhundert Männern stand auf dem Spiel.

Mit der Pistole in der Hand gab er das Zeichen, Petru und sechs Alpenjäger schlichen vollkommen lautlos aus ihren jeweiligen Verstecken hervor. Der Major hielt sich rechts des Trupps, der sich im Schutz der Dunkelheit auf ein Geröllfeld am Piccolo Lagazuoi zubewegte.

Der Eingang zum Tunnel war mit einem großen Tuch getarnt, das die Farbe der umgebenden Felsen hatte. Allerdings wurde die Tarnung durch die beiden österreichischen Wachtposten davor zunichtegemacht.

Einer der Soldaten stampfte kräftig mit den Füßen und

machte dann eine obszöne Bemerkung zu seinem Kameraden, bei der es um herbeigesehnte weibliche Gesellschaft ging. Sie bemerkten die Schemen nicht, die sich ihnen näherten. Zwei kräftige Hände hielten ihnen gleichzeitig die Münder zu, und zwei Bajonette bohrten sich in ihre Kehlen.

Der Major und der Oberleutnant legten die Leichen sachte auf dem Boden ab und winkten ihre Männer zum Tunneleingang.

Das Tuch war an ein breites Holzbrett genagelt und bildete mit ihm zusammen eine Art Tapetentür, komplett mit Angeln und Riegel.

Das Innere des Tunnels wurde in regelmäßigen Abständen von Petroleumlampen beleuchtet.

»Wir müssen unsere Schritte zählen, um festzustellen, wie weit sie noch von unserer Basis entfernt sind«, flüsterte der Major. »Ihr beiden«, fügte er hinzu und deutete auf zwei der Alpini, »bleibt zurück und bewacht den Eingang. Ich will nicht in diesem österreichischen Loch verrecken, also Augen auf!«

Mit angelegten Waffen drangen die sechs Männer in den Stollen ein.

Im Vergleich zu den italienischen waren die österreichischen Tunnel schmaler und maßen im Schnitt achtzig mal hundertachtzig Zentimeter gegenüber hundertneunzig mal hundertneunzig. Hinzu kam, dass die Alpini wesentlich schneller beim Graben waren, was ihnen ein Gefühl des Stolzes und der Unbesiegbarkeit gab.

»Neunhundertzwanzig«, zählte Petru gerade im Stillen, als eine hallende Stimme mit starkem Akzent auf Italienisch befahl: »Legt die Waffen nieder, oder wir eröffnen das Feuer!«

Instinktiv warfen sich die sechs Männer auf den Boden und zielten in Richtung der Stimme.

Der Österreicher stand am Ende eines geraden, schwach von den Öllampen erhellten Abschnitts, der etwa fünfzig Meter lang war. Die Beleuchtung reichte nicht aus, um zu erkennen, wie viele Männer er bei sich hatte.

Major Sciarra erteilte sofort den Befehl zu schießen, doch die Österreicher ließen sich nicht überraschen und gaben eine

Gewehrsalve auf die flach auf dem Stollenboden liegenden Alpini ab.

Zwei von ihnen wurden von dieser ersten Salve getroffen, dann brach in der engen Röhre die Hölle los.

Wenige Minuten später, nachdem sie sich erbittert gewehrt hatten, hörten die vier übrig gebliebenen Italiener mit ohnmächtigem Zorn das metallische Klicken, mit dem ihre Schlagbolzen gegen die leeren Läufe ihrer Gewehre schlugen.

»Wir ergeben uns, stellt das Feuer ein!«, rief der Kommandant.

»Werft die Waffen weg und kommt langsam vor!«, antwortete der Österreicher.

Wie Gespenster im Nebel wankten der Major und seine Männer mit erhobenen Händen auf den Feind zu.

»Sehen Sie mal, Oberleutnant Blaskó«, sagte einer der Soldaten zu seinem Offizier. »Da haben tatsächlich ein paar überlebt.«

Petru schnellte vor wie eine gespannte Feder und traf einen der Österreicher mit dem Gewehrkolben am Kopf, doch sein Fluchtversuch wurde sogleich vereitelt, und mehrere feindliche Waffen richteten sich drohend auf ihn.

Der Anführer des österreichischen Trupps kam heran und musterte ihn mit verächtlicher Miene. »Aha, ein rumänischer Knecht«, sagte er auf Ungarisch.

Petru reagierte nicht.

»Scheiß verräterische Rumänen«, schimpfte der ungarische Oberleutnant und spuckte dem jungen Offizier ins Gesicht.

Petru fuhr auf und wollte sich dem Griff der beiden Soldaten entwinden, die ihn festhielten.

Dabei riss eine Naht seiner Uniform auf, und der Ungar bemerkte, dass Petru einige Papierseiten zwischen Futter und Stoff seiner Jacke eingenäht hatte.

»Zeig mir, was du da versteckt hast!« Schon schoben sich seine Hände unter den Stoff und griffen nach den Blättern. »Hier ist nicht genug Licht, um erkennen zu können, was du da so sorgfältig verbergen wolltest. Das werde ich mir nachher im Lager ansehen.«

»Blaskó … Blaskó …«, murmelte Petru, als wollte er sich den Namen des Offiziers fest einprägen.

»Ja, Oberleutnant Béla Blaskó vom dreiundvierzigsten Kaiserlichen Infanterieregiment. Nicht, dass du Zeit oder Gelegenheit haben wirst, von mir zu berichten.«

Blaskó wollte dem Gefangenen einen Fußtritt versetzen, doch Petru reagierte mit der Geschmeidigkeit eines wilden Tiers, packte das Bein des Ungarn und klemmte es sich zwischen Arm und Körper. Fast gleichzeitig stürzte sich Sciarra auf die beiden Soldaten, die seinen Untergebenen festgehalten hatten.

Petru, der Blaskó immer noch in der Zange hielt, verschaffte sich eine günstigere Position, und als er sah, dass kein feindlicher Soldat mehr zwischen ihm und dem Tunnelausgang stand, riss er das Bein des Ungarn mit einem Ruck hoch, sodass Blaskó rücklings auf den Boden knallte, was ihn jedoch nicht ganz außer Gefecht setzte. »Schießt, ihr Idioten!«, brüllte er seine Leute an. »Schießt! Lasst den Rumänen nicht entkommen!«

Doch Minhea Petru war bereits hinter einer Biegung des Tunnels verschwunden.

»So, Major, Sie werden meinem Kommando bestimmt viel zu erzählen haben«, sagte Béla Blaskó wütend und schlug die Papiere, die er bei Petru gefunden hatte, in seine offene Hand.

Sciarra antwortete lediglich mit der Litanei, die er den feindlichen Befragern während der gesamten Dauer seiner Kriegsgefangenschaft vorbeten sollte.

»Major der Alpini Alberto Sciarra della Volta, Stammrolle Nummer 23B875574. Das sind die einzigen Informationen, die ich Ihnen geben werde.«

6. Kapitel

Mittelmeer, 1348

»Weißt du noch, Wu…«, sagte Humarawa zu seinem Knappen, »weißt du noch, wie bei uns die Ankunft des neuen Jahres gefeiert wird? Erinnerst du dich an die Lichter, an das Feuerwerk, an die fröhliche Stimmung … Wie anders ist hier alles. Wir sind allein auf diesem fremden Meer, und sogar der Kalender ist ein anderer als zu Hause.«

»Hast du Heimweh, Herr?«

»Nein, Wu. Das ist kein Heimweh. Ich denke nur an die Überraschungen, die das Leben mit sich bringt.« Der Samurai schwieg einen Moment, als wolle er seine Gedanken ordnen, dann fuhr er fort: »Venedig hat mir die Möglichkeit zu einem Neuanfang gegeben nach der Flucht aus meinem Land und hat mich aufgenommen wie einen Sohn. Und ich habe mich zum Dank wie ein Sohn benommen, indem ich im Namen des Löwen von San Marco gekämpft habe. Ich habe diese Gewässer befahren und von der Plage der Piraten befreit. Ich habe Belagerungstruppen und Kriegsschiffe befehligt, weil ich glaubte, dies sei der Zweck und Sinn meines Lebens: Feinde zu bekämpfen und zu besiegen. Vielleicht liegt es an all den mühevollen Jahren, aber ich bin auf einmal müde, Wu.«

Der deformierte Mund des kräftigen Chinesen verzog sich zu einem Lächeln. Die entstellende Narbe war Erinnerung an den einzigen Kampf, bei dem er je unterlegen war. Es war Alessandro Crespi gewesen, ein venezianischer Kaufmann, der ihn so gedemütigt hatte. Derselbe Kaufmann, der viele Jahre zuvor seinen Herrn dazu überredet hatte, aus Japan zu fliehen und ein neues Leben im fernen Venedig zu beginnen.

»Fass meine Worte nicht als respektlos auf, Herr«, sagte Wu in einem ehrerbietigen Ton, der schlecht zu seinem Aussehen eines wilden Ungeheuers passte, »aber es ist gewiss nicht das Nahen deines vierzigsten Frühlings, was deine Müdigkeit verursacht. Vielmehr ist es die neue Verantwortung, die schwer auf dir lastet ...«

»Was willst du damit sagen, Wu?« Der Blick der schwarzen Mandelaugen des Samurai war durchdringend, verriet aber auch eine seltene Belustigung.

»Ich meine ... nun ja, diese Ehrenschuld gegenüber deinem großen Feind ... Ich bin nicht sehr geschickt mit Worten, aber dieses Mädchen hat dich verändert, ehrenwerter Hito Humarawa.«

Die Blicke der beiden Asiaten wanderten über das Deck der Galeere zu der kleinen Gestalt, die versunken aufs Meer sah. Seit sie auf See waren, verbrachte Celeste viele Stunden dort, in Melancholie verfallen.

»Ich muss mit dir reden, Celeste. Ich habe dir ein paar wichtige Dinge zu sagen«, sprach der Samurai das Mädchen sanft an.

Die Tochter des Muqatil hatte ihre feindselige Haltung der ersten Tage abgelegt. Allmählich hatte sie eingesehen, dass dieser Fremde ein ehrenhafter Krieger und nicht der niederträchtige Verbreiter der Pest in Tabarqa war. Natürlich konnte sie einen Menschen nicht lieben, der auf die eine oder andere Weise für den Tod ihrer Eltern verantwortlich war, aber ihr Hass verwandelte sich allmählich in etwas, das Freundschaft und Vertrauen gleichkam.

Das Mädchen mit den Augen von der Farbe des Meeres sah den Samurai an und hielt seinem ernsten Blick stand.

»In ein paar Tagen werden wir in Venedig ankommen. Der Vater deiner Mutter Diletta, Angelo Campagnola, ist einer der einflussreichsten Männer der Stadt. Er gehört dem Rat der Zehn an, der Regierung der Republik, verstehst du? Und er hat Einfluss auf jede Entscheidung des Dogen. Ich habe dem Muqatil geschworen, dich nie in die Hände deines Großvaters zu geben, aber um diesen Schwur halten zu können, brauche ich deine Hilfe.«

Der Rat der Zehn war im Jahr 1310 eingesetzt worden, um die Anstifter einer blutigen, von Bajamonte Tiepolo angeführten

Verschwörung abzuurteilen und zu bestrafen. Seitdem war der Rat mit allerlei Wechselfällen zu einem unsichtbaren und unheilvollen Begleiter jedes Venezianers geworden. Um seinen Auftrag als Garant der Sicherheit der Republik erfüllen zu können, hatte er sich im Laufe der Zeit mit jeder Art Frevel befleckt.

Die *decem sapientes* gingen mit der gleichen Gnadenlosigkeit vor wie die Mitglieder des kirchlichen Inquisitionsgerichts. Um die Denunziation zu fördern, war die ganze Stadt mit Einwurfstellen übersät, in die die Bürger anonyme Anzeigen stecken konnten. Diese gelangten dann zur Überprüfung vor den Rat, der entschied, ob eine Anzeige zu den Akten gelegt oder ihr nachgegangen werden sollte. Ein »Vorleser«, der unter den Zehn Weisen ausgewählt wurde, übernahm die Aufgabe, die jeweiligen Verdächtigungen der Ratsversammlung vorzutragen, und der Rat entschied mehrheitlich, ob das, was er soeben gehört hatte, stichhaltig und wichtig genug war, um der Verdächtigung nachzugehen. Im Falle mangelnden Interesses wurde die Anzeige über zwei Kerzen verbrannt, die während der Sitzungen des Gerichts ständig brannten.

Angelo Campagnola gehörte dem Rat seit dem Tag an, an dem der Doge das Gremium zu einer ständigen Einrichtung erhoben hatte, was einige Jahre zurücklag.

Seit Diletta, seine einzige Tochter, vor Jahren mit dem gefürchtetsten aller sarazenischen Piraten geflohen war, lebte der venezianische Adelige in der ständigen Furcht, sein Ruf könne dadurch besudelt werden und er damit seine Macht verlieren. Doch dies hatte sich im Laufe der Zeit als unbegründet erwiesen, denn nur wenige kannten die Wahrheit über Dilettas Verschwinden, und die wenigen, die Bescheid wussten, hatten dem mächtigen Mann, der von seiner unwürdigen Tochter geschmäht worden war und sie zu Recht verleugnete, ihre Aneilnahme bekundet.

Angelo Campagnola ging unruhig am Hafenkai auf und ab. Eine Botenstafette hatte ihn über die baldige Ankunft des Schiffes in Kenntnis gesetzt.

Die letzten Neuigkeiten aus Tabarqa besagten, dass die Stadt bezwungen war, verwüstet durch die Belagerer und die Pest.

Campagnola konnte seine Ungeduld kaum bezähmen, als die Galeere endlich mit dem Anlegemanöver begann. Lange Zeit war es sein sehnlichster Wunsch gewesen, dass Tabarqa fallen möge. Das würde das Ende des Piraten besiegeln, der Jahre um Jahre die Seewege der Serenissima unsicher gemacht und ihre Schiffe ausgeraubt hatte. Überdies konnte er mit dem Tod des Muqatil endlich den Fleck auf seiner Ehre tilgen, die Schande, eine ungeratene Tochter in die Welt gesetzt zu haben.

Campagnola verschwendete keinen Gedanken an Dilettas Schicksal. Sie war nur noch eine unangenehme Erinnerung, die er, von Ehrgeiz getrieben, fast völlig aus seinem Gedächtnis gestrichen hatte.

»Humarawa!«, rief Campagnola laut und betrat als Erster den Holzsteg, der vom Kai zur Schiffswand der Galeere gelegt worden war. »Welche Nachrichten bringt Ihr mir, mein treuer Krieger?«, fragte er, sobald er vor dem Samurai stand.

»Tabarqa ist gefallen. Unsere Truppen haben die Stadt vor ungefähr einem Monat eingenommen«, antwortete dieser gleichmütig.

»Was ist aus der Frau, die ich nicht mehr Tochter nennen kann, und ihrem verfluchten Buhlen geworden?«

»Von einem Gefangenen habe ich erfahren, dass sich Diletta mit der Pest angesteckt und nicht überlebt hat. Der Muqatil hingegen ...« Humarawa zögerte kurz. »Der Muqatil ist mit der Waffe in der Hand gestorben.«

»Und was geschah mit dieser Teufelsbrut der beiden, diesem Mädchen?«

»Ich denke, sie hat das gleiche Ende genommen wie ihre Mutter und der größte Teil der Stadtbewohner und ist an der Pest gestorben.«

»Ich beglückwünsche dich, mein treuer Humarawa«, sagte Campagnola beruhigt. »Ich werde den Dogen bitten, einen Festtag auszurufen, um den Untergang des Seeräubers zu feiern. Und was dich und deine Männer betrifft, so werde ich dafür sorgen, dass eure Tapferkeit angemessen belohnt wird.«

»Es waren nicht unsere Waffen, die diese Menschen besiegten, sondern die Geißel der Pest. Andernfalls würden wir wahrscheinlich immer noch vor den Mauern der Stadt liegen.«

»Es kommt nicht darauf an, ob es die Waffen waren oder die Pest, in jedem Falle hat es dem gütigen Gott gefallen, uns von einem furchtbaren Feind zu befreien«, erwiderte Campagnola. »Und wenn ich es der Pest zu verdanken habe, dass der Muqatil sein verdientes Ende gefunden hat, so will ich diese Geißel ewig loben.«

»Ich habe Menschen unter furchtbaren Qualen sterben sehen. Ich habe gesehen, wie Väter ihre noch lebenden Kinder den Flammen überließen, in der eitlen Hoffnung, der Seuche zu entgehen. Verzeiht mir, Campagnola, aber es erscheint mir sündhaft, einer Plage zu danken, die unterschiedslos Männer, Frauen und unschuldige Kinder trifft.«

»Wir sind alle in Gottes Hand«, sagte der Venezianer und breitete zum Zeichen christlichen Mitgefühls die Arme aus.

Der riesenhafte Wu hielt sich abseits. Bei ihm befand sich ein Knabe mit schwarzen Locken und blauen Augen, der hinter seiner imposanten Statur Zuflucht zu suchen schien.

Die Farbe dieser Augen bewirkte ein blitzartiges Aufzucken in der Erinnerung des adeligen Venezianers.

»Wer ist denn dieser ... dieses Kind, das deinen Knappen begleitet, Humarawa?«, erkundigte sich Campagnola.

»Das war ein Einfall meines treuen Dieners Wu, Signore«, antwortete der Samurai höflich. »Er sagt, er könne seinen Aufgaben nicht mehr allein nachkommen, da die Beschwerden des Alters und seine zunehmende Wohlbeleibtheit ihm zu schaffen machten. Darum hat er um einen Lehrling gebeten, den er in der nicht einfachen Kunst, mir zu dienen, unterrichten kann und der ihm ein paar anstrengende Arbeiten abnimmt.«

Campagnola nickte, doch sein Blick war undurchdringlich, und sein mageres, blasses Gesicht verzog sich zu einer grausamen Grimasse.

Aus dem angekündigten Festtag zur Feier des Sieges über den Muqatil wurden schließlich sogar drei. Venedig verabschiedete die langjährige Bedrohung, indem es sich und seine Bewohner schmückte wie für den Karneval, der ohnehin kurz bevorstand.

Lächelnd beobachtete Alessandro Crespi von seinem Palazzo an der Riva degli Schiavoni aus den Triumphzug der Schiffe, die durch den Canal Grande glitten.

Hito Humarawa stand auf der Brücke des Admiralsschiffs und schien sich bei all der Verehrung durch das Volk unbehaglich zu fühlen. Wimmelnde Menschenmassen bevölkerten das Ufer und begleiteten den Zug jubelnd in zahlreichen Booten und kleineren Schiffen. Neben dem Samurai standen außer Wu auch der Doge sowie einige der höchsten Vertreter der städtischen Aristokratie.

Crespi schloss das Fenster und kehrte an den langen, schmalen Tisch zurück, an dem er immer saß, wenn er es mit der Buchhaltung aufnehmen musste. Was keine leichte Übung war bei den umfangreichen Geschäften, die er als einer der reichsten Kaufleute von Venedig tätigte. Es galt noch, zahlreiche Lieferungen zu kontrollieren, Aufstellungen zu überprüfen, Konten zu verwalten.

Wieder erschien ein Lächeln auf seinen Lippen. Vor allem Hito Humarawa hatte er seine gesellschaftliche Stellung zu verdanken. Wäre der Schatz nicht gewesen, den sie aus Japan mitgenommen hatten, als der Samurai, Präfekt einer großen Provinz, seine Ehre verloren hatte und flüchten musste, wäre er womöglich nie zu einem so bedeutenden Kaufmann geworden. Allerdings konnte er es sich zugutehalten, dass er dieses aus purem Gold und Edelsteinen bestehende Vermögen bestens genutzt und vermehrt hatte.

Humarawa hatte nie das geringste Interesse an ihrem gemeinsamen Reichtum gezeigt; ihm lag der Umgang mit der kalten Klinge eines *Katana* eher als der mit Reichtümern.

In seine Erinnerungen versunken, stellte sich Crespi erneut ans Fenster, wo sein Blick für einen Moment den des japanischen Freundes kreuzte.

Der Venezianer war ein Mann, der selbst weder Skrupel noch Zögern kannte, wenn es darum ging, ein Ziel zu erreichen, aber das Fehlen jeglichen Gefühls in den schmalen Augen des Samurai hatte ihm stets Unbehagen bereitet. Diesmal jedoch schien ein Licht in diesen schwarzen Augen zu leuchten.

Das Leben war wirklich seltsam, dachte er. Wer wusste schon, was gerade in Hito Humarawa vorging oder was seine Familie denken würde, wenn sie das so sähe. Nicht nur, dass sich der ehemalige Daimyo der Präfektur Matsue nicht das Leben genommen hatte, um seine Schande zu tilgen, er war obendrein zu einem Helden der Venezianer geworden.

Humarawa wandte den Blick von dem vornehmen Palazzo ab, in dem er zusammen mit Alessandro Crespi und seinem Knappen wohnte. Neue Jubelrufe erhoben sich zu beiden Seiten des Schiffes, das ihn über den dicht befahrenen Kanal trug.

Neben ihm winkten der Doge und Angelo Campagnola dem Volk zu, als wäre der Sieg ihr Verdienst.

Der Sieg, sann Humarawa, erfüllt von jener Melancholie, die sich einstellt, wenn man endlich eine große Aufgabe erfüllt hat. Aber konnte er wirklich behaupten, sie erfüllt zu haben?

»Gott segne dich, Orientale!«, rief eine Frau, die sich von einer Brücke beugte. »Ich habe zwei Söhne, die zur See fahren, und früher oder später wären sie an den Muqatil geraten. Das Herz einer Mutter dankt dir!«

Denk nur, Frau, hätte er am liebsten entgegnet, ich habe von meinem ärgsten Widersacher das Herz eines Vaters geerbt …

Seine Gedanken flogen zu Celeste, und er wusste, dass er sich von nun an statt mit seinem Feind mit einer neuen, unbekannten Empfindung würde messen müssen. Er konnte dieser Empfindung sogar einen Namen geben, doch er, der furchtlose Krieger, fürchtete sich vor diesem schlichten Wort, das da lautete: Zuneigung.

Celeste trat von dem Fenster des Zimmers zurück, das Alessandro Crespi ihr zur Verfügung gestellt hatte. Das Paradeschiff mit Humarawa war soeben vorbeigezogen. Neben dem Japaner hatte sie den Mann erkannt, von dem man ihr gesagt hatte, er sei der Vater ihrer Mutter. Er sah sehr unheimlich aus.

Sie musste wieder an die letzten Stunden denken, die sie mit ihren geliebten Eltern verbracht hatte. Ihre Mutter, die Gemahlin des großen Muqatil, der Mensch, den sie am meisten auf der Welt liebte, hatte die graue Gesichtsfarbe des Todes angenommen. Ihre Adern schienen unter der dünnen Haut bersten zu wollen. Die Pest war dabei, ihr diesen Engel zu entreißen, der sie bat, nicht zu nahe zu kommen, und mit Mühe ein paar letzte Worte sprach: »Hab Mut, meine Kleine, und gehe mit erhobenem Haupt durchs Leben. Dein Vater wird sich um dich kümmern, solange er lebt.«

Dann hatten die Ärzte Celeste weggeführt.

Sie erinnerte sich auch noch gut an die Worte, mit denen sich ihr Vater von ihr verabschiedet hatte. »Ich habe dich immer von Herzen geliebt, meine Tochter«, hatte der Muqatil zu ihr in der Nacht gesagt, bevor sie Tabarqa verließ. »Deshalb will ich vor allem, dass du nicht sterben musst. Unsere Stadt wird bald fallen, ein Opfer der mörderischen Seuche, nicht des verzagenden Kampfesmuts. Morgen werde ich dich einem guten, ehrenhaften Mann anvertrauen, der sich deiner annehmen wird.«

Sie hatte sich in die starken Arme ihres Vaters geschmiegt und gegen seine Entscheidung protestiert. »Nein, das will ich nicht, liebster Vater. Ich will Euch nicht verlieren. Eher sterbe ich hier mit Euch.«

»Du kannst noch nicht ermessen, was es heißt zu sterben, mein Kind.«

»Doch, das kann ich. Gerade war ich noch am Sterbelager meiner Mutter, und jetzt will mein Vater mich wegschicken und einem Fremden übergeben.«

»Dein Vater will dich nicht wegschicken, Celeste, nichts möchte ich weniger. Aber ich bin dazu gezwungen, damit du überlebst.«

Celeste hatte ihn umarmt und erneut versucht, ihn umzustimmen.

»Meine Entscheidung steht fest«, hatte der Muqatil in einem Ton gesagt, der keinen Widerspruch zuließ.

Schluchzend hatte sie sich fügen müssen.

Seitdem schien eine Ewigkeit vergangen zu sein, obwohl es doch nur wenige Monate waren. Celeste hatte sich neugierig umgesehen, als sie zum ersten Mal durch die schmalen Gassen Venedigs gegangen war und man sie über die vielen Kanäle gefahren hatte. Was sie über diese Stadt gehört hatte, schien wahr zu sein. Sie fühlte sich von der Lebensweise ihrer Einwohner angezogen, die so anders war als alles, was sie bisher gekannt hatte. Dass man sie als Knabe verkleidet hatte, machte ihr nicht mehr viel aus. Humarawa hatte es für klüger gehalten, sie nicht in weiblicher Kleidung nach Venedig zu bringen, und sie vertraute ihm. Das Blut des größten Kriegers aller Zeiten floss in ihren Adern, und der Kampfunterricht, den Wu ihr erteilte, war für sie der vergnüglichste Zeitvertreib. Sie hatten unter Humarawas Aufsicht bereits während der letzten Tage der Seereise damit begonnen, und die Übungen hatten sie vom frühen Morgen bis zum Sonnenuntergang in Anspruch genommen.

Angelo Campagnola wandte seinen Blick von dem Palazzo am Canal Grande ab. Er hatte Alessandro Crespi an einem der Fenster gesehen und glaubte, auch die Gestalt eines Kindes hinter einem der Fensterläden des obersten Stocks, dem für die Dienstboten, erkannt zu haben.

Der klare Blick des Knaben, den Humarawa als Gehilfen seines Knappen vorgestellt hatte, ging ihm nicht aus dem Kopf.

Ein Richter hat die Pflicht, allen Zweifeln und Fragen nachzugehen, sagte sich das Mitglied des Rates der Zehn.

Sobald die Feierlichkeiten zu Ende waren, würde er mehr über diesen Jungen in Erfahrung bringen, der ihm dieses seltsame Unbehagen bereitete.

In diesem Moment aber geschah etwas, das für ihn und alle anderen, die auf den Schiffen promenierten, zunächst unbegreiflich war: Die in den Calli und auf den Brücken zusammengedrängten jubilierenden Menschen schienen auf einmal verrückt geworden zu sein, denn sie liefen wie wild davon, dabei angstvolle Schreie ausstoßend.

Die ersten Häuser stürzten ein wie Papierschlösser, und dann war es, als würde eine unsichtbare Riesenfaust auf die gesamte Lagunenstadt niedergehen.

Das Erdbeben vom 25. Januar sollte unermessliche Schäden verursachen und viele Opfer in allen Bevölkerungsschichten fordern.

Auch Angelo Campagnola wurde von der Angst gepackt, als er die Palazzi in dichten Staubwolken zusammenfallen sah, und er vergaß den Jungen mit den Augen von der Farbe des Meeres, deren Blick ihn so sehr mit Unruhe erfüllt hatte.

7. Kapitel

Oktober 2002

»Wegen ihrer Sünden wurden sie ersäuft und ins Feuer geführt, und sie fanden keine Helfer wider Allah.«

Conrad Deuville ließ die Fotos von dem Brand, der vor der Straße von Hormuz wütete und wegen seiner dramatischen Folgen als die größte Schiffskatastrophe in Friedenszeiten angesehen wurde, schwer auf den Tisch fallen.

»Der treibt sein Spiel mit uns!«, brüllte der Direktor des FBI. »Das wollte er uns also mit seiner absurden Botschaft sagen. Und jetzt stellt er uns mit einem neuen verdammten Rätsel auf die Probe.«

Der Mitarbeiterstab des Direktors bestand aus neun Personen plus den Leitern der fünf Departments, in die das FBI unterteilt war. Die Anschläge auf die iranischen Vertretungen in New York lagen nun sieben Monate zurück, doch die Untersuchungen waren an einem toten Punkt angelangt. Die Ermittler hatten nicht mehr als ein paar obskure Bekennerbriefe, eine renovierungsbedürftige Etage im UN-Hauptquartier und die Wracks von fünf bei Hormuz gesunkenen Schiffen.

Aus allen Teilen der Welt eingetroffene Bergungsfahrzeuge arbeiteten unter größten Schwierigkeiten daran, die Trümmermassen aus verbogenem Stahlblech in möglichst kurzer Zeit wegzuschaffen. Doch es dauerte trotzdem zu lange, und der Druck auf alle wuchs.

»Der Präsident bestürmt mich mit Anrufen, und es vergeht kein Tag, an dem der Kongress nicht Anfragen zum Stand unserer Untersuchungen und zu den Energievorräten des Landes beantworten muss«, tobte Deuville weiter. »Seit dem Anschlag ist der Ölpreis auf siebzig Dollar pro Barrel gestiegen, und ein großer Teil der westlichen Volkswirtschaften liegt am Boden. Als genügte das alles noch nicht, will die CIA auf einmal, weil der letzte Anschlag nicht in den USA geschah, dem FBI die Ermittlungen entziehen und an sich reißen. Kurzum, ich fürchte, es bleibt uns nicht mehr viel Zeit, bevor wir uns an irgendeiner Straßenkreuzung hier in Washington wiederfinden und den Verkehr regeln.«

Deuville zeigte nach unten auf die Pennsylvania Avenue. Von den Fenstern des Sitzungsraums im letzten Stock des Edgar Hoover Buildings, in dem sich die Zentrale des FBI befand, hatte man einen ausgezeichneten Blick über Washington D.C. Die Fahrzeugkolonnen bildeten einen reißenden Strom, und die vielen roten Rücklichter wirkten wie die Augen von Tieren, die von der Flut mitgerissen wurden.

»Nach unserer letzten Besprechung in New York hatte sich der ›Gerechte‹, wie die Medien den Terroristen inzwischen nennen, lange Zeit nicht gemeldet, außer um sich zu dem Anschlag von Hormuz zu bekennen. Nun aber habe ich vor wenigen Stunden persönlich eine neue Botschaft von diesem Wahnsinnigen erhalten.« Deuville legte einige Fotokopien auf den Tisch. »Wie Sie selbst darauf sehen können, zeigt auch dieser Schrieb als Unterschrift dieses Symbol, das sich der Scheißkerl angeeignet hat – einen sechszackigen Stern in Siegellack.«

Im Raum machte sich eine frustrierte Stille breit.

Andrew Chandler, der Leiter der Abteilung Spionageabwehr, brach als Erster das Schweigen. »Auch diesmal«, sagte er, »bedient sich dieser sogenannte Gerechte einiger Verse aus dem Koran, und möglicherweise verbirgt sich in diesen Sätzen, wie im Fall von Hormuz, ein Hinweis auf den Ort des nächsten Terroranschlags.«

Chandler las laut die Stelle in der Mitte der computergeschriebenen Seite vor:

»*Und wir gaben Moses und seinem Bruder die Weisung: ›Bereitet eurem Volk in Ägypten Häuser und macht in den Häusern eine Qibla und verrichtet das Gebet und verkündet Freude den Gläubigen.‹ Der Satan will nur zwischen euch Feindschaft und Hass werfen durch Wein und Spiel und euch abwenden von dem Gedanken an Allah und dem Gebet. Wollt ihr deshalb nicht davon ablassen?*«

Die Brille mit dem leichten Gestell betonte ihre länglich geschnittenen hellblauen Augen. Der intellektuelle Touch der FBI-Führungskraft Cassandra Ziegler, Leiterin des Büros für öffentliche Belange und Mitglied des Exekutivstabs von Conrad Deuville, bildete einen reizvollen Kontrast zu ihrer Attraktivität. Cassandra nahm als eine Art ausführender Arm des Direktors eine wichtige Rolle auf der obersten Ebene der FBI-Hierarchie ein. Außerdem hatte sie mit ihrem Scharfsinn und ihrem weiblichen Charme schon öfter der gesamten FBI-Führung bei Konflikten mit Vertretern der Politik aus der Klemme geholfen.

Ihre Schönheit hatte ihr im Berufsalltag jedoch meist eher im Weg gestanden, denn viele Leute schienen immer noch nicht glauben zu wollen, dass eine attraktive Frau auch intelligent und kompetent sein konnte. Cassandra hatte sich folglich umso mehr anstrengen müssen, um ihre Fähigkeiten unter Beweis zu stellen.

Nun hatte sie die vierzig seit Kurzem überschritten und es mittels brillanter Leistungen geschafft, die Skepsis hinwegzufegen, die jedes Mal aufgekommen war, wenn ein Mitarbeiter oder Vorgesetzter ihr in die umwerfend schönen Augen geblickt hatte.

»Wenn du erlaubst, ich bin nicht ganz einverstanden mit dem, was du sagst, Andrew«, wandte sich Cassandra an Chandler. »Ich glaube nicht, dass der Gerechte uns lediglich einen Fingerzeig geben will, weil er Freude am Katz-und-Maus-Spiel hat. Vor allem sind diese Botschaften ein Ausdruck seiner narzisstischen Persönlichkeit. Er will uns sagen: Seht, wie mächtig ich bin; das, was ich euch prophezeit habe, ist prompt eingetreten.«

»Narziss oder nicht«, wandte der FBI-Direktor ein, »wir kommen hier kein Stück weiter, während dieser Irre irgendwo auf der Welt seine Sprengsätze deponiert. Übrigens sind unsere Teams gerade damit fertiggeworden, das ganze Videomaterial von den Überwachungskameras auf Flughäfen, Bahnhöfen und an Grenzübergängen im Umkreis von hundert Kilometern von Hormuz auszuwerten. Die Aufnahmen der Kameras innerhalb und außerhalb des UN-Gebäudes waren ja schon gesichtet. Der Gerechte weiß offenbar auch modernste Kontrollsysteme zu umgehen – in den Tagen unmittelbar vor den Anschlägen sind keine auffälligen Vorkommnisse oder verdächtigen Personen aufgezeichnet worden.«

Die heiße, feuchte Luft trug nicht dazu bei, die Bitterkeit zu mildern, die Deidra Blasey empfand. Zumal der internationale Flughafen von Kairo all das Chaos dieser Stadt widerspiegelte, die sie von allen Städten der Welt am wenigsten mochte. Zum Glück waren es nur noch ein paar Stunden bis zum Abflug des Militärflugzeugs, das sie, ihre Einheit und einige Journalisten, die die Kriegshandlungen dokumentierten, nach Fort Lejeune zurückbringen würde. Lange hätte sie es hier nicht mehr ausgehalten.

Sergeant Kingston schien die Gedanken seiner Vorgesetzten zu erraten. »Es ist bestimmt nicht einfach für Sie, Colonel, wieder in dieser Gegend zu sein.«

Deidra Blasey unterdrückte ihren Missmut und beschränkte sich auf ein Nicken.

Das »Cairo Maadi Tower & Casino« war ein modernes Luxushotel, das einem arabisch-französischen Konzern gehörte. Es verfügte über einhundertsiebzig Zimmer, drei Suiten und eines der bestbesuchten Kasinos der ägyptischen Hauptstadt. Von vielen Zimmern konnte man eine Aussicht auf den Nil und die sich in der Ferne abzeichnenden Pyramiden genießen. Der Hotelkomplex lag etwa zehn Kilometer vom Stadtzentrum und vierzig Minuten vom Flughafen entfernt.

Es war noch nicht die Zeit, zu der sich die Spielsäle mit Gästen füllten; im Kasino befanden sich in diesem Moment nur rund hundert Besucher und fast genauso viele Angestellte.

An dem Tisch mit amerikanischem Roulette war ein älterer Araber dabei, gegen die Wahrscheinlichkeitsrechnung zu verlieren. Die Kugel rollte, und im Saal wurde es still: Der Araber hatte fast hunderttausend Dollar bei einem einzigen Spiel gesetzt.

Das weiße Elfenbeinkügelchen hüpfte über mehrere Zahlen hinweg, kreiselte und ließ sich auf der Doppelnull nieder.

In diesem Augenblick gab es einen Knall, als wäre das Ende der Welt gekommen.

Mindestens fünfzehn Sprengladungen explodierten gleichzeitig. Das gesamte Hotelgebäude schien plötzlich einzuknicken und stürzte dann, umhüllt von einer riesigen Staub- und Rauchwolke, in sich zusammen.

Das amerikanische Militärflugzeug war gerade gestartet und flog über das hinweg, was vom Maadi Tower übrig war.

»Sehen Sie mal da runter, Sergeant Kingston«, sagte Deidra Blasey erregt. »Da muss etwas Furchtbares passiert sein.«

Auch die anderen an Bord der Maschine blickten nach unten, und der Kameramann von K. C. News schaffte es, rechtzeitig an sein Arbeitsgerät zu gelangen und den Katastrophenort ein paar Sekunden lang zu filmen.

Jordan Cruner war bereits kurz vor dem Start eingenickt, doch die aufgeregten Stimmen seiner Reisegefährten in den letzten Sitzreihen weckten ihn.

»Was schreit ihr denn so rum?«, fragte er gereizt.

Der Kameramann berichtete ihm, was sie gerade am Boden beobachtet hatten.

»Da war mindestens ein Dutzend Rettungsfahrzeuge, und es kamen noch mehr aus allen Richtungen.«

Cruner fragte nicht lange beim Bordpersonal um Erlaubnis, sondern griff nach seinem Handy und wählte die Nummer der Kairoer Redaktion von K. C. News. Er musste erfahren, was da unten passiert war. Was es auch war, K.C. News würde wie immer als erster Sender darüber berichten.

Wenige Augenblicke später machte Cruner seine Reportage direkt im Flugzeug.

Der Gesichtsausdruck des FBI-Chefs war unergründlich. Die Mitteilung befand sich seit ein paar Minuten in seinen Händen, und er hatte sie schon mehrmals überflogen. Nun las Deuville den Kernpunkt des Schreibens der Leiterin des Büros für öffentliche Belange vor:

»*Die Antiterror-Kommission hat in Vertretung des Kongresses der Vereinigten Staaten von Amerika am 15. Oktober 2002 beschlossen, dass die weiteren Ermittlungen zu den terroristischen Anschlägen des sogenannten ›Gerechten im Namen Gottes‹ von dem für die Überwachung außernationaler Gebiete zuständigen Nachrichtendienst durchgeführt wird. Dies erscheint sinnvoll, da die Anschläge internationalen Charakter haben. Das FBI wird daher aufgefordert, sämtliche in seinem Besitz befindlichen Unterlagen auszuhändigen, insbesondere solche, die die Ergebnisse der bis dato unternommenen Ermittlungen betreffen. Zugleich möchten wir die bisher Zuständigen ermahnen, dem Beschluss des Kongresses Folge zu leisten und die laufenden Ermittlungen einzustellen sowie den nunmehr zuständigen Auslandsnachrichtendienst umfassend zu informieren.*«

»Wir sind draußen, Cassandra!«, sagte Deuville eher niedergeschlagen als wütend zu seiner Mitarbeiterin.

Zur gleichen Zeit saß George Glakas an seinem Schreibtisch im Hauptquartier der Central Intelligence Agency in Langley, Virginia, und zeigte sich über dasselbe Schreiben hochzufrieden.

»Das war's für euch, liebe Freunde und Federals«, murmelte er und lächelte mit zusammengebissenen Zähnen. »Von jetzt an ist der ›Gerechte im Namen Gottes‹ unsere Sache, insbesondere meine.«

Glakas stammte aus Zypern und hatte den Krieg in seiner Heimat nie vergessen, obwohl er erst sechs Jahre alt gewesen war, als die Türkei 1974 rund vierzig Prozent der Insel besetzt hatte. Noch immer hatte er den weißen Rumpf des amerikanischen Flugzeugs vor Augen, das ihn, seinen Vater und seinen Bruder in die Vereinigten Staaten gebracht hatte. Seine Mutter war bei einem »tragischen Unfall«, wie es offiziell hieß, ums Leben gekommen, ein Unfall, in den ein Panzerwagen der türkischen Truppen verwickelt gewesen war.

In Amerika hatte Glakas seinen hellenischen Vornamen Iorgos durch George ersetzt und sich um jene schnelle Integration bemüht, wie sie nur die Vereinigten Staaten ihren Einwanderern garantieren, die sich dort ein neues Leben aufbauen wollen. Jeder, der George »Iorgos« Glakas kannte, hätte bestätigt, dass er damit erfolgreich gewesen war.

Die drei Departments, in die sich der operative Teil der CIA aufspaltete, trugen die Bezeichnungen »Intelligence«, »Operations« sowie »Science and Technology«. Im Organigramm der Regierungsbehörde war jedes Department wiederum in verschiedene Bereiche unterteilt. George Glakas hatte mit seinen erst vierunddreißig Jahren den wichtigen Posten des Leiters der Antiterror-Abteilung inne.

Glakas kam ein böser Gedanke, als er sich die Taten des »Gerechten« durch den Kopf gehen ließ: Eigentlich gar nicht mal so schlecht, dass diese Moslems mal am eigenen Leib erfuhren, was Terrorbomben anrichteten, dachte er. Immerhin fielen fast jeden Tag Unschuldige den Attentaten irgendwelcher fanatischer Islamisten zum Opfer.

Glakas faltete das Schreiben der Kommission zusammen.

8. Kapitel

Tønder, Preußen, Mai 1917

Fast ein Jahr war vergangen, seit er von den Österreichern in den Dolomiten gefangen genommen worden war, aber Major Sciarra würde sich nie an diese beschwerlichen, nicht enden wollenden Tage der Zwangsarbeit gewöhnen, auch wenn den gefangenen Offizieren, besonders denen, die den Bewachern genehm waren, weniger schwere Arbeiten zugemutet wurden als den einfachen Soldaten.

Insgesamt gab es im Lager mindestens fünfzig Kriegsdeportierte, größtenteils Engländer und Franzosen. Sciarra war der Ranghöchste unter ihnen, und daher stand ihm nach den Lagerregeln das Kommando über die Gefangenengruppe zu, für deren Handlungen er den Aufsehern gegenüber verantwortlich war.

Aufgrund seiner perfekten Deutschkenntnisse war der italienische Major damit betraut worden, die Instandhaltung und Reinigung des gesamten Stützpunkts zu organisieren. Die Österreicher gingen offenbar davon aus, dass es nach dem Ende des Krieges, den sie selbstverständlich gewinnen würden, keine Rolle mehr spielen würde, ob irgendwelche Gefangenen Kenntnis von militärischen Geheimnissen erlangt hatten.

Das Lager ähnelte einer kleinen Stadt und verfügte über eine Fabrik zur Gasproduktion, ein eigenes Elektrizitätswerk, unterirdische Tanks für Brennstoffe und eine Reihe von Allzweckgebäuden, die bei Kriegsbeginn fertiggestellt worden waren. Die zwei Baracken, in denen die Gefangenen untergebracht waren, lagen auf demselben Areal, auf dem auch die sechshundert Soldaten des Stützpunkts wohnten. Nicht weit entfernt von dem Stacheldrahtzaun, der die Baracken umgab, ragte eine große Halle auf, die den Spitznamen »Toska« trug. Es handelte sich um den Hangar, in dem die Luftschiffe untergebracht waren.

Jeden Morgen, auch sonntags, wurden Alberto Sciarra della Volta und die Gefangenenabteilung von einem halben Dutzend Wachsoldaten dorthin geführt. Das war die erste und wichtigste Station ihres Tagesablaufs. Dann folgte die Reinigung der Büros, der anderen Flugzeughallen, der Schlafunterkünfte, der Lagerräume und der Vorplätze. Manche der Männer wurden auch dazu herangezogen, die Offiziersquartiere zu säubern. Dabei wurden sie die ganze Zeit über von Soldaten mit Waffen im Anschlag beaufsichtigt, bis zum Ende ihres anstrengenden Arbeitstages, der nie weniger als vierzehn Stunden dauerte.

Sciarra saß auf dem Boden, mit dem Rücken an die Wand des Hangars gelehnt. Er nahm sein Negedly-Kochgeschirr aus verzinntem Eisen auf und tauchte den Löffel mit der gleichen Begeisterung in die farblose Brühe, mit der ein Selbstmordkandidat an die Möglichkeit der Wiedergeburt denkt.

Sein Blick wanderte über den 198 Meter langen Zeppelin L30, verweilte auf jedem der sechs Maybach-Motoren zu je 240 PS, die diese dicke Zigarre mit ihrem Durchmesser von vierundzwanzig Metern auf eine Höchstgeschwindigkeit von hundert Stundenkilometern bringen konnten. In den neunzehn Gaszellen im Innern des enormen Rumpfes waren über 650000 Kubikmeter eines leicht entzündlichen Wasserstoffgemischs enthalten. Diese gefährliche Fracht zeigte ihre Existenzberechtigung, sobald sich das Luftschiff vom Boden erhob. Es gewann mit Leichtigkeit an Höhe, war einfach zu manövrieren und besaß eine bemerkenswerte Reichweite. Der mächtige Grauwal brachte alle Voraussetzungen, um zu einer neuen, Furcht einflößenden Kriegswaffe zu werden.

Der Jungfernflug hatte im Mai des vergangenen Jahres stattgefunden, und seitdem waren mit dem Luftschiff L30 rund dreißig Aufklärungsflüge und gut ein Dutzend Luftangriffe durchgeführt worden.

Aber es war auch ein Geheimnis mit ihm verbunden, das nur die Männer des Stützpunktes, einschließlich der Gefangenen, kannten: Der Zeppelin mit dem Kennzeichen L30 hatte einen Zwilling. Beide Luftschiffe trugen die gleiche Identifikationsnummer – LZ62 – an Bauch und Schwanz, um die Kriegsgegner zu täuschen. Zwei Angriffe kurz hintereinander an verschiedenen Orten durch scheinbar dasselbe Luftschiff mussten zu falschen Schlussfolgerungen über dessen Geschwindigkeit und Leistungsfähigkeit führen.

Darüber hinaus waren die Ziele dieser Luftfahrzeuge meist völlig wehrlos gegen solche Überraschungsangriffe. Die Zeppelins tauchten lautlos und plötzlich über den zu bombardierenden Gebieten auf und blieben auf einer Höhe, die jede Luftabwehr so gut wie unmöglich machte. In dem geräumigen Laderaum des L30 hatten fünfzig hochexplosive Bomben Platz, darunter Splitter- und Brandbomben. Kein Flugzeug konnte eine derart zerstörerische Ladung transportieren.

Major Sciarra fühlte sich ungewollt am Erfolg dieser perfekten Kriegsmaschine beteiligt, auch wenn sein Beitrag nur im Schwingen eines Besens und dem Anleiten eines Trupps von Putzkräften bestand.

Gedankenverloren, wie er war, bemerkte er nicht gleich, wie sich einer seiner Mitgefangenen zu ihm gesellte.

Grénoir Padget war ein belgischer Hauptmann, der gleich 1914 in Kriegsgefangenschaft geraten war, als die österreichungarischen Truppen sein Land angegriffen hatten. Er nickte Sciarra zu und blickte zu einem der Soldaten hinüber, der mit martialischer Miene seinen Mannlicher-Karabiner auf die Gefangenen gerichtet hielt, die ihre ersehnte halbe Stunde Mittagspause auszukosten versuchten.

»Gib mir nur auch mal so ein schönes Gewehr in die Hand, mein lieber Kerkermeister, dann wirst du dich umgucken«, murmelte der Belgier und fügte hinzu: »Man hat mir gesagt, dass alles für morgen Abend bereit ist, Major.«

»Sie wissen, dass ich mit der Sache nicht einverstanden bin, Hauptmann«, antwortete Sciarra auf Französisch. »Aber ich kann mich wohl schlecht von der Unternehmung ausschließen. Meiner Meinung nach ist so ein Sabotageversuch ohne genauen Fluchtplan kollektiver Selbstmord.«

»Vielleicht haben Sie recht, aber hier die Scheiße der Deutschen wegzuwischen, das ist doch kein Leben. Lieber gehe ich drauf bei dem Versuch, diese Tod und Verderben bringenden

Maschinen zu vernichten, als weiter die Klos und die Stiefel der Offiziere zu wienern.«

Der Wachsoldat zielte mit seiner Waffe auf sie und schrie: »Sprecht Deutsch oder haltet den Mund! Beim nächsten Wort in einer anderen Sprache lasse ich euch für dreißig Tage in die Strafzelle werfen. Mal sehen, ob ihr im Dunkeln bei Wasser und Brot zu der Einsicht kommt, dass die Vorschriften einzuhalten sind!«

Sciarra und Hauptmann Padget brachen ihr Gespräch ab. Es würde den ganzen Plan gefährden, würde auch nur einer von ihnen aufgrund des angedrohten Arrests ausfallen.

»Wo ist Grénoir?« Die Stimme des italienischen Offiziers war nur ein Flüstern in der dunklen Nacht, klang aber trotzdem schneidend scharf.

»Ich weiß es nicht, Major«, antwortete ein englischer Artillerist. »Bis vor Kurzem war er noch hinter mir …«

Sie konnten nicht mehr zurück, ob der belgische Hauptmann dabei war oder nicht.

Der Plan, den Padget mitgeschmiedet hatte, sah vor, dass sie in die Wasserstoffproduktionsanlage eindrangen. Mit primitiven Sprengladungen würden sie die dicken Stahlzylinder sabotieren, die das hochentzündliche Gas für die Tanks der Luftschiffe enthielten. Bei dem dadurch entstehenden Riesenfeuer würde die Besatzung der Basis mit anderen Dingen beschäftigt sein, als nach ein paar Dutzend geflohenen Gefangenen zu suchen, sodass sie einigen Vorsprung würden herausschlagen können.

Sciarra hatte sogleich seine Bedenken hinsichtlich der Durchführbarkeit des Plans angemeldet. Denn selbst wenn es ihnen gelänge, aus dem Stützpunkt herauszukommen und durch das Netz von Kontrollpunkten und Absperrungen zu schlüpfen – wie sollten dreißig Gefangene, die noch die Häftlingsuniform trugen, die Linien der Verbündeten erreichen? Der erste alliierte Vorposten lag mehrere Hundert Kilometer entfernt.

Der einzig positive Aspekt des Plans war für ihn die Sabotage der Wasserstofffabrik, die dazu führen würde, dass die Luftschiffe für längere Zeit am Boden blieben.

Sciarra hatte seine Zweifel geäußert, sich dann aber dem Willen der Mehrheit gebeugt. Offenbar ertrugen diese Männer die Gefangenschaft nicht länger und waren zu jeder Aktion bereit, so gefährlich sie auch sein mochte, um den Stacheldraht zu überwinden, der ihnen den Lebensmut mehr und mehr abschnürte.

Oberst Eberhard Meyer war der am häufigsten ausgezeichnete Luftschiffpilot der deutschen Luftwaffe und nicht zuletzt aus diesem Grund zum Kommandanten des Stützpunktes Tønder ernannt worden. Er hatte den Infanterieoberst Carroll abgelöst, einen schwachen Mann ohne Ausstrahlung und das nötige Zeug, eine der wichtigsten Einrichtungen für die Militärstrategien des Kaiserreichs zu leiten.

Meyer war ein preußischer Offizier durch und durch. Er machte dem vor ihm stehenden Mann ein Zeichen, und sie verließen gemeinsam die Kommandantur.

Draußen erwartete sie schon ein Trupp aus dreißig Gewehrschützen.

Die Dunkelheit kam ihnen zu Hilfe, ein loyaler Komplize, der ihre Unternehmung tarnen würde.

Einige Tage zuvor hatte Pilou, ein munterer Gefreiter der französischen Kavallerie, eine Blechschere im Hangar entwendet und sie in seinem Hosenschlitz aufbewahrt, aus dem er sie nun mit der Grandezza eines Zauberkünstlers hervorzog.

»Schneid auf«, befahl Sciarra.

Der erste Draht wurde von der Schere glatt durchtrennt, dann folgten weitere, bis ein Loch im Zaun entstanden war, durch das die Männer einer nach dem anderen schlüpften.

Sie waren übereingekommen, dass sie nach der Sabotage der Wasserstoffbehälter auch versuchen würden, die drei Zeppeline zu beschädigen, die über dem Gelände schwebten, gehalten von einer Art stählernem Saugnapf am Bug. Die in tiefem Schlummer liegenden silbriggrauen Riesen wurden nur von zwei Soldaten bewacht, die von einer Flasche Schnaps abgelenkt waren.

Sciarra beobachtete die Wachen entlang der Lagergrenze. In den Schilderhäuschen schien alles ruhig zu sein, nichts deutete darauf hin, dass ihre Aufseher etwas ahnten. Die starken Acetylenscheinwerfer, mit denen auch der Luftabwehrposten ausgestattet war, waren ausgeschaltet.

Die Gefangenen schnupperten bereits den Duft der Freiheit. Obwohl sie wussten, dass der gefährlichste Teil des Plans noch vor ihnen lag, verlieh ihnen schon das Durchschneiden des Stacheldrahts frischen Mut für ihre Flucht.

Sciarra machte den Männern ein Zeichen, stehen zu bleiben. Hinter dem Hangar verborgen, in dem die sieben Doppeldecker vom Typ Albatros D3 standen, würden sie ein letztes Mal ihr genaues Vorgehen in der Gasfabrik durchsprechen, die nur noch knapp fünfzig Meter vor ihnen lag.

Die Männer hatten sich gerade versammelt, als der Lichtfinger eines Scheinwerfers die dunkle Nacht durchschnitt und über jeden Winkel des Lagers strich.

Die Stimme von Oberst Meyer ertönte, verstärkt durch ein Kupfermegafon in seiner Linken: »Major Sciarra, raten Sie Ihren Leuten, unnötiges Blutvergießen zu vermeiden! Sie sind umstellt! Ergeben Sie sich!«

Pilou wurde wie alle anderen von dem grellen weißen Licht geblendet und hob instinktiv die Hand, mit der er die Blechschere hielt, vors Gesicht.

Ein Gewehrschuss krachte, und eine Kugel schlug zwischen die Augen des französischen Gefreiten.

Danach gab es kein Halten mehr. Die seit Stunden auf der Lauer liegenden Deutschen und Österreicher glaubten, in Pilous Hand eine Waffe gesehen zu haben, und eröffneten das Feuer auf die dreißig wehrlosen Ausbrecher, ohne auch nur richtig zu zielen.

Der Kugelhagel ging auf die Gruppe nieder, schlug Funken auf das Pflaster, und viele der Gefangenen fielen in der ersten Salve.

Der italienische Major stand aufrecht da und winkte mit ausgestreckten Armen. »Hört auf zu schießen, wir sind unbewaffnet!« Doch das Krachen der Schüsse übertönte seine Rufe.

Es dauerte einige endlose Sekunden, dann brach das Feuer endlich ab.

Sciarra befühlte seine Schultern, Arme, Beine – er war erstaunlicherweise unverwundet. Die meisten seiner Kameraden waren nicht so glimpflich davongekommen. Neun von ihnen würden nie wieder aufstehen.

Wenige Augenblicke später hatte man ihm Handschellen angelegt und wollte ihn in die Strafzelle führen, da befahl Oberst Meyer dem Trupp seiner Bewacher anzuhalten.

»Es war offenbar ein Fehler, Ihnen zu vertrauen, Major Sciarra della Volta«, sagte Meyer, während er seine noch schmauchende Mauser 7.63 zurück ins Holster steckte. »Wir dachten, Ihre Ehre als Offizier …«

»Ich bin ein Offizier, ja«, unterbrach ihn Sciarra, »und als solcher habe ich meinem Vaterland Treue geschworen, Oberst. Diesen Schwur zu halten, ist das Einzige, was mir meine Ehre gebietet.«

»Akzeptiert, aber diese lobenswerte Treue wird Sie teuer zu stehen kommen, Major. Ausbruch und Sabotage werden mit dem Tod bestraft.«

Blitzartig verstand Sciarra, wieso Meyer von Sabotage sprach, obwohl dieser zentrale Teil ihres Plans noch nicht einmal in Angriff genommen worden war. Im weißen Scheinwerferlicht erkannte er deutlich die Silhouette von Padget, der sich hinter den Feinden zu verbergen versuchte, an die er seine Kameraden so schändlich verraten hatte.

9. Kapitel

Venedig, Februar 1348

Im venezianischen Dialekt bezeichnete der Ausdruck »Giròn« die Ruderstange, also den langen oberen Teil des Ruders bis zum Ruderblatt. Donato Bioca hatte sich diesen Spitznamen schon als kleiner Junge verdient, als er ein paar Gleichaltrige mit einem Ruder, das er als Schlagstock benutzte, bis aufs Blut verdrosch. Seine Neigung zur Gewalt hatte mit den Jahren nicht abgenommen, im Gegenteil. Unter dem Schutz, den er im Dienst des Rates der Zehn genoss, war er nur noch gewalttätiger, gefährlicher und verschlagener geworden.

Giròn verbeugte sich tief vor seinem Wohltäter. Diesem Mann hatte er es zu verdanken, dass er seine verbrecherische Natur straffrei ausleben konnte.

»Ich will alles über diesen Jungen mit den blauen Augen wissen, den der Japaner bei sich hat«, sagte der in teure Gewänder gekleidete Herr.

»Habt Ihr schon einen Hinweis, Euer Hochwohlgeboren?«, fragte Giròn in der Hoffnung, dass seine Nachforschungen durch irgendeinen Verrat oder kompromittierenden Fingerzeig erleichtert würden.

»Nein, nichts, Giròn. Nur eine Reihe von Mutmaßungen und Ahnungen.«

Donato Biocas grober Verstand fasste jeden Wunsch Campagnolas als einen verbindlichen Befehl auf. Wenige Minuten später verschluckte ihn der feine Nebel, der sich durch die Gassen der Stadt zog.

»Nein, nicht so, Celeste«, sagte Humarawa streng. »Denk daran, dass die Parade genauso wichtig ist wie der Ausfall. Nur mit einer guten Verteidigung lässt sich ein Angriff zurückschlagen.«

Der Japaner packte das *Katana,* das die Tochter des Muqatil in der Hand hielt, am Griff und erteilte ihr geduldig eine kurze, aber eindringliche Fechtlektion.

»Verzeih, Herr«, mischte sich der Riese Wu ein, der sich bis zu diesem Moment schweigend im Hintergrund gehalten hatte. »Wäre es nicht besser, wenn unser Hilfsknappe einen männlichen Namen trüge? Wenn du ihn weiter Celeste nennst, wird die Wahrheit bald ans Licht kommen, mit unabsehbaren Folgen. Der Blick, mit dem Campagnola unseren Schützling gemustert hat, hat mir gar nicht gefallen.«

»Du hast recht, Wu«, sagte Humarawa und verneigte sich scherzhaft vor Celeste. »Nun also, junger Herr, Ihr habt das Vergnügen der Wahl. Mit welchem Namen möchtet Ihr von den Venezianern angesprochen werden?«

Als er ihn so reden hörte, erstrahlte Wus entstelltes Gesicht zu einem Lächeln. Nie zuvor hatte er seinen Herrn so fröhlich gesehen; das war erst so, seit Celeste in ihr Leben getreten war.

»Adil!«, rief das Mädchen ohne Zögern. »In Tabarqa gab es einen Jungen namens Adil, mit dem ich oft gespielt habe …« Dunkle Wolken trübten ihr hübsches Gesicht. »Die Pest hat auch ihn dahingerafft, genauso wie meine Mutter.«

»Also, Adil«, lenkte Humarawa schnell ab. »Nimm die Ausgangsstellung ein und zeig deinem Meister, was du für Fortschritte gemacht hast.«

Entschlossen, sich nicht dem Kummer zu ergeben, ging Celeste alias Adil in die Ausgangsposition.

Humarawa schien für einen Augenblick die Schwachstellen seines kleinen Gegners zu studieren, dann ließ er seine Klinge durch die Luft sausen. Das Klirren des Stahls rief ein Lächeln auf dem harten Gesicht des Samurai hervor – sein Schüler hatte mit einer perfekten Parade auf seinen Ausfall reagiert.

Als der Fechtunterricht beendet war, blieben Humarawa und Wu allein in dem großen Waffensaal im Erdgeschoss von Alessandro Crespis Palazzo zurück.

»Hältst du das für richtig, Herr?«, fragte der Chinese.

»Was meinst du, Wu?«

»Ein Mädchen in der Waffenkunst zu unterweisen. Wäre es nicht angemessener, sie würde Gesang und Sticken lernen?«

»Der Hauslehrer unterrichtet Celeste bereits in Arithmetik und Schreiben. Ich will, dass sie die beste Erziehung erhält, aber eine Ahnung sagt mir, dass ihr auch die Waffenkunst einst nützlich sein wird. In der Welt, in der sie aufwächst, muss man sich verteidigen können, will man nicht untergehen. Ich denke, ihr Vater würde mir zustimmen.«

»Wer hätte je gedacht, dass ausgerechnet du dich der einzigen Tochter deines Feindes annehmen würdest.«

»Der Muqatil war für mich mehr als ein Feind, er war mein Lebensinhalt. Ehrlich gestanden, habe ich für ihn nie Hass empfunden, sondern stets tiefen Respekt. Nie wieder werden wir einem so aufrechten Krieger begegnen.«

»Das glaube ich auch, Herr. Genauso wie ich glaube, dass ein Teil deines Lebens mit ihm dahingegangen ist. Zum Glück ist dieses Mädchen gekommen, um deine ... unsere Tage mit neuem Mut zu füllen.«

»Ach, Wu, hör auf mit dem Altweibergeschwätz ...«

In diesem Moment betrat Crespi den Waffensaal und unterbrach die Betrachtungen der beiden Asiaten.

»Ein gewisser Bioca, ein übel beleumundeter Kerl, dessen sich der Rat der Zehn manchmal für dunkle Geschäfte bedient, hat mich heute in San Marco angesprochen«, berichtete er. »Alle in der Stadt nennen ihn Giròn, und er hat mir einen Haufen Fragen über Wu gestellt, aber sein wahres Interesse galt Celeste.«

»Ist es dir gelungen, seiner Neugier einen Riegel vorzuschieben?«, fragte Humarawa. »Im Übrigen, Alessandro, soll das Mädchen von heute an mit dem Namen Adil gerufen werden.«

»Das scheint mir ein kluger Einfall zu sein, Hito. Auf die penetranten Fragen des Giròn nach Name und Herkunft des jungen Lehrknaben wusste ich nämlich keine Antwort zu geben. Dennoch, so denke ich, habe ich mich ganz gut aus der Affäre gezogen.«

Ein Boot mit einer Ladung Bauholz fuhr in diesem Moment an der Riva degli Schiavoni vorbei. Der Ruderer schien den Rhythmus seiner Schläge zu verlangsamen, als er auf der Höhe von Crespis Palazzo war. Er legte die Ruder ab, trocknete sich mit einem dreckigen Lappen den Schweiß von der Stirn und spähte zum Anlegeplatz des Hauses hin, der vom Kanal direkt zum Holzportal führte, das in diesem Moment zufälligerweise weit offen stand.

Donato Bioca hatte genug gesehen – um in den Palazzo zu gelangen, würde er keine Schlüssel brauchen. Der Giròn kannte schnellere, wenn auch nicht ganz legale Methoden. An diesem Abend würde er eine davon ausprobieren.

Der Palazzo, den Alessandro Crespi vor einigen Jahren gekauft hatte, stand zwischen der Riva degli Schiavoni, dem Ramo Pescaria, der Calle del Forno und dem Canal Grande. Die Fassade am Hauptwasserlauf der Lagunenstadt war reich mit Stuck verziert.

Einst hatte das Haus einem Adeligen gehört, der dem Glücksspiel verfallen und in finanzielle Schwierigkeiten geraten war. Crespi, der schlaue Kaufmann, der auch Humarawas Vermögen umsichtig verwaltete, hatte die Gelegenheit genutzt und war an den adeligen Spieler herangetreten, um sich den vornehmen Wohnsitz zu einem günstigen Preis anzueignen.

Celeste hatte ein Zimmer im dritten der vier Stockwerke bekommen, das sie mit niemandem teilen musste. Das hohe Fenster ließ die blasse Wintersonne hereinscheinen.

Den Reden der Dienstboten hatte sie entnommen, dass in den letzten Jahren eine große Kälte über Europa gekommen war, angeblich wurden die Winter immer strenger und die Sommer immer kürzer und regnerischer.

Sie dachte an die vielen Menschen, die durch das Erdbeben obdachlos geworden waren. Gott sei Dank hatte Crespis Haus den Erschütterungen vom 25. Januar standgehalten.

Celeste sah sich in ihrem Zimmer um. Sie schämte sich beinahe, es zuzugeben, aber das Leben hier missfiel ihr keineswegs, und die Pracht Venedigs berauschte auch sie. Humarawa, Crespi und sogar der grobe Wu waren sehr freundlich zu ihr, und der Unterricht, den sie erhielt, füllte ihre Tage aus.

Trotzdem wurde sie hin und wieder von Trauer und Sehnsucht überwältigt. Dann dachte sie an ihre Mutter und ihren Vater, und ein Schleier der Wehmut fiel über ihre Augen. Sie wusste nicht, ob sie ihr gerade zusahen, aber sie glaubte manchmal, ihre liebevollen Hände zu spüren, die sie leiteten und beschützten.

Celeste stand auf und fuhr sich mit einer Hand durch die krausen schwarzen Haare. Sie hatte sich noch nicht an den kurzen Schnitt gewöhnt. Sie betrachtete ihr Spiegelbild in der Kupferwanne, die sie gerade mit heißem Wasser hatte füllen lassen, und begann, sich auszuziehen.

»Adil!«, murmelte sie, um sich an ihren neuen Namen zu gewöhnen. »Adil!«, wiederholte sie, während ihr Blick zu ihrem Unterleib wanderte, wo ein zarter Flaum zu sprießen begann.

Donato Bioca war es gelungen, sich vorsichtig bis in den dritten Stock des Palazzos zu schleichen. Dort beobachtete er, flach an die Wand gedrückt, durch eine nur angelehnte Zimmertür das Kind, bei dem es sich angeblich um einen Jungen handelte. Seine Mühe wurde belohnt, und er war sich sicher, dass der edle Campagnola mit ihm höchst zufrieden sein würde.

Das Misstrauen des Ratsmitglieds hinsichtlich dieses Lehrjungen war nur zu berechtigt, denn wenn Giròn nicht alles täuschte, unterschied sich dessen Körper doch erheblich von dem eines Knaben.

Er rieb sich die Hände. Die Geschichte von der treulosen Tochter und dem sarazenischen Piraten, der mit ihr, so sagte man, vor etwa zehn Jahren einen weiblichen Bastard gezeugt hatte, war auch an seine Ohren gedrungen. Am Ende war dieser junge Lehrling … dieses Mädchen …

Ein heftiger und vor allem tödlicher Schlag sorgte dafür, dass er den Gedanken nie zu Ende führen konnte. Wus geballte Faust hatte ihn ins Gesicht getroffen, zwischen Jochbein und Kieferansatz, und die Knochen zu Splittern zertrümmert. Sein Kopf kippte nach hinten und war auf unnatürliche Weise verdreht.

Wus entschiedenes Handeln hatte den Kerl von einer Sekunde auf die andere ins Jenseits befördert.

Crespi beugte sich über den leblosen Körper, der im Flur lag. Er leuchtete ihm mit einer Lampe ins Gesicht und verkündete: »Ja, das ist Giròn, jener Mann, der mir auf der Piazza San Marco all diese Fragen gestellt hat. Wir müssen sehr vorsichtig sein. Sein Auftauchen hier im Haus und obendrein vor dem Zimmer von ... Adil ist der Beweis dafür, dass Campagnola etwas ahnt.«

10. Kapitel

März 2003

Colonel Blasey wandte sich zu dem Meer aus kakifarbenen Uniformen um. Viele der Marines hielten den Kopf gesenkt in dieser vom Gott der Christen verlassenen Wüste. Sie beteten und vertrauten dem staubigen Wind von Al-Ratka, im Süden des Irak gelegen, ihre Wünsche und Hoffnungen an.

Blasey bekreuzigte sich automatisch, als der Militärpfarrer den Arm hob und die Truppen segnete. In Kürze würden diese Soldatinnen und Soldaten die Militärfahrzeuge besteigen und nach Bagdad aufbrechen.

Die Hauptaufgabe ihrer Abteilung konnte als erledigt betrachtet werden, denn die Zufahrten zu den Fernstraßen waren gesäubert worden. Die Verkehrswege zur Hauptstadt sollten ebenfalls weitgehend frei von Minen sein, abgesehen von solchen, die das irakische Heer bei seinem Rückzug gestreut hatte.

Deidra und ihr Team würden nur noch auf Abruf zum Einsatz kommen, sich jedoch stets bereithalten, auch an vorderster Front tätig werden zu müssen.

Der Anblick der jungen Marines riss die Wunde im Herzen der Frau wieder auf. Wer wusste, ob Martell noch ein kurzes Gebet hatte sprechen können, bevor ihn die Bombe zerfetzte.

»Wir kommen gut voran, Colonel.« Sergeant Kingston sorgte abermals dafür, dass sie ihre mütterlichen Gefühle verdrängte und bei der Sache blieb. »Sieht so aus, als würde die Air Force jedes strategische Ziel dem Erdboden gleichmachen.« Und mit einem zufriedenen Lächeln fügte der korpulente Feldwebel hinzu: »Diesen intelligenten Bomben entkommt nichts und niemand.«

»Ich kann dem Fortschritt, den diese Teufelsmaschinen angeblich darstellen, nicht viel abgewinnen, Sergeant«, erwiderte der Colonel. »Ihre Weiterentwicklung geht Hand in Hand mit der der Minen. Während die einen über immer raffiniertere Sprengkörper jubeln, sterben die anderen, weil sie ihren Fuß auf einen versteckten Sprengsatz gesetzt haben.«

Damit drehte sich Deidra zu dem Konvoi der Militärfahrzeuge um, der mit eingeschalteten Scheinwerfern auf die Morgendämmerung zufuhr. »Gott behüte diese jungen Leute«, sagte sie, während sie zusammen mit Sergeant Kingston der langen Reihe von Humvees und Lastwagen auf ihrer Fahrt nach Bagdad hinterherblickte.

Cassandra Ziegler betrat das Büro des FBI-Chefs und zeigte den Gesichtsausdruck eines Gauners, der einen Komplizen für einen großen Coup sucht.

»So wie ich es sehe, kann uns der Kongress nicht der Irreführung beschuldigen«, eröffnete sie ihm.

»Was meinst du, Cassandra?«

»Der Gerechte schickt seine Botschaften weiterhin an uns. Und wer könnte es uns verdenken, wenn wir einen Blick darauf werfen, ehe wir sie unseren lieben Vettern von der CIA übergeben?«

»Ich bin nicht sicher, ob das so ganz dem Willen des Kongresses entspricht ...«

»Das letzte Bekennerschreiben ist wenige Stunden nach Eingang in unserer internen Poststelle an die CIA weitergeleitet worden«, entgegnete Cassandra. »Niemand kann uns Einmischung in nachrichtendienstliche Ermittlungen vorwerfen.«

»Was steht in der neuen Verlautbarung dieses Terroristen?« Ein wenig beruhigt durch ihre Argumente, begann Deuville, Gefallen an dem Spiel zu finden.

Die Stadt Arbil im Norden des Irak stand seit Mitte März unter der Kontrolle der kurdischen Milizen. Die noch nicht geflüchteten Iraker hatten die wenigen Tage des Waffenstillstands, den die amerikanischen Truppen garantierten, genutzt, um ihre Angelegenheiten zu ordnen. Alle wussten, dass es zu Racheakten und Vergeltung kommen werde, sobald die Amerikaner den verbündeten Truppen die Oberaufsicht über das Gebiet überließen. Daher hatten sich fast alle Iraker dafür entschieden, ihre Habseligkeiten zu packen und sich auf den Weg in die einzige Richtung zu machen, die ihnen als Ausweg blieb, nämlich nach Süden, da die nördlichen Grenzen inzwischen geschlossen waren.

Eine endlose Kolonne von Verzweifelten zog in allen möglichen Transportmitteln auf eine ungewisse Zukunft zu.

»›*Diejenigen aber, die glauben, und diejenigen, die ausgewandert sind und um Allahs willen Krieg geführt haben, dürfen auf die Barmherzigkeit Allahs hoffen.*‹ So lautet seine neueste Nachricht. Wie immer ist dieses Zitat dem Koran entnommen, und zwar der zweiten Sure, die mit *al-Baqara* überschrieben ist, das heißt ›Die Kuh‹«, erklärte Cassandra Ziegler. »Davor bekennt er sich zu dem Anschlag auf das ›Cairo Maadi Tower & Casino‹, und unter dem Ganzen findet sich wie üblich seine gedruckte Unterschrift und das Siegel mit dem sechszackigen Stern. Fast unnötig zu erwähnen, dass auf dem Umschlag, dem Briefbogen und dem Siegelwachs keinerlei Spuren zu finden sind, keine Fingerabdrücke, Speichelpartikel oder sonstige organischen Rückstände. Der Text wurde mit einem handelsüblichen Tintenstrahldrucker ausgedruckt, das Druckbild weist keine Besonderheiten auf. Das Siegelwachs ist eine gängige Marke, die in jedem Kaufhaus angeboten wird.«

»Kurzum: Alles, was wir haben, ist wieder mal diese kryptische Botschaft in Form eines Koranverses«, bemerkte Deuville.

»Leider ja, und das ist zugegebenermaßen nicht viel. Das einzig Unmissverständliche daran ist eigentlich nur, dass der Attentäter wieder zuschlagen wird.«

Der unaufhörliche Menschenstrom kam nur langsam voran. Manche der wenigen Leute, die den Evakuierten aus der anderen Richtung begegneten, berichteten, Bagdad sei gefallen, andere, die Amerikaner ständen noch vor der Hauptstadt. Doch das war schon nicht mehr wichtig. Die flüchtenden Iraker wollten nur noch der Bedrohung durch die Kurden entkommen.

Niemand bemerkte die Fotozelle am Rand der Fahrpiste, die über weite Strecken am Ufer des Tigris entlangführte. Das elektronische Gerät war darauf programmiert, dreihundert vorbeiziehende Objekte mit seinem leblosen Auge zu registrieren.

In dem Moment, als die Sensoren den dreihundertsten Impuls auffingen, hob sich ein siebzig Meter langes Straßenstück wie in der Zeitlupenaufnahme eines Katastrophenfilms an und wellte sich für ein paar Sekunden, bis es durch die Gewalt der Explosion in die Luft geschleudert wurde.

Asphalt, Erdreich und Gestein regneten zusammen mit den Leichen der Evakuierten vom Himmel.

Der Anschlag tötete hundertzwanzig Menschen, deren einzige Schuld darin bestand, dass sie sich der Kollektivstrafe des Irakkriegs, der gerade seinen Anfang nahm, hatten entziehen wollen.

»Ich danke Ihnen für Ihren besonderen Scharfsinn, Special Agent.« Der Ton, in dem sich der Bereichsleiter Glakas an einen seiner Untergebenen wandte, war mehr als ironisch.

»Die gesamte Agency hat mit angehaltenem Atem darauf gewartet, dass uns Ihr investigativer Spürsinn auf eine vielversprechende Spur bringt. Leider muss ich Ihnen mitteilen, dass andere schon vor einigen Monaten zu genau derselben Schlussfolgerung gelangt sind. Spätestens nach dem ersten Anschlag im Nahen Osten, dem von Hormuz«, fuhr Glakas schneidend fort. »Ein Screening der Personen, die sich in der Nähe des Tatorts aufgehalten haben könnten, war einer der ersten Ermittlungsschritte, die von mir angeordnet wurden. Zurzeit halten sich meines Wissens in der Region rund zweihunderttausend amerikanische Soldaten auf, hinzu kommen die Mitarbeiter von US-

Firmen, außerdem Diplomaten und Geschäftsleute. Jeder von ihnen konnte sich nach Lust und Laune in der näheren Umgebung der Anschlagsorte bewegen. Und dieser Gedanke setzt noch voraus, dass der Gerechte ein amerikanischer Bürger ist, andernfalls schießt die Zahl der potenziellen Verdächtigen ins Astronomische.«

Deidra Blasey rückte den breitkrempigen Hut auf ihrem Kopf zurecht und drehte sich so, dass die heftigen Windstöße sie von der Seite trafen. Der rote Staub wirbelte um sie herum und kroch wie ein lästiges Insekt über jede unbedeckte Stelle ihrer Haut.

Jordan Cruner näherte sich von hinten und hielt ihr ein hochempfindliches Mikrofon in einem gelben Ball aus schallschluckendem Material unters Kinn. Sein Kameramann begann sofort zu filmen.

»Wie lange wird dieser Krieg Ihrer Meinung nach dauern, Colonel Blasey?«

Er hatte sie kalt erwischt, sonst wäre sie diesem Aasgeier von Cruner rechtzeitig aus dem Weg gegangen. »Meine Meinung ist unerheblich, Cruner. Und ich bin nicht befugt, Ihnen gegenüber die offizielle Einschätzung eines Colonels der US-Marines zu äußern.«

»Wollen Sie damit sagen ...«

Cruner konnte den Satz nicht beenden. Die irakische Boden-Boden-Rakete schlug wenige Meter neben ihnen ein. Ehe sie das Bewusstsein verlor, sah Deidra noch die Fernsehkamera durch die Gegend fliegen, gefolgt vom abgetrennten Kopf des Kameramanns.

Der Schmerz in ihrem Bein erschien ihr nicht unerträglich. Mit einem letzten Schimmer von Klarheit fragte sie sich, weshalb sie wegen so einer Bagatelle ohnmächtig wurde.

11. Kapitel

Tønder, Preußen, Mai 1917

Alberto Sciarra della Volta hatte von einem Kriegsgericht eigentlich mehr Anstand und Form erwartet. Doch die drei deutschen Offiziere, die hinter einem Esstisch in der Kantine saßen, schienen es bloß eilig zu haben.

Das Urteil, das auf Tod lautete, wurde von Oberst Meyer, dem Vorsitzenden des improvisierten Gerichts, nüchtern und ausdruckslos verlesen.

Den anderen Gefangenen mit höheren Dienstgraden, die an dem missglückten Fluchtversuch beteiligt gewesen waren, stand gewiss das gleiche Schicksal bevor. Sciarra hatte gesehen, wie sie in Handschellen in Zellen geführt wurden, die an seine angrenzten.

Der italienische Offizier war während der Urteilsverkündung gleichmütig geblieben. Nur als er für schuldig befunden wurde, der planende Kopf hinter der versuchten Flucht und der Sabotage gegen die Wasserstofffabrik zu sein, fuhr er verärgert auf. Hauptmann Padget hatte ihn in diese Unternehmung, bei der mehrere Kameraden gestorben waren, mit hineingezogen. Der Verräter Padget.

Eine der benachbarten Einzelzellen wurde aufgeschlossen.

Sciarra hörte, wie sich der Mann, der herausgeholt wurde, den Wärtern widersetzte und sie ihn mit Gewalt wegführen mussten.

Er erkannte die Stimme eines englischen Sergeant Major aus Yorkshire, der ebenfalls bei dem Ausbruchsversuch mitgemacht hatte.

Dann war wieder alles still, bis sich eine nahe Stimme vernehmen ließ. »Haben Sie gehört, Sciarra?«, fragte ein Unteroffizier – auch dieser ein Brite – aus der Nachbarzelle. »Sie haben Sergeant Govert zur Hinrichtung geführt. Danach bin ich dran.«

Eine Gewehrsalve hallte zwischen den engen Zellenwänden wider.

»Hab Mut!«, war das Einzige, was Sciarra hervorbrachte, dann wurde die große, mehrfach verriegelte Tür zum Gefängniskorridor erneut geöffnet.

»Nur Sie und ich haben gesehen, wer der Scheißkerl von Verräter ist. Ich wette, er sitzt wieder in der Baracke und erschleicht sich das Vertrauen der neu angekommenen Gefangenen, um sie bei nächster Gelegenheit genauso zu verraten. Gott verfluche ihn. Machen Sie's gut, Major«, sagte der Unteroffizier, als die Soldaten ihn aufstehen hießen.

»Sie auch«, antwortete Sciarra und wartete bedrückt auf die Schüsse, die dem Leben seines Mitgefangenen ein Ende setzten.

Als Nächster war er an der Reihe.

Das Warten auf den Tod ist das Zermürbendste, was man sich vorstellen kann. Sciarra bat Gott, an den er nie wirklich geglaubt hatte, um Vergebung für seine Sünden. Dann setzte er sich mit dem Rücken zur Wand und dem Gesicht zur Tür, denn er wollte dem Mann, der ihn zur Hinrichtung führte, in die Augen sehen. Doch niemand kam, um ihn zu holen.

Es war längst dunkel, und er vermutete, dass seine Exekution auf den nächsten Tag verschoben worden war und die anderen Gefangenen ihr zur Abschreckung würden beiwohnen müssen.

Er hörte die rhythmischen, schweren Schritte der Wache vor dem Gefängniseingang. Die Nacht schlich dahin, er bekam zwei Wachablösungen mit. Es mussten mindestens acht Stunden vergangen sein, als die Schritte draußen innehielten und ein dumpfes Geräusch zu vernehmen war. Dann wieder Ruhe.

Auf einmal wurde ein Schlüssel ins Schloss seiner Zellentür gesteckt, jemand öffnete, schien einen Augenblick zu zögern. Sciarra drückte sich gegen die Wand. Vielleicht hatte er sich geirrt, und sie hatten doch beschlossen, ihn mitten in der Nacht zu erschießen. Eine andere Ahnung überkam ihn, als er merkte, dass der Aufseher keine Lampe bei sich trug und im Dunkeln agierte.

»Major Sciarra?«, fragte eine wohlbekannte Stimme leise.
»Ja, ich bin hier«, antwortete der Italiener verblüfft.
»Sie haben doch wohl nicht geglaubt, ich würde den Mann, dem ich mein Leben zu verdanken habe, in einem stinkenden Gefängnisloch verrotten lassen.«
»Petru? Oberleutnant Petru, was machen Sie hier?«
»Ich bin mit einem Wagen gekommen, in der Hauptmannsuniform eines österreichischen Inspekteurs. Weil ich so gut Deutsch spreche, sind sie darauf reingefallen, als ich die Unterlagen zur Prüfung der Buchführung des Stützpunktes verlangte. Bis jetzt hegt niemand Verdacht, obwohl ich glaube, dass sie nicht lange brauchen werden, um die Leiche des echten Inspekteurs hinter dem Hügel ein paar Kilometer von hier zu finden. Also schnell, wir haben wenig Zeit, Major.«

Oberst Meyer warf zornig den Hörer auf die Gabel. Dann verließ der deutsche Pilot das Büro, das er benutzte, wenn er sich nicht im Einsatz an Bord eines Zeppelins befand. Die Mauser hielt er in der Hand.
Ein paar Sekunden später heulten die Lagersirenen auf.

»Sie haben den Inspekteur offenbar früher gefunden, als ich hoffte«, sagte Petru besorgt. »Suchen wir uns ein Versteck, wo wir überlegen können, wie wir aus dieser Klemme herauskommen.«

Es war etwa eine Stunde seit Auslösung des Alarms vergangen. Die Österreicher hatten den Ausbruch des zum Tode Verurteilten entdeckt und den falschen Inspekteur damit in Verbindung gebracht. Doch von den beiden Männern war bislang keine Spur zu finden. Daraufhin machte sich eine Abteilung Soldaten daran, den Hangar, in dem die Luftschiffe untergebracht waren, zu durchsuchen.
Meyer bellte einen Befehl nach dem anderen. Er war außer sich vor Wut, seine helle Gesichtshaut zeigte rote Flecken, und sein sonst so gepflegter Kaiser-Wilhelm-Schnurrbart wirkte wie von einem Tornado zerzaust.

Der Lauf der Roth-Steyer 8 mm, der ihm plötzlich unter die Nase gehalten wurde, besänftigte sein Gemüt nicht gerade.

»Herr Oberst Meyer wird jetzt die Güte haben, uns hier rauszubringen, nicht wahr?«

An dem entschlossenen Funkeln in Minhea Petrus Augen erkannte Meyer, dass der falsche Inspekteur nicht scherzte.

Der massige Rumpf eines der beiden Zwillingsluftschiffe L30 schimmerte in der Dunkelheit. Er war an einem Stahlmast festgemacht wie ein Schiff an der Kaimauer. Die größte der vier Gondeln, in der sich auch die Kommandobrücke befand, schwebte dicht über dem Boden. Der Zeppelin war bereit, zu einem neuen Kriegseinsatz abzuheben.

»Das schafft ihr nie!«, sagte Meyer, als ihm klar wurde, dass die beiden ihn zu dem Luftschiff führten.

»Wenn Sie mich nicht so früh hätten auffliegen lassen, Herr Oberst, wären wir jetzt nicht hier«, erwiderte Petru unbekümmert, »sondern säßen in dem Dienstwagen eines Inspekteurs des österreich-ungarischen Heeres. Leider wurde mein Plan zunichtegemacht, weshalb wir uns gezwungen sehen, zu dieser Notlösung zu greifen.« Er drückte dem deutschen Offizier die Pistole in den Bauch und fügte hinzu: »Sagen Sie uns, wie wir dieses Monstrum in die Luft kriegen. Und zwar ein bisschen flott.«

Die Soldaten des Stützpunkts erinnerten an Raubtiere im Käfig, weil sie gegen diese beiden Männer, die ihren Kommandanten, einen Fliegerhelden, in der Gewalt hatten, nichts ausrichten konnten.

Sie hatten ihre Karabiner angelegt, gehorchten aber dem Befehl, nicht zu feuern. Im Laufe der Jahre hatte man oft genug die Erfahrung machen müssen, wie leicht entzündlich das flüchtige Gas in den Tanks der Zeppeline war. Ein einziger Gewehrschuss konnte eine Katastrophe auslösen.

Sobald die Flüchtigen mit ihrer Geisel die Gondel bestiegen hatten, befahl Petru dem Oberst, die sechs Triebwerke zu zünden. Einige Minuten darauf schwebte das Luftschiff wie ein dunkles Phantom in die nordische Nacht hinaus.

Sciarra und Petru beobachteten dic erstarrten Soldaten unter ihnen. Erst als sie außer Reichweite der Karabiner waren, gab jemand am Boden den frustrierten Befehl zu schießen.

12. Kapitel

Venedig, Februar 1348

Das Fest wurde in dem von über zweitausend Kerzen erleuchteten Saal abgehalten, als Campagnola sich Crespi näherte.

»Man hat mir gesagt, dass der arme Giròn ein guter Freund von Euch war, Crespi«, sagte der venezianische Adelige und sah dem Kaufmann herausfordernd ins Gesicht.

»Dann hat man Euch falsch informiert, Euer Hochwohlgeboren«, antwortete Crespi, ohne den Blick zu senken. »Ich kannte Bioca wie viele in der Stadt, aber uns verband keinerlei Freundschaft. Dennoch dauert es mich, dass er ein so brutales Ende gefunden hat.«

»Allerdings, man fand ihn mit gebrochenem Hals und grausig zugerichtetem Gesicht in einem Kanal treibend. Auch mich bekümmert sein Tod.«

»Man muss jedoch sagen, dass Donato Bioca kein besonders beliebter Mann war.«

»Würde jeder wenig gelittene Mensch eine solche Behandlung erfahren, Crespi, könnten die Gassen und Kanäle die Leichen nicht mehr aufnehmen.«

»Wohl wahr. Auch Euch fällt es sicher nicht immer leicht, das Amt auszufüllen, dem ihr Euer edles Leben widmet«, stichelte Crespi.

»Ich danke Euch für die Anerkennung. Aber sprechen wir von etwas anderem. Was sagt Humarawa, nun, da die Bedrohung durch den Muqatil endgültig gebannt ist?«

»Wie jeder Mensch verspürt auch Hito Humarawa das Bedürfnis, sich nach einer solchen Anstrengung auszuruhen. Er hat Jahre mit der Jagd nach diesem Piraten zugebracht. Jetzt möchte er ein wenig Ruhe genießen, glaube ich.«

»Ruhe und Ruhm. Die Venezianer haben Euren japanischen Freund und seinen massigen Kumpan zu Rettern des Vaterlandes erklärt. Mich dünkt jedoch, dass sich Männer wie Humarawa nicht lange vom Reiz des Kampfes fernhalten können. Und einige Beobachtungen scheinen mir recht zu geben.«

Der unterschwellig feindselige Ton entging einem aufmerksamen Menschen wie Alessandro Crespi nicht. »Welche Beobachtungen, Hochwohlgeboren?«

»Was für einen Grund sollte Humarawa haben, diesen ... jungen Knappen mit sich zu führen – Adil heißt er meines Wissens –, wenn er nicht die Absicht hätte, früher oder später wieder zu den Waffen zu greifen?«

Aufgepasst, Crespi!, sagte sich der Kaufmann. Diese Sache lag Campagnola anscheinend wirklich am Herzen, und das war ausgetrocknet wie ein verhexter Tümpel. Woher kannte er den Namen, den Humarawa erst vor ein paar Tagen der Tochter des Muqatil gegeben hatte?

Crespi wechselte das Gesprächsthema, dann setzte er ein höfliches Lächeln auf und verabschiedete sich von dem Adeligen.

In den frühen Stunden des folgenden Morgens, nicht weit vom Ort des berauschenden Festes entfernt, durchbrach ein Ausfall Adils die Deckung seines Gegners, und seine Klinge verharrte knapp vor dem Bauch des Chinesen.

»Sehr gut, Adil«, sagte Wu, der seine Zufriedenheit hinter seiner strengen Miene nicht zu verbergen vermochte. »Du machst bemerkenswerte Fortschritte in der Handhabung deiner Waffen.«

Adil grinste und steckte das *Wakizashi* ein, mit dem er übte.

Humarawa kam in den Waffensaal des Palazzos, auch er lächelnd.

»Das genügt jetzt, Wu. Lass unseren jungen Adil sich ein wenig ausruhen, ehe ihn sein Privatlehrer in Literatur und Rechnen unterrichtet.«

Die Tage verflogen im Palazzo an der Riva degli Schiavoni. Celeste verbrachte erfüllte Tage. Auch die Kunst des Krieges war für sie ein Spiel, dem sie sich jedoch voller Inbrunst widmete. Manchmal dachte sie daran, was wohl ihr Vater gesagt hätte, hätte er sie mit dem *Katana* in der Hand gesehen, wie sie Hiebe ausführte oder die Streiche abwehrte, die Wu und Humarawa bisher nur andeuteten. Bestimmt wäre der Muqatil stolz auf sie gewesen, auch wenn er sich vielleicht eine andere Zukunft für seine kleine Celeste gewünscht hatte.

Jedes Mal, wenn sie an ihre geliebten Eltern dachte, überkam sie eine große Schwermut. Zwar waren nun schon Monate seit ihrer Ankunft in Venedig vergangen, aber die Aufmerksamkeit und Zuneigung, die ihre neuen Freunde ihr schenkten, konnten die Erinnerung an die lächelnden Gesichter ihrer Eltern nicht auslöschen.

Oft erschienen sie ihr im Traum. Meistens nur als flüchtige Erscheinungen. Aber dann, eines Nachts, war es anders. Im Halbschlaf, schweißgebadet, war sie davon überzeugt, dass ihre Mutter Diletta vor ihr stand und zu ihr sprach.

»Hüte dich vor deinem Großvater, meine Kleine. Auch wenn sein Blut in deinen Adern fließt, halte dich von ihm fern. Er würde nicht zögern, dich zu töten, um die Schande der Vergangenheit zu tilgen.«

Ihre Mutter zeigte den gleichen leidenden Ausdruck wie auf dem Totenbett.

»Das Leben hält große Freuden für dich bereit«, fuhr Diletta fort, »aber du wirst sie dir hart verdienen müssen. Wenn alles verloren erscheint, wird der Muqatil aus der Finsternis hervortreten und dir den Weg leuchten. Die Krankheit, die mich von dir fortgerissen hat, ist im Anzug und wird auch in Venedig viele Leben fordern.«

Celeste wachte erschüttert auf. Unwillkürlich blickte sie zu der Stelle, wo ihre Mutter im Traum gestanden hatte, doch da war nur noch der undurchdringlich dunkle Vorhang der Nacht.

Sie brauchte lange, um wieder einzuschlafen, denn die Worte der ätherischen Gestalt hatten sie aufgewühlt. Irgendwann fiel sie endlich in einen traumlosen Schlaf.

Es war kurz nach Sonnenaufgang, als Stimmengewirr von den Kanälen unten sie weckte. Celeste ging zum Fenster. In der prickelnden Kühle des Märzmorgens bemerkte sie ungewöhnlich viele Boote auf dem Canal Grande. Die Bootsführer und Fährleute hielten an, um aufgeregt mit denen zu sprechen, die aus der engegengesetzten Richtung kamen, und alle gestikulierten wie wild.

Eine schreckliche Ahnung stieg in ihr auf, dass die geträumte Prophezeiung ihrer Mutter bereits eingetreten war.

Seltsam, dachte Campagnola und zog die Augenbrauen hoch. Noch nie hatte er vor dem Blick eines anderen gezaudert, und doch gelang es ihm nicht, die Augen dieses Jungen und das Missbehagen, das sie ihm verursachten, aus seinen Gedanken zu vertreiben.

Der Tod seines Handlangers hatte ihn nicht besonders schwer getroffen. Giròn hatte ihm wohl gesagt, dass er versuchen wolle, sich in Crespis Palazzo einzuschleichen, und zwar in eben der Nacht, in der er getötet worden war, doch Campagnola hätte nicht darauf schwören wollen, dass er je dort eingetroffen war. Es gab eine Menge Leute, die diesem Raufbold gern den Hals umgedreht hätten.

Dennoch, sagte sich Campagnola, die Augen dieses Kindes, das ein Spross des Satans sein musste, verfolgten ihn wie die schrecklichste Vision. Seit es in Venedig war, passierte lauter Unheil in der Stadt.

Ein Diener klopfte an die Tür seines Studierzimmers.

»Was gibt es?«, fragte Campagnola verärgert und beschloss sogleich, den dreisten Kerl zu bestrafen, der es wagte, ihn in seinen Gedanken zu stören.

»Verzeiht, Euer Hochwohlgeboren«, sagte der Diener mit einer Verbeugung und zittriger Stimme. »In der Nacht ist ein Mann in der Calle dei Pellai gestorben, und zwei Frauen, zwei Cousinen, haben das gleiche Schicksal auf San Marco in Boccalama erlitten.«

»Und was geht mich das an?«, schnauzte Campagnola, während erneut die Augen des kleinen Adil vor ihm auftauchten wie ein schlechtes Omen. »Störst du mich bei meiner Arbeit, um mir das Sterberegister vorzutragen?«

»Bitte um Vergebung, Herr. Alle drei Verstorbenen wiesen die gleichen Anzeichen auf.«

»Und was waren das für Anzeichen, Herrgott noch mal?« Ein furchtbarer Verdacht kam in ihm auf.

»Anzeichen der Pest, Herr. Sie sind an der Pest gestorben.« Der Diener bekreuzigte sich zweifach.

13. Kapitel

September 2003

Deidra Blasey atmete in vollen Zügen die duftgeschwängerte Luft dieses nicht enden wollenden Sommers ein.

Ihre wieder zusammengewachsenen Knochenbrüche waren nach wie vor spürbar, obwohl die Behandlungen und die unermüdlich absolvierten Physiotherapiestunden erste Erfolge zeigten.

Sie dachte daran, wie jäh ein normales Wohlgefühl in unerträglichsten Schmerz umschlagen konnte. Deidra hatte diese Erfahrung schon öfter im Leben gemacht, und sie war jedes Mal traumatisch.

Von einer Sekunde auf die andere hatte sie auf dem Boden gelegen, mit schmerzenden Ohren und den zerfetzten Gliedern des Kameramanns auf ihrem Körper, aus denen das Blut sickerte. Zuerst hatte sie keinen Schmerz gespürt, obwohl sie wusste, dass sie getroffen worden war. Sie hatte den Kopf gedreht, weil sie sich nicht von der Leiche des Technikers befreien konnte, und hatte Cruner, den Reporter, gesehen, der sich sein blutendes Bein hielt. Ohne die Stütze der Knochen wirkte es wie eine Schaumstoffrolle. Es kam ihr vor, als hätte Cruner auch Probleme mit dem anderen Bein, als sei es künstlich, vielleicht eine Prothese.

Bleib ganz ruhig, hatte sie sich Mut zugesprochen. Dein Zustand ist offenbar nicht hoffnungslos. Atme tief und versuch, dieses Gewicht auf dir loszuwerden.

Dann hatte sie gemerkt, dass sie ihren linken Arm nicht bewegen konnte, es aber geschafft, die Last, die ihr die Luft abdrückte, mit nur einem Arm abzuwerfen. Die Stimmen der herbeieilenden Helfer drangen wie durch Watte an ihre Ohren. Schließlich wurde ihr verschwommen bewusst, dass auch ihr linkes Bein verletzt war: Ein Teil des Schienbeins ragte aus der Hose ihres Kampfanzugs wie die Mastspitze eines auf Grund gelaufenen Seglers.

Als der erste Helfer bei ihr war, verlor sie wieder das Bewusstsein.

Nun, nach einem halben Jahr, in dem sie drei Operationen am linken Bein und zwei am Arm über sich ergehen lassen hatte, bewegte Deidra sich mit einer gewissen Ungezwungenheit zwischen den gymnastischen Geräten des Rehabilitationszentrums. Bald würde sie entlassen werden, endlich.

Die Stunden und Minuten, die sie noch von diesem Moment trennten, kamen ihr endlos vor, denn sie sehnte sich danach, in ihren Beruf zurückzukehren. Sie wusste, dass New York sie mit der gewohnten Gleichgültigkeit empfangen werde, aber sie musste dringend wieder aktiv werden, um nicht in Depressionen zu verfallen. Schon bei früheren Gelegenheiten hatten die Marines sie aus diesem dunklen Tunnel herausgeholt, und Deidra hoffte, dass die Kameraden sie auch diesmal daran hindern würden, in ihrem Schmerz zu ertrinken.

Eine freundliche Bassstimme grüßte sie, als sie die Stufen der Klinik hinunterging: »Willkommen zurück, Colonel!«

Sergeant Kingston stand neben einem Dienstwagen mit der Aufschrift U.S. MARINE CORPS, BASIS FORT LEJEUNE an den Türen. Der Feldwebel trug die Paradeuniform mit dem weißen Käppi und der knallblauen Jacke und dazu ein strahlendes Lächeln. Deidra bemerkte nicht gleich, dass er einen Arm auf dem Rücken hielt. Erst als sie bei ihm war, zog Kingston den Blumenstrauß hervor.

Sie war so gerührt, dass sie sich nicht zurückhalten konnte und ihn umarmte, was ihn sichtlich verlegen machte.

Als sie im Auto saßen, wollte er gleich wissen: »Noch zwei, drei Wochen Rekonvaleszenz, dann nehmen Sie den Dienst aber wieder auf, oder?«

»Und ob, ich kann diese erzwungene Muße nicht mehr ertragen. Ich glaube, ich werde schon ab nächster Woche wieder zum Stützpunkt kommen. Ich muss es zwar langsam angehen lassen, aber noch ein Monat weiße Klinikwände, gekochtes Huhn und Gemüsebrei würden mich garantiert ins Jenseits befördern.«

»Na, jedenfalls haben Sie es schon mal aus der Nähe gesehen.«

»Was?«

»Das Jenseits«, antwortete Kingston ernst. »Dieser arme Kameramann ist gleich ganz hinübergegangen. Cruner dagegen ist schon vor einem Monat entlassen worden. Sein Beinbruch war wohl nicht so kompliziert, er hat keine schweren Verletzungen davongetragen.«

»Wüsste gern, welchem Heiligen ich es zu verdanken habe, dass ich noch am Leben bin.« Colonel Blaseys Augen nahmen einen seltsamen Glanz an.

Die Hände mit den schlanken Fingern steckten in Latexhandschuhen, und eine davon zog ein Buch in einem Regal neben dem Wandschrank halb heraus. Es schnellte vor wie durch einen Federmechanismus und löste ein leises metallisches Schnarren aus, worauf die hintere Wand des Schranks zur Seite glitt.

Das verborgene Zimmer war etwa so groß wie eine durchschnittliche Garage. Auch hier war alles auf das Sorgfältigste eingerichtet und geordnet. Metallregale bedeckten die gesamte rechte Wand. In den Fächern lagen diverse Päckchen Plastiksprengstoff sowie jede Menge Detonatoren, Zündvorrichtungen und Zündschnüre, mit denen ganze Häuserblocks ausradiert werden konnten.

Der Terrorist ging zu dem Schreibtisch am anderen Ende der

Kammer, holte ein elfenbeinfarbenes Kästchen aus einer Schublade und öffnete es. Der Ring der Könige schimmerte ihm entgegen.

Der Mann nahm eine Stange Siegellack und erhitzte sie über der Flamme eines Feuerzeugs, um einer neuen tödlichen Botschaft sein Siegel aufzudrücken. Die heißen Tropfen zogen sich zäh in die Länge und fielen dann auf das Papier, wo sie ein flüssiges, blutrotes Mal bildeten. Das Wappen des Königs prägte sich zum Zeugnis eines makabren Versprechens ein.

Ein Zucken, beinahe ein elektrischer Schlag, ging durch ihren Körper, als sie den Brief geöffnet hatte. Cassandra Ziegler hielt ihn immer noch in der rechten Hand, als sie das Büro von Deuville betrat.

»Er hat ziemlich lange nichts von sich hören lassen, unser Freund«, sagte sie und setzte sich auf den Lehnstuhl, den ihr der Chef anbot.

»Seit März, um genau zu sein«, bemerkte Deuville und machte sich seufzend bereit, die neueste Nachricht des Terroristen zu hören.

Cassandra schob ihre Brille auf die Nasenspitze und las: »›*Gepriesen sei der, der mit seinem Diener bei Nacht von der heiligen Kultstätte zur fernen Kultstätte, deren Umgebung wir gesegnet haben, reiste, um ihm unsere Zeichen zu zeigen! Er ist der, der alles hört und sieht.*‹ Es handelt sich um den ersten Vers der siebzehnten Sure, die *al-Isrâ* heißt, ›Die Nachtwanderung.‹«

»Hast du eine Ahnung, was er uns damit sagen will?«

»Nicht die geringste, abgesehen von dem offensichtlichen Bezug auf eine Reise. Leider hat er bewiesen, dass er in der Lage ist, überall und jederzeit zuzuschlagen, sodass uns das nicht viel nutzen wird. Ich habe das Originalschreiben, ehe wir es an die Konkurrenz weiterleiten, an die Kriminaltechnik geschickt und hoffe, dass sie diesmal etwas Nützliches finden.«

»Gehst du einem bestimmten Hinweis nach, Cassandra?«

»Nein. Oder besser gesagt: zu vielen. Mindestens dreißigtausend amerikanische Soldaten sind mit den Kriterien kompatibel, das heißt, hätten die Tatorte leicht erreichen können. Ein paar Tausend Zivilisten nicht mitgerechnet. Wenn du noch die Nichtamerikaner hinzuzählst, steigt die Zahl der möglichen Täter exponentiell an. Selbst wenn man das Feld so weit wie möglich eingrenzt, indem man zum Beispiel davon ausgeht, dass es sich um eine Person handelt, die Erfahrung im Umgang mit Sprengstoff hat, bleiben immer noch zwölftausend auf der ganzen Welt verstreute potenzielle Täter übrig. Unter Aufbietung unseres ganzen Personals könnten wir die nicht überwachen.«

»Das gilt aber ebenso für unsere offiziell ermittelnden Freunde. Ich würde zu gern wissen, ob sie bei der CIA inzwischen weiter sind als wir.«

Glakas lächelte süffisant, als er sich den Protokollstempel auf dem Brief ansah. Ein Schreiben von höchster Wichtigkeit hatte siebenundzwanzig Stunden vom FBI-Hauptquartier bis auf seinen Schreibtisch in Langley, Virginia, gebraucht. Der Departmentleiter war sicher: In diesen siebenundzwanzig Stunden waren Umschlag und Briefbogen einer eingehenden Untersuchung durch die kriminaltechnische Abteilung der Feds unterzogen worden.

Und er würde seinen Hut darauf verwetten, dass sie nichts gefunden hatten. Der Terrorist arbeitete viel zu sorgfältig. Er würde nicht den banalen Fehler begehen, organische Rückstände oder sonstige Spuren auf einem seiner aseptischen Briefe zu hinterlassen.

Nun, da er sich nicht zu erkennen gab, musste man eben ein paar Köder auswerfen. Allerdings hatte das keine Eile. Zuvor wollte sich Glakas das Vergnügen gönnen, aus vorderster Reihe das pyrotechnische Spektakel zu verfolgen, das der Gerechte für seine nächste Vorstellung geben würde.

Oswald Breil saß auf einem Stuhl, seine Füße baumelten ein paar Zentimeter über dem Boden. Er war entspannt und genoss die gemeinsamen Tage mit seinen alten Adoptiveltern.

»Du weißt ja gar nicht, Oswald, wie sehr ich mich freue, dich bei uns zu haben. Ich dachte schon, dass du irgendwo in *Hotzeplotz* Wurzeln schlägst« – Lilith Habar benutzte den jiddischen Ausdruck, der soviel wie »am Ende der Welt« oder »Gott weiß wo« bedeutet –, »aber jetzt bist du hier bei uns, wie damals als Kind. Was für ein Glück.«

»Du wirst mich aber jetzt nicht ausschimpfen, weil ich mein *Mairev,* mein Abendgebet, nicht gesagt habe, Mame Lilith, oder?«, erwiderte Oswald.

»Nein, bestimmt nicht. Gott hat dir eine große *Saichel,* eine außergewöhnliche Intelligenz, geschenkt, die du stets in den Dienst unseres Volks gestellt hast«, sagte Lilith mit vor Bewegung brüchiger Stimme. »Wir sind sehr stolz auf dich.«

»Und ich danke Gott, dass er mir Eltern wie euch gegeben hat, *Mameloschn*«, sagte Oswald und nahm ihre Hände. Von klein auf nannte er sie so, zuerst irrtümlich, doch dann, weil er die Sprache, die sie ihm beigebracht hatte, als wahrhaft mütterlich, als Muttersprache empfand.

Cassandra Ziegler starrte stirnrunzelnd auf die Nachricht des Gerechten. Dann hob sie den Blick zur Decke, als könne von dort oben die Erleuchtung kommen. Und vielleicht wurde ihr die Eingebung tatsächlich vom Himmel geschickt, als sie zu ihrem Vorgesetzten sagte: »Ich glaube ... ich glaube, wir brauchen einen echten Experten für den Nahen Osten, jemanden, der die Mentalität von Leuten kennt, die sich im Krieg mit den Arabern befinden. Versteh mich nicht falsch, Conrad, ich rede nicht von einem der vielen Kriminalpsychologen, sondern von einem, der mehr kann.«

»Ja, klar«, spottete Deuville, »eine Wunderwaffe mit analytischem Scharfsinn und Fantasie, Beharrlichkeit und erstklassigen Kenntnissen auf diversen Fachgebieten.«

»Genau, Chef. Genau so jemanden meine ich!«

»Und wo willst du diesen Supermann finden? In Smallville?«

»Soweit mir bekannt ist, hält er sich derzeit in Denver, Colorado auf, bei seinen Adoptiveltern. Er mag zwar nicht die Statur von Clark Kent haben, aber ich denke, er verfügt sonst über jede erforderliche Eigenschaft, um es mit diesem Selbstgerechten im Namen Gottes aufzunehmen. Du weißt, von wem ich rede, nicht wahr, Conrad?«

In dem Reisebus saßen neunundvierzig Personen, vorwiegend Frauen, die ein *Hijab,* ein Kopftuch, trugen, und Kinder. Ein zweiter Bus gleichen Modells, jedoch mit etwa einem Dutzend Fahrgästen weniger, fuhr dicht hinter ihm.

Der Ausflug zu den Niagarafällen war vom kanadisch-islamischen Zentrum organisiert worden, und es war ein schöner und erlebnisreicher Tag gewesen.

Die beiden Busse bogen in den Winston Churchill Boulevard ein und anschließend in den South Sheridan Way. Nur noch wenige Meter trennten sie vom Haus des Zentrums in Mississauga, Ontario.

Von dort waren sie im Morgengrauen dieses islamischen Feiertags aufgebrochen. Im Bus konnte man ja bestimmt ein bisschen Schlaf nachholen, hatten sich viele gesagt.

Das grandiose Naturschauspiel der Fälle, die Fahrt mit dem Aussichtsboot unter dem Gischtvorhang hindurch, ein Picknick und ein Besuch der Andenkenläden hatten den Ausflug unvergesslich gemacht.

Alle waren bester Stimmung gewesen, als sie wieder in die Busse gestiegen waren, um nach Mississauga zurückzufahren.

Die bevorstehende Ankunft erzeugte eine gewisse Unruhe. Deshalb waren die Fahrer ganz froh, als das schnaufende Geräusch der Bremsen das Ende des Ausflugs signalisierte.

Doch ihre Erleichterung währte nur Sekunden.

Die Hand mit den schlanken Fingern tippte die letzte Ziffer einer Telefonnummer in ein Mobiltelefon. Dann sah der Gerechte nach oben und verfolgte fasziniert den Feuerregen, der von den beiden explodierenden Reisebussen auf die Umgebung niederging.

Die großen Fahrzeuge waren wie von einer Riesenhand emporgehoben worden und krachten wieder herab, während sich die aufgeplatzten Karosserien in den Flammen schwarz verfärbten.

Zweiundsechzig Menschen nahmen den Anblick der Niagarafälle als letzte schöne Erinnerung ihres irdischen Daseins mit in den Tod. Die zwanzig Überlebenden dagegen würden für den Rest ihres Lebens das unauslöschliche Mal der Furcht tragen, mit dem die Hand des Gerechten sie gebrandmarkt hatte.

Wie fast jede israelische Familie hatten auch die Habars ihren Blutzoll an den Terrorismus entrichten müssen. Eine Tochter von Ezers Schwester war bei der Explosion eines Stadtbusses, verursacht von einem Selbstmordattentäter, ums Leben gekommen.

Lilith trocknete sich die Tränen vor dem Fernseher, als Jordan Cruner von K.C. News vor den noch rauchenden Gerippen der beiden Busse die Umstände des Attentats beschrieb.

»In diesen beiden Fahrzeugen«, sagte Cruner in die Kamera, »saßen rund neunzig Menschen, die Mehrzahl Frauen und Kinder. Neunzig Unschuldige auf der Rückfahrt nach einem schönen, sorglosen Tag. Es ist noch nicht möglich, eine endgültige Bilanz dieser neuerlichen Tragödie zu ziehen, doch auch diesmal scheint sie die Handschrift des Täters zu tragen, der sich der ›Gerechte im Namen Gottes‹ nennt. Vor Kurzem ist allerdings durchgesickert, dass die Polizei eher vom Werk einer terroristischen Organisation ausgeht. Wohl auch deshalb, weil es immer unwahrscheinlicher erscheint, dass ein einzelner Attentäter mit solch furchtbarer Effizienz an entgegengesetzen Enden der Welt zuschlagen kann, auch wenn der sogenannte Gerechte das von sich behauptet. Damit zurück nach New York. Jordan Cruner, K.C. News, Mississauga, Kanada.«

Ezer Habar streichelte zärtlich die Hand seiner Frau. Gemeinsam mit Oswald verfolgte das Ehepaar schockiert die weitere Berichterstattung über den jüngsten Anschlag.

»Dieses Symbol ... das Siegel des Königs!«, rief Lilith, als der Sender jenes Zeichen zeigte, das der Attentäter unter seine Bekennerschreiben setzte. »Das ist das Letzte, worüber ich mit deinem Vater gesprochen habe, Oswald. Ich erinnere mich gut, wir saßen beim Abendessen in unserem Haus in Tel Aviv. Ein paar Tage später hatten deine Eltern diesen Unfall in Bukarest, bei dem sie ums Leben kamen.«

»Mein Vater hat mit dir über das Siegel gesprochen, über *dieses* Siegel? Bist du sicher, *Mameloschn?*«

»Ja, ganz sicher. Der sechszackige Stern König Salomons mit dieser seltsamen Schrift drum herum. Das Siegel da eben im Fernsehen sah genauso aus wie das auf dem Polaroid, das mir dein Vater an jenem Abend gezeigt hat. Wir saßen bei Tisch, und ich weiß noch, dass er eine alte hebräische Fabel vortrug, in der es um Salomon und Aschmodai, den Fürsten der Dämonen, geht, die sich um einen Ring streiten. Dann hat er uns auch noch eine Zeichnung von einem antiken Ring gezeigt. Auf der Siegelfläche war ebenfalls das Siegel des Salomon eingraviert, umgeben von diesen unverständlichen Zeichen.«

Cassandra Ziegler war bereits wenige Minuten nach den Geschehnissen in Kanada telefonisch über den Anschlag in Kenntnis gesetzt worden. Ein zweiter Anruf, ebenfalls aus dem Hauptquartier, hatte sie darüber informiert, dass ein Jet des FBI zu ihrer Verfügung stand, falls sie zu der kanadischen Stadt, in der sich das Blutbad ereignet hatte, fliegen wollte.

Sobald sie jedoch die zweistrahlige Cessna bestieg, gab sie dem Piloten eine Zieländerung. Sie wollte zum Flughafen von Denver, Colorado, statt nach Toronto.

Der Pilot zuckte nicht mal mit der Wimper, er war daran gewöhnt, seine Flugpläne kurzfristig ändern zu müssen. Die hohen Tiere vom FBI waren anscheinend von der Idee besessen, immer und überall gebraucht zu werden.

Cassandra ließ sich in einen der Sitze am Fenster sinken, während der Steward ihr einen Drink servierte. Abgesehen vom Bordpersonal befand sie sich allein in der Kabine.

Als der Jet abhob, spürte sie einen Anflug von Optimismus, ähnlich wie die Angehörigen eines Schwerkranken, für den es wieder Hoffnung gibt.

Oswald Breil war ihrer Meinung nach eine Koryphäe, die einzige weltweit, die etwas gegen diese neue Geißel der Menschheit ausrichten konnte. Die Geißel, die diesen absurden Namen trug: Der Gerechte im Namen Gottes.

George Glakas hatte aus den Worten seines Vorgesetzten Zustimmung für sein Vorgehen gegen die terroristische Bedrohung herausgehört.

»Solange dieser Wahnsinnige seine Bomben außerhalb der Vereinigten Staaten legt, sind amerikanische Bürger nicht übermäßig gefährdet, und wir werden nicht allzu viel Druck von Seiten des Kongresses oder aus dem Oval Office bekommen«, hatte der Vizedirektor der CIA vor einer Stunde im Vertrauen zu ihm gesagt. »Nach dem ersten Anschlag auf das UN-Hauptquartier glaubten unsere Politiker schon, ein zweiter 11. September sei über sie hereingebrochen. Dann aber hat sich dieser Gerechte auf den Mittleren Osten konzentriert, und man zog es erst einmal vor, sich nicht weiter darüber zu äußern. Mal abgesehen von den Anfragen einiger arabischer Regierungen, zu denen wir gute Beziehungen pflegen – Anfragen, auf die wir sehr ausweichend reagiert haben –, schenkte diesem Gerechten im Namen Gottes niemand allzu große Aufmerksamkeit. Sehen Sie, es gibt keine moralische Art der Kriegsführung, und de facto befinden wir uns schon seit Jahren im Krieg mit der islamischen Kultur. Der entscheidende Unterschied zwischen den Bomben des Gerechten und denen der islamistischen Terroristen besteht darin, dass diesmal muslimische Bürger betroffen sind. Außerdem muss man sagen, dass die Methoden des Gerechten irgendwie ... sauberer sind. In letzter Zeit pflegen die Selbstmordattentäter ihre Sprengsätze mit Schrauben und Nägeln anzureichern, die in eine Lösung aus Rattengift getaucht wurden, eines der am einfachsten erhältlichen und billigsten Antigerinnungsmittel. Dadurch wird jede Wunde, auch die leichteste, zu einer hämorrhagischen Verletzung. Es heißt auch, dass Selbstmordkandidaten, die das HIV-Virus in sich tragen, besonders willkommen bei den islamistischen Terrorgruppen sind – die Explosion verwandelt jeden Fetzen des Terroristen in eine biologische Waffe. Auch der oberflächlichste Kratzer kann dann genügen, um sich das Aids-Virus zuzuziehen.«

Schließlich hatte er seinen Vortrag beendet mit den Worten: »Wie auch immer. Ein Helikopter wartet auf Sie, um Sie an den Ort des Anschlags zu bringen. Tun Sie Ihr Bestes, George, und finden Sie diesen Verrückten!«

Der Hubschrauber setzte zur Landung an, und George Glakas konzentrierte sich wieder auf die vorliegende Aufgabe.

Der CIA-Mann hatte sich nicht mit langenVorreden aufgehalten, als er Funkkontakt mit der kanadischen Antiterror-Einheit aufgenommen hatte: »In zehn Minuten werde ich den Ort des Anschlags überfliegen. Finden Sie mir einen Landeplatz in der Nähe, oder schicken Sie mir einen Wagen, falls er zu weit entfernt liegt. Ich muss so schnell wie möglich zum Katastrophenort.«

»Und, wer zum Teufel, ist dieser Glakas?«, hatte der Einsatzleiter, an den die Anweisung weitergegeben wurde, ins Handy gebrüllt, während er darauf achtete, kein wertvolles Beweismaterial zu zertreten und den großen Blutlachen zwischen den ausgebrannten Bussen auszuweichen. »Okay, verstehe ... Die guten Beziehungen zur CIA und die Unterstützung, die wir von ihnen kriegen können ... Ja, verstehe, Sir ... Ich lasse ihn auf einem Sportplatz in der Nähe landen und mit einem Streifenwagen abholen. Hauptsache, dieser Yankee spielt hier nicht den Fernsehkommissar. Wir stecken schon bis zum Hals in der Scheiße. Sie sollten das Schlachtfeld hier mal sehen, Sir.«

George Glakas hatte keinerlei Absicht, den heldenhaften TV-Ermittler zu spielen. Er war nach Mississauga geflogen, weil er die entsprechende Anweisung von oben bekommen hatte. Außerdem war er neugierig, wie »verwestlichte« Moslems auf ein Attentat reagierten, bei dem sie die anvisierten Opfer waren.

Er konnte es aus nächster Nähe beobachten, Menschen, die herbeirannten, wie sie gerade waren, in Haus- oder Arbeitskleidung, um festzustellen, dass sie von einem Moment auf den anderen eine Frau, ein Kind oder einen engen Verwandten verloren hatten.

Glakas zeigte seinen Ausweis den kanadischen Polizisten, die den Anschlagsort abriegelten. Kurz bevor er die Überreste der beiden Busse erreichte, erhielt er einen Anruf.

»Der Köder ist ausgelegt«, sagte die Stimme eines seiner besten Informanten.

Auf seine Veranlassung hin war im Umfeld des illegalen Waffenmarktes das Gerücht gestreut worden, dass eine große Menge an Sprengstoff aufgetaucht sei, die nach dem Diebstahl eines russischen Militärlasters zum Verkauf angeboten werde.

»Wer hat da geklingelt?«, fragte Oswald.

Lilith Habar sah ihn mit einem resignierten Ausdruck an, der besagte: Das musste ja so kommen.

»Eine Frau vom FBI, die dich sprechen will.«

Oswald erhob sich aus seinem Liegestuhl. Er wusste nicht, warum, aber er hatte sofort das Gefühl, dass ihn dieser unerwartete Besuch aus der Trägheit rütteln werde, der er sich derzeit hingab.

Cassandra Ziegler stand im Wohnzimmer und versuchte, ihre Nervosität zu überspielen, indem sie die Bilder an den Wänden betrachtete. Sie trug eine schwarze Hose und einen Rollkragenpulli in derselben Farbe, und diese schlichte Eleganz betonte ihre Schönheit noch.

Sie wandte sich Oswald zu, sobald er hereinkam, und gab ihm die Hand, ohne sich zu ihm herabzubeugen wie zu einem Kind. Oswald fühlte ihre kühlen Finger bei dem festen Händedruck.

»Ich heiße Cassandra Ziegler«, sagte sie lächelnd. »Ich leite das Büro für öffentliche Belange des FBI und bin eine enge Mitarbeiterin des Direktors, Conrad Deuville. Ich bin hier, Dr. Breil, weil ich glaube, dass uns Ihr Wissen und Ihre Erfahrung dabei helfen könnten, eine ernste Gefahr zu bekämpfen.«

Oswald lud sie ein, Platz zu nehmen. Er hörte ihr ruhig und aufmerksam zu und unterbrach sie nur für klärende Nachfragen. Dann fuhr er sich mit der Hand übers Gesicht, als wolle er die Lethargie wegwischen, in der er sich eingerichtet hatte, und sagte: »Wie merkwürdig, innerhalb von wenigen Stunden taucht das Siegel König Salomons zum zweiten Mal unvorhergesehen in meinem Leben auf. Ich fürchte, es wird uns noch viel Kopfzerbrechen bereiten.«

Cassandra ließ sich nicht von seinem harmlosen Gehabe hinters Licht führen. Der kleine Mann dort vor ihr war ein brillanter Kopf, und üble Gesellen auf der ganzen Welt fürchteten sich vor ihm.

»Bevor Sie hier aufgetaucht sind, dachte ich gerade daran, dass diese erzwungene Ruhepause hier mir die Möglichkeit verschaffen könnte, einigen alten … hm, Familienangelegenheiten nachzugehen, die mit dem Ring der Könige in Verbindung stehen. Und wie es der Zufall will, bitten Sie mich nun, Sie bei der Aufklärung der Anschläge zu unterstützen, deren Urheber mit dem Siegel dieses Rings unterzeichnet. Ich schätze, ich kann mich dem Schicksal nicht entziehen.« Breil breitete ergeben die Arme aus, gab seine scheinheilige Haltung dann auf und wurde mit einem Mal ernst und hellwach. »Gut, Cassandra, ich bin dabei. Das Einzige, was ich im Gegenzug verlange, ist hier und da Hilfe bei der Beleuchtung des – sagen wir – familiären Aspekts der Geschichte dieses Siegels. Wir werden später noch Gelegenheit haben, darüber zu sprechen, aber so viel schon vorweg: Lilith Habar, unsere Gastgeberin und meine Adoptivmutter, sagt, dass mein Vater, wenige Tage bevor er bei einem Verkehrsunfall in Bukarest starb, mit ihr über den Ring König Salomons gesprochen hat. Zum Zeitpunkt seines Todes war mein Vater Agent des Mossad in Rumänien. Ich war vierzehn Jahre alt.«

ZWEITER TEIL

Dies Pestjahr bedroht das Menschengeschlecht, es kündet von Trauer und großem Sterben, und die stickige Luft befördert den Tod. Die erbarmungslosen Parzen beeilen sich, die Lebensfäden zu durchtrennen: alle, wenn sie könnten, auf einmal.

Francesco Petrarca

14. Kapitel

Sinai-Hochebene, 5. Juni 1967

Asher Breil war achtunddreißig Jahre alt und befehligte eine Staffel aus vier Abfangjägern des Modells Dassault-Breguet Mirage III. Es war 7 Uhr 45 morgens, als der Startbefehl kam und Mordecai – Motti – Hod, der Oberkommandant der Israel Air Force, verkündete, dass Operation »Moked« begonnen hatte. Alle verfügbaren Luftstreitkräfte starteten gleichzeitig von den verschiedenen Armeeflugplätzen und den getarnten Pisten in den Wüstengrenzregionen.

Der Befehl lautete einfach nur, westwärts zu fliegen, weitere Instruktionen sollten während des Einsatzes erteilt werden. Der Auftrag wurde dann auch wenige Minuten nach dem Start bekannt gegeben: Jedes Flugzeug, jede Stellung und jedes Militärfahrzeug ägyptischer, syrischer, irakischer oder jordanischer Herkunft sollte angegriffen werden. Das Ziel jeder Staffel wurde den jeweiligen Kommandanten verschlüsselt mitgeteilt.

Asher hielt sich nicht damit auf, weitere Erklärungen zu verlangen. Die Spannungen zu diesen Ländern bestanden schon seit einiger Zeit und hatten sich in täglichen Gefechten entlang der Grenze sowie dem Abschuss von sechs syrischen MiGs durch die IAF am 7. April entladen.

Er erteilte ruhig den Befehl zum Angriff und brachte das Triebwerk seiner Mirage auf Maximalleistung. Bevor er sich zur Luftwaffe gemeldet hatte, hatte er der Haganah angehört, der vor der Staatsgründung Israels operierenden Untergrundarmee, und die Ideale und der Enthusiasmus seiner Jugend waren ihm geblieben.

Es waren zwanzig Jahre vergangen, seit Ben Gurion am 14. Mai 1948 die Geburt des Staates Israel verkündet hatte.

Nachdem Asher sich bei der Verteidigung der jungen Nation

ausgezeichnet hatte, hatte er das Gewehr aus der Hand gelegt und sich auf ein friedliches Leben in seinem Land gefreut.

Doch es sollte bei dem Wunsch bleiben.

Im Jahr 1951, zeitgleich mit seiner Bewerbung bei der Luftwaffe, hatte er sich auch bei dem gerade gegründeten Geheimdienst Mossad vorgestellt. Innerhalb von wenigen Jahren war ihm bewusst geworden, dass der Friede in Israel nichts anderes war als eine Utopie.

Seine beiden Laufbahnen behinderten einander nicht, im Gegenteil. Der Hauptmann war ein ausgezeichneter Jagdflieger, stets bereit, die Grenzen seines Landes zu verteidigen, und flog oft auch weitreichende Aufklärungsflüge für den Mossad.

Für diese besonderen Missionen war seine Mirage III mit fünf Kameras an der Nase und zwei Chaff-Werfern ausgestattet. Mit Chaff, feinen aluminiumhaltigen Partikeln, konnten die Sensoren, mit denen die meisten Abwehrraketen ausgestattet waren, in die Irre geführt werden. Drei Reservetanks mit insgesamt dreitausend Litern Fassungsvermögen vervollständigten die Ausrüstung und verdoppelten beinahe die Reichweite des Jagdflugzeugs, die rund 1200 Kilometer betrug.

Die Mirage III war eine perfekte Kampfmaschine, die doppelte Schallgeschwindigkeit erreichen konnte. Dank der relativ kleinen Flügel (acht Meter zwanzig Flügelspannweite bei fünfzehn Metern Länge) verfügte das Flugzeug französischer Bauart über eine optimale Lenkfähigkeit. Die französische Regierung hatte beschlossen, Nasser, dem ägyptischen Premierminister, einige üble Kommentare heimzuzahlen, die zu heftigen Auseinandersetzungen geführt hatten, und so war die israelische Luftwaffe mit einem Jäger ausgestattet worden, den viele als den besten seiner Zeit ansahen.

Der Mirage wurde eine Dienstgipfelhöhe von über zehntausend Metern bescheinigt, sie erreichte sogar ein Maximum von siebzehntausend Metern. Aus solchen Höhen hatte Hauptmann Breil häufig feindliche Verteidigungsstellungen, Ausbildungslager oder Truppenbewegungen fotografiert – Bilder, die von enormer Wichtigkeit für die Sicherheitsdienste waren.

Nun aber aktivierte er mit den Schaltern an seinem Steuerknüppel nicht eine leistungsfähige Kamera, sondern eine 30-Millimeter-Kanone plus zwei Kurzstreckenraketen vom Typ Matra R550 Magic.

Breils Staffel sollte einigen Panzerdivisionen, welche die ägyptische Stadt El-Arish einnahmen, Luftunterstützung geben.

Sie flogen in knapp achtzig Metern Höhe mit einer Geschwindigkeit von vierhundert Knoten und überraschten die zahlreichen Luftabwehrstellungen, die mit einem Angriff vom Meer her gerechnet hatten, von hinten.

Asher Breil beobachtete das Kampfgeschehen, das unter ihm wie eine Spielzeugparade aussah. Vom Pilotensitz aus wirkten die Phasen der Schlacht, die sich am Boden abspielte, tatsächlich wie ein raffiniertes Kriegsspiel: Modelle von israelischen Panzern gaben Kanonenschüsse auf Modelle von ägyptischen Panzerfahrzeugen ab, die vergeblich Widerstand leisteten.

Die israelischen Flugzeuge flogen zweimal über das Schlachtfeld hinweg, dann gab jeder Pilot dem Kommandanten das ausgewählte Ziel durch.

Kaum hatten sie Breils Genehmigung, stürzten sie sich mit der kalten Entschlossenheit von jagenden Adlern auf ihre Beute.

Alles schien gut für die Flieger zu laufen, bis die bedrohlichen Schatten von vier Sukhoi 7 auf Breils Staffel zuschossen, um zu verhindern, dass sie die Angriffstruppen unter dem Davidsstern unterstützten, die mittlerweile die Stadt El-Arish von Kreuzung zu Kreuzung besetzten.

Die Sukhoi 7 gründete auf dem Prototyp eines Flugzeugs mit pfeilförmigen Flügeln, das anfangs kein großer Erfolg gewesen war. Doch mit der Zeit und mit der Entwicklung neuer, stärkerer Motoren war es zu einer präzisen und zuverlässigen Waffe geworden. Seit man es außerdem auf den neuesten Stand der Technik gebracht und mit einigen Extras augerüstet hatte, gehörte es zu den zwanzig besten Militärflugzeugen in den prosowjetischen Ländern.

Ein hervorragender Jäger, der eine Geschwindigkeit von 1700 km/h in Trimmung erreichen und mindestens doppelt so viele Bomben transportieren konnte wie eine Mirage.

Die ägyptischen Abfangjäger fielen über die israelischen Flieger her.

»Achtung, Shahak 12, Achtung! Er ist hinter dir, schüttel ihn ab! Bring dich auf ein bisschen mehr Höhe, dann komme ich und halte ihn dir vom …« Breil beendete den Satz nicht, denn die Mirage Shahak 12 hatte sich gerade in einen Feuerball verwandelt.

Er zog den Steuerknüppel heran, und die Schwerkraft drückte ihn in seinen Sitz. Der Jäger stieg im Steilflug empor und schien dann zu überziehen. Einen Augenblick vor dem Auftriebabfall der Tragflächen drückte der Hauptmann den Knüppel durch und stellte gleichzeitig die Flaps auf. Die Mirage reagierte wie ein Fohlen auf die Peitsche, und mit einem dichten Kondensstreifen gelang es dem Atar-Triebwerk, ihn wieder in Trimmlage zu bringen.

Als der Rumpf die aerodynamische Trimmung wiedergewann, befand sich Breil dicht hinter der Sukhoi.

Die 30-Milimeter-Kanone stimmte ihre tödliche Musik an, ein rhythmisches Trommeln, eintönig und aufreibend, das nicht einmal der Knall, mit dem das erste ägyptische Flugzeug explodierte, ersticken konnte.

Drei der vier Sukhoi wurden innerhalb weniger Minuten abgeschossen. Die vierte ergriff die Flucht und verschwand in den Wolken. Ehe er die Nase seines Jägers hochzog, sah Breil noch deutlich, wie die israelischen Infanteristen unten zum Zeichen des Danks mit Armen und Gewehren winkten.

Er wusste selbst nicht, warum ihm, als er den Gruß mit Schwenkflug erwiderte, das Lächeln seines Sohns Oswald in den Sinn kam. Vielleicht, dachte Asher, tat er das hier vor allem für ihn. Oswald war gerade zehn geworden und litt an einem seltenen genetischen Defekt, der sein Wachstum behinderte. Asher und seine Frau Aliah waren deswegen zuerst sehr niedergeschlagen gewesen, hatten es dann aber akzeptiert und sich über die ausgeprägte Intelligenz ihres Sohnes gefreut, mit der Oswald jeden körperlichen Nachteil auszugleichen schien.

Er hoffte einfach, ihm eine bessere Welt zu hinterlassen,

dachte Hauptmann Breil, als er den Kurs seines Jägers auf die Basis ausrichtete.

Der Konflikt, der als Sechstagekrieg in die Geschichte einging, endete am 10. Juni 1967 um 6 Uhr 30 an einem heißen Abend im Nahen Osten.

Die traurige Bilanz in den arabischen Ländern waren Hunderte von Toten sowie große Gebietsverluste. Um sich über die Schande der vernichtenden Niederlage hinwegzutrösten, versuchte man, die Eroberungen durch die israelischen Truppen kleinzureden. »Die Israelis haben Menschenleben und Ausrüstung für ein paar Quadratkilometer Wüste geopfert«, hieß es damals.

Die Geschichte belegte, wie unsinnig diese Aussage war.

Hauptmann Asher Breil wurde am 22. Juni für seine Verdienste ausgezeichnet, gemeinsam mit anderen israelischen Offizieren, die wie er der Überzeugung waren, dass sie nicht nur ein Stück Wüste erobert hatten, sondern das Recht auf Würde, das die Shoah dem jüdischen Volk abgesprochen hatte.

15. Kapitel

Preußen, Mai 1917

Von oben betrachtet, wirkte der enorme Doppelhangar wie ein kastenförmiges Schiff auf ruhiger See.

Der Unterstand für die Luftschiffe, der von den Männern des Stützpunktes vertraulich »Toska« genannt wurde, war zweihundertdreißig Meter lang, siebenundsechzig Meter breit und siebenunddreißig Meter hoch. Einer der beiden Zeppeline vom Typ L30, die darin untergebracht waren, war gerade von Sciarra und Petru entwendet worden.

Unter den Soldaten der Basis hieß es, der Doppelhangar

Toska ziehe das Unglück an. Seit seiner Fertigstellung im Januar 1916 hatte sich dort eine Serie von schweren Unfällen ereignet: Die Luftschiffe mit den Kennzeichen L18, L22, L24 und L17 waren bei drei Bränden innerhalb und knapp außerhalb des Hangars komplett zerstört worden.

Die Flucht der beiden gefangenen Offiziere mit dem Zeppelin schien jede abergläubische Theorie zu bestätigen.

Die Gondel mit dem Kommandostand war ausgestattet wie die Brücke eines Schiffes, mit viel Edelholz und den modernsten Instrumenten. Die beiden Ruder, das Seiten- und das Höhenruder, wurden mit zwei großen Steuerrädern betätigt, ebenfalls aus Edelholz, und hätten zu einem Ozeanriesen gepasst.

Eberhard Meyer lenkte den Zeppelin mit sicherer Hand, aber sein Hass auf die beiden Männer, die ihn gezwungen hatten, das Schiff in die Luft zu bringen, war ihm deutlich anzusehen. Petru blieb wachsam und senkte den Lauf seiner Pistole keinen Augenblick lang.

»Glauben Sie allen Ernstes, dass Sie damit durchkommen?«, sagte Meyer zornentbrannt. »Es sind fünfzehn ausgebildete Männer nötig, um dieses Luftschiff perfekt zu fahren. Ganz zu schweigen davon, dass die Flugzeuge des Stützpunkts gleich starten und uns verfolgen werden.«

»Für uns muss es gar nicht perfekt sein, Oberst«, erwiderte Sciarra. »Es genügt, wenn Sie uns zu den alliierten Linien bringen. Und um zu verhindern, dass die Albatrosse uns hinterherjagen, sollte Ihre Flugmaschine jetzt ein wenig Ballast abwerfen.« Und damit zog er an einem roten Knauf an der rechten Seite der Instrumententafel.

Er hatte die Manöver der Luftschiffe oft genug beobachtet und mehrmals mithelfen müssen, die Bomben in die Kammern unter den Gondeln zu laden. Dabei hatte er sich jedes Detail gemerkt, das von Nutzen sein konnte, sollte er je wieder die Freiheit erlangen, unter anderem den Mechanismus für den Bombenabwurf, was nicht schwierig gewesen war, denn jedes Mal, wenn die Gefangenen eine neue Ladung eingeräumt hatten, hatte ein Techniker mindestens zehnmal überprüft, ob sich die Klappe problemlos öffnen ließ. Jede dieser Informationen konnte dazu dienen, eine der gefährlichsten Kriegsmaschinen des Feindes unschädlich zu machen.

Das erste Kontingent von fünf Bomben wurde auf den Stützpunkt abgeworfen. Fünf nahe beieinanderliegende Detonationen dröhnten durch die Nacht, und der Feuerschein der Explosionen zeigte den beiden Flüchtigen, wo sie den nächsten Abwurf platzieren mussten.

»Drehen Sie zehn Grad nach rechts und behalten Sie die Geschwindigkeit bei!«, befahl Petru und drückte dem Oberst den Pistolenlauf gegen die Schläfe.

Sciarra betätigte wieder den Abwurfmechanismus, und ein neuer Bombenregen ging auf das Gelände nieder. Die drei Männer sahen deutlich, dass mindestens zwei Bomben ins Schwarze getroffen hatten und das Tor der Flugzeughalle nun versperrt war.

»Jetzt können wir nur hoffen, dass keiner der Albatrosse vorher durch das Tor gekommen ist und starten konnte«, bemerkte Petru mit Blick auf die Flammen, die am Boden aufloderten.

Diese kleine Unaufmerksamkeit genügte Meyer, um Petrus Pistole mit dem Unterarm wegzuschlagen und ihm einen Faustschlag ins Gesicht zu versetzen.

Sciarra reagiete sofort und richtete seine Mauser auf Meyer. »Halt, Oberst, oder ich schieße!«, sagte er entschieden.

Meyer zögerte, doch nur einen Moment. Er kannte sein Schiff in- und auswendig und fuhr gezielt zu der Gondeltür herum. »Ich werde euch nie helfen!«

Er stieß die Tür auf und sprang hinaus ins Leere.

Sciarra und Petru waren noch bestürzt über die Tat des deutschen Offiziers, als plötzlich Maschinengewehrfeuer das monotone Dröhnen der Triebwerke übertönte. Einer der Albatrosse war ihnen auf den Fersen.

Diese Doppeldecker, von denen es sieben auf der Basis gab, konnten mit über einhundertfünfzig Kilometern pro Stunde fliegen und verfügten über eine Reichweite von ein paar Stunden. Außerdem waren sie wesentlich leichter und wendiger als ein Luftschiff.

Das Flugzeug hätte den schwebenden Giganten leicht abschießen können, doch der Pilot schien das Ziel absichtlich zu verfehlen. Die Salven des bisher einzigen Verfolgers sausten als glimmende Schweife von Leuchtspurgeschossen seitlich am Zeppelin vorbei.

»Die wollen uns dazu bringen, uns zu ergeben«, sagte Petru, während er sich an dem schwenkbaren Maschinengewehr am hinteren Ende der Kommandobrücke zu schaffen machte. »Ich denke, wir sollten ihnen zu verstehen geben, dass wir dazu nicht gewillt sind. Zumal ich keine Ahnung habe, wie man diesen Koloss hier landen kann.«

Während Sciarra versuchte, sich mit der Steuerung des Luftschiffes vertraut zu machen, gab das Maschinengewehr gerade mal fünf Schüsse ab, dann blockierte es, und Petru fluchte laut.

»Was ist los, Oberleutnant?«

»Dieses Scheißding hat offenbar Ladehemmung. Die Salven des Albatros kommen hingegen immer näher. Wenn auch nur ein Schuss einen der Wasserstofftanks trifft, sind wir verloren.« Petru bemühte sich, seine Kaltblütigkeit zu bewahren. »Schätze, wir müssen irgendwie in eine der anderen Gondeln gelangen und versuchen, den Jäger von dort abzuschießen, wenn wir nicht enden wollen wie zwei im Flug gebratene Drosseln.«

»Von hier in eine andere Gondel gelangen?«, fragte Sciarra verdutzt. Bei den Bodenübungen, die er verfolgt hatte, hatte er nie jemanden eine solche Aktion ausführen sehen. »Wie wollen Sie das anstellen?«

»Damit«, antwortete Petru und zeigte auf eine Aluminiumleiter, über die man von der Führergondel ins Innere des dicken grauen Zylinders gelangte. »Ich vermute, dass es innen so was wie Laufgitter gibt, die zu den beiden mittleren Gondeln führen, und beide sind mit Maschinengewehren ausgestattet.«

»Na, hoffen wir, dass unser Spaziergang im Bauch des Wals Erfolg hat. Ich fürchte, dass sich der deutsche Pilot nicht ewig gedulden wird.«

»Wenn Sie erlauben, Major, sollten Sie lieber weiter Ihre Flugkenntnisse in die Praxis umsetzen. Ich werde inzwischen den Seiltänzer geben.«

Petru bestieg die Leiter und öffnete die Luke im Dach der Kommandobrücke. Trotz der Dunkelheit konnte er ein Geländer ausmachen, zog sich hinauf und erkannte, dass er auf einem der Stege stand, die das Innere des Luftschiffs durchzogen. Über ihm befanden sich die neunzehn Gaszellen. Ein einzelner Funke, dann war alles aus.

Petru tastete sich auf dem Steg vorwärts und versuchte, sich in dem immensen Hohlraum zu orientieren. Das Dröhnen des Doppeldeckers wurde zwar durch die Textilhülle des Zeppelins und das Brummen der Triebwerke gedämpft, ließ aber immer noch seine Bauchdecke vibrieren. Er musste sich beeilen.

Eine Maschinengewehrsalve aus der Kanzel an Steuerbord sagte Sciarra, dass Petru es geschafft hatte. Die Antwort des Albatros erfolgte prompt, und es handelte sich nicht mehr nur um Warnschüsse. Die Kugeln fegten dicht an der Führergondel entlang, zerschlugen ein paar Scheiben und verursachten einen Schwelbrand in dem voluminösen Funkapparat.

Beim nächsten Anflug würde sich der deutsche Pilot wahrscheinlich auf sie einschießen und der Zeppelin sich in einen riesigen Feuerball verwandeln.

Sciarra stand da und beobachtete im Licht der schmalen Mondsichel, wie der Doppeldecker wendete, um einen neuen Angriff zu fliegen.

Machtlos umklammerte er das Steuerrad des Luftschiffes.

Das Flugzeug ging in die Trimmlage und hielt direkt auf den Zeppelin zu. Seltsames Schicksal für einen Alpino, in der Luft zu sterben, fand Sciarra, während die beiden Maschinengewehre des Doppeldeckers Mündungsfeuer spuckten.

Doch plötzlich schien der Jäger gegen ein unsichtbares Hindernis zu stoßen, während die Leuchtspuren des von Petru abgefeuerten Maschinengewehrs seinen Rumpf trafen. Dann explodierte er gleißend in der Nacht.

In der folgenden Viertelstunde bemühte sich Alberto Sciarra nach Kräften, die Kontrolle über das Luftschiff zu behalten, was ihm nicht immer gelang. Manchmal steuerte es das Festland an, dann wieder hob es seine gigantische Nase gen Himmel und stieg besorgniserregend auf. Zum Glück bewegte sich der Koloss so sanft wie ein abgerichteter Elefant und verzieh jeden Fehler des Gelegenheitspiloten.

Als Petru in die Brückengondel zurückkehrte, empfing ihn der Italiener mit einem Lächeln. »Ich dachte schon, Sie wollten ewig in der Steuerbordgondel bleiben, Oberleutnant. Glückwunsch zu Ihrer Treffsicherheit.«

»Gebratene Drosseln haben mir noch nie geschmeckt. Das Glück war auf meiner Seite, Major.« Das spitzbübische Lächeln verschwand auch dann nicht aus dem Gesicht des Rumänen, als er auf die Instrumente blickte, in der Hoffnung, ihren Zweck zu erkennen. »Und was machen wir jetzt?«

»Ganz einfach«, antwortete Sciarra, »wir steigen höher und steuern Richtung West-Südwest, dann werden wir früher oder später sicheres Gebiet erreichen.«

Damit drehte der Major am Steuerrad und versuchte, die Nase des Riesen mithilfe der Kompassnadel auszurichten. Der Zeppelin schwankte ein paar Momente unsicher, doch dann folgte er den Befehlen des Piloten.

»Da Ihre Flugkünste nun außer Frage stehen, möchte ich nur noch darauf hinweisen, dass es dort unten ein paar Leute gibt, die alles tun werden, uns herunterzuholen: der Feind, dem wir seine Wunderwaffe geklaut haben, und die Alliierten, die es nicht erwarten können, das verhasste deutsche Luftschiff abzuschießen. Ganz zu schweigen davon, dass ich keine Ahnung habe, wie wir eine Landung zuwege bringen sollen.«

»Alles zu seiner Zeit, Oberleutnant. Jetzt wollen wir erst einmal das Panorama genießen.«

Die Morgensonne schickte gerade ihre ersten Strahlen über den Landstreifen, der die Halbinsel Westerland mit dem Festland verband, während das Luftschiff die weiten, mit Inseln gesprenkelten Buchten im Westen Dänemarks überflog. Das Städtchen Homum war der letzte Landzipfel, bevor der Zeppelin seine Reise über die Nordsee begann.

Sie hatten Kurs auf die Küsten Großbritanniens genommen, doch die beiden Flüchtlinge rechneten auch damit, womöglich auf französischem Boden niederzugehen. Der starke Nordwind würde das Luftschiff höchstwahrscheinlich ein ganzes Stück weiter südlich abdriften lassen.

»Es ist leichter, als ich dachte«, sagte Sciarra zu Petru, als der sich ans Steuer stellte, um seinen Vorgesetzten abzulösen. »Man muss nur den Bug auf zweihundertvierzig Grad ausgerichtet halten, dann macht dieser Gigant alles von allein.«

Sie hatten die dänische Küste seit knapp zwei Stunden hinter sich gelassen, als der Major, der sich oft zum Heck umwandte, um nachzusehen, ob sie verfolgt würden, zu schreien begann, um das Pfeifen des Windes durch die kaputten Scheiben zu übertönen. »Da sind sie, zwei Flieger hinter uns. Erhöhen Sie die Geschwindigkeit aufs Maximum, Petru.«

Zwei Albatrosse zeichneten sich am Horizont ab wie Raubvögel auf Beutejagd.

»Wir fliegen schon mit neunzig Stundenkilometern, Major, und ich denke, wir können höchstens fünfundneunzig erreichen bei diesem Wind. Diese verfluchten Jäger sind viel schneller als wir. Ich schätze, ich muss einen neuen Ausflug in den Bauch des Wals unternehmen.«

»Warten Sie, Oberleutnant«, erwiderte Sciarra und sah auf die Uhr über dem Navigationstisch. »Ich glaube nicht, dass Ihre Schießkünste, so vortrefflich sie sein mögen, uns noch einmal retten können. Und ich hoffe, ich irre mich nicht bei der Berechnung unserer zurückgelegten Strecke.«

Die beiden Albatrosse eröffneten bereits das Feuer, obwohl sie noch zu weit entfernt waren, und verschwendeten Munition, bis sie bei einem Abstand von zirka 1500 Metern plötzlich kehrtmachten.

Die glänzenden Silhouetten verschwanden so schnell, wie sie gekommen waren.

Sciarra entspannte sich und sank auf Oberst Meyers Ledersessel.

»Woher wussten Sie das, Major?«

»Ich wusste es nicht, aber ich erinnerte mich, mal gelesen zu haben, dass der Albatros weniger als zwei Stunden Reichweite hat und mit einer Höchstgeschwindigkeit von 164 Stundenkilometern fliegen kann. Also habe ich eine schnelle Berechnung aufgrund unserer zurückgelegten Distanz angestellt und daraus geschlossen, dass unsere Verfolger schon jenseits des Sicherheitslimits für den Rückflug sein müssen. Kein deutscher Flieger, denke ich, nimmt gern ein Bad in der Nordsee. Auch wenn wir gerade demonstriert bekommen haben, zu welcher Selbstaufopferung ein deutscher Offizier fähig ist. Hut ab vor Oberst Meyer.«

Sie flogen ohne weitere Zwischenfälle seit fast zehn Stunden, als Petru die Augen zu Schlitzen verengte und auf einen Punkt in der Ferne starrte. »Land! Land in Sicht! Sehen Sie dort, Major! Sieht aus … sieht aus wie die Trichtermündung eines Flusses.«

Sciarra warf einen Blick auf die topographische Karte und verkündete: »Das muss tatsächlich die Themse sein. Wir sind nur um etwa zehn Grad vom berechneten Kurs abgedriftet, auf über siebenhundert Kilometern und bei starkem Gegenwind. Unglaublich.«

»London, wir kommen!«

Aus ihrer Perspektive wirkten die Sperrballons in der Luft wie ein unentwirrbares Labyrinth. Sciarra brachte das Luftschiff dreihundert Meter höher und kalkulierte mit bloßem Auge, ob der Abstand ausreichte, um die Sperre zu überwinden. In diesem Moment spie die englische Flak von Canvey Island in der Themsemündung Feuer.

Den ersten Luftangriff hatte London am 31. Mai 1915 erlebt, durch den Zeppelin mit dem Kennzeichen LZ38. Darauf waren weitere gefolgt, und es schien, dass nichts die zerstörerische Allmacht dieser Luftschiffe abwehren konnte.

Große Städte mit ihren erleuchteten Straßen bildeten ein allzu leichtes Ziel für ein Luftfahrzeug, das viele Minuten reglos am Himmel bleiben konnte, und die Londoner lebten in ständiger Furcht vor den Zeppelinangriffen.

Doch Sciarra und Petru hatten sich in den langen Stunden der Nordseeüberquerung vorbereitet. Im Innern des Zylinders hatten sie eine rund zwanzig Meter lange Hülle aus grobem Leinen aufgetrieben, mit der die Kommandogondel geschützt wurde, wenn sich der L30 am Boden befand.

Mit Hilfe eines Kanisters Motorenöl und eines Pinsels hatten sie mit großen Buchstaben eine Botschaft auf die helle Leinwand geschrieben und hofften, dass diese vom Boden aus zu lesen war.

Das Sperrfeuer, das hauptsächlich aus den Flugabwehrgeschossen des Typs Schrapnell bestand, wurde immer stärker, je weiter sie die Themse hinaufkamen. Um ihre Lage noch zu erschweren, war starker Gegenwind aufgekommen, der die Lenkbarkeit des Luftschiffes sehr einschränkte. Sciarra versuchte trotzdem, es auf sicherer Höhe zu halten, auch wenn die Salven es schwanken ließen wie eine Galeone im Sturm.

»Los jetzt!«, schrie Sciarra und ließ zusammen mit Petru das mit Seilen befestigte Transparent über Bord gleiten.

Es war mit einer Reihe von Gewichten beschwert und schlug heftig im Wind, ehe es sich mit seiner Botschaft entfaltete: FEUER EINSTELLEN, ZEPPELIN IN HÄNDEN VON ALLIERTEN, stand auf Englisch auf beiden Seiten des Banners.

»Hoffen wir, dass uns jemand von den Artilleristen dort unten mit einem Fernglas beobachtet«, sagte der italienische Offizier und zeigte auf das nördliche Ende des Städtchens Gravesend, wo eine Fliegerabwehrbatterie stationiert war.

Das Flakfeuer unter ihnen ließ auf einmal nach und brach dann ganz ab.

»Die Engländer haben die Nachricht gelesen!«, freute sich Petru.

Sciarra betätigte das Höhenruder, worauf der Bug des Luftschiffes in Richtung Boden zeigte. »Jetzt müssen wir nur noch eine möglichst glatte Landung hinkriegen, ohne den Zeppelin zu beschädigen. Für die Alliierten stellt er eine hochwichtige Informationsquelle dar. Mit Gottes Hilfe ...« Eine Reihe von Explosionen in der Ortschaft unter ihnen schnitt ihm das Wort ab.

Die beiden Männer sahen sich perplex an. Die Detonationen wurden durch Bombenabwürfe verursacht, und die stammten aus dem Bauch ihres L30.

»Oberst Meyer!«, riefen beide wie aus einem Mund.

Der deutsche Offizier hatte nur so getan, als würde er sich aus der Gondel in den Tod stürzen, und sich stattdessen an die Stahlröhren geklammert, die einen eventuellen Aufprall beim Landen dämpfen sollten.

Obwohl er an der rechten Schulter verletzt war, hatte Meyer dort baumelnd ausgeharrt, bis er den Schwung fand, um sich ins Innere der Kammer zu ziehen, in der die Bomben lagerten. Die Klappe war bereits von den Flüchtigen geöffnet worden, als sie die Startpiste des Fliegerstützpunkts Tønder bombardiert hatten.

Zusammengekauert in dem engen Unterschlupf, hatte der Oberst den Moment schon im Voraus genossen, in dem er es dem Italiener und seinem Kumpan heimzahlen würde.

Jetzt war der Moment gekommen. Er konnte noch über etwa dreißig Bomben verfügen, darunter Spreng- und Brandbomben.

Von seinem eisigen Versteck aus, das direkt unter dem Boden der Pilotenkabine lag, hatte er einen großen Teil der Gespräche zwischen den beiden feindlichen Offizieren mitangehört – auch ihren Jubel darüber, dass die Engländer das Flakfeuer eingestellt hatten. Er hatte gehört, wie die Motoren ihre Drehzahl verringerten, und daraus geschlossen, dass das Luftschiff zur Landung ansetzte.

Da hatte er gehandelt. Er würde nicht zulassen, dass seine exzellente Flugmaschine in Feindeshand fiel.

Meyer hatte die Klappe im doppelten Boden der Führergondel geöffnet und die vier Brandbomben voller innerer Genugtuung fallen sehen. Ein Geschosshagel der Flugabwehr erleuchtete den Himmel. Jetzt war der Zeppelin genau in Reichweite der englischen Kanonen.

»Wir müssen ihn aufhalten!«, schrie Sciarra della Volta.

»Lassen Sie mich gehen, Major. Es ist besser, wenn Sie am Steuer bleiben und versuchen, dem Flakfeuer auszuweichen.«

Damit öffnete Petru die Falltür, die der Major ihm gezeigt hatte und durch die man in die Munitionskammer gelangte.

16. Kapitel

Venedig, 1348

Die Pest hatte sich zuerst unter den Armen und Obdachlosen ausgebreitet, die das Erdbeben vom 25. Januar überlebt hatten, und die mangelhaften hygienischen Zustände, die nach dem Beben noch schlechter geworden waren, taten ein Übriges.

In den letzten Märztagen hatte der Große Rat der Republik Venedig drei Dogenberatern, sogenannten Savi, den Auftrag erteilt, einen Notplan zu erstellen, denn schon nach kurzer Zeit waren die Friedhöfe überfüllt, und man wusste nicht mehr, wo man die Toten begraben sollte.

Die drei Savi verkündeten vier Tage später die durchzuführenden Maßnahmen, die hart und rigoros waren. Unter anderem sollten die Angehörigen von armen und bedürftigen Kranken ihre Lieben auf die Inseln San Marco, Sant' Erasmo und San Leonardo Fossamala bringen, die als Seuchenkrankenhäuser und riesige Friedhöfe dienten. Alle wussten, dass dies eine Reise ohne Wiederkehr sein würde.

Und das war erst der Anfang.

Die Hauskapelle befand sich auf derselben Etage wie das Schlafzimmer des Hausherrn.

Angelo Campagnola kniete vor dem Bildnis der Heiligen Jungfrau nieder und bekreuzigte sich. Er hoffte, sein Gebet möge ihn von der lähmenden Furcht befreien, die ihn seit Tagen peinigte und die er einfach nicht bezwingen konnte.

Vielleicht waren die Toten besser dran, dachte er, denn sie brauchten nicht mehr all diese Angst und Ungewissheit auszuhalten.

Hilflos darauf zu harren, dass sich die Krankheit des eigenen Körpers bemächtigte und ihn unter grässlichen Qualen und in trostlosester Einsamkeit aufzehrte, konnte auch den stärksten Geist ins Wanken bringen.

»Heilige Muttergottes«, flüsterte Campagnola, und es klang

eher wie das Zischeln einer Schlange, »du weißt, wie sehr ich dich verehre. Ich flehe dich an, mich nicht in den Würgegriff des Dämons fallen zu lassen, der die Bewohner meiner Stadt dahinrafft.«

Obwohl es hieß, dass sich die Frauen und insbesondere die Schwangeren am leichtesten ansteckten, schlug die Pest in Wirklichkeit wahllos zu, ohne Rücksicht auf Alter, Geschlecht oder Gesundheitszustand ihrer Opfer.

Tatsächlich überlebten sogar einige die Fieberanfälle, die Blutvergiftung und die Pestbeulen, aber das waren nur wenige. Diese »Begnadigten« allerdings schienen gegen jede weitere Ansteckung immun zu sein, und viele von ihnen verstärkten die Reihen derer, die die Leichen zu den Begräbnisorten oder, häufiger noch, zu den Scheiterhaufen schafften.

Es waren auch mehrere Handelsschiffe beschlagnahmt worden, die von Kanal zu Kanal und von Haus zu Haus fuhren, um die Toten und Sterbenden einzusammeln und so den Pesthauch von den noch nicht Erkrankten zu nehmen.

»Ich flehe dich an, Heilige Jungfrau, bewahre mich vor dem Übel.«

Selbst in dieser andächtigen Haltung, zwischen Kerzen und Heiligenbildern, sah Campagnola weniger wie ein frommer Gläubiger beim Gebet aus als wie ein Knecht des Satans, der Ränke gegen die Muttergottes schmiedete.

Er hob den Blick zu der Statue. Auf dem Gesicht der Madonna lag ein seliges Lächeln, und ihre blauen Augen waren auf die Unendlichkeit gerichtet. Seine hingegen blitzten grausam.

»Danke, Madonna, ich habe verstanden, was du von mir verlangst. Du willst, dass ich dem Sohn des Satans das Handwerk lege. Er ist der Spross des Bösen, das weiß ich, er sät den Tod in der Stadt. Solange er hier Aufnahme findet, wird es keinen Frieden für Venedig geben. Ich soll ihn vernichten, dann wirst du ein Wunder wirken und der Pestilenz Einhalt gebieten. Das ist es, was du mir verkündest.«

Der Nebel stieg aus den trägen Kanälen auf wie die Seele aus dem Leib eines Verstorbenen.

Viele Seelen traten in diesem Moment die Reise in den Himmel an, um ihren Platz an der Seite der Engel einzunehmen, denn die Pest gönnte sich keine Rast.

Fast die Hälfte der Bevölkerung sollte innerhalb weniger Monate umkommen.

Die zwölf Männer bestiegen die Kogge, die sich in nichts von den Totenschiffen unterschied. Sie waren in lange, schwarze Umhänge gehüllt und hatten ihre Gesichter unter großen Hüten verborgen. Jeder von ihnen trug ein langes Schwert an der Seite.

Alessandro Crespi schloss das Fenster, das auf den Canal Grande hinausging. Mit Vergnügen betrachtete er die Glasscheiben, durch die er vor Kurzem die Fensterflügel aus Holz hatte ersetzen lassen. Sein Haus gehörte zu den wenigen in Venedig, die über diese luxuriöse Neuerung verfügten. Die Glasfenster gewährten eine bessere Wärmeisolierung und ließen vor allem das Tageslicht in die Zimmer, die zuvor während des langen venezianischen Winters und der Sommerhitze ständig im Dunkeln gelegen hatten.

Im Palazzo schlief alles. Er war als Einziger noch wach, weil er sich damit aufgehalten hatte, die Liste einer gerade aus dem Orient eingetroffenen Fracht zu prüfen.

Schaudernd bemerkte er die Kogge, die an der Riva degli Schiavoni festmachte, nicht weit von seinem Haus. Er wusste, welchem Zweck diese Schiffe neuerdings dienten. Die Pest machte allen Angst, auch einem kühlen, gefahrenerprobten venezianischen Kaufmann.

Durch die grobe, nicht vollkommen durchsichtige Scheibe hindurch beobachtete Crespi die Männer, die über die Schiffswand der Kogge kletterten und das Ufer entlangkamen. Das waren gewiss keine Totengräber oder Mönche, die Pestopfer abholen wollten. Sie wirkten eher wie ein Trupp Wachen, die mit gezückten Waffen …

… auf sein Haus zueilten!

»Überfall! Wacht auf, wacht alle auf! Wir werden angegriffen!«, schrie Crespi, während ein lauter Schlag unten davon kündete, dass die Männer das Haustor aufbrachen.

Humarawa kam als Erster herbeigerannt. Crespi sah ihn nur aus dem Augenwinkel, einem Gespenst gleich in seinem langen Nachthemd. Das Schwert des Japaners zischte durch die Luft, und er ging sofort in Kampfstellung, was auch Crespi ein Gefühl der Sicherheit gab. Er machte sich bereit, es mit den Eindringlingen aufzunehmen.

Die prunkvolle Holztreppe des Palazzos war breit genug, dass vier oder fünf Angreifer sie nebeneinander erstürmen konnten. Sie dagegen waren nur zu zweit, dachte Humarawa gerade, als ihm ein zischelndes Atmen aus einem schiefen Mund sagte, dass Wu sich zu ihnen gesellt hatte.

Für ihn und Wu würde dies eines der vielen Duelle auf Leben und Tod werden, die sie schon ausgefochten hatten. Anders verhielt es sich mit Crespi: Er war kein Krieger, und obwohl er sowohl das Schwert als auch den Bogen zu handhaben wusste, hatte er doch wenig Übung im Kampf. Seine Gelassenheit würde wohl seine beste Waffe sein. Der Kaufmann hatte gelernt, dass es das Beste war, ruhig Blut zu bewahren, wenn man sich in einer schwierigen Lage behaupten wollte. Und das hier sah nach einer schwierigen Lage aus.

Auch Adil – inzwischen hatte sich Celeste an ihren neuen Namen und die damit verbundene Rolle gewöhnt – war von Crespis Alarmschrei geweckt worden. Schlaftrunken zog er sich an und rannte zur Treppe. Als er dort ankam, blieb er erschrocken stehen – auf den Stufen tobte bereits ein heftiges Gefecht.

Humarawa schwang das *Katana* mit der Rechten und mit der Linken das Kurzschwert. Neben ihm focht Crespi, und seine leichte, handliche Waffe schien wirkungsvoller zu sein als die schweren, zweischneidigen Schwerter der Angreifer.

Wu dagegen schwang wie eine Keule eine Holzstrebe, die er aus einem Möbelstück herausgebrochen hatte, wobei seine Miene und seine Statur die Feinde zusätzlich zurückschrecken ließ.

Der erste Ansturm wurde ohne übermäßige Kraftanstrengung abgewehrt. Mit drei fähigen Kämpfern wie Crespi, Wu und vor allem Humarawa fertigzuwerden, die sich auf einer

Treppe nach unten hin verteidigten, war nicht leichter, als eine Festung einzunehmen.

Zwei der mysteriösen Angreifer wurden verletzt und mussten zurück in die hinterste Reihe, aber auch ihre Kameraden sahen sich gezwungen zurückzuweichen.

»Bleibt stehen!«, riet Humarawa seinen Kampfgefährten. »Wir dürfen den Vorteil unserer Position nicht aufgeben. Erwarten wir sie hier oben!«

Wenige Augenblicke später erfolgte die zweite Attacke.

Der Kerl, der der Anführer zu sein schien, ging mit seinem Schwert auf Humarawa los, doch der Samurai wich zur Seite aus, und der Stoß traf ins Leere. Durch seinen Schwung nach vorn gerissen, verlor der Mann das Gleichgewicht und fiel hin. Er hatte keine Zeit, sich aufzurappeln, denn die scharfe Klinge des *Wakizashi* lag schon an seinem Hals.

»So, und jetzt möchte ich wissen, wer ihr Galgenvögel seid!«, forderte Humarawa und presste die Klinge an die Halsschlagader des Gegners.

»Haltet ein!«, sagte der mit zitternder Stimme. »Im Namen des Gesetzes! Wir handeln im Auftrag des Rates der Zehn!«

»Wenn der hochehrenwerte Rat mitten in der Nacht Männer in Schurkenaufmachung losschickt, um einen Bürger Venedigs im Schlaf zu stören, muss er sich nicht wundern, wenn dieser Bürger von seinem Recht Gebrauch macht, den Schergen die Kehle durchzuschneiden«, erwiderte Crespi.

Doch als Humarawa gerade den Todesstoß ausführen wollte, griffen die anderen Dunkelmänner erneut an, und Crespi, der einem Hieb ausweichen wollte, stieß mit dem Japaner zusammen und brachte ihn ins Taumeln. Der Mann, der von Humarawa zu Boden gestreckt worden war, versetzte ihm daraufhin einen Tritt in den Unterleib und sprang auf. Im Nu war er entschlüpft und suchte Deckung hinter seinen Kumpanen, die den Moment nutzten und ein paar Stufen gutmachten.

Schon stürzte sich einer der Angreifer auf den Japaner, der noch immer um sein Gleichgewicht kämpfte. Er wehrte sich mit der Geschmeidigkeit einer Katze, doch plötzlich spürte er dieses bekannte Gefühl, das noch kein richtiger Schmerz war, sondern eher ein Brennen. Das Schwert des Gegners hatte seine Seite durchbohrt.

Einem verwundeten Tiger gleich brüllte Humarawa auf und zog die Klinge heraus. Dann sah er rot.

Adil konnte gar nicht so schnell hinsehen, wie Humarawa die Waffen schwang. Er schien auf einmal vier Arme zu haben, die sich gleichzeitig und mit tödlicher Präzision bewegten.

Drei der Schurken fielen unter seinen Hieben, weitere zwei rollten nach Ausfällen von Crespi und Wu die Treppe herunter. Angeschlagen zogen sich die Angreifer zurück und machten am Fuß der Treppe, wo es dunkler war, Front.

Erst da sank Hito Humarawa zu Boden. »Nimm den Jungen und verschwinde, Wu«, sagte er zu seinem treuen Diener.

»Steh auf, Herr. Sie kommen gleich zurück«, rief der Pirat, der eher vor Sorge als vor Anstrengung keuchte.

»Ich kann nicht. Mir schwinden die Kräfte. Ich befehle dir, mich hierzulassen und Adil in Sicherheit zu bringen.«

Wu begegnete Adils Blick. Dann packte er ihn, schwang ihn auf seine linke Hüfte und verständigte sich durch eine Geste mit Crespi, worauf die kleine Gruppe im dämmrigen Licht der Wandkerzen zu dem Geheimgang des alten Palazzos eilte.

Zum ersten Mal hatte Wu sich einem Befehl seines Herrn widersetzt. Er trug Adil im Arm und den bewusstlosen Humarawa über der Schulter.

17. Kapitel

März 2004

Deidra Blasey massierte sich das Bein. Obwohl sie mehr als zufrieden mit dem Heilungsprozess sein konnte, schmerzten die Brüche immer noch. Sie hatte sechs Eingriffe hinter sich, doch sie fühlte sich fast völlig wiederhergestellt, auch wenn sie wusste, dass ein paar Narben zurückbleiben würden.

Leicht humpelnd betrat sie die Halle 24. Kaum hatte sie das in einer Ecke untergebrachte Büro erreicht, meldete Sergeant Kingston: »General Grenshover hat darum gebeten, Sie zu sprechen, Ma'am.«

Nach einer halben Stunde Wartezeit im Vorzimmer wurde sie in das Büro des Kommandanten von Fort Lejeune gerufen.

»Stehen Sie bequem, Colonel. Wie geht es Ihnen?« Der alte General gab sich gern leutselig. »Ich habe Sie rufen lassen, um Ihnen mitzuteilen, dass die Vereinigten Staaten von Amerika Menschen wie Sie, die im Dienste unserer Nation große Opfer gebracht haben, nicht im Stich lassen. Wie ich sehe, ist Ihr Bein wieder einigermaßen in Ordnung?«

»Ja, Gott sei Dank scheinen keine dauerhaften Schäden zurückzubleiben, Sir«, antwortete Deidra, während ihr sechster Sinn ihr riet, auf der Hut zu sein.

»Gewiss, gewiss, Colonel Blasey. Dennoch haben Ihnen die Ärzte eine Invalidität von ...« Der General schlug die Akte vor sich auf.

»Sie brauchen nicht nachzusehen, Sir. Eine neunzehnprozentige Invalidität heißt es im abschließenden Befund.«

»Ihnen ist sicher bekannt, dass es mir daher nicht länger möglich sein wird, Sie in Kriegsgebieten einzusetzen. Genau genommen dürfte ich Sie in Ihrem Zustand gar nicht im aktiven Militärdienst belassen ...«

General Grenshover holte Atem. Ihm war klar, dass das, was er nun einem seiner besten Offiziere eröffnen musste, einer demütigenden Degradierung gleichkam.

»Colonel Blasey, das U.S. Marine Corps ist stolz, Ihnen den Posten einer internationalen Sonderbeauftragten zur Betreuung von Entminungsarbeiten antragen zu können.«

»Verzeihen Sie, Sir, aber das klingt nach einem dieser hochtrabenden Titel, mit denen man aufs Abstellgleis geschoben beziehungsweise hinter einen Schreibtisch versetzt wird, wo man den ganzen Tag in Zeitschriften blättert und auf den Feierabend wartet. Sie kennen mich gut genug, um zu wissen, dass ich kein Sesselpupser-Soldat bin. Verzeihung, Sir.«

»Nein, nein, das ist alles andere als ein Schreibtischjob, Blasey. Auf der ganzen Welt liegen Millionen von Minen im Boden. Ihr Wissen und Ihre Erfahrung sind von unschätzbarem Wert für die Soldatinnen und Soldaten, die sich bei der Entminung dieser oder jener Region ständig in Gefahr begeben. Niemals würde es mir einfallen, Sie in irgendeiner Amtsstube zu begraben. Sie werden viel reisen, überall dorthin, wo unsere – also Ihre – Anwesenheit erforderlich ist.«

Kurz darauf stand Deidra Blasey wieder in Halle 24. Sie sah geknickt aus.

Kingston redete nicht lange um den heißen Brei herum. »Ist es das, was ich erwartet habe, Colonel?«

»Ich weiß nicht, was Sie erwartet haben, Sergeant. Ich weiß nur, dass ich ab dem nächsten Monat nicht mehr Ihr Kommandant sein werde.«

»Das Gerücht geht schon seit ein paar Tagen auf der Basis um, Ma'am. Erlauben Sie mir jedoch, Sie zu korrigieren.«

»Ich frage mich, wie sich so etwas immer so schnell rumspricht. Okay, raus mit der Sprache, Kingston, was wissen Sie, was ich nicht weiß?«

»Nie würde ich mir anmaßen, mehr zu wissen als der beste Kommandant, den ich je hatte.« Der korpulente Soldat strahlte wie ein Kind und hielt dem Colonel einen Schrieb vor die Nase. »Falls Sie mich noch nicht satt haben – ich habe beantragt, Ihnen auf Ihren neuen Posten folgen zu dürfen, Colonel.«

Cassandra Ziegler trug einen eng anliegenden schwarzen Rock, der ihre Figur betonte, ohne aufreizend zu wirken.

Conrad Deuville musterte sie mit offensichtlicher Anerkennung. Der Direktor war stolz darauf, eine Frau wie sie in seinem Mitarbeiterstab zu haben. Und nicht nur, weil sie schön war.

»Wie läuft's mit deinen Nahostkontakten, Cassandra?«, fragte er, sobald sie sich gesetzt hatte.

»Wenn du Breil meinst, er sichtet gerade das Material, das wir ihm zur Verfügung gestellt haben.«

»Das *du* ihm zur Verfügung gestellt hast. Erinnere dich, dass es deine Idee war, einen Berater für einen Fall zu verpflichten, der offiziell nicht unserer Zuständigkeit unterliegt.«

»Kann es sein, dass du vor gewissen politischen Seilschaften einknickst, Chef? Aber egal, du weißt, dass ich immer zu meiner Verantwortung stehe – und jetzt erst recht, wo ein wahnsinniger Bombenleger um den Globus jettet und Menschenleben auslöscht.«

»Ich denke, es ist gerade der globale Charakter seiner Aktionen, abgesehen vom Druck eines gewissen politischen Flügels, weshalb uns der Fall entzogen wurde. Wie lange hat dein Bombenleger jetzt nichts mehr von sich hören lassen?«

»Seit dem Anschlag auf die Busse in Kanada, also seit vergangenem September. Und es ist nicht *mein* Bombenleger.«

»Falls er sich also nicht in den Ruhestand begeben hat, müsste uns bald ein neues Blutbad bevorstehen.«

Die Hände mit den schlanken Fingern verbanden die Zünder mit den Sprengstoffpäckchen. Jede dieser so zusammengesetzten Bomben würde wiederum an einen Timer angeschlossen und so verpackt werden, dass sie aussahen wie ganz alltägliche Gebrauchsgegenstände. Der Gerechte dachte daran, die Sprengsätze in einem der kleineren Abzweigkästen zu verstecken, wie sie gewöhnlich auf Baustellen für elektrische Kabel verwendet wurden.

Es war noch zu früh, um den üblichen Hinweis abzuschicken.

Er verharrte kurz unter der antibakteriellen UV-Lampe in dem kleinen Zwischenraum vor der Geheimkammer. Dann zog er die Handschuhe und den gewachsten Schutzanzug aus, die er trug, um keine Spuren zu hinterlassen.

Bald würde wieder von dem Gerechten im Namen Gottes die Rede sein, aber er musste mit der gewohnten Besonnenheit zu Werke gehen. Die Zeit, die seit der letzten Bestrafung vergangen war, hatte seine Achtsamkeit nicht verringert.

Er setzte sich vor den Computer in der Kammer, schlug den Koran an einer bestimmten Stelle auf und tippte ein paar Worte. Seine schlanken Finger umschlossen erneut den Ring der

Könige, als würde ihm das antike Schmuckstück erst die Kraft verleihen, ein neues Massaker unter Unschuldigen anzurichten.

Oswald Breil saß auf einem Besuchersessel in Deuvilles Büro.

»Ich hoffe, Sie verstehen, worum es bei dieser … äh, Zusammenarbeit geht, Mr. Breil«, sagte der Direktor des FBI leicht verlegen. »Gewöhnlich greifen wir nur auf Hilfe von außen zurück, wenn es absolut erforderlich ist. Und in Anbetracht der Lage ist es das. Unsere Kollegen von der CIA scheinen diesen Terroristen, der sich als ›der Gerechte‹ bezeichnet, auf die leichte Schulter zu nehmen. Aus vertraulichen Informationen, die ich erhalten habe, kann ich nur schließen, dass man dort eher eine Laissez-faire-Haltung gegenüber diesem Terroristen einnimmt. Wir dagegen sind der Ansicht, dass dieser Attentäter eine Bedrohung für uns alle darstellt. Auf wirtschaftlichem Gebiet ist die Explosion des Rohölpreises das beste Beispiel dafür. Und was die Politik betrifft, so bin ich sicher, dass da bald jemand auf den Tisch hauen wird, der Klarheit haben will – irgendjemand von Einfluss, der den Regierungskreisen nahesteht.«

»Rivalitäten zwischen den Geheimdiensten, die – gestatten Sie mir das Wortspiel – gleichermaßen ihrem Land geheim dienen sollten, sind mir nicht unbekannt. Ich kann mir ungefähr vorstellen, was sich zwischen den beiden größten amerikanischen Nachrichtendiensten abspielt. Aber was beziehungsweise wen meinen Sie mit dieser einflussreichen Persönlichkeit?«

»Niemand Speziellen im Moment. Sie kennen das fragile Kräftegleichgewicht im Nahen Osten besser als ich und wissen um die Bedeutung der Loyalität des einen oder anderen Verbündeten für den Erhalt des Friedens. Dieser Gerechte oder vielmehr das geringe Interesse der CIA an diesem Kerl gefährdet die ohnehin schon problematischen Beziehungen zwischen den gemäßigten islamischen Ländern und dem Westen. Ich denke da als Erstes an Saudi-Arabien, Kuwait oder einen der anderen prowestlichen islamischen Staaten.«

Oswald nickte schweigend; die Terrorakte konnten gefährlichen Einfluss auf die sowieso schwierigen diplomatischen Beziehungen haben.

»Es ist wohl nicht nötig zu betonen, dass Ihr Auftrag der absoluten Geheimhaltung unterliegt«, mischte sich Cassandra ein.

Wieder nickte Oswald und lächelte. Dann fügte er hinzu: »Ich halte es für meine Pflicht, Sie darauf hinzuweisen, dass ich nicht mehr dieselben Möglichkeiten habe wie früher. Meine Laufbahn als Staatsmann ist beendet, seit ich vom Amt des Ministerpräsidenten zurückgetreten bin. Das heißt, ich gehöre nicht mehr zum inneren Kreis derer, auf die es ankommt. Ich denke, Sie verstehen, was ich damit sagen will.«

Nun war es an den beiden FBI-Leuten zu nicken, während Oswald fortfuhr: »Ich habe natürlich noch meine Beziehungen beim Mossad, aber Sie wissen so gut wie ich, wie wenig jemand, der nicht mehr zur höchsten Ebene gehört, Entscheidungen beeinflussen oder an Informationen gelangen kann, die als geheim klassifiziert sind. Kurzum, ich handele in dieser Angelegenheit auf eigene Rechnung und bin auf mich selbst gestellt.«

»Das ist kein Problem für uns, Dr. Breil«, sagte Deuville lächelnd. »Die Entscheidung von Dr. Ziegler, Sie in dieser heiklen Frage hinzuzuziehen – die ich übrigens vollkommen unterstützte –, beruht auf Ihren persönlichen Fähigkeiten, Ihrer Erfahrung und Ihrer berühmten Intuition. Wir sind an Ihrer Mitarbeit als einer der besten Ermittler der Welt interessiert, um den ›Gerechten‹ zu fassen. Ihre politische Karriere spielt für uns keine Rolle. Außerdem möchte ich Ihnen versichern, dass es keinerlei finanzielle oder logistische Einschränkungen geben wird; alles, was Sie benötigen, wird Ihnen zur Verfügung stehen. Und selbstverständlich werden wir Sie für Ihre Arbeit und den Zeitaufwand angemessen entschädigen. Sie brauchen uns nur eine Summe zu nennen.«

»Ich habe keine großen finanziellen Ansprüche«, antwortete Breil, »aber ich denke, dass mir die Möglichkeiten Ihrer Behörde zusammen mit meinen Verbindungen in Israel dabei helfen können, einer persönlichen Frage nachzugehen. Ich würde gern ein

Rätsel in meiner Familiengeschichte lösen, das sogar mit dem Gerechten in Verbindung stehen könnte.«

»Was meinen Sie damit?«, erkundigte sich Cassandra Ziegler. Die beiden FBI-Bosse hatten Breils Biographie auswendig gelernt, bevor sie ihm dieses »Jobangebot« unterbreitet hatten, und wussten daher, dass seine Eltern bei einem mysteriösen Autounfall ums Leben gekommen waren, als er noch ein Kind gewesen war.

»Dieses Siegel«, sagte Breil und zeigte auf das Symbol auf einem der Bekennerschreiben, »gehört irgendwie zu meinem Leben, und jedes Mal, wenn es irgendwo auftaucht, kommt es zu irgendwelchen Katastrophen. Irgendwann, wenn wir mehr Zeit haben, werde ich Ihnen die ganze Geschichte erzählen. Aber jetzt müssen wir uns ranhalten und den Ring der Könige diesen mörderischen Händen entreißen.«

Vierundzwanzig Stunden später landete ein Privatjet auf dem Bucharest Otopeni International Airport. Über die Gangway kamen zwei amerikanische Geschäftsmänner, die sich lautstark unterhielten und dabei gestikulierten, offenbar hochzufrieden mit dem exklusiven Service des Bordpersonals. Niemand achtete auf den Mann, der mithilfe zweier Gepäckträger einen großen Koffer aus dem Laderaum des Flugzeugs holte.

Der Schrankkoffer wurde vorsichtig in einen Transporter gehievt, und wenig später, wie ein Kaninchen aus dem Hut, tauchte Oswald Breil daraus auf.

Als er auf den Vordersitz kletterte, lächelte er und sagte: »Langsam werde ich zu alt für solche Tricks, Hauptmann.«

Hauptmann Bernstein war eine wahre Autorität auf dem Gebiet der Siliziumchips und Schaltkreise. Er leitete schon seit Längerem die Sektion 8200 des Mossad, wo die Geheimnisse des berüchtigten Nachrichtendienstes gehütet wurden.

»War es wirklich nötig, sich in eine Kiste einsperren zu lassen, Major Breil?« Bernstein hatte nie aufgehört, Oswald mit dem Dienstgrad anzureden, den der kleine Mann beim Mossad bekleidet hatte, bevor ihn seine Blitzkarriere auf die oberste Stufe der israelischen Staatshierarchie katapultiert hatte.

»Man kann nicht vorsichtig genug sein, Hauptmann, wenn man in den dunklen Kammern der Securitate herumkramen will.«

18. Kapitel

London, Mai 1917

Bei der Berührung der Krankenschwester erschauerte Major Sciarra am ganzen Körper. Doch es war kein lustvolles Erschauern, obwohl er während der endlosen Monate im Schützengraben nicht selten davon geträumt hatte, von einer hübschen jungen Frau gestreichelt zu werden. Die englische Kriegsfreiwillige in dem Militärkrankenhaus, in dem er lag, drückte die Wundränder kräftig zusammen, während ein nicht mehr junger Offiziersarzt seinen Bizeps nähte.

Es grenzte an ein Wunder, dass er mit ein paar Stichen am Arm davonkommen sollte. Noch weniger Blessuren hatte der Gefährte seines Abenteuers abgekriegt, der nur ein paar Schrammen an den Beinen und auf der Stirn hatte.

Sciarra lächelte, als der Arzt den Faden abschnitt, wischte sich die Schweißperlen von der Stirn und sagte: »Danke, Doktor. Und ich danke auch Ihnen, Miss. Ihre einfühlsamen Hände haben den Schmerz erträglicher gemacht.«

»Sie sprechen ausgezeichnet Englisch, Major …?« Der jungen Frau war eine gewisse Unschlüssigkeit anzumerken, was seine Identität anging. Sciarra musste sich eingestehen, dass sich seine Aussage bei den britischen Behörden, er und der junge Rumäne seien Offiziere des königlichen italienischen Heeres, die von einer Luftschiffbasis in Tønder geflohen seien, tatsächlich ziemlich unglaubwürdig anhörte. Die beiden Mitarbeiter des englischen Geheimdienstes hatten äußerst skeptische Gesichter gemacht. Und dem Tonfall der Krankenschwester nach hegte auch sie ihre Zweifel.

Sciarra lächelte sie erneut an und sagte: »Wenn ich nicht gerade von den Habsburgern gefangen genommen werde oder einen Zeppelin entführe, beschäftige ich mich mit Schiffen und Seehandel, Miss …«

Sciarra nutzte den Umstand, dass der ältere Arzt den Raum verlassen hatte, um ein wenig vertrauter mit der jungen Engländerin zu werden.

Er hatte sie, während sein Arm genäht worden war, heimlich gemustert. Sie war nicht sehr groß, und unter ihrer blütenweißen Uniform ließen sich wohlgeformte Rundungen erahnen. Ihre kastanienbraunen, leicht rötlich schimmernden Haare umrahmten ein schönes Gesicht mit einem offenen Lächeln. Sie konnte nicht viel älter als zwanzig sein.

»Und wo üben Sie diese Tätigkeit aus?«, fragte sie und fügte hinzu: »Kimber, ich heiße Kimber Hadwin und bin Lieutenant beim englischen Roten Kreuz.«

»In Genua, in Norditalien, Lieutenant Hadwin. Das ist die Stadt, in der ich lebe und arbeite, wenn die militärischen Verpflichtungen es mir erlauben.«

»Ich kenne Genua. Mein Vater ist zur See gefahren, bis sein Schiff versenkt wurde, von einem deutschen U-Boot. Als ich noch klein war, haben meine Mutter und ich ihn auf einigen seiner Fahrten begleitet. Auf dem Schiff, das er befehligte, gab es eine bequeme kleine Wohnung für uns, sodass es fast wie zu Hause in London war. Ich habe noch ein paar Erinnerungen an Ihre Heimatstadt – die Lanterna, der Porto Mediceo, die engen ligurischen Gassen …«

»Alles richtig, Lieutenant Hadwin, bis auf den Porto Mediceo, denn der ist in Livorno, wie Sie, verzeihen Sie meine Anmaßung, sehr gut wissen. Ich verstehe Ihr Misstrauen, versichere Ihnen aber, dass alles, was ich diesen beiden Herren neulich gesagt habe, der Wahrheit entspricht. Darf ich Sie um etwas bitten?«

Kimber nickte und zog auf sympathische Weise die Nase kraus.

»Da ich Sie nun einmal beim Aushorchen ertappt habe, würden Sie Ihre Überprüfung meiner Identität bei einem gemeinsamen Abendessen in einem Restaurant fortsetzen – sobald mein erzwungener Krankenhausaufenthalt beendet ist?« Damit spielte Sciarra auf die beiden Uniformierten an, die das Zimmer, in das man ihn und Petru gebracht hatte, streng bewachten. Man hatte sie freundlich, aber bestimmt aufgefordert, Gäste des Krankenhauses zu bleiben, bis die italienischen Behörden ihre Personalien bestätigten.

Im Laufe der folgenden Woche besuchte Kimber den italienischen Offizier mehrmals, bis die italienische Botschaft in London die Identität der beiden »Zwangspatienten« klarstellte. Außerdem wurde die Ankunft ihres direkten Vorgesetzten angekündigt, der schon im Vorfeld mitteilen ließ, dass sie für die Entente inzwischen zu Helden geworden waren.

Noch am selben Tag wurden die beiden Wachposten vor Sciarras und Petrus Zimmer abgezogen, und abends saß Kimber Hadwin dem Major in einem kleinen, aber eleganten Restaurant am Themseufer gegenüber.

»Wollen Sie hören, wie es ausgegangen ist, Kimber?«

Die Krankenschwester hatte sich schick gemacht und trug ein Kleid, das ihre bisher unter der unpersönlichen Uniform verborgenen weiblichen Reize zur Geltung brachte. Ihre hellgrünen Augen blickten tief in die des Italieners. Ihr gefiel es, wie Sciarra seine Geschichte erzählte, in dem neutralen Ton eines Chronisten, ohne sich seiner Taten zu rühmen.

Kimber legte ihr Besteck ab, stützte die Hände auf den Tisch und hörte zu.

»Oberst Meyer kämpfte heldenhaft in der engen Bombenkammer, doch dann musste er sich verletzt meinem jungen Kameraden ergeben. Als Petru ihn zwingen wollte, ihm zur Brücke vorauszugehen, machte Meyer plötzlich einen Satz, entwand sich seinem Griff und stürzte sich erneut aus dem Schiff, diesmal aber wirklich.

Petru war gerade wieder auf die Brücke gekommen, als ich schrie: ›Wir verlieren rapide an Höhe! Der obere Teil des Zylinders ist getroffen, und einer der neunzehn Wasserstoffballons steht in Flammen. Wenn das Feuer auf die anderen überspringt, fliegt uns das Schiff um die Ohren. Wir müssen so schnell wie möglich landen!‹

Ich drückte das Höhenruder fest nach unten, sodass der Bug des Luftschiffs steil zu Boden zeigte. Der war noch ein paar hundert Meter entfernt, und der Brand breitete sich mit großer Geschwindigkeit aus.

Das kahle Feld unten kam immer schneller auf uns zu. Das Luftschiff war nur noch eine unkontrollierbare glühende Masse im freien Fall.

Die Gondel landete krachend und von Flammen umzüngelt in der Nähe einer Flugabwehrstellung, und Petru und ich stürzten hinaus und entfernten uns, so schnell wir konnten, von dem brennenden Zeppelin.

Dann explodierte er, wurde zu einem riesigen Feuerball, und die Druckwelle warf uns zu Boden, obwohl wir schon ein ganzes Stück weit weg waren. Die Gewehre der Engländer, die glaubten, die Besatzung eines feindlichen Zeppelins vor sich zu haben, waren auf uns gerichtet.«

Kimber hatte gebannt zugehört.

Als sie in den angenehm warmen Londoner Maiabend hinaustraten, nahm sie bereitwillig Sciarras dargebotenen Arm und drückte seine Hand.

Das blieb der einzige Körperkontakt zwischen ihnen, abgesehen von zwei keuschen Küsschen auf die Wangen, als Sciarra sich vor ihrer Haustür von ihr verabschiedete. Beide wussten sie, dass sie sich wahrscheinlich nicht wiedersehen würden, denn am nächsten Tag würde Oberst Cantini in London eintreffen, und Sciarra und Petru würden ihm zurück nach Italien folgen.

Oberst Cantini grüßte den Offiziersarzt militärisch, dann gab er dem Engländer, der den gleichen Dienstrang wie er trug, die Hand. Der Mann war ihm bei dem Verfahren zur Haftentlassung seiner beiden Offiziere behilflich gewesen. Man hatte größte Rücksicht walten lassen, um diplomatische Verwirrungen zu vermeiden.

Vier Tage nach Cantinis Ankunft waren Sciarra und Petru auch offiziell wieder auf freiem Fuß.

Die wenigen Tage erzwungener Ruhe hatten beiden gutgetan, denn Petru war erschöpft gewesen von der Anspannung, die das Unternehmen mit sich gebracht hatte, und bei Sciarra kam noch hinzu, dass die lange Gefangenschaft an seinen Kräften gezehrt hatte.

»Ihnen sind drei Wochen Urlaub bewilligt worden, Oberleutnant Petru. Und da das Land Ihre Dienste dringend benötigt, Major Sciarra, können wir auch Ihnen leider nicht mehr zugestehen. Glauben Sie, dass Sie bis dahin wieder ganz auf die Beine kommen?«

»Das denke ich schon, Herr Oberst.«

»Sehr gut, ich wusste, dass ich auf Sie zählen kann. Es geht voran, zumal nun auch die Amerikaner in den Krieg eintreten, um den Feind in die Schranken zu weisen. Darf ich erfahren, wo Sie sich zu erholen gedenken, Major Sciarra?«

»Ich weiß es noch nicht genau. Aber ich habe bei Oberleutnant Petru etwas wiedergutzumachen für die Zeit, die er mir geopfert hat. Wenn ich mich nicht irre, hat er seine erste Woche Urlaub nach langer Zeit für mich drangegeben, um mich aus dem Schlamassel zu ziehen. Ich stehe tief in seiner Schuld. Er möchte nach Rumänien und seine Familie besuchen und hat mich gebeten, ihn zu begleiten. Ich denke, ich werde mitkommen.«

»Das habe ich jetzt nicht gehört, Major. Sie wissen sehr gut, dass Rumänien seit mehr als einem halben Jahr von den Österreichern besetzt ist. Eine Mission in Feindesland müsste genehmigt und mit dem Oberkommando abgesprochen werden.«

»Erlauben Sie, Herr Oberst, aber soweit ich es verstanden habe, handelt es sich nicht um eine militärische Mission, sondern um einen Familienbesuch.« Weil er merkte, dass sein Vorgesetzter ihm das nicht abnahm, versuchte Sciarra, die Sache zu verharmlosen. »In Petrus Begleitung dürfte meine Anwesenheit dort keinen Verdacht erwecken.«

»Nun ja, dann richten Sie den Angehörigen des Oberleutnants meine besten Grüße aus, Major«, sagte Cantini ironisch.

»Jedenfalls müssen Sie beide sich beeilen, wenn Sie wirklich über die Grenze wollen, denn eine diplomatische Abordnung bricht gerade nach Russland auf. Ich schätze, wir werden den Feind bald in die Zange nehmen.«

Kimber war durch den strömenden Regen gelaufen, bis die weitläufige Überdachung der Victoria Station sie aufnahm. Dort rannte sie weiter, denn es war nicht die Nässe, die sie zur Eile angetrieben hatte.

Sie erreichte den Bahnsteig gerade noch rechtzeitig, um die roten Rücklichter des abfahrenden Zuges zu sehen. Der Qualm der Lokomotive trieb durch die Halle.

Wer wusste, ob sie ihn je wiedersehen würde, dachte sie und umklammerte den Schulterriemen ihrer Tasche. Ihre Augen waren groß vor Traurigkeit, und zwei dicke Tränen hingen an ihren Wimpern.

Sciarra hatte am offenen Fenster gelehnt, bis der Dampf ins Abteil hineinquoll.

»Haben Sie noch jemanden erwartet, Major?«, fragte ihn der junge diplomatische Kurier, der sie bis zu ihrem Fahrtziel begleiten würde.

»Nein, niemanden, ich wollte nur noch einen letzten Blick auf den Bahnhof werfen.«

In dem Moment glaubte er, sie zu sehen, dort, am Ende des Bahnsteigs. Er war sich nicht sicher und würde es wohl nur erfahren, wenn er sie wiedersah. Mochte Gott es geben.

Einige Meilen vor der Stadt Costanza, auf dem Schwarzen Meer, stiegen Sciarra und Petru von einem russischen Patrouillenboot in ein Fischerboot um. Sobald sie an Land waren, zogen sie die Tracht der Rudari-Zigeuner an, eines rumänischen Nomadenvolkes.

»Ich denke, jetzt wäre es an der Zeit, mir den Grund für unsere Reise zu verraten, Oberleutnant Petru, finden Sie nicht?«, sagte Sciarra und lockerte die Zügel des Esels, der den geschlossenen Wagen zog. Bekannte von Petru hatten ihnen die

Kleider und dieses Fortbewegungsmittel besorgt, mit dem sie Costanza verlassen hatten. Es war mit dem für Zigeunerwagen typischen bunten Tand geschmückt.

Sciarra war aufgefallen, mit welch großem Respekt ihn Petrus Bekannte behandelt hatten. Es waren offenkundig Persönlichkeiten von Rang und Einfluss, die den ständig wachsenden Widerstand gegen die österreich-ungarischen Besatzer unterstützten. In weniger als einem halben Tag war es ihnen gelungen, all das zu beschaffen, worum Petru sie gebeten hatte – den Wagen, die Kleider und Geld zum gesetzlichen Kurs. Als Petru die Schuld bei ihnen über seine Familie begleichen wollte, hatten sie beinahe beleidigt reagiert. Soweit Sciarra ihre Sprache verstehen konnte, die einige Ähnlichkeiten mit dem Italienischen aufwies, war es ihnen Lohn genug, ihm geholfen zu haben.

Der Weg bis zu ihrem Ziel war noch weit und würde nicht unbeschwerlich werden. Petru begann zu erzählen. »Haben Sie je von Vlad Dracula, dem Fürsten der Walachei, gehört?«

»Wer hätte das nicht? Schon seit fast zwanzig Jahren wird der Roman des Iren Bram Stoker immer wieder aufgelegt. Ich muss gestehen, dass auch ich ihn mit Spannung gelesen habe.«

»Nein, den Dracula meine ich nicht. Der Vampir aus Stokers Feder wurde lediglich inspiriert von der historischen Persönlichkeit, die tatsächlich in meinem Land gelebt hat – Fürst Vlad, der nach seinem Tod den düsteren Beinamen Tepes bekam, was ›der Pfähler‹ heißt, denn das war angeblich seine bevorzugte Art, seine Feinde hinzurichten. Erinnern Sie sich, dass der ungarische Offizier, der uns in den Dolomiten gefangen nahm, einige Papiere aus meinem Besitz konfisziert hat?«

»Natürlich. Sprechen Sie weiter, ich bin ganz Ohr.«

»Dabei war ein altes Schriftstück, in dem die Rede von einem noch älteren Gegenstand ist. Einem Ring, der mit hoher Wahrscheinlichkeit einmal dem weisesten aller biblischen Könige gehörte, und außerdem ein nicht ganz so altes Büchlein, in dem das Versteck beschrieben ist, wo dieser Ring aufbewahrt wird. Der Legende nach verleiht er seinem Träger große Macht. Es ist meine Pflicht, diesen heiligen Gegenstand von unschätzbarem

Wert, der meiner Familie seit Generationen gehörte, wieder in unseren Besitz zu bringen. Bis zu meinem Zusammentreffen mit dem ungarischen Offizier war ich der Einzige, der das Versteck kannte, und ich kann nur hoffen, dass dieser Blaskó mir nicht zuvorkommt, obwohl ich nicht glaube, dass er den Text, den er mir entwendet hat, entschlüsseln kann.«

»Die Sache scheint Ihnen sehr am Herzen zu liegen, Petru.«

»Den Ring der Könige an mich zu bringen, heißt für mich, zu meinen Wurzeln zurückzukehren und meine Ehre wiederzuerlangen. Vlad ›Tepes‹ Dracula war mein Ahne, und unter meinen Ahnen wurde der Ring stets vom Vater auf den Sohn vererbt.«

19. Kapitel

Oktober 1967

Zu dem Unfall, der Asher Breil den Steuerknüppel seiner Mirage für immer aus den Händen riss, war es durch einen dummen Zufall gekommen. Während eines normalen Erkundungsflugs hatte der Nachbrenner des Atar-Triebwerks plötzlich blockiert, und zwar, wie bei der Untersuchung später festgestellt wurde, wegen eines simplen Defekts der Einspritzdüsen. Dem Piloten war nichts anderes übrig geblieben, als sich mit dem Schleudersitz zu retten, wobei er sich eine Schulter und ein Handgelenk brach.

Zwei Tage und zwei Nächte hatte er in einem unzugänglichen und unbewohnten Landstrich Palästinas ausharren müssen, ehe er zusammen mit den Überresten seines Jägers geborgen wurde. Die erlittenen Frakturen hätten für einen Bodensoldaten kein Problem dargestellt, waren es aber für einen Armeepiloten, und so kam es, dass ihm die weitere Laufbahn am Himmel verwehrt war. Der Absturz ereignete sich dreißig Tage nach Breils Beförderung zum Major und vierzig

Tage nach Beendigung der feindlichen Auseinandersetzungen mit den Arabern.

Vor die Wahl gestellt, hinter einem Schreibtisch oder beim Mossad Dienst zu tun, hatte Asher Breil umgehend seine Entscheidung getroffen.

Er hatte gerade seinen ersten Auftrag erhalten und blickte aus einem heruntergekommenen Flugzeug der rumänischen Staatslinie auf das regnerische Bukarest hinab, während die fünf Gnome-Rhone-Sternmotoren der alten Tupolew Ant 14, die schon über dreißig Jahre auf dem Buckel hatten, einen Takt schlugen wie der Bass im Orchester von Glen Miller.

Asher Breil dachte für einen Moment wehmütig an seine Mirage – nicht zu vergleichen mit der museumsreifen Mühle, in der er zusammen mit einer diplomatischen Delegation saß.

»Wie allseits bekannt, war der Nahe Osten vor zwei Monaten Schauplatz eines Krieges zwischen den arabischen Ländern und Israel, eines Krieges, der den Weltfrieden gefährdete. In diesem Zusammenhang möchten wir unsere arabischen Freunde darauf hinweisen, das wir für eine Position, die die Auslöschung des Staates Israel fordert, kein Verständnis haben und sie auch nicht teilen.«

Mit diesen Worten stellte sich Nicolae Ceausescu am 24. Juli 1967 offen gegen die Haltung des gesamten übrigen Ostblocks. Russland und seine Satellitenstaaten, traditionell wohlwollend gegenüber der arabischen Politik und ablehnend gegenüber der israelischen, hatten das Verhalten Israels im Sechstagekrieg scharf verurteilt. Daraufhin war es zu großen internationalen Spannungen gekommen, die sogar die Nichtangriffspakte der Großmächte ins Wanken brachten.

Diese explizite Unterstützung durch den rumänischen Staatsführer konnte die israelische Regierung nicht kalt lassen, die – dem alten Sprichwort zufolge, man solle das Eisen schmieden, solange es heiß ist – im Handumdrehen eine Abordnung zur Vertiefung der wirtschaftlichen Beziehungen zusammengestellt hatte. Diese Abordnung bestand aus Wirtschaftsfachleuten und Bankiers aus allen Ländern der westlichen Welt, denen jedoch allen eine jüdische Herkunft gemein war, und auch Asher Breil gehörte ihr auf seiner ersten Mission außerhalb eines Jagdflugzeugs an.

Die Passagiere wurden kräftig durchgeschüttelt, als die Tupolew auf der Landepiste bremste, und die israelischen Wirtschaftsexperten, einige davon in Begleitung ihrer Ehepartner, dankten dem guten Stern, der verhindert hatte, dass sich die Maschine gerade diesen Flug ausgesucht hatte, um wegen Altersschwäche auseinanderzubrechen.

Asher dachte bei sich, dass die farblose Erfrischung, die in dem kleinen Empfangsraum des Flughafens serviert wurde, wohl allein dem Zweck diente, die Überlebenden ihre Angst während des Fluges vergessen zu lassen. Der Vertreter der rumänischen Regierung hob sein Glas und sagte in gebrochenem Englisch: »Trinken wir auf die Gesundheit des *Conducators* Nicolae Ceausescu. Der Staatspräsident freut sich, Sie heute Abend im Regierungspalast der Sozialistischen Republik Rumänien zum Dinner empfangen zu dürfen.«

Einem aufmerksamen Zuhörer wie Breil entging nicht, dass er das Wort »sozialistisch« besonders betonte. Diese Bezeichnung gehörte zu den ersten »Verstößen«, den die Rumänen gegen die Vorgaben des großen Bruders Sowjetunion begangen hatten, indem sie 1965 die »Volksrepublik«, die den Mächtigen im Kreml wesentlich lieber gewesen war, durch die »Sozialistische Republik« ersetzt hatten.

Der jüngste Ungehorsam des rumänischen Führers war nun der Anlass, der Asher nach Bukarest geführt hatte. Ceausescus geäußertes Verständnis für die Kampfhandlungen Israels gegen die arabischen Länder sollte viele Fragen aufwerfen und Experten und Wissenschaftlern, die sich mit dem komplexen System der internationalen Beziehungen und Machtverhältnisse beschäftigten, noch lange Kopfzerbrechen bereiten.

Das Dinner wurde in einem der Salons der Residenz des Staatspräsidenten abgehalten. Asher Breil war als Schweizer Bankier vorgestellt worden, als Vorstandsmitglied eines der führenden helvetischen Kreditinstitute. Diese Position hatte ihm, da Ceausescu sehr daran gelegen war, Zugang zu den unerschöpflichen Schweizer Geldmitteln zu erhalten, einen Platz am Ehrentisch gesichert. Zu seiner Rechten saß Elena Petrescu, seit 1939 die Gattin des rumänischen Diktators und – wie viele behaupteten – die eigentliche Antriebsfeder seiner Politik.

Breil hatte so Gelegenheit, die erste Frau im Staat genau in Augenschein zu nehmen. Ihr scharf geschnittenes Profil ließ auf einen harten Charakter schließen, ihre direkte, ungekünstelte Art dagegen auf eine intelligente und willensstarke Persönlichkeit.

Ihre dunklen Augen fingen seinen Blick auf, und Asher Breil wehrte das Misstrauen, das in ihnen stand, mit einem freundschaftlichen Lächeln ab.

Auf einmal durchquerte ein Mann den Saal, kam zu ihrem Tisch und beugte sich zum Ohr des Staatschefs. Ceausescu schlug mit dem Messer gegen den Rand seines Glases und brachte damit die Unterhaltungen zum Verstummen.

»Ich habe gerade erfahren«, sagte er und stand auf, »dass Ernesto Che Guevara bei einem Schusswechsel mit den bolivianischen *Regulares* getötet wurde. Guevara verkörperte den Widerstand eines ganzen Kontinents gegen die imperialistische Kolonialisierung. Friede sei dem Helden der Revolution. Meine Damen und Herren, ich fordere Sie auf, zu seinem Gedenken eine Schweigeminute einzulegen.«

Während alle sich erhoben, wurde Asher Breil bewusst, dass in diesen Tagen ein neues Kapitel der Geschichte des zwanzigsten Jahrhunderts aufgeschlagen wurde, und ein Stück davon, das spürte er, würde sich an dem Ort abspielen, an dem er sich gerade befand. Er senkte den Kopf wie alle anderen und dachte wieder an seinen kleinen Sohn Oswald. Klein war er und würde er bleiben, und er würde in einer großen Welt leben müssen, die sich Asher weniger chaotisch, weniger gefährlich wünschte. Oswald sollte im Frieden aufwachsen können, und seine Aufgabe als Vater war es, sein Möglichstes dazu beizutragen, damit diese Utopie Wirklichkeit wurde.

Das war einer der Gründe, weshalb Asher nach Rumänien gekommen war.

Ein anderer war ebenfalls persönlicher Natur und hatte mit ihm selbst und seiner Neigung zu tun, sich immer wieder infrage zu stellen und neue Herausforderungen zu suchen.

Es gab noch einen dritten Grund, der von seiner Begegnung mit einem ehemaligen italienischen Offizier des Ersten Weltkriegs wenige Tage nach seinem Absturz herrührte. Während des Gesprächs mit dem Italiener war die Aussicht auf einen Auftrag, der ihn nach Bukarest führen sollte, immer interessanter geworden.

Asher Breils Mut und Loyalität waren für alle, die ihn kannten, über jeden Zweifel erhaben. Ob als Pilot oder als Mossad-Agent, er hatte sich mit Leib und Seele der Aufgabe verschrieben, für das Überleben seines jungen Heimatlandes zu sorgen. Die Interessen des Staates Israel hatten Vorrang vor allen persönlichen Zweifeln und Unschlüssigkeiten – deshalb hatte er sich auferlegt, sich nicht von Schuldgefühlen unterkriegen zu lassen, weil er mit den Bomben aus seinem Jagdflugzeug Menschenleben ausgelöscht hatte.

Diese und andere Gedanken gingen dem Mossad-Agenten während der Schweigeminute für den südamerikanischen Revolutionär durch den Kopf.

Nicolae Ceausescu wurde im Jahr 1918 in der Provinz Olt als Sohn einer Bauernfamilie geboren. Schon von Jugend an hatte er ausgeprägte politische Fähigkeiten an den Tag gelegt und sich bald an Aktivitäten beteiligt, die von den staatlichen Autoritäten als prorevolutionär eingestuft wurden. 1936 wurde er zum ersten Mal zu einer Gefängnisstrafe verurteilt und musste zwei Jahre absitzen. Wieder in Freiheit, wurde Ceausescu Mitglied des Kommunistischen Zentralkomitees. 1940 wurde er erneut ins Gefängnis gesperrt, aus dem er vier Jahre später ausbrach. Im Jahr 1948 wurde er zum ersten Mal zum Abgeordneten gewählt, und von 1950 an folgten diverse politische Posten und Regierungsämter aufeinander. Im Juli 1965 schließlich, drei Monate nach dem Tod des kommunistischen Führers Gheorghe Gheorghiu-Dej, ernannte man Nicolae Ceausescu zum Ersten Sekretär des Zentralkomitees der kommunistischen

Partei Rumäniens. Zwei Jahre später wurde er überdies zum Vorsitzenden des Staatsrats gewählt, ein Amt, das er, wie man sagte, de facto schon seit dem Tod Gheorghiu-Dejs ausgeübt hatte.

Das war es im Groben, was Breil über den einzigen der kommunistischen Staatsführer gelesen hatte, der im Westen mit einigem Wohlwollen betrachtet wurde. Ceausescu hatte seinen eigenen Kopf und ließ sich nicht gern eine Linie aufzwingen, die ihm nicht passte, und das machte dem Regime in Moskau Sorge. Er hatte den Sowjets zu verstehen gegeben, dass er sich nicht davor fürchtete, den Entscheidungen, die im Namen des gesamten Ostblocks von der UdSSR getroffen wurden, zu widersprechen. Seine Stellungnahme zum Sechstagekrieg belegte das wieder einmal.

Doch Asher Breil hatte auch noch andere Informationen über ihn gesammelt. Die inoffiziellen Berichte zeichneten das Bild eines Mannes, der eine große Bewunderung für eine sehr umstrittene Persönlichkeit seiner Nationalgeschichte hegte. Ceausescu bezeichnete diesen Mann in Reden gern als »Helden des rumänischen Vaterlandes« oder sogar als »Helden der westlichen Welt und Christenheit«.

Es handelte sich um Vlad Dracula III., genannt »Tepes«, Fürst der Walachei.

20. Kapitel

Adriatisches Meer, 1348

Wu tauchte den Schwamm in die Wasserschüssel und drückte ihn aus. Mit der Fürsorglichkeit einer Mutter wusch er den Schweiß von der Stirn seines Herrn.

Das kleine Schiff, mit dem sie aus Venedig geflohen waren, befand sich seit einigen Stunden auf See, und ein kräftiger Wind von achtern trieb sie auf die dalmatische Küste zu.

Humarawas Gesicht war wachsbleich, und auf seinen Augen lag noch immer der Schleier der Bewusstlosigkeit, aus der er gerade erwacht war.

»Du hast dich meinem Befehl widersetzt, Wu«, flüsterte der Samurai.

»Sobald es dir besser geht, kannst du mich bestrafen, Herr.«

»Schick mir das Mädchen«, verlangte Humarawa.

Als Adil vor ihm stand, schien er ein wenig aufzuleben. Mühsam richtete er sich halb auf und sagte: »Ich habe dich von deinem Vater übernommen, wie man eine schwere Pflicht übernimmt, junger Adil. Doch du bist in kurzer Zeit zu einem wichtigen Teil meines Lebens geworden. Du bist stark und mutig, und ich weiß, dass es dir an der Seite von Crespi und Wu an nichts fehlen wird. Pass gut auf dich auf.«

Adil brachte kein Wort heraus. Als er merkte, dass Wu hinter ihm stand, drehte er sich zu dem Riesen um und versuchte, ihn mit seinen dünnen Armen zu umfassen. Er lehnte den Kopf an den Bauch des Chinesen und begann zu schluchzen. »Warum muss ich alle, die mich lieben, sterben sehen?«, fragte er.

Auch Crespi war hinzugekommen und beobachtete schweigend den Todeskampf des Mannes, mit dem er einen Großteil seines Lebens verbracht hatte.

»Mein Freunde … Freunde …«, stammelte der Samurai, bevor er die Besinnung verlor.

»Was soll das heißen, es ist ihnen gelungen, zu entkommen?«, schrie Campagnola außer sich vor Wut. »Drei Männer und ein Junge haben euch verdroschen und sind danach spurlos verschwunden? Ihr wart zwölf gegen drei, ihr hattet die Möglichkeit, sie im Schlaf zu überraschen, und kommt her und erzählt mir, dass sie euch entwischt sind? Dafür werde ich euch vor Gericht stellen lassen!«

»Signore, diese Männer haben gekämpft wie Bestien«, verteidigte sich der Anführer der Schergen. »Auf einmal haben sie sich in nichts aufgelöst, und es hat zwei Stunden gedauert, bis wir den Zugang zu dem geheimen Gang fanden. Aber einer meiner Männer ist sicher, den Japaner schwer verletzt zu haben, und die Blutspuren auf der Treppe bestätigen das. Ein Zeuge hat zwei Männer gesehen, die einen Verletzten in ein Boot luden, und gehört, wie sie beschlossen, die Küste Dalmatiens anzusteuern. Ich bitte Euch um die Erlaubnis, die Verfolgung aufnehmen zu dürfen. Bei meiner Rückkehr werde ich mich gern der Gerichtsbarkeit und Eurem Urteil stellen, Signore.«

Auf dem Boot herrschte eine bedrückte Stimmung, niemand hatte Lust zu reden. Jeder der drei, die bangend bei Hito Humarawa saßen, dachte daran, wie tief er in dessen Schuld stand.

Alessandro Crespi setzte sich an den Bug und spielte mit dem Goldring, von dem er sich seit dem Tag vor vielen Jahren, als er ihn von Humarawa geschenkt bekommen hatte, nicht mehr getrennt hatte. Ein gelehrter Kaufmann hatte den altgriechischen Text auf der kleinen Papyrusrolle übersetzt, die zusammen mit dem Ring in dem geschnitzten Schmuckkästchen gelegen hatte. Darin hieß es, dass er einmal einem römischen Kaiser gehört habe. Doch der Übersetzer hatte die Ansicht geäußert, dass das Schmuckstück aus einer noch früheren Epoche stammte, noch vor der römischen Kaiserzeit. Er meinte, irgendwo in der Heiligen Schrift davon gelesen zu haben. Höchstwahrscheinlich hatte der Ring einer hochgestellten Persönlichkeit im Heiligen Land gehört, da in ihn der sechszackige Stern der Juden eingraviert war und er in dem Papyrus als der »Ring der Könige« bezeichnet wurde.

Crespi dachte an die Schmuckschatulle, die sie bei ihrer Flucht aus Japan gerettet hatten. Nachdem sie den Überfall in seinem Palazzo abgewehrt hatten, hatte er sie schnell geholt, bevor sie in den Geheimgang geschlüpft waren, der sie zu einem Seitenkanal und einem dort festgemachten Boot geführt hatte.

Wu schnitzte verbissen an einem Stück Holz herum. Er schien von seiner Tätigkeit vollkommen eingenommen, doch in Wirklichkeit sollte sie ihn nur davon abhalten, ständig zu seinem Herrn hinüberzusehen. In den Augen des Chinesen schwammen Tränen, weil er Humarawas Leiden hilflos beiwohnen musste.

Nur Adil hielt nicht mit seinem Kummer hinterm Berg und weinte leise, aber rückhaltlos. Zwei widerstreitende und doch eng verwandte Gefühle tobten in ihm: Wut und Schmerz.

Das Auftauchen des Festlands am Horizont löste nicht die Begeisterung aus, mit der Seefahrer gewöhnlich den Anblick von bewohnten Gegenden begrüßen.

Sich immer in Küstennähe haltend, segelten sie dann Richtung Süden, auf die serbischen Fürstentümer zu, und fuhren an Spalato vorbei.

An einem Strand etwas südlich der Stadt gingen sie schließlich an Land, wo sie als Erstes dafür Sorge tragen mussten, dass Humarawa behandelt wurde. Crespis weitere Pläne sahen vor, ungeachtet dessen, ob sich der Freund wieder erholen oder seiner Verletzung erliegen würde, in den Orient zu gelangen, wo ihnen sein Reichtum Immunität garantieren würde.

Zunächst begab sich Crespi allein in die Stadt und erwarb für etwas Gold einen Karren, einen alten Gaul und einen störrischen Esel. Sie luden Humarawa auf den Karren und machten sich auf die Reise nach Ragusa, dessen Hafen eine häufig angesteuerte Zwischenstation für Schiffe mit Ziel Konstantinopel war. Von dort zogen die Karawanen in den Orient. In Anbetracht des regen Handelsverkehrs, den Ragusa mit der Republik Venedig unterhielt, vertraute Crespi darauf, dass ihnen rechtzeitig zu Ohren kommen werde, ob Verfolger hinter ihnen her waren. Sie mussten sehr auf der Hut sein, denn ihre bunt zusammengewürfelte Gruppe war leicht zu erkennen.

In letzter Zeit jedoch waren die Verbindungen zwischen den Fürstentümern und der Republik durch den Ausbruch der Pest in Venedig eher dürftig geworden. Die Angst vor der Seuche schreckte anscheinend auch den gierigsten Kaufmann und die treuesten Verbündeten ab.

Die Pest … In der Aufregung während ihrer Flucht hatten sie beinahe die andere Bedrohung vergessen, der sie entronnen waren. Aber war es ihnen tatsächlich geglückt?

In der nahegelegenen Stadt Ragusa wurde die Frau von allen »Hexe« genannt, und viele wechselten die Straßenseite, wenn sie ihr bei den seltenen Malen, die sie sich dort blicken ließ, begegneten.

Kaum jemand kannte das düstere Geheimnis ihres Lebens: Ihr Ehemann, den der Wein und sein liederlicher Lebenswandel um den Verstand gebracht hatte, war eines Nachts nach Hause gekommen und hatte versucht, ihr die Gurgel durchzuschneiden, bevor er ihren gemeinsamen Sohn umbrachte und sich selbst das Leben nahm. Die Frau hatte wundersamerweise überlebt, aber in ihrem großen Leid, das sie von innen auffraß, beschlossen, von nun an den Kontakt mit anderen Menschen zu meiden.

Es waren beinahe sieben Jahre ins Land gegangen, seit sie sich eine Hütte auf einer Klippe westlich der Stadt gebaut hatte. Seitdem lebte sie dort in Einsamkeit, sammelte Heilkräuter und verkaufte diese an einen Bader, der alle zwei oder drei Monate bei ihr vorbeischaute.

Bei der Ankunft des seltsamen Karrens blickte sie auf.

»Hast du Wasser und saubere Verbände, Frau?«, fragte der Venezianer, der auf dem Kutschbock saß. Neben ihm hockte ein riesenhafter Orientale mit einem Knaben auf den Knien. Der Kleine war etwa so alt, wie ihr Sohn gewesen war, als ihr Mann ihn im Wahn getötet hatte.

»Wasser ist im Brunnen, bedient Euch nur. Verbände habe ich keine.«

»Ich bitte dich inständig. Unser Gefährte dort hinten ist schwer verletzt.« Crespi deutete auf die Ladefläche des Karrens.

Die Hexe beugte sich über den Rand und musterte lange den dort liegenden Fremden. »Diesem Mann steht der Tod ins Gesicht geschrieben«, sagte sie schließlich. »Saubere Verbände werden ihm nicht mehr viel nützen. Haltet an und erlaubt ihm, sich auszuruhen und in Frieden zu sterben, statt auf Eurem Karren durchgerüttelt zu werden.«

»Wir können nicht lange bleiben, Frau. Ich habe dich um Binden und Wasser gebeten, nicht um Ratschläge.«

»Macht, was Ihr wollt. Ich dachte nur, Ihr wolltet Eurem Kameraden ein wenig Erleichterung verschaffen. Wo Wasser ist, habe ich Euch gesagt. Alles andere geht mich nichts an.«

Damit kehrte die Frau ihnen den Rücken zu und verschwand in ihrer Klause.

»Sie sind mit Sicherheit hinter uns her«, sagte Crespi zu Wu. »Und auch die Pest wird sie nicht aufhalten.«

»Die Worte dieser Frau haben mir zu denken gegeben, und ich muss zugeben, dass sie mich überzeugt hat«, gestand der Chinese. »Es hat keinen Sinn, die Qualen meines Herrn noch zu vermehren. Wir müssen einen sicheren Ort finden, wo wir ihn zurücklassen können.«

»Sie ist der einzige Mensch, dem wir bisher auf dieser Strecke begegnet sind. Wer weiß, ob wir ihr trauen können«, zweifelte Crespi.

»Wenn unsere Verfolger uns einholen – und das werden sie gewiss, da wir mit dem verletzten Humarawa nur langsam vorankommen –, bedeutet es das Ende für uns alle«, beharrte Wu. »Ich weiß genauso wenig, ob wir ihr trauen können, aber unter diesen Umständen sind wir eine zu leichte Beute und werden weder meinen Herrn noch uns retten.«

In diesem Augenblick kam die Frau wieder aus der Hütte. Sie hielt einen Lumpen in der Hand, in den eine grünliche, dampfende Masse eingewickelt war. »Legt ihm wenigstens diesen Kräuterumschlag auf die Wunde, das wird ihm guttun«, sagte die Hexe auf ihre barsche Art.

»Ihr kennt Euch in der Kräuterheilkunde aus?«, fragte Wu und betrachtete mit Interesse die Narbe am Hals der Frau.

»Das ist Weidenrinde mit einem Absud aus anderen schmerzlindernden Kräutern. Wenn Ihr wirklich beabsichtigt weiterzureisen, werde ich Euch einen Vorrat davon mitgeben. Die Behandlung muss alle vier Stunden wiederholt werden.«

»Ich bin nicht sicher, ob wir unseren Weg mit unserem kranken Gefährten fortsetzen sollten. Wärest du vielleicht bereit, dich um ihn zu kümmern?«, fragte Crespi.

»Dieser Mann hat nur noch wenige Stunden zu leben«, sagte die Frau. »Ich will damit nichts zu tun haben.«

»Keine Sorge. Solange wir können, werden wir bei ihm bleiben und euch beschützen. Für deine Mühe und Pflege sollst du einen ganzen Beutel voll Gold erhalten«, versprach Crespi.

»Auch Euer Gold wird mich nicht aus diesem irdischen Jammertal herausführen, Messere. Wenn ich Euch helfe, dann nur, weil ich wenigstens versuchen will, diesen Mann zu retten. Hebt ihn vom Wagen und tragt ihn in die Hütte auf mein Lager.«

21. Kapitel

April 2004

Tom Farrader trug die Dienstuniform der Marines mit den Rangabzeichen eines Unteroffiziers. Er war schon seit einigen Jahren für das Munitionsdepot von Camp Lejeune zuständig. Durch seine Hände gingen sämtliche Anforderungen an Waffen, Munition und Sprengstoff der gesamten Basis, sowohl für militärische Übungen als auch für die Nachschublieferungen für die Soldaten im Auslandseinsatz.

Farrader war an diesem Abend länger in seinem Büro, weil er Ordnung in den Bestandsverzeichnissen des Depots schaffen musste. Das konnte nicht aufgeschoben werden, da eine Inspektion bevorstand, und er würde wohl mehr als einen Abend brauchen, um die Zu- und Abgänge in Übereinstimmung zu bringen. Das Büro befand sich aus Sicherheitsgründen nicht im Sprengstoffdepot, sondern in einem Schuppen, in dem alte Jeeps und andere ausrangierte Fahrzeuge abgestellt waren.

Farrader sah auf. Buchhaltung war noch nie seine Stärke gewesen, zumal er die Zahlen gern großzügig aufrundete. Es war in gewissen Kreisen kein Geheimnis, dass er einen schwungvollen Schwarzhandel mit einem Teil des gefährlichen Materials betrieb, das ihm die Vereinigten Staaten von Amerika anvertrauten. Illegale Erzschürfer und Fischwilderer bezahlten exorbitante Preise für die Explosivstoffe, die er ihnen besorgte.

Wenn er nicht wäre, hätten sie sich das Zeug anderswo besorgt. Mit dieser Ausrede rechtfertigte Farrader sein Handeln vor sich selbst. Außerdem unterstützte er ja keine schweren Straftaten. Eine nicht genehmigte Grube oder Dynamitfischerei waren nichts in Vergleich zu dem, was ein Terrorist mit ein paar Gramm Cyclotrimethylentrinitramin, besser bekannt als T4, anrichten konnte.

»Du?«, sagte Farrader erschrocken und starrte auf die Person, die plötzlich vor ihm stand.

»Ganz recht, mein Freund, ich bin's. Und ich wette, du ahnst sogar, aus welchem Grund ich dich besuche.«

»Ich kann nicht ... Das ist kein guter Zeitpunkt. Hier treiben sich gerade überall Inspekteure herum. Wie du siehst, bin ich dabei, die Bestandslisten zu frisieren. Im Moment ist es vollkommen unmöglich, hier Sprengstoff rauszuschaffen.«

»Mein Geld ist dir also weniger willkommen als das der Erzbuddler und Fischschlächter? Ich weiß genau, dass deine Geschäfte mit denen unvermindert weiterlaufen. Es sind bestimmt nicht die Kontrollen, die dir Angst einjagen.«

»Gut, ich will ehrlich sein, dein Geld behagt mir nicht mehr, ich will dich nicht mehr beliefern. Ich habe inzwischen eine vage Vorstellung davon, was du mit dem Material anstellst, kapiert? Ich bin schließlich nicht blöd, und ich lese Zeitung. Von wegen ›befreundete Industrielle, die eine Reihe von geheimen Bohrungen in der Antarktis durchführen, um neue Erdölvorkommen zu erschließen‹. Ich will lieber gar nicht daran denken. Jedenfalls habe ich keine Lust, in diese Sache verwickelt zu werden.«

»Deine plötzlichen Skrupel interessieren mich nicht, Partner. Außerdem steckst du längst mit drin.« Die schlanken Finger des Mannes bewegten sich fahrig. »Es wäre für dich nur von Vorteil, mir noch eine Lieferung zur Verfügung zu stellen. Die letzte.«

»Tut mir leid, aber für dich ist der Laden ab heute geschlossen. Probier's woanders. Apropos, ich habe gehört, dass Gavrilovic, ein Waffenhändler aus der Ukraine, der eine Pfandleihe in New York betreibt, einen dicken Batzen hochexplosives Material auf den Markt bringen will.«

»Und wie hast du davon erfahren?«

»Gavrilovic posaunt es schon seit einer Weile überall rum, als müsse er eine Ladung überreifes Obst verkaufen und nicht Bombenmaterial, das so heiß ist, dass die Feds ihm für gut zehn Jahre eine Unterkunft auf Staatskosten verschaffen, wenn sie dahinterkommen. Wie du siehst, bietet der Markt genug Angebot. Also such dir eine neue Quelle. Bei mir ist nichts mehr zu holen.«

»Ich finde nicht, dass du so mit mir sprechen solltest.« Durch die schlanken Finger lief ein krampfartiges Zittern.

Als Deidra Blasey ihr neues Büro betrat, sprang Sergeant Kingston auf und grüßte stramm. »Haben Sie schon von Farrader gehört, Ma'am?«, fragte er, begierig, die Neuigkeit loszuwerden.

»Farrader, Farrader ... Ach ja, der Leiter des Munitionsdepots. Nein, was ist mit ihm?«

»Er hat sich letzte Nacht erschossen, in der alten Garage neben seinem Büro. Offenbar hat er einen Abschiedsbrief hinterlassen.«

»Das tut mir leid für ihn, auch wenn er mir offen gestanden nie gefallen hat. Nach allem, was ich weiß, war er nicht gerade ein Vorbild an Disziplin und Ehrlichkeit. Ich habe mich schon lange gefragt, wieso er noch auf seinem Posten saß, obwohl doch offenbar viele auf dem Stützpunkt von seinen unsauberen Geschäften wussten. Trotzdem, Friede seiner Seele. Jetzt zu anderen Dingen. Ist alles bereit für unseren neuen Einsatz, Sergeant?«

»Ja, Colonel. Wir werden mit einem Linienflug nach Dubai fliegen und von dort aus zuerst die Emirate und dann Saudi-Arabien besuchen. Mir ist gerade mitgeteilt worden, dass für die Kurse in den neuen Minenräumtechniken, die wir den dort stationierten Truppen geben sollen, zwei bis drei Monate anberaumt wurden.«

»Bei den schnaufenden Rennern, die Funken stiebend am frühen Morgen heranstürmen, dabei Staub aufwirbeln und die Schar durchbrechen! Der Mensch ist seinem Herrn gegenüber wirklich undankbar und bezeugt dies sogar selber. Und er ist den irdischen Gütern verfallen. Weiß er denn nicht, was er dereinst zu erwarten hat? Wenn ausgeräumt wird, was in den Gräbern liegt, und zum Vorschein gebracht wird, was die Menschen in ihrem Innern hegen, an jenem Tag ist ihr Herr über sie gut unterrichtet.«

Die schlanken Finger lösten sich von der Tastatur, während der Drucker losratterte.

Dann zogen sie das Blatt heraus und legten es auf den Tisch. Das Siegelwachsstäbchen schmolz, einige rote Tropfen fielen auf die Seite, und der Ring der Könige wurde abermals hineingedrückt.

»›Al-Adiyat‹ oder ›Die Renner‹, so heißt die Sure«, sagte Cassandra Ziegler. Sie sprach mit Oswald Breil, der sich irgendwo in Europa aufhielt, und sah dabei auf die Notizen, die sie sich zuvor gemacht hatte, damit sie kein wichtiges Detail vergaß.

»Es handelt sich um die hundertste Sure des Korans«, wurde sie von Oswald Breil unterbrochen. »Sie besteht nur aus elf Versen und ist nach dem ersten benannt.« Dann sagte er: »Tja, man muss eben über die Konkurrenz Bescheid wissen, wenn man im Wettbewerb bleiben will.«

»Schön, aber ich weiß trotzdem nicht mehr ein noch aus. Ich habe in alle Richtungen recherchiert und muss mich geschlagen geben. Wie immer deutet das Koran-Zitat in keine konkrete Richtung. Im Gegenteil, ich habe den Eindruck, dass der wahre Zweck dieser Botschaften darin besteht, uns auf eine falsche Fährte zu lenken.«

»Verzeihen Sie, aber da bin ich ganz und gar nicht Ihrer Meinung«, widersprach Oswald. »Für den Terroristen ist die Ankündigung sonnenklar und keineswegs irreführend, das geht aus den bisherigen Anschlägen hervor. Die Schwierigkeit besteht darin, ihm zuvorzukommen. Er sieht gerne zu, wie wir uns abmühen, aber natürlich will er nicht wirklich, dass jemand seine makabren Inszenierungen vereitelt.«

»Inszenierungen, bei denen die Zahl der Toten und Verletzten ständig zunimmt«, fügte Cassandra hinzu. »Auch daran scheint er sich zu ergötzen. Was mir aber am meisten Sorge bereitet, ist, dass dieser Dreckskerl in den zwei Jahren, die er schon sein Unwesen treibt, nur sehr dürftige Spuren hinterlassen hat. Uns fehlt einfach ein konkreter Ansatzpunkt.«

»Während sich im Westen immer noch kein entschlossener öffentlicher Protest regt«, bemerkte Breil. »Es ist, als heiße man dort die Talionslehre, also die Vergeltung durch ein gleiches Übel, die der Gerechte anwendet, im Grunde gut. Dass sich sein Zorn nur auf islamische Ziele richtet, deutet sehr stark darauf hin, dass er sich tatsächlich in der Rolle eines Rächers sieht.«

George Glakas fluchte laut und ausgiebig. Sein Büro im Hauptquartier der CIA war schallisoliert, sodass seine Worte draußen nicht zu vernehmen waren. »Unaufhörlich bringen diese Bastarde neue Selbstmordattentäter hervor!«, tobte er, während er auf die Bilder eines Selbstmordanschlags auf einen amerikanischen Hilfskonvoi im Norden des Irak starrte. »Gott verfluche diese Fanatiker!«

Das Schreiben mit dem Stempel für höchste Dringlichkeit auf seinem Schreibtisch hatte er zur Nebensache erklärt. Warum sollte man Zeit und Personal verschwenden, jemanden dingfest zu machen, der es diesem Mordgesindel nur mit gleicher Münze heimzahlte?

Die Koranverse, die möglicherweise auf den Ort des nächsten Anschlags hinwiesen, hatte er nur überflogen. Dann aber griff er notgedrungen zum Telefon. »Wie üblich keine Spuren, oder?«, fragte er den Leiter des technischen Labors. »Die vom FBI werden den Brief des Gerechten schon eingehend unter die Lupe genommen haben, bevor sie ihn an uns weitergeschickt haben. Möchte mal wissen, warum sie uns nicht gleich auch die Resultate ihrer Untersuchungen mitliefern, das würde uns viel Zeit ersparen.«

Damit war das Thema vorerst für ihn erledigt, und er widmete sich wieder den Akten und Fahndungsfotos islamistischer Terroristen, die schließlich eine permanente Gefahr für den Westen darstellten. Zum Teufel mit dem Gerechten und seinen Attentaten. George Glakas hatte Wichtigeres zu tun.

22. Kapitel

Sighisoara, Rumänien, Mai 1917

Der Nebel lag über dem Talgrund wie ein weißer Mantel, und darunter verborgen strömte ruhig die Târnava. Der Morgen dämmerte gerade, und die Frühlingssonne würde bald die morgendlichen Schleier auflösen und das kräftige Grün des ländlichen Rumäniens zum Vorschein bringen.

Das silberhelle Klingeln der Glöckchen um die Wagenplane begleitete die beiden falschen Rudari-Nomaden schon seit Anbeginn ihrer Reise.

»Sighisoara oder Schäßburg war schon immer ein wichtiger Knotenpunkt der Handelswege zwischen Deutschland und Konstantinopel und außerdem eine obligatorische Zwischenstation für die Reisenden aus Polen, dem Baltikum und den Hansestädten«, erzählte Petru, während sie durch die Außenbezirke der Stadt fuhren. »Hier lebte der Vater von Vlad Tepes ab 1431 einige Jahre lang, und hier wurde auch Dracula geboren. 1431 nämlich wurde Vlad Senior, wie ich ihn mal nennen will, um ihn von Vlad Dracula zu unterscheiden, zum Ritter des Drachenordens geschlagen ...«

»Der Drachenorden?«, unterbrach ihn Sciarra. »Was ist das? Von dem habe ich noch nie gehört.«

»Er wurde als eine Art Geheimbund von dem deutschen Kaiser Sigismund von Luxemburg und dessen zweiter Frau, Kaiserin Barbara, gegründet. Wie viele mittelalterliche Ritterorden setzte sich auch der Drachenorden das Ziel, die katholische Kirche vor Ketzereien und der Bedrohung durch den Islam zu schützen. Bei der blutigen Unterdrückung der Hussiten zum Beispiel kam den Rittern vom Drachen die entscheidende Rolle zu. Sie versuchten auch, einen Kreuzzug gegen die Türken, die damals weite Teile des Balkans beherrschten, auf die Beine zu stellen, doch dieses Vorhaben wurde nie ausgeführt. Viele Herrscher jener Epoche, wie Ladislaus von Polen oder Alfons V. von Aragon, der Prächtige, waren Ritter vom Drachen. Einige führen übrigens die Herkunft des Namens *Dracul* auf die Wortwurzel *Drac* zurück, was in unserer Sprache ›Drache‹ bedeutet. Aber es könnte auch sein, dass der Name wörtlich zu verstehen ist, denn *Dracul* heißt ›Teufel‹.«

»Vater und Sohn hatten den gleichen Beinamen?«

»Ja, nur dass das ›a‹ das Patronymikum anzeigt. Dracula ist der nach dem Namen des Vaters gebildete Name, bedeutet also ›Sohn des Dracul‹. Aber jetzt müssen wir aufhören, Italienisch zu sprechen. Wir sind gleich in der Stadt, und falls herauskommt, dass wir italienische Offiziere sind, würden uns bestimmt einige an die Habsburger verraten, um sich bei den Besatzern lieb Kind zu machen.«

Béla Blaskó hatte versucht, aus den Angaben in dem alten Notizbuch, das er dem rumänischen Offizier abgenommen hatte, schlau zu werden. Möglicherweise hatte er jedoch irgendein Detail übersehen, denn es gelang ihm einfach nicht, das sagenhafte Schmuckstück zu finden. Aber es musste sich irgendwo in der Nähe befinden, und er hatte Zeit, viel Zeit, nun da Rumänien von den ungarischen Truppen besetzt war.

Sobald sich die Gelegenheit bot, hatte er um seine Versetzung nach Sighisoara gebeten. Er wollte unbedingt in den Besitz des Rings der Könige gelangen und nebenbei auch in den des Schatzes, der den Notizen zufolge irgendwo in der Burg versteckt sein sollte.

Der ungarische Offizier setzte sich hin und las erneut in dem Büchlein und den alten Schriftstücken. Der Legende nach erhielt jeder, der den Ring am Finger trug, ungeheure Macht. In Petrus Büchlein, in dem sich auch die Übersetzung eines alten Papyrustextes fand, wurde gar behauptet, das Schmuckstück sei eines der liebsten Besitztümer von Nero Claudius Drusus gewesen, Kaiser von Rom, und schließlich durch zahlreiche Wechselfälle in die Hände des gefürchtetsten rumänischen Fürsten gelangt: Vlad Draculas, des Pfählers.

Hufgeklapper auf der Straße ließ ihn an eines der schmalen Burgfenster treten. Zwei Zigeuner kamen mit ihrem Wagen auf das Tor zugefahren.

Als die beiden nach oben blickten, zog sich Blaskó schnell vom Fenster zurück. Er beobachtete noch, wie sie abstiegen und auf eine der Seitenpforten zugingen.

Er hatte sie trotz der Verkleidung sofort erkannt und griff zu der kleinen Steyr 6.35, die er immer um seine Wade geschnallt trug. Die 350 Gramm schwere Halbautomatikpistole gab ihm ein Gefühl der Sicherheit, und er erkannte, dass er die Situation zu seinem Vorteil nutzen konnte. Blaskó hebelte eine Kugel in den Lauf und versteckte sich hinter einer der großen Kommoden aus massivem Holz, die im Burgsaal standen.

Bald würde der Ring der Könige ihm gehören.

Die Burg, in der Dracula im Jahr 1431 das Licht der Welt erblickt hatte, war dunkel und abweisend, trotz der zwei langen Fensterreihen an der Vorderseite. Das Dach bestand aus vormals roten Ziegeln, die mit der Zeit den düsteren Farbton der Mauern angenommen hatten.

Selbstbewusst, aber wachsam ging Petru durch eine Nebenpforte an der rechten Seite des Gebäudes. Es war zu erkennen, dass er sich hier gut auskannte.

Sie hatten gerade die weitläufige Eingangshalle betreten, als das Geräusch von Schritten sie dazu veranlasste, sich in eine Nische zu ducken. Ein alter Mann mit einem schwarzen Hut und einem dicken Schlüsselbund in der Hand schlurfte dicht an ihnen vorbei.

»Der arme Toma, die Jahre sind nicht spurlos an ihm vorübergegangen«, murmelte Oberleutnant Petru. »Es kommt mir vor wie gestern, dass er mich auf seinen Knien geschaukelt hat.« Auf den fragenden Blick von Sciarra hin erklärte er:

»Diese Burg befindet sich seit Generationen im Besitz meiner Familie, und Toma ist schon seit meiner Geburt der Verwalter hier. Folgen Sie mir, Major. Wir müssen uns beeilen. Ich will nicht, dass jemand von unserer Anwesenheit erfährt, nicht einmal Toma.«

Sciarra und Petru stiegen eine breite, dunkle Treppe hinauf und gelangten zu einer großen Tür im ersten Stock. Petru öffnete sie langsam, konnte aber nicht vermeiden, dass die alten Angeln leise quietschten.

Blaskó kauerte sich noch tiefer in seine Ecke zwischen einer mit Einlegearbeiten verzierten Kommode und der Wand.

»Der Fürst blickt auf den Ursprung der *Sarmale*«, zitierte Petru aus dem Gedächtnis einen Satz aus dem Büchlein, das ihm der ungarische Offizier abgenommen hatte.

Auf die Wand vor ihnen war ein Fresko gemalt, das vier um einen Tisch sitzende Personen darstellte. Alter und Moder hatten große Flecken auf dem Gemälde hinterlassen. Petru ging auf eine der Figuren zu. Es handelte sich um einen kräftig gebauten Mann mit einem ansehnlichen Schnurrbart, dessen schräge Augen einen unbestimmten Punkt fixierten. Er war nicht besonders prächtig gekleidet und hob sich kaum von den anderen beiden Männern und der Frau auf dem Fresko ab.

»Was Sie hier sehen, ist das einzige überlieferte Porträt von Vlad Dracul Senior. ›Der Fürst blickt auf den Ursprung der Sarmale‹, steht in meinem Notizbuch«, wiederholte Petru. »Sarmale sind ein rumänisches Nationalgericht, eine Art Kohlrouladen.«

Er folgte dem Blick des Mannes mit dem Schnurrbart zu der Kommode mit den Einlegearbeiten, ging dann darauf zu und besah sich jede einzelne der Intarsien, die vor einigen Jahrhunderten mit großer Meisterschaft ausgeführt worden waren.

»Dieses Möbelstück stammt aus dem ausgehenden achtzehnten Jahrhundert, der Periode, in der Fürst Alexandru lebte und regierte. Er war es, der beschloss, dass der Ring an einem sicheren Ort verwahrt werden müsse, und er hat auch das Büchlein mit den Notizen zur Auffindung des Verstecks verfasst. Ich weiß noch, wie mir der Blick dieses Mannes auf dem Bild als Kind Angst machte«, erinnerte sich Minhea Petru. »Sehen Sie nur hier, Major!«, rief er plötzlich. »Ein Kohlkopf!« Er zeigte auf ein Detail der Intarsien, das tatsächlich wie ein kleiner Kohlkopf aus Elfenbein aussah.

Ein leichter Druck darauf genügte, um einen Mechanismus auszulösen, durch den eine geheime Schublade an der linken Seite des Möbelstücks zum Vorschein kam.

Fasziniert von dem Mechanismus, blickte Sciarra in die Schublade, in der ein seidenes Futteral lag.

Das war das Letzte, was er sah, bevor ihm ein stechender Schmerz durch den Kopf fuhr und ihn die Schwärze der Bewusstlosigkeit umfing.

23. Kapitel

Oktober 1967

Das Häuschen war eines von vielen, die sich ordentlich in den Wohnvierteln von Tel Aviv aneinanderreihten.

Asher Breil sah sich zufrieden um, stellte seine Tasche in der Diele ab und ging zur Treppe.

Die Rückreise von Bukarest war lang und anstrengend gewesen, zumal er sich, um seine für Rumänien angenommene Tarnung zu wahren, einige Tage in Genf hatte aufhalten müssen. Man konnte nie vorsichtig genug sein, wenn man es mit Ceausescus Geheimdienst zu tun hatte.

»Ist denn niemand zu Hause?«, rief Asher laut.

Ein Schrei ertönte aus dem oberen Stockwerk. »Papa!«, jubelte der Junge, ehe er Hals über Kopf die Treppe hinunterstürmte.

Ashers Gesicht leuchtete vor Freude, als er seinen Sohn wiedersah. Die seltene Form des Zwergenwuchses, von der er betroffen war, hatte zum Glück nicht bewirkt, dass seine Bewegungen plump und unbeholfen wurden. Nur sein Wachstum war im Alter von acht Jahren praktisch zum Stillstand gekommen.

»Hallo, Papa, heute ist ein *schejnem tog* für mich!«, rief Oswald und versuchte, die Arme um seinen Vater zu schlingen.

»Wie ich sehe, trägt Lilith Habars Jiddischunterricht schon Früchte. Aber ›ein schöner Tag‹ heißt ›schener tog‹ und nicht ›schejnem‹«, korrigierte Asher seinen Sohn und drückte ihn zärtlich an sich.

»Wenn du willst, wechseln wir die Sprache. Ich bin bereit«, erwiderte Oswald und gab eine Reihe von Worten von sich, die für Außenstehende unverständlich waren, nicht jedoch für die Mitglieder der Familie Breil. Sich in dieser Geheimsprache zu unterhalten, war für sie ein Spiel, das sie noch enger zusammenschweißte. Asher hatte Oswald erklärt, dass dieses Alphabet die vereinfachte Version eines Codes war, den die Italiener im ersten Weltkrieg verwendet hatten, um sich gegenseitig verschlüsselte Botschaften zukommen zu lassen.

»Darf ich den heimkehrenden Helden ebenfalls begrüßen?«, scherzte Aliah Breil, ebenfalls in dieser Sprache, die sie in Anspielung auf die berühmte Blindenschrift das »Breil-Alphabet« nannten.

Aliah hatte pechschwarzes lockiges Haar und ein schmales Gesicht mit hell olivfarbenem Teint. Sie war groß und schlank wie Asher. Ihre schwarzen Augen blickten in die ihres Mannes.

Als sie allein waren, sagte er zu ihr sehr ernst: »Ich muss mit dir reden, Aliah.«

Seine Frau schmiegte sich auf dem Sofa an ihn und lehnte ihren Kopf an seine Schulter. »Ich stehe ganz zu Ihrer Verfügung, Herr Major.«

»Ich glaube, ich werde eine Zeit lang nach Rumänien müssen.«

»Was heißt eine Zeit lang? Tage, Wochen, Monate?«

»Mit einiger Wahrscheinlichkeit sogar Jahre. Man hat mir den Posten des Referenten in Bukarest angeboten.«

Zwischen den Eheleuten Breil hatte es nie Geheimnisse gegeben, und wenn nötig, konnte Aliah die verschwiegenste Frau der Welt sein. Vor allem aber war sie klug und ausgeglichen, und ihr Rat war schon oft ausschlaggebend gewesen, wenn es um wichtige gemeinsame Entscheidungen ging. Und das, was Asher ihr nun unterbreitete, war ein großer Schritt, der die ganze Familie betraf.

»Soll das bedeuten, dass du der Chef unseres Nachrichtendienstes in Rumänien wirst? Das ist ein ganz schöner Karrieresprung«, sagte Aliah und klang nicht unerfreut.

»Bremse deinen Stolz, Weib«, entgegnete Asher lächelnd. »Es bedeutet erst einmal, dass ich der Koordinator eines Informationsnetzes sein werde, das noch gar nicht existiert. Es gibt dort eine Reihe von Mitarbeitern und ein paar Agenten, aber alles andere muss noch aufgebaut werden.«

»Ich freue mich, dass deine Vorgesetzten auf deine Wünsche eingegangen sind. Du hast dir die Entsendung nach Bukarest selbst ausgesucht, stimmt's?«

»Stimmt. Es ist, als würde mich eine geheimnisvolle Macht in dieses Land ziehen, seit ich in der Wüste von Palästina abgestürzt bin.«

»Und hast du auch an uns gedacht?«, fragte sie.

»Natürlich. Du könntest nachkommen, wann immer du willst. Wie eine ganz normale Ehefrau, die zu ihrem Mann, einem Bankmanager für Auslandskontakte, zieht. Oswald müsste aber zuerst sein Schuljahr beenden. Dann können wir entscheiden, ob wir alle gemeinsam dorthin umsiedeln oder weiter hin- und herpendeln. Mir persönlich wäre die zweite Lösung lieber, vor allem, wenn ich an die Schulausbildung unseres Sohns denke.«

»Schön, wir werden sehen, Herr Major.« Aliah berührte seinen Mund zart mit ihren Lippen. »Aber jetzt genug vom Mossad und allen Komplikationen. Wir haben uns seit Tagen nicht gesehen und …« Sie sagte die letzten Worte im Familiencode, und schon umfingen sie Ashers starke Arme, und sie versanken in einem sinnlichen Kuss.

Sie liebten sich mit der Leidenschaft und dem Begehren zweier jung Verliebter. Danach lagen sie eng umschlungen beieinander.

»Ich liebe dich, Asher. Mit dir gehe ich bis ans Ende der Welt.«

»Genau, ans Ende der Welt«, sagte er leise. Und seine Gedanken kehrten zum Ursprung seiner Rumänienpläne zurück ...

24. Kapitel

Venedig, 1348

In dem Saal, in dem der Rat der Zehn zu tagen pflegte, war gerade eine wichtige Sitzung zu Ende gegangen. In der Tat gab es, seit die Pest unter der Bevölkerung Venedigs wütete, keine Versammlung von Regierungsgremien mehr, die nicht von entscheidender Bedeutung für die Stadt gewesen wäre. Doch seltsamerweise wirkte Campagnola neuerdings zerstreut und abwesend bei diesen Zusammenkünften, statt sie auf seine übliche Art zu dominieren, die nicht wenige als perfide bezeichneten.

Manch einer wagte zu vermuten, dass sich seine Interessen andernorts konzentrierten, nämlich auf seine fernen Besitztümer im Orient, die er angeblich erstanden hatte, seit seine einzige Tochter mit diesem Erzschurken von einem Piraten durchgebrannt war.

Doch an diesen Gerüchten war nichts dran. Angelo Campagnola hatte keine besonderen Interessen außerhalb Venedigs, er hatte es sich nur in den Kopf gesetzt, das Geheimnis aufzudecken, das er hinter der Ankunft eines rätselhaften Kindes im Gefolge von Hito Humarawa vermutete. Ihm schien, als habe dieser Junge mit den kobaltblauen Augen bei seinem Eintreffen in Venedig den ganzen Zorn der Hölle hinter sich hergezogen.

»Was bringst du für Neuigkeiten?«, fragte Campagnola den Anführer seiner gedungenen Mörder, der vor dem Saal des Rates auf ihn gewartet hatte.

»Ihr erinnert Euch an den Zeugen, der in der Nacht des

Überfalls einen riesenhaften Mann und einen anderen beobachtet hat, wie sie einen Verletzten in ein Boot nahe des Hauses von Alessandro Crespi luden? Ich suchte ihn noch einmal auf, und er hat mir gesagt, dass auch ein Junge bei ihnen war. Wir haben Erkundigungen in den nächstgelegenen Küstenstädten eingeholt, bis hin nach Dalmatien. Das Boot, mit dem sie vermutlich geflüchtet sind, war klein, mit ihm können sie keine großen Strecken auf offener See zurücklegen. Ich habe daher die Küsten absuchen lassen, und schließlich haben wir erfahren, dass ein reicher venezianischer Kaufmann in Spalato einen Karren und einen Klepper für viel Gold gekauft hat und damit in Richtung Ragusa gefahren ist. Ich erbitte Eure Erlaubnis, mit einem Dutzend Männer dorthin aufzubrechen. Diesmal werden sie uns nicht durch die Lappen gehen, Exzellenz.«

»Worauf wartest du noch? Mach dich auf den Weg! Und bring mir diesen Jungen oder – falls das nicht möglich sein sollte – seine blauen Dämonenaugen!«

Die Frau sah von dem Verwundeten auf. Ein unbehagliches Gefühl überkam sie. Sie witterte die Gefahr wie ein Beutetier in der Savanne, das den Geruch des Todes wahrnimmt.

»Schnell, kommt mit!« Der Ton, in dem sie sich an Wu wandte, alarmierte die beiden Männer und den Jungen. Sie folgten ihr zum Eingang einer in der Nähe gelegenen Grotte.

In einiger Entfernung sahen sie einen Trupp Männer über den Strand herannahen.

»Was wird aus unserem verwundeten Gefährten?«, fragte Alessandro Crespi.

»Ich werde ihn in meiner Hütte verstecken, keine Sorge. Beeilt euch und kommt!«

Sie hatten natürlich ihre Bedenken, dass die Hexe sie verraten könnte, aber Wu und Crespi sahen keinen anderen Ausweg. Wenn die Männer dort unten nach ihnen suchten, mussten sie sich verstecken, denn die Fremden waren deutlich in der Überzahl. Und der einzige Mensch, der ihnen im Moment helfen konnte, war diese Hexe.

Der Anführer des Trupps hielt sich den Ärmel vor die Nase. »Was ist das für ein Gestank, Weib?«, fragte er angewidert.

»Was für ein Gestank, Herr? Ich rieche nichts«, antwortete die Frau, die jede Ecke ihrer Behausung mit übel riechenden Wurzeln und Kräutern beschmiert hatte. Der Gestank verpestete auch noch die Luft vor ihrer Kate, wo sie Campagnolas Schergen gegenüberstand.

»Sind hier drei Männer – einer davon verletzt – und ein Knabe vorbeigekommen?«, fragte der Mann drohend, was jedoch durch den an seine Nase gepressten Stoff nicht die gewünschte Wirkung erzielte.

»Ich habe schon lange keine Menschenseele mehr gesehen, Herr. Die Leute meiden mich.«

»Kein Wunder! So miserabel, wie dein Geruchssinn ist, wird sich wohl kaum jemand finden, der dir Gesellschaft leisten möchte.«

»Wer sagt Euch denn, dass ich Gesellschaft wünsche, Messere?«, erwiderte die Hexe stolz.

»Schätz dich glücklich, Weib, dass ich dir keins überbrate. Eine derart unverschämte Erwiderung könnte dich teuer zu stehen kommen.«

»Das Glück hat mich schon lange verlassen. Alles, was mir lieb und teuer war, ist mir genommen worden.«

Es war gewiss nicht Mitgefühl oder Erbarmen, was den Abgesandten Campagnolas dazu bewog, in den Beutel an seinem Gürtel zu greifen. Er holte drei Münzen hervor und warf sie der Frau vor die Füße. »Falls die Personen, die wir suchen, hier vorbeikommen, hilft dir das vielleicht, dich zu erinnern.«

»Warum sucht Ihr diese Männer?«

»Das geht dich nichts an. Außerdem sind nicht wir es, sondern die Gerichtsbarkeit Venedigs, die die Köpfe dieser Verräter will.«

»Ich verstehe, Herr. Vielleicht wollt Ihr und die Euren Euch jetzt ein wenig stärken. Ich habe gerade eine schöne Gemüsesuppe auf dem Feuer und ...«

»Nein, danke«, antwortete der Anführer des Trupps, der sich

immer noch den Ärmel vor die Nase hielt. »Was wir suchen, ist eine saubere, bequeme Herberge.«

»Wo kann ich Euch finden, falls ich Neuigkeiten für Euch habe?«

»Wir werden eine Nacht in Ragusa bleiben und dann nach Spalato zurückkehren, wo das Boot der Flüchtigen aufgefunden wurde.«

Die Hütte von den scheußlichen Ausdünstungen der Kräuter und Wurzeln zu befreien, war eine aufwändige Prozedur, an der sich auch Wu, Crespi und Adil beteiligten. Doch die stinkende Brühe hatte ihren Zweck erfüllt.

Humarawa lag auf einem Strohbett in dem einzigen Zimmer der Hütte. Zur Sicherheit hatte ihn die Hexe mit ein paar Lumpen bedeckt, für den Fall, dass jemand einen Blick in die Behausung werfen würde, doch glücklicherweise waren die Männer gegangen, ohne die Kate zu betreten.

Der japanische Krieger war immer noch bewusstlos, und das hohe Fieber bescherte ihm Wahnvorstellungen und Schüttelfrost.

Als sie damit fertig waren, Wände, Pfosten und Fußboden zu schrubben, setzte sich Wu neben die Frau, zeigte sich von seiner besten Seite und lächelte sie an. »Wie heißt Ihr, meine Dame?«

Die Hexe musterte ihn misstrauisch. Machte dieser Dickwanst sich etwa über sie lustig? Schon seit einer Ewigkeit hatte niemand sie mehr als Dame angeredet.

Doch ein Blick in seine Mandelaugen genügte ihr, um zu erkennen, dass der Chinese es ernst meinte.

»Rhoda«, antwortete sie und gestattete sich ebenfalls ein Lächeln. »Ich heiße Rhoda.« Dabei rieb sie unbewusst über die dunkle Schmutzschicht, die ihre ehemals weiße Haut überzog.

Wu zeigte auf seine Narbe. »Als ich Alessandro Crespi vor vielen Jahren zum ersten Mal begegnete, hat er mir dieses Andenken verpasst. Er ist der Einzige, der mich je im Kampf geschlagen hat.«

Ungläubig sah Rhoda zu dem venezianischen Kaufmann hin.

Er wirkte wie ein feiner Geck auf einem Ball – wie hatte er nur diesen Riesen besiegen können?

»Und wer hat Euch diese Wunde beigebracht?«, erkundigte sich Wu und deutete auf den Hals der Frau.

»Das ist eine lange Geschichte, und ich habe keine Lust, sie zu erzählen.« Rhodas Blick richtete sich kurz auf den jungen Adil, dann fuhr sie fort: »Ihr müsst Euch für eine Weile verstecken. Diese Halunken werden sich einen Tag lang in Ragusa aufhalten und dann nach Spalato zurückkehren. Ich hoffe, dass es ihnen nicht einfällt, noch einmal hier vorbeizukommen, um sich noch eine Nase voll zu holen.« Und als sie dies sagte, lachte sie, zum ersten Mal seit Jahren.

Wu betrachtete sie aufmerksam, und eine neue, seltsame Unruhe erfasste ihn, wie sie keine Verfolgerschar je hätte auslösen können.

Die beiden Männer und Adil kehrten in die Grotte zurück. Rhoda kam zweimal am Tag zu ihnen, um ihnen Nahrungsmittel zu bringen und sie über Humarawas Zustand auf dem Laufenden zu halten. Wu erzählte ihr – wobei er ihr nichts über Adils Herkunft verriet – viel von seinem Leben und brüstete sich hier und da sogar ein wenig der Abenteuer, die er mit seinem Herrn und Crespi bestanden hatte.

Vier Tage nach ihrer Ankunft ging Rhoda in die Stadt und erfuhr dort, dass die elf Venezianer tatsächlich nach Spalato zurückgereist waren. Ihre neuen Freunde würden ihr Versteck verlassen und einen Unterschlupf in der Stadt suchen können. Dank der ausschweifenden Gewohnheiten ihres Mannes kannte Rhoda mindestens ein halbes Dutzend Wirtshäuser, in denen man gegen entsprechende Bezahlung untertauchen konnte.

Ehe sie sich aufmachten, ging Wu noch einmal zum Lager seines Herrn. In all den gemeinsamen Jahren hatte er sich noch nie von ihm trennen müssen.

Der Riese legte seinen Mund an das Ohr des Kriegers und flüsterte ein paar Abschiedsworte, auch wenn dieser ihn nicht hören konnte.

»Ich bitte dich, Rhoda, kümmere dich gut um ihn und behandele ihn weiterhin mit deiner Heilkunst.«

»Keine Angst, Wu, dein Herr ist in guten Händen. Mir scheint, dass es ihm sogar ein wenig besser geht. Humarawa ist stark und zäh.«

Alessandro Crespi zeigte die ersten Symptome der Ansteckung, nachdem sie zwei Nächte in einer schmutzigen Taverne in der Hafengegend von Ragusa verbracht hatten.

Er war zusammengebrochen, als er sich gerade vom Essen erheben wollte. Der Wirt und eine Magd waren sogleich herbeigeeilt, um sich um ihn zu kümmern, und hatten nach Wu und dem jungen Adil gerufen, die bereits auf ihr Zimmer gegangen waren.

Als sie ihn vom Boden aufhoben, kam eine violett schimmernde Beule an der linken Schläfe zum Vorschein, die ansonsten von einer Haarlocke verborgen wurde.

Der Wirt wich sofort zurück, während sich Wu den kranken Gefährten auf die Schulter stemmte.

»Schnell, Adil, komm mit«, sagte der Chinese. Eilig verließen sie die Taverne und liefen zum Hafen.

25. Kapitel

April 2004

Die Rennstrecke lag im Süden des Landes, in Sakhir, an der Küste, die von Alters her als Piratenküste bezeichnet wurde. Die Bewohner der Region waren sehr stolz darauf, Gastgeber eines Formel-Eins-Rennens zu sein, noch dazu als erstes arabisches Land.

Der Bahrain International Circuit war ohne Kostenlimit und in Rekordzeit von dem deutschen Bauingenieur Hermann Tilke geplant und gebaut worden, dem besten auf seinem Gebiet.

Er umfasste fünf verschiedene Rennstrecken, und der Grand Prix sollte auf der anspruchsvollsten davon ausgetragen werden. Den Rekord beim Testzeitfahren hielt Michael Schumacher, der die fast fünfeinhalb Kilometer in einer Minute, dreißig Sekunden und zweihundertzweiundfünfzig Hundertsteln zurückgelegt hatte.

Überall war die Feierstimmung zu spüren, auch wenn die scharfen Überwachungsmaßnahmen auf den ständigen Alarmzustand hindeuteten, der in der gesamten arabischen Welt herrschte. Bahrain gehörte zu den Ländern mit dem höchsten durchschnittlichen Pro-Kopf-Einkommen – fünfzehntausend Dollar jährlich, eine schwarze Goldgrube sozusagen –, und seine Einwohner sahen sich von jeher hin- und hergerissen zwischen den strengen Vorschriften des Islam und den Vergnügungen des Westens. Es wurde als gemäßigtes islamisches Land angesehen, was vor allem eines bedeutete: ihm war an guten Beziehungen zum Westen gelegen, und es würde einer militärischen Allianz unter Führung der USA bei einem Angriff auf einen »Schurkenstaat« logistische Unterstützung gewähren. Seine Rohölexporte und das beträchtliche im Westen angelegte Kapital stellten weitere Gewichte dar, mit denen die Bedeutung dieses kleinen Landes mit nur 650 000 muslimischen Seelen auf der Waage des weltweiten politischen Kräfteverhältnisses gemessen wurde.

Die Ampeln des Starters erloschen gleichzeitig. Mit ohrenbetäubendem Motorengeheul schossen die Formel-1-Wagen über die in der Wüstensonne flirrende Piste. Vor den gebannten Augen von fünfzigtausend Zuschauern sausten sie mit Geschwindigkeiten von annähernd dreihundert Stundenkilometern dahin.

Oswald Breil stand am Fenster seines Zimmers, das Hauptmann Bernstein für ihn im Bucharest Marriot Grand Hotel reserviert hatte. Breil war durch einen Nebeneingang ins Hotel gelangt; für die Reservierung war ein Fantasiename benutzt worden.

Für den ehemaligen israelischen Premier war es von äußerster Wichtigkeit, nicht erkannt zu werden, doch das gestaltete sich nicht leicht. Presse und Fernsehen auf der ganzen Welt hatten bei zahlreichen Gelegenheiten ausführlich über ihn berichtet, hinzu kam noch seine körperliche Besonderheit.

Hauptmann Bernstein hatte einer der Reinigungskräfte ein üppiges Trinkgeld spendiert, die daraufhin den Wäschewagen, in den Oswald gekrochen war, für ein Weilchen unbewacht ließ. Im Zimmer angekommen, war Oswald herausgeschlüpft, und Bernstein hatte den Karren wieder in den Korridor geschoben.

»Sie mögen daran gewöhnt sein, ungewöhnliche Zugangswege zu benutzen, Major Breil, aber ich musste ein amouröses Stelldichein erfinden, um ein paar Minuten über diesen Karren verfügen zu können. Mein Ruf ist jetzt dahin.«

Oswald grinste, bevor er kurz einen Blick zum eingeschalteten Fernseher warf.

»Unser Kontakt sollte in ein, zwei Stunden hier sein«, fuhr Bernstein fort. »Hoffen wir, dass mein Ehebruchs-Helfershelfer mir dieses Gefährt ein weiteres Mal überlässt, wenn es Zeit wird zu verschwinden.«

»Das wird kein Problem sein, Hauptmann. Dieser Mann hat Geld von Ihnen angenommen und wird sich Ihnen als Mitwisser verpflichtet fühlen.« Oswald sah aus dem Fenster auf den imposanten Volkspalast.

»Zum Glück haben sich die Zeiten geändert, Bernstein. Noch bis vor wenigen Jahren wäre es uns unmöglich gewesen, die Kontrollen von Ceausescus Securitate zu umgehen.«

»Stimmt, Dr. Breil«, antwortete Bernstein zerstreut, der gerade von der Direktübertragung des Grand Prix von Bahrain abgelenkt war. »Der Ferrari scheint wirklich unschlagbar«, murmelte der Mossad-Offizier.

»Einen Moment mal«, sagte Breil, aufmerksam gemacht durch ein Bilddetail.

In diesem Augenblick sagte der Fernsehreporter auf Englisch: »Button scheint nervös darauf zu drängen, seine Position zu verbessern. Schon mehrere Male wurde der englische Pilot leicht in den Sand hinausgetragen und hat viel Staub aufgewirbelt. Jetzt aber, auf der leichten Erhebung vor den Tribünen, haften die Wagen gut auf dem Asphalt und ziehen einen Schweif aus weißglühenden Funken hinter sich her …«

Oswald löste den Blick vom Bildschirm, seine Besorgnis war offensichtlich. »Hoffentlich schaffe ich es noch rechtzeitig«, sagte er und tippte eine Nummer in sein Handy.

Cassandra Ziegler klang überrascht. »Wie spät ist es bei Ihnen, Oswald?«

»Keine Zeit für Höflichkeiten, Cassandra«, erwiderte Breil ernst.

Die Rennwagen vollendeten gerade die zwölfte Runde, als das Telefon auf dem Tisch des Einsatzleiters der Emiratspolizei zu klingeln begann. Widerwillig verließ der Mann den Fensterplatz, von dem aus er das Rennen genoss, und meldete sich.

Zur gleichen Zeit nahmen die Wagen an der Spitze eine Haarnadelkurve in Angriff, die von acht Tribünen umgeben war, drei festen und fünf extra aufgestellten provisorischen, damit die große Zuschauermenge Platz finden konnte.

Das Knallen der Mikroexplosionen wurde vom Brüllen der vorbeiflitzenden Boliden übertönt, aber eine sichtbare Erschütterung ging durch zwei der Tribünen, die sich daraufhin regelrecht ineinanderfalteten. Von den eintausendfünfhundert Zuschauern, die dort saßen, überlebten nur wenige. Alle Zweifel hinsichtlich der Ursache des Einsturzes wurden hinfällig, nachdem die Polizei die tragenden Pfeiler untersucht hatte, die durch die Detonationen präzise angebrachter Sprengsätze eingestürzt waren.

Breil hatte die Szene voller Betroffenheit verfolgt und mit ihm Millionen von Fernsehzuschauern, die sich auf die Liveübertragung des ersten Formel-1-Grand-Prix von Bahrain gefreut hatten.

»›*Bei den schnaufenden Rennern, die Funken stiebend am frühen Morgen heranstürmen, dabei Staub aufwirbeln und die Schar durchbrechen …*‹ Warum habe ich nicht gleich daran gedacht«, murmelte Oswald kopfschüttelnd, während Bernstein ihn verständnislos ansah.

Wieder hatte die mörderische Hand des Gerechten im Namen Gottes unschuldige Männer, Frauen und Kinder getroffen. Wieder hatte der Attentäter sein Spiel mit ihnen getrieben. Wieder waren sie zu spät gekommen, um Hunderte von Menschenleben zu retten.

Andrik Gavrilovic war vor zweiundfünfzig Jahren als Kind ukrainischer Eltern in den Vereinigten Staaten von Amerika geboren worden. Sein Führungszeugnis glich einem Butterbrotpapier, in das ein Stück Pizza eingewickelt worden war – überall unschöne Flecken, aber das schien Gavrilovic nicht zu stören.

»Der Russe«, wie er in einem gewissen Milieu genannt wurde, hielt an seinen schmutzigen Geschäften fest, allen Gesetzen und Moralvorstellungen zum Trotz. Was er als »Pfandhaus« bezeichnete, war nichts anderes als eine Anlaufstelle für Hehlerei und Wucher, die zwölf Stunden am Tag geöffnet hatte. Diebesgut von Cracksüchtigen auf Turkey anzukaufen, konnte noch als die ehrlichste von Gavrilovics Tätigkeiten bezeichnet werden. Dass seine Unternehmung allerdings viel Geld einbrachte, legalisierte sie für ihn wie selbstverständlich.

Das FBI, das ihm schon seit einiger Zeit auf den Fersen war, sah das natürlich etwas anders. Hin und wieder hatten die Feds schon eine Razzia in seinem kleinen Laden an der Second Avenue, nur wenige Schritte vom ukrainischen Museum entfernt, durchgeführt.

Der Vorschlag, den ihm dieses hohe Tier von der CIA unterbreitet hatte, hatte ihm auf der Stelle geschmeckt: Er sollte das Gerücht streuen, dass er eine ansehnliche Menge Sprengstoff zum Verkauf anzubieten hatte, und im Gegenzug würden seine Aktivitäten weniger genau geäugt und alte anhängige Verfahren gegen ihn »mit sofortiger Wirkung« zu den Akten gelegt werden.

Nun gut, wer wusste, ob sich das hohe Tier von der Agency an sein Versprechen halten würde, sollte er ausschlaggebend für die Ermittlungen werden? Dennoch, so sagte sich der Ukrainer, riskierte er praktisch nichts und konnte von dieser Sache nur profitieren.

Glakas hatte den Auftrag beinahe schon vergessen, mit dem er Gavrilovic betraut hatte.

Als das Telefon seines Geheimanschlusses klingelte, rechnete er mit einem seiner Agenten, der hoffentlich gute Neuigkeiten hatte betreffs einer Aktion mit dem Ziel, ein Nest von Dschihadisten auszuheben. Daher brauchte er ein paar Sekunden, bis er begriff.

»Mich hat ein Käufer angerufen, Sir«, sagte Gavrilovic selbstzufrieden.

»In den Vereinigten Staaten gibt es unzählige potenzielle Käufer für hochexplosiven Sprengstoff vom Schwarzmarkt«, erwiderte Glakas, um den Enthusiasmus des Hehlers zu dämpfen.

»Der war aber nicht wie die anderen, die sich vorher erkundigt haben. Wegen denen habe ich Sie gar nicht erst bemüht. Dieser aber hat mit verstellter Stimme gesprochen, ganz resolut und kaltschnäuzig. Ich bin sicher, dass es sich um unseren Mann handelt.«

»Gut, Gavrilovic, wenn es so ist, wollen wir hoffen, dass er Sie erneut kontaktiert. Sie wissen, was Sie zu tun haben.«

Wenige Blocks von Gavrilovics Pfandleihe entfernt löste ein Mann in der Arbeitskleidung eines Telefontechnikers zwei Klemmen von einer Schalttafel. Seine schlanken Finger hatten nur kurz herumhantiert, ehe er den Telefonanschluss des Ukrainers hatte abhören können. Daraufhin hatte sich sein Verdacht schnell bestätigt.

Der falsche Wartungstechniker schloss den Schaltkasten, nicht ohne vorher die von Gavrilovic angewählte Nummer notiert zu haben. Sie war auf dem Display des Telefons erschienen, das er an die Leitung angeschlossen hatte, um den Anruf mitzuhören.

26. Kapitel

Mai 1917

Als Sciarra die Augen öffnete, strahlte ein stechender Schmerz von der Stelle aus, wo der Schlag ihn getroffen hatte, und er glaubte, sein Kopf werde explodieren. Doch was er sah, während er die Kruste von geronnenem Blut in seinen Haaren betastete, brachte ihn sofort vollständig zur Besinnung.

Vor der Kommode aus dem achtzehnten Jahrhundert kniete ein alter Mann, der sich um einen auf dem Boden liegenden Verletzten bemühte.

Sciarra erkannte Petru und den greisenhaften Verwalter, den sie im Burghof gesehen hatten. Er warf einen Blick in das Geheimfach, wunderte sich nicht, dass es leer war, und hockte sich dann zu dem Alten, um sich mit ihm um Petru zu kümmern.

Der Oberleutnant hatte eine Schusswunde knapp oberhalb der linken Augenbraue, die stark blutete. Im ersten Moment fürchtete Sciarra, ihn für immer verloren zu haben, eine Furcht, die auch den alten Bediensteten peinigte. »Mein Herr, lieber Herr ... Ich bitte Sie, wachen Sie auf. Ich bitte Sie, junger Herr ... Bitte verlassen Sie uns nicht«, flehte Toma inständig.

Mit einer ruckartigen Bewegung kam Minhea Petru zu sich, fuhr sich mit der Hand an die Kopfwunde und wischte sich dann das Blut aus den Augen, bevor er mit klarer Stimme sagte: »Er hat aus nächster Nähe auf mich geschossen. Ich verstehe nicht, wieso ich noch lebe.«

»Sie haben riesiges Glück gehabt, Oberleutnant. Die Kugel war von kleinem Kaliber und ist nicht in den Schädel eingedrungen, sondern hat ihn nur seitlich gestreift. Sie hätte auch das Stirnbein zerschmettern können. Haben Sie gesehen, wer es war?«

»Blaskó«, antwortete Petru ohne Zögern. »Es war Béla Blaskó. Er hat die Schatulle mit dem Familienschmuck und dem Ring der Könige an sich genommen.«

»Wenn es Blaskó war, dann wird es hier bald von ungarischen Soldaten nur so wimmeln, denen er was von Spionen oder Ähnlichem erzählen wird. Wir müssen schleunigst verschwinden.«

Als habe er sie heraufbeschworen, waren auf einmal erregte Stimmen von dem Platz vor Draculas Schloss zu hören. Sciarra und Petru griffen gleichzeitig nach ihren Pistolen.

Da meldete sich Toma zu Wort: »Schnell, Herr, folgen Sie mir. Ich werde Sie beide hier herausführen.«

Die drei eilten hinunter ins Dienstbotengeschoss, während das Getrampel der ungarischen Soldaten schon durch die Burg hallte.

Als sie in den Küchen angekommen waren, reichte Toma eine Laterne an Sciarra, bevor er eine Tür öffnete und über die Treppe dahinter in die Kellerräume stieg.

Petrus Wunde hatte aufgehört zu bluten. Zumindest fühlte sich der improvisierte Verband, den er sich um den Kopf gewickelt hatte, trocken an.

»Schnell, hier hinunter!«, drängte Toma und öffnete eine Falltür zwischen zwei Reihen von Eichenfässern. »Wenn Sie dem Abwasserkanal folgen, der dort unten entlangläuft, sind Sie in wenigen Minuten außerhalb der Stadt. Der Kanal mündet in die Târnava. Gehen Sie mit dem Flusslauf weiter, dann gelangen Sie nach ein paar Kilometern zu einem kleinen Gutshof. Der Eigentümer heißt Mihail, er ist ein Cousin von mir. Falls die Ungarn nicht all seine Pferde beschlagnahmt haben, verkauft er Ihnen bestimmt gern zwei. Gott sei mit Ihnen, Herr.« Mit diesen Worten bekreuzigte sich der alte Toma und senkte den Kopf in Erwartung des Segens seines Herrn.

Minhea Petru legte ihm eine Hand auf die Schulter, brachte aber vor Rührung kein Wort heraus. Wieder einmal war er gezwungen, seine Heimat zu verlassen. Und es blieb ihm nicht einmal Zeit, sich zu verabschieden. Blaskó war hinter ihnen her, und überdies brauchte Italien in diesem Krieg fähige Offiziere.

»Schnell, wir müssen von hier fort!«, drängte ihn Sciarra.

Kaum waren die beiden Männer durch die Falltür verschwunden, beeilte sich Toma, in die herrschaftlichen Wohnräume zurückzukehren, doch als er gerade die Haupttreppe hinaufstieg, verstellte ihm Blaskó den Weg.

Der Ungar schäumte vor Wut. »Wo sind sie?«

»Ich habe keine Ahnung, von wem Sie reden, Herr Offizier. Ich war in meinem Zimmer, und all dieses Gerumpel hat mich aufgeweckt.« Zu spät entsann er sich, dass seine Kleider und seine Hände mit dem Blut seines Herrn beschmiert waren.

Dem forschenden Blick des Ungarn war das nicht entgangen. Blaskó zog die Pistole und drückte Toma die Mündung gegen die Stirn. »Vergnügst du dich etwa in deiner Kammer damit, Schweine abzustechen, Alter? Jetzt sagst du mir sofort, wo die beiden sind. Ich glaube nicht, dass sie die Burg so schnell verlassen konnten. Und dann wirst du mir auch erklären, wieso sie überhaupt überlebt haben, der eine mit einer Kugel im Kopf und der andere nach einem Knüppelschlag, der einen Ochsen ins Jenseits befördert hätte.«

»Ich sage Ihnen doch, ich weiß nicht, von wem Sie sprechen, ich war ...«

Toma würde den Satz nie beenden. Der Knall des Schusses hallte durch das Treppengewölbe, sein Kopf wurde nach hinten gerissen, als das Projektil ihn durchschlug, dann sank er leblos zu Boden.

»Da diese Rumänen anscheinend selbst tödliche Kopfwunden überleben ...«, schnaubte Blaskó und gab noch zwei weitere Schüsse auf den treuen Diener ab.

Oberst Cantini nahm die Orden von dem Samtkissen und reichte sie nacheinander dem Stabschef. General Luigi Cadorna trat vor Sciarra und Petru, während die ganze Kompanie der Alpini zackig Haltung annahm.

»Es ist mir eine Ehre, Ihnen, Major Sciarra della Volta, und Ihnen, Oberleutnant Petru, für Ihre Tapferkeit im Feld und für Ihren mutigen Einsatz, der zur Entführung und Zerstörung eines feindlichen Luftschiffs geführt hat, die höchste Auszeichnung des italienischen Heeres zu verleihen. Darüber hinaus werden Sie demnächst die Mitteilung über Ihre Beförderung erhalten.«

General Cadorna schloss seine Ansprache mit dem Wunsch,

dass das heldenhafte Verhalten der beiden Offiziere der gesamten italienischen Armee ein leuchtendes Beispiel sein möge.

Insgeheim wünschte er sich, dass die Begeisterung über die brillante Aktion von Sciarra und Petru dazu beitragen werde, die wachsende Unzufriedenheit mit seiner Person vergessen zu lassen. Denn es gab so manchen, auch auf den Regierungsbänken, der Zweifel daran anmeldete, ob der Stabschef die nötigen Fähigkeiten hatte, Italien aus diesem ungeheuren europäischen Gemetzel herauszuführen.

Der Tunnel hatte fünf Monate Arbeit gekostet und verlief ansteigend über rund elfhundert Meter. Wochenlang hatten mehrere Hundert Mann ohne Unterlass gegraben und dabei darauf geachtet, keinen Verdacht bei den österreichisch-ungarischen Truppen zu wecken. Um keine Abraumhalden entlang der Hänge des Vorgipfels des Lagazuois zu bilden, hatten sie Erdreich und Geröll in extra dafür vorgesehenen blinden Gängen im Innern des Tunnels aufgetürmt.

In den letzten Tagen hatten die Soldaten Hunderte von Kubikmetern Gestein in die Nähe der Sprengkammer geschoben, denn dieses »Stopfmaterial« würde zur Kompression beitragen und damit die Explosionskraft der über dreißigtausend Kilo Sprengstoff darin noch verstärken.

Sciarra setzte die beiden Zündschnüre in Brand; die Zündflamme würde bis zum Ende des Tunnels etwa zwölf Minuten brauchen.

Die Männer drückten sich die Helme fest auf die Köpfe und warteten. Der Knall drang wie ein dumpfes Stöhnen aus dem Berginnern zu ihnen. Dann begann die Erde zu beben, und der ganze Gipfel explodierte mit der Gewalt eines Vulkans, und eine riesige Stichflamme schoss in den Himmel.

Als es keine Felsbrocken und Erde mehr regnete, nahm die Kompanie auf Befehl von Major Sciarra die österreichischen Stellungen ein oder vielmehr das, was noch davon übrig war. Der Feind hatte die Umtriebe der Italiener am Tag zuvor entdeckt und die Schützengräben in der Nacht geräumt, gerade noch rechtzeitig, um nicht darin verschüttet zu werden.

»Heute, am 21. Juni 1917«, deklamierte Oberst Cantini am darauffolgenden Tag feierlich vor dem gesamten Bataillon, »habe ich die Ehre, Alberto Sciarra della Volta in den Rang eines Oberstleutnants zu erheben. Darüber hinaus darf ich der Truppe mitteilen, dass Major … ähm, Oberstleutnant Sciarra für eine weitere Auszeichnung vorgeschlagen wurde, und zwar aufgrund der Operation, mit der gestern der Feind vom Vorgipfel des Lagazuoi vertrieben wurde. Gleichzeitig habe ich zu verkünden – und das sage ich mit tiefem persönlichen Bedauern –, dass Oberstleutnant Sciarra zu einem neuen wichtigen Einsatz abberufen wurde. Gott sei mit Ihnen, mein Sohn.«

Cantini stand bequem und reagierte auf Sciarras militärischen Gruß mit einer herzlichen Umarmung.

Als die kurze Zeremonie vorbei war, sahen Sciarra und Petru sich an. Der Italiener lächelte schief und zeigte auf die neuen Rangabzeichen an seinem Kragenspiegel. Doch die Freude über den Erfolg ihrer letzten Aktion wurde durch den bevorstehenden Abschied getrübt.

»Nun dann, auf Wiedersehen, Hauptmann«, sagte Sciarra und drückte die Hand des adeligen Rumänen.

»Auf Wiedersehen, Oberstleutnant. Und Danke! Für alles.«

»Ich muss mich bei Ihnen bedanken. In Ägypten werde ich wohl kaum einen Offizier von Ihren Fähigkeiten finden. Und auch keine Luftschiffe zum Fliegen.«

»Vermutlich, aber wenigstens müssen Sie es dort unten nicht mit der Kälte der Dolomiten aufnehmen.«

»Ich weiß nicht, ich fürchte, die Wüstenhitze ist schlimmer als unsere Schneestürme hier. Gegen die Hitze kann man sich nicht schützen. Aber eines verspreche ich Ihnen – sobald ich angekommen bin, schreibe ich Ihnen mit der Sacco-Methode.«

Die Sacco-Methode war ein Verschlüsselungssystem, entwickelt von einem italienischen Hauptmann, der zusammen mit Sciarra seine Grundausbildung absolviert hatte. Das italienische Heer sollte bald darauf sein altes Chiffriersystem aufgeben und die neue Methode für alle vertraulichen Mitteilungen anwenden, aber Sciarra hatte schon vor einiger Zeit begonnen, sie für den Schriftwechsel mit seinen Untergebenen zu benutzen. Er und Petru gebrauchten sie auch für ihre persönlichen Notizen und um sich Nachrichten zu schicken, die für keinen anderen bestimmt waren.

Petru musste lächeln. »Es ist doch zu albern, dass zwei Männer wie wir, die gemeinsam Todesgefahren bestanden haben, übers Wetter reden, weil sie keine Worte finden, um sich voneinander zu verabschieden. Sie werden mir fehlen.«

Sciarra war nicht überrascht, dass die Augen des Rumänen vor Bewegung glänzten, denn er hatte selbst einen Kloß im Hals, der ihn am Sprechen hinderte.

Die beiden Offiziere umarmten sich und hofften, dass dies kein Abschied für immer sein werde. Doch beide waren sie Soldaten auf dem Weg zur Front.

27. Kapitel

Cortina d'Ampezzo, September 1967

Asher Breil kehrte in der Erinnerung zu jenem Tag Ende September zurück, an dem alles angefangen hatte.

»Wie haben Sie mich gefunden, Herr Breil?«, hatte der alte italienische Adelige in tadellosem Englisch gefragt.

»Um die Wahrheit zu sagen, Herr General – nachdem ich auf die Dokumente gestoßen bin, war es nicht schwer für mich, sie zu entschlüsseln, denn ich verwende mit meinem Sohn, sozusagen als Spiel, ein ähnliches Codierungssystem, wie Sie es für offizielle Schriftstücke und private Notizen benutzt haben. Ein Rastersystem, wenn ich mich nicht irre.«

»Ein System mit unbestimmten Rastern, so lautet die korrekte Bezeichnung. Aber wie kann ich Ihnen helfen?«

»Ich habe diese Unterlagen rein zufällig entdeckt, Sir. Die Mirage, die ich als Offizier der israelischen Luftstreitkräfte flog, hatte einen Motorschaden und stürzte auf der Anhöhe von El-Arish ab, südöstlich von Gaza-Stadt. Während ich auf Hilfe wartete, habe ich zwei Tage und zwei Nächte in einem alten Bunker verbracht, den die Italiener im Ersten Weltkrieg gebaut hatten. Ich habe den Eingang, der vollkommen versandet und mit bloßem Auge nicht zu entdecken war, nur gefunden, weil mein Flugzeug davor beim Aufprall auf dem Boden einen Großteil des Sandes weggeschoben hatte. Im Innern fand ich dann das von Ihnen verfasste Frontberichtsbuch sowie einige der Briefe, die Sie sich mit einem gewissen Minhea Petru geschrieben haben. Mit Sicherheit ist seit dem Ersten Weltkrieg niemand in diesem Unterschlupf gewesen, denn die Spuren des Kampfes waren noch deutlich vorhanden. Meine einzige Gesellschaft während meines erzwungenen Aufenthalts waren die sterblichen Überreste einiger Soldaten in arabischer Kleidung, die offenbar weniger Glück hatten als Sie, Herr General.«

»Der Hügelbunker Nummer 164«, murmelte der Italiener, von Erinnerungen überwältigt.

»Wie ich sehe, haben Sie ein ausgezeichnetes Gedächtnis, General Sciarra della Volta.«

»Ja, ein ausgezeichnete Gedächtnis, Herr Breil ...«

»Ich möchte Sie bitten, mir zu erzählen, was vor und nach dem Angriff auf diesen Bunker passiert ist. Sie könnten der einzige lebende Mensch sein, der weiß, was aus einem Gegenstand von höchster Wichtigkeit für mein Volk geworden ist – dem Ring der Könige.«

»Das ist eine sehr lange Geschichte, Oberst Breil ...«

»Ich habe alle Zeit der Welt, Herr General.«

Die Sonne ging gerade hinter den Berggipfeln unter. General Sciarra della Volta hatte in der Tat ein ausgezeichnetes Gedächtnis, obwohl er schon fast achtzig war. Die Vergangenheit stand ihm klar und deutlich vor Augen, er konnte sie abrufen wie die Einzelbilder eines Films. Und sie bereitete ihm immer noch Kummer. Tief atmete er die klare Abendluft ein. Das imposante Amphitheater der Dolomiten, das die Talmulde von Cortina überragte, färbte sich allmählich rosa, während der Held des Ersten Weltkriegs zu sprechen begann.

Mit geradezu besessener Detailgenauigkeit rekonstruierte er die Geschehnisse, derweil sich Asher Breil Notizen machte.

Drei Tage später sagte Sciarra: »So ist es gewesen, Herr Breil.«

Asher hatte etwa dreißig Seiten beschrieben, alle in dem Code, den nur er und wenige andere entschlüsseln konnten.

DRITTER TEIL

Was nützen die Erinnerungen? Der beste Teil von uns stirbt, und keine Erinnerung kann ihn zum Leben erwecken.

Francesco De Sanctis, La Giovinezza

28. Kapitel

Ragusa, 1348

Wu ließ sich von dem aufgebrachten Geschrei der Wirtshausgäste nicht beeindrucken und rannte mit Crespi auf den Schultern zum Hafen, ohne sich noch einmal umzudrehen. Der kleine Adil hielt sich dicht an seiner Seite.

Sie stiegen in ein an der Mole festgemachtes Fischerboot, und nachdem Wu den Freund in die kleine Kajüte gelegt hatte, wies er Adil an, die Leinen loszumachen, und setzte das einzige Segel. Wenige Augenblicke später hatte sie eine leichte, aber konstante Brise bereits aus dem Hafen gebracht, und sie waren wieder einmal auf der Flucht.

Zu allem Übel stand diese diesmal unter einem besonders schlechten Stern, denn das Schreckgespenst der Pest war sehr viel furchterregender als Campagnolas Schergen.

»Meinst du … meinst du, er hat die Pest, Wu?«, fragte Adil und deutete auf Crespis bleiches, schweißnasses Gesicht.

»Ich fürchte, ja, Adil«, antwortete der Chinese, während er das Steuer handhabte. »Aber auf dem Festland hätte es für uns keine Rettung gegeben. Besser war es, das Weite zu suchen und zu hoffen, dass der Schwarze Tod uns verschont. Zumindest wird bestimmt niemand die Verfolgung aufnehmen.«

»Richtig«, sagte Adil, den das Leben in Windeseile gelehrt hatte, wie ein Erwachsener zu denken und sich entsprechend zu verhalten. »Der Schwarze Tod … Ich hatte ihn beinahe vergessen. Aber wir befanden uns schon einmal unter Leuten, bei denen die Krankheit später ausbrach. Vielleicht bedeutet das ja, dass wir uns nicht anstecken können!«

Auf offener See warf Wu am Heck des Bootes die Netze aus. »Adil, hilf mir mal und rudere das Boot langsam in einem Halbkreis. Wollen wir hoffen, dass wir genug Fische fangen, um nicht verhungern zu müssen. Und dass du recht behältst damit, dass wir gegen die Krankheit immun sind.«

»Ich habe gehört, dass manche Menschen die Pest überleben, Wu.«

»Bete zu deinem Gott, Adil, damit er uns beisteht. Wir bewegen uns wahrlich in gefährlichen Gewässern, bedrohlicher als jeder Sturm.« Der Riese musterte Alessandro Crespis bläulichfahles Gesicht. »Unsere beiden Gefährten scheinen im Begriff zu sein, uns zu verlassen. Wir haben nichts mehr von Rhoda gehört. Wer weiß, ob mein Herr Humarawa überhaupt noch am Leben ist.«

»Langsam, langsam. Nicht so hastig.« Rhoda stützte den Kopf des japanischen Kriegers, als er die Lippen gierig um den Rand der Wasserschale stülpte.

Mit zufriedener Miene sah sie ihm zu. »Du wirst leben, Humarawa. Jetzt bin ich sicher. Du wirst leben.«

Seit ihrem überstürzten Aufbruch aus dem Gasthaus war mittlerweile eine Woche vergangen. Sieben Tage auf offenem Meer, nur schlafend und fischend. Sie hatten ein paarmal an verlassenen Inseln angelegt, um sich mit Trinkwasser zu versorgen, sich jedoch von bewohnten Gegenden ferngehalten.

Adil beobachtete den Riesen, dem vor Müdigkeit immer wieder die Augen zufielen. Aus Vorsicht hatte ihm Wu untersagt, sich gemeinsam mit ihm um den Kranken zu kümmern, ihm Wasser einzuflößen oder ihn zu füttern.

Der Kaufmann gab ein schwaches Stöhnen von sich. Adil näherte sich ihm, und Crespi sah ihn an.

»Ich sterbe, meine Kleine«, sagte er zu ihr, obwohl sie nun schon so lange der Knabe Adil war. »Komm nicht näher. Bleib so weit weg von mir wie möglich oder, wenn du mich nicht verstehst, bedecke dir Mund und Nase mit einem Lappen.« Crespi sprach sehr mühsam. »Habt ihr die Schmuckschatulle mitgenommen?«

»Natürlich, du hast Wu doch selbst eingeschärft, sie nie zurückzulassen, weil sich darin unsere Zukunft befindet.«

»Ja, die Zukunft ... Sieh dir an, wie meine Zukunft aussieht ...« Ein heftiger Hustenanfall schüttelte den Venezianer. »Ich möchte dir etwas geben, Adil. Nimm das Kästchen und mache es auf. Der Schlüssel hängt an der Kette um meinen Hals.«

Adil hielt sich einen schmutzigen Lumpen vor die Nase und nahm den Schlüssel mit der schweren Goldkette an sich. Dabei gelang es ihm, sich seine Bestürzung über den Zustand des Freundes, dessen Körper eine einzige dunkle Fläche voller blutunterlaufener Schwellungen war, nicht anmerken zu lassen.

Adil öffnete den Kasten. Darin lagen Edelsteine in vielen Farben und Formen, aber alle von beachtlicher Größe, außerdem fein ziselierte Schmuckstücke und kleine Goldbarren, die man in einer Gürtelbörse mit sich tragen konnte.

»Sieh, Adil, das ist das Einzige, von dem ich mich nie getrennt habe. Das ist mein Schatz und jetzt eure Zukunft. Nun schau unter dem roten Atlaskissen nach, das den Boden bildet.«

Adil hob das kleine bestickte Kissen an und erblickte darunter zwei Gegenstände. Der eine erregte sofort sein Interesse, denn es handelte sich um einen sehr alt aussehenden Goldring. Obwohl er viel weniger auffällig war als die anderen Schmuckstücke in dem Kästchen, ging eine seltsame, starke Anziehungskraft von ihm aus.

Adil betrachtete den Siegelring eingehend. Zwei übereinanderliegende gleichschenklige Dreiecke bildeten einen sechszackigen Stern. Rings um die runde Siegelfläche waren von der Zeit teilweise abgeschliffene geheimnisvolle Buchstaben in einem unbekannten Alphabet zu erkennen.

»Das ist der Ring der Könige«, sagte Crespi schwach, »der, so will es die Legende, einst König Salomon gehörte und in dem große magische Kräfte schlummern. Er kann dir Macht und Weisheit verleihen, wenn du seiner würdig bist. Ich möchte, dass du ihn bekommst, weil ich weiß, dass du ihn zum Guten verwenden wirst. In dem Lederfutteral daneben befindet sich eine sehr alte Papyrusrolle, auf der steht, dass sich der Ring der Könige einmal im Besitz eines römischen Kaisers befand. Das hat mir ein Grieche versichert, von dem ich den Text übersetzen ließ. Aber ich möchte, dass du die jüngere Geschichte dieses Rings kennst und bitte den Herrgott, mir noch genug Kraft und Zeit zu geben, um sie dir zu erzählen.«

Der Kommandant der Schergen betrat das Audienzzimmer. Er wartete geduldig, bis sein Herr den Kopf hob und ihn mit einem Nicken zum Sprechen aufforderte, dann sagte er: »Wir haben sie aufgespürt, Herr. Das heißt, wir wissen ungefähr, wo sie sich befinden.«

»Weiter!«, befahl der adelige Venezianer, während seine Augen Blitze verschossen.

»Ich habe erfahren, dass ein dicker Chinese und ein Knabe aus einer Taverne in der Nähe des kleinen Hafens von Ragusa geflüchtet sind und einen Mann mit sich schleppten, der anscheinend Zeichen der Pest trug.«

»Sprich weiter.«

»Sie haben ein Fischerboot gestohlen und sind damit aufs Meer hinaus. Seitdem haben sie offenbar keinen Hafen angelaufen, aber das Boot ist klein, sodass sie sich nicht weit von der Küste entfernt haben können.«

»Wie alt ist diese Nachricht?«

»Etwa zehn Tage, Herr. Aber unsere Späher wissen alle Bescheid und sind wachsam.«

»Macht die Kogge bereit, damit wir morgen früh in See stechen können. Diesmal werde ich die Suche persönlich leiten. Der Sohn des Satans darf nicht davonkommen!«

»Du weißt, dass dein Vater, der Muqatil, und Hito Humarawa ihr ganzes Leben lang gegeneinander gekämpft haben. Dabei haben sie sich jedoch immer an den Ehrenkodex gehalten, der zwei Krieger ihres Formats auszeichnet. Das verband sie miteinander, und deshalb hat nie einer den tödlichen Streich gegen den anderen geführt, obwohl sie mehrmals Gelegenheit dazu hatten. Jedes Mal, wenn der Moment gekommen war, dem anderen den Todesstoß zu versetzen, zögerte der jeweils Überlegene und nahm schließlich ganz davon Abstand. Es war eine Art ungeschriebenes ritterliches Gesetz, mit dem die beiden einander immer wieder begnadigten. Glaub mir, als die venezianischen Heerführer beschlossen, die Einwohner Tabarqas mit der Pest zu vernichten, hat sich Humarawa diesem Plan vehement widersetzt. Einen Feind auf diese Weise zu besiegen, war für ihn alles andere als ehrenhaft. Doch seine Stimme war die einzige, die den venezianischen Strategen widersprach. Man entschied also, die Seuche in die belagerte Stadt zu bringen, und der Schwarze Tod schaffte schließlich, was den Kriegsgeräten nicht gelungen war: Tabarqa fiel innerhalb kürzester Zeit. Nun war es Humarawa bei einem der vielen Gefechte, die sie zuvor ausgetragen hatten, einmal gelungen, das Schiff des Muqatil zu versenken, das den Schatz seines Volkes an Bord hatte, und deinen Vater gefangen zu nehmen.«

Adils blaue Augen waren groß geworden und tränenfeucht, während Crespi röchelte und seine Stimme nur noch ein Hauch war.

»Beim Tauchen nach der Beute brachten Humarawas Männer auch eine Amphore an die Wasseroberfläche, die den Ring der Könige und weitere in dem Papyrus beschriebene Kostbarkeiten enthielt. Höchstwahrscheinlich gehörte die Amphore zu der Ladung eines Schiffes, das viele Jahrhunderte zuvor zufällig an derselben Stelle gesunken war wie das deines Vaters. Dein tapferer Vater schaffte es zu fliehen, aber seine Reichtümer sollten die Truhen Campagnolas füllen – des Vaters deiner Mutter, der sein erbittertster Feind war. Der Ring jedoch blieb in meinen Händen, und ich habe ihn, seit du bei uns bist, für dich aufbewahrt. Wenn die Legende wahr ist, wird er dir die Kraft geben, jenen Mann zu bezwingen, der uns verfolgen lässt und der die Schuld an der Vernichtung deiner Familie trägt. Campagnola hat ohne Zögern den Befehl gegeben, die Seuche in die Stadt zu bringen, in der seine Tochter lebte. Deshalb hoffe ich nun, dass deine Hand nicht zögern wird, wenn es darum geht, gerechte Rache zu üben, und übergebe dir den Ring der Könige. Gott schütze dich.«

»Nein, sprich weiter, Alessandro, erzähl mir mehr von meinem Vater. Ich habe nur so wenige Erinnerungen an ihn. Stimmt es, dass er ein furchtloser, unbesiegbarer Krieger war? Erzähl mir von den Zweikämpfen zwischen ihm und Humarawa. Bist du sicher, dass er in Tabarqa gestorben ist?«

Wus große, schwere Hand legte sich auf die Schulter des Mädchens. »Er kann dich nicht mehr hören«, sagte der Riese und schloss seufzend Crespis Augen.

»Du kommst wieder auf die Beine, Humarawa«, sagte Rhoda und beobachtete stolz, wie der japanische Krieger die ersten wackligen Schritte machte. »Noch vor ein paar Tagen hätte ich keine Kupfermünze für dein Leben gegeben.«

»Ich hoffe nur, dass meinen Gefährten nichts zugestoßen ist. Meinst du, es ist wahr, was man dir in der Stadt berichtet hat?«, fragte der Samurai, der sich noch auf einen Stock stützen musste.

»Ja, Humarawa. Es heißt, sie seien geflohen, weil Crespi an der Pest erkrankte. Alle sind außer sich aus Furcht vor der Seuche, deshalb wollte ich nicht allzu neugierig erscheinen. Schließlich soll niemand durch meine Fragen auf dumme Ideen kommen.«

»Das hast du gut gemacht. Ich weiß nicht, wie ich dir danken soll. Sobald ich wieder bei Kräften bin, werde ich mich auf die Suche nach meinen Freunden machen. Ich kann es kaum ertragen, sie allein und in Gefahr zu wissen. Vor allem, wenn ich an den kleinen Adil denke.«

»Ja, ich habe bemerkt, wie viel dir an diesem Kind liegt. Und auch er scheint sehr an dir zu hängen.«

Stolz mischte sich unter die Sorge, die Rhoda in den Augen des Japaners erkennen konnte.

»Finden wir sie!«, rief Campagnola, kaum dass die Kogge im Hafen von Ragusa angelegt hatte, wo Angst und Verzweiflung von Gasse zu Gasse um sich griffen.

Die Pest hatte ihr Leichentuch bereits über die Stadt gebreitet und begann, alles Leben zu ersticken.

Campagnola und seine Männer hatten sich daran gewöhnt, durch Straßen zu schreiten, die erfüllt waren vom stinkenden Odem des Todes. Nur das Feuer konnte dem Verwesungsgeruch beikommen, denn die Friedhöfe waren bereits überfüllt, ebenso wie die als Quarantänegebiete vorgesehenen Inseln.

Doch seine hartgesottenen Handlanger würden gewiss nicht vor der Ausbreitung der Epidemie zurückschrecken. So dachte Campagnola, als er mit der Versessenheit eines Hundes, der in der Erde nach einem Knochen gräbt, in den Sattel stieg und losritt, um den Teufelsbraten zu finden, das Kind mit den Augen von der Farbe des Meeres, lebendig oder tot.

29. Kapitel

April 2004

Erst wenige Minuten waren seit dem Anschlag auf die Rennstrecke von Bahrain vergangen, als es an der Tür von Oswald Breils Hotelzimmer in Bukarest klopfte. Bernstein machte auf und war für einen Moment sprachlos.

Der Frau, mit der er bisher nur einen unpersönlichen chiffrierten Schriftwechsel geführt hatte, sah man noch immer an, dass sie einmal außergewöhnlich schön gewesen war. Die Jahre – sie war vielleicht fünfundsechzig oder gar darüber – hatten lediglich ein feines Netz aus Falten über ihr immer noch apartes Gesicht gewebt.

»Sie sind Oberst Bors?«, fragte er sie, nachdem er sie ins Zimmer gebeten hatte.

»Allerdings. Und Sie sind Hauptmann Bernstein, vermute ich.«

»Sehr erfreut, Sie kennenzulernen, Oberst.« Er wies auf einen Tisch, an dem sie sich niederließen. »Um ehrlich zu sein, habe ich Sie mir nicht so ... weiblich vorgestellt.« Bernstein stockte, weil ihm aufging, was für einen Unsinn er da redete. »Ich meine, ich hatte mich auf eine Begegnung mit einem verbissenen Exoffizier der Securitate eingestellt, nicht auf eine so schöne Frau. Entschuldigen Sie bitte.«

»Sie sind sehr galant, Hauptmann Bernstein, aber wir wissen beide, dass meine Schönheit längst verblüht ist. Ich hoffe, Ihre ritterliche Seite einmal bei anderer Gelegenheit näher kennenzulernen, aber da Sie sagten, Sie hätten es eilig …«

»Ja, leider, Oberst. Haben Sie das Material, um das ich Sie gebeten hatte?«

»Selbstverständlich. Und Sie haben die vereinbarte Summe?«

»Bitte sehr«, sagte Bernstein und schob einen kleinen schwarzen Lederkoffer über den Tisch. »Der Gegenwert von 75 000 amerikanischen Dollar in Schweizer Franken in mittelgroßen Scheinen. Wenn Sie nachzählen möchten …«

»Ich denke, das wird nicht nötig sein. Hier ist alles, was die Securitate in Asher Breils Auto nach dem Unfall sichergestellt hat.« Nach einer kurzen Pause fuhr die Frau fort: »Auf ausdrücklichen Befehl des *Conducator* Ceausescu unterließ man jeden Versuch, den Code zu entschlüsseln, in dem die Notizen verfasst sind. Aber mit den Ihnen zur Verfügung stehenden Mitteln wird es Ihnen sicher nicht schwerfallen, den Inhalt der beiden Hefte zu dechiffrieren. Das Armeetagebuch von diesem italienischen Offizier, das er während des Ersten Weltkriegs geführt hat, hat er ganz offen in seiner Muttersprache verfasst.«

»Ich danke Ihnen, Frau Oberst.«

»Ich habe zu danken, Hauptmann Bernstein. Falls Sie mich wieder einmal brauchen, wissen Sie, wie Sie mich erreichen können.«

»Ich hoffe doch sehr, Sie wiederzusehen, allein schon, damit Sie meine ritterliche Seite besser kennenlernen können.«

Sobald sie das Zimmer verlassen hatte, kam Oswald aus seinem Versteck. »Diese Seite kenne ich von Ihnen auch noch nicht, Bernstein. Ich dachte immer, Sie machen höchstens einem Silikonchip Komplimente und küssen nur drahtlose Tastaturen.«

»Haben Sie alles mitgehört, Major Breil?«, fragte Bernstein und übergab dem kleinen Mann die beiden Hefte und das Frontbuch.

»Alles, Hauptmann«, antwortete Oswald, der das erste Heft

aufschlug und gespannt die ersten Seiten überflog. »Die Schrift meines Vaters. Unsere Geheimsprache.«

Und er begann, den Anfang zu übersetzen:

Cortina d'Ampezzo. September 1967.

Der alte General fragte in tadellosem Englisch, wie ich ihn gefunden hätte …

Bernstein beobachtete Breil, der bewegt rekonstruierte, was sein Vater kurz vor seinem Tod getan und niedergeschrieben hatte.

Da klingelte Oswalds Handy. Er hörte die Besorgnis in Cassandra Zieglers Stimme, die aus Tausenden von Kilometern Entfernung zu ihm drang. »Oswald, hier wird es allmählich richtig eng für uns. Der oberste Boss, ich meine den Präsidenten persönlich, tobt und macht sämtlichen Leitern jeder Polizei- und Sicherheitsbehörde die Hölle heiß – fehlt nur noch die Feuerwehr oder der Tierschutzbund. Den Gerechten im Namen Gottes zu schnappen, scheint jetzt oberste Priorität zu sein. Vermutlich hat er Druck von befreundeten arabischen Staaten bekommen. Mein Chef hat eine Zusammenkunft mit Ihnen für morgen Abend vereinbart. Das Flugzeug, das Sie nach Rumänien gebracht hat, wird in fünf Stunden auf Sie am Flughafen warten. Meinen Sie, Sie schaffen das?«

»Sicher, das ist machbar.«

Fünf Stunden später wurde der Schrankkoffer erneut in den Gepäckraum des Jets verfrachtet. Die beiden vorgeblichen amerikanischen Geschäftsmänner hatten sich gerade auf ihre Plätze begeben, als Oswald wiederauftauchte.

»Ich bitte um Entschuldigung, meine Herren, aber es wird ein kleiner Umweg erforderlich sein. Ich muss jemandem ein paar wichtige Unterlagen zukommen lassen, der am Flughafen Rom-Ciampino auf mich wartet. Das wird unseren Zeitplan nur um wenige Stunden verschieben.«

»Wir haben Anweisung, Sie in allem zu unterstützen, Mr. Breil«, sagte einer der beiden als Wall-Street-Banker auftretenden FBI-Agenten.

Zwei Stunden später landeten sie auf dem Flughafen Ciampino.

Ein Tankfahrzeug fuhr heran, und ein Flughafenangestellter im Overall begann, mit den Schläuchen zu hantieren, um den Privatjet aufzutanken. Ein zweiter Mann kam die Gangway herauf und betrat die Kabine, wo er seine Kappe abnahm, unter der eine Fülle nachtschwarzen Haars zum Vorschein kam.

Sara Terracinis Lächeln war so entwaffnend wie ihre mediterrane Schönheit, die auch der Tankwartoverall, in dem sie steckte, nicht mindern konnte.

»Verzeihen Sie die Überraschung, meine Herren«, sagte Breil zu seinen verdutzten Begleitern, »aber in meinem Metier kann man nicht vorsichtig genug sein. Darf ich Sie mit Dr. Sara Terracini, einer alten Freundin, bekannt machen. Wenn Sie uns nun für ein paar Minuten entschuldigen würden …«

Die beiden Agenten stiegen kommentarlos aus, während sich Oswald mit Sara an den Arbeitstisch setzte.

Sara Terracini war eine weltweit anerkannte Expertin für die Erforschung und Entschlüsselung von Zeichensystemen und historischen Dokumenten. Sie leitete ein technisch bestens ausgestattetes Institut, in dem viele der archäologischen Fundstücke, die ständig irgendwo auf der Erde ans Tageslicht kamen, analysiert und entziffert wurden. Gemeinsam mit ihren Mitarbeitern beschäftigte sie sich vorwiegend mit antiker Kunst, aber Oswald, den sie bei so manchem seiner Abenteuer unterstützt hatte, wusste, dass ihre Fähigkeiten noch weit darüber hinausgingen und sie in der Lage war, sich schnell und kompetent auch in Materien einzuarbeiten, die wenig mit Kunst zu tun hatten.

Ein Weilchen später stieg Sara die Gangway wieder hinunter, mit männlichem Gang und der Kappe auf dem Kopf.

Breil sah ihr aus dem Fenster nach, bis sie sich neben den Fahrer auf den Beifahrersitz des Tankwagens schwang, und versenkte sich dann in die Lektüre des Frontberichtsbuchs, das ein italienischer Offizier während des Ersten Weltkrieges gewissenhaft geführt hatte. Doch selbst sein flexibler und intuitiv arbeitender Verstand begriff nicht, welche Verbindung es zwischen seinem Vater, dem Mossad-Agenten in Rumänien, und den militärischen Erinnerungen dieses Hauptmanns und eines Majors namens Alberto Sciarra della Volta, der später zum General des königlichen italienischen Heeres aufgestiegen war, geben konnte.

Kaum war sie zurück in ihrem Institut im römischen EUR-Viertel, schlug Sara die erste Seite des Hefts auf und machte sich mit Hilfe der Informationen, die Oswald ihr gegeben hatte, an die Arbeit.

Auf geht's, Dr. Terracini, sagte sie sich im Stillen, und behaupte nicht, Oswald und all der Ärger, den er unweigerlich anzieht, hätten dir nicht schon allmählich gefehlt!

Wenig später fand sie sich in einer Welt wieder, die zwar nicht ganz so weit in der Zeit entfernt lag wie die Epochen, mit denen sie sich für gewöhnlich beschäftigte, deshalb aber nicht weniger faszinierend war.

Sie nagte ungeduldig an ihrer Oberlippe, während sie die Seiten der beiden Hefte unter einen Scanner neuesten Modells schob.

Oswald hatte ein verschmitztes Lächeln im Gesicht. Er kippte seine Rückenlehne nach hinten, und ehe er einschlief, dachte er wieder an Sara und blickte auf seine Armbanduhr. Er war sicher, dass die schöne italienische Forscherin bereits bei der Arbeit saß.

»Gute Nacht, Sara«, murmelte er und schloss die Augen.

Saras Augenlider wurden schwer. Bevor sie sich auf die Couch in der Ecke ihres Büros legte, schickte sie noch einen Gruß an den kleinen Mann.

»Ich wette, dass in diesem Moment ein Lächeln auf deinem charmanten Tyrannengesicht liegt. Gute Nacht, Oswald«, sagte sie, dann gewannen Müdigkeit und Schlaf die Oberhand.

Der Staatssekretär des Heimatschutzministeriums hatte den Direktor der CIA angerufen und ihm das Telefonat des Präsidenten angekündigt, doch trotz dieser Vorwarnung fehlten dem

CIA-Chef die Worte angesichts der schweren Vorwürfe, die er zu hören bekam. Ohne etwas zu erwidern, hörte er sich die Vorhaltungen an, mit denen ihn der mächtigste Mann der Welt ermahnte, den Terroristen, der sich selbst »Gerechter im Namen Gottes« nannte, ganz oben auf die Liste der meistgesuchten Verbrecher zu setzen – »gleich neben Bin Laden«.

Als er die interne Nummer von Glakas wählte, überlegte der CIA-Direktor, welche äußeren Einflüsse den Präsidenten wohl bewogen haben mochten, den Gerechten zum Staatsfeind Nummer zwei zu machen.

Glakas ließ die Standpauke seines Chefs über sich ergehen, wartete, bis der sich ausgetobt hatte, und ging dann zum Gegenangriff über. »Sir, ich bin mir durchaus darüber im Klaren, dass viele arabische Länder von entscheidender Bedeutung sind für die Außenpolitik und die Wirtschaft der Vereinigten Staaten, und ebenso, dass der Gerechte eine Bedrohung für unsere internationalen Beziehungen darstellt. Und ich verstehe, dass auch wir eine gewisse Verantwortung für die neunhundert Toten von Bahrain tragen. Doch die mehr oder weniger indirekten Vorwürfe, die man uns macht, sind vollkommen haltlos. Wir arbeiten auf Hochtouren daran, den Gerechten zu identifizieren, wie wir es bei jedem Topterroristen tun. Zu diesem Zweck haben wir ihm unter anderem eine ausgeklügelte Falle gestellt, und wir hoffen, dass uns der Kerl bald ins Netz geht. – Natürlich, Sir, keine Frage, ich werde Sie auf dem Laufenden halten.«

Glakas legte auf und suchte Gavrilovics Nummer heraus. Kurz darauf krächzte die Stimme des Russen, heiser vom Wodka, aus seinem Telefonhörer: »Nein, Sir, noch keine Neuigkeiten. Er hat mich seit diesem einen Anruf nicht wieder kontaktiert, und seitdem sind fünf Tage vergangen …« Glakas hörte das Klingeln einer Ladenglocke im Hintergrund. »Ich nehme Verbindung zu Ihnen auf, sobald er sich meldet, keine Sorge. Ich habe jetzt Kundschaft, bis bald.«

Der Ukrainer begrüßte den Kunden mit einem zuvorkommenden Lächeln. »So, da bin ich. Womit kann ich dienen?«

Die Hände mit den schlanken Fingern stellten eine große

Wachstuchtasche ab und holten eine antike chinesische Vase, circa fünfzig Zentimeter hoch und von dreißig Zentimetern Durchmesser, daraus hervor.

»Das ist eine echte Ming-Vase, mindestens sechstausend Dollar wert«, sagte der Kunde.

»Möchten Sie sie verkaufen oder verpfänden?«, fragte der Ukrainer, ohne seine Gier ganz verbergen zu können.

»Ich will sie verkaufen. Außerdem möchte ich eines der gebrauchten Handys in Ihrem Schaufenster haben, weil ich meines verloren habe.«

Gavrilovic schloss das schwere Schutzgitter auf, zog die Ming-Vase über den Tresen zu sich heran und untersuchte sie eingehend. Schon manches Mal hatte ihm dieses Gitter, das ihn von seiner häufig gewalttätigen Kundschaft trennte, das Leben gerettet.

»Ich kann Ihnen dreihundert Dollar dafür geben, plus ein neues Motorola-Modell mit zehn Dollar Gesprächsguthaben. Keinen Cent mehr.«

»Einverstanden«, sagte der Kunde, ohne mit der Wimper zu zucken.

Gavrilovic verfluchte sich im Stillen. Offenbar hätte er noch weniger bieten können. Doch nun war der Handel perfekt.

Der Mann verließ das Geschäft mit sechs Scheinen zu fünfzig Dollar und einem ziemlich zerschrammten Handy.

»Beehren Sie mich bald wieder!«, rief ihm der »Russe« nach.

Den Leuten ging es immer schlechter, sie mussten alles Mögliche zu Geld machen, dachte Gavrilovic. Und manche waren so verzweifelt, dass sie eine Vase im Wert von sechstausend Piepen für dreihundert herausrückten.

Vorsichtig hob er die Ming-Vase an. Dann zog er unter einem Stapel von Zeitschriften und Broschüren einen Antiquitätenkatalog hervor und blätterte darin herum, in der Hoffnung, die eine oder andere Abbildung von Objekten ähnlicher Art zu finden.

Sein Blick fiel auf eine fast identische Vase. Der Katalog ordnete sie der Periode von Shenzhong-Zhu Yijun, 1572 bis 1620, zu. Es folgten einige Schätzungen, von denen keine unter zehntausend Dollar lag.

Glücklich über das großartige Geschäft, das er gemacht hatte, beschloss Gavrilovic, die Vase in der Vitrine an der Stirnwand des Ladens auszustellen, in der sich die kostbareren Gegenstände befanden, die er anbot. Dorthin blickten seine besten Käufer immer zuerst, zu denen auch einige betuchte Sammler und angesehene Antiquitätenhändler gehörten. Alle hatten sie mit ihm einen absoluten Mangel an Skrupeln gemeinsam, wenn es um wertvolle Dinge ging.

Als er die Vase anhob, hörte er etwas in ihrem Inneren klimpern. Er zwängte seine Hand in den Hals des Gefäßes. Der Gegenstand auf dem Boden, den er mit den Fingerspitzen berührte, kam ihm vertraut vor.

Als er die Form eines Handys ertastete, dachte er an die Worte seines zerstreuten Kunden. Da war es also abgeblieben, das Mobiltelefon, das er verloren zu haben glaubte.

Pech für ihn, dachte der Hehler und versuchte, es herauszuholen.

Die schlanken Finger legten sich um das Motorola, das wahrscheinlich ein Junkie geklaut und dann an Gavrilovic verkauft hatte, um sich Geld für den nächsten Schuss zu beschaffen. Das Pfandleihhaus war noch nicht außer Sicht.

Der Gerechte wählte eine Nummer, und in dem Augenblick, als das Freizeichen ertönte, schoss eine Feuerzunge aus dem Geschäft des Russen, und ein ohrenbetäubender Krach erschütterte den gesamten Straßenzug.

Gleichmütig bog der Gerechte um die Ecke. Er tippte eine andere Nummer und hielt eine Art Mikrofon an das Gerät.

»Glakas?« Die Stimme, die der CIA-Beamte vernahm, wurde eindeutig durch ein elektronisches Hilfsmittel verzerrt.

»Ja, am Apparat«, antwortete Glakas, der sich fragte, wie ein Unbekannter an seine interne Nummer gelangt war.

»Versuch nicht, den Anruf zurückzuverfolgen, das wäre sinnlos. In Kürze wird dich jemand darüber benachrichtigen, dass dein Freund Gavrilovic durch das Trenngitter in seinem Hehlerladen gesiebt wurde.«

»Was soll das heißen?«

»Genau das, was ich gesagt habe. Ich kann es nicht fassen, dass du dir einen solchen Trottel für deine Spielchen ausgesucht hast. Hältst du mich wirklich für so dumm, in eine derart offensichtliche Falle zu tappen?«

»Wer sind Sie? Wer spricht da?«

»Das weißt du genau. Bye bye, Glakas.«

»Nein, warten Sie. Wir müssen miteinander reden. Ich kann Ihnen nützlich sein und ...«

Das Klicken, das anzeigte, dass der Anrufer das Telefonat beendet hatte, löste eine ohnmächtige Frustration in Glakas aus, an die er in seiner Position nicht gewöhnt war.

Der Gerechte legte das Mobiltelefon unauffällig auf die Bordsteinkante und schob es dann mit der Schuhspitze in einen Gully. Niemand würde es je finden, und falls doch, würden es die Abwässer in den Kanälen unter New York unbrauchbar gemacht und alle Spuren verwischt haben.

30. Kapitel

Juli 1917

Das Dampfschiff *Città di Tripoli* wurde schon seit Kriegsbeginn für den Truppentransport zur afrikanischen Küste eingesetzt. Es war ein mittelgroßes Schiff von dreitausend Bruttoregistertonnen, das gut zu Wasser lag.

Nach der dünnen Luft der Dolomiten atmete Sciarra della Volta die Brise in vollen Zügen ein, als wäre er monatelang in einem Zimmer eingesperrt gewesen. Der Mensch gewöhnt sich an alles, dachte er und stützte sich auf die von der Salzgischt überkrustete Reling. Selbst an den verfluchten Krieg.

Er hätte die Herren gern zur Rede gestellt, die behauptet hatten, dieser elende Krieg werde bis Weihnachten 1914 zu Ende sein, beigelegt nach ein paar Manövern, mit denen man nur Eindruck schinden wollte, und wenigen unbedeutenden Gefechten. In Wirklichkeit hatte er halb Europa und einen Teil der übrigen Welt in ein Schlachthaus verwandelt, und jede Moral war in diesem blutigen Gemetzel untergegangen. Niemand wurde verschont, und die Toten häuften sich zu Tausenden nicht nur unter den Soldaten, sondern auch in der Zivilbevölkerung. Es existierte keinerlei Achtung vor dem Leben mehr, wofür nicht nur die Bombardierungen von Städten, sondern auch der Einsatz von Giftgas und Flammenwerfern trauriger Beweis waren.

Hätte Sciarra diese Gedanken gegenüber dem Stabschef geäußert, er hätte mit einiger Sicherheit nicht auf einem Dampfer nach Afrika, sondern in einer Arrestzelle gesessen und dort auf seinen Prozess wegen Hochverrats warten dürfen. Doch bei seinem Treffen mit General Cadorna hatte er sich zusammengerissen und seinen nächsten Auftrag mit soldatischer Ergebenheit entgegengenommen.

»Ich habe Ihre Aktionen verfolgen können, denn Oberst Cantini hat mich ständig über Sie informiert«, hatte Cadorna seine Ansprache begonnen, während Sciarra in seinem Büro im Kriegsministerium in Rom strammgestanden hatte. »Auf diese Weise bin ich zu der Überzeugung gelangt, dass Sie der geeignete Mann für eine Mission von höchster Wichtigkeit sind, Oberst Sciarra.« Der Stabschef stand auf und begann sein Büro mit gemessenen Bewegungen abzuschreiten. »Am 10. April dieses Jahres hat Marchese Imperiali, der italienische Botschafter in London, offiziell eine Anfrage unserer britischen Verbündeten an uns weitergeleitet: Ein Truppenkontingent bestehend aus Kavallerie und Artillerie sowie einer Luftunterstützung von mindestens einem Dutzend Jagdfliegern soll die Reihen der britischen Armee im Sinai verstärken, die unter dem Kommando von General Archibald Murray stehen. Zusätzlich verlangten die Alliierten, nachdem sie die Kampfstärke unserer Truppen über den grünen Klee gelobt haben, dass mindestens eines unserer Bataillone nach Palästina entsandt wird. Das sei unverzichtbar, sagen die Engländer, für die finale Offensive gegen die österreichisch-türkisch-deutschen Festungen von Gaza und Beersheba. Sie werden verstehen, Oberst Sciarra, dass es uns unser Engagement an den nördlichen Landesgrenzen nicht erlaubt, Einheiten von der Dolomitenfront oder vom Isonzo abzuziehen, ohne gefährliche Durchlässe für den vorrückenden Feind zu öffnen. Zugleich will ich Ihnen nicht verhehlen, dass ich mich nicht dazu durchringen kann, die Erwartungen unserer Verbündeten zu enttäuschen, denn die Gebiete im Nahen Osten stellen interessante koloniale Expansionsmöglichkeiten auch für unser Land dar, besonders im Hinblick auf deren Aufteilung nach Kriegsende. Also habe ich ein gemischtes Bataillon entsandt: Am 6. Mai sind von Neapel aus einhundert Carabinieri unter dem Befehl von sechs Offizieren auf dem Seeweg ausgerückt, und in Tripolis sind noch einmal dreihundertsechsundvierzig Bersaglieri, angeführt von Major Francesco d'Agostino, hinzugestoßen. Das so gebildete Bataillon kam am 20. Mai in Port Said an. Wenige Tage später hat General Murray unserer Regierung auf diplomatischem Wege seinen persönlichen Dank ausgedrückt. Mitte Juni bezog unser Bataillon in der Nähe der Stadt Rafa Stellung und bewacht nun eine wichtige Eisenbahnstrecke, die häufig Angriffsziel türkischer Gewehrschützen und beduinischer Sturmpioniere ist. Doch die Begehrlichkeiten der Entente sind damit noch längst nicht befriedigt. Kaum hatten wir unsere Truppen aufgeboten, kam von der Regierung in London die Forderung nach einem größeren italienischen Engagement an den Fronten im Sinai und in Palästina. Die offizielle Anfrage nennt die Zahl von sechs- bis siebentausend Soldaten, und ich weiß wirklich nicht, woher ich ein solches Aufgebot nehmen soll. Es sei denn, jemand macht sich die innere Zersplitterung und Instabilitäten in der arabischen Welt zunutze und schafft es, ein Heer aufzustellen, das zu einem Gutteil aus Einheimischen besteht, um gegen die vereinte türkisch-österreichisch-deutsche Front vorzurücken. Das ist auch der Plan der Engländer, deshalb müssen unsere Kampfhandlungen genauestens mit ihrem Kommando abgesprochen werden. Vor einigen Tagen wurde Murray durch General Edmund Allenby ersetzt. Ich habe ihn persönlich kennengelernt und bin sicher, dass Sie sich unter seinem Kommando wohlfühlen werden, Oberst Sciarra. Haben Sie noch Fragen?«

»Nein, Signore.«

»Gut, dann viel Glück, Oberst. Ihr Schiff wird in wenigen Tagen aus dem Hafen von Neapel auslaufen ...«

Die wenigen Tage waren im Nu verflogen. Er hatte sie in Rom verbracht, wo man auf den Krieg zu lauschen schien wie auf ein herannahendes Gewitter, von dem man nicht wusste, ob es an der Stadt vorbeiziehen werde oder nicht.

In der Hauptstadt gab es schöne, elegant gekleidete Frauen, die in den kapitolinischen Gärten lustwandelten und sich mit anmutig bestickten Schirmchen vor der Sonne schützten. Es gab Kinder, die unter den wachsamen Augen ihrer Mütter spielten, und alte Leute, die Zeitung lesend die Neuigkeiten vom Krieg kommentierten. Alles wirkte normal, bis auf die Tatsache, dass man kaum Männer ohne Uniform in den Straßen sah, und von den wenigen ging manch einer an Holzkrücken. Die anderen, die jungen, kräftigen, waren an der Front und kämpften den schmutzigsten aller Kriege.

Sciarra blickte verzückt über das blaue Meer. Wieder einmal verspürte er eine heftige Sehnsucht nach seinem Zivilleben, nach seiner Arbeit, nach den Schiffen, die Waren aus aller Welt geladen hatten statt Soldaten und Kriegsgerät.

Wie es wohl in Afrika sein würde? Sicher, er hatte die Kälte der Alpen hinter sich gelassen, die vereisten Schützengräben, aber auch die verrauchte Luft des Kasinos von Cortina, das Lachen der Kameraden, die schönen, leicht bekleideten Huren. Er lächelte in sich hinein. Die Erinnerung an die kleinen Ausschweifungen vertrieb seine Melancholie, und er hörte auf, vergangenen Zeiten nachzutrauern.

Falls er den Krieg überlebte, wollte er später noch einmal zum Vergnügen zu dieser Perle der Dolomiten zurückkehren, denn Cortina d'Ampezzo war der einzige Lichtblick in all den dunklen Jahren gewesen.

31. Kapitel

Cortina d'Ampezzo, 1967

»Wo soll ich anfangen, Herr Breil?«, fragte Sciarra della Volta.

»Am Anfang bitte, Herr General.«

»Nun gut. Diesen Krieg hatte angeblich niemand gewollt, aber alle hatten auf ihn hingearbeitet. Die Ermordung von Erzherzog Franz Ferdinand, dem österreichischen Thronerben, im Juni 1914 war nur ein Vorwand, um ein nie dagewesenes Gemetzel anzufangen. Zwischen 1914 und 1918 traten achtundzwanzig Nationen innerhalb zweier verfeindeter Allianzen in den Konflikt ein. Zu den alten Hieb- und Stichwaffen kam das tödliche Potenzial neuer und immer wirkungsvollerer Schusswaffen hinzu. Das Ergebnis war ein zäher Schlagabtausch mit wenigen Metern Geländegewinn und langem Ausharren in feuchten Schützengräben, während man alles abfeuerte, was die Waffentechnologie, die sogleich auf die Anforderungen dieser modernen Materialschlacht reagierte, zu bieten hatte. Es gab Tote, massenhaft Tote. Mein Land hat 650 000 Soldaten im Feld gelassen, Frankreich fast das Doppelte, das britische Empire eine Million. Es gab kaum eine Familie, die keine Angehörigen zu betrauern hatte. In diesem ersten Weltkrieg wurde obendrein der Völkermord geprobt, nämlich an den schutzlosen armenischen Zivilisten, die im Nordosten der Türkei lebten. Aber es war auch noch ein Krieg der Soldatenkontingente und der Stellungen, denn ihre Zahl war die Variable, die schlussendlich über den Ausgang entschied. Allein durch die Niederlage von Caporetto wurde Italiens Grenze um hundertfünfzig Kilometer nach Süden zurückgedrängt und sein Truppenbestand um fast 650 000 Mann verringert – fünfzigtausend Tote und Verwundete, dreihunderttausend Gefangene und beinahe ebenso viele Deserteure.

Ich habe überlebt und kann davon berichten, Oberst Breil, und ich danke dem Herrgott, dass er mich all diese Gefahren hat überstehen lassen. Vor allem danke ich ihm, dass er mir noch ein langes und heiteres Leben an der Seite meiner Frau gewährte. Übrigens, möchten Sie gern einen guten italienischen Espresso? Kimber, Liebling, würde es dir etwas ausmachen, uns ein Tässchen zu bringen?«

Seine Frau war ein paar Jahre jünger als Sciarra della Volta und hatte ein rundliches, sympathisches Gesicht, das sofort Vertrauen weckte. Sie musste sehr hübsch gewesen sein in ihrer Jugend, keine Illustriertenschönheit, sondern ein frisches englisches Mädchen mit heller Haut und Sommersprossen, die den Kupferton ihres Haars hervorhoben.

Mittlerweile war Kimberly Sciarra eine elegante ältere Dame, die immer noch einen leichten englischen Akzent hatte, wenn sie mit ihrem Mann Italienisch sprach.

»Wissen Sie, im Grunde hat alles angefangen, als ich Kimber begegnete. Ich meine nicht das erste Mal, als sie meine Verletzungen in einem englischen Krankenhaus behandelte, sondern an dem Tag, als ich sie wiedersah ...«

32. Kapitel

Ragusa, 1348

»Wir hätten gleich merken sollen, was da auf uns zukommt«, sagte einer von Campagnolas Schergen zu seinem Kameraden. »Schon die Flaute und der Nebel waren unheilvolle Vorzeichen.«

»Genau«, stimmte der andere zu. »Jetzt waren wir mehr als zehn Tage unterwegs, nur um in einer anderen Stadt zu landen, die ebenfalls von der Pest heimgesucht ist. Als hätten wir davon nicht schon genug in Venedig gesehen ...«

In diesem Moment stürzte Campagnola falkengleich auf sie zu. »Was redet ihr da?« Der Venezianer zog sein Kurzschwert, das er stets am Gürtel trug. Trotz seines nicht mehr jugendlichen Alters war er immer noch ein ausgezeichneter Fechter, der Furcht und Respekt einflößte.

Die Schwertspitze ritzte die Wange des zweiten Sprechers.

»Gib acht, Freundchen«, zischte Campagnola. »Ich habe euch aus dem Kerker geholt, in dem zu verrecken euch bestimmt war, daher entscheide ich jetzt über Leben und Tod eines jeden von euch. Wenn ihr schon an böse Vorzeichen glaubt, dann denkt mal daran, dass das Unglück über Venedig hereinbrach, seit dieser seltsame Junge den Fuß in unsere Stadt setzte.« Campagnola steckte seine Waffe wieder in die Scheide und schnauzte den Anführer seiner Handlanger an: »Auf, Tommaso! Wir haben die ganze Stadt abgesucht und keine Spur von diesem Adil gefunden. Es wird Zeit, die üblen Ausdünstungen hier hinter uns zu lassen. Die Gesuchten sind vermutlich übers Meer geflüchtet. Kehren wir zur Kogge zurück, macht alles zum Ablegen bereit.«

»Wie viele waren es?«, fragte Humarawa, als Rhoda ihm vom Auftauchen der Venezianer berichtete, und nachdem sie ihm geantwortet hatte, prophezeite er: »Sie werden wiederkommen. Wie ich Campagnola kenne, wird er so schnell nicht aufgeben. Wir müssen uns darauf vorbereiten, sie zu empfangen.«

»Warum hat es dieser Campagnola so auf Euch abgesehen? Wu hat mir erzählt, dass Ihr ihm und der Republik Venedig lange Zeit gedient habt. Woher dieser Sinneswandel?«

»Ich glaube, es hängt mit Adil zusammen. Irgendwie sieht Campagnola in ihm eine Gefahr oder eine Art Unglücksbringer.«

»In einem Kind? Wie ist es möglich, dass ein so mächtiger Mann Jagd auf ein Kind macht?«

»Das ist eine lange Geschichte, Frau. Eines Tages werde ich sie dir erzählen. Wir sollten gegen unerwünschten Besuch gewappnet sein, und daher muss ich zusehen, dass ich meine Kräfte zurückerlange.«

Humarawa hatte schon in den vergangenen Tagen begonnen, mit Seilen und Gewichten zu hantieren, unterstützt von Rhoda, die seine Anweisungen schweigend ausführte und gebannt den Übungen des Samurai und seinen Schattenkämpfen mit dem Schwert zusah.

Crespis Leiche war in ein altes Fischernetz gewickelt, mit Ballast beschwert und ins Meer geworfen worden. Die Freunde hatten ihm traurig nachgesehen und ihm jeder einen Abschiedsgruß zugemurmelt.

»Worauf warten wir eigentlich noch?«, fragte Adil nach ein paar Tagen. »Warum kehren wir nicht zu Humarawa zurück? Ich will wissen, wie es ihm geht.«

»Wir haben enge Berührung mit einem Pestkranken gehabt. Es ist besser, noch ein wenig Zeit verstreichen zu lassen, ehe wir an Land gehen. Vor allem dürfen wir uns noch nicht einem geschwächten Verwundeten nähern. Falls mein Herr überhaupt noch lebt. Doch sobald diese verdammte Flaute vorbei ist, die uns zwingt, hier herumzudümpeln, und wir sicher sind, uns nicht angesteckt zu haben, halten wir auf den Strand zu, an dem Rhodas Kate liegt.«

Die Koggen waren für den regionalen Seehandel bestimmte robuste Schiffe, zehn bis achtzehn Meter lang, die vor dem Ausbruch der Pest Waren aller Art von Venedig aus über die Adria transportiert hatten.

Campagnolas Kogge machte gute Fahrt. Der Nebel hatte sich gelichtet, hinweggeblasen von einem kühlen Nordwind, der das Lateinersegel blähte. Die Küste glitt steuerbords vorbei.

Campagnola hatte den Befehl gegeben, in Sichtweite eines jeden Landstrichs entlangzusegeln, einschließlich der Inseln. Wenn ihn jemand darauf aufmerksam machte, dass die Suche nach den Entflohenen der einer Nadel im Heuhaufen gleichkam, antwortete er schroff: »Wir haben alle Zeit der Welt, und ihr Boot wird uns schon auffallen. Irgendwann müssen sie ja an Land gehen.«

Irgendwann verlangte er zu wissen: »Was ist das für eine schäbige Behausung dort?«, fragte Campagnola und zeigte auf eine Hütte, die auf einer Anhöhe über dem Strand stand.

»Oh, ich rate Euch, einen Bogen darum zu machen, Herr«, antwortete Tommaso. »Wir sind bereits dort gewesen. Da wohnt eine Zauberin, und ihre Tränke verströmen einen grässlichen Gestank, der noch tagelang an unseren Kleidern hing.«

»Also habt ihr dort schon gesucht, gut. Andere Behausungen scheint es an diesem verlassenen Küstenabschnitt nicht zu geben.«

»Nun, wir haben nicht sehr gründlich gesucht, um die Wahrheit zu sagen. Der üble Geruch aus der Hütte hat uns davon abgehalten und ...« Tommaso stockte, weil ihm aufging, dass er aus Dummheit oder Leichtsinn nachlässig gehandelt hatte.

Mit zu schmalen Schlitzen verengten Augen befahl Campagnola: »Dreht ab und fahrt hinter diesen Felsausläufer dort. Das Schiff darf von der Hütte aus nicht zu sehen sein. Falls sie dort oben sind, sollen sie unsere Ankunft nicht bemerken. Hinter den Felsen suchen wir eine Stelle, wo wir an Land gehen und uns anschleichen können. Wir müssen besonnen vorgehen, denn nur, wenn wir sie überraschen, wird es uns gelingen, Humarawa und den Chinesen zu überwältigen.«

Rhoda hatte sich wie gewöhnlich auf die Suche nach den wertvollen Heilpflanzen gemacht, die sie für ihre Tees und Salben brauchte.

Die Luft war noch schwer von der hartnäckigen Feuchtigkeit, die der tagelange Nebel überall abgelagert hatte. Rhoda spürte sie bis in die Knochen, und sie streckte sich, die Hippe in der rechten Hand, den Korb voller Kräuter, Beeren und Wurzeln in greifbarer Nähe.

Die Hütte lag nicht weit entfernt, ihrem Blick nur gerade durch einen Felsausläufer entzogen. Seit sie diesen Mann aufgenommen hatte, hatte sich ihr Leben sehr verändert, und zwar eindeutig zum Besseren. Immer häufiger kam es vor, dass ihr Geist frei von den Schreckensbildern war, die sie während der letzten Jahre geplagt hatten.

»Dame«, sagte sie lächelnd zu sich selbst. »Meine Dame.« Sie dachte wieder an Wu, der sie anredete wie eine Königin. Dann aber legte sich ein Schleier der Besorgnis über ihr Gemüt, weil sie im Ungewissen über das Schicksal des mächtigen Chinesen war.

Sie sah aufs Meer hinaus und beobachtete ein Schiff, ein gedrungenes Frachtschiff, wie sie an der Küste zwischen Ragusa und Spalato entlangsegelten. Je näher es kam, desto unruhiger wurde sie. Sie konnte sogar schon die einzelnen Männer unterscheiden, die beim Manövrieren Hand in Hand arbeiteten, das Schiff in den Wind richteten und schließlich Anker warfen. Versteckt in den Büschen wartete sie ab. Als sie sah, wie einige Männer in eine Schaluppe stiegen und zum Strand ruderten, fand sie ihre Befürchtungen bestätigt. Es handelte sich um jene Häscher, die sie vor beinahe einem Monat nach dem Japaner und dessen Gefährten ausgefragt hatten, doch diesmal befanden sie sich in Begleitung eines weiteren Mannes, älter und vornehmer gekleidet, der offenbar das Sagen hatte. Ein Pferd stand in der Mitte des Beibootes, das gewiss für den Vornehmen gedacht war.

Rhoda rannte zur Hütte, wobei sie oft auf dem nassen Boden ausrutschte und sich an den Dornen der Brombeersträucher ritzte. Sie musste sich beeilen, wenn sie Hito Humarawa rechtzeitig warnen wollte.

Der Matrose blickte vergnügt drein. Er zog es bei Weitem vor, an Bord zu bleiben und Wache zu halten, als seinen aufbrausenden Herrn auf dieser Landexpedition zu begleiten.

Er vertrieb sich die Zeit damit, Taue und Stopper in Ordnung zu bringen und das Deck nicht sehr gründlich mit Eimern voll Salzwasser zu schrubben.

Den Riesen bemerkte er erst, als dieser vor ihm aufragte.

Die vielen Jahre, in denen er Schiffe bei jeder See und jedem Wind geentert hatte, hatten Wu einiges gelehrt. Er zog das Fischerboot in einer kleinen, einsamen Bucht an Land und beauftragte Adil, es mit Laubzweigen zu tarnen. Dann glitt er ins Wasser und schwamm bis zur Bordwand der Kogge, wo er mit gezücktem Kurzschwert über die Reling kletterte und wie eine Schlange auf Beutejagd übers Deck schlich.

»Wer bist du?«, schrie der Matrose, vor Furcht schlotternd, beim unerwarteten Anblick des fremden Riesen, als sähe er sich einem Abgesandten aus der Unterwelt gegenüber.

»Du weißt genau, wer ich bin, schließlich jagst du schon seit einer Weile hinter mir her«, sagte Wu und fuhr mit dem schwieligen Daumen über die Spitze seines Schwerts. »Und jetzt wird dein Hals meine Klinge zu spüren bekommen.«

»Nein, ich bitte dich ... Ich sage dir alles ... Tu's nicht ...«

»Und was hättest du mir für eine wichtige Mitteilung zu bieten, die dir das Leben retten könnte?«

»Er sucht nach euch. Campagnola. Er ist ein mächtiger, bösartiger Mann und wird nicht aufgeben, bis er euch gefasst hat.«

»Da sagst du mir nichts Neues. Erzähl mir lieber, wo sich deine Kumpane gerade aufhalten.«

»Sie sind an Land gegangen. Campagnola ist bei ihnen und will persönlich die stinkende Hütte einer Hexe durchsuchen, die gleich hinter dieser Felsnase dort liegt.«

Wu dachte noch über die Antwort nach, als ihm plötzlich etwas dämmerte: Eine Wache allein würde dieses Schiff nicht manövrieren können, falls es zu einem jähen Wetterwechsel kam.

Adil hatte das Fischerboot sorgfältig abgedeckt. Dann war er langsam auf die Nachbarbucht zugegangen, in der die Kogge vor Anker lag. Darauf achtend, nicht gesehen zu werden, hatte er jede Bewegung Wus verfolgt und auch beobachtet, wie sich der venezianische Matrose mit erhobenen Händen ergeben hatte.

Von seinem Versteck aus konnte Adil fast das ganze Schiffsdeck überblicken. Nur ein Bereich in der Nähe des Großbaums, an dem noch das Lateinersegel hing, entzog sich seiner Sicht. Genau von dort schnellte auf einmal ein zweiter Mann hervor und überraschte Wu von hinten.

Adil blieb nicht einmal Zeit, einen Warnschrei auszustoßen, da stürzte sich der zweite Matrose auch schon mit einem Knüppel auf den Riesen. Er glaubte, noch aus der Entfernung das Krachen zu hören, mit dem der Knüppel Wus Schädel traf.

»Schnell, wir dürfen keine Zeit verlieren«, sagte Humarawa zu Rhoda. »Denk an das, was ich dir gesagt habe, und halte dich genau daran. In ein paar Minuten werden sie über uns herfallen, aber wir werden unsere Haut teuer verkaufen.«

Rhodas Hütte hatte einen kreisförmigen Grundriss und einen Durchmesser von etwa fünfzehn Schritten. In der Mitte brannte das Feuer. Das Dach aus Holzbalken war mit Stroh gedeckt und mit einem Loch über der Feuerstelle versehen, das als Kamin diente.

Es gab nur ein einziges Fenster auf der zum Meer hin liegenden Seite; die Rückseite der Hütte schmiegte sich an den Berg. Hinter einem Guckloch versteckt beobachtete Humarawa das Herannahen der Venezianer. Es waren neun, vielleicht zehn, und sie bewegten sich geduckt und mit großer Vorsicht.

Die Venezianer hatten sich fächerförmig aufgeteilt und näherten sich der Hütte der Hexe, wobei sie möglichst in Deckung blieben, wie es ihnen Campagnola aufgetragen hatte.

»Dort drin befinden sich möglicherweise zwei der besten und grausamsten Krieger, die mir je begegnet sind«, hatte er ihnen noch mit auf den Weg gegeben.

Tommaso schlich um die Hütte herum, dann machte er seinen Männern ein Zeichen. Drei traten die Tür ein und stürmten hinein.

Das Innere war leer und dämmerig.

Nur das Feuer knisterte unter einem darüber angebrachten Topf.

Eine friedliche, häusliche Szene, so schien es den Männern. Aber nur für einen Augenblick.

Ein schweres Gittergeflecht aus Ästen löste sich von den Dachbalken, schwang herab und traf mit ganzer Wucht die drei mitten im Zimmer stehenden Männer. Die pfeilartig zugespitzten Pfähle, die an jedem Schnittpunkt der Gitterquadrate angebracht waren, durchbohrten Campagnolas Schergen und machten ihnen den Garaus.

Das Gittergeflecht schwang trotzdem noch weiter und hielt seine Todesfracht fest, sodass die Leichen der drei Angreifer mitgeschleift wurden, bis die Pendelbewegung zum Stillstand kam und in der Hütte wieder alles ruhig war.

»Was geht dort drinnen vor?«, fragte Tommaso, beunruhigt von den seltsamen Geräuschen, die er gehört hatte. »Antwortet schon!«

Inzwischen ging ein anderer von Campagnolas Männern – ein mehrfacher Mörder, der nur durch die Protektion des Ratsmitglieds die Freiheit wiedererlangt hatte – auf die offene Tür zu. Er wollte gerade die Schwelle übertreten, als er mit dem rechten Fuß an einer am Eingang gespannten Schnur hängen blieb. Durch einen ebenso einfachen wie tödlichen Mechanismus wurde dadurch ein Zweig weggerissen, der eine Bogensehne gespannt gehalten hatte. Der *Yumi* war ein zirka zwei Meter hoher Langbogen der Samurai, eine präzise Waffe mit hoher Durchschlagskraft, was sie auch in diesem Fall wieder unter Beweis stellte, obwohl es nicht Humarawas Hand selbst war, die den Pfeil abschoss. Der Bogen war so an einem Holzbalken befestigt, dass der Pfeil auf denjenigen zielte, der über die Schnur stolperte.

Der Mann verdrehte die Augen, als das Geschoss seine Lunge durchbohrte und zwischen den Schulterblättern wieder austrat. Womöglich merkte er nicht einmal, wie er starb.

»Halt, nicht weiter!«, warnte Tommaso seine Männer. »Diese verfluchten Dreckskerle haben in der Hütte Fallen aufgebaut.«

»Komm raus, Humarawa!«, tönte Campagnolas Stimme herrisch. »Nicht du bist es, den ich will. Übergib mir das fremde Kind, dann könnt ihr nach Venedig zurückkehren und in Frieden leben.«

Nichts als Schweigen antwortete ihm.

»Ich habe gesagt, du sollst rauskommen! Ich weiß, dass du da drin bist, denn diese Fallen tragen deine Handschrift. Glaub mir, ich will weder dich noch die anderen, nur den Jungen. Wir sind in der Überzahl, und mir ist bekannt, dass du und der Kaufmann nicht in bester Verfassung seid. Ergib dich, dann wird dein Leben geschont!«

Damit machte Campagnola zweien seiner Handlanger ein Zeichen, in die Hütte einzudringen.

Die beiden gingen zögerlich auf den Eingang zu. Die Dunkelheit im Innern wurde nur vom zuckenden Feuerschein erhellt.

Bei jedem vorsichtigen Schritt ächzten die abgetretenen Holzbohlen des Bodens. Die beiden Männer sahen sich an, als wollten sie sich gegenseitig Mut machen.

Dabei bemerkte keiner von ihnen, wie Rhoda eine zum Zerreißen gespannte Schnur durchschnitt. Eine der drei Ketten, an denen der große Kochtopf hing, schnellte ruckartig los, worauf der Topf durch die Luft flog und ein glühend heißes Gemisch aus Wasser, Öl und Nesseln vergoss.

Die beiden wurden von dem ätzenden Regen getroffen, pressten sich vor Schmerz schreiend die Hände auf die Augen und rannten hinaus. Sie mochten mit dem Leben davongekommen sein, würden aber nie mehr das Licht der Sonne sehen.

Dann gab es einen dumpfen Aufprall in der Hütte.

Humarawa war von einem der Dachbalken gesprungen, auf dem er gekauert hatte, und stand nun mitten im Raum.

Er trug seine Samurairüstung aus lackierten Stahllamellen, die von feinen Seidenbändern zusammengehalten wurden. Sein Gesicht war von einer Kriegsmaske aus purem Gold bedeckt, die einen zornigen Dämon darstellte.

»Hier bin ich, Campagnola. Komm und hol mich.«

Als Wu wieder zu Bewusstsein kam, lag er eingeschnürt wie ein Fisch im Netz auf dem Deck der Kogge. Die beiden Männer, die ihn überwältigt hatten, debattierten gerade darüber, wie sie ihn am besten aus dem Weg räumen sollten. »Komm, wir schneiden ihm die Kehle durch, und wenn Campagnola zurückkommt, wird er uns dankbar sein, dass wir einen von den Kerlen, hinter denen er her ist, schon erledigt haben. Wir kriegen bestimmt eine dicke Belohnung.«

»Kann schon sein«, erwiderte der andere, »aber warum amüsieren wir uns nicht zuerst ein bisschen mit diesem Elefanten, ehe wir ihn umbringen?«

»Nein, machen wir ihn lieber gleich fertig und Schluss damit. Diese Teufelssöhne haben sieben Leben wie eine Katze.«

»Was soll denn schon passieren? Er ist festgezurrt wie ein Segel um den Baum.«

Der, welcher der Ängstlichere von den beiden zu sein schien, ließ sich schließlich überreden. Zusammen zogen sie ein Tau, das mit dem Besan, dem hinteren Segel des Schiffes, verbunden war, durch die Schnüre um Wus Fußknöchel, dann hievten sie das Muskelpaket schnaufend nach oben und schwenkten das Segel mitsamt der Last darunter über Bord.

Wus Augen sprühten vor Hass, und er wand sich wie wild in seinen engen Fesseln. »Betet zu eurem Gott, wenn ihr einen habt, dass ich schnell sterbe, sonst kommt der Tag, an dem ich euch unter den schlimmsten Qualen das Ende bereite.«

»Spar dir deinen Atem, Schlitzauge«, höhnte einer seiner Peiniger. »Wirst gleich sehen, wozu du ihn brauchst.«

Damit ließen die beiden den Chinesen zuerst über der Wasseroberfläche baumeln, um ihn dann bis zum Gürtel einzutauchen.

Endlose Momente vergingen, bis sie ihn an dem Tau wieder hochzogen.

Der Chinese hustete und spuckte und schnappte keuchend nach Luft, als die Tortur auch schon von Neuem begann. Die beiden Matrosen lachten lauthals und zählten dabei.

Derjenige, der darauf bestanden hatte, den Gefangenen nicht sofort hinzurichten, war gerade bis fünfzig gekommen, als er die Augen aufriss und ein Röcheln von sich gab. Seine Miene spiegelte eher Verblüffung als Schmerz wider, dann hauchte er sein Leben aus. Ein Blutstrom schoss aus seinem Mund, und er brach auf dem Schiffsdeck zusammen.

Der zweite sah sich nach allen vier Richtungen um und hielt immer noch das Tau gepackt, an dem Wu hing.

Da schwang der Baum herum, kam über die ganze Breite des Decks gesaust und wurde erst durch die Brust von Campagnolas Handlanger gebremst. Der Mann gab ein Geräusch von sich wie ein aufgeblasener Schlauch, aus dem die Luft entwich, wurde rückwärts über die Reling geschleudert und fiel bewusstlos ins Meer.

Adil stand mit dem Dolch in der Hand da, mit dem er die Schot zur Befestigung des Großbaums gekappt hatte. Der zweite Dolch steckte in der Brust des anderen Matrosen. Der flüchtige Ausdruck des Stolzes erlosch sogleich wieder auf dem

Gesicht des Jungen. Ihm blieb nicht mehr viel Zeit, um Wu zu retten.

Der Schlagabtausch dauerte nur wenige Momente, dann fiel ein weiterer von Campagnolas Schergen, durchbohrt von einer Klinge, die sich so blitzartig bewegt hatte, dass sie für ihn unsichtbar war.

Campagnola und die beiden Handlanger, die ihm noch geblieben waren, sahen jedoch nicht tatenlos zu, sondern bedrängten den Samurai von allen Seiten. Der venezianische Adelige war es, der Humarawa schließlich mit dem Schwertgriff am Kopf traf.

Der Japaner wankte kurz, was Tommaso genügte, um Humarawa ebenfalls den Schwertgriff gegen den Kopf zu rammen.

Humarawa fiel bewusstlos zu Boden.

Da durchdrang ein schriller Schrei die Hütte. Aus einer dunklen Ecke stürzte Rhoda hervor, ein Schwert in der Hand. Zwei unbeholfene Hiebe durchschnitten die Luft, doch für die drei kampferfahrenen Männer war es ein Kinderspiel, sie zu entwaffnen.

Als Humarawa wieder zu sich kam, war er mit den Händen auf dem Rücken an einen der Holzpfeiler gefesselt, die das Dach stützten.

»Willkommen zurück, du tapferer Samurai«, empfing ihn Campagnolas widerwärtige Stimme. »Auch deine kühne Gefährtin sehnt sich heißblütig nach dir. Aber du bist tief gesunken, Humarawa, das muss ich sagen. Die schönsten Frauen Venedigs verzehrten sich nach dem Kriegerfürsten aus dem fernen Osten, und jetzt musst du bei einer Hexe liegen.« Schlagartig wurde er wieder ernst. »Wo sind die anderen? Rede, dann schenke ich dir das Leben, und deiner Buhle wird kein Leid geschehen.« Campagnola zeigte auf Rhoda, die mit dem Rücken auf dem Tisch lag und mit Händen und Füßen an die vier Tischbeine gefesselt war.

»Ich weiß nicht, wo meine Gefährten sind, und sie ist nicht meine Buhle.«

Auf Campagnolas Nicken hin riss Tommaso ihr die Kleider

vom Oberkörper und legte seine grobe Hand auf eine runde weiße Brust.

»Ich rate dir, mir zu antworten, Humarawa. Meine Männer haben lange keine Frau mehr gehabt. Stell dir vor, mit welchem Heißhunger sich die beiden, die du gerade mit deiner Falle hast erblinden lassen, an ihr vergehen werden.«

»Ich sage dir doch, ich weiß nicht, wo sie sich aufhalten. Lass diese Frau in Ruhe, sie hat nichts damit zu tun.«

»Ah, wie ich merke, liegt das Wohlergehen dieser Prinzessin dir am Herzen, mein Samurai. Mach weiter, Tommaso.«

Auch Rhodas Rock flog in eine Ecke. Sie war nun nackt, und Tommaso begann, ihr Geschlecht zu befingern.

Die Frau spuckte ihrem Vergewaltiger ins Gesicht.

»O ja«, machte Tommaso, während er seine Hose herunterließ, »eigensinnige Stuten zu besteigen hat mir schon immer besonders gefallen.«

Wu fand, dass der Tod im Grunde gar nicht so schrecklich war. Man musste nur den Mut haben, ihm direkt ins Auge zu blicken. Adieu, kleiner Adil, war der letzte Gedanke des Sterbenden, einhergehend mit der Hoffnung, dass sich der Junge werde retten können.

In diesem Moment streifte ihn etwas. Eine kleine Hand packte das Hemd des Riesen und zog ihn an die Oberfläche. Wu öffnete die Augen und glaubte mit einem vermeintlich letzten Bewusstseinsschimmer, Adils Züge zu erkennen. Dann bewegte er die Beine und stellte fest, dass sie nicht mehr gefesselt waren. Kurz darauf füllte er seine Lunge mit Luft und stieß ein lang gezogenes Zischen aus, auf das heftiger Husten folgte.

Tommaso hatte diese Behandlung offenbar schon vielen anderen Frauen angedeihen lassen, denn er wirkte kein bisschen unsicher oder verlegen, sondern äußerst erregt.

Der andere Scherge beeilte sich mit lüsternem Grinsen, das Becken der Frau festzuhalten.

»So, mein Freund, willst du nun reden oder nicht?«, fragte Campagnola den Japaner zum letzten Mal.

Doch es war Rhoda, die ihm antwortete: »Du wirst elend krepieren, Campagnola. Und sterbend wirst du nur einen kleinen Teil deiner Sünden büßen. Ich verfluche dich.«

Der Venezianer machte ein Zeichen, worauf Tommaso den Rücken krümmte, um in sie einzudringen.

Ein plötzliches Poltern auf den Holzbohlen verursachte eine Erschütterung wie von einem Rhinozeros.

Wu erinnerte tatsächlich an einen wild gewordenen Dickhäuter, als er auf Tommaso zustampfte. Campagnolas Mann wollte nach seinem Schwert greifen, aber der Chinese, von dessen Kleidern und langen Haaren immer noch Meerwasser troff, ließ ihm keine Zeit dazu.

Als der andere Scherge auf ihn losging, bemerkte er den Kratzer nicht einmal, den ihm der Halunke am Unterarm zufügte. Er nahm dem Mann einfach das Schwert ab und zog Tommaso mit der anderen Hand zu sich heran.

Seine Faust schmetterte in das Gesicht des Venezianers wie ein Gesenkhammer und brach ihm den größten Teil seiner Gesichts- und Schädelknochen, worauf er sterbend zu Boden sackte.

»Schnell, Wu, wir dürfen Campagnola nicht entkommen lassen!«, rief Humarawa.

Doch es war zu spät. Campagnola war auf sein Pferd gesprungen und galoppierte schon davon, in Richtung Spalato.

In der Regentschaft der Stadt wechselten sich die Ungarn und die Venezianer seit Langem ab, und seit rund zwanzig Jahren hielten wieder die Venezianer das Heft in der Hand. Campagnola würde dort Unterstützung für die Verfolgung der Flüchtigen erhalten oder zumindest Hilfe für seine Rückkehr nach Venedig, wo er einen neuen Häschertrupp zusammenstellen würde.

Eines schwor sich der Venezianer, während er mit blutunterlaufenen Augen die Straße zur Stadt entlangpreschte: Humarawa und seine Begleiter würden nicht ungeschoren davonkommen.

33. Kapitel

Mai 2004

Jede Aktion der amerikanischen Ermittlungsbehörden und Nachrichtendienste schien einem bestimmten Protokoll zu folgen, das dazu diente, sämtliche Handlungen zu optimieren. Breil überlegte, wie anders doch die Vorgehensweise der israelischen Geheimdienste war. Sowohl beim Mossad als auch beim Shin Beth beruhten die Erfolge jeweils auf den Anstrengungen weniger hervorragender Mitarbeiter, und die Lösung vieler komplizierter Fälle, bei denen nicht nur eine Gefahr für Israel bestanden hatte, war vor allem dem Einsatz und der Erfahrung dieser Leute zu verdanken. In Israel war es schlichtweg nicht möglich, nach festen Schemata zu verfahren, denn dort lebte man in einem ständigen Ausnahmezustand, in dem die Improvisation häufig das einzige Instrument war, um Leben zu retten.

Conrad Deuville stand an der Stirnseite des Saals mit dem Rücken zur Tafel. Vor ihm, auf Stühlen mit integrierten Klapptischen, saßen Cassandra Ziegler, Oswald Breil und vier FBI-Agenten. Sie bildeten den exklusiven Personenkreis, der zu diesem Zeitpunkt wusste, dass das FBI die Ermittlungen zu den Anschlägen des Gerechten nicht eingestellt hatte.

Cassandra und ihr Chef hatten die Ermahnungen des Präsidenten der Vereinigten Staaten als informelle Autorisierung aufgefasst, eine Paralleluntersuchung durchzuführen, und waren entschlossener denn je.

Die Dia- und Videovorführung über die Aktivitäten des Gerechten dauerte etwa fünfzig Minuten und fast noch einmal genauso lang die Rede des FBI-Chefs. Dann war Cassandra an der Reihe.

Obwohl Oswald über mindestens ebenso viele Erfahrungen verfügte wie der Leiter dieses kleinen Seminars, zeigte er keineswegs Ungeduld, sondern professionelles Interesse. Jeder Mensch kann weiterhelfen, jede Nachricht Leben retten, jede vertrauliche Mitteilung muss im Gedächtnis gespeichert werden, damit man sie im richtigen Moment abrufen kann. Dieses Motto, das er sich seit seinem Eintritt in den Geheimdienst zu eigen gemacht hatte, hatte sich schon mehrfach als goldrichtig erwiesen. Oswald hörte aufmerksam zu und versuchte, sich die Fakten und Bilder einzuprägen, die ihm für die Untersuchung nützlich sein könnten.

»Special Agents, Sie hatten noch keine Gelegenheit, Dr. Oswald Breil kennenzulernen«, wandte sich Cassandra an die Kollegen, drei Männer und eine Frau, »auch wenn Sie sicher schon von ihm gehört haben. Wir sind froh und dankbar, dass er eingewilligt hat, uns bei dieser Untersuchung zu helfen. Oswald, Sie haben das Wort.«

Breil stand auf und stellte sich neben die Tafel. »Ich habe mir die Aufnahmen angesehen und mir Ihre Ermittlungsberichte angehört, und ich will nicht leugnen, dass ich keine schnelle Lösung des Falls absehen kann. Nach allem, was ich bisher erfahren habe, ist dieser Gerechte im Namen Gottes ein Terrorist mit hervorragenden Kenntnissen, der seine Handlungen geradezu manisch genau plant und dabei kein Detail unberücksichtigt lässt. Er jagt Zuschauertribünen und Schiffskonvois mit einer ungerührten Selbstverständlichkeit in die Luft, mit der sich ein Raucher eine Zigarette anzündet. Darüber hinaus gilt es zu bedenken, dass der inoffizielle Charakter unserer Arbeit natürlich die Mittel, über die wir normalerweise verfügen, sehr begrenzt. Allerdings sollten wir trotz der eingeschränkten Ressourcen nicht nur die negativen Aspekte betrachten. Vergessen wir nicht, dass der Täter seine Schreiben immer zuerst an das FBI beziehungsweise an Cassandra Ziegler schickt. Und ein kleines, gut ausgebildetes Team arbeitet oft effizienter als ein großer, schwerfälliger Apparat von Bürokraten.«

Es entstand ein kurzes Schweigen.

Oswald sah seine Gesprächspartner nacheinander an und fuhr fort: »Meine Rolle bei dieser Unternehmung ist die eines Gastes, und der Gast kann dem Hausherrn nur Ratschläge geben, aber nicht seine Entscheidungen bestimmen. Meiner Ansicht nach müssen wir lückenlos ermitteln, ohne irgendeine Hypothese von vorneherein auszuschließen. Darüber hinaus sollten wir bedenken, dass das Ausmaß der Anschläge, was die Zahl der Opfer und die direkten Folgen betrifft, stetig zunimmt. Meine Hoffnung ist, dass dieser Größenwahn den Gerechten dazu verleitet, einen Fehler zu begehen.«

Sara Terracini blickte aus dem Fenster ihres Büros. Rom erwachte gerade, es war ein heller, warmer Frühlingsmorgen. Ja, Rom erwachte, aber sie hatte die ganze Nacht kein Auge zugetan und über den Dokumenten gebrütet, die Breil ihr anvertraut hatte.

»Oswald, in welches Abenteuer willst du dich jetzt wieder stürzen?«, murmelte sie. Sie sah auf die Uhr, berechnete schnell, wie spät es an der East Coast war, und machte sich daran, eine Nachricht zu schreiben.

»Meiner Erfahrung nach«, dozierte Oswald weiter vor den FBI-Leuten, »kommt uns Ermittlern bei der Lösung scheinbar unlösbarer Probleme häufig die Geschichte zu Hilfe. Denken Sie einmal nach: Gab es vielleicht irgendwann einmal vergleichbare Vorfälle wie die Anschläge des Gerechten? Ich meine nicht einen Sittenrichter islamistischer Prägung, sondern einen schwer zu fassenden Sprengstoffexperten.«

Alle warteten darauf, dass Breil selbst die Antwort auf sein Quiz lieferte.

»Er konnte seiner Karriere als Bombenleger achtzehn Jahre lang nachgehen, ohne gefasst zu werden«, gab Breil noch einen Tipp.

»Bombenleger ... Bombenleger ...« In Cassandras Hirn arbeitete es. »Der Unabomber!«

»Genau, Cassandra. Ted Kaczynski, bekannt als der ›Unabomber‹, terrorisierte Amerika mit seinen Briefbomben ab dem 25. Mai 1978.«

»Ich erinnere mich gut an ihn«, unterbrach ihn der älteste der Agenten. »Die Bezeichnung ›Unabomber‹ war ein Akronym aus ›University and Airline Bomber‹, weil Universitäten und Fluggesellschaften seine bevorzugten Ziele waren. Ich glaube, auch er hat seine Taten mit einer Unterschrift versehen.«

»Das ist richtig, Agent Few«, sagte Breil. »Irgendwo im Innern seiner Briefbomben hatte er die Initialen F.C. eingeritzt, eine weitere Gemeinsamkeit mit dem Gerechten, der das Salomon-Siegel auf seinen Bekennerbriefen benutzt. Wir werden gleich noch zu weiteren Übereinstimmungen zwischen den beiden kommen, doch zuerst wollen wir uns auf die Unterschiede konzentrieren, zumindest auf die offensichtlichsten. Der Gerechte scheint präziser und geschickter in der Handhabung von Sprengstoff zu sein. Die vom Unabomber hergestellten Sprengsätze waren oft recht primitiv und explodierten aufgrund von Konstruktionsfehlern nicht vollständig. Einmal füllte er zum Beispiel einen mit einer Zündvorrichtung versehenen Kanister bis obenhin mit Benzin, sodass der nötige Sauerstoff für die Verbrennung fehlte. Des Weiteren agiert unser Terrorist offenbar global, während der Unabomber nur in Amerika zuschlug, in der ersten Zeit sogar nur in der Gegend um Chicago.«

»Soweit ich weiß, legte auch der Unabomber, wie unser Mann, lange Pausen ein, in denen er nichts von sich hören ließ.«

»Ganz recht, Agent Few. Im Juni 1980 erhielt Percy Wood, damals Präsident der United Airlines, ein Buch mit dem Titel *Ice Brothers* zugeschickt, das ihm in den Händen explodierte, als er das Päckchen öffnete. Wood überlebte, trug aber schwere Verletzungen davon. Nach diesem Attentat blieb der Unabomber sechzehn Monate inaktiv. Seine Taten waren aber nicht nur stets mit F.C. gezeichnet, es gab noch ein weiteres seltsames Merkmal, nämlich dass immer irgendwo Holz vorkam, als Material oder auch nur als Wort. Im Fall von Percy Wood tauchte es gleich vier Mal auf: Das Bombenbuch war an Mr. Wood adressiert, es enthielt Holzsplitter, die wie bei einem Schrapnell wirkten, und das Buch war im Arbor-Verlag erschienen, der wiederum einen Baum in seinem Logo trägt. Die drei Behörden, die damals mit dem Fall befasst waren – die Postpolizei, die ATF, also die Agency of Alcohol, Tobacco and Fireworks, und das FBI –, hatten eine Liste von siebzigtausend Verdächtigen vorliegen. In unserem Fall ist die Zahl der infrage kommenden Kandidaten etwa gleich hoch, wenn wir unsere

Ermittlungen auf die Vereinigten Staaten beschränken. Kommen wir zurück zu der Rolle eines Beraters …« Ein Lächeln breitete sich auf Oswalds Gesicht aus, das ihn noch jungenhafter wirken ließ. Aus einiger Distanz konnte man ihn für ein Kind halten, das an der Tafel abgefragt wurde. »Wissen Sie, wer bei den Untersuchungen zu dem Anschlag von Oklahoma City hinzugezogen wurde?«

»Ted Kaczynski!«, rief Ziegler, die ahnte, worauf Breil hinaus wollte.

»Genau, und offenbar erwiesen sich die Informationen, die der Unabomber den Ermittlungsbehörden gab, als sehr nützlich und führten zu der Festnahme des Urhebers, Timothy McVeigh.«

»Dann sollten wir herausfinden, in welchem Bundesgefängnis Kaczynski einsitzt, und ein Gespräch vereinbaren. Möchten Sie selbst mit ihm reden, oder soll ihn einer von uns befragen, Dr. Breil?«

»Ich halte es für das Beste – auch unter Geheimhaltungsgesichtspunkten –, wenn zunächst nur ich mit Kaczynksi spreche. So kann ich schon einmal vorfühlen, ob er gewillt ist, uns zu erzählen, wie jemand auf der anderen Seite empfindet und denkt. Falls mein Vorhaben scheitert, kann ich immer noch behaupten, dass ich auf persönliche Initiative hin gehandelt habe, ohne Sie und das FBI mit hineinzuziehen. Mir scheint, dass man bei Ihnen recht streng ist, wenn sich ein Geheimdienst in die Arbeit eines anderen einmischt. Jetzt noch eine Kleinigkeit zum Schluss«, sagte Breil, das Ende der Sitzung einleitend. »Wenn wir zusammenarbeiten wollen, möchte ich Sie bitten, unnötige Förmlichkeiten beiseitezulassen. Nennen Sie mich einfach Oswald, das ist weniger steif. Also kein ›Doktor Breil‹ mehr.«

Als sie den Besprechungsraum verließen, war in allen Teilnehmern des Meetings die Überzeugung gereift, dass Oswald Breil der Richtige war, um es mit diesem brutalen Terroristen aufzunehmen.

WIE MÖCHTEST DU DEINEN FAMILIENROMAN LESEN, IN FORTSETZUNGEN ODER ALS GANZES? Das hatte Sara Terracini bei Tagesanbruch gemailt.

Als die Sonne über der italienischen Hauptstadt im Zenit stand, teilte ihr ein Signalton mit, dass die Antwort eingetroffen war.

Wie immer, wenn sie mit dem kleinen Mann zusammenarbeitete, wurde sie von einer fast kindlichen Aufregung ergriffen. Das störte sie nicht weiter, eher schon das Gefühl, keinen Einfluss mehr auf ihren eigenen Gemütszustand zu haben, sobald Oswald Breils Leben sich mit ihrem kreuzte.

Sara Terracini, mit Leib und Seele Forscherin und Archäologin, springt jedes Mal freudig herbei wie ein Hündchen, sobald Breil mit dem Finger schnippt, dachte sie kopfschüttelnd, ehe sie den Posteingang öffnete und Oswalds Nachricht las.

WIE WEIT BIST DU DENN? ICH WAR NOCH NIE SO GESPANNT. SCHICKST DU MIR DEN ERSTEN TEIL, SOBALD DU ETWAS HAST? BEI DIR MUSS ES JETZT MITTAG SEIN. RUF MICH AN, WENN ES DEINE ZEIT ERLAUBT, DANKE.

Ja, Oswald, schon gut, dachte sie. Ich rufe dich in meiner Mittagspause an, damit du mir nicht noch vorhältst, ich würde etwas von meiner kostbaren Arbeitszeit abknapsen. Du scheinst ja sowieso nie zu schlafen ... Sara seufzte. Wenn du nicht wärst, Breil ... Wenn du nicht wärst, würde ich mich wirklich einsam fühlen.

Ihr Blick wurde melancholisch, während das Gesicht von Henry Vittard vor ihrem inneren Auge auftauchte. Ihre Romanze mit dem berühmten Seefahrer hatte nur wenige intensive Monate gedauert. Dann war alles zu Ende gewesen. Sie hatten sich Schritt für Schritt voneinander entfernt, ohne dass einer von ihnen etwas dagegen hatte tun können. Doch Sara wusste, dass Henry immer einen Platz in ihrem Herzen haben würde, so wie sie für ihn immer mehr sein würde als ein flüchtiges amouröses Zwischenspiel.

Während sie sich noch ihren Erinnerungen hingab, flogen ihre Hände schon über die Tastatur.

»Ja, ja, natürlich verschlüsselt, zum Donnerwetter!«, murmelte Sara, als der Computer von ihr wissen wollte, ob er die Nachricht an diesen Empfänger weiterhin kodieren sollte.

Breil hatte ja sogar gewollt, dass sie die Memoiren von alten

Römern oder Barockmalern chiffrierte. Dann wohl erst recht, wenn es um eine Geschichte ging, die seine eigenen Eltern betraf. Immerhin wusste sie nun, von wem er diese Besessenheit mit den Codes hatte, nämlich von seinem Vater Asher. Der Apfel fällt nun mal nicht weit vom Stamm.

Sara hängte eine erste Textdatei an ihre Mail. Auch sie kannte das Ende des Berichts noch nicht, den sie nach und nach für ihn entschlüsseln würde. Wobei »entschlüsseln« in dem Fall bedeutete, den Text zwar möglichst getreu und ohne irgendwelche Hinzufügungen oder eigene Interpretationen, aber in lesbarer Prosa wiederzugeben. Die Übersetzung sollte zum Verstehen beitragen, wie Breil gern sagte.

Doch dazu bedurfte es einer geradezu schriftstellerischen Leistung. Sie würde aus diesen Notizen eine stringente Erzählung machen, wobei sie sich bemühen würde, Objektivität zu wahren.

»Besser geht's nicht«, murmelte Sara und klickte auf den Button zum Absenden.

34. Kapitel

Nach den Aufzeichnungen von Asher Breil in Cortina d'Ampezzo 1967

»Stört es Sie, wenn ich mir Notizen mache, General Sciarra?«, fragte Asher Breil und griff nach Heft und Stift.

»Keineswegs, zumal einige der Dinge, die ich Ihnen berichten werde, recht verzwickt sind. Da wäre es nicht verkehrt, wenn Sie mir helfen, etwas Ordnung in meinen alten, müden Kopf zu bringen.«

»Ich wünsche mir sehr, in Ihrem Alter geistig noch so klar zu sein.« Asher sagte das nicht aus Schmeichelei, der alte Herr imponierte ihm. Er hatte ein vornehmes Betragen, das angeboren sein musste, und trotz seines Alters blickten seine freundlichen Augen lebhaft und intelligent. Er kleidete sich mit dezenter Eleganz, und der sportliche Stil, den er dabei bevorzugte, ließ ihn jünger wirken. Seine Umgangsformen waren angenehm und liebenswürdig und sorgten dafür, dass man sich in seiner Gegenwart wohlfühlte.

Sciarra della Volta war Jahrgang 1888.

»Danke, Kimber«, sagte er, als seine Frau das Tablett mit den Espressotassen auf den Tisch stellte. Sein Blick streichelte zärtlich über ihr Gesicht wie eine sanfte Hand.

Asher dachte, wie innig ihr Verhältnis doch sein musste, wenn sogar er, ein Fremder, davon gerührt wurde.

»Wie gesagt, alles begann an dem Tag, als ich meiner späteren Frau zum zweiten Mal begegnete. Obwohl es eigentlich schon anfing, als Minhea Petru zu meiner Kompanie an die Dolomitenfront versetzt wurde. Doch die Ereignisse nahmen erst einmal eine andere Wendung, als ich im Juli 1917 in Port Said, in Ägypten, ankam …«

Sciarra trug die Sommeruniform eines Obersts des königlichen italienischen Heeres. Noch einmal drehte er sich nach der *Città di Tripoli* um, die gerade wieder ablegte.

»Guten Tag, Herr Oberst. Bitte sagen Sie mir, wo ich Ihr Gepäck finde.« Die Hautfarbe des jungen Mannes, der ihn angesprochen hatte, unterschied sich kaum von der der vielen Einheimischen, welche die Hafengegend bevölkerten, doch seine Uniform wies ihn als einen italienischen Infanteristen aus.

Hinter dem Soldaten, der sich in einem Italienisch mit sizilianischem Dialekt an ihn gewandt hatte, sah Sciarra ein verdeckfreies, militärgrünes Automobil. Der Empfang, den man ihm in Ägypten bereitete, missfiel ihm durchaus nicht – die sturen Mulis gehörten offenbar endlich der Vergangenheit an. Seit Kriegsbeginn hatte er nicht mehr in einem Auto gesessen, sodass ihm der Ford T Touring beinahe wie eine Fata Morgana erschien.

»Nein, Signore, der Wagen da ist nicht unser Transportmittel, sondern das dort.« Der junge Mann zeigte auf einen Karren, vor den zwei sichtlich unter der Hitze leidende Pferde gespannt waren. »Verzeihen Sie, ich habe vergessen, mich vorzustellen: Gefreiter Rocco Cadrici, Ihr Offiziersbursche in Ägypten.«

Sciarra lächelte und gestattete sich einen sizilianischen Kraftausdruck aus dem geringen Wortschatz, den er von der Sprache seiner Vorfahren hatte.

»Dieses Automobil gehört den Engländern«, erklärte Rocco Cadrici. »Es heißt, ein sehr reicher Offizier, der in Port Said stationiert war, habe es seiner Kompanie geschenkt, als er wegen Invalidität verabschiedet wurde. Eine türkische Granate habe ihm beide Beine abgerissen.«

Als Sciarra dem jungen Soldaten half, seine Siebensachen auf den Pferdewagen zu laden, wurde er auf die Dame aufmerksam, die gerade in den Ford stieg. Sie war elegant, aber doch dezent gekleidet und schien, zumindest aus der Entfernung, sehr anziehend, auch wenn Sciarra ihr Gesicht nicht sehen konnte.

Das Auto fuhr los, begleitet von lautem Motorgebrumm und dem Blick des italienischen Obersts, der sich nicht erklären konnte, warum ihm die Frau so bekannt vorgekommen war. Ein Sergeant in tadelloser Uniform saß am Steuer und fungierte als Chauffeur.

Sciarras »Chauffeur« schnalzte mit der Zunge und trieb die beiden Pferde mit den Zügeln an. »Ägypten ist ein wunderbares Land, Herr Oberst. Hier gibt es alles, was das Herz begehrt: Geschichte, Kultur, Intrigen. Und die Mädchen, Signore, die Mädchen ...« Rocco küsste schmatzend alle fünf Finger einer Hand. »Es wird Ihnen hier gefallen, Sie werden sehen. Das Boot nach Kairo legt in wenigen Stunden ab, und wir müssen uns beeilen, wenn wir nicht die ganze Fahrt über stehen wollen.«

Drei Tage waren seit Sciarras Ankunft in Kairo vergangen, und er hatte die erholsame Fahrt auf den ruhigen Wassern des großen Flusses genossen. Die Farben des Nils gehörten zum Unglaublichsten, was die Natur zu bieten hatte: der grüne Flusslauf, dem die Nomadenkarawanen mit ihren Kamelen folgten, die Rottöne der Sonnenuntergänge, die Kontraste zwischen der üppigen Ufervegetation und der gleich dahinter beginnenden Wüste.

An diesem Abend gab es einen offiziellen und sehr förmlichen Empfang. Rocco trat mit der frisch gebügelten Galauniform des Obersts ins Zimmer. »Bitte sehr, Herr Oberst, Sie werden heute Abend eine großartige Figur vor den Engländern machen.«

»Danke, Rocco.« Sciarra musterte seinen Burschen und fragte sich, wie ein so maskuliner junger Mann typische Frauenarbeiten verrichten konnte – Uniformen bügeln, Wäsche waschen, die Unterkunft seines Vorgesetzten sauber halten.

Plötzlich musste er an das Geschrei seiner Männer denken, wenn sie aus dem Schützengraben stürmten, und er meinte, die Furcht wieder zu spüren, wenn der Ruf »Gas!« in den Tunneln von Mund zu Mund ging. Er sah die schmerzverzerrten Gesichter der verwundeten Alpini und den Ausdruck des Schreckens, der oft in den Augen der Sterbenden stand. Dann nahm er wieder das muntere Lächeln wahr, mit dem Rocco ihm die schneidige Uniform hinhielt.

Im Grunde war Rocco schlauer als alle, die den Karabiner schulterten und beim Angriff losbrüllten, um sich Mut zu machen, sagte sich Sciarra. Als Bursche vermied er es, als Drückeberger abgestempelt zu werden, und lief dennoch nicht Gefahr, eine Kugel in den Kopf zu bekommen. Die Kehrseite der Medaille war, dass er der wenig heldenhaften Aufgabe, einem Offizier zu dienen, nachgehen musste. Aber Sciarra konnte ihn für seine Entscheidung nicht tadeln.

Im Festsaal drängten sich sämtliche hohen Militärs, die in Kairo stationiert waren.

»Erlauben Sie mir, Ihnen den Kommandanten unserer Streitkräfte im Nahen Osten vorzustellen, Oberst Sciarra«, sagte Oberst Wilson, der englische Repräsentant in Ägypten, der sich gleich darauf an den anderen Offizier wandte. »General Allenby, das ist Oberst Sciarra della Volta vom italienischen Heer.«

Sciarra nahm Haltung an, doch der General gab ihm freundschaftlich die Hand. »Ich hoffe, Sie verstehen Englisch, da ich nur wenige Worte Italienisch spreche.«

Nachdem er sich davon überzeugen konnte, dass sein Gegenüber perfekt Englisch sprach, fuhr Edmund Allenby fort: »Wir hatten Sie schon erwartet, Oberst, und ich heiße Sie auf das Herzlichste willkommen. Sie sollten mir bald Ihre Aufwartung machen. Sagen wir morgen Nachmittag. Ich lasse Ihnen ein bisschen Zeit zum Eingewöhnen.«

Der General drehte sich plötzlich um, aber nicht aus Respektlosigkeit gegenüber seinem italienischen Untergebenen, sondern aus reiner Ritterlichkeit, denn eine elegant gekleidete Dame kam auf sie zu.

Die Frau erwiderte die Aufmerksamkeiten des Generals mit einem zerstreuten Lächeln, dann rief sie erfreut: »Alberto! Alberto, wie schön! Wie geht es dir? Lass dich mal ansehen ...«

»Kimber ... Kimberly, meine Retterin!«

Sie sahen sich einen Moment lang erstaunt an, dann umarmten sie sich voller Zuneigung und aufrichtiger Freude.

»Ähm, Herr und Frau Oberst«, sagte General Allenby. »Wie ich sehe, unterliegt die Begrüßung zweier Offiziere gleichen Ranges in der italienischen Armee einer anderen Etikette als bei denen der britischen Krone. Offensichtlich kennen Sie Oberst Kimberly Hadwin vom Roten Kreuz, Oberst Sciarra, und bestimmt haben Sie beide sich viel zu erzählen. Sie werden heute Abend einer der meistbeneideten Männer im Saal sein, Sciarra. Bis morgen also. Einen schönen Abend, Oberst Hadwin.«

Der General hatte recht, sie hatten sich viel zu erzählen und brannten darauf, allein unter sich zu sein. Zumal Alberto bald wieder zu einem neuen gefährlichen Auftrag würde aufbrechen müssen, wie Kimberly wusste.

Der Wind strich sachte durch die Palmen und trug eine angenehme abendliche Frische in den Innengarten des herrschaftlichen Palastes, in dem der Vertreter Seiner britischen Majestät in Kairo residierte. Die beiden Obersten standen sich in einer abgeschiedenen Ecke gegenüber. Was sich zwischen ihnen abspielte, war kein Duell, und doch blitzten ihre Augen wie hundert Schwerter.

Sciarra neigte sich zu ihr, und sie wies ihn nicht zurück. Ihr Mund öffnete sich unter der sanften Forderung seiner Lippen, und in dem Kuss lag die ganze Macht des Begehrens, das sie damals unterdrückt hatten.

»Ich habe so lange auf diesen Moment gewartet«, flüsterte Alberto. »Du weißt nicht, wie sehr ich es bereut habe …«

Da verschloss sie ihm den Mund mit einem Kuss.

»Ich kann dir gar nicht sagen, wie sehr du mir gefehlt hast«, gestand sie ihm dann. »Es ist kein Tag vergangen, ohne dass ich an dich gedacht habe.«

Diesmal würden sie keinen Grund haben, einer verpassten Gelegenheit nachzutrauern.

35. Kapitel

Adriatisches Meer, 1348

»Du kannst stolz auf ihn sein, Humarawa«, sagte der Chinese, auf Adil deutend. »Wenn unser kleiner Freund nicht gewesen wäre, wäre ich jetzt Fischfutter.«

»Wohl wahr. Und ich habe mein Leben deinem Mut und unserer neuen Freundin zu verdanken. Ohne Rhodas Pflege würde ich jetzt nicht mit dir sprechen.« Humarawa sah zu der wie ausgewechselten Frau hin, die, gründlich gewaschen und ohne ihre schmutzigen Lumpen, nichts mehr mit der Hexe von einst gemein hatte.

»Möge Crespi in Frieden ruhen«, sagte Humarawa nach einer Weile und blickte über das ruhige Meer. »Zusammen haben wir es mit allerlei Gefahren und Feinden aufgenommen, und er war uns ein treuer, tapferer Gefährte. Ich werde mich immer an seine Freundschaft erinnern.«

»Ja, Friede seiner Seele«, stimmte Wu zu. Dann bemerkte er,

wie um den Mantel der Traurigkeit zu lüften, der sich über sie gelegt hatte: »Das hier ist wenigstens ein Schiff, Herr, nicht so eine Nussschale wie die, mit der wir aus Venedig geflohen sind.«

Die Kogge, die einmal zu Campagnolas persönlicher Flotte gehört hatte, segelte stetig südwärts. Sie mussten so viel Abstand wie möglich zwischen sich und den Venezianer bringen, denn sie kannten seine Boshaftigkeit und seinen unversöhnlichen Zorn nur allzu gut.

Der Doge nickte müde und geistesabwesend, während ihm Campagnola sein Ersuchen vorbrachte: »Damals habe ich auf meine Kosten eine kleine Flotte ausgerüstet, um den Piraten Muqatil zu fangen und das Mittelmeer von ihm zu befreien. Nun aber brauche ich Eure Hilfe, o Doge von Venedig, um diese neue Bedrohung für unsere Stadt abzuwehren. Die beiden Orientalen, die einst in unserem Sold standen und zur Bezwingung des Muqatil beigetragen haben, haben sich nun gegen den Rat gewendet und bedeuten eine große Gefahr. Wir müssen ihnen umgehend die Stirn bieten. Ich brauche eine Galeere und genug Männer, um sie zu verfolgen und zur Strecke zu bringen. Die Pest hat meine Truhen so gut wie geleert, deshalb ist es mir nicht möglich, ein derartiges Unternehmen allein in Angriff zu nehmen.«

»Ich räume ein, dass durchaus Wahres an deiner Rede ist, edler Campagnola. Wahr ist aber auch, dass es dir ein persönliches Anliegen war, den Muqatil zu vernichten. War es nicht deine eigene Tochter, die dem Piraten einen Erben geschenkt hat?«

»So ist es, Signore, eine Brut des Teufels. Und auch über eine ebensolche Teufelsbrut will ich mit Euch sprechen. Mir ist bekannt, dass die beiden Orientalen einen Knaben mit Dämonenaugen bei sich haben, einen jungen Araber, der Adil genannt wird. Seit dieser Adil in Venedig aufgetaucht ist, scheint sich alles gegen unsere Stadt verschworen zu haben – wir hatten noch nicht die Toten des Erdbebens begraben, da mussten wir es auch schon mit der Plage der Pest aufnehmen.«

Andrea Dandolo, der vierundfünfzigste Doge von Venedig, war ein belesener, kultivierter Mann, aber dennoch nicht frei von Aberglauben, und er fürchtete die dunkle Macht des Bösen. Darum sprach er schließlich: »Ich glaube nicht, dass deine Truhen sich mehr geleert haben als die anderer. Die Seuche hat uns alle schwer getroffen, und das Einzige, was ich tun kann, ist, die Ausrüstung einer Karakke mitzufinanzieren und dir die Jagd auf diese Orientalen und den Knaben, der deiner Meinung nach des Teufels ist, zu gestatten.«

Mit diesen Worten und einer Geste seiner Hand beendete der Doge die Privataudienz, die er Campagnola gewährt hatte.

Das Schiff stand innerhalb weniger Tage zur Verfügung, mitsamt einer Besatzung, die darauf brannte, die pestbefallene Lagunenstadt zu verlassen.

Auch wenn er sich mit diesem Kahn begnügen musste, würden sie ihm nicht entkommen, sagte sich Campagnola, als die Karakke, ein hochwandiges, eher plumpes Handelsschiff, das keinem Vergleich mit der erbetenen Galeere standhalten konnte, die ruhige See durchpflügte. Die Karakken waren hochseetüchtige Zweimaster mit einem Rah- und einem Lateinersegel am Fockmast. Geschätzt wegen ihrer Robustheit und großen Ladekapazität, zeichneten sie sich jedoch nicht durch Schnelligkeit aus und waren nicht für Gefechte ausgestattet.

Wohin sie sich auch wandten, ging es Campagnola durch den Sinn, er hatte überall Augen und Ohren und würde ihnen auf die Schliche kommen. Er würde keine Ruhe geben, bis er sein Ziel erreicht hatte.

Das würde mit dieser Mannschaft allerdings nicht ganz einfach werden.

Campagnola stand auf dem Achterkastell und beobachtete die rund dreißig Mann starke Besatzung. Es waren einfache Matrosen, so gut wie unerfahren im Gebrauch von Waffen. Und der Venezianer machte sich nichts vor, was seine Gegner anging – die beiden hatten gerade erst zehn seiner besten Kämpfer vernichtet.

»Wir dürfen uns nicht zu sehr auf unseren Vorsprung verlassen, falls Campagnola erneut die Verfolgung aufgenommen hat, womit ich rechne«, sagte Humarawa zu seinen Reisegefährten. »Die Kogge ist langsam, und zwei Männer, eine Frau und ein Knabe sind nicht gerade die ideale Besatzung, um das Beste aus ihr herauszuholen. Wir sollten schleunigst ein sicheres Gebiet erreichen, bevor er uns einholt. Aber vor welchem Land muss der Zorn eines mächtigen Venezianers haltmachen?«

»Ungarn!«, fiel Rhoda ein. »Die wenigen Wanderer, die den Mut hatten, die Hütte einer Hexe aufzusuchen, haben mir manchmal von der weiten Welt berichtet. Von einem habe ich erfahren, dass der König von Ungarn, Ludwig I., ein geschworener Feind der Republik Venedig ist. Erst vor zwei Jahren musste eine Revolte in der Stadt Zara blutig niedergeschlagen werden, wohl nur einer von vielen Volksaufständen, die die Ungarn gegen Venedig geschürt haben. Vielleicht wagt sich Campagnola ja nicht dorthin.«

»Du hast recht, Rhoda, ein guter Einfall. Konstantinopel wäre außerdem ein zu vorhersehbares Ziel. Hinzu kommt, dass wir Tage, möglicherweise Monate in dieser Stadt warten müssten, bis sich eine Reisekarawane Richtung Morgenland zusammengefunden hat, und eine Gruppe wie die unsere würde sicherlich nicht unbemerkt bleiben. Sollten die Venezianer uns noch verfolgen und ebenfalls nach Konstantinopel segeln, würden wir sie innerhalb von Stunden auf dem Hals haben. Am besten locken wir sie auf eine falsche Fährte und machen sie glauben, dass wir Kurs auf Konstantinopel nehmen. Wir werden falsche Spuren in den Häfen der Peloponnes legen und dann, sobald wir Thessaloniki erreicht haben, die Kogge verlassen und auf dem Landweg nach Ungarn reisen.«

Anstelle seiner Feinde hätte Campagnola keinen Fuß in eines der mit Venedig befreundeten Länder gesetzt. Humarawa kannte das Netz aus Zuträgern gut, auf das der Venezianer zählen konnte; er war kein ahnungsloser Tropf.

Der Vernunft nach würden Humarawa und sein Knappe über Konstantinopel in den Orient fliehen, denn sie wussten schließlich, dass zwei Krieger mit Mandelaugen im Abendland leicht aufzuspüren waren.

Aber etwas sagte Campagnola, dass sie nicht den offensichtlichsten Kurs einschlagen würden …

In der Taverne auf Zakynthos stank es nach Bier und dem beißenden Rauch aus dem Kamin. Wu setzte sich auf eine der Holzbänke und bestellte zu trinken. Sein wenig vertrauenerweckendes Aussehen trug ihm erstaunlicherweise das Wohlwollen der Leute dort ein.

Zakynthos war ein Besitztum der Familie Tocco, die Venedig eng verbunden war. Aus diesem Grund behaupteten manche, dass bald die gesamte Insel der Seerepublik einverleibt werden würde und schon seit einiger Zeit Verhandlungen darüber im Gange seien.

»Wo wollt ihr denn hin?«, fragte ein in der Nähe sitzender Seemann mit freundlichem Gebaren.

»Nach Konstantinopel und von dort weiter in den Orient«, antwortete Wu ohne Zögern.

Im Morgengrauen des folgenden Tages hatte die Kogge die Bucht von Zakynthos wieder verlassen.

»Nehmt diese Münzen und trinkt auf meine Gesundheit!«, sagte Campagnola zu der Mannschaft. »Seeleute wissen immer gut Bescheid, und die Tavernen, in denen sie verkehren, sind die besten Umschlagplätze für Neuigkeiten.«

Schon wenige Stunden später erhielt einer der Matrosen von Campagnola eine Sonderbelohnung.

»Du sagst, dass dein Informant vorgestern von Zakynthos abgesegelt ist und die Kogge den Hafen am Morgen des Vortages verlassen hat«, fasste Campagnola zusammen. »Das bedeutet, dass sie nur drei Tage Vorsprung haben. Doch sobald wir die Peloponnes umschifft haben, werden wir nicht Kurs auf Konstantinopel nehmen, sondern das griechische Festland ansteuern. Mir scheint, sie legen eine falsche Duftfährte wie eine Füchsin, die andere Raubtiere von ihren Jungen weglocken will.«

Am Horizont war eine Insel aufgetaucht. Ihr Umriss zeigte einen Vulkankegel, der nur an einer Seite zu einem kleinen, ebenen Strand abfiel. Auf ihn war Humarawas Blick gerichtet.

»Wie seltsam das Leben doch spielt, Adil. Auf dieser Insel haben ich gegen deinen Vater und seine Leute gekämpft, und jetzt fliehe ich zusammen mit dir dorthin, vor eben dem Herrn, der mich gegen dein Volk in den Krieg geschickt hat.«

Der Blick von Adils blauen Augen verlor sich in der Ferne. »Ich kenne die Geschichte, meine Mutter hat sie mir erzählt. Wäre sie damals nicht umgekehrt, um meinen Vater vor deinem Angriff zu warnen, wäre ich nie geboren worden …«

»Genug von diesen mädchenhaften Reden«, sagte Humarawa lächelnd. »Nimm dein Schwert, damit wir ein wenig üben können.«

»Schwertübungen, jetzt?«, rief Rhoda. Sie hob einen dampfenden Topf an, dessen Henkel mit einem Lumpen umwickelt war. »Ich hatte große Mühe, diesen Topf bei dem Geschlingere über dem Feuer zu halten, und musste ständig fürchten, dass ein Stück Glut einen Brand verursacht. Jetzt wird erst mal gegessen!«

Sie hielten immer noch Kurs auf Konstantinopel, doch bei der Insel Chios würden sie abdrehen und Thessaloniki ansteuern, in der Hoffnung, Campagnola zu täuschen. Humarawa wusste, dass sie dadurch mindestens zwei Tage verloren, aber das musste er in Kauf nehmen, wenn er sie alle retten wollte.

Der Mann ging langsam über den Strand der Insel. Sein Körper trug noch die Zeichen einer nicht lange zurückliegenden Verwundung. Er blieb stehen, um das Schiff zu beobachten, das gerade vorüberfuhr. Auch auf diese Entfernung fiel es ihm nicht schwer, es als venezianische Kogge zu erkennen.

Der Mann ging weiter. Über ihm erhob sich der riesige, seit Jahrhunderten erloschene Krater. Die Zeit hatte die Spuren der Schlacht verwischt, aber in den meerblauen Augen des Mannes war die Erinnerung nicht erloschen. Der vertraute Schrei des abgerichteten Falken klang ihm noch in den Ohren.

Hatte er richtig daran getan, das Liebste, was ihm geblieben war, in die Hände seines ärgsten Feindes zu geben? Inzwischen fürchtete er, einen großen Fehler begangen zu haben.

Er musste die Insel verlassen und sich auf die Suche nach seinem einzigen Glück machen.

Als ehemaliger Pirat wusste er, wie man an Bord eines fahrenden Schiffes gelangte, um sich Kleider, Geld und alles Übrige zu beschaffen, das man für eine Rückkehr in die Zivilisation brauchte. Allerdings würde er allein gewiss keine Galeere oder ein Kriegsschiff entern können.

Nun kam ihm der Zufall zu Hilfe: Die Besatzung dieser Kogge bestand wahrscheinlich nur aus fünf oder sechs Mann, und es war nicht gesagt, dass sie alle mit einem Schwert umgehen konnten. Er würde mit ihnen fertig werden, wenn er sich den Moment der Überraschung zunutze machte.

Entschlossen schob er seinen flinken *Badan* ins Wasser und machte sich daran, die Kogge zu verfolgen.

Die Dunkelheit kam schnell und brachte einen starken, gefährlichen Wind mit. Der Pirat verlor seine Beute aus den Augen, als sich die Wellen auftürmten. Dies war nicht die geeignete Nacht, um das Schiff zu entern.

Am Morgen darauf sucht er den Horizont in alle Richtungen ab, konnte die Kogge aber nirgends entdecken. Als er sie wieder erblickte, war eine weitere Nacht vergangen, die Insel Chios war inzwischen in Sicht, und das Schiff steuerte deren Hafen an.

Der Mann brachte den Badan vor den Wind; eine so günstige Gelegenheit durfte er sich nicht entgehen lassen. Er würde bis zum folgenden Morgen in Hafennähe bleiben, um festzustellen, ob das Schiff erneut auslief.

Wu hatte das Segel am Horizont entdeckt. Es musste sich um ein kleines Schiff handeln, das Waren zwischen den Inseln der Ägäis transportierte. Wahrscheinlich steuerte es ebenfalls den Hafen von Chios an, wo er bald an Land gehen und seine übliche Rolle spielen würde. Zum Glück sollte es die letzte Vorstellung dieser Art sein. Es gab keine andere Möglichkeit, um ihre

Spuren zu verwischen, und Campagnola war ein gnadenloser Spürhund, wie er und Humarawa wussten.

Der Tag brach gerade an, als der Mann sah, wie die Kogge an der Hafenmole von Chios vorbeiglitt und langsam auf die Dardanellen und Konstantinopel zuhielt. Er beschloss, die Nacht abzuwarten, ehe er zur Tat schritt.

Gegen Abend jedoch geschah etwas Unerklärliches: Das Schiff änderte abrupt den Kurs, wendete um fast hundertachtzig Grad und segelte in nördliche Richtung.

»Hoffen wir, dass Campagnola, falls er uns immer noch jagt, darauf hereinfällt«, sagte Humarawa, während er den neuen Zielhafen ansteuerte. »Bei diesem günstigen Wind sollten wir in ein paar Tagen Thessaloniki erreichen. Und wenn wir Glück haben, könnten wir in einer Woche in Ungarn sein, außer Reichweite des Venezianers.«

Der Mann in dem Badan behielt seinen Kurs vorläufig bei. Er würde erst nach Sonnenuntergang wenden, um seine Opfer nicht zu warnen, denn das Überraschungsmoment war seine schärfste Waffe.

Dann kam die Nacht, mit einer schmalen Mondsichel, die das dunkle, von einer steifen, beständigen Brise aufgepeitschte Meer kaum beleuchtete.

Der Mann sorgte dafür, dass sich die Segel blähten und der Badan unter voller Ausnutzung seiner auf Geschwindigkeit gerichteten Eigenschaften gute Fahrt machte.

Die Laterne am Hinterschiff der Kogge war nun schon zu sehen. Die Besatzung schien nichts von der Gefahr zu ahnen.

Rhoda stand am Ruder. Sie hatte sich in aller Eile mit dem Schiff und seinen Reaktionen auf den Wind vertraut gemacht. Sie musste einem bestimmten Stern folgen, um den nächtlichen Kurs zu halten.

Die Männer hatten zuerst nicht gewollt, dass sie sich bei den Wachen mit ihnen abwechselte, aber Rhoda hatte sich durchgesetzt, denn sie waren ohnehin nur drei Erwachsene, die das Schiff steuern konnten. Am Ende hatten sie die Wachen untereinander aufgeteilt.

Wu war bis vor Kurzem bei ihr geblieben. Zwischen ihr und dem Riesen keimte ein neues zartes Gefühl, das tiefer ging als bloße Freundschaft.

Der Mann hielt die Schot mit der rechten Hand und segelte sicher durch die Nacht, immer im Kielwasser der Kogge. Er machte sich zum Entern bereit: Er würde die Haken um die Reling werfen und an Bord klettern, darauf hoffend, dass ihn im Schutz der Dunkelheit niemand bemerkte.

Auf einmal streifte ein großer Schatten an dem Badan luvseits vorbei. An Bord des wie aus dem Nichts aufgetauchten Schiffes hatte keiner das kleine arabische Boot bemerkt.

Nach dem ersten Moment der Verblüffung steuerte der Mann sein wendiges Gefährt in das Kielwasser dieses neuen Verfolgers, den die Nacht geboren hatte.

Angelo Campagnola stand am Bug, die Beine fest aufs Deck gestemmt. Seine Augen schienen das kleine Licht vor ihm, das in der fast vollkommenen Schwärze leuchtete, verschlingen zu wollen.

Wu hatte ihr eingeschärft, ständig nachzusehen, ob sie auch mit vollen Segeln fuhren. Rhoda hatte schnell herausgefunden, wie sie mit einem leichten Antippen des Steuers das Schiff in den Wind richten konnte, damit die Segel jede Bö auffingen. Die beiden Männer und der Junge lagen ausgestreckt an Deck und schliefen.

Als der Schrei ihrem Mund entwich, war es bereits zu spät. Der drohende Schatten eines massigen Schiffes überragte die Reling, und Campagnolas Männer sprangen an Bord, noch bevor sich die Schiffswände berührten.

Die beiden Orientalen erwachten sofort, doch die Klingen der Angreifer waren schon auf ihre Kehlen gerichtet. Jede Gegenwehr war zwecklos.

Campagnolas Stimme ertönte, triumphierend und grausam. »Ich bin noch unschlüssig, ob ich euch nach Venedig bringen und dort gesetzmäßig hinrichten lassen oder … oder ob ich euch gleich hier auf offenem Meer die Köpfe abschlagen soll!« Der flackernde Schein der Fackeln, die die Angreifer entzündet hatten, verlieh ihm ein noch diabolischeres Aussehen. »Wenn ich es recht bedenke, wird es meinem Ansehen in der Stadt und vor dem Dogen zuträglicher sein, wenn ihr auf der Piazza San Marco aufgehängt werdet. Andererseits bin ich nicht sicher, ob die Stadt die Hinrichtung eines Knaben gutheißen wird.«

Campagnolas stechender Blick richtete sich auf Adil. »Für dich lasse ich mir noch etwas einfallen, Teufelsbrut. Viele Seemeilen trennen uns von Venedig, und auf dem Meer kommt es leicht zu Unglücksfällen …«

Der Mann hatte verfolgt, wie die Kogge geentert worden war, und war zusammengezuckt, als er im Licht der Fackeln einige bekannte Gestalten erkannte.

Er hörte deutlich die Befehle, die Campagnola erteilte: »Fünf von euch bleiben auf diesem Schiff und steuern es nach Venedig. Ihr anderen bringt die Gefangenen hinüber. Falls einer sich wehrt, tötet ihn!«

Obwohl an Bord der Karakke fünf Matrosen fehlten, grenzte es ans Unmögliche, die beiden Männer, den Knaben und die Frau retten zu wollen. Aber das Leben hatte diesen Mann gestählt wie die härteste aller Schwertklingen, und die Grenze zwischen dem, was möglich, und dem, was unmöglich war, kümmerte ihn nicht mehr.

Die Karakke mit Campagnola und seinen Gefangenen segelte weiter durch die Nacht. Der Badan folgte ihr in geringer Entfernung, verborgen in der Dunkelheit.

36. Kapitel

Juni 2004

Theodore Kaczynski wurde im Mai 1942 in Chicago geboren.

Sechsunddreißig Jahre später sollte er als Unabomber seinen ersten Anschlag auf einen Universitätsprofessor namens Buckley Crist an der Northwestern University in Evanston, Illinois, verüben, mittels eines an den Absender zurückgeschickten Päckchens mit schwach explosivem Sprengstoff, das der Absender nie versandt hatte. Es verursachte nur leichte Verletzungen bei einem Sicherheitsbeamten des Universitätscampus. Crist hatte nämlich Verdacht geschöpft und den Sicherheitsdienst alarmiert, und der Wachmann, Terry Marker, hatte sogar noch gescherzt, es werde sich doch nicht etwa um eine Bombe handeln. Als Terry das Päckchen dann öffnete, war es explodiert.

Dieser Vorfall war der Anfang einer fast achtzehn Jahre dauernden terroristischen Karriere, in deren Verlauf ein scheinbar farbloser Mann wie Kaczynski Angst und Schrecken in den gesamten USA verbreitete.

»Wie ich sehe, widmen Sie sich der Literatur, Professor Kaczynski«, sagte Breil mit Blick auf die Bücher, die der Unabomber unterm Arm hatte.

Die Anrede »Professor«, die immer noch viele, mehr oder weniger ernst gemeint, verwendeten, ging auf seine Zeit als Dozent an der Berkeley University zurück.

»Was soll man machen, Dr. Breil, hier drin liest man entweder, oder man geht vor die Hunde«, entgegnete Kaczynski und forderte Oswald mit einer höflichen Geste auf, sich ihm gegenüber an den Tisch zu setzen.

Er trug den orangefarbenen Gefängnisoverall und war frisch rasiert, vielleicht extra für jenen Mann, der sich mit ihm im Besuchszimmer des Supermax-Hochsicherheitsgefängnisses in Colorado unterhalten wollte.

Seine Wangen waren eingefallen, und die zerzausten grauen

Haare erinnerten an ein auseinanderstiebendes Feuerwerk. Er benahm sich freundlich, aber in seinen Augen, von denen eines leicht schielte, lag eine Spur von Wahnsinn.

»Ich habe viel über Sie gelesen, Dr. Breil, und fühle mich geehrt, dass sich ein so bedeutender Mann extra für mich an diesen gottverlassenen Ort bemüht. Zigarette?«

»Nein danke, Professor Kaczynski, ich rauche nicht. Auch ich habe mich über Sie erkundigt: ›Die industrielle Revolution und ihre Folgen haben sich als katastrophal für die Menschheit erwiesen‹«, zitierte Oswald einen Satz aus dem sogenannten »Manifest des Unabombers«.

Der Attentäter hatte diesen Text verschickt, als die Polizeikräfte bei ihren fieberhaften Ermittlungen an einem toten Punkt angelangt waren. Das Manifest war von einigen großen amerikanischen Tageszeitungen vollständig veröffentlicht worden und wie eine weitere Herausforderung an die Behörden gewesen.

»Doch ich bin nicht hier, um ein Wissensduell mit Ihnen auszutragen«, fuhr Breil fort, »sondern weil ich glaube, dass uns Ihre Kenntnisse in einem aktuellen Fall nützlich sein könnten.«

»Der Gerechte im Namen Gottes?«, fragte Kaczynski. »Ich verstehe nicht, wieso ein israelischer Ex-Premier hinter einem Terroristen her ist, der es auf Moslems abgesehen hat. Im Grunde nimmt er Ihnen doch die Arbeit ab.«

»Das sehe ich nicht so. Das Ziel dieses Terroristen sind immer unschuldige Bürger. Außerdem drohen seine Taten ohnehin schon fragile Kräfteverhältnisse ganz aus dem Gleichgewicht zu bringen. Wir müssen ihn so bald wie möglich stoppen, und Sie könnten mir dabei helfen, Kaczynski.«

»Ich glaube nicht, dass ich Ihnen behilflich sein kann, Dr. Breil. Denken Sie nicht, dass ich mich zieren will, im Gegenteil. Beim letzten Mal, als ich mit der Polizei zusammengearbeitet habe, fing für mich die Zeit wieder an zu laufen. Sie können sich nicht vorstellen, wie wichtig es hier drinnen ist, wenn man eine geistige Beschäftigung hat. Aber im Vergleich zu dem Gerechten war der Bombenleger von Oklahoma ein Anfänger. Ich habe mich von der ersten Explosion an für Ihren ›Gerechten‹

interessiert, Dr. Breil, habe alles verfolgt, was man in einer Zelle von zwei mal drei Metern an Informationen kriegen kann. Es wird schwer, sehr schwer, ihn zu fassen. Er ist raffiniert, wachsam, begeht keine Fehler. Kurzum, er ist meiner Stümperei von damals um Klassen überlegen, dabei habe ich die Feds achtzehn Jahre lang auf Trab gehalten. Hinzu kommt noch, dass er keine Grenzen zu kennen scheint, in jeder Hinsicht. Er schwirrt durch die halbe Welt, ohne dass jemand bisher ein System hinter der Auswahl seiner Ziele erkennen kann.«

»Ich merke, Sie haben sich eingehend mit der Sache beschäftigt, Professor.«

»Eine … Berufskrankheit.« Der Blick des Unabombers wurde leer und abwesend, als würde er sich in Erinnerungen an seine ›heroische‹ Vergangenheit verlieren.

»›Ich möchte nun ein Wort …‹«, hob Kaczynski wieder an, einen Denker des neunzehnten Jahrhunderts zitierend, der ihn nach eigener Aussage zu seinem Manifest inspiriert hatte. »›… für die Natur einlegen.‹«, beendete Breil den Satz von Henry David Thoreau. »Und das Überleben der Natur, zu der auch wir Menschen gehören, liegt tatsächlich in unseren Händen. Ich weiß nicht, wie wichtig Ihnen das ist, Professor Kacyzinski. Mir jedenfalls ist es sehr wichtig. Der Gerechte ist eine furchtbare Bedrohung, vor allem wegen der Auswirkungen, die seine Taten auf die Beziehungen zwischen der östlichen und der westlichen Welt, zwischen Moslems und Christen haben können. Ich zähle auf Ihre Hilfe.«

»Sie überlassen offenbar nichts dem Zufall, Dr. Breil. Zitieren sogar meinen Lieblingsautor auswendig. Ich werde mich melden, sobald ich Ihnen etwas zu sagen habe.«

Die schlanken Finger bewegten sich flink über die Tastatur. Dann bediente die rechte Hand den Joystick mit der Geschicklichkeit eines Fans von Computerspielen. Doch hierbei ging es nicht um ein Spiel.

Nachdem er sich vergewissert hatte, dass er das Steuersystem beherrschte, kehrte der Gerechte zum Textverarbeitungsprogramm zurück und schrieb seine makabre Prophezeiung.

Vierte Sure

Aber nein, sie haben die Wahrheit, als sie zu ihnen kam, für Lüge erklärt und befinden sich nun in einem Durcheinander. Haben sie denn nicht gesehen, wie wir den Himmel über ihnen aufgebaut und geschmückt haben und dass er keine Spalten hat?

Wir machen lebendig und lassen sterben. Und bei uns wird es enden. Am Tag, da sich die Erde ob ihnen spaltet. Das ist eine Versammlung, die zu bewerkstelligen uns ein Leichtes ist. Wir wissen sehr wohl, was sie sagen. Und du hast keine Gewalt über sie. Mahne nun mit dem Koran all diejenigen, die meine Drohung fürchten!

Dann senkte sich der Ring der Könige erneut auf das Papier, um die Botschaft des Mörders zu besiegeln.

Cassandra Ziegler hatte Breil angerufen und ihm die jüngste Nachricht des Gerechten gemailt. Die Verse entstammten verschiedenen Teilen der Sure mit dem Namen *Qâf*. Diese Sure war jedoch die fünfzigste und nicht die vierte, wie der Gerechte schrieb. Die vierte Sure des Korans hieß *An-Nisâ,* »Die Frauen«, und ihr Inhalt war ein ganz anderer. Cassandra und Oswald hatten sich lange den Kopf über diesen Widerspruch zerbrochen und Hypothesen über das neue Anschlagsziel des Gerechten aufgestellt. Doch kein Hinweis in der Botschaft schien eindeutig genug, um ihn weiterzuverfolgen.

Oswald war sich jedoch in einem Punkt sicher: Die falsche Bezeichnung der Sure war kein Versehen des Absenders.

Cassandra musste ständig über diese letzte kryptische Botschaft des Terroristen grübeln. Die Stimme des Offiziers von der Air Force schreckte sie auf und brachte sie mental in den Sitzungsraum des Flughafen Dulles von Washington zurück. »Die Predator ist also ein integriertes System, nicht einfach nur ein Kampfflugzeug ...«

Der Offizier zeigte mit einem Stab auf eine Leuchttafel mit Fotos und technischen Plänen des neuesten Juwels der militärischen Flugzeugentwicklung. Die Predator, eine hochtechnisierte unbemannte Flugmaschine, eine sogenannte Drohne, wurde von vielen Korps der amerikanischen Streitkräfte eingesetzt. Auch bei einigen Missionen der CIA, vor allem in Afghanistan und im Irak, hatte sie sich als äußerst nützlich erwiesen. Die Agency war vor einigen Jahren mit einem Dutzend dieser Drohnen ausgestattet worden, und seitdem wurde vonseiten des FBI beständig darauf hingearbeitet, sie ebenfalls verwenden zu dürfen.

»Die Predator«, fuhr der Offizier fort, »ist knapp über acht Meter lang, und ihr Leergewicht beträgt vierhundertdreißig Kilogramm, das maximale Startgewicht über tausend Kilo. Jedes Exemplar verfügt über zwei herkömmliche Kameras, von denen eine auch dem Bodenoperator für die Fernsteuerung dient. An Bord ist außerdem ein Infrarotsystem für Nachtaufnahmen installiert. Ein hochauflösendes Radargerät komplettiert die Standardausrüstung. Die Drohne erreicht eine Dienstgipfelhöhe von siebentausendfünfhundert Metern und eine Maximalgeschwindigkeit von zweihundertdreißig km/h und hat eine Reichweite von siebenhundertzwanzig Kilometern. Aufgrund ihres geringen Gewichts kann sie auf dem Luftweg an jeden Ort des Globus transportiert werden und von den kürzesten Pisten starten. Sie wird von einem Vierzylindermotor aus einer Leichtmetalllegierung angetrieben, der ursprünglich für leistungsstarke Motorschlitten gedacht war. Ein Geschwader besteht im Allgemeinen aus vier Flugzeugen, einer mobilen Kontrollstation und einer Parabolantenne. Rund fünfzig Mann bilden die menschliche Komponente des Geschwaders, aber wenn sie einmal in der Luft ist, kann die Predator praktisch von jedem Kind, das etwas Übung in Flugsimulationsspielen hat, gesteuert werden. Die einzigen Phasen, für die eine gewisse Praxis erforderlich ist, sind der Start und die Landung. Wenn Sie mir jetzt bitte zur Startbahn folgen, werde ich Ihnen gern eine Demonstration geben.«

Die schon sprichwörtliche »schweigend protestierende Menge« vor den Toren des Weißen Hauses war inzwischen zu einem festen Bestandteil der Stadtlandschaft geworden. Es verging kein Tag, an dem sich nicht irgendeine Bürgerinitiative veranlasst sah, Schilder und Transparente hochzuhalten, um ihr Anliegen vor dem Amtssitz des Präsidenten kundzutun.

Die Schar, die sich an diesem Tag versammelt hatte, verhielt sich jedoch alles andere als still. Zahlreiche muslimische Frauen brachten mit schnellem Zungenschlag ein schrilles Geheul hervor, das sogar durch die gepanzerten Scheiben des Oval Office drang, sodass der Präsident es hätte hören können, hätte er sich dort aufgehalten.

Der Grund des Protests war derselbe, der den Präsidenten dazu genötigt hatte, ernstlich besorgt auf die Sicherheitsorgane einzuwirken – die Terrorakte des Gerechten schufen nicht nur auf internationaler Ebene große Probleme für die Regierung, sondern auch zu Hause, wie dieses Sit-in von fünfhundert muslimischen Amerikanerinnen zeigte.

Eine derart negative Publicity konnte man nicht gebrauchen, zumal der Wahlkampf vor der Tür stand.

Die Beamten der Ordnungspolizei beobachteten die Demonstrantinnen eher wohlwollend als streng. Zwei berittene Polizisten plauderten in einer Ecke miteinander. Es gab ein gewisses Durcheinander, aber im Großen und Ganzen lief alles friedlich ab.

Die Tragödie ereignete sich ohne Vorwarnung, wie ein Blitz aus heiterem Himmel.

»Hier ist unsere Predator«, sagte der Offizier vom 15. Geschwader der U.S. Air Force und zeigte auf einen Aluminiumvogel mit dickem Kopf und schmalen Flügeln. »Und hier die mobile Kontrolleinheit. Für unsere Demonstration werden wir uns dieses Modells bedienen, das mit zwei lasergesteuerten Hellfire-Raketen bestückt ist. Es wird ein vorprogrammiertes Gebiet anfliegen – einen Armeeschießplatz etwa zwanzig Kilometer von hier enfernt – und ein Wohnhaus zerstören, das in unserer Übungsfiktion von einem Terrorkommando besetzt ist. Derweil werden wir das Schauspiel auf dem Bildschirm verfolgen. Sehen Sie selbst.«

Der Offizier gab einem Untergebenen ein Zeichen, der auf den Rücksitz eines in der Nähe des Flugzeugs geparkten Humvees kletterte.

Der »Bodenpilot«, so nannte ihn der Offizier, saß auf einem ergonomischen Sitz vor zwei großen Monitoren, die über zwei kleineren angebracht waren. Er umfasste den Joystick und tippte ein paar Befehle in eine Tastatur. Der Motor der Predator begann zu hüsteln, und einen Augenblick später drehte sich der Propeller. Die Drohne machte ein paar kleine Hüpfer, wie um ihre Leichtigkeit zu demonstrieren, und steuerte dann auf die kurze Piste zu, wo die eigentliche Vorführung begann.

»Sie könnte auch auf dem Parkplatz eines Supermarkts starten und landen oder auf einer beliebigen geraden Straße«, erklärte der Offizier, während die Predator losrollte. Dabei blickte er so stolz drein wie ein Vater bei der Examensfeier seines Sohnes. »Die GCS – die Ground Control Station – hat, wie Sie sehen, eine doppelte Übertragungsstelle. Auf diese Weise können gleichzeitig zwei Flugzeuge auf zwei verschiedenen Einsätzen gelenkt werden. Und nicht nur das, dank eines Satelliten-Kontrollsystems können wir von hier aus eine Predator auf der anderen Seite des Erdballs steuern.«

Deuville, der Chef des FBI, machte Anstalten, Fragen zu stellen, doch der Fliegeroffizier kam ihm zuvor.

»Unter Verwendung des Betriebscodes einer Drohne können wir Impulse über eine Satellitenfrequenz, im Jargon Ku-Band genannt, senden. Das heißt, unser Operator könnte sie mit Hilfe dieser Schüssel«, er zeigte auf eine große Parabolantenne auf dem Dach des Militärfahrzeugs, »in den Himmel über Bosnien oder Bagdad schicken, während er bequem in einem Humvee auf dem Flughafen von Washington sitzt.«

In diesem Moment setzte die Predator zum Start an.

Eine Woche war vergangen, seit er die letzte Botschaft abgeschickt hatte. Während dieser sieben Tage hatte er nichts anderes getan, als mit dem Flugsimulator zu üben.

Die schlanken Finger schlossen sich um den Joystick, der Blick des Gerechten war auf den Monitor gerichtet, der Luftbilder von Washington D.C. zeigte, aufgenommen mit einer Präzisionskamera. Der Gerechte verglich die Merkmale einer Kreuzung mit einer Karte, die er neben dem Bildschirm angebracht hatte. Das war der Moment.

»Hin und wieder erinnerst du dich also an deine *balebatish Mame*. Nachdem diese hübsche Frau vom FBI hier war, bist du einfach verschwunden und hast dich nicht mehr blicken lassen.«

»Du hast ja recht, Lilith«, sagte Oswald und stellte sich auf die Zehenspitzen, um seiner Adoptivmutter einen Kuss auf die Wange zu geben. »Ich bin eben nicht so *balebatish,* so traditionell und wohlerzogen wie du. Aber wie du siehst – kaum bin ich wieder in der Gegend, besuche ich dich.«

Oswald verschwieg, dass er in Colorado war, weil er ein Hochsicherheitsgefängnis aufgesucht hatte, um den gefährlichsten Serienbombenleger aller Zeiten – bevor der Gerechte ihm den Titel streitig gemacht hatte – zu überreden, mit ihm zusammenzuarbeiten.

Cassandras Anruf vor ein paar Tagen hatte ihn ernüchtert, hatte er doch gehofft, der Terrorist würde ihnen noch ein wenig Zeit lassen.

Doch der dachte nicht daran, und inzwischen waren sechs Tage seit seiner jüngsten Botschaft vergangen – erfahrungsgemäß die Zeitspanne, die zwischen der Ankündigung und dem Anschlag lag.

Aber nein, sie haben die Wahrheit, als sie zu ihnen kam, für Lüge erklärt und befinden sich nun in einem Durcheinander. Haben sie denn nicht gesehen, wie wir den Himmel über ihnen aufgebaut und geschmückt haben und dass er keine Spalten hat?

Wir machen lebendig und lassen sterben. Und bei uns wird es enden. Am Tag, da sich die Erde ob ihnen spaltet. Das ist eine Versammlung, die zu bewerkstelligen uns ein Leichtes ist. Wir wissen sehr wohl, was sie sagen. Und du hast keine Gewalt über sie. Mahne nun mit dem Koran all diejenigen, die meine Drohung fürchten!

Die Verse der Sure schwirrten durch Breils Kopf und ließen ihm keine Ruhe. Die Lösung lag irgendwo in ihnen verborgen, aber die Absichten des Gerechten waren nach wie vor undurchschaubar. Fest stand nur, dass seine Anschläge immer spektakulärer und riskanter wurden.

Das Dudeln seines Handys riss ihn aus seinen Gedanken.

Oswald wünschte sich, dass es Cassandra sei, mit irgendeiner Lösung für das Rätsel, aber im Display erschien der Name von Hauptmann Bernstein.

»Hatten Sie schon Gelegenheit, Ihre E-Mail zu checken, Major?«, fragte Bernstein.

»Nein, ich bin gerade nach Hause gekommen. Mache ich gleich.«

»Gut, ich hoffe, Sie sind mit dem, was ich getan habe, einverstanden. Falls ja, geben Sie mir bitte weitere Anweisungen.«

Oswald schaltete seinen Laptop an und aktivierte die Verbindung.

Bernsteins Nachricht wurde dechiffriert, dann war auf dem Bildschirm zu lesen:

EXOBERST BORS VON DER SECURITATE HAT MICH KONTAKTIERT, WEIL SIE NOCH EIN NOTIZBUCH IHRES VATERS GEFUNDEN HAT. ES WAR KEINE ZEIT, SIE ZU INFORMIEREN, DA SICH BORS DIENSTLICH IN TEL AVIV AUFHIELT UND EILIG NACH BUKAREST ZURÜCK MUSSTE. ICH HABE MIR ERLAUBT, DAS NOTIZBUCH AN MEIN BÜRO ZUSTELLEN ZU LASSEN. ES LIEGT JETZT AUF MEINEM SCHREIBTISCH UND SCHEINT IN DERSELBEN CODIERTEN SCHRIFT VERFASST ZU SEIN WIE DIE ANDEREN AUFZEICHNUNGEN.

Oswald las die Mail aufgeregt und antwortete ohne Zögern:
DANKE, HAUPTMANN. SIE HABEN VOLLKOMMEN IN MEINEM SINNE GEHANDELT. ICH MÖCHTE SIE BITTEN, DIE SENDUNG AUF DEM SCHNELLSTEN WEG DR. TERRACINI IN ROM ZUKOMMEN ZU LASSEN. UND SAGEN SIE MIR, WIE VIEL SIE FÜR DEN ERWERB DIESES WERTVOLLEN FUNDS AUSGEBEN MUSSTEN. SHALOM UND DANK.

Das Brummen der vier zweitaktigen Zylinder der Predator unterlegte das Lärmen der muslimischen Frauen vor dem Zaun des Weißen Hauses mit einem neuen Hintergrundgeräusch.

Als der Offizier der Air Force den Kopf aus der hinteren Tür des Humvees steckte, schien er in einen Eimer Kalk gefallen zu sein, so weiß war er.

Deuville und Cassandra bemerkten zugleich, dass etwas nicht stimmte, gingen zu ihm und fragten, was passiert sei.

»Wir haben sie verloren! Wir haben ein mit zwei Raketen bewaffnetes Flugzeug über dem Himmel von Washington verloren«, stammelte der Offizier entsetzt.

»Verdammt, wie soll man denn so arbeiten?« Es lag eine Spur von Hysterie in Jordan Cruners Stimme, während er seine Produktionsassistentin anschrie. »Hast du nun diesen Interviewtermin mit dem Präsidenten vereinbart oder nicht? Was soll das heißen, er verspätet sich, weil er zuerst noch andere Termine hat? Sollen wir noch ein paar Stunden warten, mitten in diesem Durcheinander hier? Und ich bin extra schon zwei Stunden früher hergekommen! Jetzt lasst mich bloß in Ruhe, bis der Präsident eingetroffen und gewillt ist, uns zu empfangen.«

Cruner schlug die Tür des Übertragungswagens hinter sich zu, von dem aus er seine vielbeachteten Reportagen für den großen Nachrichtensender brachte.

Das Brummen wurde eindringlicher. Die Polizisten hoben die Köpfe und suchten den Himmel ab. Man konnte die Predator zuerst für ein Modellflugzeug halten, das von irgendeinem Liebhaber ferngesteuert wurde. Als endlich jemand die Gefahr realisierte, die von dem kleinen unbemannten Flugzeug ausging, gab es keine Rettung mehr. Die beiden lasergesteuerten Hellfire-Raketen wurden von der Hand des Gerechten exakt in die Schar der Frauen gelenkt, die gegen das geringe Interesse der Regierung an dem Serienattentäter protestierten.

»Ich höre, Cassandra«, sagte Oswald am Telefon und lauschte ernst.

Als er auflegte, fragte Lilith Habar, die seinen angespannten Gesichtsausdruck sah: »Gibt es Probleme, Oswald?«

»Die Air Force hat die Kontrolle über ein ferngesteuertes Kampfflugzeug verloren, und es wurden zwei Raketen auf eine Gruppe von muslimischen Frauen abgeschossen, die vor dem Weißen Haus demonstrierten. Sie haben gegen die Anschläge des Gerechten protestiert, und ich vermute, dass genau der hinter dem neuen Terrorakt steckt. Offenbar hat es viele Tote gegeben. Schalte bitte den Fernseher ein, *Mameloschn,* es muss gleich in den Nachrichten kommen.«

Oswald ließ sich in einem Sessel nieder, während ihm die jüngste Botschaft des Terroristen wieder durch den Kopf ging: die Bezugnahme auf die vierte Sure mit dem Tiel *An-Nisâ,* »Die Frauen«, das Durcheinander, der Himmel über ihnen, eine Versammlung, die zu bewerkstelligen ein Leichtes ist ... sterben lassen.

Lilith setzte sich zu Oswald aufs Sofa. In stummem Entsetzen verfolgten sie die Bilder der Liveübertragung. Der Berichterstatter von K.C. News erklärte gerade, dass er sich zu einem Interview mit dem Präsidenten mit seinem Team vor dem Weißen Haus aufgehalten und daher den Anschlag von Anfang an mitverfolgt habe. Eine erste Schätzung sprach von über zweihundert toten Demonstrantinnen sowie einigen getöteten Polizeibeamten.

37. Kapitel

Rom, 2004

»Als würden die anderen Texte nicht genügen, musste er mir noch ein Notizbuch seines Vaters unterjubeln! Ich glaube, ich werde Oswald Breil wegen Freundschaftsmissbrauchs verklagen.«

Doch Saras Grummeln klang eher gutmütig als empört.

Jemand hatte ihr den Umschlag am Vormittag persönlich ausgehändigt.

Sie speiste den Teil, den sie bereits in einen Fließtext übertragen hatte, in das Verschlüsselungsprogramm ein, schickte ihn ab und nahm sich vor, am Morgen mit dem neuen Material weiterzumachen.

Dann sah sie auf die Uhr und stellte fest, dass der Morgen bereits anbrach. Bald würde die Sonne aufgehen.

Nach den Aufzeichnungen von Asher Breil in Cortina d'Ampezzo 1967

Der Militärzug ratterte mühsam dahin, obwohl die Strecke nach Suez eben verlief. Zwei heruntergekommene Personenwaggons voller englischer Soldaten waren zwischen vier offene Transportwaggons und einen geschlossenen Güterwagen eingereiht. Drei der offenen Wagen waren mit Waffen- und Munitionskisten beladen, und auf dem vierten, der das Schlusslicht bildete, hatte eine Batterie von großkalibrigen Kanonen Platz gefunden. Zwei Maschinengewehrnester und ein Dutzend Soldaten bewachten die wertvolle Fracht.

Der geschlossene Güterwagen hinter dem Schlepptender – dem Anhängsel der Lokomotive mit Kohle und Wasser für die Lok – beherbergte die Reittiere: ein Dutzend Kamele, ein paar Esel und zwei Pferde.

Die Eisenbahnlinie war von grundlegender strategischer Bedeutung für die gesamte Front in Nahost. Hinter der eingleisigen Strecke von Kairo nach Ismailia verzweigte sie sich: Eine Route führte zur Küste und folgte ihr fast bis nach Gaza, die andere bog nach Süden ab und verlief nach Suez.

Auf der zweiten schnaufte die englische Lok GWR1441 in dichten Dampfwolken. Von ihrem ursprünglich grünen Anstrich war unter den verkrusteten Sandschichten kaum noch etwas zu erkennen.

Der kleine Luftzug, der durchs Fenster hereinwehte, war die einzige Erleichterung in der erstickenden Hitze dieses Juli 1917. Der Zug war bereits am Großen und Kleinen Amarosee vorbeigefahren und hatte, gerade noch sichtbar am anderen Ufer, das Dorf Shallufa hinter sich gelassen.

Sciarra dachte an die Begegnung mit Allenby am Morgen zuvor. Der Oberkommandierende der alliierten Streitkräfte im Nahen Osten hatte hinter einem wuchtigen Schreibtisch gesessen und auf seinem Armstuhl geschaukelt, der jeden Moment unter seinem Gewicht zusammenzukrachen drohte. Allenby hatte sein Gegenüber beim Sprechen nur unstet angesehen, was eine merkwürdige Unsicherheit für einen General verriet.

»Sie wissen, Ihre Aufgabe wird nicht einfach sein, Oberst. Doch immerhin sprechen Sie diverse arabische Dialekte, das wird Ihnen sehr zum Vorteil gereichen. Ihr Auftrag ist es, die arabischen Stämme, die sich noch nicht mit uns verbündet haben, zum Aufstand zu bewegen. In den vergangenen beiden Jahren hat bereits einer unserer Offiziere damit begonnen, und die Ergebnisse seiner Bemühungen machen sich jetzt allmählich bemerkbar. Glauben Sie mir, ich bin kein großer Freund von Oberst Lawrence, und ich schätze, das beruht auf Gegenseitigkeit. Aber ich muss zugeben, dass das Wirken von ›El Lawrence‹, wie sie ihn hier nennen, gute Erfolge zeitigt. Erst vor ein paar Tagen ist es seiner Truppe, die kaum mehr als ein zusammengewürfelter Haufen Beduinen ist, gelungen, Akaba einzunehmen. Wie ich höre, ist der Oberst in diesem Moment nach Suez unterwegs. Es dürfte sehr hilfreich für Sie sein, ein paar

Worte mit ihm zu wechseln. Lawrence ist bereits über Ihre Ankunft benachrichtigt worden.«

»Meinen Sie etwa *den* Oberst Lawrence?«

»Einen anderen kenne ich nicht.«

Während ihn der Zug seinem Ziel entgegentrug, verblasste das Bild von General Allenby in Sciarras Vorstellung hinter dem wesentlich angenehmeren von Kimber. Mit einem erregten Schauder dachte er an ihren warmen, sinnlichen Körper, an die Versprechen, die sie sich gegeben hatten, an die blütenweißen Laken während ihrer ersten Liebesnacht.

Sein Blick verlor sich in der Wüste, die sich zu beiden Seiten der Eisenbahnlinie erstreckte. Die Landschaft weckte in einem Reisenden die gleiche Gefühlsmischung aus Ruhe und Ehrfurcht wie das Meer bei einem Seefahrer. Nicht umsonst sprach man von einem Sandmeer: ein Meer aus ständig wandernden Dünen, die sich wellenartig fortbewegten und alte Geheimnisse abwechselnd unter sich begruben und wieder freigaben.

Die Geheimnisse der Jahrhunderte …

Der Ring der Könige …

Eingehüllt in das Rattern der Räder und das Schwatzen der im Waggon zusammengedrängten Soldaten, schrieb Sciarra seinen ersten Brief an Oberleutnant Petru. Dazu verwendete er, wie sie es beim Abschied vereinbart hatten, jenen Code, der ihre Mitteilungen für andere unlesbar machte.

Schon nach den ersten Zeilen hielt Sciarra inne, gefangen von den Erinnerungen an ihre gemeinsamen Abenteuer.

Der Wüstensand schien durch die mittägliche Luftspiegelung mit dem Blau des Himmels zu verschwimmen, als plötzlich Beduinen auf Kamelen hinter den Sanddünen hervorpreschten. Ihr Kriegsgeschrei übertönte das Rattern des Zuges, und sie begannen wie verrückt zu schießen.

Oberst Sciarra sah zuerst nur eine Flut aus weißen Gewändern, *Thob* genannt, die im Wind flatterten. Die in der flirrenden Luft verzerrten Gestalten der Reiter passten sich dem schaukelnden Gang ihrer zum Galopp angetriebenen Kamele an.

»Geht in Deckung und ladet die Waffen!«, schrie Sciarra der

Truppe auf Englisch zu, als die ersten Kugeln in die Waggonwand schlugen.

Die Männer gehorchten ihm als dem Ranghöchsten prompt, obwohl er die Uniform eines zwar verbündeten, aber fremden Heeres trug.

Der Erste, der tödlich getroffen wurde, war ein junger Gefreiter, der aufrecht stehen geblieben war, um seinen mit Schnallen am Rucksack befestigten Karabiner zu lösen.

Schon Sekunden nach dem Alarm antworteten die englischen Maschinengewehre und Karabiner auf das feindliche Feuer.

Die Kamele preschten heran, wobei die Reiter sie abrupte seitliche Schlenker vollziehen ließen, was es noch erschwerte, aus dem fahrenden Zug heraus auf sie zu zielen. Die Beduinen saßen seitlich auf ihren Tieren und hielten den Gewehrkolben zwischen Wange und Schulter geklemmt. Mit Arm und Hand, die nicht die Zügel hielten, richteten sie den Lauf aus und betätigten den Abzug. Sie verfügten über keine modernen Waffen, und viele ihrer Gewehre waren noch Vorderlader, erkennbar an dem ungewöhnlich langen Lauf. Dennoch waren ihre Kugeln – und ihre Säbel, falls es zum Kampf Mann gegen Mann kam – nicht weniger tödlich als die der Engländer.

Die Zugräder kreischten, und die Insassen der Waggons hatten nicht wenig Mühe, bei der plötzlichen Bremsung nicht umzukippen. Viele Gepäckstücke fielen herunter.

»Höchstwahrscheinlich haben sie die Schienen blockiert«, sagte Sciarra zu seinem Burschen. »Sie sind mindestens viermal so viele wie wir. Wir werden den Angriff nicht zurückschlagen können.«

»Signore, ich bin ein ausgezeichneter Reiter«, sagte der Sizilianer mit entschlossenem Blick. »Wenn ich es schaffe, bis zum Viehwaggon zu gelangen, der von hier aus der nächste in Richtung Lok ist, könnte ich einen Ausfall versuchen und Hilfe holen.«

»Trauen Sie sich das wirklich zu, Soldat?«, fragte Sciarra.

»Ja. Ich weiß, das Risiko ist hoch, aber ich sterbe lieber im Sattel bei einem Rettungsversuch als eingeschlossen in diesem Waggon.«

Die beiden eilten geduckt zum Ende des Wagens und erreichten die schmale Plattform vor der Tür.

Sciarra beugte sich vor und vergewisserte sich, dass sich die Angreifer auf das hintere Ende des Zugs konzentrierten. Dort lieferten ihnen die Maschinengewehre den größten Widerstand.

Sciarra und Rocco sprangen ungesehen hinüber zum Viehwaggon, und Rocco zog seine Pistole und schoss den Riegel auf. Sie schlüpften durch die Öffnung und entwischten gerade noch dem Gewehrschuss eines Beduinen, der die Aktion bemerkt hatte.

Die Tiere tänzelten unruhig und schlugen aus, verängstigt von dem Kampfgetümmel. Rocco band einen hellen Araber los, bestieg das ungesattelte Tier, und als Sciarra die Schiebetür aufzog, rammte er dem Araberhengst die Hacken seiner Stiefel in die Flanken und ließ ihn nach draußen springen.

Der Beduine hatte draußen gelauert und zielte in aller Ruhe, richtete seinen langen Gewehrlauf auf Roccos sich entfernenden Rücken.

Sciarra stürzte sich auf ihn, gerade als er abdrückte.

Sie fielen in den Sand und rangen miteinander. Sciarra sah eine Säbelklinge aufblitzen und bäumte sich mit der Kraft der Verzweiflung auf. Es gelang ihm, sich aus dem Griff des Gegners zu befreien, dann ergriff er einen schweren, spitzen Stein und erschlug den Beduinen.

Er hoffte nur, dass Rocco nicht getroffen worden war. Er hatte ihn für eine Art Drückeberger gehalten, dabei war er ungemein mutig und zeigte überdies Eigeninitiative.

Sciarra hob seine Pistole auf, die er bei dem Gerangel verloren hatte. Einige englische Soldaten, die den Zweikampf vom Wagen aus verfolgt hatten, bedeuteten ihm aufgeregt, wieder in den Zug zu klettern, denn die Rebellen bereiteten einen neuen Angriff vor.

Im Waggon angekommen, organisierte Sciarra die Verteidigung gegen die Belagerung, ohne Aussicht auf Erfolg.

Vier Angriffswellen der Beduinen hatten sie abwehren müssen, und die Verluste in den englischen Reihen nahmen zu.

Sie mussten irgendwie die Gleise freibekommen, dachte Sciarra. Das war die einzige Möglichkeit, ihre Haut zu retten.

Als er sich zum Kopfende des Zuges vorgearbeitet hatte, sah er seine Vermutung über den Grund des plötzlichen Halts bestätigt: Ein dicker Felsblock lag auf den Schienen. Er musste eine oder zwei von den Sprengstoffkisten, die er in Kairo unter der Fracht gesehen hatte, bis zu dem Hindernis schaffen. Wenn sie den Felsblock wegsprengten, konnte die Lok weiterfahren und dem Feind eventuell entkommen.

Sciarra lief zum Ende des Zugs, gefolgt von vier englischen Soldaten. Auf der Plattform des zweiten Passagierwagens blieb er kurz stehen. Vor seinen Augen tobte ein gnadenloser Kampf. Die beiden Maschinengewehre spuckten Feuer und Tod, was die Angreifer jedoch kaum zu beeindrucken schien.

Sciarra hechtete auf den offenen Transportwaggon und duckte sich tief zwischen die Kisten, die darauf festgezurrt waren. Die Beduinen schienen sich zu hüten, auf den Waggon mit dem Sprengstoff zu schießen, als wüssten sie genau, was wo untergebracht war, und als wollten sie die begehrte Kriegsbeute schützen.

Mit dem Bajonett durchtrennte Sciarra die Seile, mit denen die Ladung befestigt war, und wählte anhand der Aufschriften mit der jeweiligen Inhaltsangabe zwei Kisten aus, wuchtete sie nacheinander heraus und reichte sie an die vier Soldaten hinter ihm weiter. Dann schlug sich die kleine Gruppe wieder bis zum Ende des Wagens durch, der an den Viehwaggon angehängt war.

Sciarra della Volta bedeutete den Männern, auf allen vieren unter den Viehwaggon und über die Schwellen voranzukriechen. Kurz vor der Lokomotive schlüpften sie unter dem Viehwaggon hervor und huschten zu dem Felsen, den die Beduinen auf die Gleise gerollt hatten. Sie hatten keine Zeit, die Dynamitstangen zu verteilen, also stellten sie die Kisten einfach darunter ab, Sciarra öffnete eine, holte ein paar Stangen heraus und nahm sie mit, als sie zur Lok zurückkehrten.

In diesem Moment spitzte sich die Situation bedrohlich zu. Die Beduinen wagten einen erneuten Angriff, doch die Maschinengewehre schwiegen, und die Gewehrsalven der in den Waggons zusammengepferchten Soldaten wurden immer sporadischer.

Der italienische Oberst setzte die Zündschnüre der drei Dynamitpatronen in seiner Hand in Brand. Er wartete, bis das Pulver an den Zündschnüren Funken sprühte, dann schleuderte er sie zu den Kisten unter dem Stein.

Die Explosion verursachte eine derart starke Druckwelle, dass sogar die schwere Lok vibrierte. Als sich der Rauch auflöste, merkten Sciarra und die vier Engländer, dass sie von sieben Arabern umringt waren, die ihre Gewehre auf sie richteten.

Doch gerade als sie die Hände heben wollten, um sich zu ergeben, knallten Gewehrschüsse von der Anhöhe über den Gleisen herab. Fünf der sieben Beduinen fielen ohne einen Laut, während die beiden Überlebenden die Flucht ergriffen.

Rocco saß auf dem Araberhengst, und an seiner Seite ritt ein junger Offizier der Bersaglieri.

Etwa sechzig der über dreihundertvierzig in Palästina stationierten Bersaglieri stürzten sich wie Jagdfalken auf die Nomaden. Ein einziger Ansturm genügte, und die Angreifer verschwanden wieder in der Wüste, aus der sie gekommen waren. Doch zwanzig englische Soldaten und mehr als fünfzig Beduinen blieben, leblos im heißen Sand liegend, zurück.

Rocco machte sich auf die Suche nach seinem Vorgesetzten.

»Oberst!«, rief der Sizilianer, als er ihn entdeckte. »Ich hoffe, ich bin nicht zu spät gekommen.«

»Nein, gerade rechtzeitig, ich danke Ihnen. Stellen Sie sich vor, was gewesen wäre, hätte sich der Feind unserer Waffen- und Sprengstoffladungen bemächtigt. Auch Ihnen und Ihren Männern danke ich, Major«, sagte Sciarra, als er die Rangabzeichen auf der Uniformjacke des Bersaglieri-Offiziers sah. »Einen Augenblick später, und diese Beduinen hätten uns erschossen.«

»Major Francesco d'Agostino, zu Ihren Diensten, Signore. Überfälle wie dieser kommen entlang dieser Eisenbahnstrecke leider recht häufig vor. Meistens werden sie von Wüstenräubern verübt, die den Türken verpflichtet sind. Hätten Sie kapituliert, keiner von Ihnen hätte überlebt, denn die Nomaden machen keine Gefangenen. Das wissen wir aus Erfahrung. Leider schaffen wir es nicht immer, so rasch einzugreifen wie diesmal. Meine Männer und ich können nicht überall gleichzeitig sein, und der Streckenabschnitt, den wir zu überwachen haben, ist sehr lang. Jedenfalls bin ich nun doppelt froh – weil wir Ihrer Truppe aus der Patsche helfen konnten und weil ich einen Landsmann getroffen habe. Wenn wir uns jetzt damit ranhalten, die Felstrümmer von den Schienen zu räumen, können Sie und Ihr Bursche sich heute Abend in einem Hotel in Suez ausruhen, Herr Oberst.«

Wenig später schnaufte die Lokomotive wieder durch die Wüste …

Das Städtchen Suez lag auf einem Landdreieeck zwischen dem westlichen Ufer des Roten Meeres und der südlichen Einfahrt in den gleichnamigen Kanal, der ein halbes Jahrhundert zuvor von den Franzosen gebaut und am 17. November 1869 eingeweiht worden war. Die Betreibergesellschaft, die »Compagnie universelle du Canal de Suez«, hielt nur elftausend der insgesamt vierhunderttausend Aktien. Das restliche Kapitel verteilte sich auf den französischen Staat – den Hauptaktionär – und Ägypten. Als Ägypten kurz vor dem Bankrott gestanden hatte, verkaufte es seine Aktien 1876 an England und öffnete damit den Engländern Tür und Tor zu ihrem großen Traum als Handelsmacht: dem direkten Seeweg nach Indien.

In den folgenden Jahren sollte dieser Einschnitt in den Wüstenboden, gefüllt mit dem Wasser zweier Meere, zu einem neuralgischen Punkt für die wirtschaftliche Entwicklung vieler Nationen werden. In Persien hatte man mit den ersten industriellen Ölbohrungen begonnen. Jede westliche Macht ahnte angesichts des sich rasant entwickelnden technischen Fortschritts, dass die Bedeutung des Erdöls enorm zunehmen werde, und in den Wüstenregionen Arabiens schienen unerschöpfliche Vorkommen des wertvollen Rohstoffs zu lagern.

Daher waren die Inbesitznahme der wenigen Häuser von Suez und, damit verbunden, die Kontrolle über die Verbindung zum Mittelmeer das Hauptmotiv für die Errichtung der Front im Nahen Osten. Den westlichen Staaten waren die Unabhängigkeitsbestrebungen der Araber und Palästinenser im Grunde herzlich egal, sie hatten sehr viel materiellere Interessen. Ganz anders lauteten jedoch die offiziellen Begründungen, denn das Vorschieben von Idealen gehört nun mal zu den ersten Schritten jeder Kriegspropaganda. Die Wahrheit hätte weniger Zuspruch in der Bevölkerung gefunden: dass diese Front eröffnet worden war, weil das Erdöl die Entwicklung der Weltwirtschaft bestimmen würde; ganz zu schweigen davon, dass der Suezkanal den kürzesten Weg nach Asien und zu den dortigen Kolonien des Westens darstellte.

Suez unterschied sich nicht wesentlich von den anderen kleinen Städten, die Sciarra in der Region gesehen hatte. Die Häuser waren weiß und meist drei bis fünf Stockwerke hoch. Es gab keine Scheiben in den Fenstern, sondern wunderschön geschnitzte und intarsierte Holzgitter und -läden. Die engen Gassen ließen größtenteils noch nicht einmal einen Pferdewagen durch.

Sciarra sah sich wachsam um und hatte das Gefühl, dass hinter jedem Gitter Augen jede seine Bewegungen beobachteten. Das Geräusch von Hufen und Schritten wurde durch die festgetretene Sandschicht in den Straßen gedämpft.

Sein Hotel machte zwar nicht viel her, aber Sciarra würde sich gewiss nicht bei der Direktion über mangelnden Komfort beschweren. Alles, was er brauchte, waren ein warmes Bad und ein Bett, das aber so dringend wie ein Neugeborenes die Muttermilch.

Beim Betreten der Lobby fiel ihm ein großer, magerer Mann auf, der auf einem Diwan im Salon saß. Er war nach arabischer Art in einen vornehmen Mantel aus weißer Wolle gekleidet, der mit Goldfäden bestickt war; dazu trug er die traditionelle Kopfbedeckung aus einem großen Stoffdreieck, das in mehreren Lagen um den Kopf gewickelt und von einer dunklen Kordel zusammengehalten wurde. Obwohl sein Gesicht von der Sonne verbrannt und vom Wüstenwind gegerbt war, erahnte man einen hellen Teint, was in diesen Gegenden gar nicht so selten vorkam.

Als Sciarra an ihm vorbeikam, lächelte der Mann und sprach

ihn im Dialekt von Aleppo an, ein mit den unzähligen Idiomen der Karawanenführer durchmischtes Syrisch, die seit babylonischen Zeiten diese Stadt als Knotenpunkt ihrer Handelsrouten wählten.

»Wie ich sehe, hat der italienische Oberst die Wüste kennengelernt«, sagte der Araber und deutete auf Sciarras verstaubte Uniform. Es lag kein Spott in seiner Stimme, sondern eher eine Art Respekt, eine Brüderlichkeit, wie sie zwischen denen entsteht, die die Meere befahren haben, seien es die aus Wasser oder die aus Sand.

»Ja, die Wüste und ihre Bewohner, mein Herr«, antwortete Sciarra.

»Ich habe gerade eine ähnliche ›Tour de force‹ hinter mir, Oberst«, sagte der mutmaßliche Araber und wechselte dann ins Englische. »Nach tagelangen Kämpfen bin ich fünfzig Stunden am Stück auf einem Kamel von Akaba hierhergeritten. In meinem Terminkalender stand, dass ich heute in Suez mit Ihnen verabredet bin. Aber jetzt wollen Sie sich bestimmt erst mal frisch machen. Was halten Sie davon, wenn wir uns in ein paar Stunden zum Abendessen treffen, Oberst Sciarra?«

»Sie sind also Oberst Lawrence?«

»Wie er leibt und lebt, mein Freund.«

»Es ist mir eine Ehre, Sie kennenzulernen. Ihre Taten sind in Europa schon Legende. Dort nennt man Sie übrigens ›Lawrence von Arabien‹.«

»Mir scheint, von uns beiden sind Sie der Berühmtere, Oberst Sciarra. Ihr Ruhm ist Ihnen vorausgeeilt, und meine Männer berichten, Sie hätten sich bei dem Überfall auf den Militärzug ausgesprochen heldenhaft verhalten. Aber nun genug der Höflichkeiten. Ich heiße Thomas. Erlauben Sie mir, Sie ebenfalls beim Vornamen zu nennen, Alberto?« Damit gab ihm der englische Offizier in der Kleidung eines Nomadenfürsten die lange, magere Hand.

Als Sciarra in sein Zimmer trat, war Rocco schon damit beschäftigt, die wenigen persönlichen Habseligkeiten aus dem Reisesack seines Offiziers in einen Schrank zu räumen.

»Wollen Sie damit sagen …? Soll das heißen, dass dieser Araber, dieser Beduine Lawrence von Arabien war?« Auf Sciarras Nicken hin stieß der Sizilianer einen derben Fluch aus. »Ich habe Ihnen ein heißes Bad mit belebenden Gewürzaromen eingelassen, Signore«, sagte er dann. »Und hier auf dem Bett liegt die saubere Uniform. Wenn Sie mich nicht mehr brauchen, würde ich mich jetzt gern ein paar Stunden ausruhen.«

»Sie haben Urlaub bis morgen früh, Soldat.«

Für Sciarras zerschlagenen Körper war das Bad eine wahre Wonne. Die Muskeln entspannten sich, als er in das warme Wasser eintauchte, saugten es geradezu auf, um sich wieder zu kräftigen.

Während er so in der Kupferwanne lag, richtete sich sein Blick auf das Gitter aus grauem Holz, das sein Zimmer von der Außenwelt trennte. Wieder überkam ihn der Eindruck, von tausend Augen beobachtet zu werden.

Hätte er selbst durch das Gitter geblickt, hätte er gesehen, wie Rocco gerade das Hotel verließ.

38. Kapitel

Ägäis, 1348

»Und nun wird uns unser junger Freund Adil zeigen, was er so sorgsam in diesem Kästchen hütet, von dem er sich nie trennt, nicht einmal, wenn man die Waffen auf ihn richtet.« Campagnolas gierige Hände griffen nach der Schatulle, die Adil von dem sterbenden Crespi erhalten hatte.

Der Knabe konnte nicht verhindern, dass der Venezianer sie öffnete.

»Das ist ja ein Schatz, der eines Sultans würdig wäre!«, rief Campagnola beim Anblick der Edelsteine und Schmuckstücke. Dann bemerkte er den doppelten Boden, hob ihn an und nahm den Ring der Könige heraus. »Er scheint von geringerem Wert zu sein als all die Diamanten und Rubine, muss aber ebenfalls kostbar sein, dass man ihn zusammen mit diesem Reichtum aufbewahrt. Ich glaube, er passt genau an meinen Finger.« Campagnola schob den Goldring mit dem Salomon-Siegel über seinen Zeigefinger. »Und was dich betrifft, Adil, Sohn des Satans, so bezweifele ich, dass deine Dämonenaugen den Sonnenaufgang erblicken werden«, sagte er abschließend, rief einen seiner Männer und befahl ihm, den Jungen zu fesseln und in den Laderaum zu schaffen.

Sie waren dabei, einen Galgen zu errichten, erkannte der Mann in dem Badan, als er beobachtete, wie zwei Besatzungsmitglieder der venezianischen Karakke beim Licht einer Laterne ein Tau durch ein Vorgelege des Mastes zogen und sich mit der makabren Pantomime einer Erhängung amüsierten.

Es würde nicht mehr länger als eine Stunde dunkel sein, dann mussten die Männer auf dem Schiff das Boot zwangsläufig bemerken, das bisher im Schutz der Nacht neben ihnen hergesegelt war. Es wurde Zeit zu handeln.

Campagnola wollte nicht viele Zeugen bei der Hinrichtung eines Kindes haben. Sohn des Satans oder nicht, er wusste genau, dass es ihm nicht zustand, eigenmächtig ein Todesurteil zu fällen und die Vollstreckung anzuordnen.

An Deck befanden sich daher nur zwei Wachen und der Steuermann, dazu der Matrose, der in den Laderaum hinabgestiegen war, um den jungen Todeskandidaten zu holen. Die anderen Mitglieder der Besatzung schliefen unter Deck, wie sie es immer taten, wenn der Laderaum nicht gefüllt war.

Adil ging vor der Schwertspitze seines Bewachers her. Er hielt den Kopf gesenkt, denn trotz seines zarten Alters war ihm der bittere Geschmack des Todes, diese Mischung aus Fassungslosigkeit und Furcht, schon gut bekannt.

»So, Teufelsbraten«, zischte Campagnola, »nun bekommst du, was du verdienst.« Seine Augen spiegelten blanken Hass wider.

Es ist die Tochter deiner Tochter, die du zum Tode verurteilt hast! Und die einzige Schuld deiner Tochter war es, einen aufrechten, tapferen Mann wie den Muqatil, meinen Vater, zu lieben!, wollte Adil schreien, aber er hielt sich zurück.

Derweil legte ihm einer der Männer die Schlinge um den Hals.

Ich muss ehrenhaft sterben, sagte er sich resolut und reckte den Hals, bot ihn stolz seinen Henkern dar. Dann schloss er die Augen in Erwartung der Qual, die dem Frieden vorausgehen würde.

Der Steuermann hielt sich an Campagnolas Befehl. »Guck woandershin«, hatte sein Herr gesagt, »du hast nichts gesehen.«

So sah er also woandershin, als die Schwertklinge seine Halsschlagader durchtrennte.

Er sank auf das Steuerrad. Geschmeidig wie eine Katze schlich der Angreifer übers Deck und hielt sich dabei im Schatten der Bordwand.

»Hochziehen!«, befahl Campagnola.

Die drei Matrosen legten ihre schwieligen Hände um das Seil, stemmten die Füße auf die Planken und machten sich bereit für den tödlichen Ruck.

Adil hatte jedem Handgriff zugesehen, als wäre er nicht selbst das Opfer dieser Lynchjustiz. Er gönnte seinen Henkern nicht die Befriedigung, ihn in Todesfurcht zu sehen. Der Blick seiner kobaltblauen Augen bohrte sich in die von Campagnola und hielt den seinen fest, während sich die Schlinge zuzog.

»Ich komme zu euch, Vater und Mutter«, krächzte er.

Der Säbel sauste mit Macht auf die Arme der Matrosen nieder, die den Verurteilten am Strick baumeln ließen. Der Erste stieß noch einen Entsetzensschrei aus, als er auf die beiden bluttriefenden Stümpfe starrte, die von seinen Unterarmen geblieben waren. Dann machte ihm der Unbekannte den Garaus.

Dem Zweiten erging es nicht besser. Der Mann attackierte ihn frontal und schlitzte ihn mit dem Säbel auf wie einen Sack voll trockenen Strohs.

Der Dritte, von Grauen erfüllt über diese höllische Erscheinung, stürzte sich ins Meer und zog den sicheren Tod durch Ertrinken diesem wütenden Dämon vor.

Sodann richtete sich die Klinge auf Campagnolas Gesicht.

»Du?«, rief der Venezianer, der nun allein war. »Das kann nicht sein! Du bist ein Geist, den der Satan geschickt hat, um dieses Kind zu schützen!«

Der mysteriöse Pirat wirbelte seinen Säbel herum und schlug den Griff gegen Campagnolas Schläfe, worauf dieser besinnungslos zusammenbrach.

Schnell eilte der Fremde daraufhin zu Adil, um ihn von der Schlinge zu befreien. Er schüttelte ihn sacht, damit er zu sich kam, und ging dann zu der Luke, durch die die gefesselten Gefangenen geführt worden waren, wie er von seinem Boot aus gesehen hatte.

Im Laderaum war es dunkel, aber dem Mann gelang es, die beiden Orientalen und die Frau zu befreien. Gefolgt von den dreien, ging er zurück an Deck und zu dem Niedergang, an dem Adil lehnte und von einem krampfhaften Husten geschüttelt wurde.

»Die Schmucktruhe … Der Ring …«, stieß Adil hervor und zeigte auf Crespis Schatulle, die neben Campagnola lag, und auf den Ring am Finger des Venezianers.

Ihr Retter hob die Schatulle auf und versuchte, den Ring vom Zeigefinger seines Feindes zu ziehen. Vom Unterdeck drangen Geräusche herauf, die Mannschaft erwachte. Sie mussten sich beeilen.

»Ein Finger für dein elendes Leben. Ich hoffe, du erinnerst dich daran, dass ich Gnade mit dir habe walten lassen«, murmelte der Mann, der Campagnolas Zeigefinger mit einem Hieb abtrennte. »Ich bringe es nicht über mich, einen Wehrlosen zu erstechen.« Dann wandte er sich an die befreiten Gefangenen. »Schnell, nehmt das Kind und steigt in den Badan, der steuerbords festgemacht ist. Es ist ein kleines Schiff, aber viel schneller als diese Karakke. In wenigen Stunden werden wir sie abgehängt haben.«

Der Wind hatte sich gelegt, kaum dass Wu die Leinen durchschnitten hatte, die den Badan mit dem Schiff verbanden. Die Dunkelheit wich allmählich dem ersten Morgengrauen. Die Insassen des arabischen Bootes ruderten mit aller Kraft, um so viel Abstand wie möglich zwischen sich und die Karakke zu bringen. Sobald Campagnola zu sich kam, würde er Himmel und Hölle in Bewegung setzen, um ihrer doch noch habhaft zu werden.

Benommen sah Adil dem Mann ins Gesicht, der ihm das Leben gerettet hatte. Die blauen Augen der rätselhaften Gestalt, die ihn dem Tod entrissen hatte, glänzten auf merkwürdige Weise.

»Ich bin gestorben«, hauchte Adil, »und endlich bei dir, mein Vater.«

Der Muqatil lächelte zum ersten Mal seit Monaten.

»Nein, mein Kind. Du bist quicklebendig. Ich habe dich und die Männer, denen ich dich anvertraute, gleich erkannt, als Campagnola die Kogge enterte, trotz der Dunkelheit und deiner Verkleidung als Junge. Leider konnte ich euch nicht früher zu Hilfe kommen.«

Die Schreie auf dem venezianischen Schiff hallten über die kurze Distanz bis zu ihnen. Wu ruderte mit mächtigen Schlägen und vergrößerte den Abstand zusehends. Die Karakke konnte sich nur mit Windkraft fortbewegen, was immerhin ein Vorteil für sie war.

Campagnola und seine Männer tobten wie wütende Kettenhunde. Sie brüllten dem kleinen Schiff die schlimmsten Schmähungen hinterher und mussten doch ohnmächtig zusehen, wie es sich immer weiter entfernte.

»Ich werde keinen Frieden finden, bis ihr alle vernichtet seid, ihr Ausgeburten der Hölle!«, schrie der Adelige mit wutverzerrtem Gesicht. Dann fuhr er einen seiner Matrosen an: »Hol mir meine Armbrust!«

Wie viele seiner venezianischen Mitbürger hatte auch er Gefallen am Gebrauch dieser wirkungsvollen Waffe gefunden und nahm häufig an den Turnieren teil, die in der Lagunenstadt sehr beliebt waren.

Campagnola presste ein Stück Stoff gegen den Stummel seines Zeigefingers, legte die Armbrust an und zielte. Dann berührte er mit drei der verbliebenen Finger den Hebel und übte einen leichten Druck aus.

Der Pfeil schnellte los, begleitet von der Verwünschung des Venezianers: »Stirb, Sohn des Satans.«

Der Muqatil strahlte vor Glück, weil er seine Tochter, das Licht seines Lebens, wiedergefunden hatte. Er stand auf, um das Mädchen in die Arme zu nehmen – als ein unheilvolles Zischen ertönte, gefolgt von einem schmatzenden Geräusch.

Der Pfeil drang zwischen den Schulterblättern des Sarazenenkriegers ein, der noch erkannte, dass seine Flugbahn das Geschoss genau in Celestes Gesicht geführt hätte, wäre es nicht der Wille des Schicksals gewesen, dass sein Körper sich zwischen sie und ihre neuerliche grimmige Verabredung mit dem Tod geschoben hatte.

Ein erster Windhauch kam auf, als die Sonne aus dem Meer stieg. Die Segel des Badan blähten sich und trugen die Flüchtenden immer weiter von den Verfolgern fort.

»Zur Seite, Adil«, sagte Rhoda und beugte sich über den Verwundeten. »Schöpf mir Meerwasser und sieh unter dieser Leinwand nach, ob dort saubere Lappen sind. Ich fürchte jedoch, wir können nicht mehr viel tun.«

Der Muqatil kam noch einmal zu sich. »Es tut mir leid, dass ich nicht früher gekommen bin, meine Kleine. Gern hätte ich das Zusammensein mit dir noch länger genossen.«

»Nein, Vater, ich bitte dich, sprich nicht so, da wir uns doch gerade erst wiedergefunden haben!«

»Das Schicksal hat uns noch einmal zusammengeführt. Ich hätte nicht gedacht, dass ich dich wiedersehe, denn ich hatte mich mit der Pest angesteckt und mich auf die Insel zurückgezogen, wo die Liebe zwischen deiner Mutter und mir erblüht war. Aber die Krankheit verschonte mich, so wie es Humarawa getan hatte, der uns die Flucht erleichterte, statt sich mit den

Überlebenden von Tabarqa zu messen. Als ich genesen war, habe ich von der Insel aus eure Kogge verfolgt, in der Hoffnung auf Beute. Ich ahnte nicht, dass ich dort meinen größten Schatz finden würde.«

Der Muqatil schöpfte Atem, dann wandte er sich an den Japaner.

»Kümmere dich weiterhin um sie, Humarawa. Liebe sie wie eine eigene Tochter, mein edler Feind.« Das Gesicht des Kriegers war fahl geworden. »Lebe wohl, mein Kind.«

Diesmal schlossen sich die Augen des Muqatil, des Piraten, der weder Tränen noch Furcht kannte, für immer.

VIERTER TEIL

Alle Menschen träumen, aber nicht alle gleich.

Thomas Edward Lawrence

39. Kapitel

Juni 2004

»*Mein lieber Sohn ...*« Sara zuckte zusammen, als sie die ersten Worte des Textes entschlüsselt hatte, den ihr ein Beamter der israelischen Botschaft in Rom unbedingt persönlich hatte übergeben wollen. Tatsächlich schien es, als habe der Diplomat guten Grund, ihn als derart wichtig zu erachten. Sara erkannte, dass es sich um eine Art langen Brief eines Vaters an seinen Sohn handelte, und dieser Sohn hieß Oswald Breil. Der Brief war in Tagebuchform und in jener Familien-Geheimsprache abgefasst, die sie inzwischen so gut kannte.

»Nur du kannst mich so aus dem Gleichgewicht bringen, Oswald ... Teufel noch mal!«, brummelte Sara, bevor sie sich an die Transkription der Geschichte eines Mossad-Agenten machte, der einen Geheimauftrag in Ceausescus Rumänien zu erfüllen hatte.

Sie atmete tief durch, als wolle sie ihren Verstand von Gedanken und Gefühlen reinigen, die sie zur Parteilichkeit verleiten könnten. Oder gar zum Fantasieren, wovor Oswald sie immer gern warnte.

Aus Asher Breils Tagebuch, Bukarest, 1968:

Mein lieber Sohn,
ich habe beschlossen, in diesem Heft einige wichtige Ereignisse niederzulegen, bei denen ich eine maßgebliche Rolle spielte, und ich hoffe, dass meine Erinnerungen auf die eine oder andere Weise zu dir gelangen. Oft glauben wir ja aufgrund eines Allmachtswahns, vor dem anscheinend niemand gefeit ist, Zeuge von einzigartigen

Begebenheiten zu sein, die von historischer Tragweite sind. Ich jedenfalls bin überzeugt davon, dass ich an Vorkommnissen beteiligt war, die unser Zeitalter prägen werden, und dass ich dem Wirken von Persönlichkeiten beiwohnte, ohne die unsere Welt nicht so wäre, wie sie ist. Das endgültige Urteil darüber überlasse ich dir.
Ich schreibe dies immer noch in Rumänien, aber ich weiß nicht, wie lange mein Aufenthalt hier noch währen wird.
Ceausescu kehrte am 17. August, in dem regnerischen Sommer dieses Jahres, von seiner Reise nach Prag zurück und bekundete öffentlich seine Solidarität mit dem Prager Frühling, sowohl unterwegs in der Tschechoslowakei als auch bei seiner Rückkehr nach Rumänien. Dann, am 20. August, rollten sowjetische Panzer in das von Alexander Dubček regierte Land ein. Die Truppen des Warschauer Paktes, mit Ausnahme der rumänischen, besetzten das tschechoslowakische Staatsgebiet mit einer großen Anzahl von Soldaten und Militärfahrzeugen.
Ich weiß noch gut, dass mich der Conducator *ein paar Tage nach der sowjetischen Invasion um ein Treffen bat. Fast ein Jahr zuvor war ich nach Bukarest übergesiedelt. Im Laufe der ersten Monate dort war es mir gelungen, ein Stück weit das Vertrauen des rumänischen Staatsführers zu gewinnen. »Das Institut«, wie die Mitarbeiter des Mossad ihren Geheimdienst nennen, hatte eine Niederlassung der Schweizer Bank, die ich vertrat, in Rumänien eröffnet, und ich war für Ceausescu in kürzester Zeit zum Bankier seines Vertrauens geworden. Doch ich muss noch einmal betonen, dass dieses Vertrauen nur bruchstückhaft war, denn ich hatte von Anfang an den Eindruck, dass der Generalsekretär genau wusste, worin meine wahre Tätigkeit bestand. Doch so wenig ihn die Tatsache kümmerte, dass ich für den Mossad arbeitete, so nützlich war ihm meine »Tarnung«, denn über die von mir geleitete Bankniederlassung flossen beträchtliche Geldsummen nach Rumänien und wurden umgekehrt*

Schweizer Konten im Namen von Personen, die Ceausescu und seiner Frau Elena nahestanden, eingerichtet. Diese gegenseitige Nützlichkeit führte zu einer Art Komplizenschaft zwischen dem rumänischen Staatsoberhaupt und mir, die schließlich zu einem Verhältnis wurde, das Freundschaft zu nennen mir übertrieben erscheint. Vielleicht könnte man es als »enge Vertrautheit« bezeichnen, denn es bewirkte, dass er sich mir gegenüber öffnete wie nur wenigen seiner Mitarbeiter.
Eines Tages zeigte er mir ein altes Büchlein und ließ mich die ersten Zeilen lesen, die in einer sehr altmodisch anmutenden Schrift verfasst waren. An dem Inhalt erkannte ich sofort, worum es sich handelte, denn mir hatte bereits ein italienischer General, Sciarra dell Volta, davon erzählt, den ich aus ganz anderen Gründen ein Jahr zuvor in Cortina d'Ampezzo getroffen hatte. In diesem Buch beschrieb ein Fürst der Walachei aus dem achtzehnten Jahrhundert den Ort, an dem ein wichtiges Symbol unseres Volkes versteckt sein soll. Das war das erste Mal, dass Ceausescu mit mir über den Ring der Könige sprach.

»Nichts zu machen, Oswald«, sagte Cassandra Ziegler kopfschüttelnd. »Es ist offenbar unmöglich, jenen Rechner ausfindig zu machen, von dem aus die Satellitenimpulse zu der Predator übertragen wurden. Der Gerechte hat sich über ein einfaches Portal in ein telematisches Militärnetz gehackt und das Signal zwischen zig Servern überall auf der Welt herumgeschickt. Als er in dem Netz war, muss er von dort aus in die Schaltzentrale gelangt sein, über die man via Ku-Band die Verbindung zu dem steuernden Satelliten erhält, und die ist nur durch einen einzigen Zugangscode gesichert. Dann hat er einen zweiten Code eingegeben, nämlich den der über Washington fliegenden Drohne, und hat sie unter seine Kontrolle gebracht. Der Offizier, der uns die Funktionsweise der Predator vorgeführt hat, meinte, dass jeder sie lenken könne, abgesehen von den Start- und Landemanövern, die speziellere Fähigkeiten erforderten.

Doch das brauchte den Terroristen nicht zu kümmern – das ferngesteuerte Flugzeug wurde eine Minute nach dem Anschlag vom Sicherheitskräften abgeschossen, und den Start hatte ja unser Offizier schon übernommen.«

»Genau«, fügte Deuville hinzu, »sobald das Attentat verübt war, traten die Flugabwehrsysteme des Weißen Hauses in Funktion, und die Drohne wurde zerstört. Dazu muss man bedenken, dass der Flug der Predator autorisiert war und folglich der Transponder, mit dem man ein Flugzeug als feindlich oder freundlich erkennen kann, sie als ungefährlich einstufte. Daher wurden keine Verteidigungsmaßnahmen eingeleitet. Außerdem – egal welche Alarmstufe geherrscht hätte, das Ganze hat sich innerhalb von Sekunden abgespielt, also viel zu wenig Zeit, um eine unvorhergesehene Bedrohung abzuwehren. Ich weiß noch, dass es irgendein tollkühner Verrückter vor ein paar Jahren sogar mal geschafft hat, mit einer Piper auf dem Rasen vor dem Amtssitz des Präsidenten zu landen.«

»Unsere Computer«, ergriff Cassandra wieder das Wort, »haben übrigens ein neues Screening unter den amerikanischen Armeeangehörigen durchgeführt – ich betone: *amerikanische* Armeeangehörige –, die die bisherigen Anschlagsziele des Gerechten leicht hätten erreichen können und sich auch während des jüngsten Anschlags in den Vereinigten Staaten aufhielten. Ich bitte dich, diese Daten mit der gebotenen Vorsicht zu behandeln, Oswald. Es gibt nicht nur zu viele Variablen, es ist auch rein logistisch unmöglich, jedes Alibi zu überprüfen, jede Personalakte, jeden aktuellen Einsatz oder Auftrag. Die Zahl hat sich nun auf knapp unter sechzehnhundert Personen reduziert, immer noch zu viele für systematische Ermittlungen, zumal wir wie immer knapp an Personal sind.«

»Kann ich eine Kopie der Liste haben, Cassandra?«

Sie nickte, und danach breitete sich ein sorgenvolles Schweigen im Büro des FBI-Chefs aus. In diesem Raum befanden sich drei der fähigsten Ermittler, über die Amerika verfügen konnte, aber allem Anschein nach standen sie den Taten des Gerechten hilflos gegenüber.

Glakas starrte auf das Display seines Mobiltelefons. Dort wurde weder ein Name aus seinem Adressverzeichnis angezeigt, noch erschien die Telefonnummer des Anrufers.

Er nahm den Anruf entgegen und versuchte, sich seine Aufregung nicht anmerken zu lassen, denn er ahnte schon, wer ihn da sprechen wollte.

Eine metallisch klingende Stimme sagte: »Guten Tag, Glakas. Auf welche Weise möchtest du mir nützlich sein?«

»Stellen Sie sich, und ich verspreche Ihnen …«

»Hör auf mit diesem Scheiß. Ich will wissen, wie du mir helfen willst!«

»Ich sage Ihnen zu, dass das Gericht …«

»Du sollst das lassen! Ein hohes Tier von der CIA wie du macht keinen Deal mit einer Gefahr für die Öffentlichkeit, wie ich sie darstelle. Soll ich dir sagen, wie du mir helfen kannst? Ich brauche Sprengstoff. Etwa zwanzig Kilo hochexplosives Material. Eine Hand wäscht die andere. Du hast deine Herkunft nicht vergessen, stimmt's? Du hast nicht vergessen, wie du von deiner Insel verjagt wurdest. Ich kann Rache üben für das, was man deiner Mutter und deiner Familie angetan hat. Okay, ich gebe dir ein bisschen Zeit zum Nachdenken, Glakas. Ich melde mich wieder.«

40. Kapitel

Nach den Aufzeichnungen von Asher Breil in Cortina d'Ampezzo 1967

Plötzlich kam Wind auf und trieb Wirbel aus Papier und Staub über den kleinen Platz vor dem Hotel Post, das an Cortinas Hauptstraße, dem Corso Italia, lag. Asher Breil saß mit Sciarra della Volta auf der Hotelterrasse und hätte ein Journalist bei einem Interview mit einem der vielen Finanzmagnaten sein können, die in der Perle der Dolomiten Urlaub machten. Der

Mossad-Agent lauschte dem alten General aufmerksam und machte sich ununterbrochen Notizen.

»Wo waren wir stehen geblieben?«, fragte Sciarra, seine Erinnerungen ordnend.

»Bei Oberst Lawrence«, half ihm Asher auf die Sprünge, der inzwischen ganz gebannt von dem Bericht war.

»Ach ja, Oberst Lawrence ...« Sciarra zitierte einen berühmt gewordenen Satz von Lawrence: »Alle Menschen träumen, aber nicht alle gleich.«

Mit diesen Worten hatte der Engländer die Mission kommentiert, die ihm der Italiener erläuterte, als sie zusammen an einem Restauranttisch saßen. Die anderen Gäste in dem vom Rauch der Nargilehs erfüllten Lokal beäugten den westlichen Offizier neugierig, der da so angeregt mit einem Beduinen sprach. Einige jedoch hatten Lawrence erkannt, und auf die mehr oder weniger verstohlenen Blicke folgten leise Bemerkungen und ebenso leise geäußerte Vermutungen.

»Ohne einen großen Traum wäre ich nicht hier«, fuhr der Offizier fort, der dreißig Jahre zuvor in Tremadoc, Wales, geboren worden war. »Mein Traum ist die Schaffung einer geeinten arabischen Nation. Einer Nation, die die Rivalitäten zwischen den Stämmen des stolzen arabischen Volkes überwinden kann. Sie werden verstehen, worum es mir geht, Alberto, wenn Sie erst einmal an der Seite dieser tapferen Männer gekämpft haben.«

Lawrence deutete auf drei wenig vertrauenerweckende Gestalten in ihrer Nähe. »Lassen Sie sich nicht von ihrem Äußeren täuschen – jeder von diesen Kriegern würde sein Leben für mich geben. Sie begleiten mich überallhin und halten mir jeden vom Leib, der mir gefährlich werden könnte. Ich weiß sehr wohl, dass meine Landsleute und besonders die, die mich mit Auszeichnungen und Beförderungen bedenken, in mir inzwischen eine unbequeme Person sehen. Tatsache ist, dass die Propaganda des Westens in die Irre führt. Die Araber kämpfen in diesem Krieg für ihre legitimen Unabhängigkeitsansprüche, aber die westlichen Länder haben ganz andere Motive. Doch sie brauchen die Männer, die meinem Befehl gehorchen, und sie brauchen Prinz Feisal. Deshalb überhäufen sie mich mit Ehrungen. Wenn das Spiel aber gelaufen ist, wird sich niemand mehr für das Schicksal der Araber interessieren, und auch mich wird man eiskalt fallen lassen.

Umso mehr freut es mich, dass Ihr Auftrag hier meinen großen Traum unterstützt, Alberto. Schon seit Langem versuche ich, die Stämme in diesen Gebieten davon zu überzeugen, dass der einzige Weg zur Unabhängigkeit über eine Allianz mit den Staaten der Triple Entente führt und nicht über ein Bündnis mit den deutsch-türkischen Armeen. Meine jüngsten Einsätze in den Kampfgebieten haben mich jedoch davon abgehalten, neue Anhänger für unsere Sache gewinnen zu können, obwohl stets ein großer Bedarf an frischen Truppen besteht, wenn man einen Krieg führt. Es gibt immer noch viele Stämme, die unentschieden sind, auf welche Seite sie sich schlagen sollen, ganz zu schweigen von den mächtigen Kalifaten, die aus Unkenntnis der Fakten und aus keinem anderen Grund eine bedenkliche Neutralität wahren. Viele Völker des östlichen Syriens könnten sich unseren Zielen anschließen, aber ich scheine in den *Kamsin,* den Wüstenwind zu reden, wenn ich diese Ansichten unseren Befehlshabern darlege. Daher bin ich froh zu hören, dass ein Mann wie Sie mit mir einer Meinung ist. Sie sollten einige Zeit mit uns verbringen, denn man muss die Mentalität der Araber erfahren und sie kennenlernen, um sie schätzen zu können. Ich weiß, dass Sie mit Ihrer Familie einige Jahre in Port Said gewohnt und die hiesigen Dialekte gelernt haben, aber es ist etwas ganz anderes, als Soldat unter Soldaten zu leben. Außerdem kann uns natürlich ein Offizier von Ihrer Erfahrung von großem Nutzen sein.«

»Ihr Vorschlag schmeichelt mir, Oberst Lawrence, und er entspricht außerdem genau der Bitte, die ich Ihnen vortragen wollte. Ich habe im Moment völlig freie Hand und kann meine Entscheidungen unabhängig treffen, ohne einem direkten Vorgesetzten Rechenschaft ablegen zu müssen. Deshalb schließe ich mich Ihnen mit Freuden an.«

Nachdem sie eine *Ful Mudammas* gegessen hatten, eine scharfe Suppe aus getrockneten Saubohnen, Zwiebeln, Knoblauch und Eiern, verließen sie die Taverne, um ein wenig spazieren zu gehen und ihr Gespräch dabei fortzusetzen.

Ein Schiffskonvoi fuhr an den Hafenanlagen vorbei: Es waren Passagier- und Handelsschiffe, die von Militäreinheiten eskortiert wurden. Thomas Lawrence und Alberto Sciarra blieben stehen und beobachteten den Zug.

»Damit habe ich mich vor dem Krieg beschäftigt, Thomas«, sagte Sciarra. »Die Ladung optimieren, Chartergebühren einnehmen, die Schiffe und ihre Besatzung mit allem versehen, was sie brauchen. Das und noch viel mehr sind die Aufgaben eines Schiffsagenten.«

»Ich dagegen wurde ursprünglich meiner archäologischen Kenntnisse wegen hierhergeschickt. Ich sah die Wüste und verliebte mich sofort in sie.«

Das gedämpfte Getrappel von über den Sand galoppierenden Kamelen ließ sie beide aufblicken. In der engen Gasse trieben drei Männer ihre Reittiere auf sie zu. Sciarra bemerkte gerade noch rechtzeitig, dass einer von ihnen einen großen Trommelrevolver in der Hand hielt.

»Runter!«, schrie er, da knallte auch schon der erste Schuss.

Die Gesichter der Angreifer waren zum größten Teil von der *Kefiyyah* verhüllt und nicht zu erkennen.

Sie feuerten schnell hintereinander, doch dank Sciarras Geistesgegenwart hatten die beiden Offiziere Deckung hinter einem Holzkarren gefunden, um aus dieser Deckung heraus die Schüsse zu erwidern.

Lawrence zielte und feuerte seine Pistole ab, worauf einer der Männer mit einem erstickten Schrei von seinem Kamel stürzte.

In diesem Moment tauchten drei weitere Gestalten in der Dunkelheit auf: die Leibwächter von El Lawrence. Zwei von ihnen sprangen zu beiden Seiten eines Kamels fast gleichzeitig in die Höhe und drehten dabei den Oberkörper, um ihrem Krummsäbel mehr Schwung zu verleihen. Der Reiter stürzte tödlich getroffen aus dem Sattel.

Daraufhin wendete der dritte Angreifer sein Kamel und floh in die Richtung, aus der er gekommen war.

Die drei Leibwächter vergewisserten sich, dass die beiden Offiziere unversehrt waren, dann verschwanden sie wieder in der Nacht.

»Danke, Alberto. Ich kenne Sie erst seit wenigen Stunden, und schon verdanke ich Ihnen mein Leben.«

»Den Dank muss ich zurückgeben, Thomas. Wir leben dank Ihrer Treffsicherheit und der Entschlossenheit Ihrer Männer.«

Vier Tage später traf Oberst Sciarra in Aqaba ein, wo er auf die Rückkehr von Lawrence wartete, der zu einer Unterredung mit seinen Vorgesetzten nach Kairo gerufen worden war.

Sobald der Engländer eintraf, nahm er Kontakt zu Sciarra auf. »Ich hatte Gelegenheit, unsere Oberbefehlshaber in Kairo zu treffen. Sie scheinen nicht richtig zu wissen, was sie von mir halten sollen, ob es mir ernst ist oder ob ich ein Scharlatan bin. Dennoch hat mir Allenby seine Unterstützung zugesagt. Warten wir's ab.«

Lawrences Blick schweifte über die Bucht. Mitten im Golf thronte das englische Flaggschiff *Euryalus*.

»Ein wahres Glück, dass die Admiralität entschieden hat, dieses Kanonenboot hierzulassen.«

Auf Sciarras fragende Miene hin erklärte er: »Die Araber beurteilen die Schiffe nach der Zahl ihrer Schornsteine, und die *Euryalus* hat vier. Folglich wird sie von den Völkern dieser Region als quasi unbesiegbar angesehen und ist eine Demonstration unserer klaren Überlegenheit in der Schlacht von Aqaba.«

»Aber in einem Krieg wie diesem zählen nicht nur die großen Schlachten«, sagte Sciarra. »Der Angriff auf den Zug neulich hat mich auf etwas gebracht …«

»Sprechen Sie weiter, Oberst. Mal sehen, ob unsere Gedanken erneut übereinstimmen.«

»Hätten die Räuber die Eisenbahnlinie ernsthaft beschädigt, hätte es Wochen, ja, vielleicht Monate gedauert, die einzige Landverbindung zwischen Ismailia und Suez wieder befahrbar zu machen. Auch wenn in dem Fall der Kanal, der parallel zu der Strecke verläuft, die Probleme teilweise behoben hätte. Angenommen nun, es gelänge einer Abteilung unserer Pioniere, ein Teilstück einer Eisenbahnstrecke in türkischer Hand zu sprengen oder gar einen ganzen Zug mitten in der Wüste, wäre das ein großer Erfolg. Ein Meter Schiene ist unter den strategischen Gegebenheiten hier mehr wert als tausend Kamele.«

»Ich bin immer glücklicher darüber, Sie bei mir zu haben, Oberst. Schon länger denke ich ebenfalls an eine solche Aktion, und ich glaube auch, bereits eine geeignete Stelle ausgemacht zu haben.«

Sie tauschten noch lange ihre Überlegungen aus. Einem intelligenten und aufmerksamen Mann wie Lawrence konnte dabei nicht entgehen, wie viel Erfahrung der italienische Offizier während des schwierigen Minenkriegs in den Dolomiten gewonnen hatte.

Als sie sich voneinander verabschiedeten, ließ die untergehende Sonne den stillen Golf von Aqaba rot erglühen. Bald würde die Dunkelheit hereinbrechen und die Gluthitze mildern, die tagsüber bis zu fünfzig Grad Celsius erreichte.

»Bis bald, Oberst Sciarra. Vergessen Sie nicht, dass uns der Kommandant der *Humbert* zum Dinner erwartet, und Sie wissen ja, wie viel Wert diese Kapitäne auf Pünktlichkeit und Etikette legen.«

Sciarra ging auf sein Hotelzimmer. Wie üblich hatte sein Bursche die Kleidung für den Abend auf dem Bett ausgebreitet. Stirnrunzelnd bemerkte er, dass ein Knopf an der Uniformjacke fehlte – es war die Uniform, die er bei dem Angriff auf den Zug getragen hatte.

Sciarra ging hinaus in den Korridor und klopfte an Roccos Zimmertür. Der Bursche öffnete erst nach wiederholtem Klopfen und wirkte irgendwie verlegen.

»Keine Sorge, Rocco, ich nehme bestimmt keinen Anstoß an einem Mann in Unterhosen«, sagte Sciarra. Ein beißender, unangenehmer Geruch kam aus dem Zimmer, doch er nahm an, dass der von der Straße hereindrang, und achtete nicht weiter darauf.

Wenige Minuten später brachte Rocco die Uniform zurück. »Entschuldigen Sie bitte noch einmal, Herr Oberst, ich hatte übersehen, dass ein Knopf fehlte.«

»Macht nichts. Danke, legen Sie sie einfach aufs Bett.«

»Und was sagt der Held von Arabien, Signore?«

»Nichts Neues. Aber wir sind in den meisten Dingen einer Meinung«, antwortete Sciarra, der am Waschbecken stand und sich rasierte.

»Es ist sicher großartig, an der Seite eines Helden zu stehen. Versprechen Sie mir, dass ich Sie auf der ersten Mission begleiten darf?«

»Gewiss werden Sie mich begleiten, Soldat.«

»Das würde mich sehr stolz machen, Signore. Eine Mission in der Wüste mit Ihnen und Oberst Lawrence. Was wird unser Ziel sein?«

»Es ist noch nichts entschieden und also verfrüht, darüber zu sprechen«, sagte der Oberst knapp, der es sich zur Gewohnheit gemacht hatte, seine Karten nicht aufzudecken. Zurückhaltung war stets angebracht in einem Land, in dem sich hinter jeder Sanddüne ein Verräter verstecken konnte.

Kapitän Snagge befehligte das Patrouillenboot *Humbert*. Er war ein junger, schlagfertiger Seemann mit dem Talent, an allem etwas Positives oder Komisches zu finden. Sein Schiff hätte ursprünglich die brasilianischen Küsten abfahren sollen, die häufig von Piraten und Strandräubern heimgesucht wurden. Aufgrund der Erfordernisse des Krieges war es jedoch zum Golf von Aqaba umgeleitet worden, wo es unter anderem als Quartier für die vielen englischen Offiziere diente, die sich seit der Eroberung der Stadt dort aufhielten.

Das ausgezeichnete Abendessen zog sich mit vergnüglicher Unterhaltung und allerlei Scherzen in die Länge. Als sie das Beiboot bestiegen, das sie wieder an Land bringen sollte, sagte Lawrence zu Sciarra: »In den kommenden Tagen werden wir damit beginnen, die Araber im Gebrauch von Sprengstoff und Detonatoren zu unterweisen. Ich habe bereits die Hilfe zweier Ausbilder angefordert, sie müssten in Kürze aus Kairo eintreffen. Derweil können Sie und ich die Einzelheiten unseres Plans ausarbeiten, und in einem Monat sollten wir so weit sein.«

41. Kapitel

Pécs, Ungarn, 1357

Von der Anhöhe aus, auf der sich die beiden Gestalten befanden, war die Donauschleife zu sehen. Der große Fluss strömte langsam dahin, und langsam waren auch die Jahre vergangen, doch am Ende hatte die Zeit den Schmerz gelindert, der das Herz des jungen Moslems bedrückte.

Adil hatte das *Katana* hoch erhoben. Humarawa beobachtete ihn genau und korrigierte hin und wieder die Haltung des jungen Kriegers, der sich inzwischen wie ein echter Samurai bewegte.

Der Japaner konnte sich wirklich nicht beklagen, denn sein Schützling hatte sich hervorragend entwickelt. Inzwischen hatten er und die wenigen, die in das Geheimnis eingeweiht waren, fast vergessen, dass sich unter Adils Kleidern der Körper einer Frau verbarg.

Die Identität der Tochter des Muqatil wurde nach wie vor geheim gehalten, da Campagnola noch lebte und man nicht wissen konnte, wo er überall seine Spitzel hatte, die mit der Aussicht auf eine reiche Belohnung Augen und Ohren offen hielten. Zum Glück sorgte die gegenseitige Abneigung, die zwischen den Herren von Venedig und König Ludwig I. von Ungarn und Polen herrschte, dafür, dass nur wenige Venezianer über die ungarische Grenze kamen.

Hatte der Samurai in Adil einen aufmerksamen und gewissenhaften Schüler gefunden, so stieß er hingegen bei der Unterweisung der Zwillinge von Rhoda und Wu in der Waffenkunst auf große Hürden. Die beiden lebhaften Kinder, die einander wie ein Ei dem anderen glichen, brachten weder die nötige Konzentration noch den Willen auf, sich der strengen Disziplin zu unterwerfen, die für die Ausbildung eines Kriegers nötig war.

Häufig musste Humarawa sie tadeln und sich bei ihrem Vater beschweren, der es dann nicht an Strafen und Schlägen mangeln ließ. Abgesehen davon waren sie aber zwei liebenswerte Schlingel, schlau und flink, stets bereit, füreinander einzustehen, und sie sahen sehr apart aus mit ihren Mandelaugen in den europäischen Gesichtszügen. Po-Sin und Dewei wussten, wie sie die Herzen aller Mitglieder dieser seltsamen Familie erobern konnten, die zurückgezogen in einem großen Landhaus auf den Hügeln von Mecsek lebte, nicht weit von der alten Stadt Pécs entfernt, welche die Venezianer Cinquechiese, Fünfkirchen, nannten.

Bei Adil aber konnte der strenge Meister mit großer Zufriedenheit das Ergebnis seiner jahrelangen Bemühungen betrachten. Bis zur Vollkommenheit beherrschte sein Schüler die Schritte eines Tanzes, der sich für jeden in ein tödliches Ballett verwandelte, der ihm übelwollte.

»Ich glaube, es ist Zeit, dich in den Stand des Samurai zu erheben, Adil«, sagte Humarawa an diesem Tag, als die zigste Übungsstunde zu Ende war.

Adil strahlte.

Wu und Rhoda erwarteten sie im Haus.

Es war Humarawas Wunsch, dass man sich an die althergebrachte Ernennungszeremonie hielt. Ein Lächeln umspielte seinen Mund, und es lag keine Wehmut in seinen von immer mehr Fältchen umkränzten Augen, denn er, Humarawa, der gefürchtetste aller Samurai, war ein guter Lehrer gewesen und Adils Ausbildung einem anspruchsvollen Lehrplan gefolgt. Zum Schluss hin hatte er sich in einen unbestechlichen Prüfer verwandelt, so wie die Meister in den Samuraischulen oder manchmal auch die *Daymio*, die Feudalherren der Präfekturen seiner fernen Heimat.

Adil hatte zudem sämtliche Prüfungen in Literatur, Arithmetik, Kalligraphie, höfischem Benehmen und Etikette mit Bravour bestanden. Doch es waren die Kampfkünste sowohl mit

Schwert als auch mit Bogen, in denen er sich besonders hervorgetan hatte.

Wie einst Humarawa wurde ihm bei der Zeremonie feierlich die Samurairüstung aus Stahlblättchen überreicht. Adil erkannte sofort, dass es dieselbe war, die einmal seinem Meister gehört hatte, ebenso wie das *Daisho*, das Schwertpaar auf einem Ständer aus intarsiertem Holz.

Adil nahm zuerst das längere, das *Katana*, dann schlossen sich seine Finger um den Griff des kürzeren *Wakizashi*, und er steckte auch dieses in den *Obi*, den Gürtel seines Kimonos. Abschließend verbeugte er sich zum Zeichen des Dankes und des Respekts.

Humarawa sprach: »Hier nun müsste der neue Samurai dem Kaiser und der aufgehenden Sonne Japans die Treue schwören. Da dies nicht möglich ist, ich aber deine Geistesstärke und deine ritterliche Gesinnung kenne, fordere ich dich auf, stattdessen deinen edlen Zielen einen Treueschwur zu leisten.«

»Ich schwöre, euch immer treu ergeben zu sein, meine Freunde. Ich schwöre, dass ich stets bereit sein werde, mein Leben für euch zu geben. Und ich schwöre, dass ich keinen Frieden finden werde, ehe ich Rache genommen habe am Mörder meines Vaters und meiner Mutter, denn ihre Seelen fordern es von mir.«

»Ich verstehe dein Ungestüm, junger Adil. In deinem Alter war ich noch hitziger, und meine Beweggründe, die Klinge meines Schwertes in Blut zu tauchen, waren weniger nobel als deine. Doch wir leben nun schon seit fast neun Jahren friedvoll in diesem Tal und sehen das Korn heranreifen und den Fluss vorbeiströmen. Überlege es dir also gut, ob du den Schlag deines Herzens vom Blutdurst bestimmen lassen willst.«

In diesem Augenblick kam Dewei völlig aufgelöst ins Haus gestürzt: »Der Mann … Ein Mann hat meinen Bruder gepackt und mitgenommen! Er hat ihn gefesselt und ist mit ihm weggeritten. Bitte kommt schnell und helft Po-Sin!«

»Beruhige dich erst einmal, Dewei!«, sagte seine Mutter, die sich vor ihn hockte und zu verstehen versuchte, was geschehen war.

»Dieser Mann hat Po-Sin entführt, Mutter!«

»Wo ist das passiert? Sprich, mein Sohn«, mischte sich Wu ein, der schon einen dicken Knüppel in der Hand hielt und halb zur Tür hinaus war.

»In dem Wäldchen hier in der Nähe. Wir haben gespielt, als auf einmal ein Mann aufgetaucht ist und sich meinen Bruder geschnappt hat«, berichtete Dewei unter Schluchzen. »Der Mann ist mit ihm aufs Pferd gestiegen, das zwei andere Männer festgehalten haben. Dann hat er gesagt, dass Campagnola meinen Bruder gefangen halten und ihm nichts zu essen geben wird, bis sich der Sohn des Teufels in seine Gewalt begibt, und tut er dies nicht bald, wird mein Bruder verhungern. Was soll das heißen, Mutter? Wer ist dieser Campagnola? Ich habe Angst.«

Die Männer stürmten mit ihren Waffen hinaus, sprangen auf die Pferde und machten sich auf eine vergebliche Verfolgungsjagd. Die Entführer des kleinen Po-Sin waren längst über alle Berge.

Der Alte beugte sich über das Kind. Mit seiner runzeligen Haut und dem gierigen Ausdruck sah er aus wie ein Geier. »Wollen doch mal sehen, wie wichtig du ihnen bist, du kleines Schlitzauge.«

Po-Sins Hand schnellte blitzartig vor, packte Campagnolas Hakennase und bohrte zwei Finger krallenartig in die Nasenlöcher.

Campagnola japste vor Schmerz auf und wollte zurückweichen, doch der Knabe ließ nicht locker. Erst als der Venezianer ihn ins Gesicht schlug, löste Wus Sohn den Griff.

»Sperrt ihn in eine Zelle!«, rief Campagnola und presste sich ein Schnupftuch auf die blutende Nase. »Und gebt ihm nichts zu essen.«

Sein Blick wurde wieder heimtückisch. Der Palazzo, in dem das Gericht der Zehn Weisen tagte, galt als einer der sichersten in Venedig. Es war praktisch unmöglich, aus ihm zu fliehen oder gewaltsam in ihn einzudringen. Sollten die beiden Orientalen und der Teufelssohn einen Befreiungsversuch unternehmen, würden sie es mit einem ansehnlichen Haufen Wachen zu tun bekommen.

Campagnola starrte auf seinen Fingerstumpf und zischte: »Ich erwarte dich, Sohn des Satans.«

Im Zentrum der Stadt Pécs stand der majestätische Dom, der vor drei Jahrhunderten von König Stefan erbaut worden war. Schon seit Längerem sollte Pannonius, der dortige Bischof, zu einem diplomatischen Besuch nach Venedig aufbrechen. Die geplante Reise hatte zwar keinen offiziellen Charakter, aber alle wussten, dass der höchste Kirchenvertreter von Pécs ein Friedensangebot von König Ludwig von Ungarn überbringen sollte.

Zur Vesper sprach ein junger Benediktinermönch im Dom vor. Ein alter Pfarrer bot ihm Gastfreundschaft und fragte ihn nach dem Grund seines Besuchs.

»Ich bin gekommen, um mit seiner Eminenz, dem Bischof, zu sprechen«, antwortete der Mönch.

»Wenn ich es recht verstehe, so hast du keine Einladung, also wirst du bis zum nächsten Dienstag warten müssen, dem Tag, an dem der Bischof Audienz gewährt. Länger solltest du es auch nicht hinauszögern, denn seine Eminenz gedenkt, eine lange Reise zu unternehmen.«

»Genau über diese Reise möchte ich mit Bischof Pannonius sprechen. Ich würde ihn gern auf seiner Pilgerfahrt begleiten.«

»Das ist natürlich etwas anderes, mein junger Bruder. Der Bischof ist nämlich gerade auf der Suche nach jungen Geistlichen, die körperlich kräftig genug sind, mit ihm die Gefahren und Unannehmlichkeiten der Reise teilen zu können. Ich werde dich zu ihm bringen, sobald die Abendandacht beendet ist.«

»Gott sei mit dir«, sagte der junge Mönch. In seinen kobaltblauen Augen spiegelte sich das sanfte Kerzenlicht.

Eine Woche später setzte sich die bischöfliche Reisetruppe in Marsch. Als sie auf das erste Hindernis stießen, ein schlechtes Wegstück, mussten die Männer die Zugtiere aus dem Joch spannen und zu Fuß gehen, bis der Weg wieder befahrbar wurde. Da verstand Adil, was der Pfarrer gemeint hatte, als er davon sprach, dass der Bischof junge kräftige Männer brauche. Denn der hohe Geistliche wurde stets bequem in einer Sänfte getragen, wenn es per Kutsche nicht weitergehen konnte, damit er auch ja nicht die Füße in den Staub setzen musste.

Venedig war nur noch ein paar Tagesreisen entfernt.

Der durchdringende Ruf eines Kauzes hallte durch die Nacht. Adil erhob sich von seinem Lager, ging zum Rand des Rastplatzes und antwortet auf den Ruf.

Humarawa und Wu hatten die Reisegesellschaft keinen Moment aus den Augen gelassen.

»Diesmal werden wir mit dir abrechnen, Campagnola«, flüsterte Adil gepresst.

Der Bischof von Pécs wurde in einem beinahe privaten Rahmen empfangen, so als wollte der neue Doge, Giovanni Dolfin, dem ungeliebten Ungarn nicht allzu sehr entgegenkommen, zugleich aber auch keine feindschaftliche Position einnehmen.

Als Dolfin bei einer stürmischen Abstimmung im August 1356 mit knapper Mehrheit gewählt worden war, waren es vor allem seine militärischen Verdienste gewesen, die ihn gegenüber seinen Mitbewerbern hervorgehoben hatten.

Das Schlachtfeld jedoch sollte bald darauf ein ganz anderes Urteil sprechen: Die Ungarn standen drohend vor den Toren Venedigs, die Carraras von Padua erweiterten ihre Gebiete entlang des Po, und die Österreicher machten sich bereit, gegen Triest zu marschieren. In Kürze sollte dem Dogen von Venedig, nachdem er seines hochtrabenden Titels beraubt worden war, nur noch die spöttische Bezeichnung *Dux Venetiarum et cetera,* »Fürst von Venedig et cetera«, bleiben.

Der Rat der Zehn erkannte jedoch die Bedeutung des Besuchs von Bischof Pannonius voll und ganz. Dieses Gremium, das traditionell die Zügel der Republik in die Hand nahm, wenn sich die rechtmäßige Regierung als schwach erwies, verhielt sich auch in dieser Situation äußerst vorausschauend.

Nach dem Gespräch mit dem Dogen schritt der Bischof mit seinem Gefolge durch einen langen Flur im dritten Stock des Palastes, durch den man in die Sala del Consiglio, die Sala dei Tre Capi und die Sala della Bussola gelangen konnte. In diesem letzten Saal wurden die anonymen Anzeigen gesammelt, welche der Rat anschließend untersuchte.

Campagnola ging dem Kirchenoberen entgegen, verneigte sich ehrerbietig und berührte den Bischofsring mit seinen schmalen Lippen. »Im Namen des Rats der Zehn, dessen ältestes Mitglied zu sein ich die Ehre habe, heiße ich Euch willkommen, Eminenz. Es wäre uns eine große Freude, würdet Ihr während Eures Aufenthaltes in unserer Stadt auch einmal unser Gast sein.« Dann beugte er sich zum Ohr seines Gegenübers und fuhr leiser fort: »Ich verstehe gut, wenn die Begegnung mit dem Dogen einen bitteren Nachgeschmack bei Euch hinterlassen hat. Doch wo ein einzelner Mann scheitert, können viele viel erreichen.«

Als er diese Stimme hörte, war Adil kurz erstarrt. Dann war er unauffällig näher an den Bischof herangetreten, um zu verstehen, was die beiden sagten. Die Kapuze seiner Benediktinerkutte hatte er sich tief ins Gesicht gezogen.

Campagnolas Bemerkung kam nicht von ungefähr. Der Doge führte zwar den Vorsitz bei den Zusammenkünften des Rates, an denen auch sechs von ihm selbst ausgewählte enge Berater teilnahmen. Aber die institutionelle Aufgabe des Gremiums bestand darin, die öffentliche Ordnung in Venedig zu garantieren, und kraft dieses Mandats war der Rat an allen wichtigen Entscheidungen, die die Republik betrafen, beteiligt.

Der Bischof erwiderte die Höflichkeiten mit schmeichlerischen Worten, denn er wusste um Campagnolas Ruhm und Macht. »Gern komme ich übermorgen zu Euch, wenn es Euch recht ist, edler Campagnola.«

»Gewiss, ich werde alles vorbereiten lassen, damit Euch ein würdiger Empfang bereitet wird.«

Die beiden verabschiedeten sich voneinander, dann schickte sich der Bischof an, den Palast über die große Freitreppe zu verlassen.

Adil näherte sich ihm. »Darf ich das Wort an Euch richten, Eminenz?«

»Sieh an, endlich ringt sich der schweigsamste meiner Begleiter dazu durch, mit mir zu reden. Ich hielt dich schon für stumm. Nun gut, Bruder, sprich.«

»Traut diesem Mann nicht, mein Herr.«

»So? Das tue ich ohnehin nicht, aber was sollte einem Mann der Kirche schon Übles widerfahren? Wer sollte ein Interesse daran haben, einem Botschafter des Friedens Böses zu wollen?«

»Campagnola ist ein hinterhältiger Mann, Eminenz. Achtet darauf, nie allein mit ihm zu sein. Gewiss werdet Ihr Eure Wachen an der Pforte des Palazzos zurücklassen müssen, aber niemand kann Euch daran hindern, Eure getreuen Mönche mitzunehmen. Lasst mich an Eurer Seite bleiben. Ich kann Euch eine wertvolle Hilfe sein.«

»Wer bist du, der du dich Bruder Giovanni nennst? Und woher kennst du diesen venezianischen Adeligen so gut?«

»Er gehört zu einem Abschnitt meines Lebens, den ich zu vergessen suche, Eminenz.«

»Also schön, Bruder Giovanni. Ich werde dich mitnehmen, dich und zwei weitere Mönche, damit du dich von den guten Absichten Campagnolas und des Rates überzeugen kannst.«

Campagnola saß an der Stirnseite des langen Tisches im Salon seines Hauses. Bei ihm befanden sich fünf einflussreiche Mitglieder des Rates.

»Dies ist unsere letzte Möglichkeit«, sagte Campagnola. »Eine so günstige Gelegenheit kommt nie wieder. Wir haben Dolfin mit den gekauften Stimmen dieser zwei verarmten Adeligen, dieser *Barnabotti,* zum Dogen wählen lassen, und nun hält er sich nicht an die Abmachung und ist nicht gewillt, gegen Ungarn zu marschieren. Seine Unentschlossenheit wird unsere Stadt noch zur Kapitulation zwingen. Ich bin der Meinung, dass wir sofort angreifen und den Feind überraschen müssen. Das unsinnige Zögern des Dogen stärkt nur unsere Widersacher. Was wir brauchen, ist ein Vorfall, der selbst den furchtsamen Dolfin zum Handeln zwingt. Hört, was ich Euch zu sagen habe …«

42. Kapitel

August 2004

Aus Asher Breils Tagebuch, Bukarest, 1968

Ja, der Ring der Könige. Der Talisman, den nur ein Gerechter tragen darf, weil er allen anderen Unglück bringt. Du weißt ja nicht, mein Sohn, wie viele Menschen ihre unrechten Taten für gerecht halten.
Ich kann nicht leugnen, dass Ceausescus Art der Staatsführung auf viele eine gewisse Faszination ausübte, mich eingeschlossen. Er ist ein fähiger, kluger Politiker, der Ungehorsam gegenüber der Sowjetregierung mit Phasen engster Loyalität auszubalancieren weiß.
Oft wurde ich ohne bestimmten Anlass zu ihm gerufen, nur damit er mit mir über dies und das plaudern konnte. Er schenkte meinen Ansichten stets Beachtung. Bei einer dieser informellen Begegnungen geschah es auch, dass wir über den Ring der Könige sprachen.
»Ich sehe, dass dieses Thema Sie beschäftigt«, bemerkte der Conducator. *»Sagen Sie mir offen, was Sie über diesen antiken Talisman wissen.«*
»Im Grunde nicht viel«, log ich. »Ich habe lediglich mal gehört, dass mit diesem Ring große Kräfte verbunden sein sollen. Aber solche Legenden interessieren mich eigentlich nicht.«
»Das ist ein Fehler, Dr. Breil«, erwiderte Ceausescu, während sich seine Finger um den Ring schlossen, den er aus einem kleinen Wandsafe geholt hatte. »Dieser Siegelring ist im Laufe vieler Jahrhunderte von Hand zu Hand gegangen, und jeden seiner Besitzer hat er unwiderruflich geprägt. Es wäre schlimm, geriete er in die falschen Hände. Die Macht des Rings kann einen unwürdigen Besitzer ins Unglück stürzen oder seinen verbrecherischen Taten zu Erfolg verhelfen,

bis sein Träger irgendwann zur Rechenschaft gezogen wird.«

»Sie glauben also wirklich an diese Legende?«, fragte ich neugierig.

»Das ist viel mehr als eine Legende, Asher. Das Schicksal jedes einzelnen Trägers spricht durch den Ring zu uns. Angefangen von König Salomon hat jeder von ihnen ein außergewöhnliches Leben geführt. Sehen Sie sich nur diesen Papyrus an«, sagte Ceausescu und entrollte vorsichtig ein altes griechisches Schriftstück. »Hier heißt es, dass der Ring sogar einmal Kaiser Nero gehörte, der über das größte Reich aller Zeiten herrschte. Sein Leben endete zwar in einer Tragödie, aber er lebte es in vollen Zügen.«

»Sie meinen, dass dieses antike Schmuckstück Neros Schicksal bestimmte? War es nicht eher die normale Verkettung von Ursachen und Wirkungen wie in jeder Biographie?«

»Nein, so einfach ist es nicht, mein Freund. Irgendwann einmal werde ich Ihnen von einem alten Ritterorden erzählen, dem viele große Helden meines Landes angehört haben. Der Ring der Könige wurde vom Vater auf den Sohn vererbt, zusammen mit der Zugehörigkeit zum Orden.«

»Dem Drachenorden?«, fragte ich.

»Sie wissen mehr, als Sie zugeben, Dr. Breil, doch das verwundert mich nicht. Ja, ich rede vom Orden des Drachen.«

Der letzte Anschlag des Gerechten hatte besorgniserregende Auswirkungen in allen Teilen der Welt. Den westlichen Regierungen wurde verstärkt eine gleichgültige Haltung und Tatenlosigkeit vorgeworfen, was das Aufspüren des irrsinnigen Massenmörders betraf. Ein Problem türmte sich aufs nächste, denn nun kam es auch noch vermehrt zu Vergeltungsmaßnahmen von extremistischen Hitzköpfen gegen Nichtmoslems. Die meisten Protestaktionen blieben friedlich, doch der islamistische Terrorismus nahm die Taten des Gerechten zum Vorwand, in einer nie dagewesenen Eskalation gegen zivile Ziele zu wüten.

Die staatlichen Organe standen allesamt unter Druck, angefangen von der politischen Führung der Vereinigten Staaten – der in ein paar Monaten ein harter Wahlkampf bevorstand – bis hin zu dem kleinsten Polizeibeamten, der mit bangem Herzen eine Kreuzung in irgendeiner westlichen Großstadt beaufsichtigte.

»Ich habe dir einen Monat Zeit zum Überlegen gelassen, Glakas. Zu welchem Schluss bist du gekommen?«

Der CIA-Departmentchef hatte niemanden von seinem Kontakt mit dem Gerechten in Kenntnis gesetzt. Er war überzeugt, ihn zu seinem Vorteil nutzen zu können.

»Ich habe nachgedacht«, antwortete Glakas mit fester Stimme, »und ich halte es für angebracht, dass wir uns treffen.«

»Nein, kein Treffen. Sag mir nur, ob du das Material hast oder nicht.«

»Ich muss mit dir sprechen.«

»Ja oder nein, Glakas?«, drängte die metallisch klingende Stimme.

»Ja!«, platzte der CIA-Mann heraus.

Daraufhin nannte ihm der Gerechte eine E-Mail-Adresse und ein Passwort, die er benutzen sollte. »Ich werde mich bei dir melden und dir mitteilen, wie und wo das Material übergeben werden soll. Mach keine Dummheiten. Du wirst bald merken, wie süß Rache schmeckt.«

Oswald hatte Saras Berichte aufmerksam gelesen, und die Begebenheiten, die die römische Forscherin da Schritt für Schritt rekonstruierte, verstörten ihn zusehends.

Nachdem er die beiden neuen Kapitel seiner Familiengeschichte gelesen hatte, widmete er sich der Namensliste, die er von Cassandra erhalten hatte. All die Verdächtigen darauf wiesen diverse Gemeinsamkeiten auf: sie waren Angehörige der U.S. Army, kannten sich mit der Handhabung von Sprengstoff aus und hatten sich zur jeweiligen Zeit in der Nähe der Anschlagsorte aufgehalten.

Oswald hatte außerdem ein Passwort erhalten, mit dem er in der elektronischen Datenbank der Army die Personalakte jedes Soldaten auf der Liste, seinen Werdegang und seine besonderen Fertigkeiten einsehen konnte. Fast zweitausend Personen zu durchleuchten, war kein geringer Aufwand, aber im Moment die einzig sinnvolle Vorgehensweise.

George Glakas hatte einen entscheidenden Vorteil gegenüber seinen Ermittlerkollegen: Er wusste, dass Zypern das nächste Ziel des Terroristen sein werde.

Auch bei der CIA wurde fieberhaft daran gearbeitet, den Gerechten zu identifizieren. Man hatte die gleichen Kriterien zugrunde gelegt wie das FBI und war zu ähnlichen Ergebnissen gekommen. Es gab auf der Welt knapp zweitausend US-amerikanische Soldaten, die in der Lage waren, über Grenzen hinweg zu agieren, so wie es der mehrfache Bombenleger tat.

Glakas hatte die Resultate des Screenings per E-Mail erhalten. Ein spezielles Programm ermöglichte es ihm, bestimmte Filter einzusetzen, um den Personenkreis weiter einzuschränken. Er hätte etwa nach Zugehörigkeit zum jüdischen Glauben, blonder Haarfarbe, dunkler Hautfarbe und so weiter selektieren können. Stattdessen tippte Glakas in ein Kästchen, über dem »Derzeitiger Aufenthaltsort« stand, »Zypern« ein und drückte die Entertaste.

»Bingo!«, rief er und überflog die Daten der Ausgewählten. Die US-Gefängnisse konnten noch ein paar Tage warten, ehe sie ihre Pforten für den Gerechten öffneten. Zuerst galt es noch, eine offene Rechnung mit den Moslems zu begleichen.

Die schlanken Finger zogen den Sprengstoff aus der Militärtasche. Das T4 war hellgrau und hatte die Konsistenz von Knetmasse.

In seiner geheimen Kammer machte sich der Attentäter daran, die Sprengsätze mit gewohnter Sorgfalt und Geschicklichkeit vorzubereiten.

Wenige Stunden später setzte er sich an seinen Computer und begann zu schreiben.

Colonel Deidra Blasey massierte sich das Bein. Die meisten anderen an ihrer Stelle hätten sich mit einer schönen Pension plus Invaliditätszuschlag ein bequemes Leben gemacht. Mit allen Sondervergütungen, etwa für ihre Verdienste während des Krieges, hätte sie sogar mehr herausbekommen, wenn sie zu Hause auf dem Sofa gesessen hätte, statt ihre Knochen in jeden verdammten Armeeflieger zu schleppen, der Kurs auf ein Krisengebiet nahm.

»Ist mit Ihnen alles in Ordnung, Colonel«, sprach Kingston sie an. »Sie machen so ein besorgtes Gesicht.«

»Ich habe nur an die Aufgabe gedacht, die vor uns liegt, Sergeant.«

»Jetzt sagen Sie bloß nicht, dass Sie Lampenfieber haben. Der Job in Nikosia wird sich in nichts von den anderen unterscheiden, die wir schon auf …«, Kingston schlug ein Moleskine-Notizbuch auf und stellte eine schnelle Berechnung an, »… zweiundneunzig Militärbasen rund um den Globus erledigt haben.«

»Lassen Sie die Statistik, Sergeant, und schnallen Sie sich lieber an. Diese Klapperkiste hüpft wie ein Gummiball. Herrscht starker Wind über Zypern.«

43. Kapitel

Nach den Aufzeichnungen von Asher Breil in Cortina d'Ampezzo 1967

Auch der September milderte die Gluthitze nicht, die Temperaturen blieben unvermindert hoch.

Die beiden Ausbilder, zwei Unteroffiziere aus Kairo, waren seit einem Monat vor Ort und hatten trotz Sprachschwierigkeiten ihr Wissen den Rittern der Wüste erfolgreich weitergeben können. Obwohl sie kein Wort Arabisch sprachen – der eine war Australier, ein *Anzac*, wie die Soldaten aus Australien und Neuseeland genannt wurden, der andere ein Engländer vom Land –, war es ihnen gelungen, sich mit Mimik und Gestik verständlich zu machen.

Die Korrespondenz zwischen Sciarra und Petru hatte sich derweil gut eingespielt; es verging keine Woche, in der der Oberst keinen Brief von seinem ehemaligen Untergebenen erhielt, und er antwortete mit der gleichen Regelmäßigkeit.

Sciarra las gerade Minhea Petrus letztes Schreiben, das mit der Kopie einer Zeichnung vom Ring der Könige aus einer alten Schrift versehen war, als er jemanden hinter sich spürte.

Lawrence blickte ihm über die Schulter auf die Zeichnung und rief: »Der Ring der Könige!«

»Sie kennen ihn?«

»Vergessen Sie nicht, dass ich von Haus aus Archäologe bin, Alberto.«

»Kennen Sie auch die Legende, die sich um ihn rankt?«

»Ich erinnere mich vage. Woher haben Sie diese Zeichnung?«

»Das ist eine lange Geschichte. Ein Oberleutnant, der mit mir in den Dolomiten gekämpft hat, entstammt der Familie, die diesen Ring während der letzten sechshundert Jahre besessen hat. Aber er ist ihm von einem ungarischen Offizier gestohlen worden, der uns deswegen um ein Haar umgebracht hätte. Wie ich Petru allerdings kenne, wird er keine Ruhe geben, bis er sein Familienerbstück zurückbekommen hat.«

Sie wurden von einem der drei treuen Araber in Lawrences Gefolge unterbrochen. Es war Salem, der mit dem dunkelsten Gesicht, der den englischen Oberst beiseitenahm und auf ihn einredete, worauf sich Thomas an Sciarra wandte: »Hätten Sie Lust, einen türkischen Spion in seiner Höhle aufzuspüren?«

»Ihnen folge ich überallhin«, antwortete Sciarra und griff an seine Seite, um sich zu vergewissern, dass die Pistole in ihrem Halfter saß.

Der Mann zitterte wie Espenlaub beim Anblick der Waffen, die auf ihn gerichtet waren. In der Luft hing ein durchdringender, unangenehmer Geruch, der Sciarra irgendwie bekannt vorkam.

»Ich bin unschuldig, Herr«, schrie der Araber.

Mehrere Tauben hockten auf einem Deckenbalken, bereit, loszufliegen.

Lawrence zeigte auf die abgerichteten Vögel. »Du schickst den Türken schon seit Monaten Nachrichten, das wissen wir. Wir haben eine deiner Brieftauben mit geheimen militärischen Informationen abgefangen.«

Gegen diesen Beweis ließ sich nichts mehr anführen, und so leistete der überführte Spion auch keinen Widerstand, als Lawrence seinen Männern befahl, ihn abzuführen.

»Dieses Land hat nicht nur überall Augen und Ohren, sondern auch Zungen, die zu viel reden. Ich habe dieses Nichtstun satt, Alberto. Unsere Männer sind inzwischen mit der Handhabung von Sprengstoffen vertraut, und es wäre reinste Zeitverschwendung, noch länger zu warten. Wir sollten demnächst loslegen.«

»Wenn es stimmt, was man im Altertum glaubte, nämlich dass die Sieben eine Glückszahl ist, kann unsere Mission nur gut ausgehen, denn heute ist der 7. September 1917.« Lawrence schnalzte mit der Zunge wie ein erfahrener Meharist, ein Dromedarreiter. Das Tier reagierte prompt und erhob sich geschmeidig auf die Beine.

»Wir werden in Guweira Rast machen. Mastuf, das Oberhaupt der Howeitat, erwartet uns dort. Hoffentlich gelingt es uns, weitere Männer zu rekrutieren.«

Im Nomadenlager Guweira wiederholte sich seit einiger Zeit ein seltsames Ritual, mit dem die vielschichtige arabische Mentalität zu leben gelernt hatte. Fast jeden Morgen bei Tagesanbruch kündigte das dröhnende Brummen eines Sechszylinder-Mercedesmotors von hundert PS das Auftauchen eines großen Vogels aus Leinwand und Draht an. Es war der deutsche Eindecker »Taube«, der mit seinem schwanzförmigen Heck und den nach außen breiter werdenden Adlerflügeln eher wie ein Raubvogel wirkte.

Das Flugzeug war schon ziemlich klapprig und gehörte vermutlich zu den ersten, die 1914 in Dienst genommen worden waren. Der Pilot konnte sich in der engen Kabine kaum bewegen, wenn er das Rebellenlager überflog. Außerdem musste er die Sprengkörper mit der Hand werfen und mit bloßem Auge zielen.

Die Howeitat ließen sich von dieser morgendlichen Störung kaum aus der Ruhe bringen. Sie waren es gewohnt, noch vor Sonnenaufgang aufzustehen, sodass das Bombardement vom Himmel sie keineswegs überraschte. Sobald sie das Dröhnen von ferne hörten, kauerten sie sich hinter ein Felsmassiv am Rand des Lagers, das ihnen als Schutzbunker diente. Dort warteten sie gelassen, bis der Feind seine drei oder vier Granaten abgeworfen hatte, die keine großen Schäden anrichteten, und kehrten dann an ihr Tagwerk zurück.

Sciarra war unterwegs mehrfach aufgefallen, was für ein guter Reiter sein Bursche war. Trotz seiner bäuerlichen Herkunft saß Rocco elegant und sicher im Sattel, selbst auf einem Dromedar. Er wirkte wie ein Aristokrat bei einem Dressurwettbewerb.

Die Wüste auf einem Kamel zu durchqueren, war alles andere als bequem. Auch die geübtesten Reiter litten unter der erbarmungslosen Hitze und Durst und ermüdeten bei der Anstrengung, den schwankenden Gang der Tiere mit dem Körper auszubalancieren.

Rocco jedoch ritt unter der sengenden Sonne mit der Gewandtheit eines Zirkusartisten und der Ausdauer eines Kavalleristen aus der russischen Steppe einher. Den beiden britischen Munitionstechnikern erging es weniger gut, da sie einen harten Ritt auf dem Rücken eines Dromedars absolut nicht gewöhnt waren.

Endlich erreichte der Trupp das Lager Guweira, wo sich die Männer eine kurze, lange ersehnte Rast gönnten, ehe sie ihren Weg durch die Wüste fortsetzten.

Die Nacht verbrachten sie im Rumm-Tal, wo Lawrence dem italienischen Offizier im Schutz seines Zeltes seinen Plan darlegte.

Nach dem Abendessen spazierte Sciarra ein wenig allein durch die Gegend, die eine große Faszination auf ihn ausübte. Die Nacht hatte sich über die Wüste gesenkt, und der Vollmond bestrahlte die vom Wind geschliffenen Felsen. Eine Riesenhand schien diese Berge aus rotem Stein geformt zu haben, hatte Wölbungen und steile Abhänge geschaffen, Schlünde und tiefe Tunnel und eine unvergleichliche Landschaft hervorgebracht.

Hingerissen betrachtete Sciarra das mondbeschienene Panorama. Zwei turmhohe Felsen in der Nähe wurden von einer etwa zwölf Meter breiten Spalte geteilt. Das gesamte Tal erweiterte und verjüngte sich auf unvorhersehbare Weise, mal war es über fünfzig Meter breit, dann wieder zog es sich so schmal zusammen, dass kaum ein Kamel hindurchpasste.

Plötzlich bemerkte er einen Mann auf einer freien Fläche zwischen den Felswänden. Er warf die Arme in die Höhe, als vollführe er Gymnastikübungen. Sciarra erkannte ihn an seiner Gestalt.

»Rocco, sind Sie das?«

»Ja, Herr Oberst«, antwortete es aus der Dunkelheit.

»Finden Sie es nicht ein bisschen spät für eine Leibesertüchtigung?«

»Der lange Ritt heute hat meine Muskeln strapaziert, Signore. Ich habe gerade versucht, sie ein wenig zu lockern«, sagte der sizilianische Soldat leicht befangen, was seinem Vorgesetzten nicht entging.

Der Plan sah zuerst einen Angriff auf den Bahnhof von Mudowwara vor, doch die türkische Garnison dort war deutlich stärker besetzt als vorhergesehen. Also änderte Lawrence kurzfristig den Plan; der Bahnhof von Mudowwara würde fürs Erste verschont bleiben, stattdessen würden sie der Eisenbahnlinie folgen, bis das Gelände für einen Anschlag auf den vorbeifahrenden Zug geeignet war.

Zaal, Howeimil und Salem, das unzertrennliche Leibwächtertrio des englischen Offiziers, genoss großen Respekt unter den Männern. Sie waren es auch, die die Anleitungen der beiden Munitionstechniker an die Truppe weitergaben.

Der Ort, den man für den Anschlag auswählte, war eine Holzbrücke, die über eine Schlucht führte. Gleich dahinter verliefen die Gleise in einer engen Kurve, und ein mächtiger Felsausläufer beherrschte den gesamten Streckenabschnitt.

Die Sprengladungen wurden an den Brückenpfeilern und dem Schienenstück davor angebracht. Nachdem Lawrences Männer dann die drei von den Lasttieren beförderten Haubitzen zusammengesetzt hatten, postierten sich alle auf dem Felsüberhang.

Nach ein paar Stunden signalisierte ein Späher Dampfwolken in der Ferne. Die Araber wurden daraufhin sehr aufgeregt und schienen das Gefecht kaum erwarten zu können. Der englische und der italienische Oberst hingegen bewahrten sich ihren Gleichmut, während der Zug heranstampfte.

Er bestand aus zehn Wagen, ursprünglich Güterwagen, in denen sich jedoch türkische Soldaten zusammendrängten. Die Läufe ihrer Gewehre ragten seitlich aus den Waggons. Auf den Dächern waren Sandsäcke aufgetürmt, hinter denen weitere Gewehrschützen hockten. Zwei Lokomotiven der Firma Berliner Maschinenbau, deren europäische Spurweite der geringeren türkischen angepasst worden war, zogen die Waggons.

Der Bau von Bahnlinien war im Osmanischen Reich gegen Ende des neunzehnten Jahrhunderts unter anderem notwendig geworden, um den Transport der Tausenden von Pilgern zu den heiligen Städten Mekka und Medina zu erleichtern. Das Streckennetz war nach und nach erweitert worden und umfasste allein in dieser Region dreitausend Schienenkilometer.

Lawrence schien wegen des Lokgespanns etwas aus dem Konzept gebracht, denn damit hatte er nicht gerechnet. Er beriet sich schnell mit Sciarra, und sie beschlossen, die Ladungen zu zünden, sobald die zweite Lok auf der Brücke war.

Der Zug nahte schnaufend, während die Araber so versteckt lagen, dass für die Türken nichts als die hoch aufragende Felswand zu sehen war. Das Rattern der Waggons wurde unangenehm laut an diesem vorher so stillen, friedlichen Ort.

Dann zerriss das Getöse der Explosionen die Luft.

Die Hauptladung detonierte bei den Hinterrädern der zweiten Lokomotive. Die Lok samt Tender bäumte sich auf, kippte und stürzte den Abhang hinunter. Von der Holzbrücke blieben nur die Stümpfe der Pfeiler zu beiden Seiten der Schlucht übrig. Die erste Lok war auf den herausgerissenen Schienen entgleist, aber noch ein Stück weitergebraust, ehe auch sie in den Abgrund stürzte.

Der restliche Zug krümmte sich wie eine Eisenschlange, die Waggons schoben sich ineinander, und das Kreischen von Metall, lautes Scheppern und menschliche Schreie bildeten dazu eine makabre Geräuschkulisse.

Die unwirkliche Stille nach dem Höllenlärm gab den Arabern das Zeichen zum Angriff. Ihre Haubitzen spien Feuer und Vernichtung, während die überlebenden Türken auf der Suche nach Deckung in alle Richtungen flohen.

Anschließend trugen die Gewehrsalven den Tod dorthin, wo die Kanonen ihr Ziel verfehlt hatten. Den Türken blieb nichts anderes übrig, als sich mit einer auf ein Bajonett gesteckten weißen Fahne zu ergeben.

Kurz darauf kamen die Araber aus ihrem Versteck und stürzten sich mit Triumphgeheul auf die Überreste des Zuges.

Ein ganzes Nachschublager lag ringsherum verstreut, Kisten mit Waffen und Gütern jeder Art. Sie sammelten hektisch alles ein, was ihr Interesse erregte, und luden es auf die Kamele.

»Hört auf jetzt!«, brüllte Lawrence. »Die Türken in der Garnison von Mudowwara werden die Explosionen gehört haben und bald hier sein! Wir müssen schleunigst weg!«

Zuerst schien sein Rufen nicht durch die erregten Schreie der Plünderer hindurchzudringen, doch dann kehrte allmählich wieder Ordnung in die aufgelösten Reihen ein.

»Was machen wir mit den Gefangenen, El Lawrence?«, fragte Zaal. Unter den Türken befand sich auch eine große Anzahl Frauen, vermutlich die Ehefrauen von türkischen Unteroffizieren, die zu ihren Männern wollten.

»Lasst sie einfach hier. Bald werden ihre Landsleute hier sein und sich um sie kümmern. Haben wir Verluste erlitten?«

»Nur drei Leichtverletzte. Aber Salem ist verschwunden, ich habe überall nach ihm suchen lassen, bisher vergebens.«

Salem war der stärkste von Lawrences Leibwächtern. Seine dunkle Haut deutete auf seine zentralafrikanische Herkunft hin, und er konnte kämpfen wie ein Löwe.

Lawrence suchte noch eine Weile mit einer kleinen Gruppe, der auch Sciarra angehörte, nach dem verschwundenen Mann, doch sie fanden keine Spur von ihm. Sein Verlust gab dem Sieg einen bitteren Beigeschmack.

Zwei Tage später hatte der Trupp schon einen beträchtlichen Abstand zwischen sich und die türkischen Verfolger gelegt. Auf einmal aber erschien hinter ihnen eine Gruppe von wenigen Kamelen, die in hohem Tempo auf sie zugaloppierten.

Als die Reiter in Rufweite waren, legte Zaal die Hände trichterförmig an den Mund und rief: »Freund oder Feind?«

»Wenn dich der Widerschein der Sonne nicht blenden würde, hättest du mich längst erkannt, Zaal. Ich bin es – Maulud, dein Vetter. Wir sind Tag und Nacht geritten, um euch einzuholen.«

Dann zeigte Maulud auf einen Mann, der quer über den Rücken eines Kamels lag und dort festgebunden war. Lawrence und seine Männer erkannten in ihm sogleich Salem.

Wenig später erfuhren sie, dass der Afrikaner am Rücken verwundet worden war und ziellos durch die Gegend geirrt war, bis ihn die Kräfte verließen. Zaals Vetter, der sich den Truppen von Oberst Lawrence anschließen wollte, hatte ihn zufällig zwischen den Sanddünen entdeckt und sich seiner angenommen.

Am nächsten Tag erreichte die siegreiche Schar die Stadt Aqaba. Sciarra begab sich gleich zu seinem Hotel, er war müde und wollte nichts anderes als ein Bad und ein sauberes Bett. Er ahnte nicht, was für eine Überraschung ihn dort erwartete.

»Alberto«, sagte eine Stimme hinter ihm, die er sofort erkannte.

Er drehte sich. »Kimber! Wie kommst du denn hierher?« Schon lagen sie sich in den Armen.

»Hast du geglaubt, ich lasse einen alliierten Offizier auf Dauer in der Wüste allein? Du könntest verwundet werden, was solltest du dann tun ohne deine Lieblingskrankenschwester? Außerdem habe ich immer noch einen Anspruch auf dich, weil ich dich nach deiner Bruchlandung in England gepflegt habe.« Dann wandte sie sich an Rocco, der etwas abseits stand und aussah, als würde er vor Müdigkeit gleich umfallen. »Entschuldigen Sie, Soldat, ich würde gern mit dem Oberst unter vier Augen sprechen.«

Der Bursche ging, froh, sein Zimmer aufsuchen zu dürfen.

Kimberly sah sich um, dann sage sie leiser und mit plötzlich ernster Miene: »Alberto, ich muss dir etwas sagen.«

Sie gingen hinauf und in Sciarras Zimmer.

»Es ist Zeit, dass du die Wahrheit erfährst. Ich bin keine Krankenschwester, das heißt, meine Tätigkeit ist nur eine Tarnung. Ich arbeite seit Kriegsbeginn für den englischen Geheimdienst, und ich muss dir leider mitteilen, dass ihr einen Spion unter euch habt.«

Sciarra bedeutete ihr fortzufahren.

»Wir haben eine Brieftaube mit einer Nachricht abgefangen …«

»Verzeih, wenn ich dich unterbreche, aber wir haben den Absender bereits festgesetzt. Ich war dabei …«

»Nein, Alberto, ich rede von einer Nachricht, die abgeschickt wurde, als ihr bereits nach Mudowwara unterwegs wart. Ein paar knappe Worte auf Deutsch, die Ort und Zeit sowie die Art eurer Aktion benannten. Wenn wir die Taube nicht entdeckt und abgeschossen hätten, wärst du jetzt wahrscheinlich nicht hier.«

Vor dem geistigen Auge des Oberst zogen nacheinander die Gesichter der Männer vorbei, die sie auf ihrer letzten Mission begleitet hatten, aber ohne konkrete Hinweise war der Verräter nicht zu identifizieren.

»Nur eine Frage: Bin ich … bin ich auch Teil deiner Arbeit?«, wollte Sciarra wissen, den Reigen seiner Vermutungen unterbrechend.

»Wie meinst du das?«

»Das, was zwischen uns war, gehörte das zu deinem Auftrag, mich zu überprüfen?«, fragte er und sah ihr in die Augen.

Sie machte einen Schritt auf ihn zu und streichelte ihm über das sonnenverbrannte Gesicht. »Es stimmt, ich bin zu dir geschickt worden, um dich auszuhorchen und dir Informationen zu entlocken, nachdem du mit dem Luftschiff in England gelandet warst, doch dann …«

»Doch dann?«

»Ich liebe dich, Alberto.«

Ihre Lippen trafen sich und besiegelten einen Pakt, der jenseits aller kühl kalkulierten Kriegsstrategien lag. Kimbers Duft, der Duft, von dem Alberto so lange geträumt hatte, war wieder um ihn herum.

Er dachte daran, wie der Geruchssinn Erinnerungen und Empfindungen hervorrufen konnte. Und plötzlich entsann er sich wieder an den beißenden Geruch, den er schon zweimal wahrgenommen hatte, seit er sich in Arabien befand. Bisher hatte er die Verbindung nicht hergestellt, aber auf einmal …

Es war der Gestank von Taubenexkrementen!

Da wusste er Bescheid …

Salem war in dasselbe Hotel gebracht worden, in dem Sciarra wohnte. Sein Zustand hatte sich rasch gebessert, da die Kugel keine lebenswichtigen Organe verletzt hatte.

Die Geräusche aus dem Flur ließen ihn aufmerksam werden, und der Araber mit dem dunklen Gesicht stand von seinem Bett auf.

Alberto Sciarra della Volta zog seine Pistole, ehe er die Tür des Zimmers auftrat. Kimberly folgte ihm mit einer kleinen Dillinger 6.35 in der Hand.

Der Offiziersbursche saß am Sekretär und schrieb, vermutlich eine neue Botschaft an den Feind.

»Rocco, stehen Sie auf!«, befahl Sciarra laut.

»Was ist passiert, Herr Oberst?«

»Zeigen Sie mir, was Sie da schreiben!«

»Einen Brief an meine Familie.«

»Auf Deutsch?«, fragte Kimber, auf das Blatt deutend, das Rocco zu verdecken suchte. »Wo sind die Tauben?«

»Welche Tauben? Wovon reden Sie?«

»Als ich vor ein paar Tagen an Ihr Zimmer klopfte, habe ich sie gerochen.«

Kimbers Stimme kam aus dem Bad. »Ich habe sie gefunden, Alberto. Hier sind zwei.«

Rocco sprang blitzschnell ins Bad, überraschte Kimber, die den Taubenkäfig aufgenommen hatte, und entriss ihr die Waffe. Als Sciarra hinterherstürzte, hielt er Kimber schon von hinten umklammert und richtete die Dillinger auf ihren Kopf.

»So, jetzt mal schön runter mit der Pistole, Herr Oberst, sonst puste ich Ihrer Freundin das Gehirn aus dem Schädel!«

Sciarra gehorchte.

Rocco bemächtigte sich auch seiner Waffe und näherte sich mit Kimber langsam der Tür.

»Ich bin Oberleutnant Klaus Rossler. Meine Großeltern mütterlicherseits waren Sizilianer, meinen Vater habe ich nie kennengelernt, er starb, als ich noch in den Windeln lag. Bei uns zu Hause wurde oft Sizilianisch gesprochen, eine Sprache, die ich schon immer gehasst habe. Ich fühle mich nur dem Land verbunden, in dem ich geboren wurde und dem zu dienen ich die Ehre habe.« Die Augen des Mannes blickten kalt und entschlossen. Er war bereit zu töten, um seinen Auftrag zu erfüllen. »Letzte Nacht, im Tal von Rumm, dachte ich schon, Sie hätten gesehen, wie ich die Taube fliegen ließ, aber Sie glaubten tatsächlich, ich würde eine Leibesübung machen. Ich hatte ein scharfes Messer dabei, mit dem ich Ihnen die Kehle durchgeschnitten hätte. Umso besser, jetzt können Sie mir noch nützlich sein, um hier rauszukommen. Ihre Freundin hier wäre mir dagegen auf dem langen Ritt durch die Wüste nur hinderlich. Es tut mir leid, Signora ...« Rossler presste den Lauf der Dillinger gegen Kimbers Schläfe, wollte abdrücken und ...

In diesem Moment brach Salem, der im Hotelflur gelauscht und nicht gleich verstanden hatte, worum es ging, mit gesenktem Kopf ins Zimmer wie ein wütender Stier.

Rossler drückte in dem Moment ab, als er von hinten zu Boden geworfen wurde. Er ließ sein Opfer los, hatte aber noch die Pistole in der Hand.

Salem war mit ihm gestürzt und rang mit dem bewaffneten Mann. Die gebogene Klinge eines Dolchs blitzte auf und grub sich im nächsten Augenblick in die Brust des deutschen Spions, als ein zweiter Schuss im Zimmer widerhallte.

Sciarra eilte sofort hinzu, doch er kam zu spät: der Deutsche und Salem hatten sich gegenseitig getötet.

»Zum Glück war es nur ein kleines Kaliber«, keuchte Kimber und drückte ein Taschentuch auf ihre blutende Streifschusswunde. »Ich weiß nicht, ob meine Stirn es mit einer größeren Kugel hätte aufnehmen können.« Dann erst begriff sie, dass ihr Retter für sie sein Leben gegeben hatte. »Er hat sich für uns geopfert.«

»Salem war ein tapferer Beduine«, sagte Sciarra und legte einen Arm um sie. »Ein Mann der Wüste. Und die Wüste lehrt uns, keine Angst zu kennen.«

44. Kapitel

Venedig, 1357

»... und ein Muqatil kennt keine Angst.« Die Worte seines Vaters klangen Adil in den Ohren, als er, die Kapuze der Benediktinerkutte tief ins Gesicht gezogen, an den Wachen des venezianischen Palazzos vorbeiging.

Hinter den Mauern dieses herrschaftlichen Gebäudes inmitten der Stadt saß der Rat der Zehn zu Gericht. Nur allzu häufig wurden Bürger eines beliebigen Verdachtes wegen aus ihren Häusern geholt, und man hörte nie wieder von ihnen, nachdem sie diese Schwelle überschritten hatten.

An einem großen Tisch in dem Saal mit der prächtigen Kassettendecke saßen der Bischof von Pécs, Campagnola sowie zwei ihm treu ergebene Mitglieder des Rates.

Die drei Mönche, die die Eskorte des Prälaten bildeten, hockten abseits in einer Ecke. Hin und wieder stand einer von ihnen auf, um die Speisen zu holen, welche die hohen Herren ihnen in ihrer Güte zuteilten.

Als Adil an der Reihe war, bemerkte er den meuchlerischen Anschlag. Während alle ins Gespräch vertieft waren, öffnete Campagnola seinen Siegelring und ließ ein helles Pulver in den Kelch des Bischofs rieseln.

Eine ungeschickte Bewegung vortäuschend, strauchelte Adil und kippte das Essen, das für seine Mitbrüder gedacht war, dem Bischof auf das schneeweiße Gewand. In der allgemeinen Aufregung vertauschte er dann blitzschnell den Kelch des Prälaten mit dem des Tischgenossen zu seiner Linken.

Schließlich hob Campagnola seinen Weinkelch und brachte einen Trinkspruch aus, wobei er verstohlen darauf achtete, dass alle tranken.

Einer der beiden Räte gab einen gurgelnden Laut von sich, dann stand ihm schon der Schaum vor dem Mund. Sein Kopf krachte schwer auf den Tisch, und er starb, an Pannonius' Stelle vergiftet.

Campagnola reagierte rasch und versuchte, sich herauszureden. »Nur einer von seinen üblichen Räuschen, Eminenz. Er verträgt den Wein einfach nicht.«

»Der Wein tat vielleicht sein Übriges, aber dieser Mann scheint mir eher vergiftet worden zu sein!«, rief Adil, der sein *Katana* unter dem weiten Habit hervorgezaubert hatte. »Ich habe den Kelch vertauscht, den du dem Bischof zugedacht hattest, Campagnola!«

Die beiden echten Mönche saßen wie versteinert da und starrten ihren vorher so schüchternen und schweigsamen Mitbruder an.

Das andere Ratsmitglied legte die Hand an den Schwertgriff, bekam aber nicht einmal Gelegenheit, die Waffe zu ziehen, denn ein senkrechter Hieb von Adil spaltete ihm den Kopf.

»Du?«, schrie Campagnola ungläubig. »Du, Sohn des Satans! Du wagst es, auch diesen Palast zu entweihen? Wie willst du diesmal aus Venedig entkommen, du Narr?«

»Du selbst wirst mein Passierschein sein, wenn du nicht das Ende deiner Spießgesellen nehmen willst.« Er legte die scharfe, vielfach gehärtete Klinge des *Katana* an den Hals des Adeligen. »Ruf eine deiner Wachen und befiehl ihr, Wus Sohn herzubringen.«

»Das werde ich nicht!«, weigerte sich Campagnola, doch unter dem zunehmenden Druck der Klinge verlor er seinen Hochmut.

»Wachen!«, rief er aus einem Fenster in den Innenhof hinunter. »Bringt mir den kleinen Gefangenen!« Ein halbblütiger Bastard war schließlich nicht das Leben eines adeligen Venezianers wert.

Die Wachen im Hof ahnten nicht, dass ihr Herr unter Zwang handelte. Als kurz darauf ein Soldat an die Tür des Saales klopfte, wies Campagnola ihn an, das Kind allein hereinzuschicken.

In Po-Sins Mandelaugen stand die Furcht, und als er in dem Mönch mit dem Samuraischwert Adil erkannte, rannte er auf ihn zu und versteckte sich hinter seiner Kutte.

»Und jetzt wirst du uns hier herausbringen«, sagte Adil zu Campagnola.

»Du bist der Sohn des Teufels, der Bringer von Tod und Unheil …«

»Wenn ich der Sohn des Teufels bin, dann bist du sein Vater. Willst du immer noch nicht wahrhaben, dass dein Blut in meinen Adern fließt?«

»Habt Ihr das Zischen der Schlange gehört?«, wandte sich Campagnola an den Bischof und die anderen beiden Mönche. »Der Teufelsspross hat gestanden, die Frucht der Sünde meiner Tochter zu sein! Lügnerischer, betrügerischer Dämon! Er ist es, der meinen Ratsbruder ermordet hat, und nun will er mir die Schuld geben. Vade retro, Satana!«, kreischte Campagnola.

»Schweig!«, fuhr ihn Adil an, schlug ihn mit dem Schwertgriff in den Nacken, und Campagnola verlor die Besinnung. Die Wachen durften nicht alarmiert werden.

Adil forderte den Bischof und die beiden Mönche auf: »Rasch, kommt mit! Wir müssen schnellstmöglich von hier fort!«

Die Mönche starrten ihn immer noch bestürzt an, während der Bischof sein Kreuz in die Hand nahm und flüsterte: »Vade retro, Satana.«

»Versteht Ihr nicht, dass ich Euch soeben das Leben gerettet habe, Pannonius? Dieses Gift war Euch zugedacht.«

Während Adil den Prälaten noch zu überzeugen versuchte, nahm er hinter sich ein Geräusch wahr.

Campagnola hatte sich, unvorhersehbar plötzlich für einen alten, eben noch ohnmächtig auf dem Boden liegenden Mann, des Dolches einer seiner Komplizen bemächtigt und stürzte sich damit auf Adil.

»Stirb durch meine Hand, wie deine Mutter gestorben ist!«, schrie der Venezianer, den Ausdruck einer wütenden Hyäne im Gesicht.

Das *Katana* wirbelte mit tödlichem Zischen durch die Luft, und nach vollendeter Kreisbewegung fasste Adil den Griff mit beiden Händen, um dem Hieb mehr Kraft und Präzision zu verleihen.

Campagnola erstarrte mitten im Anlauf. Seine Wutgrimasse verwandelte sich in einen Ausdruck tiefen Schmerzes, und er stürzte zu Boden, beinahe vollständig in zwei Hälften geteilt, aus denen das Blut strömte.

»Und jetzt tut ihr, was ich euch sage, ohne einen Mucks von euch zu geben!«, sagte Adil zu den drei Kirchenmännern.

Er steckte sein Schwert wieder unter die Kutte und schob auch den kleinen Po-Sin darunter.

»Wir spielen jetzt ein Spiel, Po-Sin. Du musst unter meinem Habit versteckt laufen, und niemand darf dich entdecken«, sagte er zu dem Knaben, ehe er den Rock fallen ließ. »Und was euch angeht, so macht keine Dummheiten, sonst bekommt ihr den Stahl eines Ungläubigen zu spüren.«

Die vier Männer traten hinaus in den Flur, wo sie unter den Blicken der Wachen vorgebliche Abschiedsfloskeln in den Saal riefen. Die Soldaten verbeugten sich fromm vor dem Bischof und den drei Mönchen, und Pannonius segnete sie.

Nur noch wenige Schritte, dann würden sie aus dem Palast heraus sein. Das letzte Hindernis bildete das Wachkorps am Eingang. Gerade, als sie es passierten, stolperte Po-Sin auf dem unebenen Steinpflaster.

Noch bevor sich die Wachen von ihrer Verblüffung erholen konnten, schnappte Adil das Kind, nahm es auf die Arme und rannte in die dicht bevölkerten Gassen.

Der Rialto-Markt war in vollem Gange. Die hölzernen Spundwände der Zugbrücke waren herabgelassen, sodass kein Schiff mit hoher Bordwand oder mit Masten durch den Kanal fahren und den regen Handelsbetrieb unterbrechen konnte.

Die Flucht durch die Menschenmenge, die sich um die Stände drängte, verschaffte Adil einen gewissen Vorsprung. Doch er wusste, dass ihnen die Verfolger auf den Fersen waren, und bald würden sie das Gedränge hinter sich gelassen haben. Mit Po-Sin im Arm war er einfach nicht schnell genug.

»Hierher, Adil, schnell!«, hörte er auf einmal vom Kanal her einen Ruf.

Er beugte sich hinunter und sah einen Lastkahn mit zwei Männern darauf. Wus massige Gestalt am Bug war unverkennbar.

Verborgen hinter einem Marktstand hob Adil den Knaben über die Brüstung der Brücke, schätzte schnell den Fall ab und ließ ihn los. Po-Sin drehte sich in der Luft wie eine Stoffpuppe, dann fing ihn sein Vater auf.

Anschließend sprang Adil und landete am Heck, wo Humarawa ihn grinsend empfing.

»Du hast doch wohl hoffentlich nicht geglaubt, wir würden dich im Stich lassen?«, sagte er und zog seinen Hut noch tiefer ins Gesicht.

Wu versteckte die beiden Jungen unter Körben voller Obst und Gemüse, dann genossen die beiden Orientalen vom Canal

Grande aus den Anblick der Truppen des Rates, die wie aufgescheuchte Hühner im Marktgewühl hin und her liefen. Niemand wollte einen Benediktinermönch mit einem Kind auf dem Arm gesehen haben. Das allerdings war kein Wunder bei dem Abscheu, den die Bürger Venedigs mittlerweile gegen den Rat der Zehn und seine Schergen hegten. Nur geldgierige Spitzel dienten sich noch dem Gremium an, das ursprünglich einmal für Sicherheit in der Stadt hatte sorgen sollen. Campagnola war es, der ihm in jahrelanger Intrigenarbeit den Stempel der Schreckensherrschaft aufgeprägt hatte.

Adil kannte das Leben auf der Flucht nur allzu gut, und für Humarawa und Wu war es ohnehin normal, Bleibe und persönliche Habe überstürzt zurücklassen zu müssen. Ein ruhiges, beschauliches Leben schien ein unerfüllbarer Traum für die kleine Schicksalsgemeinschaft zu sein.

Rhoda hatte kaum Zeit, ihren verlorenen Sohn in die Arme zu schließen, da machten sie sich auch schon auf Pferden und einem Wagen von dannen. Der Bischof würde Adil sicher verraten, deshalb mussten sie Venedig so schnell wie möglich hinter sich lassen.

Sie wandten sich nach Süden, reisten entlang der Route, die zum Schwarzen Meer führte. Humarawa hatte entschieden, dass sie ihre Spuren am besten verwischten, indem sie an Bord eines der vielen dort kreuzenden Schiffe gingen.

Sie fuhren auf verlassenen Straßen durch unwirtliche Gebirge und dichte Wälder, und ihr Vorrat an Lebensmitteln ging bald zur Neige.

»Ich habe Hunger, Mama«, quengelte Dewei, der auf dem Kutschbock saß.

»Ich auch«, stimmte sein Zwillingsbruder mit ein.

»Seid ruhig, Kinder«, brachte Rhoda sie müde zum Schweigen. Der Hunger nagte allen in den Eingeweiden.

Da hielt Adil sein Pferd an. »Fahrt nur weiter, ich werde versuchen, im Wald hier zu jagen, und ich hoffe, bald mit einem Stück Wild wieder zu euch zu stoßen.«

Der Hirsch äste an einem Strauch. Der feine Instinkt des wunderbaren Tieres war stets hellwach, und das kleinste ungewöhnliche Geräusch genügte, damit er die Ohren aufstellte und flüchtete. Doch in diesem Moment wirkte er ruhig, hatte das Geweih gesenkt und gab sich seiner Mahlzeit hin.

Adil legte den Pfeil an und spannte die Sehne des *Yumi*. Er hatte der Beute geduldig aufgelauert, und das jahrelange Üben unter den gestrengen Meistern Humarawa und Wu hatte einen unfehlbaren Schützen aus ihm gemacht. Seine Finger schickten den Pfeil mit einem leisen Wispern auf seine schnurgerade Bahn.

Der Hirsch brach zur Seite aus, war jedoch nicht ins Herz getroffen, sondern nur in der Flanke. Er machte noch ein paar unsichere Schritte, dann brach er zusammen.

Sofort spannte Adil den Bogen erneut, um das Tier nicht sinnlos leiden zu lassen.

Doch in diesem Augenblick geschah etwas Unerklärliches: Ein anderer Pfeil aus der entgegengesetzten Richtung bohrte sich in den Hals des Hirschen.

Adil kam wachsam aus dem Gebüsch, bereit, sich und seine Beute zu verteidigen.

Der mysteriöse Jäger verstellte ihm unversehens den Weg, während zugleich drei Reiter hinter ihm erschienen.

»Weißt du nicht, dass das Jagen auf meinen Ländereien ohne offizielle Erlaubnis ein schweres Verbrechen ist, das mit dem Tode bestraft werden kann?«, sagte der junge Mann.

»Verzeiht mir, Herr«, antwortete Adil mit niedergeschlagenen Augen. »Ich wusste tatsächlich nicht, dass dieser Wald und das Wild, das darin weidet, Euch gehören. Ich bitte um Vergebung, es waren der Hunger und die Sorge um meine Familie, die mich dazu trieben, hier zu jagen.«

»Ich bin Vladislav, Sohn von Nicolae, Fürst der Walachei.«

»Mein Name ist Adil.« Der junge Samurai sah auf und wurde von einem plötzlichen Gefühlssturm geschüttelt, denn der Jüngling vor ihm war von einer atemberaubenden Schönheit. Die Weiblichkeit, die er so lange unterdrückt hatte, machte sich auf einmal bemerkbar und weckte völlig unbekannte Empfindungen.

Adil atmete tief durch und bemühte sich um eine männlich-unbeteiligte Haltung.

»Nun, um ehrlich zu sein, Adil, hätte ich ohne deine Hilfe dieses stattliche Tier nie erlegt. Deshalb sollten wir es uns brüderlich teilen. Männer, weidet den Hirsch aus und gebt die Hälfte seines Fleisches diesem Fremden hier. Deine Familie möge sich daran sättigen, edler Jäger.«

Die kobaltblauen Augen versanken in denen von Vladislav.

Unterdessen rollte der Wagen mit Wu und Rhoda auf dem Kutschbock an einem reißenden Fluss entlang. Humarawa folgte ihm zu Pferd. Alle beteten, dass Adils Jagdausflug erfolgreich sein möge.

Ein Stück flussaufwärts beaufsichtigte eine Frau ein kleines blondes Mädchen, das in einem ruhigen Uferabschnitt des Flusses badete. Nur ein Augenblick der Unaufmerksamkeit genügte, schon rutschten die kleinen Füße auf den glatten Kieseln aus, und das Mädchen wurde von der Strömung fortgerissen. Die drei Frauen am Ufer und die sechs Wachen, die ihre Eskorte bildeten, mussten hilflos zusehen, wie es davontrieb.

Von den Hilfeschreien alarmiert, richtete sich Wu auf dem Bock auf und sprang vom Wagen. Er sah den blonden Kopf in den Fluten und wusste, dass er schnell handeln musste, sonst würde das Kind in den Stromschnellen ertrinken.

Mit Riesenschritten stieg er in den Fluss und stemmte sich gegen das reißende Wasser, indem er sich an einigen Felsen festhielt, bis er eine Stelle erreichte, wo er das Mädchen abfangen konnte. Er ergriff ihren kleinen Körper mit seinen Pranken, und am Ufer erschollen Freudenrufe.

Kurz darauf übergab ein wassertriefender Wu der Mutter ihre verängstigte, aber wohlbehaltene Tochter.

»Gott sei gelobt, Fremder!«, sagte die Frau tief bewegt. »Gott sei gelobt, dass er dich auf diese Straße geführt hat, denn ohne dich hätte ich mein geliebtes Kind verloren. Verlang, was du willst, ich werde es dir geben.«

Mit seiner entwaffnenden Schlichtheit antwortete Wu: »Ich danke Euch, edle Dame. Meine Gefährten und ich haben seit zwei Tagen nichts gegessen. Wenn es Euch möglich wäre, unseren Hunger mit etwas Brot und Ziegenkäse zu stillen oder was Ihr sonst entbehren könnt …«

»Brot und Käse?«, wiederholte die Frau, verblüfft und belustigt zugleich. »Wir werden drei Tage lang feiern und Bankette abhalten zu deinen Ehren. Mein Gatte, Fürst Nicolae, wird dich reich belohnen, weil du das Leben seiner angebeteten Tochter gerettet hast.«

Der Fürst hielt sich auf einem großen Gutshof auf, der von einer hohen Einfriedungsmauer umgeben war. Dort wohnte der Herrscher der Walachei, wenn er, wie er es gerade tat, seine Ländereien besuchte.

Ein halber Hirsch briet auf der Glut, während auf anderen Feuern noch mehr feines Fleisch und Gemüse kochte. Viel Volk spazierte im Hof des Gutes umher, denn der Fürst wollte seine Freude mit allen Bewohnern der Region teilen.

Nach einer Weile trafen die beiden Orientalen ein, gefolgt von einer Frau, die zwei fast gleich aussehende Knaben an den Händen hielt, und einem Jüngling mit feinen Zügen und strahlend blauen Augen. Die Ehrengäste hatten sich herausgeputzt und Müdigkeit und den Staub der Reise im klaren Wasser des Flusses abgewaschen. Einer der Morgenländer trug ein fein besticktes Gewand, während der andere seinen mächtigen Oberkörper nackt zur Schau stellte. Der Jüngling mit den blauen Augen, den die Fürstin noch nicht kennengelernt hatte, trug ein großes Bündel über der Schulter.

»Das sind die heldenmütigen Fremden, die unserem Kind das Leben gerettet haben, mein Fürst«, stellte die hohe Frau die kleine Gruppe vor.

»Ich bin euch von Herzen dankbar, weitgereiste Fremde. Meine Gemahlin hat mir von dem großen Mut berichtet und auch von eurer ehrenvollen Bescheidenheit erzählt, als sie sich erbot, jeden eurer Wünsche zu erfüllen. Das Fest möge beginnen!«

Adil ging zu der größten Feuerstelle, eher ein riesiger Herd im Freien, unter dem die Holzscheite brannten.

Dort überwachte Vladislav die Zubereitung des Hirsches, denn dieser war, wenn auch nur zum Teil, seine Jagdbeute, und er legte Wert darauf, die Gäste und seine Untertanen zu beeindrucken.

»Ich habe dir die andere Hälfte mitgebracht, Vladislav«, sagte Adil.

»Du?«, staunte der junge Fürst. »Wie kommst du hierher?«

»Diese Leute dort«, sagte Adil, auf die Orientalen, die Frau und die Zwillinge deutend, »sind meine Familie und mir das Liebste auf der Welt, seit meine Eltern gestorben sind. Um sie zu sättigen, habe ich in eurem Wald gejagt.«

»Ich freue mich, dich wiederzusehen, Adil.«

»Auch ich freue mich.«

Wieder blickten sich die beiden Jünglinge tief in die Augen.

Mit köstlichen Speisen und reichlich Trank dauerte das Fest bis weit in die Nacht.

Bevor es ans Tanzen ging, trat ein weibisch wirkender Possenreißer auf, über den man sich mit vulgären Witzen und Zoten in Anspielung auf seine Vorlieben beim Beischlaf lustig machte.

Adil und Vladislav lachten verlegen.

»Für morgen habe ich eine Wildschweinjagd ausgerufen«, sagte der Fürst derweil zu Humarawa und Wu. »Es wäre mir ein Vergnügen, die Jagdtechniken der Männer aus dem Morgenland kennenzulernen. Erweist mir die Ehre und nehmt zusammen mit eurem jungen Freund, den mir mein Sohn als ausgezeichneten Jäger beschrieben hat, an unserer Gesellschaft teil.«

Am nächsten Morgen ertönte das Gebell der angeleinten Hunde schon lange vor der Morgendämmerung. Die Jäger gingen auf den Waldrand zu, wobei sie sich mit Laternen den Weg leuchteten.

Sie verschwanden im dichten Laubwerk, während an einer anderen Stelle des Waldes eine Schar von etwa dreißig Treibern den Tagesanbruch abwartete, um die Beute auf sie zuzutreiben. Die Jagd sollte bis zum Abend des folgenden Tages dauern.

Man hatte sich paarweise aufgeteilt, denn Wildschweine durfte man nicht unterschätzen, und es war klug, im Notfall jemanden an seiner Seite zu haben. Adil und Vladislav hatten sich zusammengetan, bewaffnet mit Bogen, Kurzschwert und einem scharfen Jagdmesser.

Sie marschierten Meile um Meile durchs Unterholz, und als der Abend kam, waren sie immer noch auf keine Beute gestoßen.

»Vladislav, mir scheint, dass wir die Treiber hinter uns gelassen haben«, sagte Adil. »Ich will nicht, dass wir unwissentlich das Jagdgebiet verlassen.«

»Keine Sorge, morgen bei Tageslicht werden wir den Weg zum Lager schon finden. Machen wir ein Feuer und essen wir etwas. Leider haben wir kein Wild, das wir braten könnten, aber in meinem Quersack habe ich etwas Proviant.« Vladislav nahm einen Weinschlauch heraus und trank einen Schluck, dann reichte er ihn Adil.

Sie machten eine Bohnensuppe warm und scherzten und lachten über ihr Unvermögen bei der Jagd.

Der zuckende Feuerschein hob Adils fein geschnittene Züge und das Blau seiner Augen hervor. Vlad hielt sich den Kopf mit beiden Händen, um das leichte Schwindelgefühl, das anscheinend vom Wein herrührte, zu vertreiben.

»Mit mir gehen seltsame Dinge vor, seit ich dich kenne, Adil. Wir sollten uns schlafen legen, denn morgen erwartet uns wieder ein langer Fußmarsch. Gute Nacht«, murmelte der Fürstensohn.

»Schlaf gut.«

Vladislav streckte sich beim Feuer aus, Adil nicht weit daneben.

In der dunklen Waldnacht mit dem sternklaren Himmel über den hohen Wipfeln rückten die beiden näher aneinander, bis sie sich fast berührten. Vlads Hand legte sich plötzlich auf Adils Schulter, dann streichelte sie seinen Nacken. Da drehte sich Adil zu ihm um, und ihre Münder trafen sich zu einem langen, leidenschaftlichen Kuss.

»Was machen wir da?« Vlad sprang auf und zog sich erschrocken zurück. »Lass mich, ich bitte dich!«

Adil rückte von ihm ab, versuchte aber zu erklären: »Warte, Vlad, es ist nicht, wie du denkst …«

In dem Moment raschelte ein Gebüsch in ihrer Nähe, als würde es von einem heftigen Windstoß geschüttelt. Ein Bär kam aus dem Unterholz hervor.

Er war nur mittelgroß, doch deshalb nicht ungefährlich. Es geschah nicht selten, dass die Braunbären der Karpaten Vieh rissen und auch Menschen angriffen.

Vladislav griff sofort nach seinem Schwert, Adil dagegen wurde von hinten überrascht. Die Vorderpranke des Bären setzte schon zu einem Hieb gegen seinen Kopf an, doch er konnte der Tatze gerade noch durch eine Dreivierteldrehung entgehen, während er den Dolch aus dem Gürtel zog.

Vlad stürzte sich auf das Tier, das seinen Gefährten sonst in Stücke gerissen hätte. Er traf es mehrmals am Rücken, schaffte es aber nicht, es ernstlich zu verletzen, sondern machte es nur noch angriffslustiger.

Der Bär fuhr herum, stellte sich drohend auf die Hinterbeine und wollte seine messerscharfen Krallen in Vlads Leib schlagen.

Adil stach mit seinem Dolch von unten nach oben und rammte die Klinge zwischen die Schulterblätter des Tieres, worauf es schwankend innehielt.

Da zielte Vlad direkt auf seine Brust, und seine Schwertklinge sank bis zum Heft in den Leib des Bären. Das Tier brach zusammen und brüllte seinen Todesschrei in den Wald.

Obwohl heftig keuchend, gelang es Adil, seinen Gefährten anzulächeln, doch der war immer noch zu durcheinander von dem Kuss, den sie miteinander getauscht hatten, und wagte es nicht, ihm ins Gesicht zu sehen. Da bemerkte Adil im Licht des noch flackernden Feuers, dass der Bär sein Wams und das Hemd darunter zerrissen hatte.

Vlad wollte sich nur mit einem schnellen Seitenblick davon überzeugen, dass der Freund nicht verletzt war, doch sein ungläubiger Blick verharrte auf zwei festen, wohlgeformten Brüsten. Die Bärenpranke hatte auch die Stoffbinde zerfetzt, mit der Celeste ihre Brüste gewöhnlich umwickelte, um sie zu verbergen.

»Aber du bist ja … du bist …« Vlads Blick wirkte fassungslos und war zugleich strahlend, wie der eines Kindes, das einem Zauberkünstler zusieht.

»Das wollte ich dir gerade sagen, Vlad, bevor diese Bestie mich unterbrochen hat. Und dass du nicht der Einzige bist, mit dem seltsame Dinge vorgehen, seit wir uns begegnet sind …«

Celeste konnte nicht zu Ende sprechen, denn Vlads Mund brachte sie zum Schweigen.

Das Feuer war ihr einziger Zeuge, als sie unter den Sternen des Spätsommerhimmels nackt über ihre Bastmatten rollten.

Es war das erste Mal, dass Celeste einen Mann umarmte. Sie und ihr Gefährte entdeckten sich gegenseitig Handbreit für Handbreit und erforschten ihre Unterschiede und die Geheimnisse ihrer Körper.

Die Natur und das Begehren waren gute Lehrmeister, und als sie spürte, wie er sich hart an sie presste, öffnete sie sich, um ihn zu empfangen.

Sie unterdrückte einen schmerzhaften Laut, doch der Schmerz ging schnell vorbei. Dann fanden sie sich zu einem nicht enden wollenden Kuss, der ihre Lustschreie in ihren Kehlen zurückhielt.

Mit der Kraft und Ausdauer der Jugend gaben sie sich die ganze Nacht einander hin, suchten und beglückten sich immer wieder gegenseitig. Der anbrechende Tag fand sie immer noch eng umschlungen.

»Warum hast du dich als Mann verkleidet, Celeste?«

In knappen Worten erzählte sie ihm von Campagnola und wie der Venezianer ihre Familie seit ihrer Geburt verfolgte.

»Jetzt hast du nichts mehr zu befürchten, an meiner Seite wird dir nichts geschehen. Das heißt, wenn du an meiner Seite bleiben willst. Ich wünsche es mir so sehr. Ich … ich glaube, ich habe mich in dich verliebt.«

Die beiden banden den Bären mit den Pfoten an einen dicken Ast und schleppten ihn mühsam bis zum Landsitz des Woiwoden der Walachei. Zuerst verrieten sie niemandem ihr Geheimnis, bis sich Vladislav seiner Mutter anvertraute und Adil mit Humarawa über seinen Wunsch, sich als Frau zu offenbaren, sprach.

Es war an einem der folgenden Abende, als Vladislav in einem Wohnraum des Gutes um eine Unterredung mit seinem Vater bat.

Die Männer, die am Kamin saßen und sich gegenseitig lang und breit ihre Jagdabenteuer erzählten, verstummten.

»Ich habe beschlossen, mich zu vermählen, Vater«, sagte der Jüngling zu dem Fürsten.

»Ja, du bist nun im richtigen Alter, Vladislav, und die Tochter des Fürsten von Moldawien scheint mir eine ausgezeichnete Partie zu sein. Aber ich könnte auch unter unseren anderen Nachbarn nach einer Frau für dich Ausschau halten.«

»Wenn es Euch nicht missfällt, Vater, so hätte ich meine Wahl schon getroffen.«

»Ich hoffe, sie ist von adeliger Herkunft ...«

Die Gemahlin des Fürsten stieß ihn unterm Tisch mit dem Knie an, um ihn daran zu erinnern, dass sie selbst aus einer wohlhabenden Kaufmannsfamilie stammte und keineswegs adelige Vorfahren hatte.

»Nun, auf wen ist deine Wahl gefallen, Vlad?«, fragte der Vater, um Versöhnlichkeit bemüht.

»Ich möchte mich ... mit Adil vermählen, mein Vater.«

»Adil? Adil!« Als der Fürst die volle Bedeutung dieser Worte begriff, wurde er laut. Die Jäger unterbrachen ihre Unterhaltung erneut. »Du redest doch wohl nicht von *dem* Adil, deinem Kameraden bei der Treibjagd?«

»Doch, genau ihn habe ich erwählt. Wartet nur einen Moment, Vater ...«

Doch die Ungläubigkeit des Fürsten war schon in Zorn umgeschlagen.

»Das ist nicht möglich! Du, mein eigener Sohn, du bist ein ... ein Sodomit!«

Dann verschlug es ihm die Sprache.

Das festliche Gewand, das Vlads Mutter Celeste geliehen hatte, hatte ein wenig abgeändert werden müssen, und Rhoda hatte viele Stunden mit Nadel und Faden zugebracht. Danach aber saß das zartblaue Kleid wie angegossen.

Ein mit Goldfäden besticktes und mit Edelsteinen verziertes Mieder reichte von den Schultern bis zur Taille. Es war eng anliegend und ließ die Rundungen der Brüste ahnen. Die ebenfalls schmal geschnittenen Ärmel bedeckten die Arme bis zur Mitte der Hände. Das Überkleid bestand aus einem kostbar bestickten französischen Stoff und endete in einer kurzen Schleppe. Auf dem Kopf trug Celeste eine Netzhaube von derselben Farbe wie der des Kleides, geformt von zwei wattierten Bändern, die sich genau über der Stirnmitte vereinten. Dort hatte Humarawa persönlich sein Verlobungsgeschenk eingesetzt: einen Saphir von der Größe eines Wachteleis und so blau wie die Augen seiner Adoptivtochter.

Celeste war strahlend schön. Als sie in der Tür erschien, konnte man die verblüffte Stille fast mit Händen greifen. Sicheren Schrittes trat sie ein, obwohl sie zum ersten Mal in Frauenschuhen ging.

Fürst Nicolae blieb der Mund offen stehen, bis seine Miene in einem wohlwollenden Lächeln erstrahlte.

Humarawas und Wus Blicke trafen sich kurz, dann sahen sie schnell zur Seite. Zwei Krieger mit ihrem Ruf durften der Rührung, die sie in diesem Moment überkam, nicht nachgeben.

45. Kapitel

August 2004

Aus Asher Breils Tagebuch, Bukarest, 1968

Natürlich stimmte es, was Ceausescu gesagt hatte – ich wusste mehr, als ich mir anmerken ließ. Und wäre er dahintergekommen, wie und warum ich in Kontakt zu ihm getreten war, hätte ich womöglich das gleiche Ende gefunden wie viele seiner Regimegegner. Doch darüber wird nur gemunkelt. Tatsache ist, dass der Conducator *jede Art von Unterstützung gebrauchen kann, denn sein ehrgeizigstes Ziel ist es offenbar, sich von dem nicht nur wirtschaftlichen Joch der Sowjetunion zu befreien. Da will er sich neben den Sowjetführern, die seinen Unabhängigkeitsdrang alles andere als gerne sehen, nicht noch mehr Feinde machen.*

Anders die Haltung seiner Frau Elena, in der viele das eigentliche Gehirn der rumänischen Politik sehen, aber auch so etwas wie den bewaffneten Arm Nicolaes. Von unserer ersten Begegnung an hatte ich eine spontane Abneigung gegen sie entwickelt, die von der First Lady, da bin ich sicher, erwidert wurde.

Elena Petrescu ist ein Jahr jünger als ihr Mann. Sie musste die Schule schon früh abbrechen, weil in ihrer sehr armen Familie auch die Arbeitskraft eines Kindes gebraucht wurde. Im Jahr 1930 lernte sie Nicolae kennen und heiratete ihn neun Jahre später.

Ihr Mann, der sie richtiggehend verehrt, übertrug ihr, sobald er an die Macht gelangte, Aufgaben von größter Wichtigkeit. In der Öffentlichkeit begnügt sich Elena Petrescu mit einer Nebenrolle, gibt sich zurückhaltend und elegant in ihren teuren Chanel-Kostümen. Doch es heißt, dass die Methoden der rumänischen Geheimpolizei, der berüchtigten Securitate, auf sie zurückgehen. Methoden, die denen von Stalins Geheimpolizei und Hitlers Gestapo in nichts nachstehen.

Zur Rechtfertigung der allmächtigen Securitate ist aus der Gefolgschaft der Ceausescus immer wieder zu hören, sie sei die beste Kraft und Stütze eines Rumäniens, das »seinen eigenen Weg geht«, wie der Wahlspruch Gheorgiu-Dejs lautete.

»Irgendwie muss man schließlich die Diener der Bolschewiken bekämpfen, die Bessarabien besetzt halten!«, behaupten die überzeugtesten Verteidiger der Securitate.

»Man kann Leute wie die Pauker nicht mit guten Manieren zum Schweigen bringen.«
Ana Pauker war eine prosowjetische hohe Funktionärin, die nicht gezögert hat, sogar ihren Mann dem Erschießungskommando zu übergeben, als er antisowjetischer Aktivitäten verdächtigt wurde. Das Erbe, das Dej dem ehemaligen Flickschuster Nicolae Ceausescu vermachte, war die Beseitigung sämtlicher Vertreter einer prosowjetischen Front, der auch die Pauker angehörte. So erweist es sich für Ceausescu, gegenüber Moskau eine kritische und in den Grenzen des Möglichen neutrale Position zu wahren, als leichter, als man annehmen möchte, da die gefährliche innere Opposition schon beseitigt wurde. Und das Terrorregime der Securitate wacht darüber, dass Bewegungen, die sich gegen seine Regierung richten könnten, nicht wieder aufleben.
Mein Tarnberuf verschaffte mir eine vorteilhafte Position im Vergleich zu den anderen in Bukarest arbeitenden Ausländern. Neben den Privilegien, die ich dank des vertrauten Verhältnisses zwischen Ceausescu und mir genoss, war ich der Einzige, der über einen großen Teil seiner »Paralleleinkünfte« und deren Verschiebung Bescheid wusste. Ich bildete mir nicht ein, dass sämtliche geheimen Konten des Staatsführers und seiner Frau über mein Büro gingen, aber ein Gutteil ihrer »Familieneinlagen« wurden auf Nummernkonten der von mir repräsentierten Bank transferiert. Und allein das waren schwindelerregende Summen.
Oft wurde ich von Ceausescu in sein Jagdhaus am Dealul Negru, am Schwarzer Berg, eingeladen, zu ziemlich grausamen Bärenjagden. Die spielten sich immer gleich ab: Wir wurden mit einem Hubschrauber in das Gebiet geflogen und zu dem Haus gebracht, und am nächsten Morgen begab man sich zu einem Hochsitz, von wo aus das Abschlachten begann. In den rund vierhundert Jagdgebieten Rumäniens, in denen es Bären gibt, sind die Jagdgehilfen angewiesen, die wilden Tiere stän-

dig mit Zusatznahrung an sogenannten »Stärkungsstationen«, die aus Futterhaufen voller Fleischstücke und anderer Leckereien bestehen, zu versorgen.
Ceausescus Hochsitz ist eher eine Art Altan, ausgestattet mit zwei Kammern, Bad, Miniküche und Kühlschrank. Von dort aus schießt er, in einem Sessel sitzend, auf die Tiere und tötet manchmal bis zu zwanzig am Tag.
Ich sah nur zu, denn dieses Zielscheibenschießen auf wehrlose Tiere war nichts für mich. Das Einzige, was mich dazu brachte, ganze Tage in einer mit Laub getarnten Hütte mitten im Karpatenwald zu verbringen, waren die Vertraulichkeiten, zu denen sich der Conducator *in diesen Momenten hinreißen ließ. Denn jede davon, in ein Ganzes eingefügt wie bei einem Puzzle, konnte mir den Weg zu dem Symbol unseres Volkes weisen: dem Ring des Königs der Könige. Er befand sich nicht mehr in dem Wandsafe, das wusste ich. Ceausescu hatte ihn inzwischen woanders verborgen.*
»Ich möchte Ihnen noch mehr von einer für mein Land sehr wichtigen Persönlichkeit erzählen, die im Westen durch das Werk eines fantasiebegabten Schriftstellers in Verruf geraten ist. Ich rede von Vlad Dracula, einem Helden, den ich in den Augen der Welt zu rehabilitieren gedenke«, sagte er eines Tages während einer zermürbenden Warterei auf das Wild, bei der wir seltene indische Tees schlürften und auf Silbertabletts servierte exquisite Süßigkeiten zu uns nahmen. »Was wir über Dracula wissen oder was vielmehr die meisten zu wissen glauben, entspricht dem Bild des Vampirs von Bram Stoker, Albtraum zahlloser Leser. Von manchen wird aber auch der echte, historische Vlad als ein gnadenloser Mörder hingestellt, weshalb er mit dem Beinamen Tepes, der Pfähler, in die Geschichte einging. Dabei war Dracula ein überaus anständiger Herrscher. Ich leugne nicht, dass er unbeugsam und streng war, aber wie hätte er das nicht sein sollen zu jener Zeit, mit der Bedrohung des Islam vor den Toren? Er war es, der die Moslems hartnäckig

daran hinderte, in Europa einzufallen. Die westliche Welt hat nicht zuletzt Vlad Tepes die Erhaltung ihrer Grenzen und das Überleben der christlichen Zivilisation zu verdanken. Glauben Sie bloß nicht, das sei eine Neuauslegung der Geschichte seitens eines vor Patriotismus blinden Regierungschefs. Dracula war eine wichtige Figur auf den europäischen Kriegsschauplätzen seiner Epoche.«

»Dracula gehörte dem später aufgelösten Drachenorden an, nicht wahr?«

»Der Drachenorden ist nie aufgelöst worden, Dr. Breil. Auch heute noch gehören ihm viele an und setzen sich für ihre Heimat ein ...«

»Und als du mit meiner Erlaubnis Tote herauskommen ließest«, las Cassandra Ziegler. So lautete die jüngste Mitteilung des Gerechten. »Was verbirgt sich hinter diesen Worten?«

»Lass uns in aller Ruhe überlegen«, sagte Oswald Breil und presste die Hände an die Schläfen. Dann schlug er eine Ausgabe des Korans auf. »Dieser Satz gehört zu zwei Versen, die da lauten: *Allah sagte: ›Jesus, Sohn der Maria! Gedenke meiner Gnade, die ich dir und deiner Mutter erwiesen habe, als ich dich mit dem Heiligen Geist stärkte, sodass du schon in der Wiege zu den Leuten sprachst und auch später als Erwachsener, und als ich dich die Schrift, die Weisheit, die Thora und das Evangelium lehrte und als du mit meiner Erlaubnis aus Lehm etwas schufst, was aussah wie Vögel, und in sie hineingeblasen hast, sodass sie mit meiner Erlaubnis wirkliche Vögel waren, und als du mit meiner Erlaubnis Blinde und Aussätzige heiltest, und als du mit meiner Erlaubnis Tote herauskommen ließest, und als ich die Kinder Israel von dir zurückhielt, sodass sie dir nichts anhaben konnten, als du mit den klaren Beweisen zu ihnen kamst, worauf diejenigen von ihnen, die ungläubig waren, sagten: Das ist ganz offensichtlich Zauberei.‹* Es handelt sich um die fünfte Sure, ›Der Tisch‹. Hier wird, wie an vielen Stellen im Koran, auf das Leben Christi Bezug genommen. Die herausgekommenen Toten – das bezieht sich natürlich vor allem auf Lazarus, den

Jesus mit der Erlaubnis des barmherzigen Allah ins Leben zurückbringt.«

Cassandra las zum zigsten Mal die Kopie des Schreibens. Das Original war wie immer an die CIA geschickt worden. *»Wenn Sie dorthin gelangen, wo der Tote gelebt hat und später gestorben ist, werden Sie neue Informationen erhalten. ›Und als du mit meiner Erlaubnis Tote herauskommen ließest …‹«*

Das Siegel des Salomon prangte darunter.

»Lazarus … Lazarus …«, murmelte Oswald, als könnte ihn der von Christus Gerettete irgendwie erleuchten. »Der Gerechte will uns an einen Ort schicken, der mit dem lebendigen Lazarus verbunden ist …« Oswalds Finger tippte etwas auf der Computertastatur, und gleich darauf erschien ein mit Fotos versehener Text auf dem Monitor.

Oswald las vor: »*Der Heilige Lazarus ist der Schutzpatron von Larnaka, der ehemaligen Hauptstadt des antiken Königreichs Kition. Seine Gebeine ruhen heute am Rande der modernen Stadt. Von Christus in Bethanien zum Leben erweckt und später von den Juden verfolgt, ging er nach Zypern, wo er Bischof wurde. Als er nach dreißig Jahren starb, wurde er in einen Sarkophag in der Krypta der Kirche Agios Lazaros gebettet, der die Aufschrift ›Der Freund Christi‹ trägt.* Dorthin will er uns also locken – nach Zypern!«

»Zypern?«, fragte Cassandra erstaunt.

Glakas war nur zweimal in das Land seiner Geburt zurückgekehrt. Beide Male war ein Trauerfall in der Familie der Anlass gewesen, was diese Besuche nicht eben angenehmer gemacht hatte. Da keine Familienbande mehr zu der Mittelmeerinsel existierten, würde ihn nichts dazu bringen, je wieder einen Fuß auf sie zu setzen.

Allein der Gedanke an Zypern löste eine tiefe Melancholie und eine unbändige Wut auf die Türken in ihm aus, die schuld waren am Tod seiner Mutter und ihn seiner Jugend und Lebensfreude beraubt hatten. Wegen der verdammten muslimischen Türken hatten er und seine Angehörigen innerhalb weniger

Stunden alles aufgeben müssen. Tausendmal schon hatte er Rachepläne geschmiedet und sich vorgenommen, sie bei der ersten Gelegenheit in die Tat umzusetzen.

Doch dazu brauchte er den Deckmantel eines offiziellen Auftrags, den ihm nur ein hoher Posten bei der CIA verschaffen konnte. Also hatte er sich in Geduld geübt und gewartet. Nun würde der Gerechte ihm die Arbeit abnehmen, und danach würde er sich den Bombenleger vorknöpfen, denn er war überzeugt, ihn identifiziert zu haben.

Der Wind über dem Mittelmeer kräuselte das Wasser und milderte die Sommerhitze. Der Duft des Meeres vermischte sich mit dem von Gewürzen.

Oswald und Cassandra stiegen aus dem Privatjet und in ein wartendes Auto.

Am Steuer saß ein FBI-Agent, der als Sicherheitschef der amerikanischen Botschaft auf Zypern fungierte, Carl Firenall, ein großer, schlaksiger Mann um die fünfzig. Er hatte die Karriereambitionen seiner Jugend mittlerweile aufgegeben, hatte sie auf den Stationen einer Polizistenlaufbahn, die ihn von einem Ende der Welt zum anderen führte, abgelegt. Auch geheiratet hatte er nie, lebte aber in jedem Hafen mit einer »Braut auf Zeit« zusammen, wie er sie nannte. Carl verglich seine Arbeit gern mit der des Sicherheitsbeauftragten in einem großen Hotel: abends gelegentlich ein paar Betrunkene ruhigstellen, den einen oder anderen verdächtigen Typen im Auge behalten, ein paar Prostituierte verscheuchen und als Krönung mal ein ausgeraubter Safe in einem Zimmer.

»Teufel noch mal, Dr. Ziegler!«, rief Firenall beeindruckt. »Als ich hörte, dass Sie kommen, war mir schon klar, dass da was im Busch ist, aber auch noch in Begleitung dieses Herrn!« Der VW Passat setzte sich mit einem Ruck in Bewegung, während der Agent fortfuhr: »Ich fühle mich geehrt, Sie kennenzulernen, Dr. Breil, wirklich geehrt.«

Oswald dankte ihm murmelnd, wie immer verlegen durch solche Ehrenbezeugungen.

»Ich stehe Ihnen ganz zur Verfügung auf dieser Insel, die

übrigens als Geburtsort der Schönheitsgöttin gilt«, sagte Carl. »Sie brauchen mir nur zu sagen, was ich für Sie tun kann.«

»Vor allem möchte ich Sie an den Geheimhaltungsstatus erinnern, dem unser Besuch hier unterliegt, Agent Firenall …«

»Ich werde schweigen wie ein Grab, Dr. Ziegler …«

»Ich vermute, auch auf dieser Insel hat man von dem Bombenleger gehört, der sich der ›Gerechte im Namen Gottes‹ nennt.«

»Natürlich, der türkische Teil der Insel hat auch an den Protestdemonstrationen teilgenommen, zu denen vor einigen Tagen in der gesamten islamischen Welt aufgerufen wurde.«

»Wir haben den begründeten Verdacht, dass Zypern das nächste Anschlagsziel des Terroristen sein könnte.«

»Eine ernste Sache«, bemerkte Carl. »Höchste Alarmstufe also. Umso mehr werde ich alles tun, um Sie zu unterstützen.«

»Fakt ist, dass uns der Terrorist nicht viel Zeit lassen wird, um ihn aufzuhalten,«, erklärte Breil. »Als Erstes möchten wir zu der Kirche Agios Lazaros, wo sich das Grab des Heiligen befindet.«

»Gut, dazu müssen wir zuerst nach Larnaka.« Firenall lenkte den Passat auf die Stadt zu. Es dauerte ein paar Minuten, bis sich Cassandra und Oswald an den auf der Insel herrschenden Linksverkehr gewöhnt hatten, ein Überbleibsel aus der Zeit der englischen Besatzung.

Oswald hatte sich als Tourist verkleidet und trug ein T-Shirt mit einem Harry-Potter-Konterfei, feuerrote Freizeithosen mit zig Taschen und eine Baseballkappe.

»Ich gehe zwar auf die fünfzig zu«, bemerkte er mit einem Augenzwinkern, »fühle mich aber immer noch wie ein Kind.«

Bei der Kirche angekommen, stellten sich Cassandra und der kleine Junge in ihrer Begleitung diszipliniert hinter einer Gruppe italienischer Touristen in die Schlange und kamen schließlich zu dem Sarkophag, in dem die Gebeine des Lazarus lagen.

»*Wenn Sie dorthin gelangen, wo der Tote gelebt hat und später gestorben ist, werden Sie neue Informationen erhalten*«, sagte Breil, als sie allein in der Krypta waren. »Hoffen wir, dass wir sein kryptisches Gefasel richtig interpretiert haben.«

Nicht weit von ihnen sagte der Touristenführer gerade auf Italienisch: »… woher auch der Name der Stadt stammt, denn Larnaka bedeutet ›der Ort, an dem sich das Grab des Lazarus befindet‹.«

»Lady … please, Lady …« Ein Kind sprach Cassandra in unsicherem Englisch mit griechischem Akzent an. »Mann hat mir gesagt, ich soll Ihnen diesen Umschlag geben.«

Cassandra sah den Jungen verwundert an.

Oswald reagierte schnell. »Wer hat ihn dir gegeben?«

»Der Mann da.« Das Kind zeigte auf die hinteren Kirchenbänke. »Er hat dort gesessen. Er hat mir zehn Dollar gegeben.«

Oswald und Cassandra sahen niemand mehr an der bezeichneten Stelle und rannten hinaus, gegen den Strom der pilgernden Touristen.

»Nein, ich habe niemanden bemerkt in diesem Gewühl«, sagte Carl Firenall, der im Auto gewartet hatte, und breitete bedauernd die Arme aus.

Cassandra riss den Umschlag auf. Sie hatten nicht die Zeit für die üblichen Vorkehrungen im Umgang mit einem Beweisstück. Zudem war sie sicher, dass der Gerechte wie üblich auf alles geachtet und keine Spuren hinterlassen hatte.

»Schick ihn morgen mit uns, damit er sich vergnügt und spielt! Wir werden auf ihn achtgeben.

Zwei Männer, fromme Leute, die Allah besonders begnadet hatte, sagten: ›Gehet ein zu ihnen durch das Tor, und wenn ihr erst einmal durch dieses eingetreten seid, werdet ihr Sieger sein.‹

Bei den Ungläubigen ist es, wie wenn man Vieh anschreit, das nur Zu- und Anruf hört, ohne die eigentliche Sprache zu verstehen. Taub sind sie, stumm und blind. Und sie haben keinen Verstand.«

Cassandra las laut vor, und Oswald wiederholte die Verse. »Wenn mein Gedächtnis mich nicht trügt, sind das Auszüge aus drei verschiedenen Suren, aber ich glaube nicht, dass die Bedeutung der Botschaft in den Themen der jeweiligen Suren zu finden ist.«

Breil dachte einen Augenblick nach und wandte sich dann an Carl. »Was passiert morgen hier auf Zypern? Gibt es irgendein Ereignis, ein Fest, einen Feiertag?«

»Nein, morgen ist ein ganz normaler Tag, der 30. August ... Halt, Moment! Im türkischen Teil wird der 30. August als ›Siegestag‹ gefeiert.«

»*Wenn ihr nur einmal eintretet, werdet ihr Sieger sein!* – Das ist es!«, rief Cassandra.

Das olivbraune Gesicht des türkischen Offiziers zeigte einen trotzigen Ausdruck. Er musterte Firenall und wiederholte stupide: »Können Sie noch mal sagen, Amerikaner?«

»Jetzt hören Sie mir mal gut zu, Leutnant.« Firenall schien gleich zu platzen. »Vielleicht haben Sie zu viele Filme über den Kalten Krieg gesehen. Die Berliner Mauer ist gefallen, wie Sie sich vielleicht erinnern, und was glauben Sie, was die Welt Ihr Mäuerchen hier in Nikosia oder Lefkosa, wie Sie es nennen, interessiert! Die Türkei ist in der Nato, und ich sage Ihnen als Beamter der amerikanischen Botschaft, dass sich in diesem Wagen zwei hochwichtige Personen befinden, die versuchen, eine furchtbare Bedrohung für die ganze Insel abzuwenden. Also machen Sie jetzt entweder diese Scheißschranke auf, oder ich sorge dafür, dass Ihre Mauer von einem F16-Geschwader in Schutt und Asche gelegt wird. Haben Sie mich verstanden?«

Der türkische Soldat schien sich diesen Ton zuerst verbieten zu wollen, doch dann nahm er sein Mobiltelefon und führte ein einsilbiges Gespräch mit jemandem, der offenbar mehr zu sagen hatte als ein kleiner Offizier am Ende der Ledrastraße, wo die Grenze zwischen dem südlichen, griechischen Teil Zyperns und dem nördlichen, türkischen verlief.

Wenige Minuten später fuhr der Passat in den türkischen Teil Nikosias ein.

»Die Wiedervereinigung der beiden Zonen, die für den vergangenen Mai vorgesehen war, ist gescheitert«, sagte Firenall und zeigte auf die Attila-Linie genannte Grenze, wo einige UN-Blauhelmsoldaten Wache schoben. »Dabei spielt die Zypernfrage bei dem angestrebten EU-Beitritt der Türkei eine gewichtige Rolle. Aber die Verhandlungen gestalten sich schwierig. In den letzten Jahren hat sich die alteingesessene Bevölkerung weiter reduziert, und der gesamte Nordteil wurde zum Einwanderungsgebiet für türkische Bauern aus Anatolien. Diese türkische Kolonisierungspolitik hat die nie beigelegten Spannungen zwischen den beiden Bevölkerungsgruppen der Insel natürlich neu entfacht.«

Cassandra hörte interessiert zu. Sie kannte die jüngere Geschichte Zyperns nur in groben Zügen, aber Oswald war bestens unterrichtet: »Im Juli 1974 besetzten türkische Truppen unter dem Vorwand alter Gebietsansprüche die Insel. Cirka zweihunderttausend griechische Zyprioten verließen daraufhin ihre Häuser und ihre Heimat, aber zwanzigtausend entschieden sich zu bleiben, trotz der enormen Schwierigkeiten, die ein Zusammenleben bereiten würde.«

»Schwierigkeiten, die bis heute andauern, denn es werden wieder häufiger Steine über diese letzte Mauer in Europa geworfen. Obwohl es verboten ist, sich ihr zu nähern oder sie auch nur zu fotografieren«, fügte Firenall hinzu.

»Jedenfalls haben wir die erste Hürde genommen. Jetzt müssen wir nur noch herausfinden, welchen Ort sich der Gerechte für sein nächstes Attentat ausgesucht hat.«

Kaum hatte Cassandra ausgesprochen, als der Passat von zwei dunklen Wagen in die Zange genommen und an den Straßenrand gedrängt wurde.

Der Mann, der einem davon entstieg, konnte nur ein Geheimdienstler sein. Mit herrischer Geste bedeutete er Carl auszusteigen. Oswald und Cassandra blieben sitzen, erfrischt von der Klimaanlage, die Firenall gern auf Höchststufe laufen ließ.

Der Typ im James-Bond-Look sprach kurz mit Firenall, dann kam er zum hinteren Seitenfenster und wartete, dass Oswald es nach unten ließ. Als er dessen Gesicht sah, zog er die Augenbrauen hoch.

»Entschuldigen Sie ... Sie sind Oswald Breil, der ehemalige israelische Ministerpräsident?«

»Ja.«

»Es ist mir eine Ehre, Ihre Bekanntschaft zu machen, und ich bin mir darüber im Klaren, dass etwas sehr Wichtiges vorgehen muss, wenn ein Mann wie Sie unsere Insel besucht. Ich bin Ihsan Sukru, General Ihsan Sukru, Chef des türkisch-zypriotischen Nachrichtendienstes. Ich habe Befehl, Sie zu Ihrem Hotel zu bringen, wo für Sie beide Zimmer reserviert wurden. Derweil werden wir die nötigen Vorbereitungen treffen.«

»Ich fühle mich ebenfalls geehrt, General Sukru.« Unter anderen Umständen hätte sich Oswald nur lächelnd erkundigt, wie viele Truppen dem General denn unterständen, doch das war nicht der richtige Zeitpunkt für Sarkasmus. »Aber ich möchte den wichtigen Anlass unseres inoffiziellen Besuchs betonen, der überdies strenger Geheimhaltung unterliegt.«

»Verstehe, Dr. Breil.« Der General wirkte unbeugsam. »Ich werde Ihnen das Einreisevisum so schnell wie möglich zukommen lassen. In der Zwischenzeit werden Sie den ausgezeichneten Service eines unserer Luxushotels genießen können …«

»General, Sie haben mich offenbar nicht richtig verstanden. Wir sind hier, um schweres Unheil zu verhindern.«

»Und ich bin hier, um dafür zu sorgen, dass die Gesetze meines Landes beachtet werden. Wenn Sie mir jetzt bitte Ihren Ausweis und den der Dame aushändigen würden. Ich versichere Ihnen, dass sie Ihnen bald samt den Einreisevisa zurückgegeben werden.«

»General«, mischte sich Cassandra ein, die bislang geschwiegen hatte. »Ich heiße Cassandra Ziegler und gehöre dem Führungsstab der US-amerikanischen Bundespolizei FBI an. Wir haben keine Zeit, in einem Hotel herumzusitzen, während Sie Ihre Informationen einholen. Jede Minute zählt, denn morgen findet, wenn ich mich nicht irre, die Feier des Siegestages im muslimischen Teil Zyperns statt, und wir haben Grund zu der Annahme, dass dieser Tag von einem international operierenden Terroristen für einen schweren Anschlag vorgesehen wurde. Nun wissen Sie Bescheid, General Sukru, und brauchen keine Zeit mehr mit der Nachrichtenbeschaffung zu verplempern. Ich bitte Sie lediglich darum, sich uns gegenüber kooperativ zu zeigen.«

Es bedurfte keiner höheren Intelligenz, um die Drohung hinter diesen höflichen Worten herauszuhören, wohl aber, um eine diplomatische Antwort darauf zu finden.

»Und wer soll diese schreckliche Bedrohung sein?«, fragte der General, halb halsstarrig, halb zerknirscht wie ein Provinzdespot.

»Der sogenannte Gerechte im Namen Gottes. Sie werden sicher von ihm gehört haben.«

»Erlauben Sie mir, dass ich Sie für ein paar Stunden in Ihr Hotel bringe. Ich habe meine Anweisungen von oben, und ein Besuch wie der Ihre könnte Irritationen auslösen, wenn man den Grund dafür nicht kennt. Erlauben Sie mir, die Situation den Vertretern meiner Regierung zu schildern, dann stehe ich ganz zu Ihrer Verfügung.«

Immer noch schwangen Unglauben und Skepsis in den Worten des türkisch-zypriotischen Beamten mit.

Die Badezimmer des sogenannten Luxushotels waren heruntergekommen wie in einer verrufenen Kaschemme und verwunderten in einem Bau, der von außen einem Grandhotel an der Côte d'Azur glich. Er lag an einer baumbestandenen Allee und schien noch nie in den Genuss irgendwelcher Instandhaltungsmaßnahmen gekommen zu sein.

Oswald sprang trotzdem schnell unter die Dusche. Dann schlüpfte er wieder in seine bunten Teenager-Klamotten und beobachtete vom Fenster aus das Treiben auf der Straße. Die Autos fuhren Stoßstange an Stoßstange, und die Fahrer setzten großzügig die Hupe ein, um sich den Weg frei zu machen.

Oswald entdeckte unter den Linden der Allee auch Werbeplakate, und er musste kein Türkisch können, um zu erkennen, dass darauf ein Fußballspiel beworben wurde, das just am Siegestag stattfinden sollte. Er sah auf die Uhr – es war eine Stunde vergangen, seit Sukru sie ins Hotel begleitet hatte. Rasch setzte er seine Baseballkappe auf und ging hinaus.

Cassandra saß auf ihrem Bett. Sie hatte sich in den Hotelbademantel gehüllt und rubbelte sich gerade mit einem zweiten

Handtuch die Haare trocken, als ihr Telefon klingelte. Überzeugt, dass es Oswald war, meldete sie sich freundlich. Die künstlich-metallische Stimme am anderen Ende ließ sie erschauern.

»Eine schöne Frau wie Sie sollte doch einen stattlicheren Kavalier finden als den Zwerg an Ihrer Seite, Dr. Ziegler.«

»Wer spricht da?«, fragte Cassandra, obwohl sie es schon ahnte.

»Der Mann, den Sie und Breil so eifrig suchen, schöne Dame. Oder bin ich es, der Sie sucht? Wir werden sehen. ›*Schick ihn morgen mit uns, damit er sich vergnügt und spielt! Wir werden auf ihn achtgeben.*‹ Ich hoffe sehr, Sie bald kennenzulernen, Dr. Ziegler. Sie werden gewiss von mir hören. Beste Grüße an Sie und Ihren Miniaturgalan.«

46. Kapitel

Nach den Aufzeichnungen von Asher Breil in Cortina d'Ampezzo 1967

Der kleine Alpensee war von jahrhundertealten Tannen umringt, die mit ihrem Duft die herbe Bergluft der Dolomiten versüßten. An einem Terrassentischchen des Seerestaurants, nicht weit von Cortina, berichtete Sciarra della Volta von seinen Abenteuern und legte dabei die Erzählkunst eines Romanschriftstellers an den Tag.

Oberst Thomas Edward Lawrence hatte seine Kamelreiter in Reih und Glied Aufstellung nehmen lassen. Sciarra nahm die Parade der Männer mit den von Sonne und Wüstenwind gegerbten Gesichtern ab und blieb schließlich vor dem englischen Oberst stehen. Lawrence saß auf seinem Kamel, einem Tier, das genauso außergewöhnlich war wie sein Herr: treu, ausdauernd, nie ermüdend. Sciarra sah ihn an und wusste, dass er die Zeit mit ihm nie vergessen werde.

Die weiße Kopfbedeckung umrahmte die hageren Wangen des Engländers, und sein wollener Umhang fiel bis über die Flanken des Kamels.

Sciarra zog seinen Säbel und hielt ihn grüßend vors Gesicht. Lawrence antwortete mit der gleichen Geste und sagte dann mit fester Stimme: »Es war mir eine Ehre, Alberto. Ich hoffe, wir verlieren uns nicht aus den Augen.«

»Das hoffe ich auch, Thomas. Ich habe von Ihnen viel über den Krieg in dieser Region gelernt und bin um einiges besser für meinen nächsten Auftrag vorbereitet. Ich weiß nun, womit man zu rechnen hat, will man Stämme rekrutieren, damit sie sich gegen die Türken erheben.«

»Denken Sie daran, Alberto, unsere Kämpfe hier sind kein Krieg wie aus dem Lehrbuch. Ich habe versucht, das unseren Strategen klarzumachen, aber für die sind andere Methoden als der offene Kampf anscheinend unvorstellbar. Hier braucht man Guerillataktiken, schnelles Zuschlagen und Verschwinden, ohne Spuren zu hinterlassen. Meiner Ansicht nach die beste Vorgehensweise in diesem Gebiet. Doch jetzt werden wir uns trennen, lange Abschiede gehören sich nicht für Soldaten.«

Sciarra ritt davon, eskortiert von einem Dutzend Arabern, dem Grundstock, auf dem er ein Truppenkontingent wie das des Oberst Lawrence aufbauen wollte.

Zwei Monate waren seit jenem Abschied vergangen. Sciarra war unermüdlich tätig gewesen und hatte eine Tausendschaft Männer rekrutiert, die in der Nähe von Deir el-Balah lagerte, dem Sitz des Kommandos des alliierten Orientkorps. Sie befanden sich wenige Kilometer nordöstlich davon, in Sichtweite der Stadt Gaza.

Die Anhöhe von Sansone erhob sich rund zweihundert Meter steil über dem Mittelmeer. Zwei englische Patrouillenboote fuhren langsam die Küste ab, knapp außerhalb der Reichweite der türkischen Kanonen.

Der Hügelbunker 164 lag auf der Frontlinie, von dort wurden beständig Angriffe auf die befestigten türkischen Garnisonen in Gaza geführt. Die Stellung war bei den Gefechten im

April 1917 eingenommen worden und seitdem in der Hand der 160. Englischen Brigade geblieben.

Sciarra sollte heimlich in die Stadt eindringen und versuchen, einen Aufstand von innen zu schüren, unter anderem mithilfe einiger Stammesführer, die auf der Seite der Briten standen. Alles war für den Aufbruch bereit. Der Oberst hatte sich auf arabische Art gekleidet und würde von einem seiner Männer, dem Cousin des Scheichs von Gaza, begleitet werden. Die Nacht war windstill und mondlos.

Sciarra schloss das Heft, in dem er regelmäßig seine Eindrücke notierte, und auch das Frontberichtsbuch, in dem er nach Anweisung des Oberkommandos jede erwähnenswerte Begebenheit festhielt.

Er trat in die orientalische Nacht hinaus und atmete in vollen Zügen die trockene, kalte Luft ein. Da brach auf einmal die Hölle los.

Die türkische Artillerie begann, den befestigten Hügel mit großkalibriger Munition zu beschießen. Eine Granate explodierte direkt neben Sciarra, sodass er mehrere Meter durch die Luft geschleudert wurde. Möglicherweise verlor er das Bewusstsein, aber wenn, dann nur für einen Moment. Als seine Ohren aufhörten zu schmerzen, hielt er sich die linke Hand vor das verletzte Gesicht: sie war nur noch ein blutiger Klumpen aus Fleisch und Knochen. Er verlor viel Blut, darum schleppte er sich in eine Ecke, löste dort den Lederriemen vom Knauf seines Revolvers und benutzte ihn als Druckverband. Danach wurde ihm schwarz vor den Augen, und er wurde ohnmächtig.

»Was halten Sie davon, wenn wir zu Fuß nach Cortina zurückgehen, Dr. Breil?«, fragte Sciarra und griff nach seinem Spazierstock.

»Gern, Herr General. Wenn es nicht zu anstrengend für Sie ist.«

»Wenn ich schwimmen müsste, bekäme ich vielleicht Probleme«, erwiderte der Italiener und hob die Prothese, die in einem schwarzen Lederhandschuh auf seinem Armstumpf steckte. »Aber in meinem Alter ist ein schöner Spaziergang genau das

Richtige, um in Form zu bleiben. Unterwegs erzähle ich Ihnen weiter aus meinem Leben, wenn Sie es noch nicht müde sind, mir zuzuhören.«

»Sie können mich gar nicht ermüden, General Sciarra.«

»Der Krieg ist zu Ende!« Der Ruf ging im Hafen von Genua von Mund zu Mund. Innerhalb weniger Minuten hatte ein jeder die Arbeit unterbrochen, die Leute jubelten und tanzten zwischen den Ladungen und gaben der überschäumenden Freude Ausdruck, die sich nach dem ersten Moment der Ungläubigkeit eingestellt hatte.

Leider fehlten viele bei dem Fest: Italien hatte sechshundertfünzigtausend Soldaten verloren, Frankreich eine Million dreihunderttausend, Großbritannien fast eine Million, Rumänien über dreihunderttausend. Fast drei Millionen Soldaten der Triple Entente und ihrer Verbündeten waren gefallen, und unter der Zivilbevölkerung gab es über sieben Millionen Tote.

Diese Gespenster sollten durch die Geschichte des gesamten zwanzigsten Jahrhunderts spuken. Doch statt den Lebenden als Mahnung zu dienen, damit sie den schändlichen Krieg ächteten, mussten sie als Vorwand für noch schrecklichere Rache und Vergeltung herhalten.

Die Lautsprecherstimme in dem Baumwolllager drang bis in die hintersten Winkel des großen Hafenspeichers. »Sie sind für heute alle von den Lösch- und Ladearbeiten freigestellt. Heute, am 4. November 1918, wurde der Krieg für beendet erklärt. Gott segne das siegreiche Italien.«

Der da sprach, war jener Mann, den manche seiner Angestellten etwas respektlos »Holzhändchen« nannten.

Jubelgeschrei hallte in dem großen Lagerhaus wider. Auch Alberto Sciarra della Volta, für manche »Holzhändchen« und für alle übrigen »der General«, gönnte sich eine Pause von seinen täglichen Aufgaben. Der Krieg hatte auch für die, die nicht an der Front kämpften, eine enorme Belastung bedeutet. Die deutschen U-Boote hatten im Mittelmeer auf der Lauer gelegen wie ein Schwarm ausgehungerter Haie. Eine Ladung zu versichern, war geradezu unmöglich gewesen, und so konnte ein verlorenes Schiff den Konkurs bedeuten. Glücklicherweise war es der renommierten Schiffsagentur Sciarra della Volta stets gelungen, schwere Verluste zu vermeiden.

Alberto Sciarra war infolge seiner Verwundung und der Amputation seiner Hand im Rang eines Generals aus der Armee verabschiedet worden. Von da an hatte er sich mit Leib und Seele der Arbeit gewidmet, um auf diese Weise seinem Vaterland zu dienen.

Das Glück, das er in diesem Moment empfand, war nicht zu beschreiben. Ein Dampfschiff unter britischer Flagge, das nicht weit von den Kaianlagen festgemacht hatte, ließ ein erstes, langgezogenes Tuten ertönen, auf das nach und nach sämtliche Schiffe im Hafen antworteten.

Der englische Dampfer, zum Auslaufen bereit, stieß ein weiteres langes Dröhnen aus, und Alberto ließ spontan alles stehen und liegen. Er kannte den Kapitän, da seine Agentur die Versorgung des Schiffes übernommen hatte. Er lief die Gangway im Laufschritt hinauf, ohne sich noch einmal umzudrehen oder sich groß Gedanken zu machen. Seine Mitarbeiter würden ausnahmsweise einmal allein zurechtkommen müssen.

In fünf Tagen würde er in London sein.

Der Lazarettzug hielt mitten in der Nacht unter dem ausladenden Gewölbe der Victoria Station. Draußen vor dem Bahnhof warteten Krankenwagen und Militärlaster mit dem roten Kreuz auf weißem Grund an den Seiten oder auf den Deckplanen.

Es wurde sofort mit dem Ausladen begonnen, was eine zusätzliche Pein für die verwundeten Soldaten war und ihnen die mitfühlenden Blicke der wenigen Umstehenden eintrug. Einer davon machte sich sofort nützlich und half, obwohl ihm die linke Hand fehlte, die Tragen mit den Verletzten aus dem Zug zu heben.

Kimberly stieg aus dem Waggon. Für die Mitarbeiter des Roten Kreuzes brachte das Ende des Krieges eine weitere Erschwernis ihrer ohnehin schon harten Arbeitsbedingungen mit sich. Es galt, Kranke nach Hause zu überführen, Lazarette abzubauen,

Tote zu begraben, Angehörige zu trösten. Kurz nach Albertos Entlassung war sie zurück an die Front in Europa geschickt worden. Ihre Tätigkeit als Krankenschwester war zwar eine Tarnung für ihre Aktivitäten als Agentin der Spionageabwehr, was sie aber keineswegs von ihren Pflichten als Rotkreuzschwester entband. Als die Kampfhandlungen beendet wurden, hatte sie sich dafür entschieden, an der ehemaligen Front zu bleiben, um dort zu helfen, wo es am nötigsten war.

Sie schrieb jede Woche einen Brief an den Mann, dem sie treu war, und erhielt auch jedes Mal prompt eine Antwort. Aber wie lange würde ihre Liebe die Trennung verkraften? Die große Entfernung zwischen ihnen konnte am Ende auch die Herzen voneinander entfernen, so aufrichtig und tief ihre Gefühle füreinander sein mochten. Es war besser, sich keinen Illusionen über ihre Beziehung zu dem italienischen Offizier hinzugeben, ihr war keine Zukunft beschieden. Sie würde leiden, sicher, aber sie war stark …

»Frau Oberst, bitte!«

Sie ging erschöpft über den Bahnsteig, als der Ruf hinter ihr sie zwang, sich umzudrehen.

»Frau Oberst, ich bin ein Soldat aus den Bergen, der mit einem gestohlenen Luftschiff in einer Stadt im Kriegszustand gelandet ist. Ich wurde in eine glutheiße Wüste geschickt, die ich auf einem Kamel durchqueren musste. Bei alledem habe ich nie aufgehört, Sie zu lieben. Wollen Sie meine Frau werden, Oberst Kimberly Hadwin?«

Kimberlys Augen füllten sich mit Freudentränen. Wegen des dichten Qualms einer Lokomotive, die soeben abfuhr, konnte sie ihn nicht sehen, aber sie breitete dennoch die Arme aus, um den Mann zu empfangen, der aus dem Dunst hervorkommen würde. Als sie Sciarras Lächeln sah, hielt sie ihn schon umschlungen.

Kimber und Alberto wollten sich anfangs nicht damit abfinden, dass sie keine Kinder bekommen konnten. Sie versuchten alles Mögliche und konsultierten viele Spezialisten, die ihnen letztendlich aber auch nicht helfen konnten.

Genua hatte die englische Frau des bekannten Schiffsagenten mit der als Gleichgültigkeit daherkommenden Neugier empfangen, mit denen kleinere Städte üblicherweise Fremden begegnen. Dennoch hatten Kimber wenige Monate Ehe genügt, um zu wissen, dass sie nicht mehr ohne die südliche Sonne und vor allem ohne Alberto auskommen wollte. Es hatte schwierige Momente gegeben, aber sie hatten gemeinsam jedes Hindernis überwunden, mit der gleichen Energie und Entschlossenheit, mit der sie auch den Krieg überstanden hatten. Selbst das schmerzliche Fehlen von Kindern hatte das Einvernehmen dieses Paares, das alle als ideal ansahen, nicht unterhöhlen können.

Albertos Geschäfte forderten ihn sehr und verlangten eine beinahe ständige Anwesenheit und Erreichbarkeit, aber er versuchte immer, genug Zeit für sich und Kimber herauszuschinden.

»Die Schiffe können eben keine Uhr lesen«, pflegte er zu sagen, wenn er wieder einmal zu einer beliebigen Tages- oder Nachtzeit von seinen Mitarbeitern zum Hafen gerufen wurde.

Nach etwa einem Jahr des Zusammenlebens hatte Kimber den Wunsch geäußert, in der Firma mitzuhelfen. Es lag ihr überhaupt nicht, ihre Tage mit Wohltätigkeitslunchs oder bei Tee und Gebäck im Café Mangini in der Innenstadt zu verbringen.

Alberto war einverstanden gewesen, nachdem sie vereinbart hatten, dass Kimber ihre Arbeit wieder aufgeben würde, sobald sie schwanger wurde. Aber es waren keine Kinder gekommen, und Kimber hatte sich als unersetzliche Stütze in dem zusehends expandierenden Unternehmen erwiesen.

Die Kriegsjahre traten allmählich in ihren Gedanken zurück, und sie sprachen nur noch selten darüber.

Was nicht nachließ, war Albertos Korrespondenz mit Minhea Petru, der, wie er schrieb, seine Suche nach dem Ring der Könige unvermindert fortsetzte. Hingegen beschränkte sich der Kontakt zu Lawrence auf Grüße zu Feiertagen oder das eine oder andere Glückwunsch-Telegramm anlässlich neuer Würdigungen für den englischen Oberst. Der Held von Arabien hatte es weit gebracht in der Politik, wurde scheinbar von allen bejubelt und schien eine glänzende Karriere vor sich zu haben. Eingeweihten aber war bekannt, dass dies die Methode war, mit der unbequeme, weil zu intelligente und ehrgeizige Helden von den Herrschenden kaltgestellt wurden. Man gab ihnen ein paar brüchige Zügel in die Hand, warf sie bei der ersten Gelegenheit aus dem Sattel und ließ sie in der Versenkung verschwinden.

Lieber Thomas,
aus der Zeitung habe ich von Ihren regelmäßigen Treffen mit Winston Churchill erfahren, bei denen Sie mit ihm über die Situation im Nahen Osten sprechen. Da ich Sie und Ihr Engagement für diese geplagte Region kenne, bin ich sicher, dass Sie Ihrem Regierungschef die richtigen Entscheidungen nahelegen, damit die tapferen Völker Arabiens endlich Frieden und Unabhängigkeit finden. Auch von Ihren schwierigen Verhandlungen mit König Hussein habe ich erfahren. Die italienische Presse widmet dem Vertrag von Hegiaz, der dank Ihrer Vermittlung zustande gekommen ist, viel Aufmerksamkeit. Ich bin stolz darauf, mich Ihrer Freundschaft rühmen zu dürfen. Mit den besten brüderlichen Wünschen für ein unvergessliches Weihnachten und ein glückliches Jahr 1922 grüßt Sie herzlich
Ihr Alberto

Dieser Brief wurde im Dezember 1921 abgesandt. Etwa zum selben Zeitpunkt, als Sciarra den Umschlag zuklebte, legte der Dampfer *Re Vittorio* im Hafen von Genua an.

Wie sein Schwesterschiff *Regina Elena* war er 1908 gebaut worden und hatte eine Tonnage von achttausend Bruttoregistertonnen. Die beiden schwarzen Schornsteine mit dem breiten weißen Streifen – Schwarz und Weiß waren die Farben der Reederei »Navigazione Generale Italiana« – erhoben sich zwischen zwei Holzmasten, auf denen sich die Funkantennen und die Toplichter befanden.

Während des Krieges war auch dieses Schiff für Truppentransporte eingesetzt worden, hatte aber mehr Glück gehabt als sein Schwesterschiff, das 1918 durch den Torpedo eines deutschen U-Boots versenkt worden war.

Gründlich überholt und als Passagierschiff für Fahrten nach Nord- und Südamerika bestimmt, konnte die *Re Vittorio* hundert Passagiere in der Ersten Klasse aufnehmen, mehr als doppelt so viele in der Zweiten und eintausendzweihundert in der Dritten.

Nachdem das Schiff Triest und Neapel angelaufen hatte, war es in Genua vor Anker gegangen, um von dort aus den Atlantik mit Ziel New Orleans zu überqueren.

Wie so oft ging Sciarra an Bord und verbrachte ein angenehmes halbes Stündchen in Gesellschaft des Kapitäns, eines sympathischen Ligurers mit einem weißen Walrossschnurrbart.

»Ich wollte Sie noch um einen Gefallen bitten, General Sciarra«, sagte der Kapitän, als sie sich schon verabschiedeten. »Neben dem Bordproviant und dem, was Sie sonst noch auf der Liste finden werden, ist da auch ein spezielles Schmiermittel, auf dem mein Maschinenmeister besteht, weil er es unbedingt für seine dampfenden Hexenkessel braucht. Ich bin sicher, nur Ihre Firma kann die absonderlichen Wünsche meines Offiziers erfüllen. Anscheinend besteht ohne dieses Schmierzeugs die Gefahr, dass der *Re Vittorio* auf offener See eine Havarie erleidet, weil auf einmal beide Motoren hinüber sind.«

»Keine Sorge, Käpt'n. Mit Ihrer Erlaubnis werde ich gleich mal in den Maschinenraum gehen und mir von ihm erklären lassen, was er genau braucht.«

Sciarra stieg hinunter in den Bauch des Schiffes, den Luxus der oberen Decks hinter sich lassend.

Der Maschinenraum eines Ozeandampfers kam einer verbreiteten Vorstellung von der Hölle gleich. Riesige gusseiserne Heizkessel sperrten ihre Rachen auf, um tonnenweise Kohle zu schlucken, die ihnen von halb nackten, mit einer dicken schwarzen Staubschicht bedeckten Männern in die Schlünde geschaufelt wurde. Ringsum, unter ohrenbetäubendem Lärm und umgeben von dichtem Qualm, bewegten sich dicke stählerne Pleuelstangen. In diesem separaten Reich, von dem die Passagiere, die an Deck spazieren gingen und sich sonnten, nichts wussten, durfte nichts stillstehen, auch nicht im heftigsten Sturm, denn ohne den Antrieb der Schrauben hätten die Ozeanwellen auch den größte Transatlantikliner zum Kentern gebracht.

Sciarra beobachtete die Männer, wie sie an den Manometern und Heizkesseln ihren Dienst verrichteten, bis er den Maschinenmeister entdeckte.

Er wollte gerade auf ihn zugehen, als ihn plötzlich eine ungreifbare Erinnerung durchzuckte und in der Zeit zurückversetzte. Es war nur ein flüchtiger Eindruck, aber Sciarra war sicher, den Maschinenarbeiter, der gerade an ihm vorbeigeeilt war, schon einmal irgendwo gesehen zu haben, trotz des Rußes, der ihn praktisch unkenntlich machte.

Verwirrt von der Begegnung, fragte er den Maschinenmeister, wie der Mann hieß.

»Wer, der? Er heißt Olt, Arisztid Olt. Er ist Ungar, und offen gesagt habe ich so meine Zweifel, was ihn betrifft, Signor Sciarra. Er redet nicht viel, hat aber einem Matrosen erzählt, er sei Schauspieler und wolle eventuell in Amerika bleiben, um sein Glück zu machen. Allerdings, wenn ich mir so ansehe, wie er arbeitet, glaube ich nicht, dass das Glück ihm hold sein wird.«

»Olt, Arisztid Olt ...«, wiederholte Alberto Sciarra.

Im Stadtviertel Carignano spielten zwei Kinder mit Holzgewehren. Sciarra ging an den beiden vorbei, und seine Gedanken wanderten zum Krieg und den vielen Rechnungen, die dieser offen gelassen hatte – und auf einmal fiel ihm ein, wo er diesen Mann schon einmal gesehen hatte!

Bei ihrer letzten Begegnung vor ein paar Jahren hatten sie sich in einer Burg in Rumänien befunden, und der, der sich jetzt Olt nannte, hatte versucht, ihn und Minhea Petru umzubringen. Damals hieß er Blaskó, Oberleutnant Béla Blaskó von der ungarischen Armee.

Alberto machte sofort kehrt und lief zum Hafen zurück. Doch als er dort ankam, war der Dampfer schon weit weg – und mit ihm Béla Blaskó.

Rumänien, 1386

»Das ist meine Geschichte, Mircea, mein Sohn …« Das bleiche, abgezehrte Gesicht der Frau war von Alter und Krankheit gezeichnet, aber ihre kobaltblauen Augen sprühten immer noch vor Intelligenz und Vitalität. »Versprich mir, sie an die weiterzugeben, die nach dir kommen, und sie durch die Ereignisse deines eigenen Lebens zu ergänzen, das voller Glanz und Freude sein wird, das weiß ich. Sie soll deinen Nachkommen als Ansporn dienen und den Ursprung unseres Geschlechts bewahren, damit der kostbare Glücksbringer, den ich dir heute anvertraue, durch alle Zeiten seine Kraft behält. Er hat einmal dem König der Könige gehört. Bedenke, dass nur der, der gerecht ist, in den Genuss seiner Wohltaten gelangt. Handele also stets nach deinem Gewissen, sei rechtschaffen und ehrlich. Achte deine Freunde, liebe von ganzem Herzen und verteidige dein Volk. Gott sei mit dir, Mircea, Fürst der Walachei.«

Celeste wusste um den guten Charakter Mirceas, ihres Erstgeborenen. Er war tüchtig und tapfer, und sein Name würde in die Geschichte seines Landes eingehen. Die Walachei war für Celeste zur zweiten Heimat geworden, ein Ort, von dem sie nicht mehr fliehen musste, wo sie ihre Verkleidung ablegen und nicht nur Krieger, sondern auch Frau, Gattin und glückliche Mutter sein konnte.

Sie ließ noch einmal ihr reich erfülltes Leben an sich vorbeiziehen: die Kinder, die auf der Wiese vor der Burg spielten, deren ersten Reitversuche, ihre mütterliche Besorgnis, dass sie abgeworfen werden könnten, all die Mühen, die sie aufgebracht hatte, damit sie stark und gesund aufwuchsen. Die Jahre waren so schnell verflogen, und kaum hatte sie sich angeschickt, gemeinsam mit ihrem geliebten Gatten Vladislav das verdiente Altenteil zu genießen, waren auch schon die ersten Enkelkinder, Mirceas Sprösslinge, zur Welt gekommen.

So war sie wieder stundenlang hinter kleinen Kindern hergelaufen, die ihre ersten Schritte machten, und hatte sich abends neben ihnen ausgestreckt, um ihnen von den sagenhaften Abenteuern zweier feindlicher Krieger zu erzählen, die sich ein ganzes Leben lang zu Wasser und zu Land bekämpft hatten.

Diese Heldengeschichten hatte sie auch schon ihren Kindern erzählt, aber es waren keine Märchen. Alle wussten, dass es sich um die Geschichte ihres eigenen Lebens handelte, die sich als Stempel der Tapferkeit auch in das Wesen ihrer Nachkommen einprägen würde.

Zwischen Mircea und ihr bestand ein besonderes Verhältnis, das über das übliche Band zwischen Mutter und Sohn hinausging.

Für den Jungen war Celeste eine liebevolle Mutter, eine sichere Zuflucht vor dem väterlichen Zorn gewesen, der Lebensquell schlechthin; doch ihre Zärtlichkeit hatte sich stets in Strenge verwandelt, sobald sie in die Rolle des unnachgiebigen Lehrers und Meisters geschlüpft war. Sie war es, die ihn zu einem edlen Krieger herangezogen und ihn die Kampfkunst und die tödlichen Techniken der Samurai gelehrt hatte, und im Laufe der Zeit war Mircea flink und präzise sowohl im Umgang mit dem furchtbaren *Katana* als auch mit den traditionellen Waffen seiner Heimat geworden.

Er konnte nicht ahnen, wie sehr sich seine Mutter stets zur Strenge zwingen musste. Wann immer ihr Sohn sie mit seinen blauen Augen ansah – ihren eigenen Augen und denen ihres Vaters, des großen Muqatil –, hätte er alles von ihr haben können.

Ein heiteres, zufriedenes Lächeln breitete sich nun auf Celestes Gesicht aus, als der Rest der Familie in das abgedunkelte Zimmer trat. Sie würde einen großen Teil von sich auf Erden zurücklassen.

»Und doch bedauert man, dass es zu Ende geht«, sagte sie lächelnd zu ihrem Mann, der sich an ihr Bett gesetzt hatte und ihre Hand hielt.

»Was geht zu Ende, Celeste?«

»Das Leben, mein Liebster. Das wunderbare Leben, das ich mit dir geführt habe.«

»Rede keinen Unsinn. Du sollst nur an deine Genesung denken.«

»Ich habe keine Zeit und Kraft mehr zu genesen, Vladislav. Wenn es ein Jenseits gibt, so werde ich dort meinen Vater und meine Mutter, Humarawa, Wu und Rhoda wiedersehen.«

Auch an dem Fürsten waren die Jahre nicht spurlos vorübergezogen. Seine langen Haare waren schneeweiß geworden, und tiefe Falten durchfurchten sein müdes Gesicht, in dem tiefe Liebe und Besorgnis standen.

»Ich will nicht, dass du so redest. Was soll ich denn ohne dich anfangen, Liebste? Im kommenden Jahr wollen wir doch unseren dreißigsten Hochzeitstag feiern. Weißt du noch, wie ich meinem Vater eröffnet habe, dass ich mich mit einem Mann vermählen will?«

Celeste nickte stumm und mit geschlossenen Augen. Die Krankheit hatte sie aufgezehrt. Alle ihre vier Kinder standen um das Bett herum, und die Jüngste, die gerade ihr sechzehntes Jahr vollendet hatte, konnte nicht aufhören zu schluchzen.

»Weint nicht, meine Kinder, weint nicht. Jetzt ist es an euch, ins Leben hinauszugehen. Ich hoffe, ich habe euch geholfen zu erkennen, wie man es am besten lebt. Weint nicht mehr.« Ein tiefer Atemzug schüttelte Celestes Brust. »... ein Muqatil weint nicht ...«

»Nein, Mutter, bitte nicht ...«, flüsterte Mircea. Er wollte sich nicht damit abfinden, dass er das Leuchtfeuer verlieren sollte, das ihm bisher den Weg gewiesen hatte. Es war ihm egal, dass er in ein paar Tagen zum Woiwoden der Walachei ernannt werden sollte.

Mircea strich über den Ring der Könige, während ihm eine Träne über die Wange lief. »Nein, ich benehme mich nicht wie ein Muqatil, wie ein Krieger, der keine Angst kennt«, hauchte er. »Im Moment kann ich das nicht. Aber ich verspreche dir, jeden deiner Wünsche zu respektieren, geliebte Mutter.«

48. Kapitel

August 2004

Aus Asher Breils Tagebuch, Bukarest, 1968

Der Conducator *saß in seinem Sessel vor der Schießscharte des Altans, auf dem wir uns befanden. Er bestand hartnäckig darauf, dieses Abschlachten als »Bärenjagd« zu bezeichnen.*

»Ja, Dr. Breil, der Drachenorden ist nie untergegangen«, fuhr er fort. »Vlad II., der Vater von Dracula, bestieg den Fürstenthron der Walachei im Jahr 1418, nachdem Mircea zweiunddreißig Jahre lang regiert hatte. Ein wahrer Rekord zu jener Zeit, in der sich kaum ein Herrscher länger als drei oder vier Jahre hielt. Mircea der Alte, der sein Amt 1386 angetreten hatte, war ein kluger, gerechter und beim Volk sehr beliebter Fürst gewesen und zudem ein großer Kriegsherr. Während seiner Regentschaft musste er den Eroberungsabsichten der Muselmanen allein entgegentreten, denn die Kirche war zu sehr mit ihrer blutigen Ketzerverfolgung im westlichen Europa beschäftigt. Auf ihn folgte sein Sohn, Vlad II., der 1431 von Sigismund, Kaiser des Heiligen Römischen Reiches, die Ritterwürde des Drachenordens erhielt. Der Orden mit seiner militärischen Ausrichtung hatte den offiziellen Zweck, die Feinde der Kirche zu vernichten, wo immer er sie antraf. Doch die wahren Ziele seiner brüderlich miteinander verbundenen Mitglieder waren ganz andere.«

»Ich weiß, dass das Wappen des Ordens ein geflügelter Drache war«, bemerkte ich. »In der rumänischen Volkskunst verkörperte dieses Wesen den Teufel.«

»Das stimmt. Möglicherweise wurden Dracula und sein Vater wegen dieser Analogie in der Geschichte als Teufel dargestellt.«

»Oder wegen ihrer Grausamkeit.«

»Man sollte kein vorschnelles Urteil fällen, Dr. Breil. Menschen müssen entsprechend ihrem Umfeld und dem historischen Kontext bewertet werden. Wer beispielsweise auf einen unbewaffneten Mann schießt, ist ein Mörder, aber wenn er einem Exekutionskommando angehört, vertritt er die Justiz und handelt in ihrem Sinne. Unsere Wahrnehmung der Wirklichkeit verändert sich je nach Standpunkt. Man darf Ereignisse im Mittelalter nicht mit den Augen eines Menschen des zwanzigsten Jahrhunderts betrachten, sondern muss sich in die Epoche, die Lebensumstände und Sitten von damals hineinversetzen.«

Oswald stand vor dem Plakat und las den Namen der Organisation, die darauf genannt wurde: Kuzey Kibris Turk Cumhuriyeti, was so viel bedeutete wie »Türkisch-zypriotischer Fußballverband«. Es war einmalig, dass eine Bevölkerung von kaum mehr als siebenhunderttausend Menschen auf einer Gesamtfläche von neuntausend Quadratkilometern bei internationalen Wettbewerben von jeweils zwei Mannschaften für jede Sportart vertreten wurde: Neben dem zypriotisch-griechischen Fechtverband gab es den türkisch-zypriotischen, Gleiches galt für den Kanusport, den Diskuswurf, das Tontaubenschießen und das Dressurreiten. Und für den Fußball natürlich erst recht: zwei Stadien, zwei Meisterschaften, zwei Verbände. Oswald merkte sich den Namen der Sportanlage, in der das Spiel Çetinkaya gegen Gönyeli, der beiden Meisterschaftsfinalisten, stattfinden sollte: das 20 Temmuz Stadyumu in Kyrenia.

Dann kehrte er ins Hotel zurück.

Der Anruf des Gerechten hatte Cassandra verstört. Sie hatte sofort versucht, Oswald zu erreichen, jedoch vergeblich. Also verließ sie ihr Zimmer, um sich in die Lobby jenes Hotels zu begeben, in das die Männer des örtlichen Geheimdienstes sie so höflich verbannt hatten. Sie hoffte, Breil dort anzutreffen.

Oswald aber trat gerade aus dem Aufzug.

»Ich glaube, ich weiß, wo das Attentat stattfinden soll«, sprudelte es aus ihm hervor, während Cassandra mit dem gleichen Ungestüm begann, von dem Anruf des Bombenlegers zu berichten.

»Er beobachtet uns, Oswald«, sagte sie, als sie sich in sein Zimmer zurückgezogen hatten.

»Das wundert mich nicht. Jeder Serienmörder genießt es, seinen Verfolgern dabei zuzusehen, wie sie sich abmühen, ihn zu fassen. Klar, dass sich der Gerechte das nicht entgehen lässt.« Daraufhin zitierte er die vorletzte Botschaft des Gerechten: »›*Und als du mit meiner Erlaubnis die Toten herauskommen ließest …*‹ Dieser Hinweis hat sich meiner Ansicht nach erledigt; er sollte uns nur hierherlocken. Entscheidend sind jetzt die drei Fingerzeige, die er uns hier auf Zypern, vor dem Grab des Lazarus, hat zukommen lassen: ›*Schick ihn morgen mit uns, damit er sich vergnügt und spielt! Wir werden auf ihn achtgeben. – Zwei Männer, fromme Leute, die Allah besonders begnadet hatte, sagten: Gehet ein zu ihnen durch das Tor, und wenn ihr erst einmal durch dieses eingetreten seid, werdet ihr Sieger sein. – Bei den Ungläubigen ist es, wie wenn man Vieh anschreit, das nur Zu- und Anruf hört, ohne die eigentliche Sprache zu verstehen. Taub sind sie, stumm und blind. Und sie haben keinen Verstand.*‹

Wir wissen inzwischen, dass morgen nur im türkischen Teil der Insel Feiertag ist, der Siegestag eben. Und laut der Botschaft soll es um Vergnügen und Spiel gehen. Die beiden Fußballmannschaften der Lokaltabelle werden sich morgen im Stadion 20 Temmuz begegnen. Ich denke, es wird Zeit, die Zelte in diesem Hotel abzubrechen, ob es unserem General Sukru passt oder nicht.«

Die beiden riefen Firenall an und verließen wenige Minuten später im Laufschritt das Hotel.

Der Abend senkte sich über die Stadt. Auf dem Rücksitz des Passats sitzend sah Oswald auf die Uhr: Die Zeit wurde knapp.

Das Küstenstädtchen Kyrenia lag rund dreißig Kilometer von der zypriotischen Hauptstadt entfernt. Eine Landzunge formte dort eine fast kreisförmige Bucht, einen kleinen natürlichen Hafen. Als das Auto vor dem im westlichen Teil der Stadt gelegenen Stadion ankam, war es bereits Nacht.

»Jetzt müssen wir nur noch jemanden finden, der uns aufschließt und ein wenig Licht macht«, sagte Breil und zeigte auf das Haupttor der Sportanlage.

Wenig später klapperte ein schläfriger Pförtner mit einem Schlüsselbund, während er in der anderen Hand den Hundertdollarschein hielt, den Firenall ihm gegeben hatte.

Bevor die Scheinwerfer an den vier hohen Masten am Spielfeldrand aufflammten, war sich keiner von ihnen der Ausmaße des Stadions bewusst gewesen. Hier einen Sprengsatz zu finden, schien nahezu unmöglich.

»Wo fangen wir an?«, fragte Carl Firenall, der sich zwang, nicht den Mut zu verlieren.

Im Morgengrauen waren sie immer noch dabei, die Tribünensitze einen nach dem anderen anzuheben und die Umkleidekabinen, Duschen und Erfrischungsstände zu durchsuchen.

Cassandra war kurz davor aufzugeben – nirgends ein Anzeichen von der Bombe des Gerechten.

»Gemäß den gesetzlichen Einreisebestimmungen«, hallte auf einmal die Stimme von General Sukru durch das verlassene Stadion, in das die frühe Morgensonne fiel, »nehme ich Sie wegen folgender Verstöße fest und ...«

»Ihre Einreisebestimmungen interessieren uns im Moment nicht, General«, erwiderte Breil und unterbrach seine angestrengte Suche. »Wir brauchen Ihre Unterstützung. Alle Leute, über die Sie verfügen, müssen uns helfen, den Sprengsatz zu finden, der hier irgendwo im Stadion versteckt ist. Rufen Sie Verstärkung, und zwar sofort!«

»Welche Beweise haben Sie, dass Sie so sicher sind, Breil?«, fragte der General herausfordernd.

»Einfache Deduktion.«

»Und Sie glauben, wegen der einfachen Deduktion eines Israeli verderben wir Zehntausenden von Fußballfreunden, einschließlich unseres Präsidenten, den Tag? Ich darf Sie daran erinnern, dass hier in ein paar Stunden ein seit Monaten mit

Spannung erwartetes Spiel ausgetragen wird. Ich brauche keine Verstärkung. Die drei Männer, die ich bei mir habe, genügen vollauf für das, was ich vorhabe.«

»An Ihrer Stelle, Herr General, würde ich mir nicht allzu viele Gedanken über enttäuschte Fans machen, denn die Besucher dieses Stadions werden allesamt in die Luft fliegen«, entgegnete Oswald.

»Das könnte in jedem Stadion der Welt passieren, die Gefahr von Anschlägen ist allgegenwärtig. Ich lasse nicht eine ganze Abteilung meiner Männer ihre Zeit verplempern oder gar das Spiel des Jahres absagen ohne einen ausreichenden Hinweis. Ich verhafte Sie alle drei und fordere Sie auf mitzukommen. Diesmal wird es allerdings kein bequemes Hotel sein, was Sie empfängt.«

Die drei Männer in Sukrus Gefolge umstellten sie. Wortlos verließen sie in einer Reihe das Stadion.

Die Sonne stand inzwischen hoch am Himmel und versprach wieder einen wolkenlosen heißen Tag.

Sukru ließ Oswald und Cassandra in sein Auto steigen und wies einen seiner Männer Firenall als Bewachung zu, der den Passat fahren sollte.

Firenall setzte sich hinters Steuer und bemerkte, dass der Schalter für die Klimaanlage auf *off* stand.

»Komisch«, murmelte er, als er den Zündschlüssel drehte.

Von Sukrus Wagen aus beobachteten Oswald und Cassandra entsetzt, wie der Passat explodierte und glühende Karosserieteile in weitem Umkreis herumflogen.

Oswald sprang als Erster aus dem Wagen und rannte auf das Autowrack zu, obwohl er wusste, dass für Carl und den Agenten jede Hilfe zu spät kam.

Betroffen blickte er von den beiden entstellten Leichen im brennenden Wagen zu Sukru. »Ist das für Sie nun ein ausreichender Hinweis, General?«

Der Offizier sah ihn misstrauisch an. »Nein, Dr. Breil, das genügt mir nicht«, antwortete er überheblich. »Denn ich frage mich, weshalb sich ein mit allen Wassern gewaschener Terrorist, der die Welt seit ein paar Jahren in Atem hält, die Mühe machen sollte, die Opfer seines nächsten Anschlages vorzuwarnen.«

»Was wollen Sie damit sagen?«

»Dieser Gerechte würde doch niemals ein Auto an jenem Ort in die Luft jagen, an dem er einen Terroranschlag verüben will.«

»Diese Autobombe war uns zugedacht, General«, mischte sich Cassandra ein, da sie sah, dass Oswald kurz davor stand, die Beherrschung zu verlieren.

»Ich merke, Sie gelangen zu den gleichen Schlussfolgerungen wie ich, Dr. Ziegler.« Sukru gebärdete sich als unfehlbarer Ermittler. »Sie und ihr jüdischer Freund haben sich meine Insel ausgesucht, um hier Ihr Lieblingsspiel zu spielen und einen Spionagekrieg auszutragen. Ich bin sicher, heute Nachmittag, wenn ich Sie in ein Flugzeug gesetzt habe, wird keine Rede mehr von Bomben und Terrorismus sein.«

Breil bewegte sich katzenhaft schnell, versetzte dem Mann neben ihm einen Schlag in den Unterleib und rannte in den für Sportler reservierten Bereich unter den Tribünen.

»Schnell, schnappt ihn euch!«, rief Sukru.

Doch der von Oswald getroffene Mann kauerte vor Schmerz gekrümmt am Boden, und sein Kollege war damit beschäftigt, Cassandra festzuhalten.

Diese feuerte Breil an und sah ihm nach, bis er auf seinen flinken kurzen Beinen außer Sicht war. Sukrus Männer und die von ihm endlich herbeigerufene Verstärkung suchten ihn vergeblich.

Zehn Kinder in blauen Trikots und mit Schirmmützen stellten sich zu beiden Seiten des Spielfelds auf. Ihre Aufgabe würde es sein, den Spielern die ins Aus gekickten Bälle zurückzuwerfen. Niemand achtete in der allgemeinen Erregung über die beginnende Partie auf den elften Balljungen, der sich ebenfalls am Spielfeldrand positioniert hatte.

Oswald hatte stundenlang in einem engen Zwischenraum zwischen den Duschräumen und einer tragenden Mauer ausgeharrt. Irgendwann war es ihm gelungen, an ein Kindertrikot und eine Kappe zu gelangen, und er hatte sich unter die anderen auf den Platz geschmuggelt.

Die Tribünen quollen über vor ausgelassenen Fans.

Oswalds Verstand arbeitete fieberhaft, während er zerstreut den Spielern zusah, die darum kämpften, den Ball in eines der beiden Tore zu befördern.

Plötzlich spannten sich seine Muskeln an wie bei einem sprungbereiten Tiger. Das Zitat aus der Botschaft des Gerechten erschien so deutlich vor ihm, als stehe es auf der großen Anzeigetafel des Stadions. »*Gehet ein zu ihnen durch das Tor, und wenn ihr erst einmal durch dieses eingetreten seid, werdet ihr Sieger sein.*«

In diesem Moment rollte der Ball zwischen seine Füße. Oswald hob ihn auf und schüttelte den Kopf, weigerte sich, ihn dem empörten Spieler zurückzugeben.

Unter den Pfiffen der Zuschauer warf ein anderer Balljunge dem Spieler ein neues Leder zu. Derweil schnitt Oswald den anderen Ball mit seinem Taschenmesser auf und steckte beide Hände zwischen die Luftkammer und die inneren Nähte. Gleich darauf zog er einen winzigen, mit einer Lithiumbatterie betriebenen Sensor heraus.

Sukru saß auf der Ehrentribüne neben dem Präsidenten. Er blickte ständig durch sein Fernglas, weil er hoffte, in den Zuschauerreihen das Gesicht von Breil zu entdecken. Dieser verdammte Zwerg konnte das Stadion nicht verlassen haben, die Polizei hätte ihn sofort erwischt.

Als er sah, wie der Balljunge den Fußball an sich nahm, rannte er sofort die Treppen hinunter und stand wenige Sekunden später am Spielfeldrand.

»Dr. Breil, ich muss Sie …«

»Sie müssen das vergessen, Sukru, und mir zuhören, auch wenn ich Israeli bin und all das. Wissen Sie, was ich hier gerade aus dem Ball geholt habe? Einen Sensor. Höchstwahrscheinlich werden wir zwei weitere in jedem der beiden Tore finden – die Sprengladung würde detoniert, sobald der Ball im Netz landen würde.«

Lautes Gebrüll erfüllte das Stadion. Ein Stürmer von Çetinkaya hatte ein Tor geschossen.

»Gerade noch rechtzeitig, General. Hätte ich den Ball nicht aus dem Spiel genommen, hätten wir nun jede Menge Tote. Glauben Sie mir jetzt endlich?«

Sukru nahm den Sensor entgegen und schien mit seinem bislang unerschütterlichen ermittlerischen Scharfsinn zu ringen.

Als sich der Jubel der Fans legte und das Spiel weiterging, ertönte eine Durchsage: »Herr Breil! Herr Breil wird gebeten, sich dringend mit der Telefonzentrale in Verbindung zu setzen!«

Oswald ging durch den Tunnel zu den Umkleideräumen und nahm dort den Hörer eines Wandapparates ab.

»Ein dringender Anruf eines Angehörigen, Herr Breil«, sagte die Telefonistin, sobald er sich gemeldet hatte. »Ich stelle ihn durch.«

Dann war eine metallisch klingende Stimme zu hören. »Nicht zu glauben, dass ich mich für einen Verwandten von Ihnen ausgeben musste, um Sie zu kontaktieren, Dr. Breil.«

»Was wollen Sie?«

»Ich genieße gerade ein spannendes Fußballspiel im Fernseher. Nur kam es leider nicht zu einer wirklichen Begeisterungsexplosion, als das Tor fiel, stimmt's, Dr. Breil?«

»Ich wiederhole: Was wollen Sie von mir?«

»Das werde ich Ihnen sagen. Die Sprengsätze sind noch scharf, und ich kann das Stadion jederzeit in die Luft jagen. Doch aufgrund Ihrer respektablen Verdienste habe ich in meiner Großzügigkeit beschlossen, Ihnen noch eine Chance zu geben. Ich werde in genau drei Stunden auf den Knopf drücken. Sollte es Ihnen bis dahin nicht gelingen, die Sprengsätze zu entschärfen, geht die ganze Anlage hoch. Aber Achtung: Das Stadion darf nicht evakuiert werden. Denken Sie sich einen Vorwand für die Zuschauer aus. Niemand darf die Tribünen verlassen, sonst müsste ich vorzeitig handeln! Halten Sie sich ran, Breil. Sie haben nicht viel Zeit.«

Oswald Breil hatte sehr wohl registriert, dass der Attentäter von mehreren Sprengsätzen sprach.

Sukru hatte mitgehört und konnte sich keine Zweifel mehr leisten. Der Israeli hatte recht, sie waren in der Gewalt eines Wahnsinnigen. Panik lähmte den Verstand des Generals.

»Es sind mindestens zwanzigtausend Menschen auf den Rängen. Wie können wir sie in Sicherheit bringen, ohne dass der es merkt?«

»Die einzige Möglichkeit ist, die Sprengsätze zu entschärfen.«

»Haben Sie eine Idee, Dr. Breil?«

»Nein. Ich weiß nur, dass wir einen Sprengstoffspezialisten brauchen, der die Bomben deaktivieren kann, wenn wir sie gefunden haben. Derweil sollten wir darauf achten, dass nichts durchsickert, denn eine Massenpanik wäre jetzt das Schlimmste.«

»Ganz Ihrer Meinung. Das Spiel muss weitergehen. Was den Sprengstoffspezialisten betrifft – die Soldaten des UN-Kontingents auf Zypern führen gerade einen Lehrgang zur Entschärfung von Minen durch. Er wird von einer Offizierin der U.S. Marines geleitet, einer wahren Autorität auf dem Gebiet.«

Deidra Blasey war in einem Bungalow auf dem Gelände des Stützpunkts der UN-Blauhelme untergebracht. Sie hatte es sich gerade auf einer Gartenliege bequem gemacht und genoss ihre knappe Freizeit. Dieser Montag, der 30. August 2004, war ihr erster Urlaubstag seit Langem, wenn man von der Rekonvaleszenzzeit nach ihrer Verwundung absah. Sie waren mit ihrem Kurs über Minenfelder und Sprengstofffallen so gut wie fertig und konnten vielleicht früher nach Hause als vorgesehen.

Kaum war ihr dieser Gedanke gekommen, als ein Militärhubschrauber nur wenige Meter vor ihr landete.

Sergeant Kingston beugte sich heraus und machte ihr Zeichen, an Bord zu steigen. Nach so vielen Jahren in Spezialeinheiten war sie an Notfälle gewöhnt.

Deidra sammelte schnell ihre wenigen, um die Liege verstreuten Sachen zusammen, darunter eine Tasche, in die sie ein T-Shirt gesteckt hatte. Dann lief sie geduckt zu dem Hubschrauber, und noch in Shorts, Bikinioberteil und Flipflops kletterte sie hinein.

Sobald sie auf der Bank hinter dem Piloten saß, setzte Kingston sie über die hochgefährliche Situation ins Bild, die ihre Anwesenheit erforderlich machte.

FÜNFTER TEIL

Wär ich Bassa, ihr wärt längst gespießt.

W. A. Mozart, Die Entführung aus dem Serail

49. Kapitel

Dezember 1921

Blaskó ging an Deck spazieren und atmete gierig die Salzluft ein. Ein Maschinist bekam nur selten das Tageslicht zu sehen. An diesem Morgen war der Himmel von einer dicken Wolkenschicht bedeckt, und erste Tropfen kündigten einen bevorstehenden Platzregen an.

»Wird es Sturm geben, Seemann?«, sprach ihn ein Passagier auf Englisch an, der es aufgegeben hatte, seine Frau bei diesen schlechten Lichtverhältnissen fotografieren zu wollen.

Blaskó hatte nie eine Fremdsprache systematisch gelernt, aber er hatte ein gutes Ohr dafür. Außer Ungarisch sprach er passabel Deutsch, weil er nach Kriegsende eine Zeit lang auf Berliner Bühnen gespielt hatte. Dort hatte er ganze Regiebücher auswendig gelernt und seine Rolle dann akzentfrei vorgetragen.

»Der Himmel verheißt nichts Gutes«, antwortete Blaskó in gebrochenem Englisch.

»Ihr Akzent kommt mir bekannt vor«, sagte der Passagier und wechselte dann ins Ungarische. »Ich glaube, wir sind Landsleute.«

»Ja, ich bin Ungar. Wenn Sie mich nun entschuldigen wollen, meine Pause ist zu Ende, ich muss wieder in den Maschinenraum. Ich wünsche eine gute Überfahrt, mein Herr.«

Blaskó ging hinunter in die Kabine, die er sich mit drei anderen Matrosen teilte. Seine Kameraden hatten gerade Schicht. Er schloss die Tür hinter sich, öffnete seinen Spind und holte einen Rucksack heraus. Die alte Schatulle lag ganz unten, verborgen unter Kleidungsstücken. Blaskó ließ das kleine Schloss aufschnappen, und die Edelsteine funkelten im Licht der Kabine. Dann hob er den doppelten Boden an und holte den Ring der Könige heraus. Er hatte sich vorgenommen, kein einziges Stück dieses Schatzes zu veräußern, sondern ihn seinen Kindern zu vermachen, sollte er je welche haben.

Blaskó hatte erfahren, dass Petru am Leben war, und befürchtete, dass der Rumäne nach ihm suchte. Auch deshalb würde er die Juwelen nicht umsetzen. Er durfte nicht auffallen, und wenn er auch nur versuchte, einen der wertvollen Steine zu verkaufen, bestand die Gefahr, entdeckt zu werden.

Es machte ihn stolz, dass er sein sich selbst gegebenes Versprechen bisher gehalten hatte, selbst als er karge Zeiten hatte durchleben müssen. Für ihn als noch unbekannten Schauspieler war es sehr schwer gewesen, sich über Wasser zu halten, zudem noch in einem Land, das den Krieg verloren hatte. Dennoch war er überzeugt, ein großer Mime zu sein. Er hatte bereits viele Theater- und Filmrollen gespielt und in den gerade fertiggestellten Studios am Rande von Berlin gearbeitet, aber keinen Durchbruch in Europa gehabt.

Vielleicht würde ihm Amerika, wo die Filmindustrie gleich nach der Autoindustrie kam, das Tor zum Erfolg öffnen.

Blaskó drehte den goldenen Ring zwischen den Fingern, überzeugt, dass ihm der antike Talisman die nötige Kraft dazu verleihen werde.

Er hatte die Geschichten in dem Büchlein, das er dem feindlichen Offizier abgenommen hatte, immer wieder gelesen. Sie erzählten vielerlei Begebenheiten um das rumänische Adelsgeschlecht, das den Ring lange besessen hatte, und oft wurde auch auf die magischen Kräfte des Schmuckstücks hingewiesen.

Der Ungar betrachtete das Siegel und fuhr mit den Fingerkuppen den sechszackigen Stern darauf nach, ehe er den Ring in das Kästchen zurücklegte.

Sicher, im Moment befand er sich in einer armseligen Kajüte auf einem Frachter nach Amerika und hatte kohlschwarze Hände. Aber er dachte nicht daran, sich entmutigen zu lassen. Seine Selbstbeherrschung, seine Willensstärke und Anpassungsfähigkeit waren gute Voraussetzungen, um es auch noch mit neununddreißig zu Ruhm und Erfolg zu bringen.

Nach den Aufzeichnungen von Asher Breil in Cortina d'Ampezzo 1967

»Sollen wir den steilen Weg dort nehmen, oder möchten Sie lieber eine leichtere Strecke gehen, Herr Breil?«, fragte Sciarra und zeigte auf den nach Cortina absteigenden Pfad.

»Was für Sie am bequemsten ist, General Sciarra«, antwortete Breil, der über die Zähigkeit seines betagten Ausflugsgefährten staunte.

»Wundern Sie sich nicht, dass ich trotz meiner achtzig Jahre noch in den Bergen wandere. Ich bin und bleibe ein Alpino, wenn auch ein etwas ... gereifter. Aber nehmen wir doch den weniger anspruchsvollen Weg, dann können wir unsere Plauderei besser fortsetzen. Ich langweile Sie doch nicht, oder?«

Nach ein paar Schritten nahm Sciarra seine Erzählung wieder auf, und Asher versuchte, sich so viel wie möglich zu merken, um es später seinen Notizen hinzuzufügen.

»Vieles von dem, was ich Ihnen berichte, basiert auf dem Briefwechsel, den ich über Jahre hinweg mit Minhea Petru geführt habe ...«

Minhea Petru legte den Brief auf dem Sekretär ab. Seit dem Ende des Krieges hatte er viel Zeit damit verbracht, nach dem ungarischen Offizier zu forschen, und nun schrieb ihm sein Freund Sciarra, dass Blaskó von Genua in Richtung Amerika unterwegs war.

Es war für ihn zu einer Besessenheit geworden, den Ring wieder an sich zu bringen. Er hatte Blaskós Lebenslauf bis zum Kriegsende rekonstruiert, doch danach hatte sich der Offizier a.D. des 43. Ungarischen Infanterieregiments anscheinend in Luft aufgelöst. In dem Schmuckkasten, den Blaskó in der Burg von Sighisoara entwendet hatte, befand sich ein Vermögen an Edelsteinen. »Unser Passierschein in die Zukunft«, so hatte Minheas Familie den Schatz von jeher bezeichnet. Er befürchtete, dass der Ungar inzwischen alles versetzt hatte, obwohl ihm nichts dergleichen zu Ohren gekommen war. Blaskó musste sehr vorsichtig gewesen sein, um nicht ins Netz zu gehen, das er für ihn ausgelegt hatte.

Nach Sciarras Auskunft nannte sich der Mann mittlerweile Arisztid Olt. Der Freund hatte darauf gehofft, ihn sich vornehmen zu können, wenn das Schiff in den Hafen von Genua zurückkehrte, doch über Funkkontakt mit dem Kapitän hatte Alberto erfahren, dass der ungarische Hilfsmaschinist in New Orleans abgeheuert hatte.

Vereinigte Staaten von Amerika, Januar 1922

Im Bauch des Schiffes war das Schaukeln fast unerträglich, und die Maschinisten wurden unfreiwillig zu regelrechten Gleichgewichtskünstlern.

»Dieser verfluchte Sturm legt es doch tatsächlich darauf an, uns zu versenken«, hatte der Österreicher zu Blaskó gesagt, der mit ihm zusammen am Heizkessel schuftete.

Der Ungar hatte nur genickt und besorgt auf das Instrument gesehen, das die Neigung des Rumpfs anzeigte: Das Schiff stand kurz davor, in den kritischen Bereich zu kommen. Selbst der Maschinenmeister starrte wie gelähmt auf die rote Holzkugel in der durchsichtigen Röhre, die auf den äußersten Punkt zurollte. Wenn sie darüber hinaus war, würde sich der Dampfer ganz zur Seite neigen und möglicherweise kentern.

Um sie herum wurde jeder Gegenstand, den man nicht irgendwie hatte festmachen können, mit Wucht von einem Schott zum anderen geschleudert.

Schon komisch, das Leben, sagte sich Blaskó. Er würde hier in diesem eisernen Sarg sterben, mit einem unangetasteten Vermögen an Edelsteinen im Rucksack. Er hätte wie ein Fürst leben können, stattdessen würden ihn die Wellen verschlingen.

Einige Seeleute beteten, die Zeit schien stillzustehen. Das Schiff krängte, dann richtete es sich endlich wieder auf, blieb aber unmanövrierbar.

Der dumpfe Stoß war deutlich im Maschinenraum wahrzunehmen. Der Dampfer erschauerte, als er über das Riff glitt, und ein schmerzliches Stöhnen stieg von dem verletzten Stahlblech auf.

Kurz darauf gab die krächzende Stimme des Kapitäns durch die Sprechanlage Voralarm für die Besatzung. Nur fünf Männer sollten an den Maschinen bleiben, und Blaskó gehörte nicht dazu. Alle anderen mussten Posten einnehmen, die ihnen für einen solchen Notfall zugewiesen worden waren, um die Aufsicht bei der eventuellen Evakuierung des Schiffes zu führen.

Der Rettungsbootposten Nummer sechs, den Blaskó zu bewachen hatte, befand sich in der Mitte des sechsten und höchsten Schiffsdecks.

Alle Passagiere sollten sich zu dem Sammelpunkt begeben, der ihnen bei der Einschiffung gezeigt worden war.

Blaskó sah sich seinem Landsmann und dessen Frau gegenüber, die zitternd wie Espenlaub in ihren vornehmen Seidenmorgenmänteln in der kalten Nacht standen.

»Wenn wir von Bord müssen, lassen Sie mich und meine Frau unter den Ersten ins Boot steigen«, raunte ihm der Ungar zu. »Ich werde mich erkenntlich zeigen.«

Blaskó stieß ihn empört von sich. Er hatte alle Hände voll damit zu tun, die Reisenden zu beruhigen, denn eine unkontrollierbare Panik, das wusste er, führte bei einem Schiffbruch zur Katastrophe.

Glücklicherweise wurde der Befehl zur Evakuierung nicht erteilt. Der Kapitän und seine Offiziere hatten das Schiff Zentimeter für Zentimeter inspiziert und entschieden, dass keine unmittelbare Gefahr bestand. Die aus dem Wasser ragenden Felsen, zwischen die sie geraten waren, hatten kein Leck in den Rumpf gerissen.

Das Schiff würde seine Fahrt nach Amerika fortsetzen können.

Einen Tag vor der Ankunft ließ der Kapitän Blaskó zu sich rufen.

»Ich habe Sie kommen lassen, Hilfsmaschinist Olt, weil ein Passagier, ein Landsmann von Ihnen, Anzeige gegen Sie erstattet hat. Ihnen wird ein tätlicher Angriff während des Alarms neulich vorgeworfen. Ihr direkter Vorgesetzter hat jedoch ein gutes Wort für Sie eingelegt«, fügte der Kapitän hinzu und deutete auf den Maschinenmeister, der neben ihm saß. »Deshalb habe ich beschlossen, Sie bei unserer Rückkehr nicht der italienischen Polizei zu übergeben. Allerdings werden Sie nicht mehr auf diesem Schiff fahren können, sondern im Hafen von New Orleans an Land gehen.«

Blaskó erwiderte nichts darauf. Es hätte nichts genützt, sich zu rechtfertigen, und außerdem hatte er ohnehin vorgehabt, das Schiff zu verlassen.

Wie Blaskó gehofft hatte, kontrollierten die amerikanischen Behörden die Besatzungsmitglieder von Überseedampfern nur sporadisch. Als er an den Zollsperren vorbei war, ließ er den Hafen mit seinen wenigen Habseligkeiten und seinem Schatz auf dem Rücken hinter sich. Mit schnellen Schritten begab er sich in die neue Welt, die ihn erwartete, und dachte dabei über einen klingenden Künstlernamen nach, mit dem er ihre Bühnen erobern wollte.

Nach den Aufzeichnungen von Asher Breil in Cortina d'Ampezzo 1967

Minhea Petru saß auf einem Sofa im Salon des herrschaftlichen Hauses der Sciarras, in dem er für ein paar Tage zu Gast war. Ihr Palazzo stand im vornehmen Stadtteil Carignano, der sich oberhalb der Mündung des Flüsschens Bisagno erstreckte.

Der adelige Rumäne hatte seinem ehemaligen Vorgesetzten sofort geantwortet und beschlossen, nach Amerika zu fahren, sobald er seine Angelegenheiten geregelt hatte. Dazu war es jedoch erst gekommen, nachdem fast neun Monate seit Blaskós Abfahrt aus dem ligurischen Hafen vergangen waren.

In der Zwischenzeit hatte Sciarra versucht, Informationen

seitens der Reederei einzuholen, aber die Besatzungsmitglieder des *Re Vittorio* hatten den Ungarn Arisztid Olt aus den Augen verloren, nachdem er in Amerika von Bord gegangen war.

Die Zeit bis zu Minheas Einschiffung in Genua nutzten die beiden Freunde und Waffengefährten für ausführliche Gespräche und den Austausch von Erinnerungen.

»Ich bin nicht absolut sicher, dass es wirklich Blaskó war«, warnte Sciarra seinen alten Kriegskameraden, kurz vor dessen Abreise. »Ich hoffe, du findest in Amerika nicht heraus, dass es sich bloß um einen Doppelgänger handelte, und schimpfst auf mich, weil ich dich umsonst auf die weite Reise geschickt habe.«

»Ich wollte schon lange einmal nach Amerika, Alberto. Schlimmstenfalls habe ich auf deine Nachricht hin eine Reise unternommen, von der ich schon lange träume.«

Minhea Petru sah den eifrigen Einreisebeamten enttäuscht an.

»Nein, mein Herr, von diesem Schiff ist kein Ungar namens Olt oder Blaskó an Land gegangen. Darüber ist uns nichts bekannt«, sagte der Beamte, wobei er in einem dicken, mit sauberer Handschrift geführten Register blätterte. »Die einzigen eingereisten ungarischen Staatsbürger sind die Eheleute Bàlaj, sie wohnen hier in New Orleans. Um genau zu sein, ist nur der Mann Ungar, er hat eine Rumänin geheiratet.«

Petru schrieb sich die Adresse des Ehepaars auf und dankte dem Beamten für seine Hilfsbereitschaft.

Schon ein paar Stunden später suchte er die Bàlajs auf.

Das Lebensmittelgeschäft lag im Erdgeschoss eines viktorianischen Hauses in der St. Charles Avenue, im French Quarter von New Orleans. Teofil Bàlaj empfing Petru mit der distanzierten Überheblichkeit, die manche Ungarn ihren rumänischen Anrainern gegenüber an den Tag legten.

Sobald ihm Minhea aber den Grund seines Besuchs nannte, wurde Bàlaj zugänglich. »O ja, ich erinnere mich gut an diesen rüpelhaften Kerl, der ein Landsmann von mir ist. Ich habe ihn sogar beim Kapitän angezeigt, weil er in einer Notsituation grob Hand an mich gelegt hat. Du weißt das doch auch noch, Liebling, oder?«, wandte sich der Kaufmann an seine Frau, eine aufgeputzte Dame mit blond gefärbtem Haar, die sich ganz als Amerikanerin gab, um zu vergessen, dass sie aus einem Armenviertel von Bukarest stammte.

»Natürlich, Teofil. Wir haben uns doch erst neulich abends die Fotografien angesehen, die der Bordfotograf geschossen hat, und feststellen müssen, dass dieser zwielichtige Kerl auf einer davon verewigt ist, im Hintergrund.«

»Dürfte ich das Foto vielleicht einmal sehen?«, fragte Minhea.

Ein paar Minuten später verließ er das Geschäft mit der Gewissheit, auf der richtigen Fährte zu sein. Das bewies das Foto, das er dem Ungarn für viel Geld abgekauft hatte.

50. Kapitel

Walachei, 1431

Vladislav II. kniete vor dem Kaiser des Heiligen Römischen Reiches deutscher Nation nieder.

Sigismund hob das Schwert mit dem goldenen Griff in Form eines Drachen. In dem kargen Saal der Burg zu Nürnberg herrschte ein solches Dämmerlicht, dass die Gesichter der rund dreißig bei der Zeremonie anwesenden Ritter kaum zu erkennen waren. Draußen tobte ein Schneesturm, und der gerade begonnene Monat Februar brachte eine verstärkte Winterkälte mit sich.

»Bist du bereit, Vladislav von der Walachei, für die Vertreibung der Ungläubigen und den Sieg der Christenheit zu kämpfen?«, intonierte Kaiser Sigismund.

»Ich bin bereit, Majestät«, antwortete der Woiwode und senkte ehrerbietig den Kopf. Dann sprach er mit fester Stimme: »Ich schwöre, der Christenheit zu dienen, und sollte es mich mein Leben kosten. Ich schwöre, mit all meiner Kraft die Ungläubigen zu bekämpfen und in den Höllenschlund zurückzutreiben, aus dem sie gekommen sind, damit unser Gott, der einzig wahre und barmherzige, triumphiert. Ich schwöre den Rittern vom Drachen unverbrüchliche Treue.«

Das Schwert des Kaisers senkte sich zuerst auf seine rechte, dann auf seine linke Schulter. »Ich schlage dich zum Ritter des Drachenordens, Vladislav von der Walachei. Gott segne und schütze dich.«

Anschließend überreichte Sigismund dem Woiwoden feierlich einen Ring mit einem eingravierten geflügelten Drachen.

Vlad steckte ihn an den Mittelfinger, neben den antiken Ring aus Rotgold mit dem sechszackigen Stern, den er am Zeigefinger trug.

Später, als sie an einem festlich gedeckten Tisch saßen, deutete Sigismund auf den Ring der Könige. »Was bedeutet dieses Symbol, Vlad?«

»Das ist das Siegel König Salomons, ein altes Familienerbstück, das vom Vater an den Sohn weitergegeben wird.«

»Der Ring sieht tatsächlich sehr alt aus. Und du wirst ihn gewiss weitervererben können, Vlad, denn wie ich hörte, erwartet deine Frau wieder ein Kind.«

»Ich merke, dass Ihr am Leben Eurer treuen Gefolgsleute Anteil nehmt, Majestät. Ja, es ist wahr, bald wird mein Zweitgeborener zur Welt kommen.«

Dem Woiwoden war anzuhören, dass er große Hoffnungen auf dieses Kind setzte. Sein Erstgeborener, Mircea, zeigte Anlagen zu einem zwar starken, aber groben Kämpfer, der wenig Sinn für die Finessen der Politik hatte. Seinem zweiten Sohn würde Vlad seinen Namen geben und ihm eine gute, allumfassende Erziehung zukommen lassen. Er sollte unterwiesen werden in der hohen Kunst der Diplomatie, auch wenn die Fürstenmacht und damit der Ring der Könige nach dem Geburtsrecht auf Mircea übergehen würden.

Als Vlad II. in das Schloss von Sighisoara zurückkehrte, wurde er tagelang vom begeisterten Volk gefeiert.

Sighisoara war ein äußerst lebendiges Handelszentrum und ein Knotenpunkt zwischen dem deutschen Reich und Konstantinopel sowie zwischen den baltischen Ländern und dem übrigen Europa. Unter seinen wohlhabendsten Einwohnern befanden sich viele deutsche Kaufleute, die im Laufe der Zeit aufgrund von Sighisoaras Bedeutung als Handelsstadt dorthin gezogen waren.

Der offizielle Grund für die Festlichkeiten war Vlads Ernennung zum Fürsten der Walachei. Die Ritterwürde des Drachenordens hingegen war ein geheimer Treuebund zwischen dem Woiwoden und Sigismund von Luxemburg, der den neuen Fürsten von jeher unterstützte.

In diesem Jahr 1432 brachte Fürstin Cnejana, die Frau Vlads II., ihr zweites Kind zur Welt.

Allerdings hatte die Erhebung Vlads zum Fürsten einen unvermeidlichen Bruderzwist zur Folge, denn Alexandru Aldea, der Stiefbruder des neuen Woiwoden, wurde dadurch vom Thron verdrängt, den er bis dahin innegehabt hatte.

Das mächtige Adelsgeschlecht der Basarab schlug sich zum Teil auf die Seite des einen und zum Teil auf die des anderen Prätendenten, und es folgten lange blutige Kämpfe zwischen den Parteien.

Fünf Jahre dauerte es, bis schließlich derjenige, den man mit dem volkstümlichen Ausdruck Dracul benannte, die Oberhand über seinen Stiefbruder gewann.

So kam es, dass der zweitgeborene Sohn des Fürsten, Vlad III. Dracula, während seiner ersten fünf Lebensjahre das Schloss von Sighisoara nicht verlassen konnte. Doch Draculas Geschichte sollte nicht in einer Burg an der Grenze zum transsilvanischen Herzogtum Fargas enden. Schon von frühester Jungend an zeigte er die Fähigkeiten eines furchtlosen Heerführers, der zu einem erbitterten Verteidiger der Christenheit gegen die muselmanischen Invasoren werden sollte.

Mit diesem Feind aber hatte Vlad II. ein seltsames Bündnis geschlossen, das seinem Schwur gegenüber dem Drachenorden zuwiderlief und ihn dem türkischen Sultan Murad verpflichtete.

Nach einigen plündernden Streifzügen von walachischen Truppen an der Seite von türkischen auf transsilvanischem Gebiet erregte die Milde, die der Fürst gegenüber den christlichen Gefangenen walten ließ, das Misstrauen der Türken. Sie waren der Auffassung, dass niemand verschont werden dürfe.

Vlad Dracul überquerte die Donaubrücke. Am anderen Ufer erwartete ihn ein Aufgebot der Türken, das er für ein Empfangskomitee hielt, denn Sultan Murad hatte den Wunsch geäußert, den Fürsten samt einigen Mitgliedern seiner Familie zu treffen.

Vlad III. Dracula war gerade acht Jahre alt, sein jüngerer Bruder Radu lag noch in den Windeln. Beide begleiteten sie den Vater auf diesem Höflichkeitsbesuch, Dracula schon stolz zu Ross.

Kaum hatte Vlad die Türken erreicht, wurde er von ihnen umzingelt, und sie richteten ihre Schwerter und Piken auf ihn.

»Was tut ihr da?«, rief der Woiwode.

»Wir führen den Befehl unseres Sultans aus«, antwortete der Anführer des Trupps. »Und wir fordern Euch auf, keinen Widerstand zu leisten, Vlad von der Walachei.«

»Eine heimtückische Falle also, ihr Verfluchten!« Vlad trieb sein Pferd an und ritt den Soldaten um, der ihn entwaffnen wollte.

»Ihr solltet Ruhe bewahren und Euch fügen, wenn Euch das Leben Eurer Söhne lieb ist!«, rief der Befehlshaber, auf Dracula und den Wagen mit Radu deutend, die ebenfalls von seinen Soldaten umringt waren.

Vlad verbeugte sich vor dem Sultan.

Murad legte jene einschmeichelnde Höflichkeit an den Tag, wie sie den Orientalen eigen war, wenn sie den Gang der Verhandlungen bestimmen konnten.

»Ich habe dich bei all deinen militärischen Vorstößen unterstützt. Warum behandelst du mich so, Murad?«

»Hab keine Furcht, mein treuer Vlad, ich bin dir nicht feind. Ich hielt es lediglich für nötig, mich deiner ... Ergebenheit zu versichern.«

»Was hat das zu bedeuten? Warum diese Falle?«

»Meine Zuträger haben mir berichtet, dass du die Bewohner von Sebes verschont hast.«

»Es erschien mir nicht nötig, gegen sie zu wüten, denn sie waren bereits bezwungen und die Stadt geplündert.«

»Wie du weißt, entspricht das nicht unseren Gepflogenheiten. Ein Feind, den man am Leben lässt, bleibt ein Feind. Man sagt, du habest noch nicht einmal Sklaven machen wollen.«

»Es waren nur noch ein paar Alte und Verwundete am Leben. Fast die ganze Bevölkerung von Sebes, einschließlich der Frauen und Kinder, war im Kampf umgekommen.«

»Meines Wissens entspricht dies nicht den Tatsachen, mein guter Vlad. Überdies habe ich erfahren, dass du einem Ritterorden angehörst, der es sich zum Ziel gesetzt hat, die Söhne des Propheten zu schlagen, wo immer er sie antrifft. Ist es nicht so?«

»Nein, Murad, da hat man dich falsch unterrichtet«, log der in Bedrängnis geratene Vlad.

»Wie auch immer, mein Entschluss steht fest. Da du ein treuer Anhänger unserer Sache bist, wird es dich freuen zu hören, dass deine jüngeren Söhne im Geiste des Koran und des Propheten erzogen werden sollen.«

»Was willst du damit sagen, Murad?«

»Dass der junge Vlad Dracula und der kleine Radu mit mir kommen werden, um unseren Bund zu besiegeln.«

Dracula und Radu wurden wie privilegierte Gefangene behandelt. Die beiden Kinder durften zwar in Murads Palast in Gelibolu an den Dardanellen frei herumlaufen, ihn aber nicht ohne Erlaubnis des Sultans und ohne die Begleitung zweier bewaffneter Wächter verlassen.

Dracula wuchs heran, gesund und stark, und erwies sich als geschickt im Umgang mit dem Schwert. Durch seinen verschlossenen, stolzen Charakter war er kein einfacher Zögling, und häufig mussten seine Lehrer klein beigeben, weil es ihnen unmöglich war, ihn sich gefügig zu machen.

Bei aller Pracht und Bequemlichkeit um ihn herum vergaß Dracula jedoch nie, dass er sich in einem goldenen Käfig befand.

Radu hingegen war von wesentlich sanfterer Natur und ließ von Kindheit an wenig männliche Neigungen erkennen. Dies trug ihm das Wohlwollen des Sultans ein, denn Murad war nicht unempfänglich für Vertreter des eigenen Geschlechts, besonders wenn diese im zarten Alter waren.

Dracula stand somit allein gegen eine Welt, die er verachtete, was ihn noch störrischer und obendrein gewalttätig und grausam machte.

Einem seiner Lehrer, der ihn fragte, warum er einen kleinen Vogel aufgespießt habe, sodass die Spitze des Pflocks ihm zum Schnabel herauskam, gab er zur Antwort, der Sperling habe ihn gelangweilt, und er habe ihn deshalb auf die gleiche Weise bestraft wie der Sultan diejenigen, die ihn ermüdeten.

Diese Erklärung kam nicht von ungefähr, sondern lag begründet in dem Umfeld, in dem Dracula aufwuchs und in dem der Einzelne nichts zählte gegenüber dem Überleben und Gedeihen eines Volkes oder einer ganzen Zivilisation.

In den prägenden Jahren seiner Entwicklung lernte Dracula, jedem zu misstrauen, und er fand zusehends Gefallen am Verüben grausamer Rache.

51. Kapitel

August 2004

Zehn Minuten nach Spielende landete der UN-Hubschrauber auf dem Fußballfeld. Über Lautsprecher war in ständiger Wiederholung die Aufforderung an die Zuschauer ergangen, aus Sicherheitsgründen auf den Plätzen zu bleiben, und abgesehen von wenigen aufgebrachten Protesten wurde ihr Folge geleistet.

Das Gerücht verbreitete sich im Oval des Stadions wie ein Lauffeuer. Zuerst wurde nur verstohlen von einem drohenden Anschlag gemunkelt, dann aber wurde die schreckliche Nachricht flächendeckend weitergegeben. Bisher war es nicht zur Panik gekommen, doch die besorgte Anspannung sorgte für eine unheimliche Stille auf den Rängen.

Eine Frau sprang aus dem Helikopter, während sich die Rotorblätter noch drehten. Sie war angezogen wie eine der vielen Touristinnen in den Souvenirläden der Insel. Hinter ihr kletterte ein korpulenter amerikanischer Soldat in der Uniform eines Feldwebels der Marines aus der Maschine.

»Colonel Blasey«, sagte Cassandra und gab der Offizierin die Hand. »Ich bin Cassandra Ziegler, leitende FBI-Ermittlerin. Dr. Oswald Breil wird Ihnen die dramatische Situation, in der wir uns befinden, schildern.«

Oswald überging die Höflichkeiten und sprach knapp und unmissverständlich.

»Was ist bereits abgesucht worden, Mr. Breil?«, fragte der Colonel.

»Praktisch jeder Winkel des Stadions in den letzten zwanzig Stunden.«

»Gibt es unterirdische Tunnel, Abwasserkanäle, Gullys oder Ähnliches?«, erkundigte sich Blasey weiter.

»Es gibt einen frei zugänglichen Belieferungstunnel, der aber schon Zentimeter für Zentimeter kontrolliert wurde.«

Oswald sah auf die Uhr. Er hatte den Kranz seiner Rolex Submariner so gedreht, dass die Kerbe den angekündigten Zeitpunkt der Explosionen angab.

Das Spiel hatte um 16 Uhr begonnen und war um 17 Uhr 50 zu Ende gewesen. Der Gerechte hatte um 16 Uhr 15 angerufen, die Sprengladung sollte exakt drei Stunden später detonieren. Sie hatten nur noch eine Stunde und zehn Minuten, um die Bomben ausfindig zu machen und zu entschärfen.

Inzwischen fing das Publikum an zu murren, worauf aus den Lautsprechern sogleich wieder Appelle drangen, Ruhe zu bewahren.

»Sorgen Sie dafür, dass die Mannschaften wieder auflaufen, General Sukru«, sagte Breil zum Chef des zypriotischen Geheimdienstes. Wenn es ein Mittel gab, die Fans zu beruhigen, dann indem man ihnen ein neues Match bot. In einer der Kurven kochten die Proteste bereits über, und einige Rowdys versuchten, ein Gittertor zwischen Tribüne und Spielfeld aus den Angeln zu heben. Um sie zur Räson zu bringen, musste man das Sicherheitspersonal einschreiten lassen.

Erneut redete die Ansagerstimme beruhigend auf die Zuschauer ein und verkündete, dass die beiden Teams in wenigen Minuten zurückkehren würden, um ein Freundschaftsspiel auszutragen.

Breil musterte den Schauplatz mit Adlerblick. Ein Vers aus der Botschaft des Gerechten fiel ihm ein: »*Bei den Ungläubigen ist es, wie wenn man Vieh anschreit, das nur Zu- und Anruf hört, ohne die eigentliche Sprache zu verstehen. Taub sind sie, stumm und blind. Und sie haben keinen Verstand.*«

Sein Blick schweifte zu einem der vier Flutlichtmasten und verharrte im unteren Drittel, dort, wo die Lautsprecherkästen angebracht waren.

»Ich glaube, ich hab's!«, rief Oswald dem Offizier der Marines zu.

Oswald und seine Helfer brauchten länger als gedacht, um die für Wartungsarbeiten vorgesehenen Sprossen hinaufzuklettern. Die vier schwarzen Boxen, jeweils zwei übereinander, waren von einer kleinen Plattform für die Techniker umgeben.

Mithilfe von Sergeant Kingston und Sukrus Soldaten entfernte Oswald die schalldämmende Abdeckung vor der ersten Box. Als sie die zweite Abdeckung herunternahmen, sahen sie den Sprengsatz.

Eine Zeitschaltuhr war durch verschiedenfarbige Drähte mit der eigentlichen Bombe verbunden. Einer der Woofer war durch eine Mischung aus Nägeln, Schrauben und Bolzen ersetzt worden; wenn die Bombe explodierte, würde es schwerste Verletzungen unter den dicht an dicht sitzenden Zuschauern unter dem Mast geben.

»Meinen Sie, Sie schaffen es, Colonel?«, fragte Oswald.

»Das Ding scheint mir nicht übermäßig raffiniert zu sein«, antwortete Blasey, die sich schon an den Drähten zu schaffen machte. »Das einzige Problem ist die Zeit. Wie viel haben wir noch?«

»Eine Stunde und vier Minuten«, antwortete Oswald.

»Wenn der Attentäter, wie Sie glauben, einen Sprengsatz in jedem der Pfeiler angebracht hat, bleibt uns wenig mehr als fünfzehn Minuten für jede Bombe. Lassen Sie schon mal die Abdeckungen vor den anderen Boxen entfernen.«

Colonel Blasey handhabte den Schraubendreher mit sicheren Bewegungen, doch die Schweißperlen auf ihrer Stirn rührten nicht von der Hitze her.

Unterdessen hatten die Fußballteams wieder zu spielen begonnen und schienen die Fans trotz vereinzelter Unmutsbekundungen bei der Stange zu halten. Niemand achtete auf die Leute, die über ihnen an den Lautsprechern herumhantierten.

Blasey klemmte den roten Draht zwischen die Backen einer kleinen Schere, sandte einen Blick zum Himmel und schnitt ihn durch.

Ein Seufzer der Erleichterung entfuhr ihr, dann sah sie auf ihre Armbanduhr. Die Entschärfung der Bombe hatte sechsundzwanzig Minuten gedauert.

Sie mussten sich höllisch beeilen, trieb sie sich an, während sie mit Breil und Kingston zu dem zweiten der vier Bombenmasten trabte.

In ihrem Büro in Rom konnte sich Sara Terracini nicht von den beiden Dokumenten lösen, die Oswald ihr hatte zukommen lassen. Ohne Pause ging sie von der Entschlüsselung von Asher Breils Gesprächsnotizen zu der von seinem Tagebuch über.

Sie hatte einen großen Teil ihrer beruflichen Arbeit aufgeschoben, um sich ganz den Ereignissen zu widmen, die Asher so sorgfältig rekonstruiert hatte, bevor er bei einem Autounfall ums Leben gekommen war. Seit Oswald ihr diese neue Aufgabe anvertraut hatte, schlief sie nur wenig, so wie jedes Mal, wenn sie mit ihm zusammenarbeitete.

Anfangs hatte sie ihre Besessenheit damit gerechtfertigt, die Arbeit so schnell wie möglich hinter sich bringen zu wollen, doch inzwischen musste sie sich eingestehen, dass sie die Geschichte um den Ring König Salomons neugierig verschlang.

»Auf geht's, Sara. Weiter, weiter!«

Aus Asher Breils Tagebuch, Bukarest, 1968

Trotz all meiner Einblicke in Ceausescus Machenschaften gelangte ich nie an Unterlagen, mit denen ich hätte beweisen können, dass die Familie des Conducator *Nummernkonten in der Schweiz unterhielt. Meine Kontakte liefen grundsätzlich über Mittels- und Strohmänner, deren Schweigen teuer erkauft worden war und die man geopfert hätte, sollte irgendein Neugieriger entsprechende Nachforschungen anstellen. Ceausescu ist gerissen, er weiß genau, was für eine wichtige Rolle er im Machtpoker zwischen Ost und West spielt. Solange ich mich ihm und seiner Regierung gegenüber wohlwollend zeige, wird er sich ebenso wohlwollend mir und der Regierung meines Landes gegenüber verhalten.*

Seiner Frau jedoch war dieses Gleichgewicht gegenseitiger Interessen von Anfang an ein Dorn im Auge. Ich bin davon überzeugt, dass die First Lady bei ihrem Mann gegen mich intrigiert und alles tut, mich bei ihm anzuschwärzen, und dieser Verdacht ist mir nicht erst jetzt gekommen, da ich diese Zeilen schreibe und meine Beziehung zu den Ceausescus recht angespannt ist. Schon lange befürchte ich, dass mich Elena Petrescus Misstrauen früher oder später in eine unangenehme Lage bringen wird.

Deine Mutter ist erst vor ein paar Monaten zu mir nach Bukarest gezogen, und ich verwünsche mich inzwischen, weil ich sie dazu gedrängt habe. Wäre sie nur zu Hause in Israel geblieben …

Wenige Sekunden vor Ablauf der Frist durchschnitt Deidra Blasey den letzten Draht des letzten Sprengsatzes. Schweiß rann ihr übers Gesicht. Alle Umstehenden stießen einen Freudenschrei aus, der jedoch von den Piffen und Buhrufen der Fans wegen eines nicht geahndeten Fouls übertönt wurde.

»Jetzt muss ich mich erst mal frisch machen«, seufzte Blasey und steuerte den nächstgelegenen Waschraum an.

»Hoffen wir, dass nicht noch mehr Sprengsätze versteckt sind«, sagte Breil. »Nun, wir werden es gleich erfahren.« Und damit begann er, den Blick auf seine Armbanduhr gerichtet, einen Countdown zu zählen. »Zwanzig ... fünfzehn ... zehn ... fünf ... vier ... drei ... zwei ... eins ...«

»Herr Breil wird dringend gebeten, sich mit der Telefonzentrale in Verbindung zu setzen«, knarzte es aus den Lautsprechern.

»Sie sollten Ihren ersten Sieg über mich gebührend feiern, Breil«, sagte die metallisch klingende Stimme am Telefon.

»Sie sind nichts weiter als ein gewissenloser Massenmörder. Haben Sie überhaupt eine Vorstellung, was mehrere Kilo T4 mit derartigen Eisenteilen versehen anrichten?«

»Zehn Kilo Sprengstoff insgesamt und fast ein Doppelzentner Schrauben, Nägel und Stahlbolzen. Es war nicht leicht, all dieses Zeug die Lautsprechermasten raufzuschaffen, das können Sie mir glauben. Schade drum. Sie haben mich um ein herrliches Spektakel gebracht. Aber unser Zweikampf macht mir allmählich Spaß. Bis bald, Breil.«

Es kursieren allerlei Geschichten und Behauptungen, die dem Ruf der Central Intelligence Agency nicht gerade zuträglich waren. Eine davon besagt, dass der US-amerikanische Auslandsgeheimdienst immer als Letzter von Ereignissen nationalen Interesses erfährt.

Für die Ereignisse in dem zyprischen Fußballstadion galt dies nicht.

Gleich nach dem Anruf des Gerechten hatte Glakas seine wenigen Mitarbeiter auf der Insel über einen möglicherweise bevorstehenden Terrorakt in Kenntnis gesetzt. Natürlich hatte er seinen Kontakt zu dem Terroristen und seine Verwicklung in die Sache verschwiegen. Seine Vorwarnung sollte seinen Vorgesetzten nach erfolgtem Anschlag nur zeigen, dass er dem Terroristen dicht auf der Spur wäre, auch wenn er dessen jüngste Aktion nicht rechtzeitig hätte verhindern können.

Als er dann von Zieglers und Breils Aktivitäten erfuhr, hatte er sofort ein paar Leute zur Verstärkung geschickt, und einer seiner Männer, der zu Dr. Zieglers ständiger Observierung abkommandiert worden war, hatte ihm per Handy umgehend die Entschärfung der Sprengsätze gemeldet.

Kurz darauf klingelte Glakas' Privattelefon, und als er abhob, sagte die inzwischen vertraute Roboterstimme: »Ich bin sicher, du hast dir den Krimi nicht entgehen lassen, Glakas.«

»Meine Leute haben mich auf dem Laufenden gehalten. Diesmal hast du versagt.«

»Nein, ich habe nur eine Schlacht verloren, was man einkalkulieren muss, will man den Krieg gewinnen. Du weißt, von welchem Krieg ich rede, nicht wahr?« Die Stimme des Gerechten hatte einen fast hysterischen Ton bekommen, was nichts mit dem elektronischen Verzerrer zu tun hatte. Offenbar hatte er sich aus der Ruhe bringen lassen.

»Nein, das weiß ich nicht.«

»Warte es ab, Glakas, warte es ab. Auch *sie* werden Angst haben, auf die Straße zu gehen, Angst, ihre Kinder zur Schule zu schicken, Angst, zu leben. So wie wir.«

Nachdem der Gerechte aufgelegt hatte, nahm Glakas' Miene einen nachdenklichen Ausdruck an. Diesen Krieg zu gewinnen, lag auch in seinem Interesse. Aber das würde er ohne diesen Irren zuwege bringen, der zu einem immer unberechenbareren Risiko wurde.

Es war an der Zeit, den Bombenleger zu entschärfen.

52. Kapitel

Nach den Aufzeichnungen von Asher Breil in Cortina d'Ampezzo 1967

»Ich erinnere mich noch gut an den Brief, in dem Minhea mir seine Entscheidung mitteilte, länger in Amerika zu bleiben. Das war, nachdem er schon ein paar Mal auf der vergeblichen Suche nach dem Ring der Könige zwischen Europa und der Neuen Welt hin- und hergereist war. Etwas sagte mir, dass er nicht mehr in seine Heimat zurückkehren werde. Denken Sie nur, Asher, wir haben zusammen in diesen Bergen gekämpft.«

Mit diesen Worten wies der alte General mit einer weit ausholenden Geste auf die Gipfel um Cortina.

Dann zitierte er auswendig aus dem Brief:

»Was mich noch mit meinem Vaterland verbindet, lieber Alberto, ist vor allem jene Aufgabe, der ich mich ebenso verschworen habe wie meine Ahnen vor mir: den Ring der Könige zu hüten und ihn zu bewahren, auch unter Einsatz des eigenen Lebens. Leider habe ich diesen Schwur nicht gehalten. Daher ist es nun mein vordringlichstes Ziel, den uralten Talisman der Fürsten der Walachei zurückzuholen. Ich bin sicher, dass Oberleutnant Blaskó oder wie immer er sich jetzt nennen mag, die Vereinigten Staaten nicht wieder verlassen hat. Es muss mir gelingen, ihn in seinem Versteck aufzuspüren.

Mit brüderlicher Umarmung

Minhea

New York 1925.«

Vereinigte Staaten von Amerika, 1921–1925

Béla Blaskó jedoch versteckte sich keineswegs, sondern strebte im Gegenteil ins Licht der Öffentlichkeit. Er hatte wieder einmal seinen Namen geändert, und diesmal war ihm der Zufall zu Hilfe gekommen …

»Blasto?«, fragte der Beamte im Büro der Einwanderungsbehörde.

»Blaskó«, wiederholte der Ungar zum zigsten Mal.

»Und wie schreibt man Béla Blaskó?« Der Mann war nicht wirklich schwer von Begriff. Nur war es so, dass die USA nicht wollten, dass die eingewanderten Arbeitskräfte in ihren Ursprungsländern verwurzelt blieben, und der Name gehörte zu jenen Wurzeln, die jeder Immigrant ausreißen musste, um ein echter Amerikaner zu werden.

»Wie schreibt sich Blaskó?«, wiederholte der Beamte.

»Ach was, schreiben Sie Lugosi, Bela Lugosi«, sagte der Ungar und malte die Buchstaben auf den staubigen Schreibtisch im Einwanderungsbüro. Das war sein Tribut an die Stadt Lugos in Rumänien, wo er im Oktober 1882 geboren worden war.

Seit diesem Tag waren einige Jahre vergangen. Béla wusste noch, wie er zum ersten Mal in einer überfüllten Straßenbahn die Vororte von Los Angeles durchquert und in die City gefahren war, die er sich immer als Märchenwelt vorgestellt hatte.

Die Stadt und insbesondere der Stadtteil Hollywood ließen nichts mehr von der Zeit erahnen, als noch die Ureinwohner Amerikas die Täler und Prärien der Gegend bewohnt hatten. Die Bevölkerung war in den vergangenen Jahrzehnten sprunghaft angewachsen, und es hatte sich dort eine der reichsten Industrien des amerikanischen Kontinents angesiedelt, eine Industrie, in der auch der Traum eines mittelmäßigen europäischen Schauspielers Wirklichkeit werden konnte.

Jeden Morgen ging Béla Blaskó/Lugosi über die Wilcox Avenue, die nach den ersten weißen Siedlern benannt war, um zum Hollywood-Hotel zu gelangen.

Bei seiner Suche nach einem Engagement kam er manchmal auch an den Villen der großen Leinwandberühmtheiten vorbei. Inzwischen kannte er viele Namen der Stars und Filmmagnaten, die dort wohnten, geschützt von hohen Einfriedungsmauern: Mary Pickford, Cecil B. DeMille, Louis Meyer, Jackie Coogan, Rudolf Valentino, Dolores del Rio, Wallace Reid.

Früher oder später würde auch er sich so eine Villa leisten können, sagte er sich immer wieder, wenn er die Räume des Central Casting Office betrat.

Das Casting Office war eine Art großes Kaufhaus, in dem sich Filmproduzenten, Kostümbildnerinnen oder Regisseure mit Komparsen und Charakterdarstellern, historischen Roben, dressierten Tieren, Musikern, Schauspielern, deren Stern bereits im Sinken begriffen war, und jungen Talenten versorgen konnten. Kurzum: alles, was man an Mensch, Tier oder Requisite für einen Film brauchen konnte, war in dem umfangreichen Archiv des Central Casting Office verzeichnet.

Auch Lugosi hatte sich gleich nach seiner Ankunft in Hollywood im Jahre 1923 dort registrieren lassen. Wenig später hatte er eine erste kleine Rolle in einem mit Armeemitteln finanzierten Film erhalten. Darauf war eine Reihe von Verträgen gefolgt, zumeist Statistenrollen, von denen er jedoch ganz anständig leben konnte.

Vier Jahre lang hatte sich Bela Lugosi über Wasser gehalten und dabei Höhen und Tiefen erlebt, als sich auf einmal die Chance bot, die sein Leben radikal verändern sollte.

Nach den Aufzeichnungen von Asher Breil in Cortina d'Ampezzo 1967

»Guten Abend, Sir«, sagte der Portier des Plaza-Hotels in New York und nickte dem Gast respektvoll zu. Minhea Petru nahm seinen Zimmerschlüssel entgegen, wobei er versuchte, das leichte Zittern seiner Hand zu verbergen.

Er bewohnte schon seit einigen Jahren dieselbe Suite und zählte somit zu den Dauergästen des Luxushotels, zumal seine Besuche in Europa immer seltener wurden. Und er gehörte bereits zur Legendensammlung des Plaza, jenes halblauten Geraunes, das vielen kleinen Indiskretionen seitens des sonst so zugeknöpften Personals entsprang. Manche sagten, Petru sei auf der Suche nach einem alten Familienschatz, der ihm abhanden gekommen war, andere behaupteten, er habe den alten Kontinent verlassen, um eine nicht erwiderte große Liebe zu vergessen. Das Einzige, worüber Einigkeit herrschte, war, dass der Fürst vor geraumer Zeit zu trinken angefangen hatte.

Sein aufwändiger Lebensstil brachte ihn offenbar nicht in finanzielle Schwierigkeiten; er verfügte angeblich über beträchtliche Renditeeinkünfte, die seine Ausgaben in New York ohne Weiteres deckten.

Minhea fuhr hinauf zur Suite Nummer 799 im achten Stock des Gebäudes, dessen Architektur von französischen Schlössern beeinflusst war. Die Aussicht dort war beeindruckend. Unter ihm, an der Kreuzung Fifth Avenue und 59. Straße, riss der Strom von Fußgängern, Automobilen und öffentlichen Transportmitteln nie ab. Vielleicht befand sich in all diesem geschäftigen Gewimmel auch der Grund seiner Besessenheit …

Minhea streckte eine Hand unters Bett und zog eine halbvolle Flasche mit einer strohgelben Flüssigkeit hervor.

Der achtzehnte Zusatzartikel zur Verfassung der Vereinigten Staaten war seit 1919 in Kraft und untersagte die Verbreitung, die Herstellung, den Verkauf und den Transport von Flüssigkeiten, die mehr als 0,5 Prozent Alkohol enthielten. Minhea dankte

Gott für den jungen italienischen Kellner im Hotel und seine Beziehungen zu den Whiskyschmugglern.

Der Schnaps rann ihm durch die Kehle und rief ein angenehmes Prickeln hervor. Noch ein Schluck, und sein Verstand benebelte sich, sodass die Konturen seiner Obsession weniger scharf hervortraten, die Wunden weniger schmerzten.

Petru hatte vor etwa zwei Jahren mit dem Trinken angefangen, um seine Enttäuschung über den Misserfolg seiner Suche nach Blaskó und dem Ring zumindest zeitweise zu betäuben.

Er blickte aus dem Fenster und sah über den Central Park. Dann appellierte der Rest seines klaren Verstandes an ihn, sich an den Sekretär zu setzen, um seinem Freund Alberto zu schreiben. Dabei fasste er den festen Vorsatz, ihn nichts von seiner Schwäche merken zu lassen.

Vereinigte Staaten von Amerika, 1927

Weit weg von New York vollzog der Mann, den Minhea Petru so verzweifelt suchte, ein Ritual, das er längere Zeit vernachlässigt hatte.

In Bela Lugosis Zimmer im Hollywood-Hotel gab es einen Wandsafe gegenüber dem Bett. Darin lag eine alte Schatulle. Lugosi war müde nach den langen, mühevollen Dreharbeiten für einen Kostümfilm, in dem er eine Hauptrolle spielte. Er nahm den Ring der Könige aus dem Schmuckkästchen, steckte ihn an den Zeigefinger und dachte an seine Träume vom Ruhm, die nun, fast sechs Jahre nach seiner Ankunft in Los Angeles, zunehmend wie Hirngespinste wirkten.

Das Klingeln des Telefons hallte durch das gemütliche, aber bescheidene Hotel

Kurz darauf klopfte der Portier an die Tür. »Mr. Lugosi«, rief er von draußen, »das Central Casting Office hat angerufen. Man lässt fragen, ob Sie morgen ganz früh kommen könnten, man habe eine interessante Rolle für Sie.«

Am nächsten Morgen erfuhr Lugosi, dessen Englisch immer noch nicht perfekt war, dass man ihm keine Rolle in einem Stummfilm anbieten wollte, sondern in einem Bühnenstück, in dem seine Auftritte viele Monologe haben würden.

Lugosi nahm das Angebot trotzdem an, denn es war sein erstes bedeutsames Engagement in Amerika, und die Figur, die er spielen sollte, reizte ihn enorm.

Er würde Dracula verkörpern, in Hamilton Deanes Bühnenbearbeitung des gleichnamigen Romans von Bram Stoker.

53. Kapitel

Egrigöz, Kleinasien, 1447

Sultan Murad hatte Dracula und seinen Bruder Radu in den Thronsaal rufen lassen. Die beiden Knaben waren sechzehn und neun Jahre alt.

»Ihr müsst jetzt stark sein«, sagte Murad, nachdem er sie auf bestickten Kissen hatte Platz nehmen lassen. »Ich habe eine schlechte Nachricht für euch. Euer Vater, Vlad Dracul, ist einer Verschwörung zum Opfer gefallen. Euren Bruder Mircea hat das gleiche Schicksal ereilt.«

Radu, der schon seit dem Säuglingsalter eine Geisel des Sultans war, hatte seine Eltern nie bewusst kennengelernt, sodass ihn diese Mitteilung einigermaßen gleichgültig ließ. Für Vlad hingegen brach eine Welt zusammen. Seine nie aufgegebene Hoffnung, den Vater wiederzusehen und von ihm aus der Gefangenschaft befreit zu werden, war damit endgültig vernichtet. Was würde nun aus ihnen werden? Würden die Türken sie umbringen?

Der einzige Ausweg schien die Flucht zu sein.

Murad lag in den Armen einer seiner zahlreichen Konkubinen. Das Instrument, mit dem er die Bevölkerung Osteuropas indirekt beherrscht hatte, war ihm genommen worden. Vlad II. Dracul war ein wichtiger Verbündeter gewesen, der ihm bei der Verwirklichung vieler seiner Pläne geholfen hatte. Doch gerade die Treue des walachischen Fürsten zu den Türken hatte zu wachsendem Hass und Groll unter den Adeligen und schließlich zu einer Verschwörung geführt, die Draculs Leben bei einem alten Kloster im Sumpfgebiet von Balteni ein Ende setzte.

Seine ehemaligen christlichen Mitstreiter hatten die Gründe, die Vlad II. zu seiner Rechtfertigung vorbrachte, wenig interessiert. Dass zwei seiner Söhne vom Sultan als Geiseln gehalten wurden, reichte nicht aus, um ihm das Leben zu retten. Vergeblich hatte der Fürst seine Henker angefleht zu bedenken, dass die Strafe für Ungehorsam gegenüber dem Sultan die Enthauptung von Dracula und Radu gewesen wäre. Denn der Befehl, sich des Woiwoden der Walachei zu entledigen, war von hoher Stelle gekommen: Der ungarische Fürst János Hunyadi hatte die Verschwörung gegen Dracul angezettelt und darüber hinaus die Adeligen von Targoviste ermutigt, auch dessen ältesten Sohn, den tapferen Mircea, zu beseitigen.

Auf diese Weise würde das aufmüpfige Fürstentum wieder unter ungarische Herrschaft zurückkehren.

Murad war kein impulsiver Mann; er zog es vor, abzuwägen und zu überlegen, und er hatte die Lage genauestens bedacht, als er einen seiner Heerführer zu sich rief.

»Lasst Dracula frei«, befahl er. »Erleichtert seine Rückkehr nach Transsilvanien und gewährt ihm alle nötige Hilfe, damit er diesen Marionettenregenten aus der Dynastie der Danesti, den Hunyadi eingesetzt hat, entthronen kann.«

Während Vladislav Danesti südlich der Donau gegen die muselmanischen Horden kämpfte, erreichte ihn die Nachricht, dass sich der junge Dracula mit einer Blitzaktion auf den Thron der Walachei gesetzt hatte, was ihm durch die Unterstützung eines großen Kontingents türkischer Soldaten gelungen war.

Doch Draculas Aufenthalt im väterlichen Palast sollte nur zwei Monate währen, dann zwang ihn der wiedererstarkte Danesti, zu einem Vetter ins nördliche Moldawien zu fliehen.

Um die Herrschaft erneut an sich zu reißen, hatte Danesti wiederholt die Fronten wechseln müssen. So hatte sich der Vasall Hunyadis gegen seinen Schutzherrn gewandt und mithilfe der Türken die eine oder andere Verschwörung gegen die Ungarn angestiftet.

Vlad Danesti war kein großer Stratege und erlitt mit einigen seiner militärischen Unternehmungen vernichtende Niederlagen, aber es gelang ihm immer wieder, durch schnelle Allianzen und plötzlichen Verrat seine Interessen zu fördern.

Dracula und sein Vetter Stephen hatten gerade ihre Lektion in Lektüre und Schrift bei den Mönchen beendet. Über die Stadt Suceava, Residenz des Fürsten von Moldawien, hatte sich eine dichte Nebeldecke gelegt.

»Ich stehe allein gegen alle, mein Vetter«, sagte Dracula und sah Stephen mit dem durchdringenden Blick seiner schwarzen Augen an.

»Sprich nicht so, Vlad. Du bist hier bei uns zu Hause. Mein Vater Bogdan liebt dich wie einen Sohn.«

»Das weiß ich. Umso mehr grämt es mich, dass ich mich nicht wie ein guter Sohn oder Bruder verhalten kann.«

»Was meinst du damit?«

»Der Tod meines Vaters und meines Bruders Mircea verlangt nach Rache. Und ich lebe hier sicher und geborgen in eurem Palast.«

Ihre Unterhaltung wurde unterbrochen, als eine Schar bewaffneter Reiter in den Fürstenhof eindrang, befehligt von Petru Aron, einem erbitterten Feind des Regenten von Moldawien.

Stephens Vater, Fürst Bogdan, wurde abscheulich dahingeschlachtet. Dracula konnte sich retten, stand aber wieder einmal allein da, Spielball eines Schicksals, das selbst zu bestimmen ihm offenbar nicht vergönnt war.

Doch diesmal sollte ihm das Glück hold sein, denn János Hunyadi, dem Danestis Verrat zu denken gegeben hatte, beschloss, seine Hoffnungen auf Vlad Dracula zu setzen. Er würde es schon zu verstehen wissen, den jungen Fürstenspross in das Licht der ungarischen Sonne zu richten.

54. Kapitel

August 2004

Sara Terracini kaute auf ihrer Unterlippe. Der Verlauf der Ereignisse zog sie immer mehr in seinen Bann, doch sie musste sich beeilen. Ihr Freund hatte sich gerade per E-Mail gemeldet und drängte darauf, die ganze Geschichte zu erfahren. Fast hätte sie ungehalten reagiert, doch sie unterdrückte das Gefühl. Kein anderer nahm es sich heraus, sie derart anzutreiben, andererseits zog sie auch kein anderer in solch spannende Abenteuer hinein.

Aus Asher Breils Tagebuch, Bukarest, 1968

Tja, deine Mutter. Ich möchte, dass du mir glaubst, Oswald: Ich habe nie eine andere Frau geliebt. Aliah war und ist für mich die Schönste und Beste. Dennoch muss ich gestehen, dass die Schönheit der Frau, der ich vor einer Weile begegnet bin, mich sehr durcheinanderbrachte.

»Sehr erfreut, Dr. Breil«, sagte sie bei unserem ersten Treffen und gab mir auf eine zugleich herzliche und sinnliche Art die Hand. Sie sprach perfekt Englisch, amerikanisches Englisch mit einem Südstaatenakzent.

Ich lud sie ein, Platz zu nehmen, schon schwindelig gemacht von ihrem Parfüm.

Sie schlug die langen Beine übereinander und musterte mich aus ihren meergrünen Augen.

»Man hat mir geraten, mich an Sie zu wenden, um eine finanzielle Transaktion ins Ausland vorzunehmen.«

»Ihnen sind die Restriktionen dieses Landes sicher bekannt. Auslandsbankgeschäfte sind nur den verschiedenen Ministerien unter Vorlage eines Belegs …«

»Genau über diesen Beleg möchte ich mit Ihnen spre-

chen«, unterbrach sie mich und holte ein Papier aus ihrer Handtasche. »Ich denke, Sie kennen die Unterschrift.« Die Anordnung, die Summe von fünfhunderttausend amerikanischen Dollar von einem Konto, von dem ich wusste, dass es in Wirklichkeit Nicolae Ceausescu gehörte, auf ein anderes, mir unbekanntes Nummernkonto zu überweisen, trug die Unterschrift des Conducators. *Das war das erste Mal, dass Ceausescu bei einer solchen Transaktion selbst in Erscheinung trat.*

»Ihr Wunsch ist mir Befehl, gnädige Frau.«

»Tatsächlich?« Ihre grünen Augen brachten all meine Überzeugungen ins Wanken.

Nach diesem Tag sah ich sie noch oft wieder, und ich kann nicht leugnen, dass sie mir den Kopf verdrehte. Wir trafen uns in einer Wohnung in der obersten Etage eines Hauses in der Dobrescu-Straße, einer der Hauptstraßen Bukarests. Wir schliefen miteinander, und dann kehrten wir zu unseren jeweiligen Aufgaben zurück. Aber ich versichere dir, dass ich es deiner Mutter nie an etwas habe mangeln lassen, vor allem nicht an Zuneigung.

Jenica Mantu, so hieß sie, erzählte mir, dass sie vonseiten ihres Vaters ungarisches Blut habe, ihre Mutter aber Rumänin sei. Ihre Eltern waren in die USA ausgewandert, und sie war dort aufgewachsen. Der hektische amerikanische Lebensrhythmus hatte ihr jedoch nie zugesagt, und so *hatte sie beschlossen, sich eine Auszeit zu gönnen, und zwar in dem Land, dem sie sich schon immer verbunden gefühlt hatte: Rumänien. Ich fragte sie nie, wie ihre Verbindung zu Ceausescu wirklich aussah, aber ich vergaß auch die enorm hohe Überweisung nicht, die sie im Auftrag des* Conducator *hatte ausführen lassen.*

Natürlich wusste ich, dass eine Frau wie Jenica Mantu geradezu prädestiniert für die Rolle der Geheimagentin war. Und ich wusste, dass die Securitate ihre gefährlichen Fangarme überallhin ausstreckte.

Eines Tages, als sie gerade vom Bett aufgestanden und

ins Bad gegangen war, warf ich einen Blick in ihre Handtasche.

Es war nicht die Automatikpistole, die bei mir die Alarmglocken schrillen ließ, sondern ein seltener und kostbarer Gegenstand: eine Brosche mit einem geflügelten Drachen darauf. Das Zeichen des alten Drachenordens wirkte fehl am Platz in der Handtasche einer Frau.

»Wir haben nur einen Teilsieg errungen, meine Herrschaften«, sagte Oswald zu seinen Begleitern, während sie der Jet des FBI zurück in die USA brachte.

Deidra Blasey hatte das Angebot mitzufliegen gern angenommen, da ihre Kurse bei der UN-Friedenstruppe auf Zypern abgeschlossen waren, und auch Sergeant Kingston hatte sich der Gruppe angeschlossen.

Oswald klappte seinen Laptop auf und aktivierte die Satellitenverbindung.

Saras Text würde er später lesen, die Reise war schließlich noch lang. Zunächst öffnete er die Mail, die ihm sein treuer Freund Hauptmann Bernstein geschickt hatte. Oswald wusste, dass der Leiter der Sektion 8200, des effizienten Datenarchivs und Technikapparats des Mossad, ihm nur schrieb, wenn es unbedingt erforderlich war, und dann in einem sehr … eigenwilligen Stil.

Er wartete, bis die geheimen, nicht zu knackenden Programme seines Computers Bernsteins Nachricht dechiffriert hatten, und las den Text dann voller Unglauben mehrmals durch.

SHALOM, MAJOR BREIL. WIE GEHT ES MIT IHREN PERSÖNLICHEN NACHFORSCHUNGEN VORAN? ICH HOFFE, GUT. GLAUBEN SIE NICHT, DASS IHREN PRIVATANGELEGENHEITEN KEIN INTERESSE ZUTEIL WIRD. SOGAR FRAU OBERST BORS HAT MICH ANGERUFEN, UM ZU HÖREN, OB ICH MIT IHRER LIEFERUNG ZUFRIEDEN WAR. ICH GLAUBE NICHT, DASS SIE VERSTEHT, WARUM SICH DER MOSSAD HEUTE NOCH FÜR DIESE AUFZEICHNUNGEN INTERESSIERT. NATÜRLICH HABE ICH NICHT ERWÄHNT, DASS DIESE SIE DIREKT BETREFFEN, ABER ICH BIN SICHER, DIE

GANZE GESCHICHTE BIRGT FÜR EINE EXOFFIZIERIN DER SECURITATE WENIG GEHEIMNISSE.

DA ICH SIE IM EINSATZ AUF ZYPERN WEISS, HABE ICH MIR DIE VOM FBI ZUSAMMENGESTELLTE VERDÄCHTIGENLISTE VORGENOMMEN, DIE SIE MIR ZUKOMMEN LIESSEN. BEI VERWENDUNG DER DATEN, DIE AUCH DEM FBI VORLIEGEN, UND EINGABE VON ZYPERN ALS DERZEITIGEM AUFENTHALTSORT REDUZIERT SICH DIE ZAHL DER VERDÄCHTIGEN SIGNIFIKANT. SEHEN SIE MAL, WER GANZ OBEN AUF DER LISTE STEHT. ICH HIELT ES FÜR MEINE PFLICHT, SIE DARÜBER IN KENNTNIS ZU SETZEN. ICH FÜGE DIE PERSONALAKTE DER PERSON ALS ANHANG BEI. MAN KANN NICHT SAGEN, DASS SIE KEIN MOTIV HÄTTE, RACHE AN DEN MOSLEMS ZU ÜBEN.

Breil öffnete die Liste und erschrak. Unter den ersten Namen tauchte der von Deidra Blasey auf.

ICH HABE IHREN HINWEIS REGISTRIERT, HAUPTMANN, antwortete Breil. BEFINDE MICH GERADE IN EINEM FLUGZEUG ÜBER DEM ATLANTIK, UND DIE VERDÄCHTIGE PERSON BEFINDET SICH NUR EIN PAAR SITZE WEITER. ES IST NOCH ZU FRÜH, UM DEFINITIVE SCHLÜSSE ZU ZIEHEN, ICH WERDE ABER DIE AUGEN OFFENHALTEN.

»Ist etwas passiert, Dr. Breil?«, fragte eine weibliche Stimme hinter ihm. »Die Lektüre Ihrer E-Mails scheint Ihnen nicht zu bekommen.«

»Da haben Sie ins Schwarze getroffen, Colonel Blasey«, sagte Oswald und bereitete sich innerlich auf eine weitere schlaflose Nacht vor. Er durfte die Person, die nun den Status des Hauptverdächtigen innehatte, keinen Moment lang unbeobachtet lassen. Auch an Bord eines Flugzeugs konnte der oder die Gerechte ihnen eine böse Überraschung bereiten – falls sich hinter dem tüchtigen Colonel tatsächlich eine Massenmörderin verbarg. Oswalds sechster Sinn riet ihm eher zur Skepsis, obwohl es durchaus zur Inszenierung eines geisteskranken Terroristen gehören konnte, dass er seine eigenen Bomben entschärfte. Und es war nicht von der Hand zu weisen, dass auch die stabilste Psyche Schaden nahm, wenn der einzige Sohn von einer Bombe zerrissen wurde.

Der Jet flog nach Westen, folgte den Schatten der Nacht. Oswald tat, als sei er eingenickt, aber er registrierte jede Bewegung des Colonels.

Das Flugzeug landete auf dem La-Guardia-Flughafen in New York und rollte auf den für Privatflüge reservierten Bereich zu. Deidra Blasey und Kingston würden mit einem Linienflug weiter nach North Carolina reisen.

Oswald sah keinen Grund für überstürztes Handeln. Es war besser, Colonel Blasey einige Tage rund um die Uhr überwachen zu lassen. Sollte sich herausstellen, dass sie und der Gerechte tatsächlich ein und dieselbe Person waren, würde man bis dahin genug belastende Beweise gesammelt haben.

Ehe sie ausstieg, bedankte sich Deidra bei Cassandra für den bequemen Interkontinentalflug.

»Ich bin es, die zu danken hat, Colonel. Ohne Sie befänden wir uns noch immer auf Zypern und würden dort die Opfer zählen. Bei dem Anschlag wären mindestens tausend Menschen gestorben, hätten Sie ihn nicht verhindert.«

»Ich habe nur auf Anweisung von Dr. Breil gehandelt. Es war mir, wenn ich das trotz allem so sagen darf, ein Vergnügen, mit Ihnen zusammenzuarbeiten, Oswald.«

Doch als Deidra wieder Fuß auf amerikanischen Boden setzte, wurde sie nicht von der Stars-and-Stripes-Parade empfangen, mit der das Land gewöhnlich seine Helden begrüßt, sondern von zwei Männern, die sie in die Mitte nahmen und grob an den Armen packten.

»Ich bin Ted Russo von der Militärpolizei, Colonel«, sagte einer der beiden und hielt ihr einen Ausweis und ein Schriftstück unter die Nase. »Das hier ist ein Haftbefehl gegen Sie. Sie haben das Recht zu schweigen, falls Sie auf dieses Recht verzichten, kann alles, was Sie sagen, gegen Sie verwendet werden. Sie haben das Recht auf einen Anwalt. Man wird Sie vor ein Militärgericht stellen und des vielfachen Mordes und wegen internationalem Terrorismus anklagen. Haben Sie Ihre Rechte verstanden?«

»Machen Sie Witze, Captain? Lassen Sie mich sofort los! Das muss ein Missverständnis sein.«

Doch Captain Russo scherzte nicht und legte ihr ohne ein weiteres Wort Handschellen an.

Noch mehr Polizisten waren zwischen den parkenden Flugzeugen aufgetaucht und hatten Kingston umstellt, um ihn an einer unbedachten Reaktion zu hindern.

Vor Oswalds und Cassandras Augen wurde Deidra Blasey rasch zu einer dunklen Limousine geführt.

Ein Mann stieg aus dem Wagen und schritt auf den FBI-Jet zu. Sowohl Breil als auch Cassandra erkannten ihn sofort.

»Hut ab!«, rief Glakas mit einem höhnischen Lächeln. »Unsere Freunde vom FBI behindern nicht nur die Ermittlungen einer anderen Bundesbehörde, sondern jagen auch noch eigenmächtig hochgefährlichen Terroristen rund um den Globus hinterher. Die Disziplinarkommission wird Ihr Verhalten bis ins Kleinste durchleuchten, Dr. Ziegler, bis ins Kleinste!«

»Ich glaube, Sie haben da einen ganz schönen Bock geschossen, Glakas«, sagte Oswald.

»Sie, Dr. Breil, sind nichts als ein Gast auf einem Flug in einer staatlichen Maschine, den der amerikanische Steuerzahler finanziert. Sie haben keinerlei Weisungsbefugnis mir gegenüber und können, falls es mit den Speisevorschriften Ihrer Religion vereinbar ist, Ihren Bock in der israelischen Wüste schießen. Oder will man Sie dort etwa nicht mehr haben?«

Als das Flugzeug wieder startete, hatte Cassandra Ziegler das dumpfe Gefühl, dass es mit ihrer Karriere bald zu Ende sein werde.

55. Kapitel

Vereinigte Staaten von Amerika, 1931

Bela Lugosi hatte sich diszipliniert mit den anderen Bewerbern angestellt, obwohl er fand, dass die Rolle des Vampirs Dracula ihm schon aus Gründen von Alter und Erfahrung zustand. Immerhin verkörperte er den Fürsten der Finsternis nunmehr seit vier Jahren auf der Bühne.

Die Universal Studios, eine Größe im Filmgeschäft, hatte das Drehbuch nach dem berühmten Roman von Bram Stoker in Auftrag gegeben und die beträchtliche Summe von vierhunderttausend Dollar für die Verfilmung bereitgestellt.

Lugosi wartete in seiner gewohnten Vampiraufmachung auf die Probeaufnahmen: schwarzer, eng anliegender Frack, weiße Seidenfliege, weißer Puder und mit Kohlstift umrandete Augen.

Die Produktion war zunächst ins Stocken geraten, weil Bram Stokers Witwe zweihunderttausend Dollar für die Filmrechte verlangt hatte, aber Lugosi hatte lange Briefe an sie nach England geschrieben und sie davon überzeugt, ihre Ansprüche herunterzuschrauben, bis sie ihre Forderung auf ein Fünftel reduziert hatte.

Ermutigt von diesem Verhandlungserfolg, trat der Schauspieler vor die Juroren. Er brauchte nicht einmal die Probeaufnahmen zu machen – sein bescheidener Ruhm und sein Einsatz für den Film gegenüber der Stoker-Witwe sorgten dafür, dass er die Rolle bekam.

In Hollywood ging ein neuer Stern auf, und dieser Stern zog die Hoffnungen ungezählter Einwanderer auf sich, die ins Land der tausend Möglichkeiten gekommen waren. Allein im Jahr 1931 sollte Bela Lugosi in sieben Filmen als Hauptdarsteller mitwirken.

Nach den Aufzeichnungen von Asher Breil in Cortina d'Ampezzo 1967

Minhea Petru eilte über die 51. Straße zum Treffpunkt. Die Sorge, am Ende nicht zu bekommen, was er am meisten begehrte, quälte ihn. Nichts von dem, was um ihn herum geschah, interessierte ihn mehr; er würde erst wieder Ruhe finden, wenn er seine Beute in Händen hielt.

Sein junger Lieferant hatte ihm für diesen Nachmittag ein paar kostbare Flaschen Schwarzgebrannten versprochen. Minhea drückte eine leere Ledertasche an sich, die er bald bis obenhin mit flüssigem Glück füllen würde.

In seinem Zimmer im Plaza, versteckt im Schrank, hatte er nur noch eine letzte Flasche mit einem Fingerbreit Whisky, aber er sagte sich, dass kein Grund zur Sorge bestand. Cesare, der italienische Kellner, hatte seinen vermögenden Kunden noch nie enttäuscht.

Minhea bog nach rechts in die Ninth Avenue ab und klopfte an die grüne Holztür eines seit Langem aufgegebenen Geschäfts.

Cesare öffnete ihm mit einem wachsamen Blick über die Straße, die zu dieser Abendstunde so gut wie verlassen war.

»Kommen Sie herein, Sir«, sagte der Italiener und führte ihn durch das staubige Ladeninnere. Dann klopfte er in einem Rhythmus, der offenbar ein Erkennungszeichen war, an eine Verbindungstür.

Ein südländisch aussehender Mann nahm sie in Empfang, und sie fanden sich in einer anderen Welt wieder: Tropfenkronleuchter hingen an der Decke und erhellten ein geräumiges, bestens ausgestattetes Lokal. Der Schanktresen bestand aus dunklem Holz, die Theke selbst aus weißem Marmor. Dahinter waren Dutzende von Flaschen aufgereiht, deren Anblick nur jemanden kalt ließ, der das Gefühl, wenn einem der Alkohol durch die Adern strömte, nicht genoss.

Die »Flüsterkneipe«, wie man illegale Bars wie diese nannte, war noch geschlossen, würde aber bald öffnen, und dann würden die Gäste einzeln nacheinander durch den alten Laden huschen, um anschließend, am Tresen lehnend, von dem verbotenen Nektar zu kosten.

Minhea hütete sich davor, seine Leidensgenossen zu verurteilen, aber er war nicht wie sie in der Lage, sich vor anderen der Sucht hinzugeben, vielleicht aufgrund seiner strengen aristokratischen Erziehung. Er zog es vor, allein zu bleiben, und kostete die Vorfreude aus auf den Moment, da sich alle Schläge und Beschwernisse seiner Existenz in Vergessenheit auflösten.

Der Umstand, dass Cesare Italienisch mit ihm sprach, ließ ihn wieder an seinen Freund Alberto denken. Dreizehn Jahre waren seit dem Ende des Krieges vergangen, und die Welt litt noch unter den Folgen einer nie dagewesenen Wirtschaftskrise.

Er trat wieder hinaus auf die Straße und ging einige Blocks weit über die 53. Straße bis zum Broadway.

Dann sah er das Filmplakat vor dem Kino, und es war nicht nur der Name seines berüchtigten Ahnen, der seine Aufmerksamkeit erregte. Minhea starrte auf die Darstellung der Titelfigur und schüttelte den Kopf. Offenbar hatte er wieder eine dieser Halluzinationen, denen er manchmal erlag.

Aber er hatte doch noch kaum etwas getrunken. Nein, es gab keinen Zweifel: Der Schauspieler, der Dracula spielte und sich Bela Lugosi nannte, war kein anderer als Béla Blaskó, der ungarische Offizier, den er seit über einem Jahrzehnt jagte.

»Geben Sie acht, Asher«, sagte Sciarra. »Der Zug nach Calalzo fährt zwar nur selten vorbei, aber irgendwann kommt er. Man muss vorsichtig sein, wenn man an den Gleisen entlanggeht.«

»Keine Sorge, General. Die Gefahr besteht eher darin, dass ich von Ihrer Erzählung statt vom Zug mitgerissen werde«, erwiderte Asher lächelnd.

»Wo waren wir?«

»Bei dem Filmplakat.«

»Ach ja, die Zufälle. Ein Mann jagt einem anderen jahrelang vergebens hinterher, und auf einmal springt ihm der Gesuchte überall ins Auge.«

Seine Tasche umklammernd, stellte Minhea sich an, um eine Eintrittskarte für den derzeitigen Kassenschlager zu erwerben. Die Leute schienen über den berühmten Vampir geradezu in Raserei zu verfallen.

Doch es waren nicht Béla Blaskós schaurige Posen mit den krallenartig gekrümmten Fingern, die Minhea auf seinem Platz erschauern ließen. Endlich hatte er seinen Erzfeind gefunden und musste nur noch einen Plan schmieden, wie er den Schatz seiner Familie wieder in seinen Besitz bringen konnte.

Zwei Stunden später verließ er den Kinosaal inmitten der herausströmenden Zuschauer. Vielleicht stolperte er in dem Gedränge über die Bordsteinkante, jedenfalls entfiel ihm die Tasche, und sie landete vor den Füßen eines Verkehrspolizisten. Der hob die Tasche zuvorkommend auf, doch seine freundliche Miene wurde forschend, als ihm der Whiskygeruch in die Nase stieg.

Kurz darauf saß Minhea Petru auf einer Bank im Polizeirevier von Central Manhattan.

»Noch einmal, Mr. Petru«, sagte der Detective und richtete einen drohenden Zeigefinger auf ihn. »Wenn Sie uns sagen, woher Sie diese Flaschen haben, lassen wir Sie gehen, ohne Anzeige zu erstatten, und niemand dort draußen wird etwas von diesem Vorfall erfahren. Haben Sie verstanden?«

»Ich kann nur wiederholen, dass ich diese Ledertasche im Kino gefunden habe«, log der Rumäne.

»Sie glauben doch nicht, dass ich Ihnen das abkaufe! Ich frage Sie zum letzten Mal: Woher stammen diese Flaschen?«

»Minhea hatte mir aus dem Polizeigewahrsam geschrieben. Danach folgte langes Schweigen, für das ich erst einige Zeit später eine Erklärung fand.«

Sciarra legte eine kurze Pause ein, dann erzählte er weiter.

Zehn Tage später wurde Minhea Petru aus der Verwahrungszelle des Polizeireviers entlassen. Die namhaftesten und teuersten Anwälte New Yorks hatten daran gearbeitet, dass er gegen Hinterlegung einer ansehnlichen Kaution wieder auf freien Fuß kam.

»Soll ich Sie in Ihr Hotel bringen, Mr. Petru?«, fragte ihn sein Rechtsbeistand, während er die Entlassungspapiere unterschrieb. »Mein Auto steht gleich hier vorn.«

»Bemühen Sie sich nicht, ich nehme mir ein Taxi«, antwortete Minhea mit einer Selbstsicherheit, die schlecht zu seinem heruntergekommenen Zustand passte.

»Ich erlaube mir, darauf zu bestehen. Mir scheint, Sie brauchen dringend saubere Kleidung und eine Dusche, Sir.«

»Ich danke Ihnen wirklich sehr, aber ich muss jetzt ein bisschen allein sein. Wie gesagt, ich nehme ein Taxi zum Plaza.«

Nachdem Minhea in das Taxi gestiegen war, ließ er sich jedoch nicht zur 59. Straße Ecke Fifth Avenue fahren, sondern zur Ninth Avenue, vor eine schon lange geschlossene Drogerie.

Minhea saß nun schon seit einigen Stunden am Tresen. Mit seiner abgetragenen Kleidung sah er aus wie einer der vielen Verzweifelten, die wie Gespenster durch die von der Depression gebeutelte Stadt irrten.

»Einen noch, einen letzten, versprochen«, sagte Minhea und schob dem Barkeeper das Glas zu. Es war schon spät, und die Flüsterkneipe war dabei zu schließen.

Der Mann auf der anderen Seite des Tresens tat ihm den Gefallen.

Minhea verließ die Bar, als die Sonne schon die Schatten der Nacht vertrieb. Er schwankte merklich.

Er ging auf den Central Park zu in der Hoffnung, eines der wenigen Taxis anhalten zu können, die um diese Zeit herumfuhren. Doch als er die Hand in die Innentasche seines Jacketts schob, merkte er, dass er nach dem Bezahlen in der Bar seine Brieftasche nicht wieder eingesteckt hatte. Auch nicht schlimm, das Bargeld hatte er sowieso ausgegeben, und niemand würde sich für die Papiere eines Osteuropäers interessieren.

Die wenigen Menschen, denen er begegnete, wechselten die Straßenseite, sobald sie ihn sahen. Weit und breit kein Taxi.

Er überquerte die 58. Straße mit der Vorsicht, die man von einem Betrunkenen im Morgengrauen auf einer verlassenen Straße erwarten konnte.

Der Milchwagen fuhr zügig, der junge Fahrer war spät dran mit seinen Lieferungen. Er bemerkte den Mann erst, als dieser plötzlich vor ihm auftauchte.

Das Letzte, was Minhea Petru sagte, bevor er das Bewusstsein verlor, war: »Der Ring! Ich muss den Ring nach Hause bringen!«

Dann schlossen sich seine Augen, während ein Blutrinnsal aus seinem Ohr floss.

»Dieser Mann hat ein schweres Schädeltrauma«, sagte wenig später ein Arzt des Krankenhauses, in das man Petru gebracht hatte. »Er schwebt in Lebensgefahr. Hat man seine Familie benachrichtigt, Schwester?«

»Nein, er hatte keinen Ausweis bei sich. Nach dem Zustand seiner Kleidung zu schließen, gehört er wohl zum Heer der New Yorker Obdachlosen. Niemand am Unfallort kannte ihn.«

»Was uns nicht davon entbindet, alles zu seiner Rettung zu unternehmen. Ich fürchte nur, dass in jedem Fall eine Schädigung des Nervensystems zurückbleiben wird. Bereiten Sie den OP-Saal vor.«

»Nach Minheas Brief sah ich mir natürlich den Dracula-Film an, sobald er in Italien gezeigt wurde. Ich erinnerte mich nicht mehr genau an Blaskós Gesicht, aber dieser Schauspieler sah ihm gewiss sehr ähnlich. Ich schrieb meinen Eindruck Minhea und auch, dass ich sehr besorgt sei, weil er mir gestanden hatte, seinen letzten Brief in einer Zelle verfasst zu haben. Es beruhigte mich auch nicht sehr, dass er mir in diesem letzten Brief versichert hatte, nur wegen einer Bagatelle verhaftet worden zu sein und bald wieder frei zu kommen, zumal er diese Bagatelle nicht näher benannte. Und in der Tat sollte ich kurz darauf eine böse Überraschung erleben«, erzählte Alberto Sciarra, als sie weiter an der Eisenbahnlinie entlanggingen, die nicht weit vom Zentrum Cortinas verlief.

»Als mein Brief zurückkam, versehen mit einer kurzen Notiz des Hoteldirektors, bestärkte das meine Befürchtung noch. Der Direktor schrieb, er habe seit über einem Monat nichts mehr von Fürst Petru gehört. Ich verlor keine Zeit. Ich musste so schnell wie möglich nach New York und hoffen, dass ich nicht zu spät kam.«

Der *Conte Biancamano* war ein Passagierschiff von fünfundzwanzigtausend Bruttoregistertonnen. Er war sechs Jahre zuvor auf der englischen Beardmore-Werft im Auftrag der italienischen Reederei Lloyd Sabaudo gebaut worden und hatte ein rundes, hoch über der Wasserlinie liegendes Heck, in dem ein prächtiger runder Ballsaal untergebracht war. An Bord ging es ausgesprochen elegant zu, und der Service ließ in nichts zu wünschen übrig. Aufgrund der exklusiven Behandlung wurde der *Conte Biancamano* von der europäischen Aristokratie und dem amerikanischen Geldadel für Atlantiküberquerungen bevorzugt.

»Wollen Sie mich etwa hier zurücklassen, um die Kasse zu bewachen, Marchese Sciarra della Volta?«, fragte Kimberly augenzwinkernd.

»Fern sei es mir, meiner Suffragette eine so niedrige Aufgabe zuzuweisen«, entgegnete Alberto und fächerte sich mit zwei Fahrkarten erster Klasse Luft zu. »Wie du weißt, müsste ich aus geschäftlichen Gründen schon länger nach Amerika. Ich dachte, wir könnten die Reise mit einem kleinen Urlaub verbinden, auch wenn es wohl keine reine Erholung werden wird. Minheas Verschwinden macht mir wirklich Sorgen.«

»Ich bin froh, dass du mich mitnimmst, obwohl ich dich nicht darum gebeten habe. Meinst du, dieser Ungar, der jetzt ein berühmter Schauspieler ist, hat etwas damit zu tun?«

»Ich weiß es nicht, aber dieser Möglichkeit werden wir wohl nachgehen müssen.«

Vereinigte Staaten von Amerika, 1931

Béla Lugosi hatte seine im Bau befindliche Villa in den Hügeln Hollywoods besichtigt. Er trug mittlerweile nur noch dunkle Kleidung in einem ähnlichen Stil wie seine Filmkostüme. Der Wagen mit Chauffeur wartete auf ihn in der Allee.

Kaum war er eingestiegen, erinnerte ihn sein Sekretär und Agent an die zahlreichen Termine, die er an diesem Tag noch wahrzunehmen hatte. Das Rampenlicht forderte seinen Preis, und er hatte immer weniger Zeit für sich selbst.

»Ich hielte es für richtig«, sagte der Sekretär, »Sie würden an den regelmäßigen Treffen der ansehnlichen ungarischen Gemeinden teilnehmen, sowohl hier in Hollywood als auch in den anderen Vierteln und Städten, in denen Ihr Film gezeigt wird. Damit gewinnen Sie die Sympathien Ihrer Landsleute, und auch andere Immigranten werden es mit Wohlgefallen sehen, wenn ein großer Schauspieler seine Herkunft nicht verleumdet.«

»Mir scheint das reine Zeitverschwendung«, meinte Lugosi.

»Aber nein, Mr. Lugosi, keineswegs. Ich darf Sie daran erinnern, dass ein Landsmann von Ihnen der 20th Century Fox seinen Namen gegeben hat.« Er meinte William Fox, der 1879 als Wilhelm Fuchs als eines von dreizehn Kindern einer deutschsprachigen jüdischen Familie in Österreich-Ungarn geboren worden war. »Außerdem besteht die amerikanische Bevölkerung zu fünfundsiebzig Prozent aus Einwanderern, die noch nicht einmal seit einer Generation hier leben. Wir sollten Ihr Image als Dracula, der Vampir, überall verbreiten.«

An der Realisierung von Lugosis Villa hatten neben renommierten Architekten auch die besten Fachleute für Spezialeffekte Hollywoods mitgewirkt. Der Entwurf sah Details vor, die aus einem Gruselfilm zu stammen schienen.

Das Haus grenzte an einer Seite an einen steilen Abhang und wies auch dort die hohen schmalen Fenster auf, von denen es nur vier an jeder Seite gab, eine geradezu lächerliche Zahl angesichts der enormen Ausmaße der Villa. Nach ihrer Fertigstellung sollte sie von Efeu überwuchert werden, und anstelle eines Parks sollte auf dem Gelände ringsum die Nachahmung eines aufgegebenen Friedhofs mit weißen Marmorskulpturen angelegt werden. Die Haustür bestand aus Ebenholz, und der Türklopfer hatte die Form eines Vampirs mit ausgebreiteten Fledermausflügeln, während acht kolossale Ritterrüstungen den Eingang bewachten.

Im Laufe der Jahre sollten sich die unglaublichsten Legenden um die Villa wie auch um Bela Lugosis Privatleben ranken. Auch diese waren am Ende Teil der Persönlichkeit eines Mannes, der zu den Premieren seiner Filme in einem Sarg aus Edelholz liegend erschien, auf den Schultern getragen von taubstummen orientalischen Dienern.

Nach den Aufzeichnungen von Asher Breil in Cortina d'Ampezzo 1967

Alberto Sciarra della Volta und seine Gemahlin suchten die prunkvollen Salons des *Conte Biancamano* nur wenige Male während der Überfahrt auf. Der adelige Italiener zog Spaziergänge an der frischen Luft einer mondänen Umgebung vor. Er liebte es, sich von den langen Atlantikwellen wiegen zu lassen und von einem der Teakholzliegestühle auf dem Erste-Klasse-Deck aus die endlose Weite des Ozeans zu genießen.

Als das Ehepaar Sciarra in New York an Land ging, glaubte es, einen anderen Planeten zu betreten. Die Metropole erschien ihnen glanzvoll, chaotisch und grandios. Auch der marmorne Empfangstresen des Plaza hatte nach europäischen Standards unvorstellbare Ausmaße. Alles wirkte gigantisch, so auch die Baustelle, an der sie auf der Fifth Avenue, etwa zwanzig Blocks von dem Plaza entfernt, vorbeigekommen waren.

Auf ihre Frage hatte der Taxifahrer stolz erklärt: »Hier entsteht das höchste Gebäude der Welt, das Empire State Building. Über vierhundert Meter sollen es werden, ein himmelhoher Turm aus Stahl, Zement und Glas. Nirgends gibt es etwas Vergleichbares.«

Der Direktor des Plaza-Hotels, in dem sich Alberto und Kimber einlogiert hatten, bat sie in sein Büro, hob aber resigniert die Hände. »Wir wissen wirklich nicht, was aus Fürst Petru geworden ist. Er hat seit fast zwei Monaten nichts von sich hören lassen, und dabei ist er ein … äh, ungewöhnlicher, aber höchst korrekter Mensch.«

»Dürften wir vielleicht seine Suite sehen?«, fragte Alberto.

»Selbstverständlich, Mr. Sciarra. Wir haben alles noch so belassen wie vor seinem Weggang, und wir hoffen weiterhin, dass er bald zurückkehrt. Fürst Petru war ein sehr weitblickender Mann und hat die Suite immer ein Jahr im Voraus bezahlt, deshalb steht sie ihm bis Jahresende zur Verfügung. Sollten wir bis dahin keine Nachricht von ihm erhalten, werden wir seine persönliche Habe seiner Familie zustellen, deren Adresse Sie uns vielleicht freundlicherweise zukommen lassen könnten.«

»Soweit ich weiß, hat er keine Geschwister, aber eine Schar von Cousins, die die großen Güter der Familie in Rumänien verwalten. Ich werde mich darum kümmern, in dem unglückseligen Fall, dass es mir nicht gelingt, meinen Freund zu finden.«

In dem Appartement herrschte eine fast beunruhigende Ordnung, als habe jemand die Zeit anhalten und seine Erinnerungen einfrieren wollen. Überall waren alte Andenken arrangiert, Fotografien und Briefe, auch Zeichnungen vom Ring der Könige.

Alberto öffnete den Schrank und schob einige Kleider beiseite. Die Flasche war hinter einer Reihe von Hosen versteckt. Sciarra zog den Korken heraus und roch den scharfen Schnapsgeruch. Diese Flasche hätte hier eigentlich nicht sein dürfen.

Nun war ihm alles klar: Sein Freund hatte den letzten Brief in einem Polizeirevier in Manhattan geschrieben. Sie mussten herausfinden, in welchem, um dort mit ihren Nachforschungen zu beginnen.

»Nein, Sir. Dieser Petru ist vor ein paar Monaten hier zur Tür rausgegangen und hat uns nicht wieder beehrt. Wirklich undankbar von ihm.« Der Polizeibeamte konnte sich den Sarkasmus nicht verkneifen, während er ein eng beschriebenes Register durchsah.

Alberto verließ die Wache wieder und blieb ratlos auf dem Bürgersteig davor stehen. Er spürte, dass Minhea noch lebte und ihn wahrscheinlich brauchte, wusste aber nicht, wo er seine Suche fortsetzen sollte.

»Signore«, sagte plötzlich jemand auf Italienisch hinter ihm. »Ich heiße Cesare und arbeite im Plaza. Versprechen Sie mir bitte, der Direktion nichts von dem zu sagen, was ich Ihnen jetzt anvertraue. Wenn man dort auch nur andeutungsweise davon erfährt, werde ich auf der Stelle entlassen. Ich weiß, dass Sie nach Minhea Petru suchen.«

»Das stimmt, Cesare. Wissen Sie etwas über ihn? Bitte erzählen Sie mir alles.«

»Der Fürst hat getrunken.«

»Den Verdacht hatte ich schon länger, und ich habe die Bestätigung dafür im Schrank seines Hotelzimmers gefunden.«

»Ich habe ihn mit … äh, einigen Mitgliedern meiner Familie bekannt gemacht, die ihn mit Alkohol versorgten. Sie wissen ja, die Prohibition …«

»Reden Sie weiter, Cesare.«

»Als er von der Polizei entlassen wurde, hat er, soweit ich weiß, sofort eine Flüsterkneipe nicht weit vom Hotel aufgesucht. Dort hat man ihn in den frühen Morgenstunden gehen sehen. Er war nicht in bester Verfassung, das heißt, er war total betrunken.«

»Haben Sie eine Idee, wohin er von dem Lokal aus gegangen sein könnte?«

»Man hat beobachtet, wie er die Ninth Avenue in nördliche Richtung hinauflief, auf den Central Park zu. Er hatte vermutlich keinen Ausweis bei sich, weil er seine Brieftasche auf dem Tresen vergessen hatte. Ich habe sie vor ein paar Tagen an mich genommen – der Barkeeper hatte sie aufbewahrt, weil er sicher war, dass der Fürst bald wiederkommen werde.« Damit übergab ihm Cesare Minheas vergessene Brieftasche.

Vereinigte Staaten von Amerika, 1931

Bela Lugosi saß auf einem Podest neben dem Regisseur Tod Browning und ein paar hohen Tieren von der Produktionsfirma. Der Speisesaal des Plaza-Hotels war festlich hergerichtet, und überall hingen grün-weiß-rote Kokarden, die Farben Ungarns.

Als Lugosi seine Rede in magyarischer Sprache hielt, applaudierte ein unscheinbares Männchen am frenetischsten, das sich in Begleitung einer platinblonden Frau mit der Attitüde einer großen Dame befand.

Hätte Blaskó mehr auf seinen leidenschaftlichen Bewunderer geachtet, hätte er eventuell gemerkt, dass er ihn kannte: es war der Passagier, der ihn vor einigen Jahren während der Atlantiküberfahrt beim Kapitän angezeigt hatte.

Nach den Aufzeichnungen von Asher Breil in Cortina d'Ampezzo 1967

»Sobald wir wieder im Hotel sind, musst du die Krankenhäuser und Polizeistationen telefonisch abklappern«, bat Alberto seine Frau. »So riesig diese Stadt sein mag, wir haben jetzt immerhin ein genaues Datum und einen eingegrenzten Bezirk. Du wirst sehen, wir finden ihn.«

Im Plaza angekommen, blickte Sciarra verwundert auf die Kokarden, die dieselben Farben hatten wie die italienische Flagge.

»Findet hier eine Feier meiner Landsleute statt?«, erkundigte er sich an der Rezeption.

»Nein, Sir. Das sind Ungarn, die dort feiern ...«

In diesem Moment betrat Bela Lugosi die Hotelhalle, gefolgt von einem Schwarm Bewunderer. Es war unmöglich, ihn zu übersehen, er trug einen schwarzen Frack mit weißem Hemd und weißer Krawatte und war bleich geschminkt.

Sciarra trat auf ihn zu und sagte laut: »Blaskó! Béla Blaskó, nicht wahr?« Als Lugosi nicht einmal mit der Wimper zuckte, fuhr Sciarra fort: »Sie heißen Blaskó und waren Oberleutnant der ungarischen Armee im Ersten Weltkrieg, stimmt's?«

Lugosi bedachte ihn mit einem eisigen Blick. »Sie irren sich, mein Freund. Ich bin Bela Lugosi, Schauspieler.«

Dieses Zusammentreffen war Teofil Bàlaj und seiner Frau, die sich dem Künstler an die Fersen geheftet hatten, nicht entgangen.

»Als wir ihn kennenlernten, nannte er sich doch Olt, Arisztid Olt«, sagte die Bàlaj zu ihrem Gatten. »Ich glaube, Bela ›Dracula‹ Lugosi ist eine sehr originelle Persönlichkeit, die man im Auge behalten sollte, findest du nicht, Teofil?« Der überhebliche Ausdruck war auf einmal aus ihrem Gesicht verschwunden, stattdessen blickte sie forschend, geradezu listig drein.

Am nächsten Morgen machte sich Kimberly schon früh an die Arbeit. Nach wenigen Stunden brachte ihre Recherche erste Ergebnisse.

»Ein Mann ohne Papiere wurde nach einem schweren Verkehrsunfall in ein Krankenhaus nahe der Eleventh Avenue eingeliefert.«

»Denkst du, es könnte Minhea sein?«, fragte Alberto, der noch immer von der Begegnung mit Béla Blaskó aufgewühlt war.

»Die Beschreibung passt.«

»Lebt er noch?«, fragte er mit banger Stimme.

»Ja, obwohl das nicht unbedingt ein Segen ist. Er wurde nach einer komplizierten Hirnoperation entlassen und befindet sich jetzt in einer psychiatrischen Klinik. Ein Schädeltrauma hat offenbar zu schweren Hirnschäden und einem totalen Gedächtnisverlust geführt.«

»Sind es irreversible Schäden?«

»Am Telefon wollten sie sich nicht näher dazu äußern. Aber wenn es sich wirklich um Minhea handelt, fürchte ich, dass unser Freund nur noch dahinvegetiert – so als wäre er einer Lobotomie unterzogen worden.«

Ein Besuch in der *Madhouse* genannten psychiatrischen Abteilung des New York General Hospital konnte auch bei den stärksten und ausgeglichensten Menschen einen Schock hervorrufen. Die Kranken irrten schwankend in ihren weiten weißen Kitteln durch die Korridore, manche wild gestikulierend, andere vor sich hinbrabbelnd. Wieder andere standen abseits an der Wand oder versteckten sich in einer Ecke, verfolgt von ihrem eigenen Wahnsinn.

Der Arzt, mit dem die Sciarras einen Termin vereinbart hatten, führte sie in sein Büro. »Nur wenige unserer Patienten können sich frei innerhalb der Abteilung oder bestimmter Gebäudebereiche bewegen, eben solche, die nach unserer Beurteilung keine Gefahr für sich und andere darstellen.« Mit einem Blick auf das Krankenblatt fragte er: »Und Sie sagen, einer der Patienten hier könnte Ihr vermisster Freund sein, Mr. Sciarra?«

»Es ist recht wahrscheinlich, Doktor. Ich würde ihn gern einmal sehen.«

»Er wird gleich hier sein, die Pfleger holen den Mann bereits, der Ihrer Beschreibung entspricht.«

»Denken Sie, die Schäden, die er erlitten hat, sind bleibend, Doktor?«

»Das menschliche Gehirn ist ein sehr rätselhafter Apparat, wissen Sie. Trotz aller Fortschritte in der modernen Medizin sind die Reaktionen des Gehirns auf Reize, Traumata oder Krankheiten immer noch Gegenstand widerstreitender Theorien. Nach heutigem Wissensstand könnte der Patient auf unabsehbare Zeit in seinem jetzigen Zustand verharren oder aber – ich will das nicht ausschließen, halte die Chancen jedoch für gering – plötzlich aus seiner mentalen Starre erwachen.«

Die Tür öffnete sich.

Alberto sprang auf und trat zu dem Mann, der in Begleitung eines Krankenpflegers in der Tür stand.

Er nahm den alten Waffengefährten in die Arme und sah die Narbe auf seinem kahl rasierten Schädel, die sich von einer Schläfe zur anderen zog. Weitere Narben an anderen Körperstellen zeugten von der Gewalt seines Zusammenstoßes mit dem Lieferwagen.

Sciarra drückte Minhea an sich. »Mein Freund, mein lieber Freund …«

Es folgte keine Reaktion.

Kimberlys Worte an diesem Morgen kamen ihm wieder in den Sinn: Minhea lebte nicht mehr, er vegetierte nur noch dahin.

56. Kapitel

Transsilvanien, 1456

Die Sommerhitze ließ nicht nach, nicht einmal an den klaren, vom Sternenhimmel erhellten Abenden. Bei der Beobachtung dieses Himmels geschah es, dass die Astronomen das Erscheinen eines ungewöhnlichen Himmelskörpers verzeichneten: eines ungeheuer hellen Kometen, dessen zwei Schweife, einer nach Osten, einer nach Westen zeigend, einen großen Teil des Horizonts einnahmen. In eben diesen Tagen, es war im Juni 1456, bestieg Vlad Dracula III. den Thron der Walachei.

Die Sichtung eines Kometen rief gegensätzliche Reaktionen bei den Menschen hervor – die einen sahen ihn als Vorboten von Unheil, die anderen begrüßten sein Auftauchen als besonders gutes Omen.

Der neue Fürst war überzeugt, dass der Himmel seine Regentschaft mit einem Glücksboten segnete. Dracula gab sogar die Prägung einer Münze in Auftrag, auf deren einer Seite der walachische Adler zu sehen war, während die andere einen dahinfliegenden Stern mit doppeltem Schweif zeigte.

Die Unheilspropheten dagegen brachten das glühende Gestirn mit dem Tod von König Hunyadi in Verbindung, auf den erbitterte Erbfolgekämpfe zwischen seinen Nachkommen und den Habsburgern folgten. Ladislas, Hunyadis ältester Sohn und ein guter Freund Draculas, wurde im Verlauf dieser Fehde getötet, die Ungarn mit Blut überzog und die Pforten des Westens noch angreifbarer für die Eroberungsversuche der Türken machte.

»Exhumiert den Leichnam!«, befahl Dracula laut und unerschrocken.

Das Gesicht des Woiwoden hatte seine jugendlichen Züge verloren; mit fünfundzwanzig war er längst ein Mann. Nachdem er aus dem Joch des türkischen Sultans entlassen worden war, hatte ihn der ungarische König an seinem Hof aufgenommen und seine Erziehung vollendet.

Dracula hatte einen bräunlichen Teint und schräg geschnittene Augen, was auf einen orientalischen Einschlag in seiner Dynastie schließen ließ. Die Farbe der Augen war dunkel, doch wenn man genau hinsah – vorausgesetzt, man konnte seinem Blick standhalten –, erkannte man kobaltblaue Reflexe darin, blau wie das tiefste Meer. Er war nicht groß, aber robust und stark und trug einen langen, stets gut gewachsten Schnurrbart. Gekleidet war er nach der vornehmen Art der reichen Bojaren der Walachei und Transsilvaniens. Nur selten gestattete er sich ein Lächeln. Sein undurchdringliches Gesicht sollte bald zu einem Abbild der Furcht für alle seine Gegner werden.

»Exhumiert ihn!«, wiederholte der Fürst.

Die Umstehenden bekreuzigten sich, als der Sarg, vier zusammengenagelte grobe Holzbretter, geöffnet wurde.

Ein grauenvoller Anblick bot sich ihnen: Die Leiche von Mircea, Draculas Bruder, lag mit dem Gesicht nach unten. Das Holz des Sarges war innen zerkratzt von dem vergeblichen Versuch, ihn zu öffnen. In den Augenhöhlen steckten noch die spitzen Eisenkeile, mit denen er geblendet worden war.

Somit hatte der Woiwode die Bestätigung für die Befürchtung, die an ihm genagt hatte: Sein Bruder war grausam gefoltert und lebendig begraben worden.

Dracula kniete neben dem Leichnam nieder. »Gott gebe deiner Seele Frieden, mein Bruder, und leite meine rächende Hand.«

Er hatte nun eine klare Vorstellung davon, wie sich die Dinge abgespielt hatten und wer für die Ermordung seines Bruders und seines Vaters verantwortlich sein musste.

Er streichelte über das Holz neben dem Schädel, der immer noch von Mirceas fließender Haarpracht bedeckt war. Dann richtete sich sein Blick auf den Gegenstand, den er suchte. Der alte Goldring blitzte unheilvoll am Zeigefinger der Skeletthand, und Vlad strich über das Symbol antiker Macht. Er steckte den Ring der Könige an seine Rechte und betrachtete ihn einen Moment lang, den Vorgeschmack seiner Rache auskostend.

In Targoviste herrschte Feststimmung. Es war der Wunsch des gerade ernannten Fürsten, dass alle Notabeln an den Feierlichkeiten teilnehmen sollten. Die Bojaren hatten die Einladung gern angenommen, denn sowohl für sie als auch für die blühenden Handelsgesellschaften konnte es nur von Vorteil sein, sich mit dem Regenten gut zu stellen. Auch die Kirchenoberen fehlten nicht, und so wohnten der Metropolit und die Bischöfe des Landes dem Bankett bei. Alle hatten sich zu diesem wichtigen Anlass festlich herausgeputzt. Die Bojaren trugen bunte, reich bestickte Wämser, und bei den Damen an ihren Seiten blitzten kostbare Schmuckstücke zwischen den Faltenwürfen ihrer Kleider. Man wollte zeigen, dass man einem mächtigen und wohlhabenden Stand angehörte.

Die Adeligen waren mit prächtigen Kutschen in dem Park, in dem das Fest stattfinden sollte, eingetroffen, und jeder bot das Beste auf, was er hatte, auch wenn der Zug der Gäste mit abnehmendem gesellschaftlichen Rang nach und nach an Glanz und Prunk verlor.

Dracula beobachtete alles mit kaltem, distanziertem Blick und begrüßte seine Gäste nur mit einem knappen Nicken oder einer Geste.

Das Mahl begann schon im Laufe des Vormittags, und das Fleisch der gegrillten Lämmer verband sich geschmacklich aufs Beste mit den vorzüglichen Weinen, die Dracula servieren ließ. Dennoch wirkte er beim Essen noch düsterer als gewöhnlich, er unterhielt sich kaum mit seinen Tischgenossen, sondern entfernte sich oft, um mit dem Kommandanten seiner Wache zu sprechen.

Als das Bankett beendet war, stürzten sich die Kinder auf die Spiele, die für sie vorbereitetet worden waren, während sich die Erwachsenen dem Tanz hingaben, begleitet von den Musikern, deren Kunst sie schon die ganze Zeit über erfreut hatte.

Dracula gesellte sich nicht zu ihnen. Seine dunklen Augen waren auf die Silhouetten der Karpaten geheftet, hinter denen gerade die Sonne unterging.

Dann gab er ein Zeichen, worauf die sorgfältig geplante Vergeltung ihren Anfang nahm.

Vlads Soldaten kamen aus dem Gehölz hervor, an das der Park grenzte, und überfielen die verdutzte Festgesellschaft. Derweil trieben seine Wachen auf dem Platz, wo eben noch der Tanz stattgefunden hatte, zugespitzte Pfähle tief in den Boden. Die älteren Adeligen und Grundbesitzer von Targoviste, die Vlads Vater verraten und seinen Bruder hatten ermorden lassen, wurden gefesselt und vor die Pfähle geführt.

»Dies ist das Ende, das ich euch zugedacht habe. Denn ihr habt mich nicht nur der Zuneigung meiner Angehörigen beraubt und eine Verschwörung gegen meine Familie angezettelt, sondern auch meinen Bruder, den edlen Mircea, einen bestialischen Tod sterben lassen. Nun sollt ihr am eigenen Leib erfahren, was es heißt, unter Qualen zu sterben, nachdem man durch Verrat verhöhnt wurde.«

Vlad senkte die Hand, worauf die Verurteilten auf die scharfen Spitzen der Pfähle gesteckt wurden.

»Was euch angeht«, fuhr Dracula an die jüngeren Untertanen gewandt fort, die zusammen mit den Frauen und Kindern in eine von den Soldaten bewachte Umzäunung getrieben worden waren, »so liegt eure Schuld darin, dass ihr diese brutalen Verbrechen gleichmütig und tatenlos habt geschehen lassen. Ihr werdet eure Sünden abbüßen, indem ihr an meiner Unbesiegbarkeit mitwirkt: Mit eurer Arbeitskraft werde ich meinen uneinnehmbaren Wohnsitz erbauen. Führt sie ab!«

Aneinandergekettet bewegten sich die Adeligen und Besitzenden von Targoviste, immer noch angetan mit ihren besten Kleidern, wie eine bunte, mehrere Hundert Meter lange Schlange voran. Bewacht wurden sie von Draculas Leibwache, die aus ebenso tapferen wie gnadenlosen Männern bestand.

Es war ein langer Marsch bis nach Arges, den die Menschen, die eben noch fröhlich und sorglos gefeiert hatten und nun in die tiefste Verzweiflung gestürzt worden waren, antreten mussten. Viele starben unterwegs, und diejenigen, die ihren Bestimmungsort erreichten, mussten jahrelang wie Tiere schuften und auf einem unzugänglichen Gipfel Vlad Draculas Burg errichten. Sich einen steilen Pfad entlang der Bergflanken emporschleppend, bauten sie Stein für Stein eine stolze, doch finstere Feste, die nichts von dem Prunk und den Annehmlichkeiten der transsilvanischen Bojarenschlösser hatte.

Von dieser Festung aus würde Vlad III. Dracula, Woiwode der Walachei, sein zweites Vorhaben in die Tat umsetzen: die einfallenden Türken aufzuhalten, jene Feinde, die ihn seine Kindheit und Jugend in Gefangenschaft hatten verbringen lassen.

57. Kapitel

September 2004

»Scheiße!«, fluchte Deuville und warf das offizielle Schreiben auf den Tisch. Darin stand, dass Cassandra Ziegler auf unbestimmte Zeit vom Dienst suspendiert war, bis die Untersuchungskommission ihre Ergebnisse vorlegen würde. »Glakas hat keine Zeit verloren, Cassandra. Kurz vor eurer Landung in New York habe ich diesen Wisch bekommen. Ich sehe schon, was wir morgen in den Zeitungen lesen werden: ›Topagentin des FBI fliegt mit dem Gerechten im Namen Gottes um die Welt!‹ Das gibt ihnen Stoff für Monate.«

Cassandra konnte nur hilflos die Achseln zucken.

Oswald meldete sich zu Wort. »Dennoch, ich bin sicher, dass

Deidra Blasey und der Gerechte nicht ein und dieselbe Person sind.«

»Tja, das wäre mir auch lieber«, erwiderte der FBI-Direktor. »Dumm ist nur, dass die CIA offenbar stark belastende Indizien zusammengetragen hat, darunter vor allem, dass sich die Blasey stets in der Nähe der Anschläge aufgehalten hat. Sie konnten ja inzwischen selbst feststellen, wie sehr sich die Zahl der Verdächtigen reduziert hat.«

»Sie haben den korrekten Ausdruck gebraucht, Conrad: Verdächtige. Und seit wann darf ein Verdächtiger ohne Verfahren als schuldig abgestempelt werden? Bis jetzt sind wir davon ausgegangen, dass der Gerechte ein Angehöriger der US-amerikanischen Streitkräfte ist – aber wenn es sich doch nicht um einen Soldaten handelt? Oder nicht einmal um einen amerikanischen Staatsbürger? Sie verstehen, dass sich der Radius der Ermittlungen sofort wieder extrem erweitern würde. Und natürlich wäre es unmöglich, jeden infrage kommenden Zivilisten auf Schritt und Tritt zu überwachen.«

»Was wollen Sie damit sagen, Oswald?«

»Dass es zu früh ist, um uns auf etwas zu versteifen.«

Deuvilles persönliche Assistentin klopfte an. »Entschuldigen Sie bitte«, sagte sie, während sie in sein Büro kam. »Dieser Brief ist für Sie abgegeben worden, Dr. Ziegler. Mir wurde gesagt, ich solle ihn sofort an Sie aushändigen.«

Cassandra musterte den anonymen Umschlag und die in der weit verbreiteten Schrift »Times New Roman« gedruckte Adresse. Noch bevor sie ihn öffnete, kannte sie den Absender. Nicht ganz unerheblich war dabei, dass die derzeitige Hauptverdächtige, Colonel Deidra Blasey, in diesem Moment in einem Bundesgefängnis mit höchster Sicherheitsstufe saß.

Möchte mal wissen, wo du gerade steckst, während ich hier für dich schufte, Oswald Breil, dachte Sara Terracini, die wieder einmal vor dem Bildschirm ihres Computers hockte …

Nun sehe ich alles im rechten Licht. Ich weiß nicht, ob man das, was ich empfinde, als Angst bezeichnen kann; es unterscheidet sich jedenfalls sehr von der wachen Anspannung im Cockpit eines Überschalljägers. Dort war ich selbst Herr meines Schicksals, während ich jetzt weder weiß, woher der Angriff kommen wird, noch über welche Waffen ich zu meiner Verteidigung verfüge.
Es begann damit, dass der Conducator *mich wieder einmal zu einem Jagdausflug einlud. Wir flogen zum nahen Snagov See, 29 Kilometer von der Hauptstadt entfernt gelegen, und lauerten dort auf Enten und andere Wasservögel. Wie üblich ließ ich mir ein Jagdgewehr geben, obwohl ich wusste, dass ich es nicht gebrauchen würde. Ceausescu würde schon den Beutekorb füllen. Bestimmt würde er sich bei den Vögeln genauso maßlos und unsportlich verhalten wie gegenüber den majestätischen Karpatenbären.*
Im Unterschied zu sonst, da ich die Jagd immer für lange Gespräche mit dem Staatsführer genutzt hatte, blieb ich diesmal allein in dem Unterstand am Seeufer zurück. Der Jagdaufseher und Ceausescu hatten mir geraten, mich nicht von dort fortzubewegen, wenn ich nicht riskieren wollte, eine Ladung Schrot abzubekommen.
Aber als ich sie in ein kleines Motorboot steigen sah, schlug ich ihre Ratschläge in den Wind und verließ die Laubhütte. An dem Anleger war auch ein Ruderboot festgemacht, das ich mir nahm. Die Insel lag nicht weit entfernt.
So ruderte ich durch die dünnen Nebelschwaden, die über den See zogen.
An der Insel angekommen, schlich ich zum Kloster Snagov, das Vlad Dracula der Pfähler erbauen ließ und in dessen Kapelle angeblich auch seine Gebeine liegen. Ich versteckte mich in einer Nische dieser Kapelle und

konnte von dort aus eine sehr eigentümliche Zeremonie verfolgen.

»Ich habe dem unverbrüchlichen geheimen Band, das mich mit den anderen Rittern vom Drachen verbindet, Treue geschworen und mich immer an diesen Schwur gehalten.« Mit diesen Worten beendete die kniende Frau gerade ihre Rede.

»Kraft meiner Autorität als Großmeister des Ordens danke ich dir für das, was du getan hast. Gott sei mit dir«, sagte Nicolae Ceausescu und berührte mit einem Schwert die Schulter der Frau.

Danach erhob sich die Kniende, sodass ich ihr Gesicht sehen konnte: Es war die Frau, mit der ich so feurige Liebesstunden in einer Mansarde in Bukarest verbracht hatte, Jenica Mantu.

Elena Petrescu hielt eine alte Schatulle in Händen, die sie mit feierlicher Geste dem etwas abseits stehenden Conducator *übergab. Nicolae Ceausescu öffnete sie. Von meinem Versteck aus konnte ich den Inhalt nicht erkennen, doch ich sah den Ring, den er herausholte.*

Es war der Ring der Könige.

»Deine Eltern haben vor Jahren dafür gesorgt, dass diese Schatulle unbeschadet zu mir gelangte«, sagte Ceausescu zu Jenica Mantu. »Dafür werden wir dir und ihnen, die ebenfalls dem Orden angehören, ewig dankbar sein. Ihr habt Großes für unsere Nation getan.« Danach bedeutete er ihr, die Kapelle zu verlassen.

Als er sich daraufhin allein mit seiner Frau wähnte, sagte er: »Nun ist es meine Pflicht, den Schatz dem großen Helden zurückzugeben, der sein alleiniger Besitzer ist.« Damit versteckte er das antike Schmuckkästchen in einer geheimen Wandnische, wobei er jedoch den Ring und das Papyrusblatt zurückbehielt.

Ich hatte genug gesehen. Es war Zeit zurückzukehren, wenn ich nicht entdeckt werden wollte.

Ich stieg wieder in das Boot und ruderte an Land. Der Nebel war inzwischen dichter geworden. In dem Dunst

hörte ich den Außenbordmotor von Ceausescus Boot, das mich überholte.
Als ich an dem Holzsteg ankam, war das Motorboot dort bereits wieder festgemacht. Das Fehlen des Ruderbootes war den anderen vermutlich nicht entgangen.
Ich rannte los, so schnell ich konnte. Als ich in die Nähe der Lichtung kam, blieb ich stehen und urinierte, nicht ohne Schwierigkeiten, gegen einen Busch. Bei der Hütte wartete Ceausescu schon auf mich. Er hielt sein Automatikgewehr in der Hand. Neben ihm standen seine Frau Elena und der Jagdaufseher.
»Ihnen wurde doch empfohlen, Ihren Platz nicht zu verlassen, Herr Breil«, sagte Ceausescu ernst.
»Ich hatte ein dringendes Bedürfnis«, erklärte ich.
»So dringend, dass Sie gezwungen waren, einen Bootsausflug zu unternehmen?« Elena Petrescus eisiger Blick ließ mich schaudern.
»Einen Bootsausflug? Ich verstehe nicht, was Sie meinen, Elena. Ich möchte nicht respektlos erscheinen, aber meine Blase schmerzte schon, also habe ich mich dort zwischen den Büschen erleichtert. Sie können es nachprüfen.«
»Das werden wir tun«, sagte Elena mit vor Zorn schmalen Augen.
Die Atmosphäre in dem Hubschrauber, der uns nach Bukarest zurückbrachte, war mehr als unterkühlt, niemand sprach ein Wort.
Ich muss immer wieder an das denken, was ich gesehen habe. Die ganze Sache ist mir jetzt in allen Einzelheiten klar. Ich werde dir später davon berichten, denn im Moment fehlt mir die Zeit.
Zu Hause las ich noch einmal aufmerksam die Notizen durch, die ich mir bei meinen Gesprächen mit Sciarra della Volta gemacht hatte. Ich habe beschlossen, diese beiden Hefte immer mit mir zu führen. Was auch mit mir geschehen mag, wenn sie Teil meiner persönlichen Habe sind, ist die Wahrscheinlichkeit größer, dass sie dir irgendwann übergeben werden, Oswald.

Ich kämpfe gegen Mächte, die für einen Einzelnen zu stark sind. Meine Hoffnung ist, dass eine sorgfältige Lektüre des Pentateuchs sowie die Ausrichtung meines Verhaltens nach dem Gesetz und den religiösen Pflichten, denen ein guter Jude nachkommen soll, mir in dieser schwierigen Lage eine Hilfe sein werden.

Tief erschüttert transkribierte Sara Terracini die letzten Zeilen des Tagebuchs. Im Januar 1968 waren Asher Breil und seine Frau Aliah am Stadtrand von Bukarest von einem Lastwagen überfahren und getötet worden. Wieder zwei Opfer eines unfallflüchtigen Fahrers, hatten die Zeitungen geschrieben. Nicolae Ceausescu und seine Frau hatten sich sehr betrübt über den Tod eines fähigen Geschäftsmanns und zweier geschätzter Freunde geäußert.

Beim Mossad hatte niemand auch nur für einen Augenblick geglaubt, dass es sich um einen Unfall handelte.

Cassandra Ziegler las den neuen Brief des Gerechten laut vor, dann richteten sich ihre blauen Augen auf Oswald. Die Frage, die in ihnen stand, stellten sich alle: Wie sollte es weitergehen?

»Hören Sie mir zu, Conrad«, sagte Oswald nach kurzem Nachdenken. »Wenn wir die Schlacht schon verlieren, sollten wir wenigstens unsere militärische Ehre retten.«

»Wie meinen Sie das?«

»Ich glaube nicht, dass Sie unbeschadet aus dem Sturm, der in den nächsten Tagen über das FBI hinwegfegen wird, herauskommen werden. Aber wenn ich richtig liege, haben wir ein paar Stunden Vorsprung vor der Konkurrenz, und die sollten wir nutzen, um Deidra Blaseys Namen reinzuwaschen und neben dem ihren auch unsere werten Hinterteile zu retten.«

»Verraten Sie uns, wie Ihr Plan aussieht, Oswald.«

58. Kapitel

Nach den Aufzeichnungen von Asher Breil in Cortina d'Ampezzo 1967

Sie setzten ihr Gespräch während des Abstiegs von der bewaldeten Höhe hinunter zu dem Dolomitenstädtchen fort.

Dort angekommen, setzten sie sich wieder auf die Terrasse des Hotels »Zur Post«, und General Sciarra kam allmählich zum Ende seiner Geschichte, die sich während eines knappen halben Jahrhunderts abgespielt hatte …

»Ein neuer Krieg brach über uns herein. Meine im Ersten Weltkrieg erlittene Verwundung entband mich von einem Einsatz an der Front, aber ich war auch zu Hause sehr beschäftigt. Kimberly und ich hatten Minhea mit zu uns genommen. Da wir keine Kinder hatten, konnten wir ihm viel Zeit widmen, was auch nötig war, da er konstante Pflege brauchte.

Nach dem Krieg veränderte sich die Weltordnung erneut. Der Konflikt zwischen den Westmächten und dem Ostblock wurde auf eine Weise ausgetragen, die mich in mancher Hinsicht an unsere Kämpfe in den Schützengräben erinnerte. Ein Krieg der kleinen Schritte, des Informationshandels, der Spionage und Gegenspionage. Trotz des Wettrüstens war es praktisch unmöglich geworden, einen Sieg mit Waffen zu erringen, da der Preis dafür die Zerstörung des gesamten Erdballs gewesen wäre. Man musste die Völker anders erobern, vor allem mit wirtschaftlichen und politischen Mitteln. In diese Richtung bewegten sich die Mächtigen auf allen Seiten.«

Vereinigte Staaten von Amerika, 1941

Bela Lugosi blieb nicht untätig im Zweiten Weltkrieg. Von einem Hollywoodstar wurde geradezu erwartet, dass er Position gegen die vom Feind begangenen Grausamkeiten bezog, und da er aus Europa stammte, hatte er noch mehr Veranlassung, sich für die Vereinigten Staaten, denen er alles zu verdanken hatte, zu engagieren.

In den Jahren vor dem Krieg hatte er viel gedreht, und sein Reichtum war nach und nach ebenso Stoff für Legenden geworden wie seine schaurigen Filmauftritte.

Angespornt vom eigenen Patriotismus und dem Weitblick seines Agenten, gründete Bela zusammen mit anderen ungarischen Immigranten das »Hungarian Anti-Fascist Committee«, das Ungarische Antifaschistische Komitee, und organisierte eine Tour durch das ganze Land, um Gelder zu sammeln. Mit den Einnahmen aus seinen Auftritten sollte der Widerstand in Europa unterstützt und den Opfern der Nazis geholfen werden.

Das Ehepaar Bàlaj wollte unbedingt ein Kind, doch nicht, weil es sich tatsächlich Nachwuchs wünschte, sondern um sich in den USA den Anschein von Normalität zu geben. Die beiden Spione hatten sich ganz der kommunistischen Sache verschworen. Noch vor ihrer Ankunft in den Vereinigten Staaten, wo sie zur Tarnung ein gut gehendes Geschäft betrieben, hatten sie sich den Geheimdiensten des kommunistischen Russlands verpflichtet und boten sich, mit der Einwilligung des KGB, nach und nach auch anderen prosowjetischen Staaten an.

Der russische Geheimdienst sichtete und sortierte die Nachrichten, die ihm nützlich erschienen. Von den vielen Informationen, die ihm die Bàlajs zuspielten, wanderten die meisten sofort in die Archive des Lubjanka-Palastes, den Sitz des KGB.

Ganz speziell richteten sie ihr Augenmerk auf Béla Blaskó, dessen Akte von einer weiteren Institution, dem »Komitet Gosudarstvennoi Bezopasnosti«, dem sowjetischen Auslandsgeheimdienst, geführt wurde. Als sich Bryga Bàlaj unter dem

Vorwand eines Autogrammwunsches an Bela Lugosi wandte, war sie im siebten Monat schwanger. Es war der Sommer 1941.

»Ich bin überglücklich, Ihre Bekanntschaft zu machen, Herr Lugosi«, sagte sie zu ihm auf Ungarisch. »Wären Sie so freundlich, mir ein Autogramm zu geben?«

Teofil hielt sich abseits, denn obwohl er nicht glaubte, dass Blaskó ihn wiedererkannte, war Vorsicht geboten. Wenn er sie beide zusammen sah, rief das möglicherweise doch eine Erinnerung hervor.

»Aber gern, gnädige Frau«, antwortete Lugosi artig. Dann, auf ihren Bauch zeigend: »Wenn Sie erlauben, würde ich es gern diesem noch ungeborenen neuen Ungarn widmen. Wie soll das Kind denn heißen, das in Amerika zur Welt kommen wird?«

»Vielen Dank, Herr Lugosi. Wenn es ein Junge wird, nennen wir ihn Toma, aber ich bin sicher, dass es ein Mädchen wird, und möchte es dann Jenica taufen.«

»Gut, dann schreibe ich: ›Für Jenica – in herzlicher Verbundenheit, Bela Lugosi‹.«

»Ich danke Ihnen sehr!«, rief die Frau, während sich ihr Blick auf den antiken Goldring am Zeigefinger des Fürsten der Finsternis von Hollywood heftete.

Zwei Monate später verkündete eine rosa Schleife am Eingang des Geschäfts im French Quarter von New Orleans den Kunden, dass Jenica Bàlaj geboren worden war.

Bela Lugosi maß der Begegnung mit der Schwangeren keine große Bedeutung zu und vergaß sie gleich wieder. Er wollte nur schnell wieder in seine Garderobe und zu dem silbernen Kästchen mit den kleinen Morphiumampullen. Schon seit einiger Zeit suchte er Zuflucht bei den Opiaten, denn nur so, sagte er sich, konnte er Entspannung von seiner betriebsamen Existenz finden.

In Wahrheit steckte etwas anderes dahinter: Lugosi konnte sich nicht damit abfinden, dass seine Schauspielerkarriere nach einem Jahrzehnt der Triumphe im Niedergang begriffen war.

Nach Asher Breils Aufzeichnungen in Cortina d'Ampezzo, 1967

An einem Morgen im Oktober 1949 erlangte Minhea Petru das Bewusstsein wieder, gerade als im Radio die Gründung der Volksrepublik China verkündet wurde.

Die Ärzte bezeichneten das unerwartete Erwachen aus seinem teilnahmslosen Zustand als ein Wunder.

Minheas Augen, die fast zwanzig Jahre lang leer und erloschen gewirkt hatten, blickten auf einmal ganz ohne vorheriges Anzeichen wieder wach und interessiert, und genauso abrupt, wie er aus der Welt der Lebendigen herausgetreten war, kehrte er in sie zurück.

Es dauerte weitere vier Jahre, in denen er sich mit großer Ausdauer den anstrengenden Übungen für seine körperliche und geistige Rehabilitation unterzog, dann galt er als vollständig genesen.

»Ich weiß nicht, wie ich euch je für all das danken soll, was ihr für mich getan habt, Alberto. Ihr habt mir die Wärme und Geborgenheit einer Familie gegeben, ohne die ich bestimmt nicht ins Leben zurückgefunden hätte«, sagte er zu Sciarra. »Ich bin dir und Kimberly nun lange genug zur Last gefallen, und es wird Zeit, dass ihr euch endlich wieder euch selbst widmen könnt. Aber ich werde euch ewig in Dankbarkeit verbunden sein.«

»Was willst du damit sagen, Minhea?«, fragte Sciarra, der genau wusste, dass nichts den Freund davon abhalten konnte, seinen Weg fortzusetzen.

»Dass ich in den letzten vier Jahren mit nur einem Ziel vor Augen so hart an mir gearbeitet habe: meine Mission zu vollenden. Ich werde mit dem nächsten Schiff nach Amerika zurückkehren.«

Vereinigte Staaten von Amerika, 1950

Die kleine Jenica wuchs zu einem gesunden, kräftigen und außergewöhnlich hübschen Mädchen heran. Äußerlich war sie ihren Eltern nicht besonders ähnlich, aber sie hatte deren kühlen und entschlossenen Charakter geerbt.

»Sieh mal, unser alter Bericht über den ungarischen Schauspieler scheint späte Aufmerksamkeit erregt zu haben«, sagte Teofil zu seiner Frau und reichte ihr eine verschlüsselte Nachricht, die man ihm gerade hatte zukommen lassen. »Unser Kontakt sagte mir, dass ein stellvertretender Minister der rumänischen Regierung die Akte von Bela Lugosi/Olt/Blaskó eingesehen hat. Der Mann scheint sich sehr für unseren Dracula zu interessieren. Insbesondere fragt man nach weiteren Informationen bezüglich des Rings, den du an seinem Finger gesehen hast. Scheint ein sehr altes Stück zu sein, das für diesen Rumänen irgendwie von Bedeutung ist.«

»Eigentlich habe ich damals gar nicht besonders darauf geachtet. Und ich wüsste nicht, wie wir darüber weitere Informationen beschaffen sollten, die über das hinausgehen, was wir schon geliefert haben. Weißt du, wie dieser stellvertretende Minister heißt, der sich so für den Ring interessiert?«

»Also, er ist zurzeit stellvertretender Verteidigungsminister, aber ihm wird eine große Karriere innerhalb der Partei vorausgesagt. Er heißt Nicolae Ceausescu oder so ähnlich.«

Nach den Aufzeichnungen von Asher Breil in Cortina d'Ampezzo 1967

Als Minhea Petru im Frühling 1954 das Plaza an der Fifth Avenue betrat, hatte er das Gefühl, die Zeit sei stehen geblieben seit jenem Morgen vor dreiundzwanzig Jahren, an dem er hinausgegangen war, um sich in der Flüsterkneipe den Whisky zu beschaffen. Doch diesmal würde er seine Aufgabe zu Ende bringen, und nichts würde ihn aufhalten.

Ein jugendlich wirkender Mann in den besten Jahren kam ihm entgegen. »Signor Petru, Sie wissen nicht, wie sehr ich mich freue, Sie wiederzusehen!«

»Cesare?«, fragte Minhea, während sich das Fenster seiner Erinnerung weit öffnete.

»Ja, ich bin es. Der junge Kellner von einst hat es zu etwas gebracht. Ich bin jetzt der stellvertretende Direktor hier. Wissen Sie, Ihr Verschwinden damals hat mir einfach keine Ruhe gelassen, ich habe mich irgendwie dafür verantwortlich gefühlt.«

»Der Einzige, der für das, was mir zugestoßen ist, verantwortlich ist, bin ich selbst, Cesare.«

»Danke, Signore. Es macht mich glücklich, Sie wieder hier begrüßen zu dürfen. Das Plaza stellt Ihnen gern Ihre alte Suite im achten Stock zur Verfügung.«

59. Kapitel

Rumänien, 1462

In der dichten Ufervegetation lauernd beobachteten Draculas Männer die Landung der feindlichen Armee.

Die türkischen Truppen hatten mit rund siebzig Flößen und Flusskähnen die Donau überquert. Der Kampf war unvermeidlich, dass wusste Dracula, doch die frischen Truppen, die Matthias, der ungarische König, ihm zur Verstärkung versprochen hatte, verspäteten sich, während die Türken schon damit begannen, Gräben auszuheben und die ersten Kanonen auf die walachischen Stellungen auszurichten.

»Macht euch bereit zum Angriff, sobald sie das zweite Kontingent an Land bringen«, sagte er zu seinen Männern und zeigte auf die herannahenden Flöße.

Während das Heer Sultan Mehmeds II. noch mit der Landung beschäftigt war, fiel Draculas Kavallerie wie eine Naturgewalt über die Eindringlinge her. Mindestens dreihundert Türken wurden bei diesem ersten Angriff getötet, ehe sie noch Gelegenheit hatten, ihre Verteidigung zu organisieren.

Es dauerte eine Zeit lang, bis sich die Muselmanen von ihrem Schreck erholten, dann zogen sie sich hinter ihre fast hundert Kanonen zurück, die sie bereits über den Fluss geschafft hatten, stellten sie in eine Reihe auf und luden sie. Die türkischen Generäle gaben Feuerbefehl und zerstreuten so die angreifende Reiterschaft.

Die Schlacht am Donauufer währte nicht lange. Dracula war klar, dass seine kleine Armee, nachdem das Überraschungsmoment verflogen war, höchst verwundbar war. Ein Befehl von ihm genügte, und die Reiter verschwanden im Nu wieder im Wald.

Dracula hielt an dieser Taktik blitzartiger Überfälle fest. Er war sich der zahlenmäßigen Unterlegenheit seiner Truppen bewusst und zielte daher auf eine Zermürbung des Feindes, auf eine Untergrabung von dessen Moral.

Die walachischen Reiter tauchten wie aus dem Nichts auf, schlugen zu wie Räuber in der Nacht und verschwanden genauso schnell wieder.

Die Türken rückten immer zögerlicher vor. Unter den Soldaten ging das Gerücht von einer unbesiegbaren feindlichen Armee um, die aus furchterregenden, unsterblichen Gespenstern bestand.

Dracula zügelte sein ungestümes, schwarz schimmerndes Ross und verkündete: »Ihr müsst das Dorf verlassen und in die Berge flüchten!«

»Verzeiht, Durchlaucht, aber hier ist alles, was wir besitzen!«, erwiderte der Bojare, der dem Ort vorstand. »Viele von uns wollen lieber kämpfen, um ihre Häuser und ihr Land zu verteidigen!«

»Aus dieser Richtung«, sagte Dracula, auf die Straße zeigend, die zur Donau führte, »sind über dreißigtausend Türken unter Mehmeds Befehl im Anmarsch. Glaubt ihr wirklich, ein paar Bauern und die lächerliche Palisade um euer Dorf könnten sie aufhalten? Ihr habt noch ein paar Stunden Zeit. Versammelt die Bewohner, sie sollen mitnehmen, was sie können, und sich in Sicherheit bringen. Das ist ein Befehl. Ihr wisst doch, dass die Türken ihre Gefangenen zu Tode quälen, oder?«

Wie schon bei den anderen Dörfern und Marktflecken, durch die er während seines Rückzugsgefechts gekommen war, ließ Dracula die Häuser in Brand stecken und die Brunnen vergiften, sobald die Bevölkerung fort war.

»Die Türken sollen nichts als verbrannte Erde vorfinden«, sagte der Fürst, während der Widerschein der Flammen in seinen dunklen Augen tanzte.

Und so geschah es. Das zunehmend demoralisierte und erschöpfte türkische Heer sah sich zu langen Gewaltmärschen gezwungen, um an Wasser und Nahrungsmittel zu gelangen. Die Soldaten der Vorhut, die nach Proviant Ausschau halten sollten, stellten überdies eine leichte Zielscheibe für Draculas aus dem Hinterhalt zuschlagende Krieger dar.

Das Schlimmste aber sollte noch kommen, denn der scharfsinnige Fürst hatte sich noch mehr böse Überraschungen ausgedacht, um den Feind endgültig zu bezwingen.

Das Sultanszelt stand in der Mitte des Lagers. Die Türken waren sieben Tage lang marschiert, ohne einen Brunnen mit trinkbarem Wasser oder Lebensmittel zu finden. Endlich durfte das entkräftete Heer ein paar Stunden ausruhen.

Die Hitze im Sommer des Jahres 1462 stellte einen zusätzlichen Feind dar, mit dem es die Türken aufnehmen mussten. Viele waren bereits an Krankheiten infolge von Unterernährung, Wassermangel und der drückenden Hitze gestorben. Doch nunmehr schien das Ziel in greifbarer Nähe, denn die Hauptstadt Targoviste lag nur noch ein paar Tagesmärsche entfernt.

Da fiel Dracula an der Spitze einer kleinen Schar in das Lager ein. Er wollte versuchen, bis zum Zelt des Sultans vorzudringen und diesen zu töten.

Wie Furien sprengten die Walachen zwischen die Zelte und mähten jeden feindlichen Soldaten nieder, der es wagte, sich ihnen entgegenzustellen.

Mehmed II. war ein tüchtiger Kämpfer, doch der Angriff traf ihn unvorbereitet, und die Gegner näherten sich schon der Lagermitte.

»Schnell, bewaffnet euch! Wir müssen uns verteidigen!«, rief er, ergriff selbst seinen Krummsäbel und sammelte seine Männer um sich, die sich zunächst vor Furcht zerstreut hatten.

Ihrem Feldherrn folgend, gelang es den Türken, den Überfall wenige Schritte vor Mehmeds Zelt zurückzuschlagen. Doch sie zahlten einen hohen Preis dafür. Etwa tausend Soldaten verloren ihr Leben, und noch mehr wurden verletzt.

Von den Walachen fielen rund hundert Ritter.

»Mach schon – rede! Wie sehen die Pläne deines Fürsten aus?«, herrschte Großwesir Machumet den Ritter an, den seine Männer gefangen genommen hatten.

Dieser sagte kein Wort, während sich ein Haufen Soldaten um ihn scharte, um dem Verhör beizuwohnen. Der Kreis öffnete sich, als Sultan Mehmed herbeikam, um den Gefangenen selbst zu befragen.

»Der Großwesir hat dich gefragt, was Dracula vorhat! Antworte, dann wird dir dein Leben geschenkt. Hast du mich verstanden?«

Vlads treuer Soldat schwieg beharrlich.

»Nun, dann wollen wir mal sehen, ob das deine Zunge lösen kann«, sagte der Wesir und winkte zwei massige Soldaten mit einer großen Säge, wie sie zum Bäumefällen benutzt wurde, herbei. »Ich lasse dich zweiteilen, wenn du nicht redest.«

Zur Antwort legte sich der Ritter hin und forderte den Großwesir auf, den Befehl zu seiner Hinrichtung zu geben.

Keine Klage drang über seine Lippen, während er quer durch den Bauch in zwei Stücke zerteilt wurde.

Ein großer Teil des türkischen Heeres hatte sprachlos zugesehen, wie heldenhaft sich der Ritter dem grausamen Tod stellte, und dieses Verhalten bestärkte es in seiner Furcht, es mit einer sagenhaften Armee von Unbesiegbaren zu tun zu haben.

Kampflos ritt Mehmed, angetan mit den Insignien eines Herrschers, in Targoviste ein. Die Hauptstadt war verlassen, die Brunnen waren vergiftet und die wenigen verbliebenen Essensvorräte verbrannt.

»Wo verbirgst du dich, du Ausgeburt der Hölle?«, schrie der Sultan, doch es antwortete ihm nur das Echo seiner eigenen Stimme.

Ein paar Wohnhäuser waren von den Flammen verschont worden. In ihrer Gier auf reiche Beute stürmten die Türken hinein, kamen aber kurz darauf mit leeren Händen wieder heraus. Jeden Wertgegenstand, jede heilige Reliquie, jeden Schatz hatten die flüchtenden Bürger mitgenommen.

Außer sich vor Wut brüllte der Sultan: »Vorwärts! Wir müssen ihn aufspüren, er kann nicht weit sein!«

Die Schlucht lag ein Stück weiter nördlich von Targoviste. Mehmed spürte die Gefahr, die von dieser engen Passage ausging, und mahnte seine Soldaten zur Vorsicht. Als die vorausgeschickten Späher zurückkehrten, gebärdeten sie sich, als wären sie gerade dem Teufel persönlich begegnet. Sie peitschten ihre Pferde bis aufs Blut, um so viel Abstand wie möglich zwischen sich und das Grauen zu legen.

Der Anblick des Ortes, an dem sie auf diesem Weg gezwungenermaßen vorbeiziehen mussten, war makaber und entsetzlich: Die etwa tausend Schritt lange Schlucht war in einen Wald aus Pfählen verwandelt worden, auf die Menschen, darunter auch Frauen und Kinder, aufgespießt waren, ihre Leichen inzwischen furchtbar zugerichtet von aasfressenden Vögeln und entstellt von der Verwesung. Viele hingen schon lange dort, und in ihren Brustgerippen nisteten Amseln und anderes Getier. Der Gestank war unerträglich.

Mehmed wandte den Blick ab. Dieser Totenacker aus unzählbaren Leichen diente zur Mahnung und Abschreckung: So endeten die, die es wagten, Dracula zu verraten.

Auf einer kleinen Anhöhe waren die türkischen Gefangenen gepfählt worden, welche die Walachen gemacht hatten.

Wenige Tage später rückte das türkische Heer ab.

»Man sagt, der Fürst der Walachei habe schon mehr als Zweihunderttausend zum Tod durch Pfählen verurteilt«, sagte der Sultan zum Großwesir Machumet, während sie in jene Gebiete jenseits der Donau zurückkehrten, die von den Türken unterworfen worden waren. »Wir sollten uns Draculas schwache Seite zunutze machen. Gerade seine Grausamkeit könnte ein guter Angriffspunkt sein, um mit ihm fertigzuwerden.«

»Überlegt Ihr, gegen ihn einen Aufstand anzustiften, Herr?«

»Der innere Frieden ist in diesen unruhigen Gegenden des östlichen Europas noch nie etwas anderes als eine Chimäre gewesen. Und wenn man Zweifel und Furcht vor Verrat in die feindlichen Reihen sät, ist die Wirkung womöglich größer als die derzeitige Kampfkraft und Waffenstärke unseres Heeres. Das könnte der Funke sein, der dieses Pulverfass explodieren lässt.«

Radu, Draculas jüngerer Bruder, der die Gefangenschaft mit ihm geteilt, sich aber geweigert hatte, ihm auf der Flucht zu folgen, hatte sich perfekt an die Lebensweise der Türken angepasst. Beide Sultane, die seit seiner Ankunft im Palast aufeinander gefolgt waren, hatten es ihm an nichts fehlen lassen, auch nicht an jener speziellen Zuneigung, für die Radu der Schöne, wie man ihn nannte, sehr empfänglich war.

Auf die Grausamkeit weisend, die Dracula auch gegenüber seinen Untertanen walten ließ, wiegelten Aufrührer in Mehmeds Sold die Adeligen und Grundbesitzer des Landes auf, die in immer größerer Zahl Radu als ihren Herrn ansahen. Die Situation eskalierte innnerhalb kürzester Zeit.

Das Jahr 1462 ging zur Neige, und der Winter kündigte sich streng und finster an. Dracula war allein, niemand hatte seiner Bitte um Hilfe entsprochen, nicht einmal seine treuesten Vasallen.

»Noch vor wenigen Jahren wurde in jeder christlichen Kirche zum Dank das *Te Deum* gebetet, und von Rom bis Paris wurden feierlich die Glocken geläutet zu meinen Ehren, weil ich die ungläubigen Eindringlinge zurückgeschlagen habe«, sagte Vlad Dracula und wischte seiner Gattin eine Träne von den Wangen. »Heute dagegen hat sich mein Vetter Stephen von Moldawien mit Radu gegen mich verbündet. Ich glaube, das Ende ist nicht mehr fern, liebe Gemahlin.«

Draußen vor der Burg von Poenari, die von den versklavten Edelleuten erbaut worden war, sammelten sich die feindlichen Truppen zur Belagerung. Türkische Kontingente hatten im Herbst erneut die Donau überschritten und flankierten die Aufständischen unter Radus Kommando. Vlad III. Dracula wusste, dass er nicht lange Widerstand leisten konnte.

Sein Sohn war kaum zwei Jahre alt und begann gerade, die ersten Schritte zu machen. Das Kind lächelte seinen Vater an, ein sorgloses Lächeln. Daraufhin trat ein Ausdruck in den Blick des Fürsten, den ihm niemand zugetraut hätte, ein Ausdruck von Zärtlichkeit, ja, von Liebe. Vlad nahm sich die Goldkette vom Hals, bog ein Glied auf und fügte den Ring der Könige ein. Dann schloss er die Kette wieder und legte sie dem Kind um.

Anschließend begab er sich in den Waffensaal, wo ihn seine Generäle erwarteten, um mit ihm einen Fluchtplan zu entwerfen. Er blieb den ganzen Tag dort, bis ein Diener kam und ihn rief: Seine Frau hatte sich aus Verzweiflung von einem der Burgtürme gestürzt.

Er musste die Flucht wagen, koste es, was es wolle, um zumindest das Leben seines Sohnes zu retten.

Die Pferde wurden mit umgekehrten Hufeisen beschlagen, sodass ihre Spuren im frisch gefallenen Schnee nicht auf eine Schar von Flüchtigen hindeuteten, sondern auf einen Trupp, der in Richtung der Burg geritten war, um dem Fürsten Beistand zu leisten.

Im Schutz der Dunkelheit kamen Dracula und ein Dutzend seiner Männer aus dem unterirdischen Gang unterhalb der Burgmauern hervor. Sobald sie den Wachen des Feindes entronnen waren, würden sie nach Brasov fliehen, wo der König von Ungarn mit seinem Heer lagerte. König Matthias würde ihm seine Hilfe nicht verweigern.

Der Fürst ritt auf seinem Schlachtross und hielt seinen Sohn fest zwischen den Knien. Währenddessen wurde von der Burg aus eine Kanonensalve auf Radus Armee abgeschossen, wie Dracula es angeordnet hatte, um die Belagerer abzulenken. Die Muselmanen reagierten auf das Feuer mit einem wutentbrannten Hagel von Geschossen, von denen ein paar auch in der Nähe der kleinen Ausbrechergruppe niedergingen. Draculas Pferd scheute, bäumte sich auf und brach dann in einen wilden Galopp aus. Als Dracula, der erfahrene Reiter, das Tier schließlich wieder unter Kontrolle brachte, stellte er erschrocken fest, dass das Kind nicht mehr zwischen seinen Beinen saß; die Schnüre, mit denen er es festgebunden hatte, waren gerissen.

Dracula ritt die Strecke zurück, fand aber keine Spur von dem Kleinen. Dann sah er sich gezwungen, die Suche abzubrechen, weil die Belagerer einen Angriff auf die Burg führten. Bald würden Truppen von türkischen Soldaten das Gebiet nach eventuellen Flüchtigen durchkämmen. Er durfte das Risiko, dass man ihn gefangen nahm, nicht eingehen.

Er würde mit der Verstärkung, die Matthias ihm gewiss gewähren würde, zurückkehren und nach seinem Sohn suchen.

»Ich werde meinen Sohn finden und die Invasoren von unserem christlichen Boden vertreiben, Majestät«, sagte Dracula in Brasov, als er vor dem König stand.

»Meine Truppen aber werden hier bleiben, um die Grenzen

des Landes zu verteidigen«, entgegnete der Herrscher von Ungarn. »Auf wie viele Männer kannst du zählen, Vlad?«

»Nicht mehr als ein paar Hundert.«

»Ich kann dir ein kleines Kontingent slowakischer Söldner zur Verfügung stellen, das von einem gewissen Jisk von Brandys befehligt wird. Er ist tüchtig und mir treu ergeben.«

»Ich nehme, was Ihr entbehren könnt, Majestät. Das Wichtigste für mich ist, meinen Sohn zu retten.«

Am nächsten Tag hielt Dracula mit seinem Trupp vor einem Abgrund an, der ihnen den Weg versperrte.

Seine Männer und die Pferdewagen wurden in die Schlucht hinabgelassen.

Zu spät bemerkte der Fürst, dass er allein auf dem Felshang zurückgeblieben war, um ihn herum nur noch die fremden Söldner.

»Ich habe Befehl, dich gefangen zu nehmen, Vlad Dracula«, eröffnete ihm da der Söldnerführer Jisk von Brandys.

Dracula setzte sich zur Wehr, und mindestens fünf Gegner fielen unter seinem Schwert, ehe es gelang, ihn zu überwältigen.

Der Mann ging mit gesenktem Kopf und versuchte, seine kalten schwieligen Hände mit seinem Atem zu wärmen.

Die Abenddämmerung wurde von den Kanonenschüssen erhellt, die auf die Burg niedergingen.

Das Land kümmert sich nicht um die Machtkämpfe der edlen Herren, sagte sich der Bauer mit der schlichten Weisheit des Volkes. Das Getreide würde im Winter ausgesät und im Sommer geerntet, welcher Fürst auch immer gerade regierte.

Auf einmal drang ein Weinen, ein leises Klagen, an seine Ohren, und er blieb stehen und lauschte. Dann ging er auf ein Gebüsch zu, durchsuchte eine Weile das Unterholz und fand das Kind. Es hatte eine klaffende Wunde an der Stirn, wahrscheinlich von einem schweren Sturz, bei dem es die Besinnung verloren hatte. Die vornehme warme Kleidung, die es trug, hatte es die Nachtkälte überstehen lassen.

Der brave Mann hob den Kleinen auf und tastete ihn ab, um sich zu vergewissern, dass er keine weiteren Verletzungen erlitten hatte. Dabei fiel ihm der Goldring an der Kette um den Hals des Jungen auf, und da ahnte er, um wen es sich bei dem Kind handelte.

Schon seit dem Morgen ging das Gerücht um, dass Fürst Dracula in der Nacht mit seinem Sohn hatte fliehen können. Der Bauer bekreuzigte sich; das war ein Fingerzeig Gottes. Er würde das Kind an sich nehmen und es zurückgeben, wenn jemand nach ihm verlangte.

»Außerdem«, sagte er zu dem Kleinen, »habe ich schon vier Kinder im Haus, da werden meine Tiere und Felder auch noch ein fünftes satt bekommen. Sei mir willkommen, kleiner Josua. Ja, ich werde dich Josua nennen.«

Und er trug den Jungen nach Hause.

60. Kapitel

September 2004

Oswald las die jüngste Botschaft des Gerechten noch einmal vor.

Ihre Treffen fanden nach Cassandras Suspendierung nicht mehr in den gut ausgestatteten, schallisolierten Räumen des FBI statt. Ein Restaurant oder Hotelzimmer musste genügen, um Ansichten auszutauschen und Strategien zu entwickeln. Auch waren ihre logistischen Möglichkeiten nun beträchtlich eingeschränkt, da sie nur noch zwei Privatpersonen waren.

Ich werde den Vorabend des ersten Tages des Ramadan und den zehnten Tag des Monats Dhul-Hijja *im Jahre 1425 auf die bestmögliche Art und Weise feiern, nämlich mit der Vorbereitung auf die Zukunft. Wie immer half mir das BUCH zu bestimmen, wie dies geschehen soll.*

Über den ersten dieser »Gedenktage« heißt es dort: »Er stand aufrecht da, ganz oben am Horizont« und »Denen, die ungläubig sind, werden ihr Vermögen und ihre Kinder vor Allah nichts helfen. Sie werden im Höllenfeuer brennen«.

»Wenn der Terrorist tatsächlich am Vorabend des ersten Tages des Ramadan und am zehnten Tag des zwölften Monats des islamischen Mondkalenders, des *Dhul-Hijja*, zuschlagen will, haben wir diesmal etwas mehr Zeit«, spekulierte Oswald. »Diese Daten entsprechen im gregorianischen Kalender dem 15. Oktober 2004 und dem 21. Januar 2005. Es ist also noch über einen Monat hin bis zu dem ersten Anschlag, aber wir dürfen natürlich trotzdem nicht die Hände in den Schoß legen, zumal wir beide nun auf uns selbst gestellt sind.«

Oswald zeigte auf das Bett seines Hotelzimmers, das buchstäblich unter Tageszeitungen aus aller Welt begraben war. Die Schlagzeile auf der Titelseite lautete bei vielen gleich: DER ›GERECHTE‹ GEFASST! Es folgten ärgerliche Untertitel wie: »Der antimoslemische Terrorist – ein Colonel der U.S. Marines« oder »Die Terroristin reiste im FBI-Flieger, begleitet vom israelischen Ex-Premier« oder »Verbirgt sich ein Komplott hinter dem antiislamischen Rächer?«.

»Wir stecken bis zum Hals in der Kacke, Oswald«, konstatierte Cassandra und fuhr sich mit der Hand durchs Haar.

»Kopf hoch, ich hab schon Schlimmeres erlebt. Man darf sich nie entmutigen lassen.«

»Ich bin nicht entmutigt, ich bin realistisch.«

Oswald lächelte, sah auf die Uhr, griff dann zum Telefon, wählte eine Nummer und wartete, dass in Tel Aviv jemand abnahm.

»Ich höre, Herr Major«, vernahm er schließlich Bernsteins Stimme.

»Wie weit sind Sie von einem Computer entfernt, Hauptmann?«

»Von meiner Nase aus gerade mal zwei Handbreit.«

»Wenn Sie Lust haben, könnten wir ein wenig online plaudern.«

»Mit Ihnen zu plaudern, ist mir stets ein Vergnügen, wie Sie wissen.«

Kurz darauf benutzten die beiden eine von den ausgefeiltesten Verschlüsselungssystemen und Firewalls gesicherte Verbindung, um sich auszutauschen.

... DAS IST ALLES, HAUPTMANN. DIE ZEILEN, DIE ICH IHNEN GERADE GESCHICKT HABE, ENTSPRECHEN EXAKT DEM TEXT DES GERECHTEN.

ICH ENTNEHME DEM, DASS SIE IM GEGENSATZ ZUR CIA UND DER WELTWEITEN ÖFFENTLICHEN MEINUNG COLONEL BLASEY NICHT FÜR DIE SCHULDIGE HALTEN, MAJOR BREIL.

GENAU, UND DASS DIESER BRIEF ABGESCHICKT WURDE, ALS WIR UNS NOCH MIT COLONEL BLASEY ÜBER DEM ATLANTIK BEFANDEN, BESTÄTIGT IN MEINEN AUGEN DIESE EINSCHÄTZUNG.

WIE VIEL ZEIT GEBEN SIE MIR?

NICHT VIEL. WIR MÜSSEN BEIDE RÄTSEL MÖGLICHST LANGE VOR ABLAUF DER FRIST LÖSEN.

ICH WERDE MICH BEMÜHEN. ABER WIE ICH SEHE, KÖNNEN SIE DIE SCHLECHTE ANGEWOHNHEIT EINFACH NICHT ABLEGEN, AUF DEN TITELSEITEN DER ZEITUNGEN ZU ERSCHEINEN.

WAS SOLL ICH SAGEN? WIR STARS WERDEN EBEN MAGISCH VOM RAMPENLICHT ANGEZOGEN.

Nachdem er sich dann vom Leiter der Sektion 8200 verabschiedet hatte, wandte sich Oswald wieder an Cassandra. »Jetzt sollten wir versuchen, Miss Blasey aus der Patsche zu helfen. Haben Sie einen Termin mit Glakas vereinbart?«

»Ja, aber ich musste ganz schön bluffen. Er wollte uns beide zuerst nicht treffen, bis ich ihm sagte, dass ich einen neuen Brief des Gerechten erhalten habe, an mich persönlich adressiert, und dass ich mir, weil ich vom Dienst suspendiert bin, überlege, ob ich ihn an die Presse weiterleite. Erst da hat er noch ein paar freie Minuten für uns in seinem Terminkalender gefunden.«

Glakas empfing sie mit heuchlerischer Freundlichkeit. »Ich bedauere sehr, dass Sie in solche Schwierigkeiten geraten sind, Cassandra. Andererseits – das müssen Sie zugeben – wurde

Ihnen auf alle erdenkliche Weise nahegelegt, die Finger von dem Fall zu lassen. Was Sie betrifft, Dr. Breil, so fühle ich mich sehr geschmeichelt über Ihren Besuch, aber ich muss Sie an dessen ganz und gar inoffiziellen Charakter erinnern. Nun also zur Sache. Sie sagten, es sei wieder ein Brief eingetroffen?«

»Ja, ein Brief, der das Siegel des Gerechten trägt und damit Deidra Blasey entlastet«, antwortete Cassandra.

»Darf ich ihn sehen?«

»Natürlich, deshalb sind wir hier.«

Glakas streifte sich Latexhandschuhe über und holte den Umschlag aus der durchsichtigen Beweismitteltüte, auf der in Weiß der Stempel FBI EVIDENCE prangte, dann besah er sich den Poststempel.

»Wie Sie sehen, kann Blasey ihn nicht abgeschickt haben«, sagte Cassandra.

»Aber ein Komplize oder ein ahnungsloser Angestellter eines Logistikzentrums oder ein Hotelportier, den sie damit beauftragt hat.«

»Hören Sie auf damit, Mr. Glakas«, unterbrach ihn Oswald entnervt. »Sagen Sie uns lieber, was Sie zu tun gedenken? Sollen wir warten, bis wieder Hunderte von Moslems in die Luft gesprengt werden, oder werden Sie die Ermittlungen, die Ihnen in alleiniger Verantwortung anvertraut wurden, endlich vorantreiben?«

»Wie ich Ihnen bereits sagte, Dr. Breil«, erwiderte Glakas, der nun, da er den Brief in Händen hielt, kein Interesse mehr daran hatte, sich mit diesen unbequemen Besuchern aufzuhalten, »Sie sind hier nur zu Gast und sollten sich dementsprechend benehmen. Wenn ich mich nicht irre, standen Sie einmal als Regierungschef jenem Land vor, das sich seit jeher im permanenten Kriegszustand mit der arabischen Welt befindet. Doch wie auch immer, ich bin nicht autorisiert, Ihnen den Stand der Ermittlungen darzulegen. Wir sollten dieses Gespräch als beendet betrachten. Guten Tag, Dr. Breil. Viel Glück für Ihre Zukunft, Cassandra«, schloss Glakas brüsk, ohne sich auch nur aus dem Drehsessel zu erheben, in dem er die ganze Zeit über herumgewippt war.

»Wir haben getan, was wir konnten«, sagte Cassandra, als sie draußen vor der CIA-Zentrale standen, einem in den Fünfzigerjahren von dem berühmten New Yorker Architektenbüro Harrison & Abramovitz entworfenen Komplex. »Jetzt bleibt uns nichts anderes übrig, als abzuwarten und zu hoffen, dass Glakas unsere Worte doch noch ernst nimmt.«

»Ihren Optimismus kann ich nicht teilen, Cassandra. Ich bezweifle doch sehr stark, dass Glakas diesen Fall, den er für abgeschlossen hält, wieder aufrollen wird.«

»Ich hoffe, Sie irren sich. Für uns alle.« Dann fragte sie ihn: »Und Sie wollen wirklich abreisen?«

»Ja. Ich glaube, ein paar Tage bei meinen Adoptiveltern in Colorado werden mir guttun. Außerdem gibt es da noch eine andere Frage, der ich auf den Grund gehen will ...«

»Eine Frage, die mit dem Siegel zu tun hat, mit dem der Gerechte unterzeichnet, und mit Ihren Eltern und noch ein paar anderen Dingen, die ich nicht verstehe, ja?«

»Genau, Cassandra.«

»Und natürlich darf ich nicht weiter nachfragen, oder?«

»Ich verspreche, dass ich Ihnen bald alles erzählen werde. Sehr bald, hoffe ich.«

»Ich hätte gern noch eine andere Zusage von Ihnen, Oswald. Sie werden doch nicht unser dringlichstes Problem ad acta legen, oder?«

»Wie könnte ich, da doch das Leben so vieler Menschen auf dem Spiel steht?«

»Soll ich Sie zum Flughafen bringen?«

»Nein, das ist nicht nötig. Aber ich bedauere es, dass ich Sie allein zurückfahren lassen muss.«

»Oh, mir wird angst und bange ohne Ihren Beistand. Vor allem, da es ganze dreizehn Kilometer von hier bis zum Stadtzentrum von Washington sind!«

»Ich bringe Sie noch zum Auto und hole meinen Koffer. Dann nehme ich mir ein Taxi.«

Cassandras Wagen stand auf dem Besucherparkplatz. Dort angekommen, holte sie ihren Schlüssel mit der Fernbedienung heraus, um den Wagen zu öffnen.

»Warten Sie!«, rief Breil.

»Was ist los?«

»Hat Ihr Auto so ein automatisches Fensterschließsystem? Falls man beim Parken vergessen hat, sie zuzumachen?«

»Nein, das einzige elektronische Extra ist das Starten der Zündung per Fernbedienung. Dieses Modell war wohl für den Markt in Alaska bestimmt, und bei den Temperaturen dort ist es gut, vorheizen zu können, bevor man einsteigt. Habe ich aber noch nie benutzt. Warum fragen Sie?«

»Seltsam, ich bin sicher, dass ich das Fenster auf meiner Seite einen Spalt offen gelassen habe. Das mache ich immer, wenn ich nur kurz weggehe. Aber jetzt ist es vollständig geschlossen. Sie sagten, Sie können den Motor per Fernbedienung starten?«

»Ja, mit dieser kleinen roten Taste hier.«

Von Glakas' Büro aus konnte man auf den Besucherparkplatz sehen. Wie die meisten seiner Kollegen eilte er zum Fenster, als eine heftige Explosion das gesamte Gebäude erschütterte.

Oswald hob den Arm, den er schützend um Cassandras Kopf gelegt hatte, stand vom Asphalt auf und wandte sich dem CIA-Gebäude zu. Deutlich sah er die Gestalt von George Glakas am Fenster im vierten Stock.

Die Überreste von Cassandras Auto brannten, die Türen waren durch die Gewalt der Detonation herausgerissen worden. Der Anschlag wies große Ähnlichkeit mit dem in Zypern auf, der Agent Firenall das Leben gekostet hatte.

»Jetzt wird uns wohl wieder jemand was von Komplizen und Hotelportiers erzählen, die Autobomben legen, während der Gerechte in einem Bundesgefängnis sitzt«, murrte Breil und starrte zum Fenster hinauf.

Die Version der Agency fiel sogar noch simpler aus: Die CIA-Leute, die sie über zwei Stunden lang befragten, beharrten darauf, dass Personen wie sie eben viele Feinde hätten, die ihnen nach dem Leben trachteten, und dass der Sprengsatz höchstwahrscheinlich nicht auf dem Parkplatz angebracht worden war, sondern bereits vorher. Zur Bestätigung ihrer Theorie zeigten die Agenten Oswald und Cassandra die Aufnahmen einer Überwachungskamera, die allerdings so weit vom Parkplatz entfernt installiert war, dass auf den Bildern kaum etwas zu erkennen war.

Oswald hatte seinen Flug verpasst und wollte wenigstens den nächsten erwischen.

»Auch Sie sollten nicht in Washington bleiben, Cassandra.«

»*Mazel Tov,* Oswald! Gott sei Dank ist dir nichts passiert. Ich habe es gerade aus dem Fernsehen erfahren. Und auch Sie sind zum Glück wohlbehalten, Cassandra. Soweit ich es verstanden habe, war es Ihr Auto, das in die Luft gesprengt wurde.« Lilith Habar war erschüttert, empfing sie aber mit der gewohnten Herzlichkeit. »Dieser Stoffel von meinem Mann verbringt ja den ganzen Tag vor der Glotze, seit er in Rente ist. Aber diesmal, Oswald, hast du es geschafft, ihn aus seinem Sessel zu katapultieren. Er war so außer sich vor Sorge, dass er mir noch nicht einmal erklären konnte, was passiert war. Ich bin so froh, dass ihr hier seid. Ich habe für Cassandra das Gästezimmer vorbereitet, und du, Oswald, kannst auf dem Sofa schlafen.«

»Vielen Dank, *Mameloschn,* und entschuldige bitte, dass wir euch so überfallen.«

»Ach was, ich kann ein bisschen Gesellschaft gut gebrauchen; mein Göttergatte kümmert sich ja kaum noch um mich.«

Cassandra zog sich bald in das Gästezimmer zurück, völlig erschöpft nach einem Tag, der jeden auf eine harte Probe gestellt hätte.

Oswald hingegen setzte sich an seinen Laptop und rief seine E-Mails ab. Eine von ihnen war von Sara und enthielt als Anhang eine umfangreiche Datei.

George Glakas wandte sich vom Fenster ab und ging ans Telefon.

»Sie vermasseln eine Sache nach der anderen. Ich verstehe gar nicht, weshalb ich überhaupt noch mit Ihnen rede.«

»Zum Beispiel, weil wir im selben Boot sitzen, mein Lieber,

um so mehr, als diese beiden verdammten Nervensägen wieder einmal davongekommen sind«, sagte die metallisch klingende Stimme. »Du erinnerst dich, wer mir das Material für den Anschlag im Stadion besorgt hat? Mit dem Rest werde ich demnächst ein schönes Fest veranstalten. Du steckst jetzt mit drin, Glakas, und sogar noch ein bisschen tiefer, weil du eigentlich die Welt von Typen wie mir befreien solltest, statt sie mit hochexplosivem Plastiksprengstoff zu versorgen. Apropos, ich wollte dir noch sagen, dass du dich bei der nächsten Lieferung selbst übertreffen musst. Aber vielleicht ist es noch zu früh, darüber zu sprechen. Ich danke dir, dass du den Verdacht auf diese Kuh von den Marines gelenkt hast. Aber eigentlich hatte ich damit gerechnet, dass ihr schon früher auf sie gekommen wärt.«

»Was soll das heißen?«

»Dass ich sehr viel cleverer bin, als du glaubst. Diese Blasey gehört zu den Füchsen, die ich durch den Wald getrieben habe, damit die Spürhunde die falsche Witterung aufnehmen. Ich werde mich wieder melden.«

Oswald las die letzten Worte seines Vaters, die dieser an ihn gerichtet hatte und die ihn durch eine Reihe von seltsamen Umständen erst nach fast vierzig Jahren erreichten. Er hoffte, endlich die Wahrheit über den angeblichen Unfall zu erfahren, bei dem seine Eltern ihr Leben verloren hatten.

Er sah auf die Uhr. In Italien war es früh am Morgen. Sara konnte nicht mehr wach sein, er würde ihr mailen, auch wenn er ein paar Stunden auf die Antwort warten müsste.

VIELEN DANK, LIEBE FREUNDIN. DU GLAUBST JA NICHT, WIE SEHR DEINE ARBEIT MIR HILFT. VIELLEICHT KOMMT NUN ENDLICH LICHT IN EIN GESCHEHEN, DAS BISHER MEIN GANZES LEBEN ÜBERSCHATTET HAT. HAST DU EIGENTLICH SCHON EINMAL VON ELS (EQUIDISTANT LETTER SEQUENCES) GEHÖRT?

Oswald wollte den Computer gerade ausschalten, um sich selbst ein wenig Schlaf zu gönnen, da verkündete das akustische Signal, dass eine Nachricht eingegangen war.

EQUIDISTANT LETTER SEQUENCES?, lautete sie lediglich.

SCHLÄFST DU DENN NIE, DR. TERRACINI?

NICHT, SEIT DAS SCHICKSAL MICH MIT DIR ZUSAMMENGEFÜHRT HAT, DR. BREIL. ICH BIN GERADE MIT EINER DEINER BEIDEN »HAUSAUFGABEN« FERTIGGEWORDEN. AN DEN AUFZEICHNUNGEN DEINES VATERS ÜBER SEINE GESPRÄCHE MIT DEM ITALIENISCHEN GENERAL ARBEITE ICH NOCH. WARUM ERWÄHNST DU ELS BZW. ABSTANDSGETREUE BUCHSTABENFOLGE?

EIN GEWISSER RABBI WEISSMANDEL HAT 1958 ALS ERSTER EINE STUDIE ANGEFERTIGT, MIT DER ER BEWEISEN WOLLTE, DASS DER PENTATEUCH VERSTECKTE BOTSCHAFTEN UND WEISSAGUNGEN ENTHÄLT.

JA, ICH HABE DAVON GEHÖRT UND WEISS AUCH, DASS VOR KURZEM EIN AUTOR NAMENS DROSNIN EIN BUCH MIT DEM TITEL »DER BIBELCODE« VERÖFFENTLICHT HAT. DARIN BEHAUPTET ER, DASS IN DEN FÜNF BÜCHERN MOSE, DEM PENTATEUCH EBEN, EINIGE EREIGNISSE DER JÜNGSTEN GESCHICHTE VORHERGESAGT WURDEN, DARUNTER DIE ERMORDUNG RABINS UND DIE ZERSTÖRUNG DES WORLD TRADE CENTER IN NEW YORK. ICH AHNE, WORAUF DU HINAUSWILLST, OSWALD!

KURZ BEVOR ICH MEINEN ELTERN NACH RUMÄNIEN FOLGEN SOLLTE, SPRACH ICH IN TEL AVIV MIT MEINEM VATER ÜBER WEISSMANDELS ARBEIT UND DIE ELS. UND DANN ERWÄHNT ER DEN PENTATEUCH AM ENDE EINES BRIEFES AN SEINEN SOHN. DAFÜR GIBT ES KEINEN ERSICHTLICHEN GRUND, ES SEI DENN, ER WOLLTE MIR EINEN INDIREKTEN HINWEIS GEBEN. AUSSERDEM HAT ER MIR SEINE LEIDENSCHAFT FÜR JEDE ART VON CODES ODER GEHEIMSCHRIFTEN VERERBT.

O JA, DIESE KLEINE SCHWÄCHE VON DIR IST MIR WOHLBEKANNT. GIB MIR EINEN SCHLÜSSEL, UND ICH WERDE VERSUCHEN, DAS GEHEIMNIS ZU ENTRÄTSELN!

TJA, DER SCHLÜSSEL IST IM ALLGEMEINEN EINE ZAHL ODER EINE ARITHMETISCHE REIHE, DIE AUF DIE BUCHSTABEN EINES TEXTES VERWEIST, AUS DENEN SICH DAS WORT ODER DIE BOTSCHAFT ZUSAMMENSETZT.

SHALOM, OSWALD. UND ZUM TEUFEL MIT MIR, WEIL ICH DIR IMMER WIEDER AUF DEN LEIM GEHE. ICH MACHE MICH GLEICH AN DIE ARBEIT. ZUM TEUFEL MIT DIR!

Ohne noch eine Antwort abzuwarten, trennte Sara Terracini die Verbindung.

Um sieben Uhr morgens ging Oswald auf die überdachte Terrasse vor dem Haus der Habars, um die soeben eingetroffene Zeitung zu holen. Nach Deidra Blaseys Verhaftung war er die Verdächtigenliste noch einmal aufmerksam durchgegangen und hatte deshalb mit der Nachricht gerechnet.

Er klopfte an Cassandras Tür. Als er keine Antwort erhielt, schlich er auf Zehenspitzen hinein. Sie schlief noch tief und fest.

Die Bettdecke war halb heruntergerutscht, und er sah ihre langen, schlanken Beine im Halbdunkel des Zimmers.

»Ähem, Cassandra ...«, sagte er verlegen. »Cassandra, wachen Sie auf.«

»Wie spät ist es denn?«

»Kurz nach sieben. Ich hätte Sie weiterschlafen lassen, wenn das hier nicht wäre.« Oswald hielt ihr die Zeitung vor die blauen, noch verschlafenen Augen.

»›Komplize des Gerechten verhaftet‹«, las sie, dann überflog sie den Bericht und murmelte dabei: »›... handelt sich um Sergeant Kingston, Assistent von Colonel Blasey ... Auch an seinen Händen konnte die kriminaltechnische Untersuchung Spuren von T4 nachweisen ... Der Unteroffizier begleitete den Colonel stets auf allen Einsätzen ...‹ Natürlich sind da Sprengstoffspuren!«, empörte sie sich. »Die beiden hätten das T4 sogar geschluckt, um die Explosion in dem vollen Stadion zu verhindern!«

»Ich fürchte, das geht auf unseren Freund Glakas zurück. Ich gehe zum nächsten Zeitschriftenladen und kaufe noch mehr Zeitungen.«

Oswald trat hinaus in die frische Septemberluft, die von den Rocky Mountains herabwehte.

Er hatte gerade erst ein paar Schritte gemacht, als ein Mann auf ihn zukam. Flugs tauchte auch ein Kameramann auf, während der Reporter Oswald ein Mikro unter die Nase hielt und sofort loslegte.

»Guten Morgen, hier ist Jordan Cruner von K.C. News. Ich habe gerade Oswald Breil angetroffen. Für diejenigen, die ihn nicht kennen: Er hatte höchste Ämter beim israelischen Geheimdienst inne, war Mitglied der Regierung und Ministerpräsident seines Landes. In letzter Zeit wurde wiederholt seine Anwesenheit an jenen Orten bemerkt, an denen der Gerechte seine Terroranschläge verübte. Gestern wurde er selbst zum Ziel eines Anschlags, als er sich in Begleitung von Cassandra Ziegler befand, die vor Kurzem von ihrem leitenden Posten beim FBI freigestellt wurde. Dr. Breil, glücklicherweise haben Sie beide die Explosion der Autobombe überlebt. Könnten Sie unseren Zuschauern etwas über die näheren Umstände sagen?«

»Die laufenden Ermittlungen gestatten es mir nicht, eine Erklärung abzugeben«, antwortete Oswald knapp und ging weiter.

Jordan Cruner folgte ihm mit seinem schlenkernden, leicht hinkenden Gang. »Aber dass Sie sich stets in der Nähe leitender Ermittler ... Verzeihung, Ermittler*innen* der Bundespolizei befinden, hat doch sicher etwas zu bedeuten. Gibt es da eine Zusammenarbeit zwischen dem Nachrichtendienst Ihres und unseres Landes?«

»Ich bin ein ganz normaler Bürger und bekleide schon lange kein offizielles Amt mehr, weder in Israel noch anderswo.«

»Wie erklären Sie dann, dass Sie auf Zypern gesehen wurden, und zwar zusammen mit Cassandra Ziegler und der Armee-Angehörigen, der vorgeworfen wird, der Attentäter zu sein, der sich selbst der ›Gerechte im Namen Gottes‹ nennt?«

Oswald war bei dem Zeitungsstand angekommen. Er wich dem Reporter und dessen Kameramann geschickt aus, kaufte die Zeitungen, die ihn interessierten, und ging zurück zum Haus, während Jordan Cruner an der Ecke stehen blieb, um über den Fortgang der Ermittlungen zu berichten.

Die Verhaftung des Gerechten und seines mutmaßlichen Komplizen war das Topthema dieser Tage.

61. Kapitel

Nach den Aufzeichnungen von Asher Breil in Cortina d'Ampezzo 1967

Das Nachtlokal an der Sands Avenue in Las Vegas war gerammelt voll. Dichte, bläuliche Rauchschwaden hingen in der Luft und waberten im hellen Strahl des Scheinwerfers.

Und doch war das kein Vergleich zu den Publikumsmassen, die der große Schauspieler einst angezogen hatte. Die Leute kamen nur noch, um ihn wie ein wildes Tier im Zoo zu beglotzten, neugierig statt bewundernd und mit einer guten Portion Mitleid.

Der Scheinwerferspot dehnte sich aus, und im Saal wurde es still. Dann begann ein Sprecher, mit hohler, tiefer Stimme zu deklamieren: »›Ich habe Männer und Frauen getötet, Greise und Kinder, von Oblucitza und Novo Selo, wo die Donau ins Meer fließt, bis hinauf nach Rahova. Wir brachten über dreiundzwanzigtausend Türken und Bulgaren um, nicht mitgezählt die, die lebendig in den Häusern verbrannten, an die wir Feuer legten, oder denen unsere Soldaten nicht die Köpfe abschlugen ...‹ Aus einem Brief Draculas vom 11. Februar 1462 an Matthias Corvinus, König von Ungarn.«

An dieser Stelle kam der Sprecher hinter den Kulissen hervor und ging langsam und bedächtig auf der Bühne auf und ab, während er weitersprach: »Vielleicht ist Ihnen nicht allen bekannt, dass dieser Teufel wirklich gelebt hat. Vlad III. Dracula, Herr der Walachei, genannt Tepes, der Pfähler, ist wahrhaftig über diese Erde gewandelt, bevor diese sich auftat und die Flammen der Hölle ihn verschlangen. Er wurde 1431 in Sighisoara, vormals Schäßburg, geboren und starb 1476 in einer Schlacht bei Bukarest. Sein Leichnam wurde ohne den Kopf, den man dem türkischen Sultan als Trophäe schickte, in dem Kloster auf der Insel Snagov beigesetzt. Im Jahr 1931 wurde das wiederentdeckte Grab des walachischen Fürsten von Archäologen geöffnet, doch man fand nur das Skelett eines Tieres darin.

In der deutschen und slawischen Bevölkerung Osteuropas erzählt man sich seit Jahrhunderten zahlreiche Geschichten von der Grausamkeit des Pfählers.«

Jedes Mal, wenn der Sprecher eine Pause einlegte, erklang eine düstere Musik, um die Spannung zu steigern.

»So wird berichtet, dass eines Tages, als Dracula in der Nähe eines Richtplatzes voller Gepfählter speiste, ein hoch stehender Gast zu fragen wagte, ob ihn der Leichengestank nicht beim Essen störe. Daraufhin ließ Dracula den Unverschämten auf den höchsten der Pfähle stecken, damit er umso besser in den Genuss des von seinen Leidensgenossen ausgehenden Wohlgeruchs käme.«

Das Scheinwerferlicht färbte sich rot, der ganze Saal schien wie in Blut getaucht.

»Einmal versammelte Dracula alle Armen und Bettler seines Reichs in einem großen Saal und verköstigte sie mit einem reichhaltigen Mahl. Am Ende erkundigte er sich, ob sie wünschten, dass er sie von Elend und Not befreie. Ein Chor bejahender Rufe erhob sich aus der Menge der Ärmsten, worauf Draculas Wachen auf seinen Befehl hin die Türen von außen verschlossen und den Saal in Brand steckten.«

Fledermäuse, an unsichtbaren Fäden bewegt, flatterten durch das Lokal, und aus den Lautsprechern drang ein nervtötendes Fiepen.

»Eines Tages trafen einige Abgesandte des türkischen Sultans an Draculas Hof ein. Er hörte ihrer Rede aufmerksam zu und fragte sie dann, warum sie ihre Turbane nicht abnähmen, wenn sie vor ihm, dem Fürsten, ständen. Sie antworteten, dass es bei ihnen Brauch sei, den Kopf stets bedeckt zu halten. Daraufhin befahl Dracula, die Turbane auf den Köpfen der Gesandten festzunageln, damit sie dem Brauch ihres Landes auch ganz sicher immer Folge leisteten.«

Künstlicher Rauch stieg von der Bühnenmitte auf, wo mittels einer hydraulischen Vorrichtung ein kunstvoll geschnitzter Sarg emporgehoben wurde.

»Viel gäbe es noch über den Fürst der Finsternis zu erzählen, aber ich will zu dem Rätsel seines Todes zurückkehren. Als das

Grab leer vorgefunden wurde, ging man erneut der Frage nach dem Verbleib von Vlads sterblichen Überresten nach, zumal es hieß, dass zusammen mit ihnen auch der ungeheure Familienschatz begraben worden sei. Man entdeckte und öffnete ein zweites Grab, ebenfalls auf der Insel Snagov und nur wenige Schritte von dem ersten entfernt. Darin lag das Skelett eines Mannes, und aus den Überbleibseln der Kleider schloss man, dass es sich um einen Adeligen aus Draculas Epoche handelte. Er trug zwei Ringe an der Hand. Einige auf die Geschichte Rumäniens spezialisierte Historiker, die sich auch mit dem Drachenorden auskennen, dem Ritterorden, dem Dracula angehörte, sagten nach der Untersuchung der Ringe, der eine sei der Ordensring und der andere ein normales Schmuckstück von feiner Machart. Es fehlte jedoch der Ring, von dem man weiß, dass Vlad ihn stets trug, ein uralter Goldring, dessen Herkunft sich im Dunkel der Zeiten verliert. Da er sich nicht bei dem Toten fand, kann es sich bei diesem nicht um Vlad Dracula handeln. Kein Wunder, denn Dracula, der Vampir, ist immer noch unter uns …«

Der Sarg öffnete sich mit einem unheimlichen Knarren, und Bela Lugosi stieg daraus hervor, in seiner üblichen Aufmachung mit schwarzem Frack und weißgepudertem Gesicht. Der Ring an seinem Zeigefinger war deutlich zu sehen, angestrahlt von einem weißen Scheinwerferspot.

Die Bela-Lugosi-Show hatte begonnen.

Minhea Petru saß an einem Ecktisch und hatte es kaum erwarten können, dass sich der Sarg öffnete.

Die ganze Inszenierung hatte etwas Nostalgisches. Man schrieb das Jahr 1953, seit Ende des Zweiten Weltkriegs wirkte Lugosi höchstens noch in einem Film pro Jahr mit und dann meist nur in einer Nebenrolle. Die glorreichen Zeiten, in denen er mehrere Filme in einem Jahr abdrehte und auch noch auf der Bühne zu sehen war, lagen lange zurück.

Minhea fiel auf, wie zwei seiner Tischnachbarn, ein Mann und eine Frau, auf eine herausgerissene Zeitungsseite starrten. Sie zeigte ein Bild von Bela Lugosi in seiner typischen Vampirpose, die Hände nach dem Hals eines Opfers ausgestreckt. Der Ring der Könige funkelte an seinem klauenartigen Zeigefinger und war seltsamerweise rot eingekreist.

Es dauerte ein paar Minuten, ehe Petru die beiden wiedererkannte. Es war das Ehepaar Bàlaj, das vor rund dreißig Jahren zusammen mit Blaskó die Überfahrt nach Amerika gemacht hatte und dem er das Foto mit dem Ungarn im Hintergrund abgekauft hatte.

Sie würden ihn ihrerseits wohl kaum erkennen, was ihn beruhigte, denn niemand sollte ihn bei seinem Vorhaben identifizieren.

Zufällig hörte er, wie Bàlaj seiner Frau auf Ungarisch zuraunte: »Ceausescu wird uns ewig dankbar sein, wenn wir ihm den Ring bringen.«

Das warf Minheas ursprünglichen Plan über den Haufen – er musste sofort handeln, gleich nach der Vorstellung.

»Minheas Briefe an mich waren sehr ausführlich«, sagte General Sciarra zu Asher Breil. »Deshalb kann ich von seinen Erlebnissen berichten, als wäre ich selbst dabei gewesen.«

»Ja, Sie erzählen so lebhaft, dass auch ich mich in Ihren Freund hineinversetzen kann. Bitte fahren Sie fort!«

Die Vorstellung war seit gut einer Stunde zu Ende, das Theater verlassen. Für die Besucher von Las Vegas waren die Aufführungen in den Varieté-Theatern, die an die großen Kasinos angrenzten, ein netter kleiner Zeitvertreib in den Pausen zwischen einem Spieltisch und dem nächsten. War das Stück vorbei, widmeten sie sich wieder ganz dem Glücksspiel, das Glanz oder Ruin bescherte.

Minhea ging durch den Flur mit den Garderoben für die Schauspieler. Niemand hielt sich dort auf, keine Fans, die auf ein Autogramm hofften, keine Boten, die Blumensträuße brachten, keine Journalisten. Vor der Garderobe von Bela »Dracula« Lugosi blieb er stehen, zog seinen Revolver und öffnete die Tür.

Béla Blaskó lag reglos auf einer Couch, ein Speichelfaden hing ihm aus dem Mundwinkel.

Im ersten Augenblick hielt Minhea ihn für tot, doch dann hob sich sein Brustkorb in einem tiefen Atemzug. Lugosi schlief nur.

Minhea sah das silberne Kästchen auf dem Beistelltisch und schloss sofort, dass es das Morphium war, was Blaskó in diesen abwesenden Zustand versetzt hatte.

Das erleichterte ihm die Sache, sagte er sich und griff nach dem Ring.

Seine Emotionen überwältigten ihn fast, als er den Ring der Könige berührte, und Bilder liefen vor seinem geistigen Auge ab wie die Sequenzen eines Films. Er sah die heldenhaften Kämpfe zwischen dem Muqatil und Hito Humarawa, er sah Venedig, das von der Pest befallen wurde, sah seine Vorfahrin Celeste und den finsteren Campagnola. Er sah die Pracht des kaiserlichen Roms. Wie viel Geschichte, wie viele Geschichten waren mit diesem Ring verbunden! Und wie viele Hände hatten bereits über das Salomonsiegel gestrichen. Auch die von Dracula – womit er den echten Dracula meinte, nicht diesen Hochstapler im Morphiumrausch.

Minhea zog fester, und der Ring glitt von Lugosis Zeigefinger. Er steckte ihn in seine Jacketttasche und ging hinaus.

Auf einmal hörte er Schritte im Gang, die ihm entgegenkamen. Das Ehepaar Bàlaj war auf dem Weg zu Lugosis Garderobe, die Frau mit einem großen Blumenstrauß in den Händen. Natürlich sahen sie ihn auch, aber er baute darauf, dass sie ihn nicht erkannten, während er in eine andere, leere Garderobe schlüpfte.

Zurück in seinem Hotel in Las Vegas legte er den Ring auf den Sekretär und betrachtete ihn – noch ein wenig ungläubig – eine gute halbe Stunde lang, dann nahm er Füller und Briefpapier und schrieb seinem einzigen Freund.

Sciarra zog eine vergilbte Seite aus seiner Jackentasche. »Der Brief schließt mit den Worten: ›Nun, da meine Aufgabe erfüllt ist, werde ich wohl noch ein wenig in den Staaten bleiben und meine Erlösung von einer fast lebenslangen Obsession feiern. Nein, keine Angst, Alberto, nicht mit Alkohol. Ich war der Welt zu lange verloren gegangen, um auch nur einen einzigen Augenblick der mir verbleibenden Zeit auf diese Weise zu verschwenden. Ihr fehlt mir, du und Kimber.‹«

Alberto Sciarra hatte diesen Brief neun Tage nachdem er aufgegeben worden war, erhalten und ihn voll Bangen gelesen. Anders als Minhea konnte er keine Erleichterung empfinden, denn er hatte das Gefühl, dass es noch nicht vorbei war und eine große Gefahr über dem Freund schwebte.

Mitten in der Nacht klingelte im Schlafzimmer der Sciarras das Telefon. Die Zeiten, in denen Alberto nachts wegen Schwierigkeiten in der Firma geweckt wurde, waren lange vorbei. Es musste etwas Schlimmes passiert sein.

»Ein Anruf aus New York für Sie«, sagte die Stimme der Vermittlung.

»Hier ist Cesare, der stellvertretende Direktor des Plaza. Spreche ich mit Marchese Alberto Sciarra della Volta?«

»Ja, am Apparat. Was ist passiert?«

»Ein schreckliches Unglück, Marchese.«

»Sagen Sie schon!«

»Signor Petru... Oh Gott, es ist furchtbar! Er hat sich vor ein paar Stunden aus dem Fenster seines Zimmers gestürzt. Aus dem achten Stock. Es war nichts mehr zu machen.«

Alberto war stumm vor Schreck und glaubte, das Herz werde ihm stehen bleiben. Schließlich brachte er heraus: »Wie kam es dazu?«

»Die Polizei hat die Untersuchung praktisch schon abgeschlossen. Sie ist sicher, dass es sich um Selbstmord handelt. In seinem Zimmer sind mehrere Flaschen gefunden worden, und einige seiner Kleidungsstücke waren mit Alkohol vollgespritzt. Man ist zu dem Schluss gekommen, dass Signor Petru betrunken war und aus dem Fenster gesprungen ist.«

Wenig später legte Alberto auf.

Kimberly umarmte ihn, als sie erfuhr, was geschehen war, und konnte die Tränen nicht zurückhalten.

»Gleich morgen brechen wir nach New York auf«, entschied

Alberto. »Wir müssen Minhea nach Europa überführen, und außerdem will ich mir selbst ein Bild von dieser Geschichte machen. Irgendetwas stimmt da nicht.«

Sciarra lobte im Stillen die vier Wright-Cyclone-Motoren, mit denen die Lockheed Constellation der irischen Fluggesellschaft ausgestattet war. Bei seiner nervösen Unruhe, die ihm bereits auf den Magen schlug, hätte er eine lange Seereise nicht ausgehalten.

Cesare holte sie persönlich vom Flughafen ab. Im Plaza ging Sciarra sofort zu Minheas Suite. Dort herrschte nicht die Ordnung wie bei seinem letzten Besuch.

»Die Polizei hat alles mitgenommen, was sie für wichtig hielt, um das Motiv des Selbstmords zu klären«, sagte Cesare.

»Wissen Sie, ob auch ein antiker Goldring dabei war? Ein Siegelring mit einem sechszackigen Stern?«

»Nein, da bin ich mir sicher. Ich war bei der Durchsuchung dabei und musste die Liste der vorläufig beschlagnahmten Gegenstände unterschreiben. Darunter befand sich kein Goldring.«

Als Kimberly und Alberto beim zuständigen Polizeirevier eintrafen, war ihr erster Gedanke, wie sehr die Filmindustrie die Arbeit der amerikanischen Polizei doch beschönigte. Es herrschte ein unglaubliches Chaos, wie man es vielleicht auf einer Polizeistation in Mombasa nach einer Razzia erwarten würde. Niemand schien die Situation unter Kontrolle zu haben.

»Nehmen Sie Platz. Sie sprechen beide Englisch?«

Sciarra erkannte in dem Detective jenen Mann, der ihnen vor vielen Jahren mitgeteilt hatte, dass Minhea an dem Morgen vor seinem Unfall aus dem Polizeigewahrsam entlassen worden war. Doch er erwähnte diese frühere Begegnung nicht und nickte nur.

»Es liegt auf der Hand, dass sich Ihr Freund infolge eines schweren depressiven Anfalls das Leben genommen hat. Zu diesem Ergebnis sind wir nach unseren Ermittlungen gelangt.«

»Manchmal kann das, was offensichtlich erscheint, auch in die Irre führen, Detective«, gab Alberto zu bedenken.

»Na ja, ich würde mir das, was ich Ihnen jetzt sagen muss,

lieber ersparen. Obwohl ich schon so lange in diesem Job tätig bin, widerstrebt es mir immer noch, das Andenken eines Menschen zu besudeln.« Der Polizist holte zwei leere Schnapsflaschen aus einer Schublade seines Schreibtischs hervor und konsultierte eine alte Akte: »Minhea Petru – ich lasse die ganzen anderen Namen und Adelstitel mal weg –, geboren in Rumänien, wurde 1931 wegen Alkoholkonsums und -erwerbs verhaftet. Und die in seinem Zimmer sichergestellten Flaschen hier belegen, dass er sein Laster mit den Jahren nicht abgelegt hat. Für mich steht fest, dass sich Ihr Freund im Vollrausch aus dem achten Stock des Plaza gestürzt hat. Sogar seine Kleider waren mit Whiksy getränkt.«

»Ich dagegen vermute, dass man Sie und Ihre Kollegen täuschen will. Minhea hatte mir erst vor ein paar Tagen versichert, dass er nie wieder einen Tropfen Alkohol anrühren werde.«

»Die üblichen Schwüre eines Trinkers.«

»Sie sollten nicht so vorschnell über einen anderen Menschen urteilen, Detective. Sie kennen Minhea Petrus Geschichte nicht und wissen nichts von der schweren Erkrankung, die ihn vom Alkohol abgebracht hat.«

»Nein, das vielleicht nicht, aber ich sehe, was hier steht, nämlich dass er seit 1931 Alkoholiker war.«

»Wurde eine Autopsie vorgenommen?«

»Ja, aber das Ergebnis liegt noch nicht vor. Ich denke allerdings nicht, dass es da eine Überraschung geben wird.«

»Kann ich die Sachen sehen, die in seiner Suite sichergestellt wurden?«

Nach einem Blick auf die durchsichtige Plastiktüte, die eine Armbanduhr, eine goldene Geldklammer und ein paar hundert Dollar in Scheinen enthielt, sagte Alberto: »Es fehlt ein wertvoller Gegenstand, der für meinen Freund von großer Bedeutung war. Ein antiker Goldring, der mit Sicherheit aus seiner Suite entwendet wurde.«

»Ich weiß nichts von einem Goldring, dabei habe ich die Durchsuchung selbst geleitet.«

»Aber er war da, das weiß ich genau, und er könnte der Grund für Minhea Petrus Fenstersturz gewesen sein.«

»Wollen Sie hier Detektiv spielen, Mr. Sciarra?«

»Nein, aber ich möchte Licht in eine Angelegenheit bringen, die den Tod meines besten Freundes zur Folge hatte. Leider kann er uns nicht mehr berichten, was vorgefallen ist, aber vielleicht gibt uns die Autopsie einen Hinweis.«

»Die Autopsie ergab zweifelsfrei, dass Minhea Petru in den Stunden vor seinem Tod keinerlei Alkohol zu sich genommen hatte. Außerdem wurde bei der Untersuchung der Leiche eine Schwellung im Nacken festgestellt, die nicht vom Aufprall herrührte, sondern ihm vorher zugefügt worden war. Also hat man den Fall doch noch einmal genauer untersucht, doch schlussendlich wurde niemand wegen Mordes angeklagt, obwohl ich den Ermittlern von Minheas letztem Brief und der zwielichtigen Rolle des Ehepaars Bàlaj erzählte.«

»Was ist aus denen geworden?«

»Sie wurden nach zweimonatiger Beschattung verhaftet. Man bezichtigte sie der Spionage, aber nur der Mann wurde verurteilt, die Frau wurde freigesprochen, wobei wohl auch ins Gewicht fiel, dass sie eine erst zehnjährige Tochter hatte, um die sich jemand kümmern musste. Teofil wurde zu fünfzehn Jahren Gefängnis verurteilt, er müsste vor Kurzem entlassen worden sein.«

»Und niemand hat ihre Spionageaktivitäten mit Minhea Petrus Tod in Verbindung gebracht?«

»Nein, und es fand sich auch keine Spur von dem Ring, obwohl ich mein Möglichstes tat, um an ihn heranzukommen. Dabei erhielt ich sogar unerwartete Unterstützung von Bela Lugosi.«

»Inwiefern?«

»Dracula Blaskó veranstaltete einen ziemlichen Wirbel bei der Polizei und dem FBI, weil ihm ein kostbarer Ring aus der Garderobe gestohlen worden sei, und setzte eine Belohnung für dessen Wiederbeschaffung aus. Ein paar Tage später aber wurde seine Villa in Hollywood von Einbrechern heimgesucht, die als Einziges eine alte Schmuckschatulle voller Edelsteine mitnahmen. Blaskó gab an, es handele sich um einen Familienschatz, vergaß aber zu erwähnen, dass es sich dabei nicht um seine eigene Familie handelte.«

»Wie ging es mit Lugosi weiter?«

»Er starb am 16. August 1956 in einer Klinik in Los Angeles. Bevor er für immer die Augen schloss, sagte er angeblich noch: ›Ich bin Graf Dracula, ich bin der König der Vampire, ich bin unsterblich.‹ Und tatsächlich setzte sich die Vampirlegende fort. Man erzählt sich, dass der letzte Besucher, der dem Toten seine Ehre erwies, beim Verlassen des Leichenschauhauses eine riesige Fledermaus durch eine offene Tür entschwinden sah.«

»Sie haben mir eine wirklich fesselnde Geschichte erzählt, General Sciarra. Eine wundersame Geschichte. Ich bedauere nur, dass sie zu Ende ist«, sagte Asher Breil. »Darf ich fragen, was Ihre Vermutung bezüglich des Rings der Könige ist?«

»In Anbetracht des Interesses, das er offenbar in bestimmten rumänischen Kreisen erregt, halte ich es für wahrscheinlich, dass er diesem Ceausescu in die Hände gespielt wurde. Wenn Sie meine Meinung hören wollen: Ich glaube nicht, dass diese Geschichte tatsächlich zu Ende ist. Irgendjemand wird sie fortsetzen, jemand, dem ebenfalls an dem Ring der Könige gelegen ist. Meinen Sie nicht, Mr. Breil?« Der alte General zwinkerte ihm zu. »Es gibt immer noch viele Mysterien in dieser Angelegenheit: Draculas Schatz, die Schatulle voller Edelsteine, das Salomon-Siegel. Aber seien Sie auf der Hut, Asher. Die Lösung dieser Rätsel kann verhängnisvoll sein, wie sich gezeigt hat.«

»Ich versichere Ihnen, dass ich sehr vorsichtig sein werde, General Sciarra.«

»Gott, der Gott aller Menschen, sei mit Ihnen, Asher Breil.«

Ein neuer Sonnenuntergang färbte die Felswände der Dolomiten in allen Nuancen von Rosa. Asher Breil reichte dem Mann, der ihn diese sagenhafte Geschichte hatte miterleben lassen, die Hand. Er war sich bewusst darüber, dass er den Staffelstab eines langen Laufs durch die Jahrhunderte und über Kontinente hinweg erhalten hatte. Jetzt war es seine Aufgabe, seine allein, den Ring der Könige wiederzuerlangen.

Sara Terracini nahm die Finger von der Tastatur und stieß einen langen Seufzer der Befreiung aus. Die letzten Abschnitte von Asher Breils Bericht hatten sie in atemlose Spannung versetzt, während sie sie übersetzt hatte.

Sie chiffrierte den Schluss und schickte ihn über die weltweite Datenautobahn an Oswald, der ihn genauso gespannt und erwartungsvoll verschlingen würde wie sie.

Aber ihre Arbeit war noch nicht zu Ende. Oswald hatte sie nach dem ELS gefragt, und nach den Stunden, die sie sich mit dem Text beschäftigt hatte, glaubte sie, den »Schlüssel« gefunden zu haben.

Jetzt nicht aufgeben, Sara, spornte sie sich in Gedanken an, um ihre Müdigkeit zu überwinden. Sie hoffte nur, dass sich Oswald nicht wieder in den üblichen Schlamassel verwickeln ließ, den er wie einen Kometenschweif hinter sich herzuziehen schien, wo immer er hinging.

Doch sie ahnte schon, dass diese Hoffnung illusorisch war. Der Komet namens Oswald Breil konnte nicht vorbeiziehen, ohne das Schicksal der Menschen – und insbesondere Saras – zu beeinflussen, sei es zum Guten oder zum Schlechten.

62. Kapitel

Walachei, 1474

Die langen Jahre der Gefangenschaft, die Einsamkeit und die Abgeschiedenheit von der Welt hatten Fürst Dracula sehr verändert. Zwar hatte er weder seinen Mut noch seinen Stolz verloren, doch er war milder geworden, und Grausamkeit und Rachedurst, die ihn zum Schrecken seiner Feinde gemacht hatten, hatten in seinem Herzen neuen Empfindungen Platz gemacht.

Draculas Gedanken wanderten zu dem Ring, den er seinem Sohn damals um den Hals gehängt hatte, und er musste lächeln.

Es war eine Ironie des Schicksals, dass der Festungsturm von König Matthias' Kastell nahe der Stadt Buda ausgerechnet Salomon-Turm hieß.

Der Türriegel wurde von außen geöffnet. Ein Kerkeraufseher fesselte ihm die Hände, während ihn ein zweiter mit einer Pike bedrohte.

»Ein letztes Mal biete ich es dir noch an, Vlad: die Freiheit, das Fürstentum Walachei und die Hand meiner Nichte dafür, dass du dem orthodoxen Glauben entsagst und dich zum römisch-katholischen bekehren lässt.«

»Mein Herr und König, zehn lange Jahre habe ich in Euren Kerkern verbracht ohne rechtmäßigen Prozess und entehrt durch den Vorwurf des Verrats. Doch nie bin ich ein Bündnis mit Euren Feinden eingegangen, schon gar nicht mit den Türken.«

»Es gibt drei von deiner Hand unterzeichnete Briefe, die das Gegenteil beweisen.«

»Ihr wisst so gut wie ich, dass das Fälschungen sind, Majestät. Ich war Euch immer treu ergeben.«

»Das mag wohl sein, aber um Besitz, Macht und Freiheit wiederzuerlangen, wirst du dich vom orthodoxen Glauben lossagen müssen«, drängte Matthias.

»Ich bin bereit, mich zum katholischen Glauben zu bekehren, mein König«, sagte Dracula und beugte den Kopf.

Der König hielt Wort. Dass Vlad konvertierte, war für Matthias weit wichtiger als ein Sieg auf dem Schlachtfeld, ein enormer Erfolg in seinem politischen Machtspiel. Er brauchte die Unterstützung des Papstes, und die Rückführung der Walachei in den Schoß der römischen Kirche stellte eine hervorragende Referenz dar.

Obendrein würde die Freilassung Fürst Draculas die Proteste zum Schweigen bringen, die sich hier und dort erhoben hatten. Ob orthodox oder nicht, nach wie vor sahen viele in Dracula einen heldenhaften Verteidiger des Christentums.

Vlad und seine junge zweite Frau, die von königlichem Geblüt war, zogen in ein herrschaftliches Haus in Buda, wo er auf den geeigneten Moment wartete, erneut die Regentschaft in der Walachei zu übernehmen.

»Woran denkst du, mein Gemahl?«, fragte eines Tages die Fürstin, die kurz vor ihrer ersten Niederkunft stand.

»Ich schwöre dir, dass ich dieses Kind unter Einsatz meines Lebens beschützen werde.«

»Warum sprichst du so?«

»Bei meiner Flucht aus Poenari damals war ich gezwungen, meinen Sohn im Stich zu lassen.«

»Ich weiß, und ich ahne, wie sehr du darunter gelitten hast. Wenn es dir gefällt, könntest du mir erzählen, wie es dazu kam. Manchmal hilft Reden, um ein drückendes Gefühl der Schuld zu lindern.«

Dracula gab ihr eine knappe Schilderung der unglücklichen nächtlichen Ereignisse.

»Es scheint mir nicht, dass du dich für das, was damals geschah, verantwortlich fühlen musst. Du hast als guter Vater gehandelt, indem du versucht hast, deinem Sohn das Leben und die Freiheit zu retten. Bist du sicher, dass er tot ist?«

»Ja, denn wie sollte ein kleines Kind, das noch kaum laufen kann, die Gefahren des Waldes überleben?« Vlad legte eine Pause ein und überlegte, dann fuhr er fort: »Falls es mir gelingt, in mein Land zurückzukehren und erneut den Fürstenthron zu erobern, wirst du mit unserem Kind in Buda bleiben. Ich will euch nicht den heimtückischen Machenschaften meiner zahlreichen Gegner aussetzen.«

»Aber wer würde sich gegen einen Fürsten stellen, in dessen Adern das edle Blut der Herrscher der Walachei fließt und der nun wieder den Schutz des Königs von Ungarn genießt?«

»Da gäbe es viele, geliebte Gemahlin: die Bojaren, die Sachsen, die Geschlechter der Basarab und der Dinesti und nicht zuletzt die Soldaten unter dem Befehl des türkischen Sultans. Genügt dir das?«

»Josua!«, rief der Bauer grob. »Die Kühe brüllen, dass sich Gott erbarmen möchte. Hast du sie noch nicht gemolken?«

»Nein, Vater, das wollte ich gerade tun«, antwortete der Vierzehnjährige und hielt den Holzeimer für die Milch hoch.

Der Mann musterte ihn voll zärtlichen Stolzes. Das war fraglos der bestgeratene seiner fünf Söhne, klug, gehorsam, flink und stattlich. Josua hatte seine Erwartungen noch nie enttäuscht.

Als er allein war, schob er den Strohsack beiseite, auf dem er nächtens schlief, zog einen Ziegelstein aus dem Boden und holte die Kette darunter hervor. Fasziniert betrachtete er den goldenen Ring. Nun, da überall die Rede von einer bevorstehenden Rückkehr Draculas war, gebot ihm seine Ehrlichkeit, vor den Fürsten zu treten und ihm den Ring und schweren Herzens auch den so liebevoll aufgezogenen Sohn zurückzugeben.

Matthias, Dracula und sein Vetter Stephen von Moldawien begruben den Groll der Vergangenheit und schlossen im Sommer 1475 schriftlich ein Bündnis. Nunmehr vereint wollten die drei Feldherren gegen die muslimischen Invasoren zu Felde ziehen. Durch eine gute militärische Vorbereitung und das beharrliche Zurückschlagen der türkischen Angriffe sorgten sie dafür, dass sich die Ungläubigen in die Gebiete jenseits der Donau zurückzogen.

Im Sommer 1476 schließlich setzte der Metropolit von Arges Dracula wieder als Fürsten der Walachei ein.

»Warum hast du darum gebeten, bei mir vorzusprechen?«, fragte Dracula und forderte den Bauern und den Jungen, den er bei sich hatte, mit einer Handbewegung auf, ihn anzusehen.

»Was ich Euch zu sagen habe, Herr, ist sehr persönlicher Natur, und es wäre mir lieber, wenn uns niemand dabei zuhörte.«

Dracula wollte schon zornig aufbrausen ob dieses Mangels an Respekt, doch dann beschloss er, dem Wunsch dieses sanftmütig und wohlmeinend aussehenden Mannes nachzugeben, und hieß alle anderen, den Saal zu verlassen.

»Ich heiße Michail, und das ist mein Sohn Josua, Herr. Meine Familie hat das Land schon unter Eurem Vater bestellt.«

»Sprich weiter, Michail«, ermunterte ihn der Fürst.

»Josua ist nicht mein leiblicher Sohn, sondern ein Findelkind.«

»Es ist edelmütig und gut, ein ausgesetztes Kind bei sich aufzunehmen.«

»Als ich den Kleinen in dem Wald bei der Burg Poenari fand, trug er das hier um den Hals.«

Eine Goldkette erschien in der Hand des Bauern, an der blinkend der Ring der Könige baumelte.

»Mein Sohn! Mein Sohn!« Der Fürst sprang von seinem Thron auf, auf dem er gewöhnlich saß, wenn er Audienz gewährte. Er lief die drei Stufen des Podests hinunter und schloss den Jungen in die Arme, dann umarmte er auch Michail.

Der Bauer verneigte sich leicht und übergab ihm den Schmuck, den der kleine Josua getragen hatte. Lange hatte der ehrliche Mann auf diese Gelegenheit gewartet, und nun war ihm, als habe er eine Aufgabe zu Ende geführt, die ihm der Himmel übertragen hatte.

Dracula sprach lange mit den beiden und erfuhr von Josua, dass sein Adoptivvater viele Opfer gebracht hatte, um ihn großzuziehen wie einen eigenen Sohn.

»Du hast gut daran getan, dafür zu sorgen, dass diese Geschichte unter uns bleibt. Leider gibt es überall Verräter, und ich muss ständig auf der Hut sein. Wir werden dieses Geheimnis niemandem enthüllen, bis die Walachei für mich und meine Angehörigen wieder ein sicherer Ort ist. Derweil werde ich dich reich dafür entlohnen, dass du meinem Erstgeborenen das Leben gerettet hast, und deiner Familie ein angenehmes Leben ermöglichen. Ich werde bald erneut in die Schlacht reiten müssen, aber wenn ich wiederkomme, möchte ich, dass der Junge in den Palast zieht und seine beiden Halbbrüder kennenlernt, die Söhne, die mir meine zweite Frau geschenkt hat.«

Vlad Dracula wandte sich an den Jungen. »Du gehörst zu uns, wir werden bald zusammen unter diesem Dach leben. Es wird nicht mehr lange dauern.«

Doch Vlad III. von der Walachei sollte nicht aus dieser Schlacht zurückkehren.

Der Fürst fiel einem Hinterhalt zum Opfer, geplant von einigen seiner Soldaten, die sich an die Türken verkauft hatten. Er wurde eingekreist und, obwohl er wie ein Löwe kämpfte, am Ende überwältigt und zusammen mit seinen Getreuen getötet.

Der Kopf des Pfählers wurde vom Rumpf getrennt und lange auf der Stadtmauer von Konstantinopel zur Schau gestellt, als Beweis dafür, dass der gefürchtete Heerführer wirklich tot war. Seine Leiche wurde zum Kloster Snagov gebracht und dort in einer geheimen Krypta bestattet. Der Ring der Könige ging an seine Frau über, die ihn zusammen mit einer Schatulle von sarazenischer Machart ihrem Sohn Minhea vermachte. »Unser Passierschein in die Zukunft«, wurde das darin enthaltene Vermögen an Edelsteinen in der Familie genannt, und auch alle Nachkommen behandelten es so – als ein Erbe, das man nur in der Not angriff.

63. Kapitel

13. Oktober 2004

»Sie hatten recht, Oswald, die Zeit ist dahingerast, und wir sind keinen Schritt weiter«, sagte Cassandra kopfschüttelnd.

»Noch schlimmer ist, dass nach der Verhaftung von Blasey und Kingston niemand mehr an eine Gefahr durch den Gerechten glauben mag. Es sind nur noch wenige Stunden hin bis zu dem Attentat, und wir haben nichts erreicht.«

Oswalds Computer signalisierte eine eingegangene Nachricht.

VIELLEICHT HABE ICH ETWAS. Auf Hauptmann Bernstein war Verlass.

ICH BIN NICHT SICHER, ABER ICH GLAUBE, AUF DER RICHTIGEN SPUR ZU SEIN. ERLAUBEN SIE MIR, DIE KORANVERSE ZU WIEDERHOLEN, DIE DER GERECHTE ZITIERT HAT. »ER STAND AUFRECHT DA, GANZ OBEN AM HORIZONT« STAMMT AUS DER SURE AN-NAJM, WAS »DER STERN« BEDEUTET. DER ZWEITE VERS LAUTET: »DENEN, DIE UNGLÄUBIG SIND, WERDEN IHR VERMÖGEN UND IHRE KINDER VOR ALLAH NICHTS HELFEN. SIE WER-

DEN IM HÖLLENFEUER BRENNEN.« DAS IST DER SURE AL-'IMRAN (»DAS HAUS ÌMRÁNS«) ENTNOMMEN. DIE NAMEN DER SUREN HABEN UNS LEIDER AUF ABWEGE GEFÜHRT. AUCH ICH HABE VIEL ZEIT DAMIT VERTAN, NACH BEZÜGEN ZWISCHEN STERNEN, HÄUSERN UND UNGLÄUBIGEN ZU SUCHEN, ABER DIE LÖSUNG IST VERMUTLICH VIEL NAHELIEGENDER ...

Die Schuluniform der Islamic East Horizon School in Pasadena, Kalifornien, war sportlich-elegant. Die Mädchen trugen einen Rock mit grün-grauem Schottenmuster auf rotem Grund, der bis zur Wade reichte, dazu eine blickdichte weiße Strumpfhose und eine hochgeschlossene weiße Bluse. Manche Schülerinnen verhüllten den Kopf, andere nicht.

Für die Jungen gab es eine Hose im gleichen Schottenkaro mit weißem Hemd und schräg gestreifter Krawatte. Sie besuchten eine der besten islamischen Schulen des Landes.

Auf der Taxifahrt vom Flughafen bis zur Adresse 671 North Orange Grove Boulevard sagten Cassandra und Oswald kein Wort. Breil ging Bernsteins Mail noch einmal in Gedanken durch. ICH HABE MIT VERSCHIEDENEN SUCHMASCHINEN IN ALLEN MÖGLICHEN SPRACHEN RECHERCHIERT, AUCH SOLCHE VON LÄNDERN MIT ÜBERWIEGEND MUSLIMISCHER BEVÖLKERUNG, ABER OHNE ERGEBNIS, hatte der Hauptmann weiter geschrieben. HORIZONT UND STERNE SCHIENEN KEINE SINNVOLLEN IRDISCHEN VERBINDUNGEN ZU IRGENDWELCHEN KINDERN UND DEM ZORN ALLAHS ZU HABEN. DOCH DANN HATTE ICH EINEN GEISTESBLITZ: IM ERSTEN TEIL DER BOTSCHAFT STEHT ETWAS VON »VORBEREITUNG AUF DIE ZUKUNFT«, WAS ICH ZUERST AUF DEN BEVORSTEHENDEN RAMADAN BEZOG. SCHLIESSLICH ABER FRAGTE ICH MICH, WAS UNS ALLE AUF DIE ZUKUNFT VORBEREITET ODER VORBEREITET HAT. ANTWORT: DIE SCHULE. ES GIBT IN DEN USA ZWEI ISLAMISCHE SCHULEN MIT DEM NAMEN EAST HORIZON SCHOOL. ICH HABE MICH FÜR DIE ÖSTLICHER GELEGENE ENTSCHIEDEN, DEN HORIZONT, WO DIE SONNE ZUERST AUFGEHT: DIE EAST HORIZON ISLAMIC SCHOOL IN PASADENA.

Die Front des Schulgebäudes glich einer Hollywoodvilla, und fünf dickstämmige Palmen umstanden die Zufahrt vom dicht befahrenen Orange Grove Boulevard. Es gab auch noch einen einstöckigen Anbau, in dem sich das Sekretariat, die Schulleitung und weitere Büros befanden, sowie Sportanlagen und Spielplätze, deren sattgrüner Rasen das Ergebnis täglicher Pflege war.

Breil sah in die Augen der Kinder. Sie waren so klar und leuchtend wie die aller Kinder, egal, ob sie islamischen, jüdischen oder anderen Glaubens waren. Diese Kinder lebten in Frieden und hatten ein Recht darauf, dass es so blieb.

»Ich heiße Oswald Breil, Herr Direktor, und das ist Cassandra Ziegler vom FBI.«

Decha Jamal bekleidete das Amt des Schulleiters seit sechs Jahren und stammte aus Ostasien. Er war um die fünfzig, hatte einen wachen Blick und eine ruhige, wohlmodulierte Stimme. »Ich habe von Ihnen gehört, Dr. Breil. Was führt Sie in meine Schule?«

In diesem Moment dudelte Cassandras Handy. Sie nahm den Anruf an und hörte die elektronisch verzerrte Stimme des Gerechten sagen: »Geben Sie mir Ihren zwergenhaften Freund, Cassandra.«

Sie reichte das Telefon wortlos an Oswald weiter, der sah, wie blass sie auf einmal geworden war, und daher sofort ahnte, wer ihn sprechen wollte.

»Meinen Glückwunsch an Sie beide, dass Sie auch dieses Rätsel gelöst haben, wenn auch erst fünf vor zwölf, sozusagen«, tönte die metallisch klingende Stimme in Oswalds Ohr. »Jetzt hören Sie mir genau zu, Dr. Breil. Sie selbst werden jetzt die Kommunikation zwischen der Schule und der Außenwelt unterbinden, indem Sie die Telefonleitungen lahmlegen. Um Ihnen die Aufgabe zu erleichtern, verrate ich Ihnen, dass Sie den Anschluss für die Zentrale und für sämtliche Apparate an der Hauptschalttafel im Souterrain finden. Sie brauchen dort nur die Sicherung rauszunehmen. Jedes Gespräch über Mobiltelefone wird außerdem von mir mittels eines Scanners abgehört. Jeder Anruf, der irgendwelche kryptischen Umschreibungen oder rätselhaften Ausdrücke enthält, wird mich dazu veranlassen, dieses hübsche Spielchen sofort zu beenden. Es versteht sich von selbst, dass niemand etwas erfahren darf, weder die Schüler noch die Lehrer, mit Ausnahme des Direktors natürlich, dem Sie Ihren Verdacht soeben mitgeteilt haben. Sie dürfen auf keinen Fall Alarm auslösen. Niemand darf die Schule verlassen. Außer dem Sprengstoff habe ich zahlreiche Mikrofone in den Gebäuden und auf dem Campus verteilt. Jeder Verstoß gegen meine Anweisungen hat die sofortige Zündung der von mir versteckten Bomben zur Folge. Waidmannsheil, Dr. Breil.«

Der Gerechte unterbrach die Verbindung, und Oswald wandte sich wieder an den Direktor: »Ich erkläre Ihnen, was es mit unserem Besuch auf sich hat, Mr. Jamal, wenn Sie mir versprechen, dass Sie Ruhe bewahren und für Ruhe in der Schülerschaft sorgen, egal was passiert. Es ist jetzt zu spät, um das Gebäude zu evakuieren.«

Nachdem er die Situation geschildert hatte, fragte Oswald: »Wie viele Personen befinden sich derzeit auf dem Campus beziehungweise wohnen im Internat?«

»Etwa hundertfünfzig Schüler, fünfundzwanzig Lehrer und ein Dutzend andere Angestellte. Aber für morgen Vormittag erwarten wir viele auswärtige Schüler und Eltern zu dem großen jährlichen Buffet am Vortag des Ramadan.«

»Wir müssen also die Sprengsätze unbedingt vorher finden, auch wenn das nicht einfach sein wird, wie ich inzwischen aus Erfahrung weiß.«

Die ersten abendlichen Schatten dehnten sich in den Straßen von Pasadena. Niemand ahnte etwas von dem Drama, das sich hinter den Mauern der islamischen Schule abspielte. Die vom Sekretariat über das interne Lautsprechersystem verbreitete Behauptung, die Telefonanlage sei aufgrund einer technischen Störung vorübergehend außer Betrieb, rief kein großes Aufsehen hervor.

»Machen wir uns an die Arbeit, wir haben nur noch ein paar Stunden«, sagte Oswald.

Die wenigen Stunden waren verflogen wie nichts, als Oswald, Cassandra und Jamal am Ende ihrer Kräfte auf die Sitzgelegenheiten im Büro des Direktors sanken.

Der Tag war viel zu früh heraufgedämmert, wie immer, wenn man sich wünscht, dass die Nacht nie enden möge.

»Wir haben jetzt jeden Winkel, jeden Gemeinschaftsbereich, jedes mögliche Versteck abgesucht und nichts als die hier gefunden.« Cassandra warf die zwölf Minispione auf den Schreibtisch, die sie bei ihrer Durchsuchung entdeckt hatten. »Und ich bin sicher, dass das nicht alle Wanzen sind. Es gibt bestimmt noch mehr, und der Gerechte lacht sich in diesem Moment ins Fäustchen.«

Jamal trat ans Fenster, das auf die Zufahrt hinausging, und sah, dass bereits die ersten Schüler in Begleitung ihrer Eltern das Hauptgebäude betraten.

»Wanzen unschädlich machen …« Der Direktor schlug sich mit der Hand gegen die Stirn, sprach aber nicht weiter, weil Oswald ihn mit einem Zeichen daran hinderte.

Breil schaltete das Radio ein und flüsterte Jamal zu: »Gut, was wollten Sie sagen?«

»Einige Schüler der Abgangsklasse haben eine Art Magnetdetektor konstruiert, ähnlich denen, mit denen man Wanzen und solche Sachen ausfindig macht.«

»Bingo!«, entfuhr es Oswald. »Dann sollten wir die Schule noch einmal mit diesem Apparat abgehen, vielleicht fangen wir damit sogar die Magnetwellen auf, die der Zündmechanismus eines Sprengsatzes aussendet.«

In den folgenden zwei Stunden eilten die drei erneut durch die Schule, unter den verwunderten Blicken von Lehrern und Schülern. Auf deren Fragen antwortete Jamal, Oswald und Cassandra seien zwei Techniker der Telefongesellschaft, die nach der Ursache der anhaltenden Störung forschten.

Als Oswald und Cassandra ins Direktorenzimmer zurückkehrten, hatten sie weitere zwanzig Minispione gefunden, doch das war leider das einzig positive Ergebnis ihrer Suche – kein Signal hatte einen Hinweis auf das Versteck der Sprengsätze geliefert.

Auf einmal packte Oswald Cassandra am Arm. Aus dem Büro des Direktors drang eine erregte weibliche Stimme. »Ich habe ein Recht darauf, es zu erfahren, Sir. Ich bin nicht nur Lehrerin hier, sondern auch für die Sicherheit in diesem Institut zuständig. Entweder sagen Sie mir jetzt, was hier vorgeht, oder …«

»Beruhigen Sie sich bitte, Mrs. Adnan. Wie gesagt, das sind Techniker der Telefongesellschaft, die die Störung beheben …«

»Ach, hören Sie doch auf damit. Es wundert mich, dass niemand außer mir die beiden erkannt hat, auch wenn sie diese lächerlichen Arbeitsoveralls tragen, die seltsamerweise genauso aussehen wie die unserer Hausmeister. Ihre Gesichter kennt man doch aus allen Zeitungen, und ich frage mich, was ein ehemaliger israelischer Ministerpräsident und eine suspendierte FBI-Agentin hier in unserer Schule zu suchen haben. Entweder antworten Sie mir jetzt, oder ich sehe mich gezwungen, mit meinem Handy die Polizei anzurufen und …«

In dem Moment betraten Oswald und Cassandra das Zimmer und bedeuteten der Frau, still zu sein. Anschließend inspizierte Oswald jede Wand und jedes Möbelstück mit dem von den Schülern entwickelten Gerät.

Nachdem er sich vergewissert hatte, dass der Raum frei von Mikrofonen war, sagte er: »Ich heiße Breil, Oswald Breil. Aber ich brauche mich ja nicht mehr vorzustellen, wie ich gehört habe, Mrs. Adnan. Cassandra Ziegler und ich sind ganz auf eigene Initiative hier, da keines der staatlichen Organe, an die wir uns gewandt haben, auf uns hören wollte.«

»Ich bin Xaviera Adnan. Wir befinden uns in der Gewalt dieses ›Gerechten‹, nicht wahr, Dr. Breil?«, fragte die Lehrerin, die dunklen Augen weit aufgerissen.

Oswalds Mobiltelefon schlug an, und kurz darauf vernahm er wieder die Stimme des Gerechten: »Wie ich zugeben muss, sind Sie ein ebenso ausdauernder wie talentierter Spieler, Dr. Breil.«

»Und Sie finden großes Vergnügen daran, anderen Leid zuzufügen. Das deutet auf einen ausgesprochen kranken Geist hin.«

»Sie sollten vorsichtig sein mit beleidigenden Äußerungen,

sonst könnte jemand mal auf die Idee kommen, Sie als Zwerg zu bezeichnen. Und ob krank oder nicht, dieser Geist ist so freundlich, Ihnen mitzuteilen, dass es noch vier Stunden bis zum Ablauf des Ultimatums sind.«

»Vier Stunden«, verkündete Oswald, als der Terrorist die Verbindung unterbrochen hatte. »Wir haben nur noch vier Stunden Zeit.«

Cassandra wandte sich wieder an die Lehrerin. »Wir leugnen es nicht – offenbar hat der Gerechte einen oder mehrere Sprengsätze in der East Horizon School versteckt«, sagte sie und zählte die Verbote auf, die der Attentäter unter der Androhung, die Bomben sofort zu zünden, aufgestellt hatte.

»Ich weiß nicht, ob es so etwas wie ein sechster Sinn war oder einfach Weitblick«, verkündete Mrs. Adnan daraufhin. »Jedenfalls habe ich mir als Sicherheitsbeauftragte der Schule schon vor einer Weile Gedanken über alternative Fluchtwege gemacht. Ich habe einen Plan für den Notfall erstellt, der uns jetzt eventuell nutzen könnte. Einen Moment bitte.«

Oswald sah auf die Uhr. Es war neun Uhr morgens, die Bomben sollten um dreizehn Uhr explodieren. Selbst wenn es ihnen gelänge, sie zu finden, wer würde sie noch rechtzeitig entschärfen können, wenn schon eine Sprengstoffexpertin wie Colonel Blasey mehrere Stunden dazu gebraucht hatte? Der Vorschlag der Lehrerin war vielleicht die einzige Möglichkeit, die sieben- bis achthundert Menschen zu retten, die zur Zeit in der Aula versammelt waren und sich demnächst aufs Buffet stürzen würden.

Es dauerte ein paar Minuten, ehe Xaviera Adnan mit einem Gebäudeplan und einigen Straßenkarten von der Umgebung zurückkam. »Direkt unter der Aula verläuft ein Hauptabwasserkanal«, erklärte sie und tippte auf den Grundriss der Schule. »Ich bin ihn selbst etwa hundert Meter lang abgegangen. Er führt in nördliche Richtung, auf die Bradford Street zu, und ich schätze, dass er der gesamten Länge nach begehbar ist. Wir könnten ihm bis zum nächsten Gully folgen und die Menschen in der Nähe der Bellefontaine oder Barclay Street herausbringen, an einer Stelle, die von dem Terroristen, der die Schule und die Zufahrtsstraßen sicherlich beobachtet, nicht einsehbar ist.«

»Es wird nicht leicht sein, Hunderte von Menschen durch einen Abwasserschacht zu evakuieren, aber ich halte das für die einzig praktikable Lösung«, stimmte Oswald zu. »Fangen wir an.«

In der Aula überprüfte Oswald zuerst mit dem Magnetometer, ob auch keine Wanzen mehr vorhanden waren. Dann ging er in einen angrenzenden Raum und reaktivierte einen der Minispione, den er vor einer Lautsprecherbox anbrachte. Er legte eine CD mit Aufnahmen des Schulchors ein. Auf diese Weise hatte der Gerechte ein bisschen Gesellschaft.

»Ich habe die gesamte Aula entwanzt und mir eine Ablenkung für den Terroristen ausgedacht, Herr Direktor. Sie können jetzt zur Schulgemeinde sprechen.«

»Meine Damen und Herrn, liebe Schülerinnen und Schüler, ich bitte um Aufmerksamkeit. Ruhe bitte!« In der Aula wurde es still. »Ich möchte alle dringend ersuchen, Ruhe zu bewahren und unbedingt den Anweisungen, die wir gleich erteilen, Folge zu leisten. Wir müssen die Schule evakuieren. Die Mütter kümmern sich bitte um ihre Kinder und auch um die, deren Eltern heute nicht hier sind. Alle hören strikt auf Dr. Breil – das ist der Gentleman dort neben Mrs. Adnan – und auf Miss Ziegler neben ihm. Es besteht kein Grund zur Sorge, wenn alle ruhig bleiben und sich an die Anordnungen halten.«

Mithilfe eines der Gebäudemanager hoben Oswald und Mrs. Adnan die schwere quadratische Kanalabdeckung ab, die sich vor dem Rednerpult befand. Eine Eisenleiter führte senkrecht nach unten in die finsteren Eingeweide der Stadt.

»Warten Sie, ich mache ein wenig Licht«, sagte Xaviera Adnan und stieg durch die Luke. Kurz darauf wurden der Schacht und der Kanal darunter von einigen tragbaren Lampen beleuchtet.

»Lassen Sie zuerst ein paar Männer hinuntersteigen, die mir mit den Kindern helfen!«, rief Xaviera aus der Tiefe der Kanalisation nach oben. »Und schicken Sie mir einen Hausmeister mit ein paar Taschenlampen, dann werde ich die ersten Kinder bis zum Ausgang an der Bellefontaine Street bringen und anschließend zurückkommen und die nächsten führen.«

»Die Frauen und Kinder bitte rechts versammeln, die Männer links. Setzen Sie sich anschließend bitte wieder hin, es ist wichtig, dass alles so geordnet wie möglich abläuft.«

Eltern wie Schüler verhielten sich glücklicherweise sehr diszipliniert.

»Sie klettern in den Schacht und helfen der Lehrerin, die Frauen und die jüngsten Kinder hinunterzubringen«, sagte Breil zu drei Vätern, die ihm am tüchtigsten erschienen. Die ersten Mütter und Kinder wurden zu der Luke im Boden geführt und stiegen mit Unterstützung der Helfer hinunter. Unten im Kanal wurde ihnen der Weg gewiesen.

Oswald und Mrs. Adnan hatten drei weitere Ausgänge bestimmt, ebenfalls in der Nähe der Bellefontaine-Kreuzung, und sie waren der Ansicht, viel Zeit zu sparen, wenn sie den Strom der Evakuierten aufteilten.

Bald war bereits die Hälfte der Schüler und Eltern außer Gefahr.

Oswald warf einen Blick auf seine Armbanduhr. Es war 10 Uhr 32. Die zweieinhalb Stunden bis zur angedrohten Detonation waren mehr als ausreichend, um alle herauszubringen.

Da dudelte sein Handy.

»Lange nichts von Ihnen gehört, Dr. Breil«, sagte die elektronisch verzerrte Stimme. »Und diese muselmanischen Leiergesänge gehen mir allmählich auf die Nerven. Sie haben doch wohl nicht etwa meine Mikrofone entfernt? Leider muss ich Ihnen mitteilen, dass ich aufgrund dieser unerträglich monotonen Klänge den Zeitplan verkürzen werde. Das Fest wird seinen Höhepunkt schon zwei Stunden früher erreichen, also um Punkt elf. Ihnen bleiben wenig mehr als fünfundzwanzig Minuten, Breil.« Damit legte er auf.

»Schnell, macht schneller!«, versuchte Oswald, das Rettungsmanöver zu beschleunigen.

Es war 10 Uhr 45. Er überschlug, dass noch rund zweihundert Menschen in der Aula waren. Sie mussten es schaffen.

Um 10 Uhr 50 waren es noch knapp über hundert.

Um 10 Uhr 55 bat Oswald Cassandra, den Direktor und

Mrs. Adnan, die Aula zu verlassen. Er würde als Letzter gehen, sie hatten alle hinausgebracht.

Die drei waren gerade durch die Luke verschwunden, als ein verzweifelter Schrei aus dem Kanal heraufdrang. Cassandra versuchte vergeblich, den Mann zurückzuhalten, der wieder hinaufklettern wollte.

»Meine Tochter, meine Tochter Safiya ist nicht mit ihrer Mutter und ihrem Bruder nach unten gestiegen. Meine Frau dachte, sie sei bei mir!«

Oswald erkannte in dem Mann auf der Eisenleiter einen der Väter, die als Erste hinuntergestiegen waren, um die anderen zu führen. Er hielt einen verängstigten Jungen an der Hand.

»Bringen Sie sich mit Ihrem Sohn in Sicherheit, ich finde Ihre Tochter!«

Der Mann hörte nicht auf ihn und kletterte nach oben. Da richtete Oswald seine Pistole auf ihn. »Tun Sie, was ich sage! Keine Zeitverschwendung jetzt! Ich werde das Gebäude nicht ohne Safiya verlassen!«

Angesichts von Oswalds Entschlossenheit gab der Vater nach und stieg zurück in den Abwasserkanal.

Oswald sah erneut auf seine Armbanduhr. 10 Uhr 58. Er glaubte, ein leises Weinen zu hören.

Safiya hockte unter einer Bank ganz hinten in der Aula und zitterte wie Espenlaub.

Oswald streichelte ihr über den Kopf, dann nahm er sie auf die Arme.

Der Kanalschacht an der Ecke Bellefontaine Street und Barclay Avenue sowie zwei andere in unmittelbarer Nähe glichen spontan entstandenen Geysiren, nur dass keine heißen Wasserfontänen aus ihnen hervorquollen, sondern Kinder in der Uniform der East Horizon Islamic School in Begleitung von Eltern und Lehrern. Der Straßenverkehr kam zum Erliegen, was einerseits an der Gruppe Menschen lag, die dem Film *Reise zum Mittelpunkt der Erde* entsprungen zu sein schienen und die Fahrbahn versperrten, andererseits daran, dass dieses einzigartige Ereignis verständliche Neugier bei den Einwohnern dieser ruhigen kalifornischen Stadt hervorrief.

Die Eltern wirkten deutlich erschrockener als ihre Kinder. Cassandra sah nervös auf die Uhr, es war wenige Sekunden vor elf. Sie spähte in den Kanalschacht und hoffte, Breils großen Kopf aus der Dunkelheit auftauchen zu sehen.

Die Explosion ließ die Erde beben, erschütterte Häuser und Autos. Viele Fensterscheiben barsten.

Unwillkürlich sahen alle zu dem Ort hin, von dem das Getöse ausging. Eine pilzförmige schwarze Rauchwolke, die im Süden über den Häusern aufstieg, zeigte an, dass der Gebäudekomplex der East Horizon School nicht mehr existierte.

»Oswald! Oswald!«, schrie Cassandra in den Kanalschacht hinein.

Jamal, der Schulleiter, ging zu ihr und legte einen Arm um sie. »Wir alle haben unser Leben einem jüdischen Helden namens Oswald Breil zu verdanken«, sagte er traurig.

Cassandra wollte gerade in Tränen ausbrechen, als Oswald auftauchte. Er war von Staub bedeckt, schien aber unverletzt. Ebenso das Mädchen, das er auf seinen Armen trug, obwohl es kaum kleiner war als er selbst.

»Nehmt mir mal diese Riesin ab«, sagte Breil, und Safiyas Vater war sogleich zur Stelle.

Cassandra und Mrs. Adnan halfen Oswald heraus und umarmten ihn überglücklich.

»Wenn einer, der aus dem Bauch der Erde kommt, immer so empfangen wird, werde ich ab morgen Höhlenforscher«, witzelte er.

Inzwischen hatten ihn die Schüler und ihre Eltern bemerkt und brachen in lebhaften, dankbaren Applaus aus.

»Diese Kinder sollen weiter in Frieden leben«, bekräftigte der kleine Mann und winkte in die Runde.

Da spürte er einen heftigen Stich im Rücken und sackte auf der Straße zusammen. Ein Splitter hatte ihn getroffen und war in der Hüfte stecken geblieben, doch in der Eile der Flucht hatte er keine Gelegenheit gehabt festzustellen, was den plötzlichen Schmerz verursacht hatte.

Am nächsten Morgen prangte das Foto – aufgenommen von einem Passanten, der damit ein Vermögen verdiente – des ehemaligen israelischen Ministerpräsidenten, der gerade ein muslimisches Mädchen rettete, auf den Titelseiten der halben Welt.

Die Artikel hatten auf einmal einen ganz anderen Tenor als in den vergangenen Wochen, und keiner unterstellte mehr eine wie auch immer geartete Verwicklung von Breil und Ziegler in die Anschläge. Die beiden waren zu den unbestrittenen Helden im Kampf gegen den Gerechten geworden, und alle hofften, dass Breil bald wieder auf die Beine käme.

Der Vorfall wirkte sich auch auf die Haltung in den Führungsetagen der CIA und des FBI aus. Cassandra Ziegler wurde mit sofortiger Wirkung wieder in den Dienst aufgenommen, während der Direktor der CIA den Leiter der Antiterror-Abteilung, George Glakas, auf unbestimmte Zeit suspendierte.

Was soll's, dachte Glakas, als er sein Büro verließ. Was er hatte tun müssen, hatte er getan. Offenbar ahnte niemand, über wie viel Macht er bis zu diesem Tag verfügt hatte. Nun brauchte er nur noch abzuwarten, bis seine Rache perfekt war, und hoffen, dass ihn der Gerechte nicht noch einmal enttäuschte.

Nachdem man ihn aus dem Krankenhaus entlassen hatte, flog Oswald zu den Habars nach Denver. Während seiner Genesung versuchte er, sich in die perverse Denkweise des Gerechten hineinzuversetzen, um den möglichen Ort des nächsten Anschlags ausfindig zu machen. Immer wieder las er den zweiten Teil der Terrorbotschaft, der sich auf das zweite angekündigte Datum bezog, den zehnten Tag des Monats *Dhul-Hijja* beziehungsweise den 21. Januar des neuen Jahres, das bald beginnen würde.

Die Wallfahrt findet in den bekannten Monaten statt. Und wenn jemand zu dieser Zeit die Wallfahrt auf sich nimmt, so tritt er in den Weihezustand ein: Während der Wallfahrt enthalte er sich des Beischlafs und des Unrechts und des Streites. Was ihr an Gutem tut, das weiß Allah. Und versorgt euch mit

Wegzehrung! Doch die beste Wegzehrung ist Gottesfurcht. Daher fürchtet mich, die ihr Verstand habt!

Und als Moses für sein Volk um Wasser bat, sagten wir: »Schlag mit deinem Stock auf den Felsen!« Er tat es, und es brachen zwölf Quellen aus dem Felsen hervor. Da wusste jedermann, wo es für ihn zu trinken gab. Und wir ließen die Wolken euch überschatten und sandten hernieder auf euch das Manna und die Wachteln: »Esst und trinkt von dem, was Allah euch beschert hat, und treibt nicht im Land euer Unwesen, indem ihr Unheil anrichtet!«

»Essen ist fertig!«, rief Lilith und hoffte, Oswald damit vom Computer wegzulocken.

Das Telefon klingelte. Lilith ging hin und rief ihn erneut. »Es ist für dich. Ein Mann will dich sprechen. Ich weiß nicht, wer es ist.«

»Hier ist Ted Kaczynski, Mr. Breil. Sie erinnern sich, Sie haben mir diese Telefonnummer gegeben für den Fall, dass ich Sie kontaktieren möchte.« Die Stimme des Unabombers klang mit jedem Mal belegter und heiserer vom vielen Rauchen.

»Natürlich, Professor Kaczynski. Wie sollte ich mich nicht erinnern.«

»Ich verfolge Ihre Aktivitäten in der Presse und im Fernsehen und will nicht leugnen, dass ich Ihnen die Daumen drücke. Komisch, oder? Das ist, als würde ein Sioux die Siebte Kavallerie anfeuern.«

»Da haben Sie nicht ganz unrecht. Obwohl ich nicht gern mit General Custer verglichen werden möchte.«

»Na schön, genug der Nettigkeiten. Weshalb ich anrufe: Sie – das heißt, die Ermittler – haben sich doch bestimmt alle Videoaufzeichnungen von den Anschlägen, an die sie herankommen konnten, genau angesehen, jede Aufnahme vor, während und nach der Explosion. Ich habe diese Methode damals empfohlen, als die Polizei hinter dem Attentäter von Oklahoma City her war. Sehen Sie sich die Videos noch einmal aufmerksam an, Dr. Breil. Ich bin sicher, dass der Gerechte auf irgendeinem Bild verewigt ist. So war es auch bei Timothy McVeigh, der von einer Überwachungskamera im Murrah Building in Oklahoma gefilmt wurde, als er vor dem Gebäude einen Lieferwagen voller Sprengstoff abgestellt hat.«

»Ich werde Ihren Rat befolgen, obwohl wir uns alles schon mehrmals angesehen haben.«

»Aber nicht Sie persönlich, richtig? Manchmal ist ein unvoreingenommenes Augenpaar mehr wert als tausend Expertenblicke. Ich hoffe, Ihre Genesung schreitet gut voran, Dr. Breil.«

»Ich kann nicht klagen, Professor Kaczynski.«

»Haben Sie Vertrauen in Ihre Fähigkeiten, dann werden Sie als Sieger aus der Sache hervorgehen.«

Sobald das Gespräch beendet war, griff Oswald erneut zum Hörer.

»Wie geht es Ihnen, Oswald?«, fragte Cassandra als Erstes.

»Es ist schon mehr nötig, um mich auszuschalten. Ich wollte Sie um einen Gefallen bitten. Da ich ja während meiner Rekonvaleszenz irgendwie die Zeit totschlagen muss, könnten Sie mir vielleicht das gesamte Filmmaterial von den Überwachungskameras an den Anschlagsorten sowie die Fernsehberichte, Livereportagen und so weiter besorgen und hierherschicken lassen? Sie sind doch jetzt wieder in Amt und Würden, da sollte das kein Problem für Sie sein.«

»Ja, sicher, auch wenn ich nicht glaube, dass Ihnen die Aufnahmen viel nützen werden. Sie wurden als bedeutungslos für die Ermittlungen klassifiziert.«

»Mag sein. Es ist auch kein mangelndes Vertrauen in die Kollegen, ich würde einfach gern noch einmal einen Blick darauf werfen. Mein Freund, der Unabomber, behauptet, dass unvoreingenommene Augen manchmal mehr sehen als erfahrene.«

Zwölf Stunden später bekam Oswald fünf CDs mit insgesamt achtzehn Stunden Aufnahmematerial zugestellt. Er wappnete sich mit Geduld und machte sich daran, alles eingehend zu sichten.

Da waren die Berichte der Fernsehreporter, die bereits vor der ersten Explosion vor dem UN-Gebäude gedreht hatten. Da waren die Bilder von den Sicherheitskameras in der näheren Umgebung des Glaspalastes. Die Aufnahmen der Webcams entlang der Straße von Hormuz und das Gesicht von Jordan Cruner, der das Flammeninferno hinter sich kommentierte. Die Berichte von K.C. News, deren Vertreter schon vor Ort waren, bevor die ferngesteuerte Predator ihre Raketen auf die muslimischen Frauen vor dem Weißen Haus abgeschossen hatte. Die Bilder von dem furchtbaren Einsturz der Tribüne im Motodrom von Bahrain.

»Dieser Cruner scheint allgegenwärtig«, murmelte Oswald und legte noch einmal die erste CD ein, ließ sie in Einzelbildern ablaufen und öffnete das Menüfenster, das das Ton-Diagramm anzeigte. So konnte er den genauen Moment bestimmen, in dem die Bombe im zwölften Stock des Glaspalastes detonierte.

Das nächste Bild lieferte die Bestätigung: Alle Blicke der Anwesenden waren nach oben gerichtet, auf die Stelle, von der die heftige Erschütterung ausging. Er spulte ein paar Sekunden zurück: Die Umstehenden starrten noch auf die brennenden Überreste des Hubschraubers. Alle außer einem, der das Gesicht schon in Richtung der noch folgenden Explosion gewandt hatte.

Breil prägte sich die Kleidung dieser Person ein, da ihr Gesicht zu verschwommen war.

Dann sah er sich die Aufnahmen der Überwachungskameras an der 43rd Street an. In einigen Sequenzen war die Person von eben wieder zu sehen, sie hatte einen merkwürdigen, leicht hinkenden Gang.

Oswald rahmte das Gesicht des Mannes ein und zoomte es so weit heran, dass die Konturen noch deutlich blieben. Er verglich das Bild mit den anderen, die er zuvor gesichert hatte. Es bestand kein Zweifel – er wusste nun, wer sich hinter dem Terroristen und Massenmörder verbarg, der sich der »Gerechte im Namen Gottes« nannte.

WIE GEHT ES DIR, OSWALD?, schrieb Sara aus ihrem römischen Labor.

IMMER BESTENS, WENN ICH VON DIR HÖRE, SARA.

ALTER CHARMEUR. ICH MEINE EIGENTLICH DEINE GESUNDHEIT. ICH HABE MIR ZIEMLICHE SORGEN GEMACHT. WANN HÖRST DU ENDLICH AUF, UNS SOLCHE SORGEN ZU MACHEN?

WOHL ERST, WENN MEIN LETZTES STÜNDLEIN GESCHLAGEN HAT, WAS NOCH LANGE HIN SEIN MÖGE. ABER ES GEHT MIR WIRKLICH GUT. BALD WERDE ICH MEIN NORMALES LEBEN WIEDER AUFNEHMEN KÖNNEN.

NUR ZUR KLÄRUNG: UNTER »NORMALEM« LEBEN VERSTEHST DU, MIT EINEM KIND IN DEN ARMEN AUS EINEM GULLY ZU KLETTERN, WÄHREND EINE GANZE SCHULE AUF DICH NIEDERKRACHT?

SO UNGEFÄHR, NUR DASS ES KEINE GANZE SCHULE WAR, SONDERN NUR EIN METALLSPLITTER, DER MICH GETROFFEN HAT.

DEINE GUTE LAUNE HAT JEDENFALLS NICHT GELITTEN, WIE ICH MERKE. ABER JETZT ZU ANDEREN DINGEN: ES GIBT NUR EINEN EINZIGEN RING DER KÖNIGE, ODER?

JA, SICHER, UND WIR BEIDE KENNEN IHN SEHR GUT. ES IST DER, DER DIR VOR DEM UN-GEBÄUDE AUS DER HAND FIEL, ALS EIN IRRER AUS EINEM HUBSCHRAUBER AUF UNS GESCHOSSEN HAT.

ICH ERINNERE MICH IN ALLEN EINZELHEITEN DARAN. ABER WENN MICH NICHT ALLES TÄUSCHT, KAM DIESER RING AUS DEM FERNEN OSTEN ALS GESCHENK ZU MIR.

DAS STIMMT. OFFENBAR HAT CEAUSESCU IHN DER LETZTEN OFFIZIELLEN DELEGATION, DIE SEIN LAND BESUCHTE, VEREHRT, UND DAS WAR EINE CHINESISCHE. ZUFÄLLIG WAR ES AUCH CHINA, WOHIN SICH DER RUMÄNISCHE DIKTATOR NACH DEM STURZ SEINES REGIMES FLÜCHTEN WOLLTE. DAS HÄTTE ER WAHRSCHEINLICH AUCH GETAN, WENN ER NICHT EINEN ENTSCHEIDENDEN FEHLER BEGANGEN HÄTTE.

WAS FÜR EINEN FEHLER, OSWALD?

WENN WIR UNS WIEDERSEHEN, WERDE ICH DIR EIN BISSCHEN WAS ÜBER DIE LETZTEN MOMENTE DER CEAUSESCUS IN FREIHEIT ERZÄHLEN. JETZT SAG ABER, WIE GEHT ES MIT DEN ELS VORAN?

ICH WILL DIR NICHT VERHEHLEN, DASS MIR DEINE VERWUNDUNG UND DEINE GENESUNGSZEIT GELEGENHEIT GABEN, MEIN INTERESSE VORÜBERGEHEND AUF EINIGE MEISTERWERKE DER MALEREI ZU RICHTEN, DIE SICH SCHON SEIT MONATEN IN

MEINEM INSTITUT STAPELN. ABER INZWISCHEN HABE ICH MEINE HAUSAUFGABEN GEMACHT. ALSO: SNAGOV LIEGT NICHT NEUNUNDZWANZIG KILOMETER VON BUKAREST ENTFERNT, SONDERN RUND VIERZIG. ALSO DACHTE ICH, DAS KÖNNTE DER SCHLÜSSEL ZU EINER ELS SEIN, UND HABE DIE ZAHLEN ZWEI UND NEUN AUF DEN VERSCHLÜSSELTEN ORIGINALTEXT DEINES VATERS ANGEWANDT. AUSGEHEND VON DEM ZWEITEN BUCHSTABEN, HABE ICH JEDEN NEUNTEN HERAUSGESCHRIEBEN. DER SATZ, DER SICH ERGIBT, LAUTET: DIE SECHSTE STATION.

TUST DU MIR EINEN GEFALLEN, SARA? ICH HABE HIER IN AMERIKA NOCH EIN PAAR KLEINIGKEITEN ZU ERLEDIGEN, UND DANACH MUSS ICH WOHL FÜR EIN PAAR TAGE IN DEN MITTLEREN OSTEN. KÖNNTEST DU DIR ENDE JANUAR EIN PAAR TAGE FREIHALTEN? ICH VERSPRECHE DIR EINZIGARTIGE ERLEBNISSE IM SCHÖNEN RUMÄNIEN.

WIE ICH DICH KENNE, BREIL, GEHT ES BEI DEINEN »KLEINIGKEITEN« UM KATASTROPHEN VON GLOBALER TRAGWEITE, tippte Sara und lag damit mal wieder völlig richtig.

Die Agenten brachen die Tür mit dem zweiten Schlag des Rammbocks auf. Dann drangen sie, ausgerüstet mit Helmen, kugelsicheren Westen und blauen Einsatzjacken mit dem weißen Aufdruck »FBI« in Jordan Cruners Wohnung ein.

Der Reporter war ausgeflogen.

Obwohl Oswald noch nicht vollständig wiederhergestellt war, hatte er bei dem Einsatz zugegen sein wollen.

Zusammen mit Cassandra ging er hinein, sobald die Agenten grünes Licht gegeben hatten.

Cassandra wies auf die zwanghafte Ordnung hin, die in allen Räumen herrschte. »Auf der Akademie bringt man uns bei, dass ein ausgeprägter Ordnungswahn ein häufiges Charaktermerkmal bei Serienmördern ist. Alles wie aus dem Lehrbuch.«

»Ja, wie aus dem Lehrbuch, nur dass Tausende von Opfern nicht nur auf dem Papier ihr Leben gelassen haben. Und Cruner, der Gerechte, wird versuchen, noch mehr unschuldige Anhänger des Propheten in die Luft zu jagen.«

»Wir haben übrigens seinen Hintergrund durchleuchtet: Er

heißt in Wirklichkeit nicht Cruner, sondern Kreutznaer. Er ist Jude und wurde bei dem Anschlag auf die amerikanische Botschaft in Beirut im April 1983 schwer verletzt, als er seine Mutter dort besuchte, die in der Botschaft arbeitete. Sie war unter den zweiundsechzig Todesopfern, siebzehn davon Amerikaner. Jordan war damals zweiundzwanzig und SEAL bei der U.S. Navy gewesen. Er hielt sich zu einem der vielen Sondereinsätze der Elitekampftruppe im Nahen Osten auf. Bei seinen Kameraden war er als »Feenfinger« bekannt, weil er so feminine Hände hat und ein besonderes Geschick beim Bau von Zeitbomben, Minen und anderen Sprengsätzen. Nach dem Anschlag in Beirut musste ihm nach zwanzig Tagen Quälerei das rechte Bein amputiert werden. Die Ärzte glaubten anfangs, ihn nicht retten zu können, aber Kreutznaer überlebte, musste aber seine militärische Laufbahn aufgeben. All das zusammen hat wohl zu einem tief sitzenden Hass geführt, der ihn irgendwann in den ›Gerechten im Namen Gottes‹ verwandelte.«

»Tja, und mit all der Übung und Praxis, die er hatte, war es für ihn relativ leicht, eine Bombe in einem Schiff oder am Fundament eines Hauses anzubringen. Aufgrund seiner Erfahrung in technologischer Kriegsführung wusste er außerdem, wie man Telefonleitungen abhört, und konnte sich in die vom Pentagon verwendeten Frequenzen zur Fernsteuerung der Predator hacken. Und in dem Übertragungswagen von K. C. News konnte er Signale von jedem beliebigen Satelliten auffangen, sie nach Belieben manipulieren und wieder aussenden. Für mich bleibt nur noch eine Frage offen: Wie ist er an solche beträchtlichen Mengen von Sprengstoff gelangt?«

»Sagt Ihnen der Name Tom Farrader noch was? Der Soldat, der sich angeblich auf dem Stützpunkt Camp Lejeune umgebracht hat?«

»Ich erinnere mich vage«, sagte Oswald.

»Farrader war für die Munitions- und Sprengstoffvorräte einer der bestausgestatteten Militärbasen der Welt verantwortlich. Wir haben die Neuuntersuchung des Falls angeordnet, gehen aber davon aus, dass sich Farrader und Cruner kannten und die Materialquelle dort zu suchen ist. Das nötige Geld für seine Nebenbeschäftigung hatte Cruner jedenfalls – sehen Sie sich nur an, wie teuer diese Wohnung eingerichtet ist. Er ist einer der beliebtesten Fernsehjournalisten der USA. Als solcher konnte er sich auch die Ziele für seine Berichterstattung aussuchen, und die fielen immer mit den Aufenthaltsorten von Deidra Blasey und Sergeant Kingston zusammen. Er hat an alles gedacht, sogar an einen Sündenbock, um die Ermittlungen in die Irre zu führen. Ich bin froh, dass die beiden gleich nach dem Attentat in Pasadena freigelassen wurden. Aber wir brauchen noch mehr Beweise, um Cruner definitiv festzunageln. Und nicht zu vergessen – er hat einen neuen Anschlag für den 21. Januar angekündigt.«

Breil öffnete einen begehbaren Wandschrank und musterte die Buchtitel in dem Bücherregal rechts von ihm. Er wählte einen Band und zog ihn mit sicherem Griff ein Stück heraus.

Cassandra und ihre Kollegen vom FBI sahen verdutzt zu, wie die hintere Wand des Schranks zur Seite glitt und die Kammer offenbarte, in der der Gerechte seine Bomben, seine Ankündigungen und seine wahnsinnigen Bekennerschreiben fabriziert hatte.

Der Ring der Könige lag auf dem Schreibtisch neben dem Computer. Nicht weit davon fanden sie eine Ausgabe des Koran, die noch beim 197. Vers der zweiten Sure aufgeschlagen war. Oswald las laut: *»Die Wallfahrt findet in den bekannten Monaten statt …«*

Dann wandte er sich an einen der FBI-Agenten: »Bitte behandeln Sie diesen antiken Ring sehr behutsam, und lassen Sie ihn mir wieder zukommen, wenn Sie mit der kriminaltechnischen Untersuchung fertig sind. Er gehört mir. Oder, besser gesagt, einer lieben Freundin von mir, der ich ihn unbedingt zurückgeben will.«

»Oswald Breil, der Mann der tausend Geheimnisse. Verraten Sie mir, wie Sie das geschafft haben?«

»Was? Einer Freundin einen alten Ring zu schenken? Jeden Tag fragt irgendwo auf dieser Welt ein liebeskranker Mann eine Frau, ob sie ihn heiraten will. Wenn die Frau genauso verrückt ist, sagt sie Ja. Um diesen gemeinsamen Irrsinn zu besiegeln, kommt normalerweise ein Ring ins Spiel, ein Ring, der von jeder Machart und Form sein kann. Das Unbegreifliche ist nur, dass ich nie den Mut hatte, ihr zu sagen, warum ich ihr diesen Ring gegeben habe.«

»Das meinte ich gar nicht, Oswald, ich wollte wissen, wie Sie mit so traumwandlerischer Sicherheit den Öffnungsmechanismus für diese Geheimtür gefunden haben. Wir hätten erst Grundrisse vergleichen und die Wände mit Radar abtasten müssen und wahrscheinlich trotzdem eine Woche gebraucht.«

»Ganz einfach. Kreutznaer war der ursprüngliche Name von Robinson Crusoe. Ich dachte mir, dass der Gerechte dieser kleinen Eitelkeit bestimmt nicht hatte widerstehen können, als mein Blick auf das Buch von Defoe fiel. Aber jetzt sollten wir die Leute von der Spurensicherung ihre Arbeit tun lassen. Wir haben noch eine Rechnung zu begleichen, und zwar keine geringe.«

EPILOG

Der Dämon Aschmedai sagte: »Befreie mich von den Ketten und gib mir deinen Ring, in den der Name Gottes eingraviert ist, dann zeige ich dir meine Überlegenheit.«
Und Salomon nahm ihm die Ketten ab und gab ihm den Ring. Aschmedai verschluckte den Ring und schleuderte Salomon vierhundert Parasangen weit.

Jüdische Sage

Heilige Stadt Mekka, 19. Januar 2005

Ein Moslem kann die Heilige Stadt im Wesentlichen auf zwei Arten besuchen, was er mindestens einmal im Leben auch tun sollte: Da gibt es die *Hadsch*, die große Pilgerfahrt, und die *Umra*, die kleine Pilgerfahrt.

Während die *Umra* jederzeit unternommen werden kann, muss die große Pilgerfahrt innerhalb eines bestimmten Zeitraums stattfinden, nämlich zwischen dem achten und dem zwölften Tag des Monats *Dhul-Hijja*, des zwölften Mondmonats des islamischen Kalenders.

Die *Umra* sieht vor, sich in einem Weihezustand *(Ihram)* zur großen Moschee *Masjid al-Haram* zu begeben. Dort muss der Gläubige den sogenannten *Tawaf* vollziehen und die *Ka'ba*, den Heiligen Stein, sieben Mal gegen den Uhrzeigersinn umschreiten.

Danach bricht der Pilger zu einem siebenmaligen Gang zwischen den Hügeln Safâ und Marwa auf, an dessen Ende ihm der Kopf rasiert wird, womit zugleich der Weihezustand beendet ist.

Die große Pilgerreise dagegen umfasst vielfältigere und zeitaufwändigere Verrichtungen. Die Gläubigen fahren von einem heiligen Ort zum anderen, von Mina zum Berg Arafat und von dort nach Muzdalifa, und gehen dort den vorgeschriebenen religiösen Ritualen nach, wie zum Beispiel dem Opfern eines Hammels oder der symbolischen Steinigung des Teufels, wobei sieben Steine gegen eine Steinwand geworfen werden.

Oswald Breil lächelte, als er die sechste Umrundung der *Kaaba* begann. Er trug einen langen falschen Bart, der sein Gesicht vollkommen unkenntlich machte. Beim Gehen dachte er wieder an die Ereignisse, die ihn, den Juden, ins Herz der Heiligen Stadt der Moslems geführt hatten.

Es war nicht mehr schwer gewesen, Mekka als das neue Anschlagsziel des Gerechten zu identifizieren. Jordan Cruner jedoch hatte seine Spuren verwischt, nachdem er mit einer Fernsehcrew in Saudi-Arabien gelandet war, um an den heiligen Stätten des Islam einen Bericht für K.C. News zu drehen.

Für einen Nichtmoslem bedeutete es keine geringen Schwierigkeiten, durch den lückenlosen Sicherheitskordon um die Heilige Stadt zu gelangen. Für einen Juden war das praktisch unmöglich. Breil hatte jedenfalls nicht den offiziellen Weg gehen können, um seine Ermittlungen vor Ort fortzusetzen.

Der Zufall war ihm zu Hilfe gekommen, während er sich noch den Kopf darüber zerbrochen hatte, wie er Mekka erreichen sollte, ohne die saudischen Spezialtruppen auf den Plan zu rufen – wobei es in dem Fall keine Rolle spielte, dass diese bei den Israelis wegen ihrer dürftigen Ausbildung in Verruf standen.

»Dr. Breil?«, hatte eine sanfte Stimme mit einem leichten arabischen Akzent auf Englisch gefragt.

»Ja, am Apparat.«

»Ich habe mir erlaubt, mich bei den amerikanischen Behörden an höchster Stelle nach Ihrer Nummer zu erkundigen. Hoffentlich störe ich nicht. Mein Name ist Qabil, ich bin der Privatsekretär König Fahds von Saudi Arabien. Seine Exzellenz hat mich gebeten, Sie zu kontaktieren, weil er sich gern einmal mit Ihnen unterhalten würde, wenn es Ihnen recht ist.«

»Selbstverständlich. Sagen Sie mir nur wann und wo, dann werde ich mich zur Verfügung halten.«

»Wenn es nicht ungelegen kommt, könnte ich Sie jetzt gleich mit dem Hüter der heiligen Stätten verbinden.«

Oswald wusste, dass der saudische Herrscher den Titel »Hüter der heiligen Stätten des Islam in Mekka und Medina« der Anrede »Majestät« vorzog, um sich mit einem sakralen Nimbus zu umgeben, um das Volk von seiner Neigung zum Luxus, seiner prowestlichen Gesinnung und nicht zuletzt von dem ausschweifenden Lebenswandel, dem sich einige Mitglieder seiner Familie hingaben, abzulenken.

Die Stimme des Regenten war nicht mehr die jugendlich-schrille, die im Jahr 1981 den arabischen Ländern die wesentlichen Punkte eines Plans zur Versöhnung mit Israel aufgelistet hatte. Dieser Plan hatte sich als inakzeptabel für alle Mitglieder der Liga erwiesen, und Fahd blieb lange einer der wenigen, die den Versuch einer Annäherung zwischen seinem Land und dem jüdischen Staat unternahmen.

Er war mittlerweile über achtzig und lebte krank und geschwächt in seiner fürstlichen Residenz in Genf. De facto hatte er zugunsten seines unwesentlich jüngeren Bruders Abdullah abgedankt, trug aber immer noch den Königstitel.

»Ich bin erfreut, mit Ihnen sprechen zu können, Dr. Breil«, sagte Fahd und klang sehr müde. »Vor allem, da Sie zu denen gehören, die den Idealen der Brüderlichkeit und Gleichheit unter allen Völkern nachstreben. Sie haben Ihr eigenes Leben eingesetzt, um viele muslimische zu retten. Gott wird Sie für Ihren Mut belohnen.«

»Ich danke Ihnen, Exzellenz.«

»Ihnen ist sicher bekannt, das zu meiner Familie ein großer Kreis von engeren und ferneren Verwandten gehört. Manche sagen, er bestehe aus fünftausend Personen. Mir ist es trotz meines fortgeschrittenen Alters nie gelungen, sie alle zu zählen. Daher beschränke ich mich darauf, diejenigen im Auge zu behalten, die mir am nächsten stehen. Viele von ihnen leben hier in der Schweiz, andere in den Vereinigten Staaten. Die kleine Safiya, das Mädchen, das Sie bei dem Anschlag auf die Schule in Pasadena gerettet haben, ist eine meiner Lieblingsenkelinnen.«

Oswald hörte die Rührung in der Stimme des alten Monarchen.

»Ich möchte mich erkenntlich zeigen, Dr. Breil. Bitte äußern Sie einen Wunsch, ich werde ihn erfüllen. Keine Summe wäre zu hoch als Dank für Safiyas Leben.«

»Sie schulden mir nichts, Exzellenz. Jeder andere an meiner Stelle hätte ebenso gehandelt.«

»Erlauben Sie, dass ich darauf bestehe. Es wäre mir wirklich eine Freude, Ihnen irgendwie behilflich sein zu können.«

Oswald dachte an den Sicherheitskordon um die Heilige Stadt.

»Nun, eine Bitte hätte ich vielleicht, Hoheit … Eine Bitte vielmehr an den Hüter der heiligen Stätten in Mekka und Medina …«

Oswald trug das traditionelle Pilgergewand, das aus zwei weißen, ungesäumten Tüchern bestand. Das eine, *Izar* genannt, wurde um die Hüfte geschlungen, das andere, *Rida*, wie ein Umhang um die Schultern gelegt. Die Männer mussten ihr Haupt unbedeckt lassen.

Cassandra ging neben ihm und war ebenfalls nicht wiederzuerkennen. Ihre Haare unter dem Kopfschleier waren pechschwarz, ihr Teint mit künstlichen Hilfsmitteln dunkler gefärbt.

Die Frauen hatten, innerhalb der Grenzen der islamischen Vorschriften, mehr Freiheiten, was ihre Kleidung betraf, mussten aber ihren Kopf bedecken.

Allen Pilgern war es untersagt, sich zu kämmen, zu rasieren, zu parfümieren, Beischlaf zu haben, sich zu streiten oder auf die Jagd zu gehen.

Oswald kratzte sich ungehalten am Kinn, sodass die künstlichen Barthaare struppig abstanden.

»Lieber Himmel, wie ich aussehe, ich komme mir vor wie ein schlechter Abklatsch des Fauns aus *Fantasia*.«

»Was soll ich da erst sagen!«, erwiderte Cassandra. »Wissen Sie, wie viele Sitzungen vor einer Höhensonne ich über mich ergehen lassen musste, ausgerechnet ich, die ich so viel Wert auf meinen mondbleichen Teint lege?«

»Also, ich finde, die Bräune steht Ihnen. Würde ich mich nicht ganz und gar als Pilger fühlen, ich würde Ihnen glatt einen unsittlichen Antrag machen.«

»Hatt ich's doch gehofft, Sie verführen zu können«, scherzte Cassandra zurück. »Zu dumm, dass das Keuschheitsgebot auch für uns Frauen gilt.«

Der Strom der Gläubigen von den Eingängen der *Masjid al-Haram* wurde immer dichter, floss träge dahin und wand sich in enger werdenden Kreisen um sich selbst wie eine gigantische Spirale.

»Ich bin nicht gerade die Ruhe selbst, Oswald«, bemerkte Cassandra und überprüfte, ob der Schleier noch richtig saß und das Gesicht freiließ, wie es die Regel gebot.

»Daran tun Sie auch gut. Denn trotz unserer hochgestellten Freunde, die es uns ermöglicht haben, unbehelligt hier hereinzukommen, müssten wir uns allein behelfen, falls es zu einem Zwischenfall kommt oder uns jemand erkennt. Ich glaube nicht, dass ein Jude und eine Amerikanerin, die sich als Pilger ins Allerheiligste des Islam eingeschlichen haben, der Lynchjustiz der Massen entrinnen würden.«

»Ich hoffe nur, dass inmitten dieser Menschenmenge niemand auf uns achtet.«

Sie hatten die siebte Umrundung des würfelförmigen Baus vollendet, der mit einem schwarzen, goldbestickten Brokatvorhang verhängt war. In seinem Innern wurde der schwarze Stein aufbewahrt, dessen Herkunft nach wie vor unbekannt war und der von den Moslems als Geschenk des Erzengels Gabriel an Abraham verehrt wurde. Der Legende nach war er ursprünglich weiß gewesen und hatte sich durch die vielen Sünden der Menschen, die ihn verunreinigt hatten, schwarz verfärbt.

Oswald und Cassandra wurden mit dem Pilgerstrom in das Heiligtum hineingezogen. Der Stein, der bei einem Brand Ende des siebten Jahrhunderts beschädigt worden war, befand sich in einem ovalen Silberrahmen. Oswald beugte sich vor und berührte ihn mit der Stirn.

Ein religiöser Gegenstand ist auch unabhängig von dem göttlichen Wert, den ihm die Menschen zuschreiben, heilig, sagte er sich. Er ist heilig, weil die Gläubigen ihre Seele, ihre Freuden und Schmerzen in ihm spiegeln, weil sie ihre Hoffnungen und Wünsche, ihr Glück und ihre Ängste auf ihn übertragen.

Oswald hatte keine Schwierigkeiten damit, in andächtigem Schweigen vor einer islamischen Reliquie zu verharren. Religiöse Dogmen interessierten ihn nicht; seiner Auffassung nach sollten die Menschen besseren Gebrauch von ihrer Intelligenz machen, dann hätte der Fanatismus keine Chance, und viele Tragödien ließen sich vermeiden.

Die Regeln sahen vor, dass die Pilger nach Verehrung der

Kaaba ihren Durst am Brunnen *Zamzam* löschten. Als sie darauf zugingen, versteifte Cassandra sich plötzlich. Sie stellte sich auf Zehenspitzen und spähte in die Menge.

»Was ist los, Cassandra?«

»Ich dachte eben ... Ich habe geglaubt ... Das kann nicht sein! Vielleicht habe ich schon Halluzinationen. Doch, er ist es!«

Etwa dreißig Meter vor ihnen tauchte der Kopf von George Glakas auf und verschwand wieder wie ein Ertrinkender in den Fluten.

»Kommen Sie, versuchen wir, ihn einzuholen!« Oswald nahm sie bei der Hand und zwängte sich durch das Gewühl.

Für den Amerikaner griechisch-zypriotischer Herkunft war sein Rachefeldzug zu seinem einzigen Lebenszweck geworden. Doch um endgültig mit den Moslems abzurechnen, musste er sich des ausführenden Arms des Gerechten bedienen.

Der Terrorist hatte recht, sie waren unauflöslich aneinandergeschweißt, und trotz seiner Suspendierung hatte er seinem Komplizen enorme Vorteile verschafft, indem er die Ermittlungen verschleppt und irregeleitet hatte.

War das Ziel erst einmal erreicht, würde es ihn wenig kümmern, wenn gegen ihn wegen Mittäterschaft ermittelt wurde. Nach so vielen Jahren bei der CIA kannte er mindestens zwanzig Orte, an denen er untertauchen und ein eventuell von Schuldgefühlen geplagtes Gewissen beruhigen konnte.

So hatte sich Glakas auch nicht verweigert, als der Gerechte seine letzte, unerhörte Forderung gestellt hatte.

»Wir haben etwas gemein, Glakas«, hatte der Gerechte bei einem ihrer letzten Telefongespräche gesagt. »Etwas, das uns unempfänglich macht für jedes Mitleid mit diesem Geschmeiß: Unsere Mütter sind beide im Namen Allahs von gnadenlosen muslimischen Henkern getötet worden. Deshalb weiß ich, dass du bis zum Ende auf meiner Seite stehen wirst. Und wir sind fast am Ziel. Nun hör mir gut zu, ich sage dir, was ich brauche.«

Selbst er als abgebrühter Agent hatte nach Luft geschnappt,

als er erfuhr, was dieser Besessene von ihm wollte, doch dann hatte er alle Hebel in Bewegung gesetzt, um es ihm zu beschaffen, so schwierig es auch war.

Als man ihn seines Postens bei der CIA enthob, hatte ihm das nicht mehr viel ausgemacht. Ohne seine Amtspflichten fühlte er sich frei, nach eigenem Gutdünken zu handeln, auch wenn er sich damit endgültig außerhalb des Gesetzes stellte. Der Vernichtungsplan, den der perverse Geist des Gerechten ausgebrütet hatte, nahm seinen Lauf.

Der Wall aus Menschen vor ihnen war zwar nachgiebig, aber undurchdringlich, sodass Oswald und Cassandra erst wenige Meter vorangekommen waren, als sie Glakas aus den Augen verloren.

Gerade, als Cassandra die Hoffnung aufgeben wollte, sah sie ihn erneut. Glakas war wie sie als Pilger verkleidet und befand sich vor einer kleinen Seitentür rechts vom Zamzam-Brunnen.

»Schnell, wir müssen zu ihm!«, rief sie und machte einen neuen Versuch, sich einen Durchschlupf zu erkämpfen.

»Heda, ihr beiden!«, rief eine herrische Stimme hinter ihnen. »Hört auf zu drängeln. Wisst ihr nicht, dass das verboten ist?«

Der Mann stand auf einer Art Podest und überwachte von dort die Menschenmenge. Er trug die Uniform der saudi-arabischen Polizei und war mit einer Maschinenpistole US-amerikanischen Fabrikats bewaffnet.

Die Gefahr einer Massenpanik war stets hoch in den Tagen der Pilgerfahrt. Schon ein kleiner Zwischenfall konnte bewirken, dass sich Tausende von Menschen in blinder Furcht gegenseitig zu Boden stießen und tottrampelten. So etwas passierte immer wieder, trotz aller Bemühungen, die heiligen Orte sicherer zu machen.

»Gehen Sie ruhig weiter, ohne zu schieben!«, ermahnte sie der Polizist mit ausholender Geste, wobei er Oswald forschend musterte, als komme ihm der kleine bärtige Mann irgendwie bekannt vor.

Derweil war Glakas wieder außer Sicht gelangt.

Der Polizist beobachtete das ungleiche Paar noch immer misstrauisch.

»*Aschadu an-la ilaha ill-Allah. Aschadu anna Muhammad rasul Allah*«, psalmodierte Oswald zweimal hintereinander, strich sich über den Bart und hob entschuldigend die Rechte in Richtung des Beamten.

»Was haben Sie da gesagt?«, fragte Cassandra, sobald sie außer Hörweite waren.

»›Ich bezeuge, dass es keinen Gott gibt außer Allah, ich bezeuge, dass Mohammed der Gesandte Gottes ist.‹ Irgendwie musste ich ja seinen Verdacht von uns abwälzen. Sonst wäre er noch auf die Idee gekommen, dass sich da zwei Ungläubige in die Heilige Stadt eingeschlichen haben. Das sind zwei Verse aus dem *Adhan,* dem Gebetsruf des Muezzin. Die einzigen, die ich kenne, übrigens.«

Die Personen, an die sich Oswald gewandt hatte, hatten ihnen eine luxuriös ausgestattete Wohnung in einem der modernen Hochhäuser östlich der großen Moschee zur Verfügung gestellt. Oswald saß auf dem Balkon im sechsundzwanzigsten Stock, mit Blick auf die *Kaaba*.

»Wo versteckst du dich, Verfluchter?«, murmelte er, denn er war sich darüber im Klaren, dass der Terrorist gerade einen der schlimmsten Anschläge in der Geschichte der Menschheit vorbereitete. Laut sagte er: »Bis jetzt haben wir folgende konkreten Hinweise: Der Anschlag soll morgen, am 21. Januar, nach Sonnenuntergang stattfinden. Da der Datumswechsel bei den Arabern mit dem Sonnenuntergang zusammenfällt, endet die vom Täter gesetzte Frist einige Stunden früher als nach westlicher Zeitrechnung. Der Anschlag soll sich hier in der heiligen Stadt Mekka ereignen und etwas mit einem Stab und einem Felsen zu tun haben. Ab da weiß ich nicht weiter.« Oswald nippte an seinem Drink, während unter ihnen die Pilger ohne Unterlass in die Moschee strömten.

»Mich verwirrt da noch etwas anderes. Was glauben Sie, was Glakas mitten unter den Gläubigen zu suchen hatte?«, wollte Cassandra wissen.

»Ich glaube, er ist auf eine persönliche Vergeltung aus. Und ich fürchte, dass er sich zu diesem Zweck mit dem Gerechten zusammengetan hat.«

Cassandras Handy dudelte.

Oswald erkannte an ihrem düsteren Gesichtsausdruck, dass es keine guten Neuigkeiten waren, die sie vernahm, und er verfluchte die moderne Kommunikationstechnologie, die es ermöglichte, jederzeit und überall erreichbar zu sein.

»Das war Deuville. Sie hatten recht, was Glakas' Beweggründe angeht, sich hier in Mekka aufzuhalten. Wie es scheint, hat der Gerechte einen Komplizen. Im Forschungszentrum für neue Waffentechnologien der CIA wurde vor ein paar Tagen ein Diebstahl begangen, genauer gesagt an dem Tag, bevor Glakas zwangsbeurlaubt wurde. Der Dieb war mit einiger Wahrscheinlichkeit allein und hat das Videoüberwachungssystem ausgeschaltet. Er verfügte über den Zugangscode des Leiters des Waffentechnologischen Zentrums und konnte so jede Sicherheitsschleuse passieren. Fingerabdrücke hat er keine hinterlassen, aber die Kriminaltechniker haben ein Haar im Forschungslabor gefunden. Die DNA-Analyse ergab, dass es von George Glakas stammt. Er hat einen Gegenstand entwendet, den wir *Suitcase Nuke* nennen. Wissen Sie, was das ist, Oswald?«

»Eine Koffer-Atombombe?«

»Genau. Deuville erklärte, zuerst hätten alle gehofft, der suspendierte CIA-Mann habe den Diebstahl nur vorgetäuscht, um sich durch die Wiederbeschaffung der Bombe bei seinen Vorgesetzten zu rehabilitieren. Leider trifft das wohl nicht zu. Die Verbindung zwischen Glakas und Cruner ist mittlerweile nachgewiesen, und die Entwendung einer Atombombe stellt damit eine Gefahr ungeheuren Ausmaßes dar.«

»Von dieser Kofferbombe habe ich schon zu meinen Mossad-Zeiten gehört, aber ich weiß nicht genug darüber. Ich werde mal wieder meine wandelnde Enzyklopädie zu Rate ziehen.«

Wenig später las Oswald, was Bernstein ihm über *Suitcase Nukes* geschickt hatte.

»Hat Deuville Ihnen zufällig gesagt, ob die Bombe scharf war?«, erkundigte er sich bei Cassandra.

»Er hat etwas von einem Code zur Aktivierung und Deaktivierung gesagt, aber auch, dass beide Codes zusammen mit dem Sprengsatz entwendet wurden.«

»Jedenfalls sollten wir uns ansehen, was Bernstein geschrieben hat, auch wenn die Informationen nicht sehr genau sein werden, da es sich um einen experimentellen Waffentyp handelt. Hier, nehmen Sie.«

Cassandra studierte die Seite, die Oswald gerade ausgedruckt hatte, und versuchte, sich möglichst jedes Detail einzuprägen. Bernsteins Bericht endete mit den Worten: MAN VERMUTET, DASS DIE SPRENGKRAFT DIESER BOMBEN BIS ZU ZEHN MEGATONNEN BETRÄGT, WAS EINEM FÜNFHUNDERTFACHEN DER HIROSHIMA-BOMBE ENTSPRICHT. DIE EXPLOSION KANN VON EINER KONVENTIONELLEN ZÜNDVORRICHTUNG AUSGELÖST WERDEN, VON EINEM ZEITZÜNDER, EINEM PERKUSSIONSZÜNDER ODER ÄHNLICHEM. DAS GANZE FINDET IN EINEM AKTENKOFFER PLATZ UND WIEGT UM DIE FÜNFZEHN KILO. EINE HÖLLENMASCHINE, MIT DER ICH NICHTS ZU TUN HABEN MÖCHTE. STETS ZU IHRER VERFÜGUNG, IHR HAUPTM. BERNSTEIN

Cassandra legte das Blatt auf den Couchtisch, sichtlich entsetzt. »Stellen Sie sich mal vor, die Situation in der Schule würde sich wiederholen.«

»Was meinen Sie damit?«

»Selbst wenn wir die Bombe gefunden hätten, hätten wir sie nie entschärfen können.«

»Sie haben recht, Cassandra. Fragen Sie Deuville, ob er uns eine Einheit von Munitionstechnikern, die sich mit solchen Bomben auskennen, im nächstgelegenen amerikanischen Stützpunkt in Arabien zur Verfügung stellen kann. Sie müssen sich ständig bereithalten und zu jeder Tages- und Nachtzeit ausrücken können. Höchste Alarmstufe.«

Der Vormittag des folgenden Tages verging im Nu, während sie zwischen den heiligen Stätten umherwanderten, ohne auch nur eine Spur der Gesuchten zu finden.

Sie hatten sich gerade in den Schatten eines langen Bogengangs gestellt, als Oswalds Mobiltelefon unter dem *Izar*, dem Tuch um seine Hüften, zu vibrieren begann.

Er sah sich verstohlen um, aber sie waren allein. Er lächelte, als er sah, von wem der Anruf kam.

Der alte König erging sich nicht in langen Vorreden. »Eine Person, auf die Ihre Beschreibung zutrifft, hat vorgestern ein Zimmer im Hotel Fatma bezogen. Ich hoffe, diese Information ist Ihnen dienlich, Dr. Breil«, sagte Fahd und verabschiedete sich mit einem kurzen höflichen Gruß.

Oswald war zufrieden. Er hatte lange insistieren müssen, um diese heikle Aufgabe allein mit Cassandra angehen zu können. Er hatte dafür Sicherheitsgründe vorgeschoben und gesagt, dass ein Aufgebot an Geheimdienstmitarbeitern sie nur behindern würde oder in der Pilgerstadt gar die allzeit gefürchtete Panik auslösen könnte.

In Wahrheit traute er aber einfach niemand anderem zu, diese hochgefährliche Sache zu einem guten Ende zu bringen.

Die einzige Hilfe, die er vom saudi-arabischen Nachrichtendienst angenommen hatte, war eine Art logistischer Unterstützung.

Nun würde er vielleicht die Früchte seiner Besonnenheit ernten.

Das Hotel Fatma war eher mittelmäßig und gesichtslos. Oswald und Cassandra lagen seit etwa vierzig Minuten vor dem Eingang auf der Lauer, als ihre Geduld belohnt wurde.

Glakas kam heraus, blickte sich um und ging dann in Richtung der Moschee.

»Er hat weder eine Tasche noch einen Koffer bei sich«, sagte Breil. »Wahrscheinlich hat er ihn schon Cruner übergeben. Folgen wir ihm, diesmal möglichst, ohne ihn aus den Augen zu verlieren.«

Jedes Mal, wenn sich Glakas umdrehte, um sich zu vergewissern, dass er nicht verfolgt wurde, tauchten Oswald und Cassandra in der Menge unter. In der Nähe des Zamzam-Brunnens, wo er ihnen am Vortag entwischt war, blieb Glakas stehen. Er sah sich erneut um, öffnete dann eine kleine Seitentür bei der heiligen Quelle und verschwand.

»Das Wasser …«, flüsterte Oswald seiner Gefährtin zu. »Der Felsen, der mit dem Stab geschlagen wird … Ich glaube, das ist es!«

Sie warteten ein paar Minuten, ehe sie auf die Pforte zugingen.

Derweil tätigte Oswald einen Anruf. In einer fürstlichen Residenz am Genfer See klingelte ein Telefon.

Oswald öffnete die Pforte.

Sie führte in einen langen natürlichen Stollen, den das Wasser der Zamzam-Quelle in das poröse Gestein gegraben hatte. Der Strom wurde mittlerweile durch große Edelstahlröhren geleitet, die stabil befestigt an der Decke verliefen. Eine Reihe von Lampen in Schildkrötenform an der rechten Seite beleuchtete den Stollen, der breit genug war, dass zwei Personen bequem nebeneinander hergehen konnten, und zwei bis drei Meter hoch.

Oswald und Cassandra schlichen langsam voran und achteten darauf, kein unnötiges Geräusch zu verursachen. Beide hielten sie ihre Pistolen schussbereit in den Händen.

Nach etwa hundert Metern gelangten sie an eine Gabelung. Oswald blieb unschlüssig stehen. Stimmen von links gaben ihnen schließlich die Richtung an.

Cruner und Glakas standen in einer großen Grotte, nicht weit von einer Felsspalte. Cruner sprach, und was er sagte, hallte in dem Steingewölbe bis zu ihnen hin.

»So, das wär's. Das Köfferchen steckt in der Felsspalte, jetzt müssen wir schleunigst hier weg. In genau anderthalb Stunden wird der Nuklearsprengsatz mit einer Zerstörungskraft von zehn Megatonnen hochgehen. Die Piper, die ich als reicher Araber verkleidet gemietet habe, wartet auf einer Flugpiste ganz in der Nähe. Wir werden das Schauspiel von oben genießen, aus sicherer Entfernung.«

»Hände hoch, alle beide, oder wir schießen!«

Glakas und Cruner wirbelten mit verdutzten Gesichtern herum.

»Hände hoch, habe ich gesagt, und zwar ein bisschen plötzlich!«, wiederholte Oswald Breil.

Langsam hoben die beiden Männer die Hände. Hätten Blicke töten können, Oswald und Cassandra wären auf der Stelle zusammengebrochen.

»Und jetzt gehen Sie von der Bombe weg und stellen sich mit dem Rücken zur Felswand. Und dann rühren Sie sich nicht, bis ich es Ihnen sage.«

»Ganz, wie Sie befehlen, Sie Zwerg«, höhnte Cruner. »Es ist ohnehin zu spät. Die Bombe ist aktiviert, und falls Sie kein Experte für die Entschärfung von Nuklearsprengsätzen sind, erleben diese ungläubigen Hunde heute das Strafgericht Gottes.«

»Das werden wir noch sehen«, knurrte Oswald Breil.

»Alle stehen bleiben und die Hände hoch!«, rief plötzlich jemand hinter ihnen auf Englisch, aber mit deutlichem arabischen Akzent.

Der Polizist, der sie am Tag zuvor wegen Drängelns gerügt hatte, richtete seine Maschinenpistole auf Oswald und Cassandra. Er war sichtlich nervös. Dicke Schweißperlen standen ihm auf der Stirn.

»Die Pistolen auf den Boden, Sie beide!«

»Das ist ein Irrtum, Officer. Wir sind dabei, eine enorme Gefahr ...«

»Halten Sie den Mund! Ihr Gesicht ist mir gleich bekannt vorgekommen, und heute, als ich Sie wiedergesehen habe, ist mir eingefallen, wer Sie sind, also bin ich Ihnen gefolgt. Die Pistole hinlegen, Oswald Breil. Sie und Ihre Freundin werden unseren Behörden erklären müssen, was Sie hier in der heiligen Stadt verloren haben.«

Oswald und Cassandra gehorchten.

Der Polizist schien sich zu entspannen. Doch nur für einen Augenblick, dann trat ein bestürzter Ausdruck in sein Gesicht. Eine Kugel hatte ein Loch mit feuerrotem Rand in seine Stirn gestanzt.

Cruner hielt eine Pistole in der Rechten, die er mit höhnischer

Grimasse sodann auf Glakas richtete. »Dich brauche ich nicht mehr.«

Er drückte ab, und Glakas brach zusammen, mitten in die Brust getroffen.

»Und nun wird es mir ein besonderes Vergnügen sein, mich von euch beiden zu befreien. Sie zuerst, Dr. Breil …«

Als der Schuss in der Grotte widerhallte, dachte Oswald an seine Verabredung mit Sara in ein paar Tagen. Es verwunderte ihn selbst, dass sein letzter Gedanke ihr galt.

Doch so war es nicht.

Glakas hatte mit letzter Kraft seine Pistole gezogen und einen Schuss abgefeuert, bevor er starb. Die Kugel hatte Cruners rechten Arm durchschlagen, und Blut schoss in Strömen aus der Wunde.

Cassandra stürzte sich ohne Zögern auf ihn, einen Sekundenbruchteil später gefolgt von Oswald, und gemeinsam überwältigten sie Cruner.

Oswald nahm dessen Pistole und die *Suitcase Nuke* an sich. Dann bedeutete er dem Terroristen mit vorgehaltener Pistole, ihnen voranzugehen.

»Wir müssen uns beeilen, Cassandra!«

Draußen blickte Oswald in den Himmel und machte in der Dunkelheit die Scheinwerfer eines von Süden herannahenden Hubschraubers aus.

»Okay, Cruner«, sagte er. »Der Hubschrauber ist gleich da, dann werden Sie ärztlich versorgt, während wir versuchen, die Bombe zu deaktivieren.«

»Das könnte Ihnen so passen!«, rief Cruner mit plötzlich irrem Gesichtsausdruck. »Sie und die Bombe werden mit mir hier unten bleiben!« Er drehte sich der Menge der Pilger zu, die sich nur wenige Schritte vor ihnen vorbeischob, und schrie: »Hört mir zu! Ich bin der Gerechte im Namen Gottes und habe eure Frauen, Väter und Kinder mit meinen Bomben zerfetzt!«

Der Hubschrauber, ein Chinook CH47, schwebte im nächsten Moment über ihren Köpfen. Er hatte einen weißen Rumpf und eine gelbe Unterseite, die Farben der arabischen Streitkräfte.

»Ich habe es genossen, ihre abgerissenen Glieder durch die Luft fliegen zu sehen! Ich bin der Gerechte im Namen Gottes!«, kreischte Cruner weiter, wobei der Lärm des Hubschrauberrotors seine Worte zum Teil verschluckte.

Die Pilger hatten zuerst nicht auf ihn geachtet, doch nun waren sie stehen geblieben und hatten ihre Gebete unterbrochen. Jeder von ihnen hatte im Lauf der vergangenen Tage die sieben Steine gesammelt, mit denen er den Satan symbolisch steinigen wollte. Steine waren auf den Pilgerwegen rar wie Diamanten, weshalb sich die Gläubigen rechtzeitig damit eindeckten.

Der erste Stein traf Cruner an der Schulter, gerade als das Rettungsseil aus dem Hubschrauber herabgelassen wurde.

Oswald und Cassandra legten sich die Gurte um und wurden hochgezogen. Oswald sah nach unten. Hunderte von Steinen, von genauso vielen Händen geschleudert, hagelten auf den Mann nieder, der sich zum Gerechten im Namen Gottes erklärt hatte.

Er beobachtete, wie Cruner mit seiner Beinprothese strauchelte und fiel, sein Gesicht nur noch eine blutige Masse. Dass er halb ohnmächtig am Boden lag, genügte den Pilgern nicht; sie steinigten den Teufel aus Fleisch und Blut zu Tode.

»Willkommen an Bord, Dr. Breil, Agentin Ziegler. Wenn Sie erlauben, kümmere ich mich um Ihr Gepäck«, empfing sie eine vertraute Stimme.

Deidra Blasey nahm Breil die *Suitcase Nuke* ab. »Wie viel Zeit haben wir?«

»Eineinviertel Stunden, glaube ich«, antwortete Breil. »Und ich möchte hinzufügen, Colonel, dass ich mich sehr freue, Sie wiederzusehen.«

»Eine Stunde, achtzehn Minuten«, korrigierte ihn Kingston mit Blick auf das Display des Detonators.

»Das sollte genügen«, meinte Deidra, während sie sich schon an dem Koffer zu schaffen machte.

»Kommandant Breil«, sagte ein Mann von der Hubschrauberbesatzung.

Wie lange hatte ihn schon niemand mehr »Kommandant« genannt.

»Kommandant Breil«, wiederholte der saudische Soldat, »ich habe hier einen Funkspruch für Sie.«

Oswald setzte die Kopfhörer auf und vernahm klar und deutlich die Stimme König Fahds. »Ich weiß, was Sie für mein Land getan haben, Oswald, und werde Ihnen ewig dankbar dafür sein. Ich habe bereits meine Regierung benachrichtigt. Ihre mutige Tat wird ein guter Ansatzpunkt sein, um an einer friedlichen Zukunft für unsere beiden Staaten zu arbeiten.«

»Ich bin es, der zu danken hat, Exzellenz. Wenn Sie nicht so prompt gehandelt hätten, säßen wir jetzt nicht in diesem Hubschrauber des saudi-arabischen Heeres. Eine US-amerikanische Maschine über Mekka hätte wohl kein geringes Chaos verursacht und wäre am Ende noch abgeschossen worden. Wir fliegen gerade mit Höchstgeschwindigkeit aufs offene Meer zu, mit einer tickenden Atombombe an Bord.«

Eine Stunde und fünfzehn Minuten später tippte Deidra Blasey die letzte Ziffer einer sechsstelligen Zahlenkombination in das Zündsystem ein.

»Bitte, Martell!«, flüsterte sie.

Und irgendwo im Himmel erhörte der Sohn eines weiblichen Marines-Colonels das Gebet seiner Mutter, und das Display blinkte noch ein letztes Mal auf und erlosch dann.

Snagov, Rumänien, 27. Januar 2005

Sara Terracini stand in der Kapelle des Snagov-Klosters und betrachtete das Grabmal, in dem Draculas Überreste hätten liegen sollen und in dem man angeblich nur ein Tierskelett gefunden hatte.

Bernstein, der sich das große Finale nicht hatte entgehen lassen wollen, brach schließlich das Schweigen. »Sehen Sie, Dr. Terracini, hier in Rumänien gilt Dracula nicht als ein Ungeheuer wie im Westen, sondern wird als Nationalheld verehrt, auf den sich alle Regierenden dieses Landes in irgendeiner Form berufen.«

»Nicolae Ceausescu sogar so sehr«, fuhr Oswald fort, »dass Dracula sein ganzes Leben, vor allem aber seine letzten Stunden bestimmt hat.«

»Inwiefern?«, fragte Sara.

»Während seiner Diktatur hat er einen wahren Kult um Dracula ins Leben gerufen, der 1976 in prunkvollen Feierlichkeiten zum fünfhundertsten Todestag des Fürsten der Walachei gipfelte. Zu diesem Anlass wurde sogar eine Gedenkbriefmarke mit dem Konterfei Vlad Draculas gedruckt. Dann, dreizehn Jahre später, kurz vor Weihnachten 1989, kam es zu entscheidenden Ereignissen, von denen uns das eine oder andere noch immer rätselhaft erscheinen mag.«

Oswald ging an der Längsseite der Kapelle auf und ab, während er erzählte. »Wie ich dir schon sagte, Sara, war eine chinesische Delegation die letzte, die Ceausescus Rumänien besuchte. Bei dieser Gelegenheit machte der Diktator, der bereits den Atem der Revolution im Nacken spürte, den Ring der Könige den Regierungsvertretern aus Peking zum Geschenk. ›Das kann nicht schaden‹, wird er sich gedacht haben. ›Falls ich um Asyl in der Volksrepublik China bitten muss, werde ich den Talisman schon wieder irgendwie in meinen Besitz bringen. Und falls ich Staatsführer von Rumänien bleibe, während um mein Land herum der Kommunismus zusammenbricht, wird es mir meine Macht ermöglichen, einen alten, unbedeutenden Goldring jederzeit zurückzufordern.‹ So gelangte der Ring der Könige in den Fernen Osten, bis er in unsere oder vielmehr in deine Hände fiel, Sara. Dann kam der Tag des Anschlags auf das UN-Hauptquartier in New York. Der Gerechte alias Jordan Cruner muss ihn per Zufall gefunden haben, denn wie du dich sicher erinnerst, war er bei der ersten Explosion aus dem Auto gerollt. Das Schicksal ist manchmal wirklich unergründlich; kaum etwas wäre wohl geeigneter gewesen als das Salomon-Siegel, um die wahnsinnigen Briefe des Terroristen zu signieren.«

Oswald machte eine kurze Pause. Sein Schatten an der weißen Kapellenwand ließ ihn riesenhaft wirken.

»Zurück zum *Conducator*. Er, den die westliche Presse gern als ›ungebildeten Tyrannen‹ bezeichnete, wurde zusammen mit seiner Frau Elena Petrescu am 25. Dezember 1989 an einem zunächst geheimen Ort erschossen. Später stellte sich heraus, dass die Exekution auf dem Stützpunkt der Aufständischen in Targoviste stattfand. Filmaufnahmen von den letzten Stunden des Diktators haben allerdings Zweifel an der Echtheit der Hinrichtung geweckt, doch das ist für unsere Geschichte nicht von Bedeutung.«

Oswald ging mit langsamen Schritten weiterhin in der Kapelle herum.

»Bedeutend sind die Tage von Nicolae Ceausescu und Elena Petrescu kurz vor ihrer Erschießung. Am 22. Dezember verlassen sie das umkämpfte Bukarest mit einem Hubschrauber. Die Rumänen sind überzeugt, dass sie sich der gerechten Strafe für ihre vielen Vergehen entziehen wollen, vor allem da sie ein unüberschaubares Vermögen auf Konten in diversen Steuerparadiesen angesammelt haben. Mit dem Hubschrauber wäre es kein Problem für sie, außer Landes zu fliehen und sich dann irgendwo mit all ihrem Geld ein schönes Leben zu machen. Doch entgegen allen Vermutungen werden die beiden noch am selben Tag verhaftet. Man macht ihnen sofort den Prozess, Ceausescu und seine Frau werden später in zwei anonymen Gräbern auf dem Ganchea-Friedhof in Bukarest beigesetzt.«

Die Kerzen in der Kapelle warfen ihr flackerndes Licht auf die alten Deckenbalken. Sara und Bernstein lauschten weiterhin gespannt.

»Was doch verwundert, ist das irrationale Verhalten des Diktators. Warum nutzt er nicht sofort die Gelegenheit zur Flucht? Der Hubschrauber startet vom Dach des Gebäudes, in dem sich der Sitz des Zentralkomitees der kommunistischen Partei in Bukarest befindet. Unten drängt die aufgebrachte Menschenmenge gegen die Absperrung der verbliebenen regimetreuen Truppen. Der Pilot wird seinen Ohren nicht getraut haben, als der *Conducator* nicht in eines der angrenzenden kommunistischen Länder geflogen werden will, wo man ihn freundschaftlich empfangen hätte. ›Nach Snagov!‹, befiehlt er stattdessen. Als der Hubschrauber am Ufer des Sees landet, werden die Ceausescus von einer Patrouille der Befreiungsfront verhaftet. Viele berichteten damals, dass Nicolae um jeden Preis zu der Klosterinsel hier gelangen wollte.«

In der Kapelle wurden Instandhaltungsarbeiten durchgeführt. Oswald nahm sich einen Hammer aus einem Eimer voller Maurerwerkzeuge. Dann ging er, sie mit dem Finger abzählend, an den ersten fünf Stationen des kleinen, in Stein gemeißelten Kreuzwegs entlang. Bei der sechsten blieb er stehen und sah Sara an.

»Wie lautet das Ergebnis deiner Analyse der Equidistant Letter Sequences? Die sechste Station!«

Damit schwang er den Hammer und ließ ihn mit Wucht genau zwischen den beiden römischen Ziffern der Zahl VI niedergehen.

Ein dumpfer Hall ließ auf einen Hohlraum in der Außenwand der Kapelle schließen.

Oswald schlug noch einmal zu, worauf die einfache Ziegelwand nachgab.

»In dieser verborgenen Kammer«, fuhr er fort, »werden wir außer dem wahren Grab Vlads des Pfählers auch den legendären Schatz des Fürsten finden, so schätze ich. Ich habe bereits die rumänischen Behörden verständigt. In gut einer Stunde werden sie hier sein, um dieses nationale Erbe von unschätzbarem Wert sicherzustellen.«

Er wollte gerade noch einen Hammerschlag anbringen, als ihn eine Stimme aus dem Hintergrund zurückhielt. »Das genügt jetzt, Dr. Breil! Sie haben soeben alles gesagt, was ich hören wollte, auch wenn nicht immer alles ganz zutreffend war. Ihr größter Irrtum ist der, dass Sie glauben, die rumänischen Behörden würden den Schatz erhalten. Aber ich nehme ihn mir lieber selbst.«

Alle waren herumgefahren. Bernstein erholte sich am schnellsten von seiner Überraschung. »Bors! Oberst Bors!«

»So ist es, Hauptmann. Aber Sie dürfen mich jetzt bei dem

Namen nennen, den mir meine Eltern gegeben haben: Jenica Bàlaj.«

In der Kapelle war es plötzlich wieder sehr still.

»Das meiste von dem, was ich Ihnen über mich erzählt habe, stimmt zwar, Herr Breil, aber ich möchte es gern um ein paar Dinge ergänzen. Es fiel meinen Eltern als Spionen des Ostblocks in den USA nicht schwer, Minhea Petrus Adresse in Amerika herauszufinden. Sie drangen in sein Zimmer im achten Stock des Plaza-Hotels ein und bemächtigten sich des Rings der Könige. Dann schlugen sie den rumänischen Fürsten nieder, schütteten eine Flasche Whisky über ihn und ließen ihn zum Fenster hinaussegeln. Es gelang ihnen sogar, die maurische Schmuckschatulle aus der Hollywood-Villa dieses Dracula-Mimen Lugosi zu entwenden. Kaum zu glauben, dass der Schatz über Jahrhunderte hinweg von Hand zu Hand wanderte, ohne dass jemand sich daraus bediente. Auch meine Eltern taten es nicht, zumal sie wenige Tage darauf verhaftet wurden.

Meine Mutter wurde freigesprochen und hat mich allein aufgezogen. Sie brachte den Schatz von Vlad III. Dracula zurück nach Rumänien, und all die Jahre lang hat sie mir immer wieder von dieser Geschichte erzählt und wie wichtig der Schatz für unseren Conducator und damit für ganz Rumänien war. Irgendwann trat ich nicht nur der Securitate bei, um meinem geliebten Vaterland so zu dienen, wie es schon meine Eltern taten, auch der Drachenorden nahm Kontakt mit mir auf, denn man erinnerte sich an die Verdienste meiner Eltern für Rumänien. Schließlich wurde ich sogar in den Orden aufgenommen.

Im Auftrag von Nicolae Ceausescu, der dem Drachenorden als Großmeister vorstand, habe ich Ihren Vater verführt, Oswald, doch es gelang mir nicht, ihm irgendwelche Geheimnisse zu entlocken, erst recht nicht über den Mossad und seinen Auftrag hier in Rumänien. Dann aber wandte sich Elena Petrescu an mich und gab mir den Befehl, Asher Breil zu töten. Sie war davon überzeugt, dass er sie, ihren Mann und auch mich während einer Zeremonie des Ordens auf dieser Insel, in dieser Kapelle beobachtet und belauscht hatte, und wusste, dass Ceausescu den Schatz Draculas hier versteckt hatte. Das durfte ich nicht zulassen, als Mitglied des Drachenordens ist es meine heilige Pflicht, das Vermächtnis Draculas zu schützen. Also habe ich mich an das Steuer eines Sattelschleppers gesetzt und das Auto Ihrer Eltern von der Straße gedrängt.

Und jetzt bin ich hier, um den Schatz zu holen, um ihn als Ritterin des Drachenordens zu schützen und ihn zu bewahren für den nächsten großen Führer Rumäniens, der in die Fußstapfen des ruhmreichen Dracula treten und dieses Land in eine neue glorreiche Zukunft führen wird.«

Oswald erkannte, dass Jenica Bàlaj zu allem entschlossen war und über Leichen gehen würde. Seine Muskeln spannten sich an, bereit zur Gegenwehr, bereit, ein Blutbad zu verhindern.

Doch Jenica ließ sich nicht überraschen und zielte mit ihrer Pistole auf seine Brust, bevor er sich auf sie stürzen konnte. »Es wird Zeit zu gehen, Oswald Breil.«

Der Schuss entweihte den Frieden der Kapelle wie ein Fluch einen heiligen Ort. Oswalds Jacke platzte auf Höhe des Herzens auf. Er erstarrte, taumelte rückwärts und sank zu Boden.

Sara riss sich aus dem Gefühl, nur einen bösen Albtraum zu erleben, und warf sich wie eine Furie auf Jenica Bàlaj. Es war ihr egal, ob sie starb. Sie dachte nur an ihren Gefährten so vieler Kämpfe und Abenteuer, ihren Freund in traurigen und in glücklichen Stunden, der sie mit seiner Energie und Lebenskraft immer wieder mitgerissen hatte. Während sie mit dem Exoberst der Securitate rang, begriff sie, dass sie mehr als Freundschaft für Oswald empfand. Die Kugel, die in ihren Körper eindrang, bemerkte sie fast nicht.

Jenica hatte geschossen, ohne richtig zu zielen, doch als sie einen zweiten Schuss abgeben wollte, war sie es, die eine Überraschung erlebte. Bernsteins Finger schlossen sich wie Schraubzwingen um ihr Handgelenk, und die Pistole fiel zu Boden. Er bückte sich schnell, um sie aufzuheben, aber sie griff ebenfalls danach.

Der Hauptmann des Mossad war ein wenig aus der Übung und ähnelte ohnehin eher einem Bankangestellten als einem Geheimagenten. Eine trainierte Agentin wie die Bors, auch wenn sie nicht mehr die Jüngste war, konnte leicht mit ihm fertig werden.

Schon hatte sie sich die Pistole geschnappt, und ein dritter Schuss krachte, während die beiden einen erbarmungslosen Zweikampf miteinander austrugen. Bernstein verdrehte die Augen und hielt sich den Leib. Doch es war seine Gegnerin, die plötzlich erstarrte und aus deren Mundwinkel Blut rann. Leblos sank Oberst Bors-Bàlaj-Mantu zusammen.

Sara betastete ihren linken Oberarm knapp unterhalb der Schulter. Sie war nicht schwer verletzt, die Kugel hatte den Muskel glatt durchschlagen. Verzweifelt lief sie zu Oswald und kniete sich neben ihn.

Er lag reglos da. Das Einschussloch im Brustkorb war deutlich zu sehen, sein Gesicht war leichenblass.

Ihre eigene Wunde vergessend, hob sie seinen Kopf von dem kalten Steinfußboden und bettete ihn in ihren Schoß. Sie konnte die Tränen nicht mehr zurückhalten und schluchzte: »Nein! Das ist nicht gerecht! Wir haben uns doch noch längst nicht alles gesagt. Bitte, Oswald, bitte verlass mich nicht. Was soll ich denn ohne dich tun? Du bist mein ganzes Leben, du bist alles, was ich habe. Du bist der Einzige, der mich zum Träumen bringt, zum Erschauern, zum Überschäumen ... Du bist der Einzige, den ich liebe. Ja, ich liebe dich, kleiner Mann. Du darfst mich jetzt nicht allein lassen, dazu hast du kein Recht!«

Ihr Flehen erfüllte die kleine Kirche.

Bernstein wischte sich die Tränen von den Wangen und streichelte ihr über den Kopf.

»Es ist nichts mehr zu machen, Sara. Wir müssen uns damit abfinden, dass das Beste in unserem Leben nicht zurückkehren wird.«

Ein kleines silbernes Kästchen, in das das Hexagramm des Salomon in Gold eingraviert war, tauchte vor ihren Augen auf wie eine Erscheinung. Oswald Breil hielt es empor und zeigte auf eine tiefe Schramme in der Mitte des sechszackigen Sterns, die von der Kugel verursacht worden war.

»Das hatte ich in die Innentasche meiner Jacke gesteckt, um es dir mit dem Ring der Könige darin zu schenken, Sara. Der

Ring gehört dir, und ich wollte ihn dir zurückgeben«, sagte Oswald mühsam. »Ich glaube, der König der Könige hat mir das Leben gerettet – die Kugel ist an dem Schmuckkästchen abgeprallt. Die Brust tut mir höllisch weh, und ich kriege kaum Luft, vielleicht sind ein paar Rippen gebrochen, aber ansonsten, glaube ich, besteht kein Grund zur Sorge.«

Sara und Bernstein starrten ihn fassungslos an, während er weitersprach: »So mancher hat sich schon vorgestellt, wie es wohl wäre, seine eigene Beerdigung zu erleben. Wenn ich an das wunderbare Geständnis denke, das ich eben zu hören bekommen habe, möchte ich am liebsten jeden Tag sterben.«

»Einzigartige Erlebnisse im schönen Rumänien«, zitierte Sara und zog ihn an sich. »Zum Teufel mit dir, Oswald Breil!«

Danksagung

Die Leser haben es besser als ihr, meine Familie, denn sie können das Buch jederzeit zur Seite legen oder es ins Bücherregal stellen und Staub sammeln lassen. Ihr dagegen seid sozusagen von Rechts wegen verpflichtet, mich zu ertragen, auch dann, wenn ich schreibe. Dank also an meine drei Frauen: Consuelo, Andrea und Beatrice.

Außerdem danke ich allen Freunden, die mir beim Verfassen des *Salomon-Siegels* geholfen haben. Insbesondere Gianni Remonda, dem passionierten Experten für den Ersten Weltkrieg, und Giovanni Paolo Risso, der stets zum Experten für alles wird, wonach ich ihn frage, und das schon seit mindestens zwanzig Jahren. Ein großes Dankeschön auch an alle Ratgeber und Unterstützer, die ich hier nicht erwähne oder die aufgrund ihrer Tätigkeit nicht erwähnt werden wollen.

Wie immer danke ich auch denen, die vor mir über die in diesem Roman behandelten Themen geschrieben haben:

Versch. Aut., La Grande Guerra sul Piccolo Lagazuoi, Cornuda/Treviso 1998

Versch. Aut., La vita quotidiana nei secoli, Milano 1992

Versch. Aut., Le operazioni militari in Egitto e Palestina. Ufficio storico dello stato maggiore italiano, Roma 1937

Angelucci, Endzo/Matricardi, Paolo, Die Flugzeuge von den Anfängen bis zum Ersten Weltkrieg, Wiesbaden 1976

Angelucci, Enzo/Cucari, Attilio, Le navi, Milano 1975

Bergdolt, Klaus, Der Schwarze Tod in Europa. Die Große Pest und das Ende des Mittelalters, München 1994

Berti, Antonio, Guerra in Ampezzo e Cadore, Milano 1989

Black, Yan/Morris, Benny, Israel's Secret Wars, New York 1991
Bonante, Luigi, Terrorismo internazionale, Firenze 1994
Borri, Roberto, L'Europa nell' antica cartografia, Pavone Canavese/Torino 2001
Bunson, Matthew E., Dizionario universale del Medioevo, Milano 1995
Cabona, Danilo/Gallino, Maria Grazia/Massardo, Giovanna (Hg.), Genova 1886–1969. Il porto visto dai fotografi, Genova 1995
Del Pero, Mario, La CIA. Storia dei servizi segreti americani, Firenze 2001
Filoramo, G./Massenzio, M./Raveri, M./Scarpi, P., Manuale di storia delle religioni, Roma-Bari 1998
Franzosini, Edgardo, Bela Lugosi, Berlin 2000
Langes, Gunther, Die Front in Fels und Eis. Der Weltkrieg 1914–1918 im Hochgebirge, Bozen 1983
Lawrence, Thomas E., Aufstand in der Wüste, Frankfurt 1957
Lorinczi, Marinella, Nel dedalo del Drago, Roma 1992
Massoulié, François, I conflitti del Medio Oriente, Firenze 1993
McNally, Raymond T./Florescu, Radu, Auf Draculas Spuren. Die Geschichte des Fürsten und der Vampire, Berlin 2002
Offelli, Siro, Le armi e gli equipaggiamenti dell' esercito austroungarico dal 1914 al 1918, Voll. I e II, Valdagno/Vi. 2001
Paglieri, Sergio, 1886–1996 – Il Secolo XIX. Oltre un secolo di Liguria. In: Paglieri, Sergio (Hg.), Un secolo di Liguria, Genova 1996
Panebianco, Santi Alessandro, La Romania di Ceausescu. 1965–1989, Catanzaro 2000
Piccardo, Hamza (Hg.), Il Corano, Milano 2004
Rapelli, Paola, Bildlexikon der Kunst 17: Symbole der Macht – Die großen Dynastien, Berlin 2009
Romero, Federico, L'impero americano. Gli USA potenza mondiale, Firenze 1996
Rosten, Leo, Oy oy oy! Umorismo e sapienza nel mondo perduto dello yiddish, Milano 1968
Spagnol, Elena, Enciclopedia delle citazioni, Milano 2000

Striffler, Robert, Minenkrieg in Tirol 1917, Nürnberg 1988
Turnbull, Stephen, Geschichte der Samurai, Stuttgart 2005
Viazzi, Luciano, Col di Lana, monte di fuoco, Milano 1985
Zwi Kanner, Israel, Jüdische Märchen, Frankfurt/M. 1976

Marco Buticchi

Der Fluch der goldenen Maske

Thriller. Aus dem Italienischen von Christel Galliani und Krista Thies. 576 Seiten. Piper Taschenbuch

Er ist von schier unermesslichem Wert, und um seinen Verbleib ranken sich jahrhundertealte Sagen: der legendäre Goldschatz Kaiser Neros. Die römische Wissenschaftlerin Sara Terracini hofft, mit Hilfe einer griechischen, halb zerfallenen Schriftrolle aus dem achten Jahrhundert das Geheimnis des Hortes zu lüften …

»Mit Buticchi hat der italienische Thriller seinen Meister gefunden.«
Il Gazzettino

05/2513/01/L

Marco Buticchi

Die dritte Prophezeiung

Thriller. Aus dem Italienischen von Karin Diemerling. 496 Seiten. Piper Taschenbuch

Paris, 1314: Jacques de Molay, der letzte Großmeister des Templerordens, belegt im Todeskampf auf dem Scheiterhaufen den Papst mit dem Fluch. Rom, 1981: Papst Johannes Paul II. läßt sich nach dem auf ihn verübten Attentat in düsterer Voraussicht die dritte Prophezeiung von Fatima vorlegen. Doch ahnt niemand das wahre Ausmaß des Sakrilegs der Tempelritter. Bis es Jahrzehnte später zur weltumspannenden Katastrophe kommt … Ein atemberaubender Thriller um ein Geheimnis der Templer, das nie gelüftet wurde.

05/2579/01/R

PIPER